राजाधिराज

राजाधिराज

कन्हैयालाल माणिकलाल मुंशी

वाणी प्रकाशन

वाणी प्रकाशन
4695, 21-ए, दरियागंज, नयी दिल्ली 110 002

शाखा

अशोक राजपथ, पटना 800 004

फ़ोन : +91 11 23273167 फ़ैक्स : +91 11 23275710

www.vaniprakashan.in
vaniprakashan@gmail.com
sales@vaniprakashan.in

RAJADHIRAJ
by Kanhaiyalal Maniklal Munshi

ISBN : 978-93-5072-662-4
Novel

संस्करण 2015
आवृत्ति 2016

मूल्य : ₹295

तुषार कलर प्रोसेस, दिल्ली-110 093 में मुद्रित

वाणी प्रकाशन का लोगो मक़बूल फ़िदा हुसेन की कूची से

अनुक्रमणिका

पहला खंड

दूसरा खंड

तीसरा खंड

चौथा खंड

पहला खंड

नव आगन्तुक

विक्रम सं. 1169 के चैत्र महीने का प्रातःकाल था।

पुराना भृगुकच्छ (भड़ोंच) अपने काम-काज में लगने लगा था, परन्तु अब तक किले का दरवाजा न खुला था। जो लोग किले में जाने को उत्सुक थे, वे पुराने नगर और किले के बीच जो खाई थी, उसे लाँघकर, टेकरी पर चढ़कर, परकोटे का द्वार खुलने की प्रतीक्षा में थे।

भृगुकच्छ दो थे। एक लाट के प्राचीन राजाओं का पुराना नगर, और दूसरा त्रिभुवनपाल सोलंकी के बनवाए हुए गढ़ के भीतर का नया नगर।

इस नये नगर के चारों ओर एक नया कोट बनवाया गया था और उसके तथा पुराने नगर के बीच एक गहरी चौड़ी खाई, नदी के जोरदार प्रवाह के कारण स्वाभाविक रूप में बन रही थी और जिसने नये नगर को लगभग चारों ओर से घेर लिया था।

इससे खाई का मुख उस जगह था, जहाँ इस समय बाहर ही गहराई है। वहाँ पहले बड़े-बड़े जहाज लंगर डाला करते थे और यात्री वहीं से नगर में आया करते थे।

इस जगह एक ऊँची टेकरी पर तीन-चार जैन साधु खड़े थे। ऐसा ज्ञात होता था, जैसे वे बड़ी दूर से मंजिल दर-मंजिल आ रहे हैं। उनमें से एक सबसे दूर, टेकरी के एक किनारे खड़ा था।

वह लगभग बीस-पच्चीस वर्ष का था। उसके मुख पर सौन्दर्य, नेत्रों की तेजस्विता और चमकते हुए ललाट का गौरव, असाधारण थे। देखनेवाला यह नहीं समझ पाता था कि इस कच्ची उम्र में, ऐसे सुन्दर पुरुष ने अखंड वैराग्य का कठोर जीवन क्यों स्वीकार किया है।

उसके नेत्र विशाल, तेजस्वी और गहन थे। उसने कुछ देर, ऊँचे गढ़ के बुर्जों की ओर देखा, फिर नौका में बैठकर खाई पार करते हुए मनुष्यों की ओर नजर डाली। फिर घूमकर, त्रिभुवनपाल सोलंकी के नये बनते हुए सोमनाथ महादेव के भव्य मन्दिर के शिखर की ओर देखा। और तब जैसे उसे इन सबसे सन्तोष न हुआ हो इस तरह

वह नदी की ओर देखने लगा। वह जिस ओर खड़ा था, उसके नीचे गम्भीर गौरवशीला रुद्रकन्या नर्मदा की पतितपाविनी तरंगें, सूर्य की बाल-किरणों के साथ नृत्य कर रही थीं और सर्वदा ही उल्लासपूर्ण आतुरता से भृगु के इस पवित्र धाम का आलिंगन कर रही थीं।

किसी त्रिकालज्ञ को उन तरंगों की अनन्त आरसी में, आर्यावर्त्त में हुए अनेक परिवर्तनों के प्रतिबिम्ब दिखलाई पड़ते थे।

इन तरंगों ने नागलोक के वीरों को आर्य नाम से भी अनभिज्ञ इतिहास-काल में स्नान कराया था। हैहयश्रेष्ठ सहस्त्रार्जुन की प्रचंड भुजाओं को पानी चढ़ाया था, हैहयों को मारकर तृप्त हुए परशु को साफ करते हुए परशुराम की कालाग्नि के समान मुखमुद्रा को शान्त किया था और समस्त भारत को ऐक्य अर्पण कर वानप्रस्थ बने हुए भगवान् कौटिल्य के पाप धोकर उनकी मुमुक्षु आत्मा को विशुद्ध किया था। उनकी नजर में मस्त यादवों की रसिक जल-क्रीड़ा, भोजों की सुकुमार भार्याओं का अंग-लालित्य और ग्रीकों का स्नायुबद्ध सौन्दर्य आया था। उन्होंने सिकन्दर की थकी हुई सेना निःश्वास सुने थे; दद्द की दुर्जय सेनाओं तथा त्रिलोचनपाल के गजराजों का दर्शन किया था और दुर्धर्ष सेनापति बारप का बल देखकर वे आश्चर्यचकित हुई थीं।

उन्होंने लाट देश के स्वातन्त्र्य का अन्त होते देखा था और पाटण के सोलंकी मूलराज के पुत्र चामुंड की विजयी सेना की गर्वपूर्ण गर्जना सुनी थी।

परन्तु इस समय तो वे केवल सूर्य की लाल किरणों के साथ नाच रही थीं और उस साधु को यह सब विचार करने का अवकाश नहीं था। वह तो केवल त्रिभुवनपाल की लाट को गुजरात बनाने की राजनीति का और वह जिस कारण लाट में आया था, उस पर ही विचार कर रहा था। फिर भी उसकी दृष्टि, नीचे लंगर डाल कर खड़े हुए एक बड़े जहाज पर पड़ी। इस जहाज पर से उतरे हुए एक यात्री को देखकर साधु के मुख पर सन्तोष छा गया। प्रसन्नता झलक आई।

-एक यात्री को देखकर इस साधु का एक साथी भी उसके समीप आया।

"सूरिजी, मेहता का आँबड़—" तरुण साधु का मुख देखकर बोलनेवाला रुक गया।

"विजयचन्द्रजी, किसी का नाम क्यों लिया जाए?" तरुण साधु ने मधुरता से, परन्तु तलवार की धार की तरह तीक्ष्णता से कहा।

जिसको विजयचन्द्र ने 'मेहता का आँबड़' नाम से पहचाना था, वह सुन्दर सुडौल शरीर का तरुण योद्धा था। उसके कानों के कुंडल और हाथों की पहुँचियाँ उसकी समृद्धि की और उसके पीछे एक सेवक के हाथ में थमा हुआ धनुष उसके शौर्य की साक्षी दे रहे थे। उसके पीछे दो-तीन सैनिक उसकी गठरियाँ लिए आ रहे थे?

आँबड़ या आम्रभट के साथ एक काला ठिंगना और मोटा ब्राह्मण चल रहा था। उसकी चमड़ी पक्के काले संगमरमर की थी और चन्दन का त्रिपुंड लगा हुआ कपाल,

काले पत्थर के शिवलिंग का स्मरण करा देता था। उसके एक कन्धे पर झोली और लोटा-डोर दूसरे पर कम्बल और माथे पर कनटोपी थी।

"हर हर भोलेनाथ। आखिर जीते जी भृगुकच्छ देखा तो!"

"ठीक कह रहे हो–" हँसकर आम्रभट ने कहा–"महाराज, अब हम लोग अलग होते हैं। हो सके तो फिर मिलिएगा।"

"घबराने की आवश्यकता नहीं है, विधि का विधान होगा, तो अवश्य मिलेंगे।" ब्राह्मण देवता ने कहा–" यहाँ से ऊबा कि खम्भात जरूर आऊँगा। ईश्वर ने चाहा तो फिर सोरठ नहीं जाना है। बहुत हो गया।"

आम्रभट हँस पड़ा, "मणिभद्रजी, अपनी बहन के यहाँ कब तक रहोगे?"

"कब तक? भगवान सोमनाथ करें कि जीवनभर रहना पड़े।", ब्राह्मण ने आत्मसन्तोष से कहा, "ओह, बहन भी क्या ऐसी वैसी है! हमारा एक-दूसरे के बिना चल ही नहीं सकता।"

आम्रभट ने विचार किया कि इस सुन्दर रूपवान् भाई की बहन भी कैसी होगी! "परन्तु आपके बहनोई!,"

वाक्य पूरा करने से पहले ही आम्रभट ने उस साधु को देखा और दोनों कुछ ऐसे लगे कि अभी हँस देंगे, परन्तु साधु का मुख एक ही क्षण में फिर ज्यों-का-त्यों स्वस्थ हो गया और वह इस प्रकार देखने लगा, जैसे आम्रभट को पहचानता ही न हो। आम्रभट ने भी कुछ प्रयत्न करके अपरिचितता का डौल किया।

उस ब्राह्मण ने यह सब फेरफार नहीं देखा, वह तो अपनी बातों ही मशगूल था।

"मेरे बहनोई! अरे! परन्तु भला करें भगवान भोलानाथ, ये कैसे शकुन में मिले!"--कहकर साधु की ओर अँगुली से संकेत कर वह हँस पड़ा। आम्रभट ने उसकी बात पर ध्यान नहीं दिया और उन साधुओं को नमस्कार किया।

"महाराज, दरवाजे कब खुलेंगे?"

"खुलने ही वाले हैं।" उस तरुण साधु ने कहा, "आप कहाँ से आ रहे हैं?"

"मैं वंथली से आ रहा हूँ, महाराज जयसिंहदेव का सुभट हूँ और भृगुकच्छ के दुर्गपाल का सन्देश लाया हूँ। आपका विहार कहाँ से हुआ है?"

"हम लोग वटपद्र (बड़ौदा) से आ रहे हैं।" कहकर साधु ब्राह्मण की ओर घूमा।

"विप्रवर, आप कहाँ से आए हैं।"

"अजी, हम आए हैं–" विप्रवर ने हाथ उठाकर कहा, "बहुत दूर से।" सब लोग हँस पड़े।

"मणिभद्रजी तो सोमनाथ पाटण से आए हैं।" आम्रभट ने कहा, "बड़े ही आनन्दी जीव हैं।"

"सारा जगत् ही बस आनन्द–आनन्द है।" मणिभद्रजी ने हँसकर अपना तत्त्वज्ञान सुनाया।

"क्यों साधु महाराज, समझे? हमारे लिए तो बस जहाँ गये वहीं घर है। खाना-पीना, आनन्द से रहना और नीचे काल गायत्री का जप करना—बस फिर सारी दुनिया झख मारती है। हर-हर भोलानाथ। अच्छा, चलता हूँ महाराज, जय सोमनाथ।" कहकर, अपने मोटे भारी शरीर को लेकर मणिभद्र अस्वाभाविक तेजी से पुराने भृगुकच्छ की ओर घूम पड़े।

क्षण-भर के लिए वह तरुण साधु और आम्रभट चुपचाप खड़े रहे। ऐसा प्रतीत हो रहा था, जैसे दोनों विचार कर रहे हों कि जान-पहचान प्रकट की जाए या नहीं।

"आप कहाँ ठहरिएगा?" आम्रभट ने पूछा। तरुण साधु ने उत्तर दिया, "देवभद्र सूरि के उपासरे में, और आप?"

"नगर सेठ के यहाँ।" कहकर आम्रभट ने नमस्कार करके छुट्टी ली।

आम्रभट सब कुछ भूल जाता है

आम्रभट ने कुछ दूर खड़े हुए मनुष्य से पूछा, "क्यों भाई, दुर्गपाल दरवाजा कब खोलेंगे?"

"अभी खोलेंगे। कहाँ से आए हैं?"

"वंथली से। दुर्गपाल महाराज इस समय दुर्ग में होंगे?"

"नहीं, अब तो वे नगर में हरते हैं।"—कहकर उसने पुराने भृगुकच्छ की ओर इशारा किया।

"किस जगह?"

"सांबा बृहस्पति के बाड़े में।"

"कितनी दूर है?"

"वह जो रास्ता दिख रहा है, उससे जाओ। दाहिनी ओर एक चौक मिलेगा, वहाँ पूछोगे, तो कोई भी बतला देगा।"

"और नगरसेठ कहाँ रहते हैं?"

"वे जरा दूर रहते हैं, पट्टणी चौक में। मैं वहीं जा रहा हूँ।" उस नागरिक ने कहा।

"तो मेरे साथ के लोगों को वहाँ पहुँचा दोगे? हमीर," आम्रभट ने अपने सैनिक को बुलाया— "तुम लोग इनके साथ जाओ और सेठ तेजपालजी को मेरे आने की खबर दे दो। मैं दुर्गपाल महाराज से मिलकर आता हूँ।"

आज्ञा के अनुसार सैनिक जब उस नागरिक के साथ चले गये, तब आम्रभट ने चारों ओर देखा।

वह छोटा था। उसे जीवन में रस भी जितना चाहिए उतना था। माता-पिता ने

उसे लाड़ लड़ाया था, सिखाया था, अतएव उस समय मिलनेवाली सारी शिक्षा उसे मिली थी और इधर कोई पाँच वर्ष से वह युद्धों में भी भाग लेने लगा था। फिर भी उसका रसिक स्वभाव, शान्ति का सुख भोगने को आतुर था। सामने कल्लोल करती हुई नर्मदा, समीप ही आकाश से बातें करते हुए मन्दिर-शिखर, प्रातःकाल के आनन्द में डूबा हुआ नगर और सेठ तेजपाल की पुत्री, अपनी भावी पत्नी से मिलने की आशा ने उसके हृदय में न जाने क्या-क्या उर्मियाँ उत्पन्न कीं। परन्तु महाराजा की और अपने पिता की आज्ञा के भार ने उनको उत्पन्न होते ही कुचल दिया और वह निःश्वास छोड़कर नगर में जाने लगा।

उसके तेजस्वी मुख, आभूषणों से दमकते हुए अंग और संस्कारशील तथा प्रभावशाली व्यक्तित्व के कारण दुकान खोलते हुए व्यापरी घूम-घूमकर उसे देखने लगे, परन्तु आम्रभट उनकी परवाह न करके सांबा बृहस्पति के बाड़े को पूछता हुआ आगे बढ़ने लगा।

उस समय के रिवाज के अनुसार वह बन्दर पर रुका होता और अपने आदमी के साथ दुर्गपाल को सन्देशा भेज देता, तो अपने और अपने पिता के रुतबे के अनुकूल वह पालकी में बैठाकर लाया जाता। परन्तु आम्रभट के सरल तथा अमंगी स्वभाव को यह सब झंझट पसन्द नहीं थी। इस स्वभाव का परिणाम यह हुआ कि विचारों में मग्न होकर चलते-चलते थोड़ी ही देर में, इस अपरिचित नगर में वह रास्ता भूल गया।

कुछ देर में सांबा बृहस्पति के बाड़े की पूछताछ करते-करते वह ब्राह्मणों के एक मुहल्ले में जा पहुँचा। वहाँ के मकान छोटे-छोटे और साज-सज्जारहित थे। एक मकान में से वेदोच्चार के स्वर सुनाई पड़ रहे थे। आम्रभट को आश्चर्य हुआ। क्या इसी मुहल्ले में, लाट का दुर्जय भटराज, भृगुकच्छ का दुर्गपाल, त्रिभुवनपाल महाराज का परम मित्र और मेरे पिता के समान प्रतापी मन्त्री का शत्रु रहता होगा? वह जरा तिरस्कार से हँसा। कहाँ उसके पिता का पाटण का महल, कर्णावती तथा खम्भात के प्रासाद और कहाँ इस सत्ताधीस का झोंपड़ा?

इस ओर दरवाजे खुले पड़े थे, परन्तु गली में कोई दिखाई न पड़ता था। प्रत्येक दरवाजे के आगे गौएँ बँधी थीं और वे इस नव आगन्तुक की ओर नीरस भाव से देखती थीं। आम्रभट को सूझा नहीं कि दुर्गपाल का पता किससे पूछे।

कुछ दूर एक छोटे से शिवालय से घंटनाद सुनाई पड़ा। आम्रभट यह विचार कर उस ओर गया कि कदाचित् वहाँ कोई हो।

ज्यों ही उसने मन्दिर की ओर बढ़ना चाहा, त्यों ही वह इस प्रकार खड़ा रह गया, जैसे भूमि से चिपक गया हो। मन्दिर के गर्भद्वार से एक स्त्री निकल रही थी।

आम्रभट की आँखें आश्चर्य से फटी-की-फटी रह गयीं। वह स्त्री नहीं देवांगना थी। थी तो वह तीसेक वर्ष की, परन्तु नाग के फन के समान केशों की सुन्दरता से

लेकर, अँगूठों में से निकलती हुई कमल ही डंडियों जैसे पैर की अँगुलियों तक, बेचारे आम्रभट को वह अपूर्व और अद्‌भुत मालूम हुई। उसके प्रत्येक अंग में लालित्य था और प्रत्येक रेखा में आकर्षण। उसके नेत्रों में मेनका का मद और ऋषियों के भी मन को लुभाने वाली मनोहरता थी। बेचारे गरीब युवक का भावनाओं से भरा हुआ हृदय मूर्च्छित हो गया।

उषा के समान उज्ज्वलता का प्रसार करती हुई वह आई और आम्रभट की आँखों में समा गयी। केवल दो कदम दूर वह खड़ी हो गयी, उसके नेत्रों में आश्चर्य था। उसने पूछा– ‘‘किससे काम है?’’

आम्रभट के कानों में गन्धर्व गान करने लगे। निर्बलता से उसने पीछे दीवार पर हाथ टेक दिया।

वह देखती रही और जरा हँसी। युवक के अचेत मस्तिष्क में उस हास्य के प्रताप से फिर जीवन आ गया।

‘‘मैं –सांबा बृहस्पति का बाड़ा–’’ ‘‘हाँ यही।’’ –कहकर वह सुन्दरी समीप के एक मकान में अदृश्य हो गयी। आम्रभट को मालूम हुआ कि पृथ्वी पर प्रलयकाल का अन्धकार उतर आया है। वह बन्द होते हुए द्वार के भीतर अदृष्ट होती हुई मोहिनी की ओर देखता रह गया।

उसे अपने शरीर का भी भान नहीं रहा। वह कहाँ था, किसलिए यहाँ खड़ा था, किस उद्‌देश्य से भृगुकच्छ में आया था-- सब कुछ भूल गया। उसे केवल यही लगा कि उसका चित्त, उसका जीवन, उसकी आशाएँ उस द्वार के भीतर बन्द हो गयी हैं।

‘‘ए भाई! –ए भैया! –वहाँ क्यों खड़े हो?–’’ एक आवाज आई। समीप के दूसरे घर में से विद्यार्थी हाथ में पंचपात्र और आचमनी लेकर निकला था, उसे लगा कि वह उससे कुछ पूछ रहा है।

आम्रभट बड़े परिश्रम से अपने चित्त को पृथ्वी पर लाया, कपाल पर से पसीना पोंछा और नेत्रों को उस लड़के पर स्थिर करके बोला ‘‘ऐं!’’

‘‘ऐं! क्या! आपको किससे काम है?’’

यह प्रश्न पहले जिस स्वर में हुआ था, उसी मिठास का स्मरण करते हुए आम्रभट ने कहा– ‘‘दुर्गपाल से।’’

‘‘ओहो दुर्गपाल महाराज से, वे तो उस ओर रहते हैं।’’

‘‘तब सांबा बृहस्पति का बाड़ा यह नहीं है?’’

‘‘यह पुराना बाड़ा है। महाराज तो नये बड़े में रहते हैं। चलो, रास्ता दिखा दूँ।’’

आम्रभट का पैर नहीं उठा। उसने बड़ी कोशिश से पूछा, ‘‘और यह घर किसका है?’’ कहकर जिस घर में वह स्त्री गयी थी, उस ओर इशारा किया।

‘‘वह तो पाठशाला है। क्यों?’’

‘‘नहीं, यों ही।’’

भृगुकच्छ का दुर्गपाल

चकित हुआ आम्रभट उस विद्यार्थी के पीछे-पीछे चला और कुछ दूर जाने पर सांबा बृहस्पति का नया बाड़ा आ गया।

वहाँ घर छोटे-छोटे होने पर भी नये थे। वेद-ध्वनि के बदले घोड़ों की हिनहिनाहट सुनाई दी और जुगाली करती हुई गायों के बदले तेजी से चलते हुए राजपुरुष दिखे।

''भटजी, उस दरवाजे से होकर जाओ तो महाराज मिल जाएँगे।'' कहकर विद्यार्थी ने अपना रास्ता लिया।

आम्रभट में आगे बढ़ने का उत्साह न रहा। उसे तो पीछे जाना था और हृदयहारिणी सुन्दरी को खोजना था। इस समय राजकीय प्रपंच उसे बिल्कुल नीरस लगे। सत्ता और सम्पत्ति का योग उसे क्षुद्र-सा प्रतीत हुआ। जीवन का सर्वस्व उसे दो जादू भरे नेत्रों के स्मरण में समाया लगा। उसे यह याद नहीं रहा कि वह कब तक खड़ा रहा। एक सुभट ने आकर जब पूछा तब चेत हुआ।

''भटजी, यहाँ क्यों खड़े हैं?''

''मैं–मैं–दुर्गपाल महाराज से मिलना चाहता हूँ।''

''तो भीतर बाड़े में आइए।'' –कहकर वह सुभट उसे अन्दर ले गया।

दरवाजे के अन्दर चारों ओर लिपा हुआ चबूतरा था, और उस पर जहाँ-तहाँ कुछ लोग बैठे हुए बातें कर रहे थे। अधिकतर सैनिक ही थे।

वह सैनिक आम्रभट को एक अधेड़ सुभट के पास ले गया।

''रुद्रमल्लजी, महाराज क्या कर रहे हैं?''

''सोमनाथ पाटण से एक ब्राह्मण आया है, उससे बात कर रहे हैं।''

सोमनाथ पाटण से आए हुए ब्राह्मण का नाम सुनकर आम्रभट ने ध्यान दिया। क्षण भर में उसके शून्य–सुप्त–हृदय में चेतना लौट आई।

''ये भटजी कौन हैं?–'' रुद्रमल्ल ने पूछा और नमस्कार किया।

''मुझे दुर्गपाल महाराज से मिलना है।''

''कहाँ से आए हैं?''

''वंथली से, महाराज की आज्ञा से आया हूँ।''

''महाराज आ गये?''

''हाँ, महाराज, मीनलदेवी आदि सभी आ पहुँचे हैं।''

''आपका नाम?''

''मेरा नाम आम्रभट। दुर्गपाल महाराज से कहो कि उदा मेहता के पुत्र सन्देश लेकर आए हैं।''

"उदा मेहता—मन्त्री महाराज?" रुद्रमल्ल ने सन्देह से पूछा; परन्तु आम्रभट के रूप, संस्कारशील व्यक्तित्व और आभूषणों का ठाट देखकर उसे विश्वास हो गया और वह तुरन्त सम्मान के साथ बोला, "पधारिए, पधारिए। परन्तु इस प्रकार अकेले क्यों? कब आए?"

"मैं सीधा बन्दर से आ रहा हूँ। मेरे आदमी नगरसेठ के यहाँ चले गये हैं।"

"आइए, विराजिए। मैं भटराज से अभी कहे आता हूँ, एक क्षण भी न लगेगा।",

"चिन्ता नहीं।" आम्रभट पास ही पड़े हुए तकिए से लगकर बैठ गया और रुद्रमल्ल उतावली से अन्दर चला गया।

आम्रभट का चित्त फिर उस सुन्दरी की ओर लौटे कि उससे पहले ही रुद्रमल्ल आ गया।

"भटजी, चलिए।"

राजकीय प्रपंचों के कठोर जीवन पर एक निःश्वास छोड़कर आम्रभट उठ खड़ा हुआ। अन्दर जाने से पहले उसने अपने चित्त को सावधान किया। भृगुकच्छ के इस दुर्गपाल के शौर्य के विषय में उसने बड़े-बड़े योद्धाओं से अनेक कथाएँ सुनी थीं। इसकी उस्तादी के विषय में आपके पिता जैसे राजनितिज्ञ मन्त्री ने भी उसे अनेक बार सावधान किया था।

सारे देश में जिसका डंका बज रहा था, ऐसे महामारथ मुंजाल जैसे महापुरुष को भी इसकी मुक्तकंठ से प्रशंसा करते देखा था और त्रिभुवन को वश करने वाले स्वयं महाराज जयसिंह देव को इसका नाम कुछ भय के साथ लेते सुना था।

ऐसे मनुष्य के पास वह एक अनुभवहीन युवक जा रहा था, और ऐसे कार्य के लिए, कि जिसे करने के लिए जाते हुए बड़े-बड़े महारथी भी काँप जाएँ। बड़े प्रयत्न से उसने क्षोभ को दबाया। वह उदा मेहता का पुत्र था; अतएव महापुरुषों से मिलना उसके लिए खिलवाड़ था। अतएव, यह प्रसन्न तुरन्त सफल हो गया।

वह जिस कमरे में पहुँचा, उसमें प्रकाश कम था, और उस प्रकाश में उसकी आँख बराबर देख सके कि उसके पहले ही हिंडोले पर बैठा हुआ पुरुष स्नेह से आगे आया और उसने दोनों हाथ थाम लिए।

"कौन उदा मेहता के चिरंजीवी आँबड़?"

आम्रभट इन शब्दों का उच्चारण करने वाले पुरुष को भली-भाँति देखे, कि इसके पहले ही उसकी नजर कमरे दरवाजे की तरफ गयी और अन्दर जाती हुई स्त्री के पैरों की एड़ी और उस पर लटकते वस्त्र का पिछला छोर दिखा। पल भर के लिए वह अपरिचिता सुन्दरी उसकी दृष्टि के आगे आ गयी; पर उसने होंठ काटकर अपना स्वागत करने वाले की ओर ध्यान दिया।

ऊँचा, स्नायुबद्ध, गौरवर्ण, शरीर, कन्धों पर फैली शिखा से मंडित गौरवपूर्ण मुख, छोटी काली मूँछें, गरुड़ की-सी नुकीली नाक, बड़ी-बड़ी चमकीली चंचल आँखें--

यह सब विशेषताएँ उसने क्षण ही भर में देख लीं, पर इसके पहले इस स्नेहपूर्ण स्वागत में समाविष्ट उमंग को देखकर उसे आश्चर्य हुआ।

'गुजरात के नाथ' के पाठकों को इसमें आश्चर्य न होगा। आज पन्द्रह वर्षों के पश्चात् भी काक पहले जैसा सीधा, सशक्त तथा स्नायुबद्ध था। केवल उसका मुख कुछ अधिक मांसल हो गया था और अधेड़ उम्र की रेखाएँ खिंच गयी थीं।

"भटराज–"

"आँबड़," काक ने कहा– "मेरे मित्र का पुत्र आज मेरे घर! आओ बेटा!", कहकर काक ने आम्रभट को गले लगा लिया।

"कौन, आँबड़ भाई!", भाई एक कोने से आवाज आई। काक की भुजाओं से छूटकर आम्रभट ने देखा, तो कोने में मणिभद्र महाराज मुँह फाड़े हँस रहे हैं।

आम्रभट चौंका, "ओहो ब्रह्मदेव, आप यहाँ पर?"

"मैंने क्या कहा था? यही तो मेरी बहन का घर है।"

आम्रभट ने काक की ओर देखा और उसे यह विचार आया कि इस आबनूसी ब्राह्मण की बहन, इस तेजस्वी योद्धा का घर किस प्रकार सुशोभित करती होगी! और, केवल एक पैर की एड़ी देखकर उसे जो उस सुन्दरी का स्मरण हो आया था, सो याद आ जाने से वह मन-ही-मन जरा हँसा।

काक ने तीक्ष्णता से दोनों की ओर देखा।

"आप दोनों एक ही नाव में आए हैं?"

"जी हाँ।" आम्रभट ने कहा।

"अच्छा, मणिभद्रजी, आप नहा-धोकर तैयार हो जाओ। मैं आँबड़ के साथ बात कर लूँ। आओ बेटा आँबड़!" कहकर, काक ने आम्रभट का हाथ पकड़कर अपने पास हिंडोले पर बैठा लिया। मणिभद्र और रुद्रमल्ल दोनों वहाँ से चले गये।

"क्यों बेटा, तुम्हारे बापू वंथली आ गये?"

"हाँ।" आम्रभट के मुख से निकल गया और वह कुछ हिचका। यह बात कहनी नहीं चाहिए थी, पर अचानक निकल गयी।

"महाराज और मीनलबा कब वंथली आए?"

"मेरे रवाना होने से चार-पाँच दिन पहले।"

"सब कुशल है?"

"हाँ, महाराज ने यह पत्र दिया है।" कहकर आम्रभट ने कमरबन्द खोला, उसमें से एक पत्र निकाला और काक को दिया।

काक ने पत्र खोला और पढ़ा–

"भृगुकच्छ के दुर्गपाल भटराज काक को, वामनस्थली से समस्त राजावली विराजित बर्बरकजिष्णु परमभट्टार्क महाराजाधिराज जयसिंह देव वर्मा की आज्ञा है कि

जूनागढ़ के घेरे में योग देने के लिए, यह पत्र देखते ही आप यहाँ आवें और भृगुकच्छ का दंडनायकत्व इस पत्रवाहक को सौंप दें। विक्रमार्क 1169

हस्ते शोभ मेहता।"

पत्र पढ़ लेने पर भी काक क्षणभर उसकी ओर देखता रहा।

जयसिंह देव पन्द्रह वर्षों से उस पर रुष्ट हैं; अतएव अचानक इस प्रकार उससे सहायता माँगने में कोई रहस्य है।

"मुझे बोलने का कारण?"

"महाराज अब बड़े अधीर हो गये हैं। उन्होंने दादाक मेहता और आपको कर्णावती बुलाया है। मेरे पिता को भी।"

"पन्द्रह वर्षों तक यह सब क्यों नहीं किया?"

"इसका एक किस्सा है।"

"क्या?"

"उस बार जब रा' खेंगार ने वंथली से महाराज परशुराम को निकाल दिया, तब महाराज बड़े क्रोधित हुए और खेंगार से शरण में आने के लिए कहलाया।"

"हाँ—"

"तब खेंगार ने अपनी देवड़ी रानी की चोली और लहँगा महाराज को—"

"भेंट भिजवा दिया। यह तो मुझे मालूम है। खेंगार तो मसखरा का मसखरा ही रहा, परन्तु साधला से वंथली तक जीत कर आया और अब काक का क्या काम पड़ा?"

"महाराज ने प्रतिज्ञा की है कि इस मास के अन्त तक या तो पाटण नहीं या जूनागढ़ नहीं।"

काक हँसा, "मेहताजी मिले थे?"

"हाँ उन्होंने भी मुझसे कहलाया है कि पन्द्रह वर्ष पहले महाराज को आपने जो वचन दिया था, उसके पालने का अब-अवसर है।"

"क्या?"

"कि महाराज आज्ञा दें, तो आप जाकर खेंगार को नीचा दिखावें।"

"इस समय वहाँ और सब कैसे चल रहा है?"

"जिस दिन मैं रवाना हुआ, उसके दिन पहले ही खेंगार ने एक छापा मारा और हमारे पाँच सौ सैनिक मारे। परशुराम स्वयं बड़ी कठिनाई से बचे।"

"ऐसा? अच्छा, और कुछ? कुछ सेना भी मँगवाई है?"

"नहीं। मुंजाल मेहता ने कहा है कि आप अकेले ही आवें, ज्यादा आदमियों की जरूरत नहीं। और लीलादेवी—"

"हाँ—"

"लीलादेवी ने भी सन्देश कहलवाया है।"

"क्या?"

"कि आप न आएँगे तो वे स्वयं भृगुकच्छ आएँगी।"

"इतना सब क्यों?"

"मुझे बुलाया, तब बड़ी चिन्तातुर दिखती थीं।"

लीलादेवी लाट के सोलंकियों की वंशज थीं और लाट को गुजरात के साथ मिला देने के लिए, काक ने उसे जयसिंहदेव के साथ ब्याह दिया था।

"मेरी कीमत बढ़ गयी दिखती है।"

"कब नहीं बढ़ी थी?" आम्रभट ने कहा और वह काक की ओर सम्मान से देखता रहा।

तलवार की धार के समान तीक्ष्ण दृष्टि से काक ने उसकी ओर देखा, परन्तु वाक्य को बिल्कुल स्वाभाविक रूप से बोला हुआ समझकर वह हँसा। "तुम्हारा सामान कहाँ है?"

"मैंने अपने आदमियों को नगरसेठ के यहाँ भेज दिया है।"

"हाँ, ठीक है। तुम तो उनके जँवाई बननेवाले हो, न? जाओ, मैं जाने की तैयारी करता हूँ। रुद्रमल्ल, आँबड़ मेहता के लिए पालकी मँगाओ।" कहकर काक उठ खड़ा हुआ और आम्रभट ने विदा ली।

कुछ देर काक वहीं खड़ा रहा और शिकारी की जैसी सावधानता से मुद्दा खोजता रहा। "इसमें तो भाई उदा का कुछ हाथ जान पड़ता है।"

गहरा विचार करता हुआ भृगुकच्छ का दुर्गपाल धीरे-धीरे अन्दर चला गया।

मणिभद्र कैसे आया?

जब मणिभद्र महाराज भीतर के कमरे में पहुँचे, तब उनके हृदय में अनेक उमंगें उठ आईं।

पहले उनका जीवन भंग और ब्रह्मभोज, इन दोनों के बीच बराबर-बराबर बँटा रहता था, परन्तु इस शान्त और सरल जीवन में एक बार खलबली मच गयी। उनके गुरु की दोहती मंजरी, कुछ समय के लिए किसी कारण अपने पति को छोड़कर जूनागढ़ आई। विवाहिता युवती पर दृष्टिपात न करना, धर्म का निश्चित सिद्धान्त है। गुरु की लड़की, अपनी भानजी के समान होती है, यह भी शास्त्र का वचन है। फिर भी इन विप्रवर्य के हृदय में विचित्र उर्मियों का संचार हो गया। उन्हें जीवन सरस प्रतीत होने लगा; भंग और मोदकों से अरुचि हो गयी और गुरु-दौहित्री के दर्शन सोते जागते होने लगे।

परन्तु जैसे वह आई, वैसे ही पति के साथ चली भी गयी; परन्तु बादलों से छाए

हुए आकाश के अन्धकार में जैसे ध्रुवतारा चमकता रहता है, मणिभद्र के भंग तथा भूख से ग्रसित जीवन में वैसे ही वह चमकती रही।

कुछ दिनों के बाद उन्होंने सुना कि वह अपने पति के साथ भृगुकच्छ गयी है। यह सुनकर मणिभद्र महाराज के मस्तिष्क की नौका को दिशा मिल गयी। वे भृगुकच्छ जाने को तरसने लगे; उन्हें रात-दिन भृगुकच्छ के सपने आने लगे, परन्तु जीवन भर उन्होंने कभी जूनागढ़ से बाहर पैर नहीं रखा था; सारी यजमान-वृत्ति जूनागढ़ में थी। उन्हें परदेश का बड़ा ही भय था। अतएव, अपने जगत् को छोड़कर, पराए जगत् के अज्ञात प्रदेश में विचरण करने का उन्हें साहस न हुआ।

इस प्रकार वर्षों बीत गये। भृगुकच्छवाली मंजरी से मिलकर मोक्ष प्राप्त किया जाए, या जूनागढ़ के ब्रह्म-भोजों का विलास भोगा जाए, इन दो लक्ष्यों के बीच फँसा हुआ यह ब्राह्मण मुमुक्षु आत्माओं की भाँति धीरे-धीरे विलास ही भोगने लगा।

पन्द्रह वर्ष के बाद जूनागढ़ के खेंगार की रानी ने आज्ञा दी कि तुम्हें भृगुकच्छ जाना होगा। जिस प्रकार ध्रुव को सौतेली माता के बोल सुनकर ईश्वर-प्राप्ति का मार्ग मिला था, उसी प्रकार यह आज्ञा सुनकर मणिभद्र को मोक्ष का मार्ग मिल गया। वे आनन्द से विभोर होकर नाच उठे। जूनागढ़ छोड़ने के लिए वे एक पैर से तैयार हो गये और ऐसी स्फूर्ति से जो उनके गोल-मटोल शरीर के साथ जरा भी मेल न खाती थी। उन्होंने रानी का हुक्म सिर-माथे चढ़ा लिया।

और इस समय वे मंजरी से मिलने के लिए अन्दर गये। अन्दर के भाग में एक छोटी-सी बालिका पालना झुका रही थी। मणिभद्र ने इसे पहले नहीं देखा था, तो भी तुरन्त पहचान लिया और वे हर्ष से फूल कर देखने लगे।

सातेक वर्ष की इस बालिका की आकृति में, उसके अन्तर में रमी हुई गुरु-दौहित्री की आकृति दिखलाई पड़ रही थी। वही नाक, वही आँखें, केवल रंग कुछ सांवला था। मणिभद्र को भास हुआ कि फूल फिर से कली के रूप में दिखा है।

"बेटी, तेरी माँ कहाँ है?"

"तुम कौन हो?" बालिका ने चौंककर ऊपर देखा।

"मैं? मैं तुम्हारा मामा हूँ।" –कहकर मणिभद्र हँसे और अपने स्वरूप से घबराई हुई भानजी को छाती से लगा लिया।

"अरे, परन्तु भैया जाग जाएगा?" बालिका ने घबराकर कहा।

"अरे, यह तेरा भाई है?" मणिभद्र ने बालिका को छोड़कर पालने में सोते हुए बालक को उठा लिया।

"आओ बेटा, बिटिया, इसका नाम क्या है?"

"इसका नाम हमने तो 'वौसरी' रखा है।" इस बघूले जैसे उत्पाती और भौंरे जैसे काले मामा के भय से भागती हुई बालिका ने कहा।

वौ-वौ-वौ-स-री'' —धीरे से इस विचित्र नाम को मस्तिष्क में उतारने का प्रयत्न करते हुए मणिभद्र बोले।

परन्तु इस नाम को धारण करने वाले में अपनी बहन का-सा धैर्य नहीं था। उसने आधी आँखों से इस नये मामा को देखा और उसकी मुखमुद्रा में रिश्ते का कोई भी चिह्न दिखाई न पड़ने से वह उच्च स्वर में आपत्ति कर उठा— ''उआँ—आँ-आँ—''

विशाल हास्य से वातावरण को प्रेमपरिपूरित करके, अपने हाथ की झोली बनाकर मणिभद्र ने उत्तर दिया— ''ओ मेरे लल्लू रे!''

परन्तु यह वार्तालाप आगे बढ़े, इसके पहले ही अन्दर से आवाज आई-- ''महाश्वेता, क्या हुआ?''

मणिभद्रजी मुड़े और पन्द्रह वर्ष के बाद उन्होंने फिर मंजरी को देखा-- ''बहन! बहन!''

मंजरी पहले थी, वैसी ही तेजास्विनी और सुन्दर थी। पन्द्रह वर्षों के प्रताप से उसके शरीर की आकृति भरावदार हो गयी थी। उसके मुख का लालित्य पूर्णिमा के चन्द्रमा के समान सम्पूर्ण हो गया था; और उसके गर्वीले नेत्र अमृत वर्षा करना सीख गये थे।

वह मणिभद्र को देखकर कुछ विस्मित हुई, परन्तु उसके मुड़ते ही पहचान गयी।

''कौन, भैया मणिभद्र?''

''हाँ, बहन, मैं ही हूँ।'' कहकर दौड़ते हुए जाकर मणिभद्र ने भानजा मंजरी को सौंप दिया।

''भैया, बैठो।''—कहकर मंजरी चौकी विदाने लग गयी, परंतु मणिभद्र ऐसे सम्मान का भूखा न था।

''रहने दो बहन। मैं तो यह बैठ गया—'' कहकर मणिभद्र पाँव पर पाँव चढ़ाकर बैठ गया।—''आओ बेटी, मेरे पास आओ।''

परन्तु वह बालिका तो मंजरी के पीछे साड़ी में जा छिपी थी और आश्चर्य से इस नव आगन्तुक की ओर देख रही थी।

''यह तो न आएगी। कहो, कुशल तो हो। और सब तो आनन्द में हैं?''

''आनन्द तो क्या? हर-हर भोलानाथ। जूनागढ़ पर तो जमराज कोपे हैं, बहन!—'' मणिभद्र ने दुःख से माथा हिलाते हुए कहा, ''चारों ओर से खेंगार महाराज को घेर लिया है। भोलानाथ जो कुछ करें सो ठीक।''

''तब यहाँ चले आना था''

''बहन, इच्छा तो नित्य ही होती थी; परन्तु किया क्या जाए? यजमान-वृत्ति ठहरी। और लड़ाई के कारण मृत-श्राद्धों का पार नहीं रहा। लो, यह भटजी आ गये—''

''हाँ।''—कहकर मणिभद्र ने अपनी कनटोपी उतारकर भूमि पर रख दी।

"मंजरी, मुझे जाना होगा।"

"कहाँ?"

"वंथली।"

"क्यों?"

काक ने चुपचाप जयसिंह देव का आज्ञापत्र दे दिया। मंजरी ने उसे पढ़ा और लौटा दिया। पागल की तरह मणिभद्र ने काक और मंजरी की ओर क्रमशः देखा और उतावली से पूछा, "क्या आप वंथली जा रहे हैं?"

काक ने कुछ सख्ती से इस गड़बड़िया ब्राह्मण की ओर देखा। दूसरों की बातों में माथा मारने की मणिभद्र की टेव उसे नहीं रुची—"क्यों?"

"दुर्भाग्य।"

"किसलिए?"

"मैं भी आमन्त्रण लेकर आया हूँ।" —मणिभद्र बोला और फिर भान आ जाने से चारों ओर भयाकुल दृष्टि से देखने लगा।

"यहाँ और कोई सुनने वाला नहीं है। किसका आमन्त्रण लेकर आए हो?"

"राणकदेवी का।" मणिभद्र ने धीरे से कहा।

"राणक—" चौंककर काक कुछ कहना चाहता था कि रुक गया—"क्या क्या?"

"आपको जूनागढ़ बुलाया है।"

कुछ घबराकर काक पीछे हटा— "ऐं!"

"हाँ, सारी बात कहूँ?"

काक ने नेत्रों के संकेत से स्वीकृति दे दी। "मुझे रानी ने बुलाया—चुपचाप। मैं जप कर रहा था, वहाँ से उठा और ब्रह्मभोज का एक निमन्त्रण था, तो भी महल में पहुँचा। उस समय महाराज और रानी में कुछ झगड़ा हो रहा था। महाराज के नेत्र लाल हो रहे थे और रानी के नेत्रों में जल था। हर-हर भोलानाथ! मैं तो ऐसा घबराया—मैंने भंग भी तो नहीं पी थी-।"

"अच्छा, फिर?" काक ने अधीरता से कहा।

"महाराज तो क्रोधित होकर चले गये और खवासिन मुझे अन्दर ले गयीं। मैं थर-थर काँप रहा था। हर-हर भोलेनाथ! मुझसे रानी ने पूछा—'तुम्हारा नाम मणिभद्र शुक्ल?' मैंने कहा—'हाँ।' 'तुम आचार्य जटानाथजी के शिष्य हो?'—रानी ने पूछा। मैंने कहा— 'हाँ।' उन्होंने पूछा, 'उनकी दोहती के पति को पहचानते हो?' मुझे हँसी आ गयी। हर-हर भोलानाथ! भला मैं आपको ही न पहचानूँ।"

"फिर?" काक ने बात का सिलसिला जारी रखने को कहा।

मैंने कहा—'हाँ।' फिर रानी ने कहा— 'महाराज,' यह देखिए कि मुझसे—'महाराज' कहा! 'आप चुपचाप उनके पास जा सकेंगे?' मैं तो भई, घबरा गया। हर-हर भोलानाथ! जूनागढ़ का ब्राह्मण भृगुकच्छ कैसे जा सके? 'शुक्ल जी, मेरा इतना

काम कर दो और मै यदि सोरठ की रानी बनी रही, तो तुम्हारा जीवन भर उपकार न भूलूँगी।' रानी ने कहा और उनके नेत्रों से टपटप आँसू टपक पड़े। हर-हर भोलानाथ! मुझे भी रोना आ गया। मैंने कहा कि 'मैं प्राण देने को तैयार हूँ।' हर-हर भोलानाथ! कहकर भोले ब्राह्मण ने अपनी आँखों से आँसू पोंछकर काक की ओर देखा। काक की आँखें स्थिर हो गयी थीं। उसने केवल आँख की पलक से ही मणिभद्र को बात पूरी करने के लिए कहा। मंजरी के नेत्र भी भीग गये। खखार कर मणिभद्र आगे कहने लगा।

''रानी ने कहा—'शुक्लजी, प्रभास होकर तुरन्त भृगुकच्छ जाओ। वहाँ जाकर काक भट से मिलना और अलग बुलाकर कहना।'

''क्या?'' काक ने पूछा।

''रानी ने मुझे यह सन्देश कहने के लिए कहा है, 'काक भटजी, तुमने मुझे बहन बनाया है। एक बार तुमने मेरी लाज रखी थी, और अनेक बार मेरे रा' की रखी है। आज तुम्हारे बिना मेरा काम अटका है; अतएव जहाँ भी होओ, वहाँ से तुरन्त आकर मुझसे मिलो।' फिर रानीजी ने मुझे एक सामन्त के साथ कर दिया। वह मुझे प्रभास तक पहुँचा गया और मैं यहाँ आ गया। हर-हर भोलानाथ!''

मंजरी ने काक की ओर देखा। काक विचार कर रहा था। कोई भी कुछ न बोला। मणिभद्र सावधान हो गया कि अब उसे यहाँ से चल देना चाहिए; और वह उठा खड़ा हुआ।

''और कुछ?'' काक ने पूछा।

''अरे हाँ—''

''क्या?''

''अन्त में रानीजी ने कहा– 'काक भट से कहना कि मैं पाटण का द्रोह रखने वाली नहीं'।''

''मैं रानीजी से कैसे मिलूँ?''

''प्रभास के समीप ही चोरवाड़ है।''

''हाँ।''

''वहाँ मोती अहीर रहता है। उससे कहना कि मैं मणिभद्र शुक्ल का आदमी हूँ; अतएव वह सब व्यवस्था कर देगा।''

''अच्छा, आप उस बाड़े में जाइए। वहाँ सेवक हैं। स्नान-ध्यान कर लीजिए।'' कहकर काक ने मणिभद्र को विदा किया।

मंजरी की महत्त्वाकांक्षा

मणिभद्र के चले जाने पर मंजरी ने वौसरी को तो महाश्वेता के हाथ बाहर भेज दिया और वह काक के पास आकर, उसके कुछ कहने की प्रतीक्षा में खड़ी रही।

"मंजरी, कोई उपद्रव अवश्य है।"

"मुझे भी ऐसा ही लगता है।"

"नहीं तो एक साथ तीन जनों को काक याद नहीं आता।"

"तीसरा और कौन?"

"लीलादेवी।"

मंजरी हँसी। उसने जरा मजाक में काक की ओर आँखें नचाईं। "अरे वाह! उन्होंने भी बुलाया है क्या?"

काक भी हँसा। "हाँ, आम्रभट सन्देश लाया है; परन्तु क्या तुम्हें लीलादेवी से ईर्ष्या होती है?"

"मुझे? किसलिए? ईर्ष्या करे लीलादेवी कि उसे काकभट नहीं मिले।" मंजरी ने गर्व कहा।

"राम राम" काक ने नाक पर अँगुली रखी।

"तुम ऐसी पगली बातें मत करो। कोई सुन लेगा। उसने भी इतने समय के बाद मुझे बुलाया, अतएव इसमें कोई रहस्य होना चाहिए।" काक ने गम्भीरता से कहा।

"क्या जान पड़ता है?"

"सो समझ में नहीं आता। और सब तो कुछ-कुछ समझ में आ रहा है।"

"क्या?"

"जयदेव महाराज को जूनागढ़ जीतना है; इसलिए काक की आवश्यकता हुई; उदा मेहता को भृगुकच्छ लेना है, अतएव मुझे यहाँ से खिसकाना है।"

"उदा को?" कुछ चौंककर मंजरी ने पूछा। भूत काल में उदा के दिए हुए दुःखों का स्मरण हो आने से मंजरी के कपाल पर बल पड़ गये।

"हाँ, इसी से अपने पुत्र आम्रभट को यह आज्ञा पत्र लेकर भेजा है। मेरे बदले वह दुर्गपाल बनेगा।"

"ऐं।" मंजरी का मुख कुछ फीका पड़ गया। उसके स्वर में कुछ कम्प था।

"घबराने का कोई कारण नहीं। और यह लड़का तो बेचारा बालक है, एक चुटकी में मसला जा सकता है। भृगुकच्छ में इसकी कुछ नहीं चलने की।"

"और वहाँ तुम्हें—"

"मुझे क्या होगा?" काक गर्व से हँस पड़ा। "मैं कितना उपयोगी हूँ यह सब जानते हैं। और लीलादेवी तथा महाराज त्रिभुवनपाल मेरा बाल भी बाँका न होने देंगे।

और इतने वर्षों में मैं कुछ अशक्त थोड़े ही हो गया हूँ। अपने अकेले हाथों मैंने कितने लोगों से त्राहि-त्राहि कहलवाया है, भूल गयीं?'' कहकर काक ने मंजरी के गाल पर धीरे से चपत लगा दी। मंजरी ने काक का हाथ थामकर दबाया। कुछ देर दोनों मौन रहे; केवल उनके हृदयों के बीच संवाद चलता रहा।

''और यह तीसरा बुलावा–''

''इसी ही की सारी उलझन है। यह समझ में नहीं आता कि राणक देवी को मेरी सहायता की क्या आवश्यकता पड़ गयी। मेरी परिस्थिति जरा बेढंगी हो जाएगी।''

''परन्तु बिना उनसे मिले कैसे चलेगा?''

''मिलूँगा अवश्य। फिर जैसी विगत, वैसी बात। तुम अब मेरे जाने की तैयारी कर दो। मैं और सब कुछ ठीक किए आता हूँ।''

मंजरी ने स्नेह से काक के हाथ पर हाथ रख दिया और वह उसकी ओर देखती रही।

''मैं जा रहा हूँ, क्या यह तुम्हें नहीं सुहा रहा है? घबरा रही हो?''

''तनिक भी नहीं।'' मंजरी ने कहा–''मेरे कैलास जैसे दुर्धर्ष और कालाग्नि के समान दुःसह पति को क्या हो सकता है? और किसकी मकदूर है कि उनकी मंजरी की ओर अँगुली भी दिखाए? प्रसन्नता से जाओ। मैं राह देखती बैठी रहूँगी कि तुम दंडनायक कब होते हो।''

''इस जीवन में तो दंडनायक होने का नहीं।''

''यह कैसे जाना?''

''मुझसे जयदेव महाराज डरते हैं और पाटण के मन्त्री घबराते हैं।''

''अच्छा, देखना।'' हँसकर मंजरी ने कहा, ''एक जनी ने तो तुम्हें लाट का राजा बनने का निमन्त्रण दिया था, जिसे तुमने स्वीकर नहीं किया और मुझे पसन्द कर लिया। तब मुझे तो तुम्हें दंडनायक बनाना ही है।''

मंजरी के नेत्र गर्व तथा प्रशंसा से चमकने लगे।

''और न बना तो?'' काक ने हँसकर पूछा।

''तो समझना कि पाटण से मुत्सद्दीगीरी विदा हो गयी।''

''परन्तु तुम्हारे प्रण का क्या होगा?''

''मेरा प्रण तो कभी का पूरा हो गया। मेरे मन से तो तुम दंडनायक हो और रहोगे।''

काक हँसा और उसने मंजरी का हाथ दबा दिया। ''चलो, अब मैं देवभद्रसूरि के उपाश्रय में हो आऊँ। वहाँ कुछ समाचार मिलेगा।''

काक ने सिर पर पगड़ी रखी और तलवार बाँधकर बाहर आया। सुभटों के नमस्कार का उत्तर देता हुआ काक घोड़े पर बैठा और दो-चार सवारों के साथ उपाश्रय की ओर चल दिया।

नगरसेठ के यहाँ

जब आम्रभट सांबा बृहस्पति के बाड़े से पालकी पर बैठकर नगरसेठ के घर की ओर चला, तब भी उसके मस्तिष्क में वह अज्ञात सुन्दरी रम रही थी।

उसे दुर्गपाल सज्जन प्रतीत हुआ। वह जल्दी ही सोरठ जाएगा, तब मैं स्वयं भृगुकच्छ का दुर्गपाल बनूँगा और यहाँ चैन से रह सकूँगा– इसमें भी उसे कोई सन्देह नहीं रहा। उसके पिता ने सावधान रहने की जो सीख दी थी वह उसे निरर्थक मालूम हुई और वह समझ न सका कि भृगुकच्छ की सत्ता को अधिकृत करना उन्होंने क्यों कठिन समझ लिया है।

तो अब केवल उस सुन्दरी को खोजने का काम रह गया। उसने बाजार से जाते हुए चारों ओर देखा; परन्तु उस आकार प्रकार की कोई अन्य स्त्री नहीं दिखी। ऐसे अद्वितीय सौन्दर्य-प्रतिमा को खोजना, इस नगर में सहज तो हो जाए, परन्तु कठिनाइयाँ बहुत थीं। वह एकदम बड़ा आदमी बन गया था। नगरसेठ तेजपाल की पुत्री के साथ उसकी सगाई हुई थी और भृगुकच्छ से परिचित कोई विश्वस्त मनुष्य उसके पास था नहीं; इसलिए यह काम बड़ा कठिन हो गया।

माथा तकिए पर रखकर आँखें मीच कर, उसने उस सुन्दरी के अंगों का लालित्य आँखों के आगे लाने का प्रयत्न किया। होंठों में कैसा आकर्षक माधुर्य—नाक की कैसी मदभरी मरोड़—नेत्रों में कैसी हृदयभेदक मोहिनी! स्तनों की आकृति की आधी दिखती हुई अपूर्वता, कमर की लचक की छटा, पैरों तक की आकृति में स्पष्ट होती हुई भव्यता, इन सब खूबियों का सूक्ष्म पृथक्करण उसने एक आजन्मविलासी की सूक्ष्मता से किया और उसका माथा घूम गया।

उसने जन्म से लेकर अब तक कभी अनादर का अनुभव नहीं किया था। जो वस्तु वह माँगता, वह तुरन्त हाजिर हो जाती। उदा मेहता का धन और अधिकार दिनों-दिन इस प्रकार बढ़ते जा रहे थे कि उसके पुत्र से इनकार करने का सामर्थ्य पाटण में भी किसी का नहीं था, तब यह तो विजित देश की, थोड़ी देहात जैसी राजधानी थी और वह स्वयं यहाँ का दुर्गपाल था—तब और क्या चाहिए?

वह स्त्री विवाहित तो है ही। हुआ करे, इससे क्या? परन्तु उसके बिना कैसे काम चले? अतएव वह मिलनी ही चाहिए। वेश और स्थान पर से वह ब्राह्मणी-सी लगती थी। किस वेदिया गँवार के भाग्य में यह अप्सरा जुटी होगी? जो भी हो, परन्तु कौन-सा ब्राह्मण दान और मोदक से नहीं लुभा जाता? उसमें ब्राह्मणों के प्रति एक श्रावक-श्रेष्ठ के पुत्र के योग्य ही तिरस्कार था। इन विचारों में उलझा हुआ था, फिर भी आम्रभट की दृष्टि में नगर का सारा व्यापार आए बिना न रहा। भृगुकच्छ में घर छोटे और रास्ते सँकरे थे। मन्दिर छोटे और जीर्ण थे। उनमें पाटण के मन्दिरों जैसे

ठाटबाट नहीं थे; मोढेरा के मन्दिरों की-सी भव्यता नहीं थी। फिर भी लाट की इस राजधानी में, पाटण के समस्त नगरों की अपेक्षा एक विशेषता थी, सारा नगर छोटी-छोटी दुकानों का बना मालूम होता था।

प्रत्येक चौक में व्यापारियों की भीड़ थी। मुनीम गुमास्ते कानों में कलम खोंसे, कन्धों पर रुपयों की थैलियाँ टाँगे दौड़ रहे थे और माल से लदी हुई गाड़ियों की कतारें चल रही थीं। खम्भात में इस प्रकार का जीवन कुछ अंशों में था; परन्तु इस नगर की दौड़-धूप के आगे खम्भात का कोई हिसाब ही न था।

इन करणों से आम्रभट की पालकी वाले तेजी से नहीं चल सकते थे और उन्हें जगह-जगह रुकना पड़ता था। इससे आम्रभट की विचारमाला हर घड़ी टूट जाती और उसका जी असन्तुष्ट हो जाता।

आम्रभट को इस नगर में कई बातें विचित्र मालूम हुईं। उसके जैसा बड़ा आदमी पालकी में बैठकर जा रहा है; पर किसी को देखने का भी अवकाश नहीं, तब नमस्कार करने का तो होता कहाँ से? क्या यहाँ के लोग विनयहीन हैं; या काम में फँसे रहने के कारण और किसी बात पर ध्यान ही नहीं दे सकते?

फिर उसे विचार आया कि खम्भात में तो धन समाता नहीं है, पर उससे तिगुने बड़े इस बन्दर पर, कुछ भी नहीं दिखाई देता। कहाँ तो उसके पिता की दुकान का वैभव और कहाँ भृगुकच्छ के पट्टणी चौक की दुकानें!

इतने में उसे अपने पिता की एक बात समझ में आ गयी। उसके पिता ने खम्भात को अपने अधिकार में करके अपार धन कमाया था; और उसे इस नये देश के बड़े बन्दर को अपने अधिकार में करने के लिए भेजा था। आम्रभट मन-ही-मन हँसा। वह भी अपने पिता जैसी समृद्धि और सत्ता पा लेगा।

इस प्रकार हवाई किले बनाता हुआ आम्रभट, नगरसेठ तेजपाल के यहाँ जा पहुँचा। सेठजी तो बाहर गये हुए थे; परन्तु उनका पुत्र रेवापाल आगत स्वागत के लिए हाजिर था।

रेवापाल लगभग तीसेक वर्ष का, सुन्दर ठिगना और मजूबत पुरुष था। उसके मुख पर घावों के चिह्न थे। उसकी भुजाओं में शस्त्रों के व्यवहार करने का बल दिखलाई पड़ता था। उसके नेत्र निश्चल और मुख गम्भीर था। उसके देखते ही मनुष्य की उमंगें दब जातीं।

जब आम्रभट पालकी पर से उतरा, तब रेवापाल ने स्वागत किया... ''पधारिए आँबड़ सेठ, पिताजी बाहर गये हुए हैं।'' उसके नेत्रों में स्नेह और आदर नहीं था, उसके स्वर में भी हर्ष या उमंग नहीं थी। शायद विवश होकर ही वह स्वागत कर रहा था।

उमंगों से भरा हुआ आम्रभट, इस भावी साले का आचार-व्यवहार देखकर ठंडा पड़ गया।

“मेरे सेवक आए?” उससे बड़े प्रयत्न से हँसकर पूछा।

“हाँ।” रेवापाल ने गम्भीरता से उत्तर दिया।

“कहिए, आपकी तबीयत तो ठीक है न?”

“हाँ, ठीक है।” कहकर वह मौनमुख आगे बढ़ा और आम्रभट उसके पीछे। वह इस गाम्भीर्य और मौन तिरस्कार का कारण न समझ सका। कारण, उसे रेवापाल के पहले के जीवन के विषय में जानकारी नहीं थी।

रेवापाल लाट की नष्ट हुई स्वतन्त्रता और सत्ता का भक्त था—और दोनों के चले जाने पर, वह जीवित ही मृतक के समान हो रहा था।

जंबूसर का घेरा

लाट के इतिहास के कुछ भूले हुए पन्ने।

इस कथा को और रेवापाल के गाम्भीर्य को समझने के लिए लाट के इतिहास के कुछ पिछले पन्ने पलटने पड़ेंगे।

लाट का अन्तिम प्रतापी राजा बारप था। परन्तु, लाट के भाग्य से, पाटण के सिंहासन पर, उससे भी अधिक प्रतापी सोलंकी मूलराज आरूढ़ हो गया। बारप ने मूलराज हो हराया, मूलराज ने बारप को हराया; पर परिणाम कुछ न हुआ। अन्तर में बारप के बाद मूलराज के पुत्र चामुंड ने भृगुकच्छ को लिया और अनहिलवाड़ पाटण की सत्ता को लाट में स्थापित करने का आरम्भ किया।

चामुंड के पीछे भीमदेव ने लाट पर अधिक ध्यान नहीं दिया; पर कर्णदेव के समय में, लाट को सर करने का प्रयत्न पाटण करने लगा।

जिन्हें 'गुजरात के नाथ' में दिए हुए मुंजाल और त्रिभुवनपाल की पत्नी काश्मीरा देवी—मामा और भानजे-बहू—के प्रशंसनीय निर्णयों का पता होगा, उन्हें याद हो आएगा कि मुंजाल ने तरुणावस्था में लाट पर आक्रमण किया था और वहाँ के पद्मनाभ महराजा को मारा था।

परन्तु इससे पाटण को कुछ भी न मिला। महाराजा पद्मनाभ के पुत्र ने युद्ध में प्राण खो दिए, तो भी सेनापति ध्रुवसेन मही से लेकर कावेरी* तक लाट का झंडा फहराता रहा। उसने अनेक बार भृगुकच्छ को हस्तगत किया और खोया; हार खाई और हराया।

इस समय दो व्यक्ति परम मित्र थे। दोनों थे बालक; परन्तु रूप और गुण में समान थे। दोनों युद्ध में कुशल थे। एक था गरीब ब्राह्मण और दूसरा था धनवान्

---

* दमण के समीप वाली नदी, जो लाट की दक्षिण सीमा में थी।

नगरसेठ का बेटा। ब्राह्मण, पाटण के दंडनायक त्रिभुवनपाल की सेना में भर्ती हो गया और वणिक ध्रुवसेन की ही सेना में रहा। एक काक और दूसरा रेवापाल।

काक उस्ताद था। उसे विश्वास था कि ध्रुवसेन कुछ भी करे, पर पाटण की सत्ता के आगे उसकी कुछ चल नहीं सकती। महाराज पद्नाभ की पुत्री मृणालकुमारी को, ध्रुवसेन अपने साथ रखता था और वह लाट की अस्तप्राय सत्ता तथा स्वातन्त्र्य की मूर्ति समझी जाती थी; अतएव उनकी दिनों-दिन घटती हुई सेना हिम्मत नहीं हारती थी। फिर भी आखिर में उसे विजय के कोई लक्षण नहीं दिखाई पड़ते थे। काक को इस कठिनाई में काक रास्ता सूझा। यदि सोलंकी त्रिभुवनपाल मृणालकुमारी से विवाह कर लें, तो वे लाट के स्वतन्त्र राजा बन जाएँ, लाट की महत्ता की रक्षा हो जाए, ध्रुवसेन की प्रतिष्ठा बनी रहे और पाटण की पीड़ा जाए।

यह रास्ता जैसे मिला, वैसे ही बन्द हो गया। सोलंकी त्रिभुवनपाल दूसरा विवाह करें यह सम्भव नहीं और करें भी तो उनकी स्त्री काश्मीरा देवी, नहीं करने दे। यदि ऐसा हो जाए, तो भी त्रिभुनवपाल स्वातन्त्र्य का झंडा नहीं उठा सकते थे। यदि उठा भी लें, तो मुंजाल उनके उस स्वांतत्र्य को टिकने नहीं दें। इन कठिनाइयों की खातिरी करने के लिए काक ने पन्द्रह वर्ष पहले पाटण जाने का काम अपने सिर लिया था।

जब उसे विश्वास हो गया कि अन्त में लाट को पाटण के अधीन हुए बिना छुटकारा नहीं है, तब उसके राजनीतिज्ञ मस्तिष्क में विचार आया कि लाट जहाँ तक भी हो शीघ्रता से गुजरात में मिल जाए। तुरन्त उसने अपनी चातुरी से ध्रुवसेन की सत्ता को नष्ट करने के प्रयत्न आरम्भ कर दिए।

लाट के तीन चौथाई लोगों ने पाटण की सत्ता स्वीकार कर ली थी। ध्रुवसेन की सेना पाटण की सेना से केवल दशमांश थी, और वह भी दिनों-दिन क्षीण होती जा रही थी। लाट का धनिक वर्ग, युद्ध से ऊबकर, उदयोन्मुख सूर्य के उत्ताप में आनन्द ले रहा था। परन्तु ध्रुवसेन ने परिश्रम करने में कुछ भी उठा न रखा। अपनी भव्य दाढ़ी के बालों को दाँतों में दबाए वह ध्रुव के समान अटल होकर खड़ा रहा। उसकी छोटी-सी सेना ने भृगुकच्छ को तथा उसकी राज्यलक्ष्मी जैसी राजकन्या मृणालकुमारी को न छोड़ा।

रेवापाल इस सेना में सबके आगे था। वह लाट के स्वातन्त्र्य का पुजारी था और पाटण और पाटणवासियों को अपना कट्टर शत्रु समझता था। भृगुकच्छ का अन्तिम कँगूरा बचा, तब वह लड़ा; और उसके जाने पर वह ध्रुवसेन के साथ जंबूसर भाग गया।

उस दिन उसके हृदय में आग लग आई। काक ने भृगुकच्छ लिया और उसके पिता तेजपाल को समझाकर उससे देशद्रोह कराया। वह बाल्यकाल से काक को मित्र मानता था; अब उसे देशद्रोहियों का शिरोमणि समझने लगा। इस काक ने ही पाटण वालों का पक्ष लिया; त्रिभुवनपाल को विजय दिलवाई, भृगुकच्छ लिया, नगरसेठ

तेजपाल को फुसलाकर अपनी मुट्ठी में कर लिया। देश के शत्रु की ओर प्रकट हुए इस उन्माद में मित्रता जलकर भस्म हो गयी।

जंबसूर का घेरा, इस पराक्रम के इतिहास में स्वर्णाक्षरों से अंकित है। ध्रुवसेन की सेना छोटी थी। लाट के स्वातन्त्र्य में श्रद्धा रखने वाले गिने-चुने थे। लाट के सोलंकियों के वंश में केवल एक लड़की थी। हाथ से गयी हुई इस बाजी का अडिग खिलाड़ी ध्रुवसेन, जंबूसर को वर्षों टिकाए रहा। हजार घावों से सुशोभित इस वीर ने पाटण की समस्त सेना से त्राहि-त्राहि कहलवाया और त्रिभुवनपाल तथा काक दोनों को थका दिया।

अन्त में भृगुकच्छ के घेरे से बचे हुए सात सौ योद्धाओं में से इकतालीस रह गये। इस छोटी-सी, परन्तु अटल सेना के लोगों की परिस्थिति बड़ी गम्भीर थी। यमराज उनको निबाला बनाए बैठा था। उनकी आशाएँ नष्ट हो गयी थीं। ध्रुवसेन की यह विधवा पुत्री तथा अन्य आठ-दस स्त्रियाँ, जो उनके साथ थीं, उनका क्या होगा—यह किसी को नहीं सूझ रहा था। मरते हुए वीर की निश्चयात्मक बुद्धि से ध्रुवसेन ने इन सबका विचार करना, इस भव में स्थगित कर दिया था। इस महान् अन्धकार में भी थोड़ी-सी प्रकाश की किरण जब-तब दिख जाती थी। कामरेज और गान्धार से सेना ओर भोजन-सामग्री की सहायता समुद्र मार्ग से जब तब आ जाती थी।

ध्रुवसेन की अपेक्षा मृणालकुमारी अधिक अटल थी। होंठ पीसकर, यह बाला सेना को प्रोत्साहित कर रही थी और लाट के सोलंकियों के शौर्य को अन्त तक प्रकट करते रहने के निश्चय पर आ रही थी। सारा लाट और गुजरात इस अडिग शौर्य को पागलपन मान रहा था। दिनों-दिन ध्रुवसेन की मृत्यु—कारण कि वह नत हो जानेवाला नहीं था—निकट आ रही थी। और उसकी निर्बलता, इतनी स्पष्ट दिखलाई पड़ रही थी कि सन्धि-समझौता करने का तनिक भी अवसर अब नहीं रह गया था।

अचानक दुर्गपाल काक घेरा छोड़कर पाटण चला गया। क्यों गया, यह कोई न समझ सका। महाराज जयसिंह देव मालवा में थे। वह-महा अमात्य मुंजाल और राजमाता मीनलदेवी से मिलकर लौट आया। दूसरे दिन ध्रुवसेन के पास सन्देश पहुँचा कि काक और नगरसेठ तेजपाल विष्टि लेकर आना चाहते हैं। ध्रुवसेन अपने पुराने शिष्य और दस वर्ष से बने हुए शत्रु के नायक काक के शौर्य तथा कौशल से अपरिचित नहीं था। वह उसे अपना कट्टर शत्रु तथा देशद्रोही समझता था। इस समय यह विष्टि लाने में उसकी कौन-सी चातुरी है, इसे वह न समझ सका। अब जंबूसर तो केवल कुछ ही घड़ियों का प्रश्न था, तब काक किसलिए यहाँ आ रहा है? जो परिस्थिति इस समय थी, उससे अधिक बुरी हो जाने का भय तो था नहीं; अतएव ध्रुवसेन ने काक से मिलना स्वीकार कर लिया।

स्वतन्त्र लाट का अन्तिम अधिकारी

एक टूटे-फूटे घर के चबूतरे पर स्वतन्त्र लाट की फहराती हुई ध्वजा के नीचे, इस हतभागी देश का अन्तिम अधिकारी एक पत्थर पर बैठा था। उसकी सफेद दाढ़ी के बिना सँवारे हुए बाल मरते हुए सिंह की बिखरी हुई अयाल के समान उसके वृद्ध मुख को भव्यता प्रदान कर रहे थे। उसके नेत्र रक्ताभ थे। उसके सिकुड़न पड़े हुए कपाल पर निराशा के चिह्न थे; फिर भी, उसके नेत्रों में तथा कपाल पर एकाग्रता ही दिखाई पड़ रही थी।

उसके शरीर पर जहाँ-तहाँ पट्टियाँ बँधी थीं। फिर भी अपने हाथ में उसने एक बड़ा भाला थाम रखा था। क्षण-क्षण में उसके मुख से लाट की जयघोषणा—'जय गंगनाथ'* —के शब्द निकल रहे थे। लगभग बीस योद्धा, उसको चारों ओर से घेरे खड़े थे। उनके शरीर पर भी पट्टियाँ बँधी थीं। उनके नेत्रों में भी मरते हुए सिंह का-सा खूनी तेज था। सभी भूखे-प्यासे विश्राम के बिना सूख गये थे और फिर भी उनके अंग-अंग से अटल शौर्य टपक रहा था।

शस्त्रहीन काक, तेजपाल को लेकर एक योद्धा के पीछे-पीछे आया। चारों ओर श्मशान से भी बढ़कर शून्यता थी; केवल मरे हुए योद्धाओं के मुख चाटते हुए कुत्तों का भयानक भोंकना दूर से सुनाई पड़ रहा था। इस डरावनी जगह में जब उसने लाट की नष्ट हो रही राज्यलक्ष्मी के अन्तिम रक्षकों को यमराज को डराते खड़े देखा, तब उसके हृदय पर आघात हुआ। ध्रुवसेन से वह शस्त्र चलाना सीखा था, रेवापाल के साथ खेला था, खाया था, सोया था। और सब लोग भी उसके परिचित थे। यह सब इस समय देश की स्वतन्त्रता के लिए प्राण दे रहे थे। वह विजयी परदेश की सेना का नायक, परदेशी राजा का मानीता, स्वयं इतने वर्षों से स्वदेश का भला कर रहा था या बुरा? पल-भर के लिए उसका श्वास अवरुद्ध हो आया, व्यथा से उसने आँखें मींच लीं, और एक बार वह काँपा। उसकी नजर ऊपर फहराती हुई गंगनाथ की ध्वजा पर पड़ी। पराए देश की विजय-घोषणा के परिचित शब्दों को भूलकर वह बुदबुदाया, "भगवान् गंगानाथ जो करें सो ठीक।" दूसरे की क्षण वह प्रकृतिस्थ हो गया, आगे बढ़ा और ध्रुवसेन के समीप आकर उसने साष्टांग दंडवत प्रणाम किया— 'गुरुदेव, प्रणाम।" काक ने जिस योद्धा से शस्त्रविद्या प्राप्त की थी, उसे असली नाम से सम्बोधित किया। ध्रुवसेन ने मौनमुख, पर गौरव से पैर पीछे खींच लिए और काक को चरणस्पर्श करने से रोक दिया। इससे स्पष्ट हो रहा था कि इस स्पर्श से वे दूषित हो जाएँगे। काक अदब से कुछ दूर हटकर खड़ा हो गया।

---

* महादेव का यह प्राचीन मन्दिर अभी तक भड़ौच में वर्तमान है।

"काक," कुछ देर में उस वृद्ध वीर ने उपवास और अपार परिश्रम से बैठी हुई आवाज में कहा, "कैसे आए हो, हमारी निर्बलता देखने के लिए?"

"गुरुदेव," काक ने सम्मान से, नम्रता से कहा, "महाराज, आप न कभी निर्बल थे और न होंगे। मैं तो आप से एक प्रार्थना करने आया हूँ।"

"प्रार्थना!" रेवापाल बीच में बोल उठा। उसका गला बैठ गया था, उसकी आँखें पागलों जैसी चमक रही थीं। "हमें गुलाम बनाने के लिए आए हो?"

"नहीं भाई," अपमान को पीकर स्नेहपूर्ण स्वर में काक ने कहा, "मैं तो लाट के अमर योद्धाओं के दर्शन करके कृतार्थ होने और प्रार्थना करने आया हूँ कि अब आग्रह छोड़ दीजिए। जो कुछ आपने किया, वह किसी ने कभी नहीं किया, और न किसी से होगा; परन्तु जिस लाट और जिन मृणालकुमारी के लिए यह सब किया है, उन्हीं के लिए अब हठ छोड़ दीजिए।"

"और वह तेरे कहने से?" ध्रुवसेन ने कठोर तिरस्कारपूर्ण हास्य से पूछा।

"तेरे कहने से? तू कौन-सा मुँह लेकर आया है? मुझे खबर है कि तू कौन है? परदेशी पट्टणियों का किराए का सेवक। तुझे न अपने देश का खयाल हुआ न अपने अन्नदाता की लाज आई। अपने बन्धु-बान्धवों का प्रेम भी तेरे आड़े न आया। तू स्वयं बिक गया और भृगुकच्छ को बेच दिया। अब मुझे खरीदने आया है?"

कुछ देर तक ये कठोर शब्द काक सुनता रहा और फिर स्वस्थ होकर पहले के समान ही नम्रता से बोला, "गुरुदेव, आप कह तो ठीक रहे हैं, परन्तु मेरी बात भी सुनेंगे? जब मैं पाटण की सेना में दाखिल हुआ, तब कहाँ था लाट का बल और कहाँ थी उसकी सत्ता? आप मानते थे कि दोनों हैं; पर मुझे विश्वास था कि दोनों मृगजल समान हैं।"

"देशद्रोह करने की अपेक्षा इस मृगजल के पीछे मरना हमें प्रिय है।" रेवापाल अधीरता से बोला।

"भाई रेवापाल, तुम पट्टणियों को नहीं पहचानते। उनकी ओर यदि मैं न होता, तो भृगुकच्छ मैदान हो जाता, तुम न जाने कब के कुचल गये होते। और लाट की सत्ता तथा गौरव की रक्षा का जो अवसर मैं आज लाया हूँ, वह कभी न आता।" काक ने सख्ती से कहा।

"यह सत्ता और यह गौरव!" ध्रुवसेन ने काक की अन्तिम बात पर टीका करते हुए आसपास हाथ से दिखाया।

"जी हाँ, यह सत्ता और यह गौरव! छः मास से आप कैसे टिके हुए हैं, कुछ खबर है? गान्धार से अन्न किसने भिजवाया, खबर है? कामरेज से मनुष्य भिजवाने का सन्देश किसने कहलाया, पता है?"

"किसने?" रेवापाल ने तिरस्कार से पूछा।

"मैंने।" काक ने गर्व से कहा।

"किसलिए?"

"किसलिए? आप तो मुझे शत्रु समझते हैं, पर यह भूल है। गुरुदेव, लाट पाटण के हाथों जाएगा, यह निश्चित है। परन्तु मैं एक अभागे बेचारे की भाँति उसे नहीं जाने देना चाहता, अपनी इच्छा से सम्मान के साथ जाने देना चाहता हूँ। और यह आप कर सकते हैं; इसी से आपको टिकाए चला जा रहा था, और इस समय यह प्रार्थना करने आया हूँ।"

कोई न बोला। किसी की समझ में न आया कि काक डींग हाँक रहा है, या सच कह रहा है। वह आगे कहने लगा–

"आप राजकन्या मृणालकुमारी को लाट के सिंहासन पर बिठाना चाहते हैं? मेरी भी यही कामना है। आप लाट की सत्ता हाथ में लेना चाहते हैं? यह भी मुझे स्वीकार है। आप भृगुकच्छ का झंडा चारों दिशाओं में फहराना चाहते हैं? मैं भी यही चाहता हूँ। और इसी से आपके पास आया हूँ।" काक आवेश के साथ तेजी से बोले जा रहा था। उसके नेत्र चमक रहे थे।

"परन्तु किस प्रकार?"

"महाराज जयसिंहदेव, मृणालकुमारी देवी से विवाह करने को तैयार हैं। आपको भृगुकच्छ का दुर्गपाल नियत किया है, और मेरी लाट की सेना को भाई रेवापाल के अधीन कर देने का आदेश दिया है। आप यदि यह स्वीकार करें, तो प्रातःकाल त्रिभुवनपाल और मैं पाटण की सेना को लेकर यहाँ से रवाना हो जाएँ।" कहकर काक ने पाटण से आया हुआ शासन सामने रख दिया।

ध्रुवसेन तथा उसके साथी चकित होकर देखने लगे।

"इसका अर्थ यह कि हम लोग पाटण की दासता स्वीकार कर लें?" रेवापाल ने क्रोध से कहा। मेरे पिता को तो परदेशी लोगों का पालतू बना लिया, अब मुझे बनाना चाहते हो? यह कभी नहीं हो सकता।" रेवापाल ने दृढ़ता से कहा।

"भाई रेवापाल," काक ने कहा, "यह समय उतावली करने या क्रोधित होने का नहीं है। गुरुदेव महाराज," काक बहुत ही विनयपूर्वक गिडगिड़ाकर कहने लगा, "आप वृद्ध हैं, अनुभवी हैं। मुझे देशद्रोही समझें, किराए का समझें, दास समझें, पर इससे लाट का भला नहीं होने का।"

ध्रुवसेन ने मौनमुख माथा हिलाया। काक आगे कहने लगा, "आप मुट्ठी भर हैं। मैं चाहूँ, तो कल प्रातःकाल ही जंबूसर को ले लूँ। आप तो भीष्म पितामह के समान स्वेच्छा से मृत्यु का आह्वान कर सकते हैं। अतएव आप प्राण दे देंगे। पर परिणाम क्या होगा, यह नहीं देखते? लाट का पुरातन गौरव अस्त हो जाएगा, राजकुमारी का कोई सहारा न रहेगा, लाट के सोलंकियों का नाम निशान न रहेगा, और पाटण का राजा लाट को भूमिसात् करने का अभिमान करेगा।" काक कुछ रुका और, रेवापाल बीच कुछ बोलने जा रहा था कि उसे रोककर बोला, "भाई रेवापाल, मुझे कह लेने दो।

शान्त हो जाओ, विचार करो। जैसी तुम्हारी धारणा है, वैसा पापी या देशद्रोही मैं नहीं हूँ। गुरुदेव, आप मेरे पिता के समान हैं, रेवापाल मेरे छोटे भाई हैं। भृगुकच्छ में जन्मा हूँ और भव-भव में यहीं जन्म लेना चाहता हूँ। आप तनिक विचार तो करो कि आपकी ऐसी परिस्थिति में भी मैं पाटण से ये शर्तें किस प्रकार ले आया हूँ? मैं देशद्रोही होता, तो ऐसा किसलिए करता? आपकी पराजय से प्रसन्न न होता? मैं राजकुमारी का हितैषी न होता, तो उन्हें गुजरात की स्वामिनी बनाने की चिन्ता क्यों करता? मैं तो लाट को गुजरात के माथे का मणि बनाना चाहता हूँ।''

कोई भी न बोला। सब स्तब्ध होकर खड़े रहे। निःश्वास लेकर पट्टियाँ बँधा हुआ हाथ ध्रुवसेन ने कपाल पर रख लिया।

''कहो गुरुदेव, बोलो सेनापति महाराज, आपके बोल पर ही इस समय लाट का गौरव लटक रहा है।''

धीरे से ध्रुवसेन ने माथा ऊपर उठाया, ''भाइयों, यह हमारी अपनी बात नहीं है। पाटण की चाकरी मैं तो कभी लेने वाला नहीं। ऐसा अवसर आने के पूर्व ही मैं जान दे दूँगा, परन्तु मेरे स्वामी की कन्या का कौन है? उससे बिना पूछे मैं कुछ न करूँगा। यदि वह 'ना' कहेगी तो कल ही केसरिया।'' कहकर वह उठ बैठा।

''राजकुमारी से इसी समय पूछेंगे?'' काक ने कहा।

''मैं नहीं पूछता। रेवापाल, तू काक को मृणालकुमारी के पास ले जा।''

''परन्तु वे पूछें कि आपका क्या विचार है, तो?'' रेवापाल बोला।

वृद्ध योद्धा कुछ देर ठहरा और माथा ऊँचा करके बोला, ''कहना कि काक की बात वास्तविक लगती है।''

काक का हृदय हर्ष से उछल पड़ा। लाट के योद्धा हताश होकर एक-दूसरे की ओर देखने लगे।

लाट की राज्यलक्ष्मी

जब काक रेवापाल के पीछे-पीछे गया, तब उसके मन में अनेक शंकाएँ पैदा हुईं। एक मुत्सद्दी योद्धा को समझाना एक बात है और एक बीस वर्ष के स्त्री की हठ को वश में करना दूसरी बात। और उसे ज्ञात हुआ था कि इस युद्ध में जैसा अटल साहस ध्रुवसेन ने दिखलाया था, वैसा ही इस सोलंकी-कुमारी ने भी।

जंबूसर की सूनी श्माशान जैसी गलियों को पार करते हुए काक इस कुमारी के स्मरण मन-ही-मन ताजा करने लगा। महाराज पद्मनाभ के समय जब वह और रेवापाल साथ-साथ पाठशाला जाते थे, उसे याद आया कि तब उसका जन्मोत्सव हुआ था। फिर दो-एक बार उसे तब देखा था जब वह पाँच वर्ष की छोटी गुड़िया के समान

बालिका थी। आज वह कैसी होगी? कैसे-कैसे दुःखों और भयंकर संयोगों में से वह पार हुई होगी? और इस समय पाटण का राजमुकुट हाथ में लेकर वह उसे देने जा रहा है, सो क्या वह ले लेगी?

उसने रेवापाल की ओर देखा। होंठ पीसता हुआ वह आगे जा रहा था। उसने सुना था--कान अपराधी थे-- कि रेवापाल जितनी जहमत लाट की स्वतन्त्रता के लिए उठा रहा था, उससे अधिक जोखिम राजकुमारी को रिझाने के लिए उठाता था; और उसकी सेवा में जितना परमार्थ था, उतना स्वार्थ था। परन्तु ये तो लोगों की गप्पें थीं।

कुछ देर में वे एक खँडहर जैसे महल में पहुँचे। वहाँ एक सैनिक पहरा दे रहा था।

"जय गंगनाथ भोला!" रेवापाल ने कहा।

"जय गंगनाथ!" सैनिक ने उत्तर दिया "क्या आज्ञा है?"

"राजकुमारी क्या कर रही हैं?"

"बैठी होंगी।"

"जाओ, पूछ आओ कि रेवापाल और पाटण के भटराज काक मिलना चाहते हैं।" रेवापाल के शब्द-शब्द में दाह था। काक ने उसे मौनमुख सह लिया। भोला गया और कुछ देर में लौट आया।

"चलिए, राजकुमारी बुलाती हैं।"

गन्दे बराबदे, और बिल्कुल अँधेरे खंड से होकर भोला काक और रेवापाल को पीछे की ओर के एक कमरे में ले गया। एक हिंडोले पर काली साड़ी पहने मृणालकुमारी बैठी थी। दो छिद्रों में से आते हुए नाम-मात्र के प्रकाश में काक ने सोलंकी-राजकन्या को देखा। वह छोटी और नाजुक दिखती थी। शायद ही कोई उसे सोलह वर्ष की कहे। परन्तु उसके पतले और सुघड़ होंठ सख्ती से बन्द थे और उसके नेत्रों में गहरा और स्थिर तेज चमक रहा था। उसकी छोटी पर झुकी हुई नाक और मोहक पर हठीली ठोड़ी उसके प्रभाव का कुछ आभास करा रही थी। उसनें दोनों पैर भूमि पर टिकाकर एकदम हिंडोले को रोक दिया और एक तीक्ष्ण दृष्टि इन दोनों पर डाली।

"ये काक भट हैं?" उसने पूछा। उसके स्वर में कुछ विचित्र-सी शान्ति और निश्चयात्मकता थी। रेवापाल ने माथा हिलाकर 'हाँ' कहा।

"आइए कैसे आए हैं?" उसके स्वर में तनिक भी भावावेश नहीं था।

"बहिन," रेवापाल ने कहा, "काक पट्टणी दंडनायक का सन्देश लाए हैं।"

"क्या?"

"यदि गुरुदेव समझौता कर लें, तो पाटण का राजा आपसे विवाह करने तथा गुरुदेव को भृगुकच्छ का दुर्गपाल बनाने को राजी है।" रेवापाल ने तिरस्कार भरे स्वर में काक का सन्देश सुनाया।

"अच्छा!" जैसे किसी दूसरे की बात हो रही हो, इस प्रकार मृणाल ने कहा, "और गुरुदेव क्या कहते हैं?"

"कहते हैं कि उन्हें काक की बात वास्तविक लगती है; फिर आप जो कहें, वह ठीक। आपकी आज्ञा हो, तो कल केसरिया करने को भी हम राजी हैं।"

राजकुमारी एकदम काक की ओर मुड़ी और जैसे कोई मामूली बात करती हो, इस तरह पूछा—"आप ही काक भट हैं? वही जिन्होंने लाट को जीता है?"

"हाँ बहिन।" कहकर काक ने हाथ जोड़े।

"आप मुझे पाटण की रानी बनाना चाहते हैं?"

"जी हाँ।"

"किसलिए?"

"इसलिए कि इसी में लाट का सुख और गौरव है।"

"और मैं अस्वीकार कर दूँ तो?" राजकुमारी ने पूछा।

"तो कल ही जंबूसर हाथ से निकल जाएगा, मेरे गुरुदेव जो अभी तक दुर्जय रहे हैं, हार जाएँगे और महाराज पद्मनाम की पुत्री का न जाने क्या होगा।"

काक ने भी जरा सख्ती से कहा। न जाने क्यों उसे इस लड़की का मुद्दा समझ में न आया।

"रेवापाल, तुम्हारा क्या खयाल है?" कुमारी ने पूछा।

"आपकी जो आज्ञा हो।" रेवापाल ने हठ से थोड़े में कह दिया।

"तुम्हें यह योजना वास्तविक लगती है?"

"लाट का पराए हाथों जाना मुझे तो कुछ वास्तविक नहीं जान पड़ता।" मृणाल कुछ देर मौन रही। "रेवापाल, गुरुदेव चबूतरे पर हैं?"

"हाँ।"

"जाओ, जरा बुला लाओ।"

"जो आज्ञा।" कहकर रेवापाल चला गया। काक इस छोटी-सी राजकुमारी का रौब और शान्ति देखकर जरा चकित हुआ। मीनलदेवी में भी उसने ऐसी निश्चयात्मिका बुद्धि और एकाग्रता नहीं देखी थी। ज्यों ही रेवापाल गया कि काक की ओर मुड़ी; उसके होंठ अधिक सख्ती से बन्द हो गये।

"भटजी, आप मुझसे क्या कराना चाहते हैं, खबर है?"

"हाँ।"

"नहीं है।" राजकुमारी ने इस प्रकार कहा जैसे कोई अनुभवी योद्धा खातिरी से तलवार का घाव करता है। "कल सवेरे अपने दादा का मुकुट पहनकर, और हाथ में तलवार लेकर अपनी सेना के साथ मैं केसरिया करने तुम पर टूट पड़ूँगी। मेरा तो सिर जाएगा; पर मैं अमर हो जाऊँगी। मेरे शौर्य से भूमंडल गूँज उठेगा और भविष्य में लोग मुझे रणचंडी अंबिका की भाँति पूजेंगे।" उसके स्वर में कम्पन नहीं था, नेत्रों में

असाधारण तेज नहीं था। थी केवल वही अस्वाभाविक निश्चयात्मकता और लापरवाही भरी शान्ति। काक के आश्चर्य का पार न रहा।

"तुम चाहते हो की मैं यह लाभ खो दूँ?"

"हाँ।"

"किसलिए?"

"इसलिए कि आप गुजरात की राजमाता बन जाएं।"

"तुम्हारे राजा की कितनी स्त्रियाँ हैं?"

"तीन"।

"और मैं चौथी? इनमें पटरानी कौन?"

"मीनलदेवी ने वचन दिया है, आप पटरानी होंगी।"

"काकभट मैं तो चाहती हूँ कि स्वयम्बरा होऊँ, स्वयं अपना वर चुनूँ।"

"सोलंकी जयसिंहदेव से अधिक योग्य और कौन वर मिलेगा?"

"जो समस्त गुजरात को जीत कर आए वह।"

"पर यह भी किससे हो सकता है?"

"बताऊँ, कह दूँ?" उसने कुछ झुककर होंठ दबाकर, धीमी, पर स्वस्थ आवाज से पूछा। काक काँप गया। यह लड़की तो बूढ़ियों जैसी चतुराई से बोल रही है।

"एक आदमी की मैंने बड़ी ख्याति सुनी है। उसने मुंजाल को मात किया, खेंगार के छक्के छुड़ा दिए, अकेले हाथों नवघण को पकड़ा, उदा की स्त्री ले आया, और आज वह त्रिभुवन को अँगुलियों पर नाचता है। जिसे आज इतने वर्षों से देखने को तरस रही हूँ, बोलो, उससे यह होगा?"

काक काँप उठा। कैसा भयंकर प्रश्न! कैसा इस स्त्री का पागल जोश! क्षण भर के लिए उसकी भी स्वस्थता जाती रही।

"बोलो, ये सब पराक्रम सत्य हैं या झूठ?"

"परन्तु मैं–मैं–"

"हाँ, तुम गुजरात को जीत सकते हो।"

"क्या कह रही हैं?" पागल हो गयी हैं?

"नहीं। इसी समय स्वीकार करो। तुम्हारे पास ल़ाट की कितनी सेना है? पाँच हजार, छह हजार?"

"हाँ।"

"त्रिभुवनपाल घड़ी भर में समाप्त हो जाएगा। कल सवेरे तुम्हारी सेना भृगुकच्छ को वापस ले लेगी और परसों मही से तापी तक लाट तैयार हो जाएगा। महाराज पद्मनाभ का सिंहासन सूना है। हम दोनों उस पर बैठेंगे। फिर गुजरात की क्या गिनती है?" उसने शान्ति से पूछा। उसके लिए तो यह केवल सौदे का सवाल था।

काक इस प्रकार चौंक पड़ा, जैसे पैरों के आगे साँप दिख गया हो। यह गहरा

विचार, यह भावहीन योजना, कैसी दृढ़ता और कैसी हिम्मत! और वह इस बालिका में!

काक को क्षण भर यह भी न सूझा कि वह क्या कहे।

"राजकुमारी," काक के स्वर में क्षोभ था, "आप मुझसे क्या कराना चाहती हैं," सो समझती हैं?

"हाँ। संसार में सबसे श्रेष्ठ राज्य पद है, वही दिलाती हूँ।"

"नहीं। मित्रद्रोह करूँ, स्वामीद्रोह करूँ, पत्नीद्रोह करूँ, वर्णभ्रष्ट हो जाऊँ? नहीं, मुझसे यह न होगा।" काक धीरे से बोला।

"तुमसे तो केवल देशद्रोह ही होगा। मुझे खबर नहीं थी कि तुम इतने कायर हो!" मृणाल ने तिरस्कार से कहा। उसके स्वर में पहली ही बार निराशा का भाव आया।

"जैसी आपकी धारणा है, वैसा साहस मुझमें नहीं है। परन्तु जयसिंह देव के साथ विवाह करो, तो तुम्हें जगत की महारानी बना दूँ। महाराज पद्मनाभ की कुमारी की आन दसों दिशाओं में फैला दूँ। फिर और क्या चाहिए?"

"ये सब तो बातें हैं। पाटण की रानी बनने में मुझे कोई सार नहीं दिखाई देता।"

"और फिजूल ही केसरिया करने में मुझे सार नहीं नजर आता।"

"परन्तु तुम्हारा जी नहीं ललचाता?" कुमारी ने पूछा।

"अपना संकल्प मैंने कह दिया। इससे अधिक मुझसे नहीं हो सकता।"

"तब इसके सिवाय दूसरा रास्ता लेने में मुझे तुम्हारी परवाह नहीं।" मृणाल ने शान्त भाव से कहा।

"जी।" काक ने उत्तर दिया।–"लो, ये गुरुदेव आ गये।"

दूसरे ही क्षण ध्रुवसेन और रेवापाल आ गये। सब चिन्तातुर मुख से राजकुमारी की ओर देखने लगे। उसने तीनों ओर क्रमशः देखा और फिर शान्ति से कहा, "गुरुदेव जयसिंह देव से विवाह करने को मैं तैयार हूँ।"

रेवापाल चौंक पड़ा। काक को चैन मिली।

"आप क्या करेंगे?"

"मैं?" ध्रुवसेन ने कहा, "मैं कल संन्यास लूँगा। रेवापाल को दुर्गपाल नियत करना होगा।" ध्रुवसेन ने काक से कहा।

"जी।" काक ने कहा।

"रेवापाल परदेशी लोगों का दास कदापि न बनेगा।" रेवापाल ने होंठ पीसकर कहा।

"तो आप ये शर्तें स्वीकार करते हैं?" काक ने अन्तिम प्रश्न किया।

"हाँ।" ध्रुवसेन ने कहा। मृणाल शान्ति से और रेवापाल क्रोध से देखता रहा।

आखिर ध्रुवसेन ने संन्यास ले लिया। कुमारी जयसिंह देव से विवाह करके लीलादेवी बनीं और रेवापाल के लिए संसार मे रस नहीं रहा।

इस बात को चार वर्ष बीत गये।

परिचित होने पर भी अजान मुख

भृगुकच्छ का दुर्गपाल तेजी से देवभद्र सूरि के उपाश्रय में जा पहुँचा।

कितने ही वर्ष हो गये, देवभद्र सूरि अपने चातुर्मास भृगुकच्छ में बिताते थे और कमजोरी होने के कारण दूसरी ऋतुओं में भी वे बहुत दूर विहार नहीं करते थे, जरूरत पड़ने पर यहीं आ पहुँचते थे।

इनकी ख्याति दसों दिशाओं में फैली हुई थी। संवत् 1158 में जब इन्होंने 'कथारत्नकोश' लिखा, तब से तो इनकी विद्वता का डंका ऐसा बज रहा था कि चारों दिशाओं के जैन साधु पंडित आकर्षित होकर भड़ौंच आते और इनके वचनामृत का स्वाद चखने की लालसा रखते थे।

देवभद्र की विद्वता जैसी बेजोड़ थी, हृदय भी उनका वैसा ही विशाल था। भूत-दया के वे भक्त थे। जन-समाज का उद्धार ही उनकी प्रवृत्ति का लक्ष्य था। जैन और जैनेतर मतों के झगड़ों, या राजपुरुषों की खींचतान में उन्हें रस नहीं था। उनके उपाश्रय में श्रवण और ब्राह्मण दोनों का स्वागत होता था। उनके उपदेश गृहस्थ और विरागी दोनों के काम आते। फिर भी, वे राजनीतिक क्षेत्र में, अन्य साधुओं की भाँति सिर नहीं खपाते थे।

इस समय सूरिजी अस्वस्थता के कारण भृगुकच्छ में ही थे औ त्रिभुवनपाल के औदार्य से बने हुए उनके उपाश्रय में लोगों का आवागमन विशेष दिखलाई पड़ता था।

काक उस बरामदे में पहुँचा, जहाँ स्वयं देवभद्र विराजे थे। वह दुर्गपाल था और ब्राह्मण था, फिर भी जब तब यहाँ आने से न चूकता था। अतएव लोगों को कोई आश्चर्य न हुआ।

एक बराबदे में देवभद्र सूरि अपने अस्वस्थ शरीर को हाथ पर टिकाए बैठे थे। नगर के दो एक श्रावक भी वहाँ थे। कुछ दूरी पर एक लेखक उनके नये लिखे हुए 'पार्श्वनाथचरित' की प्रतिलिपि कर रहा था।

उनका मुख सूखा और साधारण दर्शक को निस्तेज-सा लगता था। उनके नेत्रों में मृदुता थी; और वादविवाद में भी उनकी दृष्टि कठोर नहीं होती थी। वे हँसते, पर कम और मीठा। बुद्धि-प्रभाव या विजय का गर्व उनमें दिखाई नहीं देता था। उनका शरीर छोटा और निर्बल था। और अक्सर से बोलते-बोलते रुक जाते और बड़े प्रयत्न से श्वास लेते।

जब काक उस बरामदे की सीढ़ियाँ चढ़ा, जहाँ ये सब बैठे थे तब देवभद्र सूरि अध्यापन के दीर्घ अभ्यासी अध्यापक की भाँति अँगुलियाँ रखकर बोल रहे थे।

"अमारी (अहिंसा) और राज्यपद इन दो में परस्पर विरोध है। राज्याधिकारी या तो हिंसक होता है, या हिंसा से बचने का साधन। फिर अहिंसा के उपासक को अधिकारी का उपयोग कैसे हो सकता है?" सूरिजी ने सामने बैठे हुए साधु से पूछा और काक को देखकर उसकी ओर झुककर कहा, "ये हैं हमारे दुर्गपाल! यदि हम अहिंसा का ही प्रवर्तन करें, तो यह किससे हमारी रक्षा करेंगे?" फिर हँसकर सूरिजी ने बात पलट दी "भटराज, इन सूरिजी को पहचानते हो?"

काक ने साधु के साथ देवभद्रजी की ओर नजर डाली। उसका मुख परिचित-सा तो मालूम हुआ पर ध्यान से देखने पर भी पहचाना न जा सका।

इस साधु का स्वरूप देवभद्र के स्वरूप से उलटा ही था। यह तरुण और तेजस्वी था। नेत्रों में चमत्कार था, हास्य में वैविध्य था। शरीर इकहरा था, फिर भी निर्वीर्य नहीं दिखता था।

इस तरुण साधु को कहाँ और किस अवसर पर देखा था, काक को स्मरण नहीं आया। वह मस्तिष्क की भीतरी तह में स्मरण करने का यत्न करता हुआ सबको नमस्कार करके बैठ गया।

"ये महाराज कौन हैं?" काक ने पूछा।

"ये महाराज नहीं हैं, सूरि हैं।" देवभद्र ने कुछ हँसकर उत्तर दिया।

"यह हेमचन्द्र सूरि है और विहार करते हुए आज ही आए हैं।" देवभद्र ने कहा, "उम्र में जितने छोटे हैं, ज्ञान और तपस्या में उतने ही वृद्ध हैं।"

"मेरा भी अहो भाग्य कि एक महात्मा के दर्शन को आया और दो के दर्शन हुए। महाराज, मैं वंथली जा रहा हूँ।"

"क्यों?"

"महाराज जयसिंह देव की आज्ञा हुई है।" काक ने हेमचन्द्र की ओर देखकर कहा। उस साधु का मुख निश्चल था।

"क्यों, एकदम?" देवभद्रसूरि ने पूछा।

"क्यों समझ में नहीं आता। उदा मेहता का पुत्र आँबड़ आज्ञा लेकर आया है।"

"अच्छा। कब?"

"आज प्रातःकाल।"

"कोई सबल कारण होना चाहिए।"

"ऐसा लगता है कि महाराज जूनागढ़ लेने के लिए आतुर हो रहे हैं।"

"अरे-रे!" देवभद्र ने कहा, "राजा बड़े-से-बड़े हिंसक हैं। मैं सूरिजी से कह रहा था कि राजाओं को समझाएँ। अहिंसा का प्रवर्तन नहीं हो सकता। इनका अस्तित्व, इनका आडम्बर, ये सब हिंसा पर रचे गये हैं।"

"और इनके जैसे लोग उसमें सहायता कर रहे हैं।" हेमचन्द्र ने हँसकर कहा।"

काक सावधान था। उसने धीरे से दाव खेला, "उदा मेहता जैसे श्रावक-शिरोमणि जब हिंसा नहीं छोड़ते, तब मुझ जैसे सैनिक क्या कर सकते हैं?"

परन्तु उस साधु की मुखमुद्रा निर्दोष और विशुद्ध ही थी। उसने कहा "सभी राजपुरुष उल्टे रास्ते जा रहे हैं। न जाने ये कब सीधे मार्ग पर आएँगे?"

"जब हम सच्ची तपस्या करेंगे तब।" देवभद्र सूरि ने कहा।

"महाराज," काक ने कहा, "मैं आज कल ही में जाऊँगा, कुछ कहना-कहलवाना है?"

"हाँ, मीनलदेवी से मेरा धर्मलाभ कहना। तुम वापस कब तक लौटोगे?"

"जहाँ तक होगा, जल्दी। भगवान् सोमनाथ का मन्दिर तैयार होने को आया है। मुझसे बना तो ज्यों ही, महाराज जयसिंह देव ने जूनागढ़ लिया कि कलश चढ़ाने उन्हें तुरन्त ही यहाँ बुला लाऊँगा।"

"तब तो बहुत ही अच्छा।"

"महाराज ने अभी तक भृगुकच्छ को पवित्र नहीं किया?" हेमचन्द्र ने कहा।

"जी नहीं।" काक ने उत्तर दिया, "इसी से मुझे इस अवसर पर उन्हें यहाँ बुला लाने का उत्साह है। तब तक आप यहीं रहेंगे?"

"यह तो इस बात पर निर्भर है कि आपको लौटने में कितना समय लगता है।"

काक हँसा। उसने देखा, या तो यह मनुष्य बिल्कुल निर्दोष है, या सच्चा खिलाड़ी है।

इसका और पाटण का क्या सम्बन्ध है, यह जानने को वह उत्सुक हो रहा था और आम्रभट के साथ बातचीत करते हुए उसे जो सम-विषम आए थे, वे उसके मन में फिर खड़े हो गये।

"अधिक समय नहीं लगेगा। रेवापाल मिल गये?" काक कुछ देवभद्र तथा कुछ हेमचन्द्र की ओर देखकर पूछा।

"नहीं।" देवभद्र ने कहा, "नगरसेठ अभी-अभी घर गये हैं।"

"ठीक है, तब मैं भी जाऊँ। मुझे उनसे मिलना है।" कहकर काक उठ खड़ा हुआ।

"मैं भी थोड़ी देर को जा आऊँ। आज्ञा है?" कहकर हेमचन्द्र भी उठे।

"महाराज, आज्ञा है?" काक ने प्रणाम करके पूछा।

"बेटा, धर्मलाभ।" देवभद्र ने कहा। हेमचन्द्र भी देवभद्र को प्रणाम करके काक के साथ जाने लगे।

काक की पुरानी पहचान ताजा होती है

जब हेमचन्द्र के साथ काक बरामदे से नीचे उतरा, तब उसे ऐसा लगा कि वे दोनों एक-दूसरे की ओर अविश्वास की नजर से देख रहे हैं। शिष्टाचारी सैनिक माया से बरतता था, त्यागी साधु नम्रता से बोलता था। दोनों के मुखपर एक भी नई रेखा नहीं थी, फिर भी दोनों एक-दूसरे का माप कर रहे थे।

काक ने बहुत प्रयत्न किया। यह मुख परिचित था, इस आवाज में भी एक परिचित-सी झंकार थी; परन्तु यह स्मरण नहीं आया कि इस साधु को कहाँ देखा था।

हेमचन्द्र भी काक के साथ सावधानी बरत रहे थे और फिर भी उनके मुख पर विशुद्धता इतनी स्पष्ट थी की काक का भ्रम लगभग जाने लगा।

''आपका और सूरिजी का क्या मतभेद था?''

''मतभेद कुछ नहीं। सूरिजी समझते हैं कि राज-कार्यों में अहिंसा का प्रसार नहीं हो सकता।''

''कैसे हो सकता है? राजकार्य में ईर्ष्या, सत्ता, बल और धूर्तता तो रहती ही है। वहाँ अहिंसा कैसे सम्भव हो?''

''यह तुम्हारी भूल है?'' तरुण सूरि ने प्रतापी स्वर में कहा।

''क्यों? कैसे?''

''जब राजकार्यों में धर्म का राज्य होगा, तभी ये पापाचार जाएँगे।''

''मुझे तो ऐसा लगता है कि ऐसी संगति में स्वयं धर्मराजा भी पलट जाएँगे।''

''तो वह धर्मराजा नहीं।''

''पाटण में चन्द्रावती के एक यति आए थे, उनकी बात सुनी है?''

''दस हजार महात्मा हार जाएं, तब एक सच्चा वीतराग होता है।'' साधु ने कहा।

''वीतराग'' शब्द का उच्चारण सुनकेर काक के मस्तिष्क का एक तार झंकार कर उठा। अचानक एक घटना स्मरण हो आई, एक छोटे से बालक का सुन्दर मुख नजर के आगे आ गया। वह मन-ही-मन हँसा और इस साधु को आखिर उसने पहचान लिया।

''देखिए।'' काक ने मन-ही-मन कहा और फिर अपनी खूबी आजमाई, ''सूरिजी, हम बहुत वर्षों बाद मिले। याद है?''

हेमचन्द्र चौकें। उनके शान्त मुख पर कुछ क्षोभ छा गया, ''हम?''

''जी हाँ।'' कहकर काक हँसा। ''आपको उदा मेहता ने दीक्षा दिलाई थी, याद है? उस समय आप 'चांगा' थे और मैं एक साधारण सैनिक। आपके दादा के आग्रह से मैं आपको रात्रि के समय उठा ले जाने को गया था—स्मरण है?''

आश्चर्य से हेमचन्द्र ने कपाल पर हाथ फेरा। पन्द्रह वर्ष पहले की घटना का

स्मरण धुँधला था, फिर भी वह नजर के आगे खड़ा हो गया आदर से वे काक की ओर देखने लगे। काक यह परिवर्तन देखकर हँसा।

"सूरिजी, आपने मुझसे क्या कहा था, याद है? मैं तो वीतराग बनूँगा। आपका लक्ष्य सिद्ध हुआ?" काक ने कुछ कटाक्ष से कहा।

"भटराज, वीतराग होने की बातें करना सहज है, परन्तु होना बड़ा कठिन है।"

"उदा मेहता कैसे हैं?" काक ने बिल्कुल निर्दोष और स्नेहपूर्ण स्वर में पूछा।

"मैं उनसे बहुत समय से नहीं मिला।" हेमचन्द्र ने भी वैसे ही निर्दोष स्वर में उत्तर दिया।

"आज सवेरे आम्रभट आया है, उससे तो आप मिले होंगे?" काक ने हँसकर कहा।

"वह यहाँ मिलने को नहीं आया। मिले, तो कहना कि आकर मुझे मिल जाए।"

"अवश्य। अब तो वह भृगुकच्छ का दुर्गपाल होगा।"

"अच्छा? वह बेचारा मौजी जीव है।"

"फिर भी उदा मेहता का पुत्र है। मोर के अंडों को कुछ चित्रित थोड़े ही करना पड़ेगा।"

"इतना अच्छा है कि भृगुकच्छ शान्त है, नहीं तो बेचारे को मुश्किल हो जाता।" काक ने देखा कि इस बातचीत का कोई उद्देश्य है; अतएव उसने कहा, "सूरिजी, मेरी नीति से चलेगा, तो सब कुछ ठीक होगा—"

"नहीं तो?"

"नहीं तो अभी लाट को वश में रखना बड़ा कठिन होगा। आप जरा समझावें।" आपसे तो अच्छी पहचान होगी?" काक ने कहा और बात को बदल दिया—"अब मैं जाऊँगा, आज्ञा है?"

"धर्मलाभ। जिन भगवान् आपको विजयी करें।" वृद्ध साधु जैसे गाम्भीर्य से हेमचन्द्र ने कहा। काक मन-ही-मन हँसा।

हेमचन्द्र दूसरी ओर गये और काक अपने घोड़े पर सवार हो गया। कुछ आगे बढ़कर काक ने अपने सुभट से उसका घोड़ा अपने घोड़े के साथ चलाने को कहा।

"सोमेश्वर भट!"

"जी।"

"तुमने तरुण साधु को देखा?"

"जी हाँ।"

"बड़े विद्वान् और समर्थ हैं। उदा मेहता के परम मित्र हैं। कुछ समय यहीं विहार करना चाहते हैं। नित्य इनकी सेवा में उपस्थित रहना—ध्यान से।" काक ने धीरे से कहा। सोमेश्वर चतुर था। काक के शब्द-चातुर्य का उसको पूरा ज्ञान था। उसने दृष्टि फेरकर हेमचन्द्र को देखा और उनके मुख को अन्तर में अंकित कर लिया।

नेरा तोतला

आम्रभट को चैन नहीं था। उसका चित्त चंचल हो गया था और उस सुन्दरी को खोजने के लिए तड़प रहा था। भृगुकच्छ का अधिकार, सेठ तेजपाल की कन्या, अपना आनन्द विलास—यह सब उसे एकदम अप्रिय हो गये।

आम्रभट संयम तो सीखा ही नहीं था। राजदरबार के आचार-व्यवहार भी पूरी तौर से नहीं सीखा था। उसने अपने सेवक को बुलाया।

"हमीर!"

"महाराज!"

"तुम पहले भृगुकच्छ आ चुके हो?"

"जी हाँ।"

"एक जरूरी काम है।" आम्रभट ने चारों ओर देखकर कहा।

"क्या?"

"सांबा बृहस्पति का पुराना बाड़ा है।"

"जी हाँ, जहाँ दुर्गपाल महाराज पहले रहते थे।"

"हाँ, वही। वहाँ मैंने एक स्त्री को देखा था।"

"जी।" हमीर ने जरा मूँछों में हँसकर कहा।

"उसका नाम और ठाम मुझे चाहिए।"

"परन्तु वहाँ तो तीन सौ स्त्रियाँ होंगी।"

"वह तो तुरन्त पहचानी जा सकेगी।"

"किस प्रकार?"

"युवती है, सुन्दरी है—" आम्रभट रुक गया।

"महाराज, सभी युवती स्त्रियाँ सुन्दरी मालूम होती हैं और सभी सुन्दरी स्त्रियाँ युवती दिखती हैं। पर वह मिले कैसे?"

"अरे मूर्ख, वह तो अप्सरा जैसी है। ऊँची और संगमरमर के समान अद्भुत। वहाँ शिवालय है, उसी के आसपास किसी जगह रहती है।"

"महराज, इस गरीब की बात मानेंगे?" हमीर ने कहा।

"क्या?" आम्रभट ने अधीरता से पूछा।

"हम अभी तो यहाँ आए हैं, और मेहता जी ने आवश्यक कार्य से भेजा है। इस पंचायत में पड़ेंगे, तो फँस जाएँगे।"

आम्रभट ने मिजाज में आकर हमीर की ओर देखा, "तुम्हें यह सलाह देने का शौक कब से हो गया?"

हमीर मौन रहा। उसने झुककर हाथ जोड़े "जो आज्ञा।"

“मुझे शाम को उसका नाम, ठाम, उसके पति का नाम, पिता का नाम, सब चाहिए।”

“हो सके, पहचान भी करता आऊँ?” हमीर ने कुछ कटाक्ष से कहा।

“इसका तो मुझे विश्वास है।” आम्रभट ने हँसकर कहा, “परन्तु देख, कोई जाने नहीं।”

“जाने भी तो क्या। ये लाटवाले क्या कर लेंगे?”

“हाँ, वे तो क्या करेंगे?” आम्रभट ने गर्व से कहा। “पर सेठ तेजपाल जान जाएँ, तो उन्हें बुरा लग जाए। अच्छा, तो वह तुझे याद रहेगी।”

“आप तो ऐसी निशानी दे रहे हैं कि उससे मिले ही नहीं।”

“पागल, ऐसी दूसरी स्त्री तो मैंने देखी ही नहीं।”

“आप तो हर बात ऐसा ही कहते हैं।”

“इस बार तो तू भी कहेगा। ओह, कैसा उसका रंग है! मानो बेले की कली हो!” कहते-कहते आँबड़ के मुँह में पानी आ गया।

“किस वर्ण की है?”

“ब्राह्मण। उस बाड़े में कहीं बनियानी मिल सकती है? जा, अब देर न कर।”

“काम हुआ कि आया।” हमीर ने कहा और तलवार बाँधकर बाहर निकल गया।

हमीर अपने स्वामी की खासियतें जानता था। ऐसे अनेक अवसरों पर उसने आँबड़ की सहायता की थी और अनेक संकटों से उसे बचाया था। वह जानता था कि इस समय आँबड़ पर साहस सवार है और इनकार करने से कुछ नहीं होगा। वह विचार करता हुआ बाहर गया। नाम ठाम का पता लगाना कोई कठिन काम नहीं था। और वह बहुत ही सावधानी से किया जाए तब भी उसे कुछ होने-जाने वाला नहीं था।

हमीर चतुर था और अहंकारी भी। जगत का स्वामी पाटण, पाटण का स्वामी जयसिंह देव, और लगभग जयसिंह-देव का स्वामी उदा मेहता—ये उसके सिद्धान्त थे। और वह स्वयं उदा मेहता का मानीता सुभट और उसके लाडले दुलारे पुत्र का विश्वस्त मित्र था; अतएव सारी दुनिया को वह कुछ गिनता ही न था। उसने पहले लाट के साथ होने वाले कई युद्धों में भाग लिया था और लाट के जीते जाने के बाद भी दो वर्ष तक वह पाटण की सेना में रह गया था। इन कारणों से वह लाट की ओर बहुत ही तिरस्कार से देखता था।

उसने एकदम सांबा बृहस्पति के बाड़े में जाना ठीक नहीं समझा। अतएव उसने अपने एक पुराने मित्र को खोज निकालने का निश्चय किया।

उसके मित्र नेरा तोतले को पाटण की सेना में ऐसा कोई न था, जो न पहचाने। वह डींग हाँकने वाला था और लड़ने की अपेक्षा, लड़ाई पूरी होने पर उसके विषय में डींगें मारने में ही वीरता समझता था। आनन्द और आराम के सिवाय उसे और कुछ

अच्छा न लगता था। भोजन और हास्य-विनोद के बिना वह जी नहीं सकता था। जहाँ रहता, वहाँ सारे नगर के लोगों और विशेषतया स्त्रियों से परिचय करने में वह नहीं चूकता और जहाँ-जहाँ पाटण की सेना छावनी डालती, वहाँ एक दो स्त्रियों से ब्याह कर लेने से भी नहीं चूकता था।

हमीर को लगा कि इस महारथी की सहायता के बिना कुछ न होगा, अतएव, उसने थाने पर जाकर पता लगाया। त्रिभुवनपाल सोलंकी के डेरे को खोजना भले की कठिन हो; पर नेरा का झोंपड़ा कोई भी बता देता। तेलियों के मुहल्ले के नाके पर एक कोई विवाहिता के भाग्यशाली मकान में उसका निवास है, यह जानकर हमीर उस ओर मुड़ा।

नेरा का घर छोटा और गन्दा था। एक ओर कोल्हू चलता था और दूसरी ओर एक तेलिन गन्दी पीली रेबड़ियाँ बेचती थी। गन्दे रास्ते में हर तरह की सड़ी-गली चीजें नजर आती थीं।

हमीर ने दरवाजे की कुंडी खटखटाई; परन्तु कोई उत्तर नहीं मिला। पुकार लगाई; पर किसी ने द्वार नहीं खोला। आखिर उसने पास की दुकान पर बैठी हुई तेलिन से पूछा।

"नेरा भाई यहीं रहते हैं?"

"हाँ।"

"तब जवाब क्यों नहीं देते?"

"सवेरे लुगाई को घर से निकालकर अन्दर घुसे बैठे हैं।"

"तब क्या किया जाए?"

"पीछे का द्वार खुला होगा।"

"कहाँ से जाना होगा?"

"इधर, इस ओर से।"

हमीर झपटकर पीछे गया। पड़ोसिन के कहे माफिक पिछला दरवाजा खुला था। उसे ढकेलकर हमीर बाड़े में गया और वहाँ से अन्दर घुसा।

उसके पैरों की आहट सुनकर समीप की कोठरी से आवाज आई, "फि⋯फि⋯फि⋯र⋯आ⋯"ऐसा लगा जैसे कोई मुँह में कुछ भरे है और बोल रहा है। हमीर ने आवाज पहचानी।

"अरे ओ तोतले, तू कहाँ है?" हमीर पूछता हुआ अन्दर गया।

"कौ⋯कौ⋯न⋯" बड़े प्रयत्न से गले से नीचे कुछ उतारते हुए तोतले की आवाज आई।

"अकेले बैठे क्या कर रहे हो? पुकारते-पुकारते मेरा तो गला बैठ गया।" हमीर ने अन्दर पहुँचकर कहा।

अन्दर का दृश्य अच्छे-अच्छों को चकित कर देने वाला था।

नेरा को मनुष्य नहीं गढ़ा था। हाथी बनाते-बनाते भूल से वह मनुष्य के आकार का बन गया था। वह ऊँचा था, और इतना मोटा था जिसकी कल्पना नहीं की जा सकती। उसकी नाक नुकीली और झुकी हुई, आँखें शीतलादेवी जैसी बड़ी-बड़ी, तोंद बड़ी गागर को भी शरमावे ऐसी अपूर्व गोलाकार। हाथ और पैर मोटे और गोल। उसे देखकर अर्द्धदग्ध कारीगर के पूराने माप के गढ़े हुए प्रचंड गणेशजी का स्मरण हो आता था।

यह वीर पुरुष उकड़ूँ बैठा हुआ था और बड़े परिश्रम से आगे रखी हुई थाली में से लड्डू ले लेकर मुख में रख रहा था। यह प्रयोग इतनी तेजी और सफाई से हो रहा था कि लड्डू कब मुँह में गया और कब गले से नीचे उतरा, यह निश्चय करना असम्भव था। और यह उतावला वीर इस प्रकार हाँफ रहा था, जैसे धौंकनी चल रही हो।

उसने आँखें फाड़कर हमीर की ओर देखा और उसे पहचान लिया। तुरन्त उसकी उतावली चली गयी, उसके चिन्तातुर मुख पर हास्य छा गया। उसने फटती हुई धौंकनी की भाँति निश्चिन्तता का निःश्वास लिया।

"कौ··कौ··न हमी··मी··र?

"अरे हाँ।"

"हा-हा-हा" नेरा ने कहा, "हो-हो अ...अ... अच्छा हुआ कि तू सामने आया।" मैं तो समझा, मेरी वह आई है। मैं तो यह करछुली लेकर मारने उठ रहा था।"

"अरे, बैठ बैठ! यह नहीं कहता कि उसके आने से पहले लड्डू उड़ाने का विचार कर रहा था।"

"हो-हो-हो।" नेरा के हास्य से सारा घर गूँज उठा। "क्या करूँ? दो दिन तक मुझे भूखों मारा और आज सवेरे ऐंठकर पीहर चली गयी। इसलिए अपने राम ने यह किया। हमीर, तू कब आया? ले, यह एक लड्डू तो खा··खा··।" कहकर नेरा ने बचे हुए ग्यारह लड्डुओं में से एक हमीर के आगे रख दिया।

"मुझे नहीं खाना। तू भूखा है खा ले।" हमीर ने उदारता दिखलाई, अतएव नेरा ने बिना आग्रह के लड्डू अपने मुख में रख लिया। "मैं आज सबेरे ही आया। तुमसे एक काम है मित्र!" "खा...खा...खा लेने दे।" नेरा तोतला नहीं था। केवल हकलाता था और वह भी शब्द के शुरू में ही। एक बार उसकी जीभ खुली कि फिर तो उसे रोकना कठिन हो जाता।

"कोई बात नहीं, खा ले।"

नेरा ने दबादब लड्डुओं को हाथ से सीधे, मुँह या गले में रोके बिना, पेट के हवाले करना शुरू कर दिया और ग्यारह के ग्यारह पूरे करके, हाथ धोकर, हमीर के पास आकर, "क...क...क्यों मित्र!" कहकर नेरा ने हमीर की जाँघ पर हाथ मारा।

मित्रता का यह प्रणाम ऐसी कठोरता से दिया गया कि हमीर चीख उठा, परन्तु उसे गरज थी इसलिए कुछ बोला नहीं।

"देखो, मुझे एक स्त्री खोज निकालना है।"

"क्या ब्याह करोगे? मेरी स्त्री की एक बहन—"

"नहीं, सुन तो सही। एक स्त्री का पता चाहिए।"

नेरा ने माथा हिलाया और कानों पर हाथ रख लिए—"तू...तू...तू... ऐसी बात न कर।"

"क्यों?"

"मैं...मैं...मैंने तो कसम खा ली है।"

"प...प...पराई स्त्री की बात करने की।" नेरा ने कहा।

"अरे पागल, तुझे पराई स्त्री की बात बात थोड़े ही करनी है। तुझे तो पता लगाना है। देख, हम सब भट हो गये, और तू रह गया।"

"तु...तु...तुम्हीं सबके कारण रह गया। जब मैं लड़ाई में होता, तब भी तुम चुगली किया करते कि मैं पीछे रह गया, भाग गया।"

"पर अब मौका है।"

"कि...कि...कि...किस तरह?"

"एक स्त्री का पता लगा दो तो आम्रभट तुम्हें भट बना देंगे।"

"आ...आम्रभट—"

"अरे मूरख, उदा मेहता के पुत्र और भृगुकच्छ के दुर्गपाल।"

"ऐं!" मुँह फाड़कर नेरा ने पूछा, "काक का क्या हुआ?"

"वे तो वंथली जा रहे हैं। क्या उनसे घबड़ाता है।"

"मैं...मैं...घबरा—ऊँ?" छाती तानकर नेरा ने पूछा, "मैं...मैं किसी से घबराया हूँ?"

"नहीं रे; पर अब मेरी मदद करता है या नहीं?"

"क्या...क्या...क्या करूँ? मुझ जैसे योद्धा को कोई भट नहीं बनाता। मैं कितनी लड़ाइयाँ लड़ा, मुझे कितने-कितने घाव लगे, फिर भी मैं भट नहीं बना!"

"मैंने आम्रभट से वचन ले लिया है। तेरी मैं मुलाकत करा दूँगा, इसलिए इतना तो कर दे।"

"अ...अ...अभी लो!" नेरा चुटकी बजाकर बोला और खड़े होकर तलवार बाँधने लगा।— "वह है कौन?"

"सांबा बृहस्पति के बाड़े में रहती है।"

"सां...सां...सां...बा—" कहकर वह तलवार खोलने लगा। "वहाँ तो दुर्गपाल रहते हैं।"

"तो क्या हुआ? हमें तो केवल नाम जानना है।"

"...प...प...पर—परन्तु वह जाना कैसे जाए? किसकी लड़की है?"

"यही तो पता लगाना है।"

"प...प...पर काक ने जान लिया तो?"

"कैसे जानेगा? और फिर हम भी तो पट्टणी योद्धा हैं, क्या यों ही डर जाएँगे?"

"ड...ड—ड-डरने की तो बात ही क्या है?"

"और तू तो बड़े-बड़ों को पानी कर डाले, ऐसा है।"

"तो...तो...मैं इनकार कब करता हूँ?"

"तब तैयार हो जा।" हमीर ने कहा। नेरा तलवार बाँधने लगा "प...पर पता कैसे लगाऊँगा?"

"य...य...यह काम मेरा। व...व...वहाँ अविमुक्तेश्वर का मन्दिर है—"

"हाँ, वहीं।" हमीर ने हँसकर कहा।

"उसके प...पी...पीछे कुआँ है, वहाँ—वहाँ जाकर बैठा कि तुरन्त सारा पता लगा।"

"शाबाश दोस्त। अभी तक तेरी बुद्धि वैसी की वैसी है।"

"य...य...यह कहो कि और भी बारीक होती जा रही है।"

"ठीक कहता है। मोटा तो केवल शरीर ही होता है।"

"हा...हा...हा..." करके हँसते हुए नेरा ने सिर पर पगड़ी रखी और दोनों सैनिक वहाँ से बाहर निकल पड़े।

अनजानी की खोज में

दोनों आदमी एक-दूसरे का हाथ थामे, हँसते-बोलते, रास्ता चलनेवालों की दिल्लगी उड़ाते चले। उनके विचार से ये सब स्त्री-पुरुष पाटण के अर्थात् उनके दास थे और रिझाने को ही बने थे।

लोगों में भी आज कुछ क्षोभ था। उन्होंने उड़ती हुई गप सुनी थी कि आज भृगुकच्छ के दुर्गपाल के पद पर काक के बदले कोई पाटण का व्यक्ति बैठनेवाला है। सब लोग चारों ओर शंका तथा भय से देख रहे थे। नेरा के गजानन से तो सभी परिचित थे, परन्तु उसके साथ फिरते हुए साफ-सुथरे कपड़ों वाले एक नये पट्टणी सैनिक देखकर, लोग कुछ घबराये।

हमीर बड़ा चतुर था; परन्तु एक विजित नगर के असहाय स्त्री-पुरुषों के बीच सजधज से शान के साथ चलने में हिचकने की भी कोई जरूरत उसे नहीं दिखलाई पड़ी और इसी प्रकार शिष्ट समाज की बस्ती में जाकर स्त्रियों के देखने में भी उसे

हीनता नहीं प्रतीत हुई। पाटण खम्भात में ऐसा करने का उसे स्वप्न में भी साहस न होता, परन्तु यह तो बेचारा गरीब भृगुकच्छ था। यहाँ तो पट्टणी कुछ भी कर सकते हैं। सुधरे हुए पाटण के नियम इस गाँव के लिए कैसे लागू हो सकते हैं?

हमीर और नेरा, दोनों उल्टे-सीधे रास्ते होते हुए, निर्विघ्न सांबा बृहस्पति के पुराने बाड़े के अविमुक्तेश्वर मन्दिर के आगे जा पहुँचे। सवेरे आम्रभट के आने के समय की-सी शून्यता इस समय वहाँ नहीं थी। यह मन्दिर प्राचीन, पूज्य और मानीता था; इसलिए लोग आ-जा रहे थे और उसके पीछे वाले कुएँ पर कई स्त्रियाँ पानी भर रही थीं।

हमीर और नेरा ने जाकर दर्शन किए और मन्दिर के पीछे के चबूतरे पर जल भरने वाली स्त्रियों को निरखने बैठ गये। निकम्मे बैठे-बैठे आने जानेवाली स्त्रियों को केवल देखते ही रहें, यह, दो में से एक से भी नहीं बन सकता था और लम्बी तथा अप्सरा के समान स्त्री तो कोई आ नहीं रही थी, अतएव वे कुछ ऊब-से गये और उनकी अधीरता ने नया ही रूप धारण कर लिया।

नेरा पलथी मारकर बैठ गया, चारों ओर भयंकर कटाक्ष फेंकने लगा; और जो आती-जाती थीं, उनकी ओर आँखें मार-मारकर हँसने लगा। उसका जीवन हलकी जाति के लोगों में बीता था; इसलिए वहाँ सीखी हुई रीतियों को ही वह यहाँ आजमाने लगा।

अन्त में हमीर भी आने-जाने वालियों की टीका करने लगा। टीका से मजाक पर आया और मजाक शुरू होने पर नेरा की भलमनसी हाथ से निकल गयी। उसने जोर-जोर से पानी भरने वाली स्त्रियों के लक्षणों का पृथक्करण करना शुरू कर दिया।

इन दो अपरिचित पुरुषों को इस प्रकार बातें करते देखा कि कुएँ पर पानी भरनेवाली स्त्रियों में घबराहट फैली और कुछ ही देर में, कुछ स्त्रियाँ जल भरकर तथा कुछ बिना जल भरे ही वहाँ से जाने लगीं।

"य—य—ये तो सब चलीं।" नेरा ने कहा।

"जाने दो।" ऊबकर हमीर ने कहा।

"प—प—पर तेरी अप्सरा तो आई नहीं?"

"कौन जाने कब आए!"

"आ—आ—आई—ठुमक-" कहकर नेरा ने एक जवान स्त्री आ रही थी, उसकी ओर आँखें नचाई। वह स्त्री गर्व से ऐंठकर ठिठक गयी और गुस्से में लौट पड़ी।

"क...क...क्या हुआ?" नेरा कहा।

वह स्त्री लौटी ही थी कि सामने मन्दिर से रुद्री करके बाहर निकलता हुआ मणिभद्र मिला। वह दुर्गपाल के घर में आश्रय पाई हुई स्त्री थी। मणिभद्र को देखकर साहस करके खड़ी हो गयी। कुछ दूरी पर दो-एक स्त्रियाँ और भी खड़ी हो गयीं।

"भैया, पीछे दो बदामश बैठे हैं, उन्हें हटा दो, हमसे मज़ाक करते रहे हैं।"

"ऐं?" मणिभद्र ने पूछा।

"हाँ, किसी को जल नहीं भरने देते।" दूर खड़ी स्त्रियों में से एक ने पास आकर कहा।

"ठहरो, मैं अभी हटा देता हूँ।" कहकर मणिभद्र धीरे-धीरे चबूतरे पर होकर पीछे की ओर गया। "अरे भाई, तुम कौन हो? यहाँ क्यों बैठे हो?"

हमीर ने मणिभद्र को पहचान लिया और असभ्यता से पूछा, "अरे पंडित, तू यहाँ कहाँ से?"

"कौन आम्रभट का सेवक? यहाँ क्यों बैठा है, और इन सबसे मज़ाक क्यों करता है?"

अपने मालिक के सामने हमीर मणिभद्र का सम्मान करता था; परन्तु इस समय उसका मिजाज हाथ से बाहर हो गया।

"अरे पंडित, तू अपना काम कर, हमारी बातों से तुझे मतलब?" हमीर ने कहा।

"तुम इन सबको हैरान कर रहे हो सो?"

"ब—ब बम्हन, ये सब हमें हैरान कर रही हैं, सो?" नेरा ने कहा।

मणिभद्र साधारणतः घी जैसा नरम था, परन्तु भटराज काक के साले के रूप में उसे अपनी शान रखनी थी।

"खबरदार," मणिभद्र ने डाँटकर कहा, "यदि अपनी बेशर्मी इन स्त्रियों के सामने दिखाई तो!"

अधीरता से, निष्फलता से हमीर घुट रहा था। अब वह अपने को रोक ने सका। वह एकदम उठा और मणिभद्र की गर्दन पकड़ कर बोला, "जाता है कि नहीं बम्हन!"

हमीर की फूली हुई छाती और मणिभद्र पर होते हुए अत्याचार को देखकर स्त्रियाँ कीक देकर भागने लगीं और नेरा खड़ा-खड़ा खिलखिलाकर हँसने लगा।

मणिभद्र का न जाने कहाँ छिपा हुआ पित्त उबल पड़ा। उसने दाँत किटकिटाकर हमीर की नाक पर जोर से एक घूसा जमा दिया।

हमीर सशक्त योद्धा था। उसने एक धक्का देकर मणिभद्र को चबूतरे से गिरा दिया और भूमि पर पड़े हुए ब्राह्मण को लातें लगाना शुरू कर दिया। फिर अपने मुख से गालियों, अपशब्दों की वर्षा भी करने लगा। पीछे नेरा खिलखिलाता हुआ खड़ा रहा।

इस गड़बड़ी की आहट पाकर आसपास की दो-चार खिड़कियों से लोग देखने लगे। भूमि पर पड़े हुए मणिभद्र को हमीर ने तीसरी लात जमाई। इसी समय पीछे से अविमुक्तेश्वर के दर्शन करने रेवापाल आया, उसने भागती हुई स्त्रियों को देखा, खिड़कियों पर खड़े, घबराते हुए नगर-जनों को देखा और भूमि पर पड़े हुए ब्राह्मण और उस पर परदेशी पट्टणी सैनिक के होते हुए लत्ता-प्रहार को देखा।

उसका कठोर मुख और कठोर हो गया। उसके नेत्रों में बिजली चमकी, और वह एक पल में कूद पड़ा—उसके हाथ की तलवार ने हमीर के ठोकर मारने वाले पैर को इस प्रकार दो टुकड़े कर दिए, जैसे वह कदली-स्तम्भ हो।

हमीर चक्कर खाकर भूमि पर गिर पड़ा। लोगों में हाहाकर मच गया और नेरा पिछली गली से पौबारह हो गया।

"महाराज, आप कौन हैं?" रेवापाल ने मणिभद्र से पूछा।

मार से हाँफते हुए मणिभद्र ने कहा, "भैया, मैं दुर्गपाल महाराज के घर रहता हूँ।"

"पूछना अपने दुर्गपाल से, कि इन परदेशी हरामियों को लाकर उन्होंने क्या लाभ उठाया?"

रेवापाल ने कटुभाव से कहा, "और उनके आदमियों से कहना कि इसे उठाकर मेरे यहाँ पहुँचा दें।"

"किसके यहाँ?"

"नगरसेठ तेजपाल के यहाँ।" कहकर रेवापाल मन्दिर में चला गया।

आम्रभट और रेवापाल

नेरा गली में अधिक दूर नहीं गया था। गड़बड़ी कम हुई कि वह धीरे-धीरे फिर लौट आया और सिर उठाकर देखने लगा। रेवापाल को दर्शन करके लौट जाते देख उसे हिम्मत आई।

रेवापाल के अन्तिम शब्दों से उसने अनुमान किया कि आम्रभट रेवापाल के यहाँ ठहरा होगा। उसे अपना भट का पद हाथ से निकलता-सा लगा था; परन्तु ये शब्द सुनकर उसे वह फिर हाथ में आ गया-सा जान पड़ा। हमीर आम्रभट का मानीता सैनिक था। उसे बचाने से आम्रभट राजी होगा और सम्भव है, अपनी सेवा में ही उस जैसे शूर-वीर को वह रख ले और इतना हो जाए, तो फिर भट बन जाना तो सरल है। इस तरह विचार कर उसने पगड़ी खोली, उसमें से पट्टी फाड़ी, हमीर के पैर पर बाँधी और उस बेहोश सैनिक को अपने कन्धे पर बिठाकर पिछले रास्ते से सेठ तेजपाल के यहाँ उसका शरीर जितनी फुर्ती से जाने दे सकता था, उतनी फुर्ती से वह ले चला।

उधर आम्रभट की अकुलाहट का पार न रहा। अभी तक सेठ तेजपाल आए न थे। रेवापाल का चेहरा उसे सुहाता न था, और फिर वह भी कहीं बाहर गया था। उदा मेहता का पुत्र और भृगुकच्छ का भावी दुर्गपाल, इस प्रकार प्रतीक्षा किया करे और वह भी घर में—और नौकरों-चाकरों के सिवा कोई खिदमत करने वाला नहीं। इन विचारों

से उसके अभिमान को चोट पहुँची थी। और फिर हमीर नहीं आया। उसके विचार से सांबा बृहस्पति के बाड़े में एक अलौकिक सुन्दरी की खोज कर आना, एक तुच्छ-सी बात थी, और हमीर ने इतना समय लगा दिया, इससे उसके क्रोध का पार न रहा।

वह गद्दे पर तकिए के सहारे लेटा, झूले पर बैठा, खिड़की के पास जाकर खड़ा रहा, परन्तु हमीर न आया। अन्त में वह उस सुन्दरी के मुखारविन्द को दृष्टि के आगे लाने का प्रयत्न करने लगा। परन्तु ज्यों-ज्यों धैर्य छूटता गया, त्यों-त्यों यह प्रयत्न अधिक निष्फल होता गया।

अन्त में वह पड़ा-पड़ा अधीरता से बिस्तर पर लोटने लगा।

"आ–आ–आम्रभट महाराज हैं?" एक अपरिचित स्वर उसके कानों में पड़ा। वह तुरन्त उठ खड़ा हुआ और खिड़की से देखने लगा।

उसने एक बड़े मनुष्य के कन्धे पर अचेत पड़े हुए हमीर को देखा और तब उसका चेहरा उतर गया। वह एकदम जीने से उतरा और नेरा के पास पहुँच गया।

"क्यों, क्या बात है?" उसने अधीर होकर पूछा।

नेरा को लगा कि यही आम्रभट होने चाहिए। उसने हामीर को कन्धे से उतारकर नीचे सुला दिया और वह झुक-झुककर प्रणाम करने लगा।

"भ–भ–भटजी महाराज की जय हो, जय हो! महाराज, मैं हूँ नेरा, प-प–पाटण की से–सेना का–"

"परन्तु हमीर को क्या हुआ?" आम्रभट ने क्रोध से पूछा।

इस समय नेरा को उस्तादी की बहुत ही जरूरत जान पड़ी। बातें बनाने और उसको सच मनवा देने के काम में तो वह कुशल था ही।

"म...म...महाराज, यह तो लाट और पाटण के लोगों में लड़ाई हो गयी। ऐसी मार-काट मची कि कुछ न पूछिए। उसी में बेचारा हमीर फँस गया। म...म...महाराज, वह तो मैं समय पर पहुँच गया, नहीं तो हमीर पहुँच जाता जम के घर। हा–हा–हा–कहकर वह मजे से हँसता हुआ खड़ा रहा।

आम्रभट की भौहें तन गयीं, आँखों में खून आ गया।

"लाट के सैनिकों ने मेरे हमीर को मारा!" उसने क्रोध से पूछा।

"म...म...महाराज, यों ही हँसते-हँसाते जरा बात बढ़ गयी।"

"किस जगह?"

"सां–सांबा–" नेरा के मुँह से निकल गया।

"सांबा बृहस्पति के बाड़े?" मुट्ठियाँ बन्द करके आम्रभट ने पूछा।

"व...व...वहीं–कुछ दूर गाँव के छोर पर।"

"खबरदार, जो झूठ बोला तो।" आम्रभट ने पैर पटककर कहा, "मेरे आदमी को किसने मारा?"

"जी–जी-म-महाराज," नेरा ने हाथ जोड़कर कहा।

"जवाब दे, किसने मारा?"

इतने में अन्दर आते हुए रेवापाल की सख्त और कठोर आवाज आई, "मैंने मारा।"

नेरा काँप उठा और दो डग पीछे हट गया। आम्रभट चौंक पड़ा। सवेरे रेवापाल को वह समझ न सका था और इस समय ये शब्द कहते सुनकर, उसके क्रोधपूर्ण स्वभाव पर आघात हुआ। इस शान्त और अल्पभाषी मनुष्य के निरालेपन से उसे क्षोभ होता था।

"आपने?"

नेरा रेवापाल को देखकर, मुँह फाड़े दूर खिसक गया।

"हाँ।"

"क्यों?"

"आपके सैनिक ने एक ब्राह्मण का अपमान किया था।" कहकर रेवापाल जाने लगा। आम्रभट के अन्तर में आग लग गयी। वह उदा मेहता का पुत्र, भृगुकच्छ का भावी दुर्गपाल, और जरा-सा अपमान करने के कारण उसके आदमी की यह दशा! वह झपटकर एकदम रेवापाल के पास पहुँचा और उसके रास्ते के बीच में खड़ा हो गया।

रेवापाल ठंडी सख्ती से कुछ देर आम्रभट को देखता रहा और फिर तिरस्कार से बोला, "आम्रभटजी, मेरे ज्यादा पास आने में सार नहीं है।" आम्रभट की समझ में नहीं आया कि वह क्या कहे। ऐसा लगा, जैसे निष्फल क्रोध से उसके मुँह में झाग आ गये हैं।

"मेरे—मेरे आदमी का पैर काट डाला!" उसने कुछ देर में कहा।

"पैर?" रेवापाल ने कठोर और अपमान भरे ढंग से कहा, "पट्टणी इस तरह उच्छृंखल हो जाएँगे, तो उनके सिर काटने पड़ेंगे।" और दृढ़ता से होंठ बन्द कर लिए।

आम्रभट ने चारों ओर रक्त-पिपासु दृष्टि से देखा और तब उसे ध्यान आया कि उसके हाथों में शस्त्र नहीं हैं। लाट के नगरसेठ के पुत्र के साथ सावधानता से व्यवहार करने की अपने पिता की सलाह भी उसे याद आ गयी। वह कुछ नरम पड़ गया।

"भटजी," रेवापाल ने कहा, "आप मेरे पिता के अतिथि हैं, अपने रास्ते जाइए।"

आम्रभट को सूझा नहीं कि क्या कहे। अन्त में उनसे कहा, "मैं लाट का दुर्गपाल हूँ, आपकी धमकी से डरूँगा नहीं।"

"पाटण के दुर्गपालों की धमकी को मैं नहीं भूलता हूँ।" चमकते हुए नेत्रों से रेवापाल बोला और तिरस्कारपूर्वक आगे बढ़ गया। आगे बढ़कर वह घूमा और उसने तथा आम्रभट ने एक साथ, चुपचाप बातें सुनते हुए काक को देखा। उसका मुख गम्भीर था।

"भाई, रेवापाल," उसने मिठास से पूछा "क्या हुआ?"

"भटराज," आम्रभट ने उतावली से कहा, उसकी हिम्मत बढ़ गयी। "भृगुकच्छ में आते ही मेरा—पाटण का—अपमान हो रहा है। मेरे हमीर का पैर काट डाला।"

"रेवापाल ने?"

"हाँ। यह अपमान मैं कैसे सह सकता हूँ?" फिर से क्रोध की लहर आ जाने पर आम्रभट ने कहा। काक ने मौनमुख रेवापाल की ओर देखा।

"पूछो अपने मुहल्ले की स्त्रियों से और अपने मणिभद्र से।" रेवापाल ने तिरस्कार से कहा।

काक की आँखें चमकीं। आम्रभट फीका पड़ गया। उसे नेरा की कही बातें याद आईं और उसने अनुमान किया कि हमीर को उस स्त्री की खोज करते हुए यह दंड मिला होगा। तुरन्त ही उसने इस बात को दबा देने का निश्चय किया और पूछा, "ऐं?"

काक दृष्टि नेरा पर गयी। उसने कठोरता से पूछा, "क्यों रे, तू क्यों आया?"

नेरा काँप उठा। वह दुर्गपाल को अच्छी तरह जानता था। उसने हाथ जोड़ लिए "म...म...महाराज।"

"भटराज," आम्रभट ने कहा, "हमीर को यह उठाकर लाया है।"

काक ने रेवापाल की ओर देखा।

"यह भी वहाँ था।" उसने जवाब दिया।

झपटकर काक नेरा के पास गया और उसका कान पकड़कर जोर से ऐंठ दिया।

नेरा थर-थर काँप रहा था, उसके कपाल से पसीना बह रहा था।

"नेरा," काक ने पूछा "क्या हुआ?"

"म...म...महाराज!" उसने असहाय भाव से आम्रभट की ओर देखा; पर उससे कुछ आशा नहीं दिखी, इससे फिर काक की ओर देखा। काक ने नेत्रों में अंगारे धधक रहे थे।

"म...म...महाराज, हमीर ने ए...एक ब्राह्मण को ला-ला-लात मारी और रेवापाल ने उसका पैर काट डाला।"

"लात क्यों मारी?"

"ब—ब—ब्राह्मण ने हमीर को गाली दी।"

काक ने सख्ती से रेवापाल की ओर देखा।

"भाई रेवापाल, इसमें सच्चाई क्या है?"

"हमीर पानी भरनेवाले स्त्रियों का मजाक करता था।"

आम्रभट का हृदय काँप गया।

"और तू भी?" काक ने नेरा से पूछा।

"न...न...नहीं—नहीं—महाराज!"

"नेरा," काक की आवाज में रौद्ररस था, उससे आम्रभट भी डर गया। "देख, फिर कभी मेरे हाथों चढ़ा, तो यह माथा धड़ पर न रहेगा। सोमेश्वर!"

"जी!" कहकर बाहर खड़ा सुभट आ गया।

"इस हरामखोर को लात लगाकर बाहर निकाल दे।"

"जो आज्ञा।" कहकर सोमेश्वर ने नेरा को नजर से ही आज्ञा दी। नेरा धीरे-धीरे बाहर हो गया।

"भटराज,–" आम्रभट ने धीरे से काक से कहा "इस बेचारे की–"

काक आम्रभट की ओर लौटा, "आम्रभट, जानते हो, यह कौन है? यह पाटण का अधम-से-अधम सैनिक है।"

"पर मेरे हमीर को ले आया है।"

"न लाया होता, तो कोई सूरज नहीं डूब जाता। रेवापाल ने तो पैर ही काटा, मैं होता, तो सिर काट देता।"

आम्रभट कुछ बोल न सका। काक कुछ नरम हुआ, "हाँ, भाई, यहाँ पर तुम परदेशी हो। यहाँ के लोगों के मन नहीं दुखाने चाहिए।"

रेवापाल, काक पर एक तिरस्कारपूर्ण दृष्टि डालकर घर में चला गया। काक आम्रभट को लेकर अटारी पर गया।

"आम्रभट, अपने जाने से पहले एक सलाह दे दूँ?"

"हाँ।" लज्जित हुए आम्रभट ने कहा।

"लाट और गुजरात भिन्न हैं, यह बात यहाँ के लोग भूल जाएँ, ऐसा काम करना है। नहीं तो–"

"क्या?"

"क्या? तुम्हें खबर नहीं कि ध्रुवसेन के अनुयायी केवल अवसर की प्रतीक्षा में बैठे हैं?"

"क्या कह रहे हैं?" आम्रभट ने हँसकर कहा।

काक के मुख पर गाम्भीर्य छा गया।

"आम्रभट, ऐसी बातों में हँसोगे, तो किसी दिन पाटण को रोना पड़ेगा। तुम तो आते ही रेवापाल का अपमान करने लगे। वह कौन है, खबर है?"

"हाँ, है।"

"नहीं, नहीं है। अन्यथा उसके साथ ऐसी तुच्छ-सी बात के लिए जबान नहीं लड़ाते। आम्रभट, वह जैसा सीधा-सादा है, वैसा निर्बल नहीं है। लाट की राज्यसत्ता जयदेव महाराज की है, पर उसकी आत्मा और उत्साह दोनों रेवापाल में हैं। वह लाट के गौरव का अवतार माना जाता है। उसका अपमान होने से सारा देश गरज उठेगा।"

"तो यह पाटण का शत्रु है?"

"यह समझना हो, तो भले समझो। परन्तु उसे छेड़ने जाओगे, तो लाट खो

बैठोगे। इसलिए उसके साथ बिगाड़ नहीं करना। नहीं तो इतने दिनों का करा-कराया मिट्टी हो जाएगा।'' काक ने कहा, ''अब मैं जाता हूँ। आज तुम्हारा और नगरसेठ का मेरे ही यहाँ भोजन होगा, अतएव नगरसेठ के आते ही आ जाना।''

काक की चिन्ता

काक ने अपनी स्वाभाविक विचक्षणता से अनुभवहीन आम्रभट का अविचार और रेवापाल के उसके प्रति तिरस्कार को पहचान किया और जब वह भृगुकच्छ को छोड़कर जाएगा, तब क्या-क्या होगा, इसका कुछ-कुछ आभास उसे हो गया। इससे उसके दूरदर्शी मस्तिष्क के आगे एक बड़ी चिन्ता खड़ी हो गयी।

इस चिन्ता के द्वारा चित्रित भीषण चित्र को देखकर उसे कँपकँपी आ गयी। वह अपनी मंजरी को अकेली छोड़े जा रहा था। कहीं मैं मर जाऊँ, या लाट में उत्पात हो जाए, तो उसका क्या होगा? उदा मेहता के कराए हुए कटु अनुभव उसकी नजर के आगे खड़े हो गये। फिर वैसा की संकट आ जाए, तो इस बेचारी का कौन रक्षक होगा?

आम्रभट या पट्टणी भटराज माधव को उसे नहीं सौंपा जा सकता था और लाट में ऐसा कोई न था जो संकट के समय उसे आश्रय दे।

क्षण भर के लिए काक की आँखों के आगे अँधेरा-सा छा गया। वर्षों तक उसने अनेक आदर्श सेए थे, उनको सिद्ध करने के लिए कष्ट उठाये थे और उन सबका फल इस समय तो भला मालूम होता था। उसकी प्रियतमा आन्नद से जीवन व्यतीत कर रही थी। उसका लाट देश, स्वातन्त्र्य नष्ट हो गया था फिर भी, गौरवशाली था। उसके स्वीकार किए हुए स्वामी जयसिंह देव की सत्ता के साथ-साथ उसकी भी ख्याति चारों ओर फैल रही थी।

परन्तु यह सारे फल इस समय कल्पना की डाली पर लटकते हुए दिखलाई पड़े। यदि वह सोरठ जाए, और वहाँ किसी कारण बन्दी हो जाए, या प्राण गँवा बैठे, तो मंजरी दुःखी और निराधार हो जाए; लाट में उपद्रव, क्लेश, अनीति, विजेता की क्रूरता और पराजितों के दुःख फिर से दिख पड़ें, अपनी कीर्ति फुलझड़ी के समान जलते ही बुझ जाए और उसकी राख धूल में मिल जाए। इस परिणाम की सारी सामग्री इस समय तैयार थी। जयदेव को उससे द्वेष था। उदा इस समय राजा का मानीता बनकर अपने वैर का बदला लेने की फिराक में था। विनाश की अनी पर आई हुई राणक देवी उसे भागते का साथी बनने का निमन्त्रण दे रही थीं। यहाँ से वह जाएगा, और मूर्ख, अनुभवहीन और अभिमानी आम्रभट के हाथ लाट का मुश्किल मामला जा पड़ेगा।

पल भर के लिए उसके वीर हृदय में निराशा प्रकट हुई और पल भर में ही जयसिंह देव के आदेश का अनादर करने की इच्छा हो आई, परन्तु दूसरे ही पल उसे भान हुआ कि भृगुकच्छ से गये बिना निस्तार नहीं है।

वह बाहर जा रहा था कि लौट पड़ा और नगरसेठ के घर गया, "भाई रेवापाल ऊपर हैं क्या?" उसने स्त्री से पूछा।

"हाँ, अभी-अभी ऊपर अटारी पर गये हैं।" बाल्यकाल में उसने और रेवापाल ने सारा घर खूँद डाला था, अतएव वह तुरन्त रेवापाल की अटारी पर जा पहुँचा। रेवापाल की अटारी सबसे दूर, घर के एक छोर पर थी।

उसने जीना चढ़ते हुए पुकारा, "भाई रेवापाल!" कोई उत्तर नहीं मिला। काक झपटकर अटारी में पहुँचा, तो वह खाली थी। उसने खिड़की से बाहर सिर निकाल कर देखा, तो कोई दिखा नहीं। वह चिल्लाया, पर कोई उत्तर नहीं मिला।

काक को कुछ अजब-सा लगा। रेवापाल घर के लोगों के साथ अधिक बोलता बताता नहीं था। बाहर के दरवाजे से वह लौटकर गया नहीं था और उसकी पगड़ी और दुपट्टा वहाँ थे नहीं।

पिछली खिड़की खुली थी। काक उस ओर गया और चौंक पड़ा। पीछे की ओर उतरने के लिए वहाँ नसैनी रखी थी। वह छिपता हुआ खिड़की के समीप पहुँचा और उसने बाहर की ओर देखा।

पीछे के इस छोटे बाड़े में कुछ वृक्ष थे, और गौशाला थी। काक ने ध्यान से सुना, तो दो-एक व्यक्ति चुपचाप बातें करते मालूम हुए। उनमें रेवापाल का स्वर भी सुनाई पड़ा। यदि वह भृगुकच्छ में न होता या यहाँ का दुर्गपाल न होता, तो आगे बढ़कर वह निश्चय कर लेता कि रेवापाल किसके साथ बात कर रहा है। परन्तु इस समय उसे ऐसा लगा कि और आगे बढ़ने में सार नहीं है। इतना तो स्पष्ट था कि रेवापाल जैसा मनुष्य बिना किसी प्रबल कारण के, इस प्रकार पिछले रास्ते बात करने नहीं जाता। ऐसा लगता था कि रेवापाल ने कोई खेल खेलना शुरू किया है और पाटण की सत्ता मिटाने के सिवाय दूसरा कोई खेल रेवापाल खेल नहीं सकता। इतने में पीछे की ओर पैरों की आहट सुनाई पड़ी। काक स्वस्थ होकर द्वार की ओर जाने लगा। वह द्वार तक पहुँचा और एक स्त्री आई। "बेनां भाभी!"

रेवापाल की स्त्री बेनां चौंक पड़ी। "कौन, काक! तू—तुम—यहाँ?"

"हाँ भाभी, मैं ही हूँ।" काक ने हँसकर कहा, "इस घर के सिवा कहीं निस्तार हो सकता है?"

बेनां दुबली-पतली और लम्बी थी। रेवापाल की शुष्क घर-गृहस्थी की पतवार थामकर वह सहनशील और एकनिष्ठ बन गयी थी। जैसा रेवापाल अमानुष था, वैसी ही बेनां थी। उसने प्रेम और आदर, मौज और मजा, लिप्सा और सुख-भोग—सबको भुला दिया था। केवल पति की सेवा के लिए वह जीती थी। अनेक दिनों तक रेवापाल

उससे न बोलता, और वह भी उसे नहीं बुलाती। रेवापाल पहरों नहीं सोता, तो वह भी पलक गिराए बिना पलंग के पास बैठी रहती। अकसर रेवापाल उपवास करता, तो बेनां भी अन्न-जल का त्याग कर देती। जंबूसर का पतन हुआ, तब से रेवापाल ने काक से मिलने का व्यवहार बन्द कर दिया था। और, तभी से बेनां ने भी काक के साथ अबोला ले लिया था। बेनां इस समय चौंक पड़ी और उसका अबोला व्रत टूट गया।

"तुम कैसे आए?"

"मुझे भाई से और तुम से मिलना था।"

"मुझसे?" बेनां ने दयनीयता से हँसकर पूछा।

"हाँ। अच्छा हुआ कि मिल गयीं। तुम्हारी बहन को मैं तुम्हें सौंप जाना चाहता हूँ।"

"मुझे? मैं क्या कर सकती हूँ? और तुम..."

"मैं सोरठ जाता हूँ, इसीलिए भाई को और तुम्हें सौंप जाना चाहता हूँ।" बेनां ने सिर हिला दिया "मैं कुछ नहीं जानती, तुम जानो और तुम्हारे भाई।"

"परन्तु भाई हैं कहाँ? इसीलिए मैं आया हूँ। अब वे कहाँ मिलेंगे?"

"तुम कब जाओगे?"

"कल। आज शाम को मिलेंगे?" "शाम को तो दर्शन करने जाएँगे।"

"गंगनाथ महादेव के मन्दिर में सेनापति ध्रुवसेन के दर्शनार्थ जाते हैं, क्यों? हाँ, यह ठीक है। कहना कि मैं उन्हें वहाँ पर शाम को मिलूँगा। और मैंने जो कहा है, वह भी कहोगी?"

"यदि उन्होंने पूछा तो, अन्यथा नहीं।"

काक इस स्त्री की त्यागवृत्ति का विचार करने लगा और उसने चुपचाप नमस्कार करके विदा ली। आनेवाली विडम्बना की अस्पष्ट प्रतिध्वनि उसके कानों से टकराने लगी।

आम्रभट की आँखों के आगे अँधेरा

आम्रभट को बड़ी बेचैनी हो गयी। उसने भृगुकच्छ आकर खूब मजा मौज उड़ाने की बात सोच रखी थी; परन्तु यहाँ पर पैर रखते ही अपना एक नौकर खोया, अपमान सहा, और हृदय एक अपरिचिता चुरा ले गयी। इतनी-सी उम्र में इतने सब दुःखों की इतनी लम्बी परम्परा उसने अनुभव नहीं की थी।

इतने में नगरसेठ आ गये।

"ओ हो, खम्भात के मन्त्री जी के चिंरजीवी!" तेजपाल ने कटाक्ष करते

हुए कहा, "मेरे धन्य भाग!" और आम्रभट को गले लगा लिया। "मुझे सवेरे से ही कुछ ऐसा लग रहा था कि आज सोने का सूर्य उदय होगा। मेहता जी की बड़ी कृपा!"

आम्रभट इस व्यक्ति को समझ न पाया। उसके शब्दों में मिसरी घुली थी, पर आवाज में कटाक्ष था। वह यथार्थ कह रहा है, या मजाक में, उसके मुँह की चेष्टा से यह नहीं परखा जा सकता था। वह अपनी तिरछी आँख के कोने से आम्रभट को देखता रहा। 'अरे, ओ शंकरा!" उन्होंने चिढ़कर नौकर को पुकारा।

"इन भटजी से कुछ पूछा? भिखारी गाँव के इन बेगारियों में कौड़ी की भी अक्ल नहीं। न जाने किस फुर्सत की घड़ी में ये गढ़े गये हैं। कहिए भटजी, तबीयत तो खुश है? हमारे यहाँ पाटण जैसी मौज तो कहाँ!"

"मुझे तो आपका भृगुकच्छ बहुत अच्छा लगा।"

"अजी, कहीं पाटण की होड़ कर सकता है? आज तो काक भटजी चले। चलो, उनके पैरों को भी शनि की दशा लगी।" नगरसेठ ने कहा।

"हाँ, महाराज ने बुलाया है।"

"क्यों नहीं?" फिर से, समझ में न आवे ऐसी आवाज में तेजपाल ने कहा, "ऐसे पुरुष महाराज के पास न हों, तो कहाँ हों? महाराज की भी कैसी कीर्ति है! दुनिया के जीव-जन्तु तक उनकी ही कीर्ति गाया करते हैं।"

आम्रभट देखता रहा। बोला, "जी।"

"अच्छा, अब चलो, नहा लो। आज दुर्गपाल के यहाँ भोजन है। मैं तो सवेरे ही नहा चुका हूँ। चलो, नहीं तो ब्राह्मण के घर की रसोई ठंडी हो जाएगी।"

इस तीखी वाणी की प्रसादी से दंग होकर आम्रभट नहा-धोकर तैयार हो गया और नगर सेठ के साथ पालकी में बैठकर दुर्गपाल के घर की ओर रवाना हुआ।

सांबा बृहस्पति के बाड़े के पास से जाते हुए आम्रभट का चित्त उस सवेरे मिली हुई सुन्दरी के स्मरण में जा चिपका और नगरसेठ की बातों से हट गया। वह अद्भुत स्त्री कौन होगी? किसका घर सुशोभित करती होगी? मेरे नेत्रों को फिर कब पवित्र करेगी?

पालकी एकदम बाड़े में जा पहुँची और आम्रभट का श्वास रुद्ध हो गया। दो छोटे बालक दौड़ते हुए, समीप के एक घर में घुस रहे थे। उनमें से एक बालिका के पैर की एड़ी पर उसकी दृष्टि जम गयी। सवेरे मन्दिर के समीप देखी हुई एड़ियाँ उसे याद आ गयीं। दुर्गपाल के घर में देखी हुई एड़ियों का भी स्मरण हो आया। इस समय, वही एड़ियाँ दिखलाई पड़ रही थीं सुघड़, गुलाबी और चित्तभेदक। उसने एड़ियों पर से दृष्टि ऊपर की। इस एड़ी में से तो एक कोमल, सुन्दरी कन्या उग रही थी। "क्या?" उसकी आँखों के आगे अँधेरा छा गया। क्या उस सुन्दरी ने चित्तभ्रम कर दिया है कि जहाँ-तहाँ वह उसे ही देख रहा है।

इतने में काक का घर आ गया, और वे पालकी से उतर पड़े। वहाँ काक और

भटराज मिले। माधव नागर दादाक मेहता का भतीजा था और बहुत वर्षों से त्रिभुवनपाल का मित्र और सेवक था।

राजकार्यों की, भृगूकच्छ के झगड़ों की, ध्रुवसेन के पक्षकारों की, पाटण की राजनीति की और खेंगार की पराजय की बातें होती रहीं। सबने भोजन किया और घर जाने का समय हो गया, परन्तु आम्रभट का चित्त किसी भी बात में न था, वह उसी सुन्दरी पर जम गया था। इन्हीं एक दो गलियों में वह थी, और इतने पास थी, फिर भी दूर और दुष्प्राप्य थी। उसे खोजने का काम छोड़कर, ये राजकाज के झगड़े उसे क्यों अच्छे लगने लगे!

अन्त में अतिथि विदा हुए और काक आम्रभट की मूर्खता, अभिमान और छिछोरेपन पर विचार करने लगा।

रेवापाल का हृदय

जब भृगुकच्छ का दुर्गपाल चिन्ताग्रस्त होकर रेवापाल से मिलने गंगनाथ महादेव जाने का विचार कर रहा था, तब रेवापाल महादेव के पीछे की एक झोपड़ी के द्वार के आगे बैठा था।

झोपड़ी में ब्रह्मानन्द जी सरस्वती ध्यानस्थ थे। रेवापाल अधीर हो रहा था और उसकी आँखें नदी की तरंगों को एकाग्रता से देखती हुई अक्सर झोपड़ी के द्वार की ओर घूम जाती थीं। उसके मुख का भाव कुछ अधिक कठोर दिखलाई पड़ रहा था। उसके श्वासोच्छ्‌वास की अनियमितता ही उसके आन्तरिक क्षोभ का परिचय देती थी।

झोंपड़ी में पैरों की आहट हुई कि रेवापाल खड़ा हो गया। कुछ देर में द्वार खुला, और एक वृद्ध संन्यासी बाहर आया।

"बेटा रेवापाल, आज इतनी जल्दी?" ब्रह्मानन्द ने पूछा।

ब्रह्मानन्द के दाँत गिरने लगे थे और खाल लटकने लगी थी, परन्तु उनके नेत्र निस्तेज नहीं हुए थे और उनके स्नायुओं का जोर ज्यादा न घटा था। ये संन्यासी पूर्वाश्रम में सेनापति ध्रुवसेन थे; और इस समय कोई कल्पना भी नहीं कर सकता कि एक वक्त था जब उनकी गर्जना से पाटण और धारा के नरेश काँप उठते थे। रेवापाल ने दंडवत् प्रणाम किया और वह झोंपड़ी में दाखिल हुआ।

"बैठो बेटा," ब्रह्मानन्द ने कहा।

"जी" जरा काँपते स्वर में रेवापाल ने कहा।

"महाराज, द्वार बन्द कर दूँ?"

"खुशी से।" रेवापाल ने द्वार बन्द कर दिया।

"गुरुदेव, आज इतने वर्षों बाद आज्ञा माँगने आया हूँ।"

"कैसी?"

"अपने हृदय की आग बुझाने की।"

"इसमें आज्ञा की क्या बात है? रेवापाल, तुम्हारे हृदय में शान्ति हो, यही प्रार्थना मैं नित्य किया करता हूँ।"

"गुरुदेव, आप मुझे समझे नहीं। आप जिस शान्ति की प्रार्थना करते हैं, वह मुझे नहीं चाहिए।"

"तब?"

"पट्टणी वापस लौट जाएँ, तभी मुझे शान्ति मिल सकती है।"

"अभी तक तुम यह नहीं भूले? रेवा, कितनी बार कहूँ? मृणालकुमारी पाटण ब्याही गयीं तो पाटण हमारा स्वामी हो गया। इतने बरसों बाद अब कुछ हो सकता है?"

"गुरुदेव, आप इस प्रकार निराश होंगे तो—"

"भाई, जब तक आशा की एक बूँद तक रही, तब तक मैं डिगा नहीं; परन्तु अब तो आशा रखना पागलपन मालूम होता है।"

रेवापाल ने उछलते आवेश के भार से आँखें मींच लीं। उसके होंठ खिंचकर कठोर हो गये।

"गुरुदेव, आप संसार त्याग बैठे हैं; इससे आपको पागलपन मालूम होता है, परन्तु जैसा आज है, वैसा दिन फिर नहीं आने का।"

"मैं नहीं मानता।"

"भले ही आप न मानें। और ऐसा दिन न हो, तो भी मैं अब थक गया हूँ। अब मुझसे यह सहन नहीं होता। नहीं देखा जाता। अब तो ऐसा लगता है कि या तो मैं नहीं या पट्टणी नहीं।" आँखों से आँसू पोंछते हुए रेवापाल ने कहा।

"क्यों, क्या है?" ब्रह्मानन्द ने कुछ आतुरता से पूछा।

"गुरुदेव, गुरुदेव! जहाँ देखता हूँ, वहाँ लाट की टेक और सुख का विनाश होते दिखलाई पड़ता है। आज ही एक घटना हो गयी। अविमुक्तेश्वर के शिवालय के आगे, मैंने पाटण के दो सैनिकों को धौले दिन लाट की स्त्रियों से मजाक करते देखा और एक सैनिक के हाथों एक पवित्र ब्राह्मण को मजे से कुचले जाते देखा। और यह आज ही नहीं हुआ, प्रतिदिन इसी प्रकार कुछ-न-कुछ होता है। अब तो नीचता की हद हो गयी है। नरक भी इससे ज्यादा भयंकर न होगा।

"काक क्या कर रहा है?"

"काक क्या कर सकता है? वह तो खिलौना है। वह समझता है कि उसकी चलती है; पर ज्यों ही उसने पीठ फेरी कि अत्याचार होने लगते हैं। और वह तो कल चला भी जाएगा।"

"कहाँ?"

"वंथली। उसके महाराज का हुक्म आया है। और लाट कि सत्ता किसके हाथों में आएगी, खबर है?"

"नहीं तो।"

"एक मन्त्री का लड़का है। न तो बुद्धि है और न नीति-रीति ही जानता है। शूरवीर भी नहीं। उसके हाथ नीचे रहने से तो कट मरना भला। इसी से कहता था कि दिन बहुत अच्छा है।"

"वह कहाँ ठहरा है?"

"मेरे ही यहाँ। पिताजी तो उसे मेरी बहन देना चाहते हैं।"

"अच्छा?"

"जी, परन्तु मेरा बस चला तो आँबड़ मेहता जैसा आया है वैसे का वैसा साजा बेदाग बचकर न जा पाएगा। गुरुदेव, जरा विचार करो। भगवान् भोला ने कैसा बढ़िया अवसर दिया है। त्रिभुवनपाल नहीं, काक नहीं, पाटण की सेना भी नाममात्र और आँबड़ तथा माधव के हाथों में लाट! गुरुदेव, आपकी तो एक हाँक से ही लाट वापस हमारे हाथों आ जाएगा।" रेवापाल ने आतुरता से ब्रह्मानन्द ही ओर देखते हुए कहा, "गुरुदेव, जरा विचार करो। पद्मनाभ का लाट आज कुचला रौंदा जा रहा है। असहाय लाट को आप ही सहारा न देंगे तो कौन देगा?"

"बेटा, मैंने तो संन्यास ले लिया है; इसलिए मैं तो अलग रहा, परन्तु तुम्हारा भी कोई उपद्रव खड़ा करना मुझे बुद्धिमानी का काम नहीं जान पड़ता।" ब्रह्मानन्द ने सिर हिलाते हुए कहा।

"तब क्या बैठा रहूँ? गुरुदेव, एक हजार योद्धा तत्पर हो रहे हैं। पन्द्रह दिनों में पाँच हज़ार पैदल सिपाही यहाँ आ पहुँचेंगे।" बिल्कुल धीमे स्वर में रेवापाल ने कहा।

"क्या कहते हो?"

"पन्द्रह दिन से मुझे कुछ खबर थी। आज आम्रभट आया और मुझे विश्वास हो गया कि यह अवसर चूकने का नहीं है। मैंने चारों ओर आदमी भेजे हैं। अक्षय तृतीया से पहले, भृगुकच्छ से मांडवी तक का प्रदेश हमारे हाथ में आ जाएगा।" उतावली से, पर धीरे से रेवापाल ने कहा।

"तब तो तुमने सब कुछ आरम्भ कर दिया है।"

"जी हाँ, परन्तु आपकी आज्ञा के बिना कुछ न करूँगा।"

"बेटा, जो कुछ तुम करो, उसमें तुम्हें विजय प्राप्त हो, यह सदा से मेरा आशीर्वाद है।"

"देव, इस समय तो ऐसी आज्ञा दो कि या तो विजय प्राप्त करूँ या देह ही छोड़ दूँ।"

"रेवापाल, तुम्हारी ऐसी एकनिष्ठता है तो विजय प्राप्त हुए बिना न रहेगी।"

रेवापाल एकाग्र दृष्टि से देखता रहा।

''देव, एक और याचना करूँ?''

''हाँ, कहो?''

''आप यह भगवा छोड़ दीजिए।''

ब्रह्मानन्द चौंककर पीछे हट गये। ''क्या?''

''देव, सेनापति ध्रुवसेन के बिना सारे लाट का शौर्य निकम्मा है। किसके बल पर हम यह साहस करेंगे? किसकी वाणी पर हम प्राणों की बाजी लगाएँगे?''

''रेवापाल, अब यह कैसे हो सकता है कि मैं भगवा उतार दूँ?''

''देव, आपने न कहा था कि हाथ से खोए हुए लाट में अब मेरा कोई स्थान नहीं है? सो महाराज, अब आप अपना स्थान सँभाल लें, तो लाट फिर अपने हाथ आ जावेगा। एक बार फिर बाहर आओ, एक बार अपने धनुष की टंकार से लाट को गुँजा दो।''

''बेटा, तेरी बातें मेरे मन को ललचाती हैं।''

''तब कहो, आओगे? अक्षय तृतीया के दिन यह भगवा उतारोगे?''

''नहीं।''

''देव, यह क्या कह रहे हो?''

कुछ देर ब्रह्मानन्द मौन रहे।

''रेवापाल, एक वचन दे सकता हूँ?''

''क्या?''

''यदि तुम्हें सच्ची जरूरत मालूम हो, यदि मेरी हाजिरी के बिना ही तुम्हारा प्रयास मिट्टी हो रहा हो, तो सन्देश भेजना। मैं यह भगवा उतारकर आऊँगा। अब तो ठीक हुआ?'' कुछ हँसकर ध्रुवसेन ने कहा।

रेवापाल ने नीचे झुककर ब्रह्मानन्द के पैरों में मस्तक टिका दिया। वह अपनी कृतज्ञता और किसी प्रकार प्रकट न कर सका। गुरुदेव ने शिष्य के मस्तक पर हाथ रखा। कुछ देर तक कोई कुछ न बोला।

''देव, तब तक एक काम करोगे?'' रेवापाल ने पूछा।

''कहो।''

''अपना 'पद्मविजय' दोगे?''

''खुशी से। दूसरा कौन योद्धा उसका व्यवहार करेगा?''

''देव, आपने हँसते-हँसते इस धनुष को 'पद्मविजय' नाम दिया था स्मरण है? जहाँ इसकी टंकार होगी, वहाँ जीत अवश्य होगी।''

''बेटा, वह वहाँ उस मड़वे पर रखा है, ले लो और जब मेरी जरूरत हो, तब इसकी प्रत्यंचा का फुँदना भिजवा देना। महाराज पद्मनाभ की पट्टणी ने उसे बाँधा

था।" रेवापाल उठ खड़ा हुआ और उसने मड़वे पर पड़ा हुआ धनुष निकाल लिया और अपने शाल से झाड़कर, एक सिरा भूमि पर टिका कर उसे झुकाकर देख लिया। उसकी स्थिति-स्थापकता ज्यों-की-ज्यों थी।

"यह तो अद्भुत है।"

"बेटा, भगवान गंगनाथ का प्रताप है। जाओ, विजय प्राप्त करो।"

रेवापाल ने फिर से दंडवत प्रणाम किया। ब्रह्मानन्द सरस्वती ने फिर से चुपचाप आशीर्वाद दिया। दोनों मौन मुख, पर भारी हृदय से अलग हुए। दोनों को ऐसा प्रतीत हुआ कि नियति उनके जीवन का नया पृष्ठ खोल रही है।

काक की याचना

जब रेवापाल झोंपड़ी से बाहर निकला, तब सन्ध्या हो रही थी। अदृष्ट होता हुआ दिन का प्रकाश, और थोड़ा-सा अँधेरा, आकाश में तैरते हुए तारे, रेवा के तीर को गम्भीर रूप दे रहे थे। रेवापाल बड़े भक्ति भाव से नर्मदा के शान्त तट को देखता रहा और धीरे-धीरे, विचार करता हुआ छत पर गया।

इस समय उसके हृदय का भार कम हो गया था। उसके विनाश से निश्चेतन बने हुए हृदय में आज नई आशा का उल्लास पैदा हुआ था। वर्षों से दबाई हुई उसकी हविस आज पूरी होती दिख रही थी। लाट के स्वातन्त्र्य के लिए एक भयानक विग्रह करना, उसके जीवन का लक्ष्य था। वह लक्ष्य आज सिद्ध होने की तैयारी में था।

जंबूसर के पतन के बाद, इस लक्ष्य को सिद्ध करने की आशा उसने बिल्कुल छोड़ नहीं दी थी। और लाट की ग्रह दशा पर उसको श्रद्धा थी; अतएव उसने यह कभी विचार ही नहीं किया था कि पाटण के लोगों को निकाल बाहर करना असम्भव है। महान् परिश्रम से महान संकट में पाल-पोसकर बड़ी की हुई यह आशा, आज सिद्धि का रूप ले रही थी।

यह आशा करते हुए उसने व्यावहारिक नीति भुलाई नहीं थी। उसकी नजर लाट की चारों दिशाओं पर फिरती रहती थी। चारों ओर के विद्रोहियों और असन्तुष्ट योद्धाओं से वह सम्बन्ध बनाए हुए था, और सारे लाट में उसकी एकनिष्ठा तथा देशभक्ति के प्रति इतना अधिक सम्मान था कि लोगों की दृष्टि में, सेनापति ध्रुवसेन के संन्यास ग्रहण करने के पश्चात् उसी का प्रथम स्थान था।

वह नर्मदा की तरंगों की ओर देखता रहा। उसने अपने सच्चे हृदय से इस जागती जोग-माया को अर्घ्य दिया और उसने आशीष माँगी। उसे ऐसा लगा कि इन तरंगों में स्वरूप ग्रहण करती हुई माता के काल्पनिक करों से उसे आशीर्वाद मिल रहा है।

आधा जागता और आधा नींद में वह 'पद्मविजय' के प्रचंड धनुष-दंड पर हाथ

टिकाए खड़ा रहा। तुरन्त उसके कन्धे पर किसी ने हाथ रखा। वह चौंककर पीछे की ओर घूमा और तलवार पर हाथ डाला। पीछे की ओर दुर्गपाल हँसता हुआ खड़ा था।

रेवापाल ने क्रोध से होंठ चबा लिए। उसके दुर्भाग्य का दूत सामने खड़ा हुआ था और इस समय भी निश्चिन्तता से विचार नहीं करने दे रहा था। सम्भव है, वह उसके पीछे किसी प्रपंच में भी आया हो।

''रेवाभाई, आखिर भेंट हो ही गयी!'' काक ने कहा।

''क्यों आए हो?'' क्रोध से भर्राए हुए स्वर में, दाँत पीसकर रेवापाल ने पूछा।

''मैंने सवेरे भाभी से कहा था कि इस समय मैं तुमसे मिलने को आऊँगा। तुम से उन्होंने नहीं कहा?'' काक ने निर्दोष आवाज में पूछा। रेवापाल अपने पुराने मित्र को पहचानता था, वह उसकी मधुर वाणी से मोहित हो जानेवाला नहीं था। वह कुछ देर आँखें निकालकर देखता रहा।

''क्यों आए हो?'' रेवापाल ने अधीरता से पूछा।

''मैं कल वंथली जा रहा हूँ।''

''तो इससे मुझे क्या?''

''मैं एक याचना करने आया हूँ।''

''किसी को दान करने की मुझमें शक्ति नहीं है। और हो भी, तो तुम्हें न करूँगा।'' रेवापाल ने तिरस्कार से कहा।

''परन्तु मैं याचना करूँगा, तो तुम्हारे ही पास। और दान भी तुम्हीं दे सकते हों।'' काक ने नम्रता से कहा।

''दान माँगो अपने पाटण के स्वामी से।'' हठ से गर्दन हिलाकर रेवापाल ने कहा।

''कुछ दान ऐसे होते हैं जो बाल-मित्र ही दे सकते हैं, उन्हें दुनिया का स्वामी भी नहीं दे सकता।''

''मैं तुम्हारा मित्र नहीं हूँ और मुझे तुम्हारी मैत्री नहीं चाहिए।'' कहकर रेवापाल जाने लगा।

''परन्तु मुझे तुम्हारी मैत्री की गरज है। जरा सुन तो लो कि मैं क्या माँगता हूँ। फिर भले ही इनकार कर देना। मुझे एक स्त्री तुम्हारे संरक्षण में सौंपनी है। रेवाभाई, आखिर इतनी भी टेक न रखोगे?'' काक ने कुछ हँसकर कटाक्ष में पूछा।

काक की बात से रेवापाल रुक कर खड़ा हो गया और उसकी ओर घूमा। उसकी सख्त आँखें कुछ कोमल हो गयीं। काक ने देखा कि रेवापाल कुछ पिघला है।

''भैया, मुझे अपनी, भृगुकच्छ की या पाटण की जरा भी परवा नहीं है। उनका जो होना हो, हो जाए, तुम्हें जो कुछ करना हो करते रहना।'' काक ने रेवापाल के हाथ के धनुष की ओर देखते हुए कहा। ''यह तो एक गरीब गौ की रक्षा करने की बात है। लाट में तुम ही इतना न करोगे, तो फिर कौन करेगा?''

"तुमसे नहीं होती?"

"मैं तो कल जा रहा हूँ। और सम्भव है, फिर न भी लौटूँ।" काक ने कहा।

"कौन है?"

"एक विद्वान ब्राह्मण की लड़की।"

"कौन, तुम्हारी स्त्री?" रेवापाल ने चकित होकर पूछा।

"और वही हो, तो?"

"उसे मैं क्यों सँभालूँ?"

"मेरा कोई अनिष्ट हो जाए, तो–"

"तुम्हारा और तुम्हारे कुटुम्बियों का कुछ भी हो, इससे मुझे क्या?" रेवापाल ने सख्ती से कहा।

"मैं तुम्हारे स्थान पर होता, तो ऐसा न कहता।"

"काक, तुम्हें मैं पहचानता हूँ। तुम जैसा हरामखोर मैंने और नहीं देखा। इस समय भृगुकच्छ में सब कुछ बिगड़ गया है, इसलिए तुम किसी भी बहाने अपना भला खोज रहे हो।"

"रेवाभाई, मुझे अपनी चिन्ता नहीं है; परन्तु इस बेचारी को मैं परदेश से यहाँ ले आया हूँ और यहाँ मेरे सिवा इसका कोई सगा-सम्बन्धी नहीं है। मान लो कि तुमने लाट को फिर ले लिया--" कुछ तीक्ष्ण दृष्टि से रेवापाल की ओर देखते हुए काक ने कहा," "तो उसका कौन रक्षक होगा?"

"अपने मालिक को क्यों नहीं सौंप जाते?"

"अपना जीवन सर्वस्व अपने मित्र को ही सौंपा जा सकता है, मालिक को नहीं।" काक ने उत्तर दिया!

"ऐसे तो कितनों का ही जीवन-सर्वस्व तुमने लुटाया है।" रेवापाल ने कहा। काक को लगा कि उसकी बातों का असर तेजी से रेवापाल पर हो रहा है; परन्तु अभी उसके हृदय को पिघलाने के लिए तेज चिनगारी की जरूरत थी! उसने क्षण भर विचार करके एक भयंकर ब्रह्मास्त्र छोड़ा।

"रेवाभाई, तुम्हारे जीवन-सर्वस्व को पाटण भेज दिया, क्या यह उसी का बदला है?"

रेवापाल बाल्यावस्था से ही लीलादेवी के पैर पूजता था। वह स्वामि-भक्ति थी या और कुछ, यह कोई समझ न सका था। लीलादेवी के पाटण ब्याहे जाने से रेवापाल के हृदय में स्वदेश की आग के सिवा और भी कोई भावना थी या नहीं, कोई नहीं जानता था। परन्तु काक की नजर से बाहर कोई बात न थी। बहुत वर्षों के छिपे हुए व्रण में उसने ऐसा चुटीला आघात किया कि वह ताजा हो गया।

"क्या?" चौंककर, चिल्लाकर रेवापाल ने कहा। उसके नेत्रों से आग निकलने लगीं। आवेश में तलवार खिंच गयी, "तेरी मौत आई है?"

"तुम्हारे हाथों मौत हो, इससे अच्छा भला और क्या होगा?" शान्ति से हँसकर, तबीयत सँभालकर काक ने कहा, "परन्तु लीलादेवी को सोलंकी से ब्याह दिया, उसका वैर ले रहे हो?"

"चुप रहो।" धीमे स्वर में, किन्तु खुन्नस से रेवापाल ने कहा।

"क्या यह झूठ है? परन्तु मृणालकुमारी यहाँ रहतीं, तो भी तुम्हारा मनोरथ पूरा न होता।" काक ने कृत्रिम तिरस्कार से कहा। "चांडाल बम्हन," काँपती आवाज में रेवापाल ने कहा "तेरी मौत आ चुकी है। अब या तो तू नहीं या फिर मैं नहीं। निकाल अपनी तलवार, तुझे ऐसे न मारूँगा। चल अब तेरी पापी जीभ को एक शब्द भी न बोलने दूँगा। निकाल।" रेवापाल के मुख में झाग आ गये।

शान्ति से हँसकर काक ने सिर हिलाकर इनकार किया।

"रेवाभाई, मैं तुम्हारे सामने शस्त्र न निकालूँगा।"

"कायर! डरपोक!"

"मैं कायर, डरपोक नहीं हूँ, पर यदि हम लड़े तो तुम्हारी मृत्यु अवश्य होगी। मैं तुमसे दूना बली हूँ और मुझे अपना बाल-मित्र मारना नहीं है।"

रेवापाल के क्रोध का पार न रहा। वह ज्ञान खो बैठा। काक ही उसका शत्रु था। उसकी आकांक्षाओं की पूर्ति में वही बाधक था। इस समय उसे मार डालने में उसे अपना और लाट का मोक्ष दिखाई दिया।

"पापी, तो तू भले ही इस प्रकार खड़ा रह, मैं अभी तेरे दो टुकड़े करता हूँ।" कहकर वह तलवार खींचकर आगे बढ़ा। काक सख्ती से, तिरस्कार से देखता रहा।

"याचक ब्राह्मण की हत्या करके रेवापाल अपनी टेक छोड़ दे, यही तो मुझे देखना है।" काक ने गौरव से कहा।

"रेवापाल की टेक?" इन शब्दों के कानों में पड़ते ही रेवापाल ठिठककर खड़ा रह गया। उसकी खिंची हुई तलवार अधर में रह गयी।

"रेवापाल टेक कभी छोड़ ही नहीं सकता।" पास ही से एक मीठी आवाज आई।

दोनों घूम पड़े। पास ही ब्रह्मानन्द सरस्वती, तारों के मन्द प्रकाश में तेजस्वी और गौरवशील दिखते खड़े थे। काक ने साष्टांग प्रणाम किया। रेवापाल का उठा हुआ हाथ नीचे गिर गया, उससे तलवार छूट पड़ी। वहीं भूमि पर बैठ गया और दोनों हाथ सिर पर रखकर सिसकने लगा।

काक की राजनीति

"रेवापाल, यह क्या? काक, दो पुराने मित्रों को क्या यह शोभा देता है?" ब्रह्मानन्द ने पूछा।

रेवापाल ने हाथों में से सिर ऊँचा न किया। काक मुस्कराता हुआ देखता रहा।

"गुरुदेव, हम पुराने मित्र हैं, तभी इस प्रकार लड़ते और फिर एकत्र बैठते हैं। मैं कल जाने वाला हूँ सोरठ, इसलिए भाई रेवापाल को सौंपने आया था।"

"किसे?"

"अपनी स्त्री को। मुझे बड़ी चिन्ता हो रही है कि उसे बेचारी का क्या होगा?" काक ने कहा।

"बेटा," ब्रह्मानन्द ने कहा, "तुम्हें क्या हो सकता है?"

"गुरुदेव, रेवाभाई को तो मैं जरा चिढ़ा रहा था; पर आपसे तो सच-सच कहता हूँ। रेवाभाई तो राह देखते बैठे हैं; और भृगुकच्छ के नये दुर्गपाल में कौड़ी की भी अक्ल नहीं है। इसलिए लाट में बलवा होगा, यह निश्चित है। आप 'ना' न कहें; कारण मैं माननेवाला नहीं। मैं आपको और रेवाभाई दोनों को जानता हूँ।"

"तो अपने साथ ले जाओ।"

"यह भी नहीं बन सकता। जयदेव महाराज के पास मेरा कट्टर बैरी बैठा हुआ है। और महाराज या महारानी मेरी स्त्री को आश्रय देंगे नहीं। यदि कल ही मुझे कुछ हो गया, तो फिर उसकी क्या दशा होगी?"

"काक," ब्रह्मानन्द ने कहा, "तब तो तुम धोबी के कुत्ते हो रहे हो। न घर के न घाट के।"

"ऐसा ही है।"

"तब अपने घर के ही क्यों नहीं होते? पाटण में तुम्हारा कौन है? अपने रेवाभाई के साथ क्यों नहीं रहते? तुम दोनों बाल्यकाल के मित्र हो, इस प्रकार परस्पर लड़-कट मरने में क्या लाभ?"

"हाँ काक," रेवापाल ने एकदम खड़े होकर कहा, "आओ, मेरे साथ। हम पाटण को भी सर करेंगे।"

"भैया, गुरुदेव," काक ने खिन्न स्वर में कहा, "यह नेवता आज का नहीं है। बहुतों ने बहुत वर्षों से दे रखा है, परन्तु मुझे आप लोगों की योजना में श्रद्धा नहीं है। अकेला लाट पाटण के सामने क्या कर सकता है? एक दूसरी बात और है, जो मुझे स्पष्ट दिखाई देती है, पर आपको नहीं दिखती।"

"क्या?" ब्रह्मानन्द ने पूछा।

"गुरुदेव, अकेला लाट, सोरठ या गुजरात अब नहीं टिक सकते। मालवा और सपादलक्ष* भी अलग नहीं टिक सकते। से सब मिलकर एक चक्र से न चलेंगे, तो हम नष्ट-भ्रष्ट हो जाएँगे। अनेक युगों से लाट और गुजरात लड़ रहे हैं–गुजरात और मालवा लड़ रहे हैं, गुजरात और सपादलक्ष लड़ रहे हैं। इस प्रकार लड़ाइयाँ होती रहेंगी,

---

* अजमेर के समीप का प्रदेश, सवालख।

तो हम निर्वीर्य और निस्सहाय हो जाएँगे। और गुरुदेव, आप तो लाट में बैठे-बैठे कुछ जानते ही नहीं।''

''क्या?''

जिन विधर्मी यवनों ने महाराज भीमदेव के समय सोमनाथ को लूटा था, वे बराबर आगे बढ़ रहे हैं। प्रति वर्ष उनकी बातें कानों से आ-आकर टकराती हैं। हम आपस में लड़ेंगे, तो फिर हमारा क्या होगा? गुरुदेव, पाटण में एक सनकी यति आया था—बहुत वर्षों पहले। लोग कहते हैं, वह कहा करता था कि सब धर्मों को त्याग कर एक धर्म स्वीकार करो, नहीं तो यवन तुम्हारे प्राण ले लेंगे। मुझे भी ऐसा प्रतीत होता है कि यदि कोई चक्रवर्ती राजा भारत को अधीन नहीं करता है, तो हमारा सत्यानाश हो जाएगा।''

''और अपने जयदेव को चक्रवर्ती बनाने के लिए तुम सोरठ जा रहे हो?'' रेवापाल ने तिरस्कार से कहा।

''यदि उन्होंने मेरी बात मानी होती, तो वे आज चक्रवर्ती बन गये होते, परन्तु हमारे उनके ग्रह नहीं मिलते।'' काक ने कहा।

''तो लाट को तुम स्वतन्त्र न होने दोगे?'' ब्रह्मानन्द ने पूछा।

''मेरा वश चला, तो नहीं।''

''तुमने क्यों छोड़ दिया?'' रेवापाल बड़बड़ाया।

''रेवाभाई, अभी तक तुमने बात पूरी तरह से समझी नहीं। तुम जैसा सोचते हो, मैं वैसा सबल नहीं हूँ। आज मैं न होऊँ, तो क्या लाट पराधीनता से मुक्त हो जाएगा? भूल है गुरुदेव, एकचक्र राज करने के लिए तो पाटण ही बना है।''

''यह कैसे जाना?'' ब्रह्मानन्द ने पूछा।

''कारण कि विधाता ने उसे एक बलियों का भी बली दिया है।''

''कौन जयदेव?'' ब्रह्मानन्द पूछा। ''नहीं, जयदेव चाहे जैसी फुँकार मारे, परन्तु वह छुछी है। गुरुदेव, उस फुंकार के पीछे, सेनाओं की घोषणाओं के पीछे, पाटण के कुक्कुट-ध्वज के पीछे, मुंजाल मेहता हैं। मेरे जैसा भले ही मर जाए; पर जब तक वह हैं, तब तक पाटण का सितारा चढ़ता ही रहेगा।''

''तो अब तक उसने क्यों कुछ नहीं किया?''

''जब कर्णदेव स्वर्गवासी हुए, तब तो पाटण भी सोलंकियों का नहीं था। आज कावेरी से श्रीमाल तक सोलंकियों का डंका बज रहा है, वह क्या इन जयदेव के प्रताप से? मुंजाल को जैसे चाहिए वैसे साधन नहीं मिलते। पहले मंडलेश्वरों ने झगड़ा किया। फिर पाटण के धनिक बिफर गये। श्रावक लोग तो अब भी सीधे नहीं चलते। नागर मन्त्री घबराते हैं, और फिर राजा बेढंगा है। नहीं तो अब तक न जाने क्या हो जाता।''

''तब तुम क्यों जा रहे हो?''

''मुंजाल मेहता का यह खेल मैं ठीक-ठीक नहीं समझ पाता, परन्तु मेरा वश

चला, और जीता रहा, तो जूनागढ़ सर होगा, और जैसा आज लाट है, वैसा ही सोरठ होगा।''

''शाबाश!'' रेवापाल ने कठोर हास्य से कहा, ''ऐसे गुमास्ते न हों, तो धनी गरजें कहाँ से?''

''रेवाभाई अभी नरम नहीं हुए। गुरुदेव, कुछ ऐसा कीजिए कि मेरी स्त्री की रक्षा हो।''

''काक, तुम्हारे उद्‌देश्य देखते हुए, तो तुम्हें जीत जी रेवा माता को सौंप देना चाहिए।''

''तो गुरुदेव, रेवा माता भी मुझे अभयदान देंगी।'' काक ने गर्व से कहा।

''जब पाटण का स्वामी रेवा माता की शरण आएगा, जब इस लाट की जननी में से जगत की जननी होगी, तब मेरा उद्‌देश्य पूरा होगा। उस समय आपके बिना कहे ही मैं अपनी इस सनातन अंबिका की गोद में सो जाऊँगा।''

''जीते रहते तो लाट को चुल्लू-भर पानी नहीं दे रहे हो, और मरने पर मसान में गैया लाने का विचार कर रहे हो!''

''आप भले ही ऐसा मान लें; परन्तु गुरुदेव, रेवाभाई से इतना-सा वरदान दिलवाकर मुझे चिन्ता से मुक्त कीजिए।''

''रेवापाल, काक की स्त्री तुम्हारी भाभी है। उसकी रक्षा का वचन दे दो।''

''मैं कैसे दूँ? इस पापी को तो मेरे हाथों मरना होगा।''

''उसके लिए मैं कहाँ 'ना' कहता हूँ; परन्तु पीछे मेरी स्त्री मुट्‌ठी भर अन्न के लिए भूखों न मर जाए, असहाय होकर न रोवे। मेरा पुत्र बिना शिर छत्र के कुम्हला न जाए—बस, इतना ही वचन दो।''

''दे दो रेवापाल, इसमें कुछ बुराई नहीं है।''

''अच्छी बात है। जाओ काक, अपने मन का तुमने कर लिया। तुम्हारी स्त्री और पुत्र को निराधार न रहने दूँगा। अब जाओ। तुमसे मैं थक गया। अब इस भव में अपना मुँह न दिखाना।''

''भाई, यह कौन जानता है कि भाग्य में अभी क्या-क्या लिखा है?'' कहकर काक ने दोनों को नमस्कार किया।

''काक, जहाँ भी जाओ, ऐसा करना कि तुम्हारे गुरु को शोभा दे।''

''गुरुदेव, निश्चिन्त रहिए। अब आज्ञा है?''

''अच्छा बेटा!''

काक फिर से नमस्कार करके चला गया।

''रेवापाल, यह लड़का बड़ा जर्बदस्त है।'' ब्रह्मानन्द ने कहा।

''स्वार्थ-साधना में एक ही है।'' रेवापाल ने जवाब दिया।

मित्र-वधुएँ

काक शीघ्रता से बन्दर पहुँचा और पता लगाया कि उसकी धारणा के अनुसार जहाज का प्रबन्ध हुआ या नहीं। वहाँ से लौटकर, और सब व्यवस्था करके, वह मंजरी के पास गया।

मंजरी ने गृहस्थी स्वीकार कर ली थी, फिर भी वह शरीर और बुद्धि से ज्यों की त्यों मनोहर थी। पहले ही जैसी गर्विष्ठ थी, पहले से अधिक विदुषी थी। जो-जो लोग उसके समागम में आते, उन पर वह अपनी मोहिनी फैलाती थी। उसके पांडित्य का विद्वानों में सम्मान होता था। जो परदेशी विद्वान् भृगुकच्छ में आते, वे उससे भेंट करते और प्रशंसा से आर्द्र हुए हृदय से पराजय स्वीकार उसे सरस्वती की उपमा देकर 'अष्टक' लिखा करते। चारों ओर से जो योद्धा आते, वे दुर्गपाल का आतिथ्य स्वीकार करके, उसकी राजनीतिज्ञता भूलकर उसकी स्त्री के पूजक हो जाते। भृगुकच्छ के साधारण लोग, उससे परिचित होकर उसे देवी समझने लगते। वृद्ध लोग उसे रेवा माता का अवतार मानकर उसके दर्शन से कृतार्थ होते। अधेड़ उम्र के लोग, अपनी गृहस्थी का जंजाल भूलने कि लिए, किसी-न-किसी प्रकार उससे वार्तालाप करते और केवल एक ही सुधा-पूरित दृष्टिपात के याचक युवक, उसकी एक अकल्पित दृष्टि के प्रोत्साहन से, उसे रिझाने के लिए भव-सागर पार करने लग जाते थे।

पर जो स्त्री-पुरुष उसके समागम में न आते थे, वे इस गर्विता, स्वस्थ तथा सुरूपा सुन्दरी की ख्याति सुनते और उसकी ओर अस्पष्ट तिरस्कार की दृष्टि से देखते थे। मंजरी यह बात जानती थी, परन्तु वह उनकी ओर बहुत ही स्पष्ट तिरस्कार से देखती थी।

अपने पति पर और शक्ति पर उसे इतनी श्रद्धा थी कि जब काक ने रेवापाल के दिए हुए वचन की उससे बात कही, जब उसके नेत्रों से चिनगारियाँ निकल पड़ीं।

"तुम क्यों उसके पास भिक्षा माँगने गये?" महारथियों के शिरोमणि को यह याचना करते लज्जा नहीं आई? इतने ज्यादा अधीर क्यों हो गये हो?"

काक अपनी लाडली सुन्दरी का क्रोध देखकर कुछ हँस दिया।

"मैं न होऊँ और कोई उपद्रव खड़ा हो ज़ाय तो?"

"तो मुझे क्या होगा? किसकी मकदूर है कि मेरा कुछ कर सके?"

काक फिर से हँसा, "हाँ, यह तो मुझे खबर है। भृगुकच्छ का एक-एक जवान तुम्हारे लिए मरने को तैयार हो जाएगा।"

"जी नहीं, तब लोग केवल तुम पर ही मोहित हो जाते होंगे!" मंजरी ने हँसकर उत्तर दिया "परन्तु रेवापाल के मिजाज का तो कोई पार ही नहीं। उससे शरण माँगने के पहले, तो मैं मर जाना पसन्द करूँगी।"

"पगली, अभी तक तुम ज्यों-की-त्यों हो। मेरे कानों में उपद्रव की भनक पड़ रही है और सारे लाट में, वचन का पालन करने वाला यदि कोई है तो एक रेवापाल। इस आँबड़ को सौंपना किसी अर्थ का नहीं।"

"आँबड़? जैसा बाप, वैसा बेटा। मुझे तो उनका नाम भी नहीं रुचता, परन्तु तुम व्यर्थ ही चिन्ता कर रहे हो। सोमेश्वर है, मणिभद्र है, फिर क्या चिन्ता है। तुम अपनी ही चिन्ता करो और जिस प्रकार पन्द्रह वर्ष पहले पाटण जीतकर आए थे, उसी प्रकार इस बार जीत कर आओ।"

"और साथ में किसी को ले आऊँ?"

"मंजरी से अधिक अच्छी मिले, तो अवश्य लाओ। तुम्हें कसम है।" मंजरी ने हँसकर कहा। काक ने तेजस्विनी, सुकुमारी और स्फटिक से भी श्वेत मोहिनी की गर्विष्ट वाणी कानों से सुनी और वह सब कुछ भूल गया। क्षण भर के लिए वह उसके मुख की अपूर्व रेखाओं तथा उसके हास्य की विद्युत्प्रभा की ओर हर्ष से देखता रहा और फिर उसने योग्य जवाब दिया—मंजरी को चूम लिया।

गर्विता मंजरी मान त्याग कर काक की भुजाओं में छिप गयी।

"भटराज," उसने धीरे से, अन्तर की अभिलाषा प्रकट की "जल्दी ही तो लौटोगे न?"

"तुरन्त। घबराना मत। मुझे कुछ न होगा।"

दोनों ने आत्मश्रद्धा के आनन्द में चिन्ता को भुला दिया।

दूसरे दिन दुर्गपाल विदा हो गया। आम्रभट, नगरसेठ, माधव और मणिभद्र बन्दरगाह तक पहुँचाने आया। एक मन्दिर की छत पर से मंजरी क्षितिज में अन्तर्धान होते हुए जहाज पर खड़े काक को देखती रही। जब जहाज दृष्टि से ओझल हो गया, तब उसने अँचल से आँसू पोंछ लिए और वौसरी को छाती से चिपटा लिया।

दो तीन सखियाँ साथ थीं। उन्होंने इस स्नेही हृदय की व्यथा को चुपचाप देखा; पर मंजरी से एक शब्द भी कहने का किसी को साहस न हुआ।

उसने वौसरी को एक सखी को दे दिया और वह मन्दिर में दर्शन करने को मुड़ी। एक विद्यार्थी ने आकर दीपक जलाया। वृद्ध पुजारी लँगड़ाता आया और हँस-हँसकर खबर पूछने लगा। हास्य की किरणें विकीर्ण करती हुई मंजरी ने अपने तेज से अँधेरे मन्दिर को भी तेजोमय कर दिया।

वह मन्दिर से बाहर निकली और बेनां के साथ नगरसेठ के घर की कई स्त्रियाँ आ पहुँची। रेवापाल उसे तिरस्कार की दृष्टि से देखता है, यह मंजरी को विदित था। बेंना को भी उसका साहचर्य पसन्द न था। अतएव उसकी गर्दन की मरोड़ का गर्व बढ़ गया। उसकी हँसी में जरा अभिमान आया।

"मंजरी बहन, कैसी हो?" बेनां ने कहा।

"सब ठीक है। कहो, तुम तो प्रसन्न हो?"

"देवर चले गये, क्या?"

"हाँ।"

"मंजरी बहन, इधर आओ, एक बात कहूँ?"

"क्या?" मंजरी कुछ दूर बेनां के पास गयी और तन कर खड़ी हो गयी। उसके नेत्र अधिक बड़े हो गये। वह एक भी शब्द न बोली।

"उन्होंने कहलाया है" पतिपरायणा बेंना ने मंजरी का गर्व देखकर उत्पन्न हुए क्रोध को दबाकर कहा, "कि कोई काम पड़े, तो उनसे कहला देना।"

क्षण भर के लिए मंजरी के होठ काँप गये। उसने जवाब दिया, "बेनां बहन, उनसे कहना कि भटराज की पत्नी को किसी के संरक्षण की जरूरत नहीं।"

मंजरी की आँखों में तलवार की धार की ऐसी तीक्ष्णता थी। उसकी संस्कारशील आवाज में, अपमान के 'सा-रे-ग-म-' के सब सुर थे।

बेनां को इन शब्दों से गहरा घाव लगा। पतिभक्ति से सीखी हुई नम्रता को क्षण भर के लिए वह भूल गयी और अपमानिता स्त्री के हृदय में बसने वाला--विषैले सर्प के विष से भी तीक्ष्ण विष उसके अन्तःकरण में व्याप्त हो गया।

"हाँ-हाँ, मैं भूल गयी। तुम्हें कहाँ किसी की कमी है, कि उनके संरक्षण की आवश्यकता पड़े!" कहकर बेंना वहाँ से चली गयी। शब्द निर्दोष थे; पर उनमें भरे हुए विष मंजरी ने परख लिया। एक भयंकर दृष्टि बेनां की ओर डालकर, गौरव से मस्तक ऊँचा किए, वह वहाँ से चली गयी। उसकी आँखों में क्रोध के आँसू आ गये।

उसकी सखियाँ कुछ न जान सकीं। वह मन्दिर को छोड़कर बाहर निकली। सांबा बृहस्पति के बाड़े में जाने से पहले उसे थोड़ा-सा मुख्य राजपथ लाँघना पड़ता था। वह ज्यों ही राजपथ पर पहुँची कि दूसरी ओर से कुछ गुरुओं के साथ एक युवक साधु को आते देखा। मंजरी अपनी सखियों को साथ लिए पास की गली में तेजी से चली गयी; परन्तु उसने का उस साधु के तेजस्वी मुख देखा और अपनी एक सखी से कहा, "यह वही नया साधु है, जो अभी आया है? बड़ा विद्वान कहा जाता है?"

"हाँ, मैंने भी यही सुना है। अच्छे-अच्छे पंडित इसके आगे कुछ नहीं हैं।"

हेमचन्द्रसूरि की चंचल दृष्टि मंजरी पर पड़ी थी! काक ने पहले दिन परिचय दिया था, वह उन्हें स्मरण हो आया। बिल्कुल, बचपन में खम्भात में जिस युवती के समीप ठहरे थे, और जिसे काक उठा ले गया था। उसकी विस्मृत तेजस्विता याद आ गयी।

यह स्त्री दुर्गपाल को किस प्रकार मिली, और उसके पांडित्य के विषय में क्या-क्या किंवदन्तियाँ प्रचलित थीं इसका तो उन्हें पता था। उन्होंने साथ के श्रावक से पूछा, "यह दुर्गपाल की भार्या बड़ी शास्त्रविशारदा समझी जाती है?"

"जी हाँ।" युवक साधु की सर्वज्ञाता पर मुग्ध होकर श्रावक ने कहा।

अजानी की खोज

आँबड़, तेजपाल, माधव और सोमेश्वर काक को विदा करके बन्दरगाह से लौटे। आँबड़ में अब कुछ हिम्मत आई। काक से वह डरता था, इसलिए उसकी हाजिरी में उसे चैन नहीं था। अब तो, जब तक जूनागढ़ सर न हो जाए और कोई दूसरा दंडनायाक या दुर्गपाल न आए, तब तक वह भृगुकच्छ का स्वतन्त्र स्वामी था, इसलिए, उसके आनन्द का पार न था। सोमेश्वर काक के घर गया और बाकी भटराज माधव के यहाँ भोजन को जानेवाले थे, इसलिए वे अपनी-अपनी पालकियों की ओर गये। आम्रभट की पालकी के आसपास कुछ चाटुकार और कुछ नये दुर्गपाल को देखने के लिए उत्सुक लोग एकत्र हो गये थे। एक सैनिक ने सबको धक्के देकर अलग हटाया और आम्रभट पालकी में जा बैठा; परन्तु पालकी उठे इसके पहले की आसपास की भीड़ को बलपूर्वक चीरता हुआ एक मोटा-सा मनुष्य बढ़ आया और आम्रभट के पास आकर, नीचे झुक-झुककर नमस्कार करने लगा।

आम्रभट ने नेरा को पहचाना और काक की चेतावनी याद आ गयी। नेरा लहजे से कह रहा था—"म—म—महाराज, घणी खमा। द—द—दुर्गपाल म--महाराज की जय! ब...बापू को नमस्कार।" उसका गोरा वृक्ष के तने जैसा शरीर, नीचे झुकते हुए कुछ ऐसा लगता था, जैसे कोई हाथी का बच्चा खुशी से झूम रहा हो। आसपास खड़े हुए लोग हँसने लगे।

आम्रभट को तुरन्त वह सुन्दरी याद आ गयी। हमीर मृत्युशय्या पर पड़ा था और वीरा इतना होशियार नहीं था, नेरा के बिना उसे और कौन खोज निकालेगा?

आम्रभट ने काक की चेतावनी की परवाह न की और वह नेरा की ओर देखकर हँसा, "क्यों नेरा?"

"घ—घ-घणीं खमा बापू। आपकी कृपा से आनन्द में हूँ।",

आम्रभट ने देखा, नेरा कुछ कहना चाहता है। उस अपरिचिता का पता तो नहीं लगा लाया है? "चल मेरे साथ।"

"ज—ज—जो आज्ञा महाराज! जीते रहें सौ बरस अन्नदाता।"

कहता हुआ वह पालकी थामे चलने लगा। पालकी ज्यों ही आगे बढ़ी कि नेरा ने आम्रभट के कान में कहा "म—म—महाराज?" प—प—पता लग गया।"

"ऐं!" आम्रभट ने हर्षित होकर कहा। उसका हृदय उछलने लगा। नेरा ने आँख से ही उसे सावधान रहने को कहा। "ऊँची है?"

आम्रभट ने सिर हिला दिया।

"सफेद दूध के ऐसा रंग है?"

आँबड़ ने जोर से माथा हिलाया।

"अ–अ–और जी लुभाने वाली जादू भरी आँखें–" नेरा अपनी वाक्पटुता आजमाने लगा। आँबड़ कुछ कठोरता से मौन रहा। अपनी प्रियतमा के विषय में एक नौकर का इस प्रकार कहना उसे रुचा नहीं।

"ब–ब–बायें हाथ में रुद्राक्ष का कंगन?" आँबड़ ने आँखें मींच लीं और प्रियतमा की प्रतिमा को मस्तिष्क में लाने का प्रयत्न किया।

"क–क–क्यों, क्या बात है?" नेरा ने चिन्ता से पूछा?

"कुछ नहीं। हाँ, और?"

"भू–भू–भूल गया ब–ब–बापू, एक-एक रुद्राक्ष और एक-एक स्फटिक।"

आँबड़ पालकी में उछल पड़ा, "हाँ।"

"त–त–तब मिल गयी।"

"कहाँ है?"

"ब–ब–बापू, मैं ग–ग–गरीब मारा न जाऊँ। मेरे छ–छ–छ–स्त्रियाँ हैं।"

आँबड़ अधीर हो गया, "बोल हरामखोर!"

"अन्नदाता, सरस्वती जैसी विद्वान् है।"

"क्या कहता है?"

"ब–ब–बापू, मैं तो अभी भट भी नहीं हूँ।"

"तुझे भट बनना है।"

"हाँ, ब–बापू! आपकी सेवा में ही मरना चाहता हूँ।"

"अच्छा।"

"व–व–वचन! अन्नदाता, म–म–मैं मारा न जाऊँ।"

"बोल कायर! घबरा क्यों रहा है?"

"ब–ब–बापू, मुझे भट बनाएँगे?"

"हाँ–हाँ–हाँ।"

"त–त–तब कहुँ, प–प–परन्तु बापू, हाथ पर नहीं चढ़ सकती।" -

"इससे तुझे मतलब?" आँबड़ ने कहा।

"त–तब आप जानें। म–महाराज, वह तो भटराज की ब्याहता है।"

"ऐं! किसकी, माधव की?"

"ज–ज–जी नहीं, उस द–द–दूसरे की।"

आम्रभट के हृदय की गति रुक गयी, "जो चला गया, उसकी?"

नेरा ने जोर से माथा हिला दिया।

आम्रभट चुप हो रहा। उसका मस्तिष्क स्तब्ध हो गया। उसके कानों में धमधम आवाज होने लगी।

अन्नदाताओं के हृदय परखने का नेरा ने खास तौर से अभ्यास किया था। वह मन-ही-मन फूल उठा। अब उसके बिना इस नये दुर्गपाल का निस्तार नहीं था।

''म–म–महाराज, ब–ब–बात बने ऐसी नहीं है'' उसने धीरे से कहा।

''नेरा, इसमें कुछ भूल होगी।'' मणिभद्र का रूप-रंग याद आने से आम्रभट को फिर संशय पैदा हुआ।

''त–तो खुद अपनी आँखों देखकर निश्चय कर लीजिए।''

आम्रभट को कोई रास्ता न सूझा। नेरा के पास तरकीब तैयार थी।

''म–म–महाराज, अब आप दुर्गपाल हो गये हैं। भ–भ–भटराज के घर की खोज-खबर लेनी चाहिए।''

आम्रभट ने कृतज्ञता से नेरा की ओर देखा, ''तू मुझे शाम को मिलना।''

''ज–ज–जो आज्ञा।''

आम्रभट के मस्तिष्क में दो परिस्थितियाँ तैर गयीं। एक तो अजानी के पता लगने का हर्ष, और दूसरी, उसे सिंह के पंजे से छुड़ानी होगी, इस विचार से उत्पन्न हुआ डर। भृगुकच्छ में आने से पहले, उसने इस नये शहर के स्त्री-पुरुषों के विषय में कुछ पूछताछ नहीं की थी। जो कुछ बातें मालूम हुई थीं, वे केवल उसके पिता ने कही थीं और मंजरी के विषय में तो पिता की जीभ खुल नहीं सकती थी। मणिभद्र भी ऐसी स्थिति में नहीं था कि कुछ अधिक बातें बतला सके। इससे आँबड़ मेहता मंजरी को साधारण स्त्री समझ रहा था। इस समय नेरा ने ऐसी अकल्पित बात कही थी कि उसे मानने को जी नहीं हुआ।

परन्तु इस अजानी जादूगरनी का वह ऐसा गुलाम बन गया था कि अनिश्चित दशा से छूटने के लिए वह छटपटाने लगा। ज्यों ही माधव का घर आया कि उसने तेजपाल और माधव से कहा, ''कुछ देर हो तो मुझे जरा-सा काम है।''

''क्या?''

आम्रभट क्षण-भर के लिए हिचका, ''बात यह है कि काकभट चले गये हैं, इसलिए मुझे उनके घर जरा हो आना चाहिए। उनके घर के सब लोगों को यह ठीक मालूम होगा।''

''भोजन करके चले जाइए।'' माधव ने कहा।

''फिर तो सेठजी के यहाँ हेमचन्द्र सूरि आने वाले हैं और बिल्कुल शाम को जाऊँ, तो ठीक न मालूम होगा।''

सेठ तेजपाल अपनी बाँकी आँख से इस शिष्टाचार के हिमायती की ओर देखते रहे और आधे गम्भीर और आधे मजाक के स्वर में बोले, ''बात सच्ची है। काक की बहू को भी बिल्कुल निराधारता नहीं लगनी चाहिए। तुम जैसे भले आदमी रीति-भाँति नहीं पालेंगे, तो फिर कौन पालेगा? जाओ, जरूर जाओ।''

आम्रभट बूढ़े की ओर देखने लगा। क्या यह भेद भाँप गया? पर, नगरसेठ के मुख पर से कुछ परखा नहीं जा सकता था।

''तो ठीक है, मैं अभी आया।'' कहकर आम्रभट फिर पालकी में बैठ गया।

"जल्दी चलो, सांबा बृहस्पति के बाड़े में। मेरे साथ किसी के आने की जरूरत नहीं।" उसने अपने रिसाले के घुड़सवार को हुक्म दिया।

आम्रभट बड़ा भला मानस है

बड़प्पन जाने का डर न होता, तो आम्रभट पालकी उठाने वालों को दौड़ाता, यदि पागलों में गिने जाने का खयाल न होता, तो वह खुद दौड़ता; और यदि उसके पर होते, तो वह उड़ जाता। माधव के घर से सांबा बृहस्पति के बाड़े तक का रास्ता उसे अनेक योजन का मालूम हुआ।

इतने अल्प समय में ही मदान्ध प्रेमी का सम्मोह उसके मस्तिष्क में व्याप्त हो गया था और इससे उसका ऐसा कुछ खयाल हो गया था कि काक का घर उसका अपना ही घर है। इससे आज सवेरे जिस घर के आगे सैनिकों और खुशामदी लोगों की धमा-चौकड़ी थी, वहाँ इस समय निर्जनता देखकर, उसे मनुष्य-जीवन की व्यर्थता पर, दो-चार बहुत ही उत्तम विचारों का स्फुरण हो आया और इस निस्तेज सूने घर में रहनेवाली सुन्दरी पर दया आ गयी। उस बेचारी के हृदय में क्या-क्या हो रहा होगा?

जब वह घर के अगले चौक में पहुँचा, तब कुछ लोग दालान में इधर-उधर चैन से लम्बी ताने पड़े थे।

एक कोने में भगवे कपड़े पर जरी से काढ़ा हुआ कुक्कुट-ध्वज भूमि पर पड़ा हुआ था, दूसरी ओर नगाड़ोंवाली साँड़नी आलस्य से जुगाली कर रही थी। आम्रभट को अपनी नई सत्ता का गर्व हुआ। कल से, जहाँ वह होगा वहाँ यह ध्वजा फहराएगी और नगाड़े गड़गड़ाएँगे।

वह चौक में होकर, अन्दर के खंड के बन्द दरवाजे तक आया और हिचककर खड़ा हो गया। उसका हृदय धड़क उठा। परदेश में, पराए नगर में, लोकप्रिय और प्रतापी वीरश्रेष्ठ के घर, दिन दहाड़े, उसकी स्त्री से मिलने के लिए—बिना कारण—आकर वह खड़ा था। काक की स्त्री को उसके आश्वासन या सहायता की जरूरत? यह कारण कैसा हास्यास्पद है! माधव और तेजपाल ने अपने मन में क्या सोचा होगा? उसे यहाँ से लौट जाने की इच्छा हुई।

परन्तु लौटा कैसे जाए? पालकी वाले क्या सोचेंगे? माधव और तेजपाल क्या समझेंगे? गाँव वाले क्या कहेंगे? इन्हीं सम-विषय विचारों में उलझा वह खड़ा रह गया।

अन्दर कोई बोल रहा था। उसकी आवाज एक जाली से सुनाई पड़ रही थी। लकड़ी की महीन छिद्रोंवाली जाली से देखने का प्रयत्न किया। परन्तु स्पष्ट नहीं दिखलाई पड़ा। चार-पाँच आदमी बैठे दिखाई दिए।

परन्तु आम्रभट के हृदय में, वह आवाज एक अजब झंकार पैदा कर गयी। यह तो अविमुक्तेश्वर मन्दिर के आगे मिली हुई सुन्दरी का ही स्वर है। 'ओह भगवान्' उसने धीरे से निःश्वास छोड़ा।

उस संस्कार-शील स्वर में कुछ अनोखा ही भाव और मिठास थी।

"पुराणी काका! वह गूहक ही प्रशंसा याद है? यह सोमेश्वर कभी से सिर खा रहा है। इसे सुनाआगे? मैं भूल गयी हूँ।"

वृद्ध हँसा। बोला, "क्या सिर खा रहा था?"

"यह कहता है कि आपके भतीजे लाट की सत्ता भोगना छोड़कर पाटण की सेवा करते हैं।" उस सुन्दरी की आवाज आई।

"तब क्या महाराज जयदेव बैठे-बैठे उन्हें एक घड़ी में बुला लेते? वे क्या तीन कौड़ी के अनुचर हैं?" सोमेश्वर की आवाज आई। "उनके हाथ में राजदंड तो शोभा देता है, छड़ी नहीं?"

"तुम क्या जानो?" उस स्त्री की आवाज़ फिर आई, "ऐसा होता, तो भीष्म पितामह धृतराष्ट्र को सिंहासन क्यों सौंप देते? श्रीकृष्ण उग्रसेन को किसलिए यादवेश्वर होने देते?"

"तभी तो, धृतराष्ट्र ने राज किया और अठारह अक्षौहिणियों का नाश हो गया--और उग्रसेन के कारण यादवस्थली बनी।" सोमेश्वर की आवाज सुन पड़ी।

वह स्त्री हँसी। कैसा मधुर हास्य था! आम्रभट के मुँह में पानी आ गया।

"काकाजी, इस लड़के को आदि कवि वाल्मीकि की वाणी तो सुनाओ।" कुछ देर, पुराणी गला साफ करते रहे और फिर कर्कश स्वर में बोले--

धन्यस्त्वं न त्वया तुल्यं पश्यामि जगतीतले।
अयत्नादागतं राज्यं यतस्त्वं त्यक्तुमिच्छसि।।*

"समझे?" उस स्त्री की आवाज़ आई। "भरत ने बिना यत्न के आए हुए राज्य को त्याग दिया; इसलिए भूतल पर वह अद्वितीय हो गया। ऐसे की लोग धन्य हैं, तेरे जैसे लोभी नहीं।" वह हँसी और उस हास्य के माधुर्य को फिर चखकर, आम्रभट अधीर हो गया।

"ठीक।" सोमेश्वर ने हँसकर कहा, "हम लोभी ही सही। हमारे नसीब में न भरत होना लिखा है, न रामचन्द्र होना।"

"यह कैसे जान लिया?" उस स्त्री ने पूछा।

आम्रभट का अधीर हृदय और न ठहर सका। उसने जाकर कुंडा खटखटा दिया। उसके मस्तिष्क में उस सुन्दरी के शब्द रम रहे थे।

---

* तुम्हें धन्य है, तुम्हारे समान जगत में कोई नहीं देखा। क्योंकि बिना यत्न के आए हुए राज्य को भी तुम छोड़ना चाहते हो।

इतने में उसकी नजर उस साँड़नी हाँकने वाले पर पड़ी। वह साँड़नी को उठाने को प्रयत्न कर रहा था। संभव है, वह डंका निशान यहाँ से जा रहा हो। जैसे आदि कवि के मस्तिष्क में काव्य का स्फुरण हुआ था, वैसे ही उनका श्लोक सुनकर आँबड़ मेहता का भी एक स्फूर्ति हुई, यहाँ आने का कारण मिल गया–"बिना यत्न के हाथ में आए हुए राज्य को जो जाने दे, वह अद्वितीय।"

"ओ हो, कौन, आँबड़ भाई! आप कहाँ से?" कहकर मणिभद्र ने द्वार खोलकर स्वागत किया।

आम्रभट कल जिस खंड में काक से मिला था, वहीं बैठ गया। झूले पर पुराणी काका और सोमेश्वर बैठे थे। अन्दर के खंड की देहली पर वह सुन्दरी शाक सँवारती हुई बैठी थी।

आम्रभट अभिभूत होकर देखने लगा। वही मुख, वही नेत्र, वही रौब, वही आकृति। सारे खंड में अखंड यौवन के अधिकरी देवताओं के नृत्य से डोलते हुए स्वर्ग का उल्लासजनक मादक वातावरण भरा हुआ था। दो बड़े-बड़े तेजस्वी नेत्र उस पर स्थिर हो रहे थे। संगमरमर के ऐसे श्वेत कपाल पर, उलझनों के बल पड़े हुए थे।

दो दिन से जिसके लिए प्रतिक्षण प्राण तरस रहे थे, वह रमणी यहाँ थी। उसका रोम-रोम खड़ा हो गया। वह स्वस्थता खो बैठा और आगे न जा सका। उसकी सारी सुध-बुध, और शान चली गयी।

सोमेश्वर, तरुण और सुन्दर लाट का योद्धा था। उसके विचार से काक शिव था और मंजरी पार्वती। इन दोनों के बीच उसका हृदय, उसकी भक्ति और उसकी सेवा विभाजित थी और शिव की अनुपस्थिति में अरक्षिता पार्वती की अवगणना करने को आनेवाले की ओर जिस दृष्टि से नन्दी देखता, उसी दृष्टि से वह आँबड़ को देखने लगा। वह काक का शिष्य था, और गुरु के प्रसाद से, वह स्वस्थता और समय-सूचकता, दोनों ही साध सकता था। उसने मंजरी के कपाल पर पड़े हुए बल देखे, शान्त, सभ्य परन्तु सख्त। वह झूले पर से उठा, द्वार के समीप आया-और आँबड़ तथा मंजरी के बीच खड़ा हो गया।

"कहिए भटजी, इस समय यहाँ कैसे?"

डुबते हुए तारे को जैसे जोर आ जाता है उसी तरह आँबड़ को साहस आ गया।

"सोमेश्वर, मुझे बहनजी से बात करनी है।" वह देहली के अन्दर आ गया और ज्यों-ज्यों बोलता गया, त्यों-त्यों उसका साहस बढ़ता गया। "बहनजी, क्षमा कीजिए बाहर कोई था नहीं, इसलिए मैं पहले से सूचित न करा सका।"

संस्कार-शीला स्त्री की स्वाभाविक सभ्यता से मंजरी बोली, "आओ भाई, बैठो, इस समय कैसे?"

आम्रभट जाकर झूले पर बैठ गया। उसे जो स्फुरणा हुई थी, उसका उसने उपयोग किया। "बहनजी, मैं एक याचना करने के लिए आया हूँ।"

“क्या?” गौरव से ऊपर देखते हुए मंजरी ने पूछा। आम्रभट उसके नेत्रों की दीप्ति को ध्यान से देखने लगा।

“भटराज कुछ दिनों में वापस आएँगे, और मैं तो केवल उनका दास हूँ। ये डंका-निशान सब यहीं रहने दिए जाएं, तो कैसा? मैं नगरसेठ के यहाँ भी अतिथि के ही रूप में हूँ। आपकी आज्ञा होगी, तो मैं और माधव नित्य प्रातःकाल आ जाएा करेंगे और बाहर बैठकर कुछ लोगों से मिल लिया करेंगे। यह समस्त शोभा काक भटराज के यहाँ ही शोभती है। मैं तो केवल उनका बच्चा हूँ।”

मंजरी और सोमेश्वर ने एक-दूसरे की ओर देखा। दोनों में से किसी को भी इस सौजन्य का मतलब समझ में न आया। और सच्चा मतलब तो दोनों में एक भी नहीं समझ सका।

“भाई,” मंजरी ने कहा, “जहाँ तुम रहते हो, वहीं यह सारी साहबी शोभा देगी।”

“मैं यहाँ से यह साहबी ले जाऊँगा, तो लोग कहेंगे कि इस परदेशी ने आकर लाट का बड़प्पन छीन लिया। मेरा काम लाट को रिझाना है—उसके दिल को दुखाना नहीं।” आम्रभट की जिह्वा ने अकल्पित खूबी दिखाई। ज्यों-ज्यों वह बातें करता गया त्यों-त्यों उसके स्वर में और मुख पर, निष्कपटता की सच्ची अनुभूति के भाव प्रकट होते गये।

“बाहर जहाँ भटराज बैठते थे, वहाँ हम घड़ी-भर बैठेंगे, आपको तनिक भी असुविधा न होने देंगे।” आम्रभट ने अपनी याचना आगे बढ़ाई।

“सम्भव है, बहनजी को भला न लगे।”

“नहीं, मुझे कुछ आपत्ति नहीं है। मैं तो उस अगले चौक को व्यवहार में ही नहीं लाती।”

“तब मेरी प्रार्थना स्वीकार करके कृतार्थ कीजिए।”

आम्रभट का हृदय मुस्कराया। उसने अपना लक्ष्य सिद्ध कर लिया।

“तब सोमेश्वर, निशानदार से कह दो कि डंका-निशान यहीं रहने दें। मैं दूसरा हुक्म दे दूँगा। अच्छा बहनजी, अब मैं आज्ञा लूँगा। क्षमा कीजिए।”

“आँबड़ भाई, जरा पान तो खा लो।” मणिभद्र ने कहा।

“जी। माधव प्रतीक्षा कर रहे होंगे। आज उनके यहाँ भोजन करना है।—”कहकर मंजरी की ओर देखकर हँसा।

मंजरी नीची नजर किए शाक सँवार रही थी।

आम्रभट ने पान का बीड़ा लेकर नमस्कार किया और विदा ली।

“कहो या न कहो, पर आँबड़ भाई सवा लाख रुपयों का आदमी है।” मणिभद्र ने प्रमाण-पत्र दिया।

“लड़का अच्छा तो लगता है।” मंजरी ने कहा।

“जो कहता है, वे सब बातें सत्य हों, तो बुरा नहीं है।” सोमेश्वर ने कहा—“और

एक बात बड़ी अच्छी होगी। महाराज (काक) हेमचन्द्र सूरि की और इसकी साँठ-गाँठ समझते थे। यहाँ बैठक होगी तो मेरी भी दृष्टि रहेगी।''

हेमचन्द्र सूरि चकित होते हैं

आँबड़ के मस्तिष्क में, पहली बार जोते गये घोड़े जैसा तैश आया। उसे ऐसा लगा कि वह महान् पुरुष है, लाट का सत्ताधारी अधिकारी है; और ये सब लोग उसकी आज्ञा के अधीन हैं। मंजरी के समान मनोहर स्त्री के लिए उत्पन्न हुए मोह का उत्साह उसकी रग-रग में नाच रहा था; और आज प्रथम प्रयास में विजय प्राप्त हुई थी; इसलिए उसका जी मौज में था। अपने प्रताप का पूरा-पूरा विश्वास उसे पहली ही बार हुआ।

वह एकदम कच्चा नहीं था। एकाएक तेजपाल और माधव के आगे नई योजना प्रकट कर देना, उसे समझदारी का काम नहीं मालूम हुआ। उसका आनन्द बाहर अवश्य दिखाई दिया, परन्तु तेजपाल और माधव ने उसे नई सत्ता के नशे का परिणाम समझा।

अन्त में माधव के यहाँ भोजन समाप्त हुआ और तीनों जने सेठ तेजपाल के यहाँ आ गये।

इन तीनों के आने से कुछ ही देर पहले हेमचन्द्र सूरि आए थे। रेवापाल घर ही था। उसने युवक साधु का स्वागत-सत्कार करके उन्हें चौरे पर बिठा दिया। साथ आए हुए लोग सूरिजी के आसपास बैठ गये।

रेवापाल इन नये साधु से अगले दिन मिल आया था और वे भृगुकच्छ किसलिए आए हैं, इसका हेतु समझने का प्रयत्न भी उसने किया था, परन्तु इस बालक साधु का व्यक्तित्व विचित्र था। वाक्य वे ऐसे बोलते कि उनका अभिप्राय स्पष्ट समझ में न आ सके, फिर भी यह धारणा हो जाए कि उन्होंने कोई अर्थ सूचित किया है। और उनकी बातचीत में इस प्रकार की अस्पष्ट विद्वता थी कि श्रोता को उनके ज्ञान की अगाधता का खयाल तुरन्त आ जाए। उनकी बात करने की शान्त और अपरोक्ष रीति में सत्ता और जोश दिखते नहीं थे, परन्तु वे थे अवश्य, ऐसा सुनने वाले को तुरन्त लगता।

''रेवापाल जी तुम्हारी ख्याति सुनकर मैं प्रसन्न हुआ हूँ। अपने कुल और अपने पिता की कीर्ति को तुमने दिपाया है। असन्तोष की बात केवल यही है कि जैसे रणवीर हो, वैसे धर्मवीर नहीं।''

''मुझे जो कुछ होता है, करता हूँ।'' रेवापाल ने कहा। उसे साधुओं से बातचीत करने में अरुचि थी।

"परन्तु शिवमन्दिर की तरफ कुछ पक्षपात है, क्यों?" हेमचन्द्र सूरि ने पूछा। इसी उम्र से उन्होंने जैन और शैव सम्प्रदाय के बीच विरोध है, ऐसा आन्दोलन धीरे-धीरे और खूबी से आरम्भ कर दिया था।

"तुम जैसे योद्धा में वैराग्यात्मक शुद्ध वृत्ति आने में देर लगेगी और राजसिक वृत्ति की ओर झुकाव भी तुम्हारा रहेगा; परन्तु तुम तो लाट के श्रावकश्रेष्ठ हो। तुम्हें तो सबसे पहले अपने धर्म का पोषण करना चाहिए।"

रेवापाल इस सयाने युवक का उपदेश कुछ अधीरता से सुनता रहा; परन्तु उसने जवाब नहीं दिया। सूरि आगे कहने लगे— "अच्छा, तब शस्त्रों को किसलिए बाँधते हो? तुम तो अहिंसा धर्म सरलता से स्वीकार कर सकते हो?"

"मुझे अहिंसा धर्म नहीं रुचता।" "अरे-रे!" साधु ने मिठास से हँसकर कहा। "तुम एक बार खम्भात आओ, तुम्हारा भी मत बदल जाएगा।"

"मैंने लाट को नहीं छोड़ने का व्रत लिया है।"

"अच्छा! किसलिए?"

"लाट का सौभाग्य चला गया है। उसकी दुर्दशा में मैं उसे छोड़ जाऊँ? यदि लाट की विजयी सेना खम्भात जाती तो मैं अवश्य आता।" निराशा भरे स्वर में रेवापाल ने कहा।

"मैं नहीं समझ पाता कि महाराज जयदेव के राज्य में तुम्हें ऐसी क्या कमी मालूम होती है।"

"आपकी समझ में न आए, यह स्वाभाविक है।" रेवापाल ने कुछ कठोरता से कहा। दूसरे ही क्षण उसे खयाल आ गया कि सूरि उससे बात नहीं कर रहे थे, उससे बात निकलवा रहे थे। उसने तुरन्त बात पलट दी, "आप कब तक रहेंगे? लीजिए, वे पिताजी और आँबड़ मेहता आ गये।" कहकर वह चुप हो गया एक ओर हटकर बैठ गया।

"ओ-हो प्रभुजी, क्षमा करें। माधव भट ने तो ऐसा जिमाया कि समय का ध्यान ही न रहा। आज इस रंक का घर पवित्र हो गया।" कहकर सेठ तेजपाल ने दंडवत् प्रणाम किया। माधव ने नमस्कार किया और सूरिजी ने सबको 'धर्मलाभ' दिया। पाटण की राज्य सत्ता के प्रतिनिधियों की इस त्रिपुटी की ओर एक तिरस्कार भरी नजर डालकर रेवापाल वहाँ से चला गया।

"सूरिजी महाराज, हम लोग जरा ऊपर चलें। मुझे कुछ पूछना है।" वहाँ कुछ तिहाइत लोग बैठे थे, उन्हें दूर करने के विचार से तेजपाल ने कहा।

"नहीं, आप क्यों कष्ट करें, हम अब जाएँगे।" कहकर वे सब उठे और सूरिजी के पद-स्पर्श करके चल गये।

"आँबड!" हेमचन्द्र ने कहा, "अब बताओ क्या करना है?"

"दूसरा क्या करना है? जैसा चल रहा है, वैसा ही चलेगा।"

हेमचन्द्र ने कुछ आश्चर्य से आम्रभट की ओर देखा, "अर्थात्?"

"सेना तो उन भटराज के हाथ में है और सब कारोबार सेठजी और मैं दोनों करेंगे।"

"परन्तु तुम्हें किसलिए यहाँ भिजवाया है, यह मालूम है?"

"हाँ।"

"तो अब लाट की सत्ता काक के हाथ से अपने हाथ में ले लेनी चाहिए। देखो—" हेमचन्द्र ने तेजपाल तथा माधव की ओर घूमकर कहा "यहाँ काक की सत्ता त्रिभुवनपाल ने ऐसी जमा दी है कि मालूम होता है लाट वास्तव में उसी का है, महाराज का नहीं। इसी से महाराज ने काक को बुला लिया और आँबड़ को नियत किया। अब आप तीनों ही पाटण की सत्ता के प्रतिनिधि हैं। अब तुम तीनों को ऐसी युक्ति रचनी चाहिए कि जिससे काक की एक हत्थी सत्ता फिर महाराज के हाथ में आ जाए।"

"परन्तु अब वह कहाँ है?" माधव ने कहा।

"हाँ, वह चला तो सचमुच गया। महाराज को तो खयाल था कि वह उनकी आज्ञा का अनादर करके यहाँ से टलेगा ही नहीं।"

"जी हाँ। इसी से मुझे भी आज्ञापत्र मिला था कि काक को किसी भी तरह छल से या बल से यहाँ से रवाना किया जाए।" माधव ने कहा।

"आँबड़ मेहता मेरे नाम भी ऐसा ही आज्ञापत्र लाए थे।" तेजपाल ने कहा।

"काक तो चला गया," आम्रभट ने कहा, "अब और क्या बाकी रह गया?"

"उसकी अनुपस्थिति से ही क्या होता है? उसकी सत्ता को सचमुच में तोड़ना चाहिए। नहीं तो कल वह फिर लौट आए तब?" सूरि ने पूछा। बूढ़े तेजपाल की तिरपट आँख हेमचन्द्र से आम्रभट तथा आम्रभट से हेमचन्द्र की और घूमती रही। ऐसे समय एक अक्षर ही बोलकर अपना मत प्रकट कर दे, ऐसा कच्चा वाणिक वह था नहीं।

"परन्तु अब बाकी क्या रह गया?" कुछ अधीरता से आँबड़ ने पूछा।

"प्रथम तो यह कि उसके आदमियों को अलग करके, उनके हाथ की सत्ता को अपने हाथ में लेना चाहिए।"

"परन्तु अब किसके हाथ में सत्ता रह गयी है?"

'सोमेश्वर नये गढ़ का किलेदार है। उसका मित्र भाभा सेठ कोठारी है और उसका घर का आदमी रुद्रमल्ल लाट की सेना का नायक है। ये तीनों जाने चाहिए।"

तेजपाल और माधव, इस बाल-सूरि की जानकारी और शक्ति देखकर दंग हो गये। केवल आँबड़ के मगज में सोमेश्वर के नाम से मंजरी का स्मरण आरम्भ हो

गया। उसे ऐसा लगता था कि मंजरी उस की अपनी है। उसका मान-मरातब बढ़ाने का उसने निश्चय किया था। और यहाँ तो उसके आदमियों को अलग करने, उसकी साहबी छीन लेने और उसके पति की प्रतिष्ठा भंग करने की बातें हो रही हैं। उसे ऐसा प्रतीत हुआ, जैसे ये बातें उसकी अपनी साहबी छीन लेने की हो रही हैं। उसे ऐसा लगने लगा जैसे कोई उसका अपमान कर रहा हो।

"और डंका निशान भी" शान्त सूरि आगे कहने लगे, "जो काक के यहाँ हैं, उन्हें मँगवा लो।"

आँबड़ के माथे पर चोट पड़ी। डंका-निशान तो काक के यहाँ ही रहने देने का वह मंजरी को वचन दे आया था। क्या उन्हें वहाँ मँगा लिया जाए? क्या मंजरी के घर को निस्तेज बना दिया जाए? क्या लॉट की सम्राज्ञी जैसी सुन्दरी एक सामान्य घर की गृहिणी बना दी जाए? आँबड़ के मस्तिष्क में उसके घर के कमरे का मादक वातावरण छा गया। उस वातावरण में से दो बड़े-बड़े तेजस्वी जादू भरे नेत्र उसकी ओर निराधारी में उलाहना देते हुए देख रहे थे। ये नेत्र स्पष्ट रीति से पूछ रहे थे, 'आँबड़ मेहता, तुम वचन देकर भी मेरे घर को निस्तेज करोगे? लाट में मिले हुए मेरे पद को छीन लोगे?' अधीर प्रणयी का उत्साही हृदय इस प्रार्थना को अस्वीकार न कर सका। जब तक वह है तब तक किसकी मकदूर है कि उसकी--हाँ उसकी मंजरी की साहबी की ओर अँगुली भी दिखा सके?

"आँबड़, किस विचार में पड़े हो?" सूरि का शान्त स्वर सुनाई पड़ा।

आम्रभट कल्पना-जगत से फिर लौट आया, परन्तु उस जगत में किए हुए निश्चय को साथ लाया।

"आपने अन्त में क्या कहा था?" कुछ जरा तैश में उसने पूछा।

"काक के यहाँ से डंका-निशान मँगा लो।" हेमचन्द्र के स्वर में कुछ सख़्ती थी।

"किसलिए?" आँबड़ ने क्रोध से काँपते हुए स्वर में पूछा।

"इसलिए कि महाराज की आज्ञा है।"

"महाराज नें मुझे ऐसी आज्ञा नहीं दी।" तेजपाल और माधव, दोनों देखते रहे। वे दोनों, आँबड़ और हेमचन्द्र को तो एक ही समझ रहे थे।

"अर्थात्? तुम डंका-निशान काक के यहाँ ही रखोगे?"

"जी हाँ।"

"तुम क्या कह रहे हो? तब तो लोग समझेंगे कि काक ही सत्ताधीश है।"

"इससे हानि क्या है?" आँबड़ ने पूछा। "महाराज को भ्रम हो गया है कि काक नकमहराम है। उसी ने तो महाराज को लाट दिलाया, और अब पाटण कृतज्ञ होकर, बिना अपराध उसकी सत्ता छीन ले?"

"परन्तु उदा मेहता ने तो यही करने के लिए कहा है।" असन्तुष्ट स्वर में हेमचन्द्र ने कहा।

"भृगुकच्छ का दुर्गपाल मैं हूँ, उदा मेहता नहीं।" आँबड़ ने कहा।

हेमचन्द्र सूरि का मुख फीका पड़ गया। तेजपाल काक का शत्रु नहीं था। आम्रभट का यह मत देखकर उसने भी कहा, "आँबड़ मेहता की बात तो सच है। नहीं तो लाट की जनता तूफान मचा देगी।"

"आँबड़," सूरि कहने लगे। परन्तु दूसरा विचार हो आने से, उन्होंने नगरसेठ और माधव से कहा, "तुम मुझे अकेले में कुछ बातें करने दोगे? आँबड़ को भान नहीं है कि वह क्या कर रहा है।"

उस ओर आँबड़ का ध्यान नहीं था। वह तो कल्पना-जगत् में एक सुन्दरी के नेत्र-युगल से झरती हुई कृतज्ञता को स्वीकार कर रहा था। तेजपाल और माधव, दोनों उठकर जरा दूर हो गये।

"पागल, तू क्या बक रहा है, कुछ भान है?"

"सूरिजी, दुर्गपाल मैं हूँ, आप नहीं। आपको मेरी बातों के बीच में न आना चाहिए।"

"परन्तु इसी के लिए तो मैं खम्भात से यहाँ आया हूँ।"

"मैंने तो बुलाया नहीं।" आँबड़ ने जवाब दिया। "पिताजी ने भेजा है; तो पूछ आइए उनसे।"

"तू राजद्रोह कर रहा है, समझा?" सूरि ने कठोरता से कहा।

"मैं तो एक पुराने राजसेवक की प्रतिष्ठा भंग नहीं होने दे रहा हूँ।"

"तब उसके आदमियों को भी रहने देगा?"

"जैसा चलता आया है वैसा ही चलाऊँगा।" आँबड़ ने आश्वासन दिया।

"तो अब मैं यहाँ से चला जाऊँगा।"सूरि ने अन्तिम धमकी दी।

"जब आपकी इच्छा हो तब जा सकते हैं।"

"अच्छी बात है।" हेमचन्द्र सूरि ने कुछ तिरस्कार से कहा और तुरन्त उनका सुन्दर स्वर पलट गया। जैसे कुछ हुआ ही न हो, इस तरह शान्त भाव से उन्होंने उच्च स्वर में कहा, "भाई, तुम जानो। जो तुम्हारे ध्यान में आए, करो। मुझे तो जो ठीक लगा, वह कह दिया।"

नगर सेठ और माधव यह सुनकर समीप आ गये। आँबड़ को लगा, जैसे उसने बहुत बड़ी विजय प्राप्त कर ली। उसने कहा, "महाराज, कल सवेरे हम मिलेंगे, पर सांबा बृहस्पति के बाड़े में ही।"

सूरि हँसे। "हाँ ठीक है, लोगों को वहीं जाने की टेव है तो वहीं मिलना। अच्छा, अब मैं जाऊँगा। सेठ तेजपालजी, अब मैं थोड़े दिनों में यहाँ से विहार करूँगा।"

"वह क्यों? एकदम?"

"हाँ, जरा इधर तो आओ।" उठकर सूरि ने तेजपाल को बुलाया। तेजपाल गये।

"ये जती बीच में माथा ने मारा करें, तो बहुत अच्छा हो।" नागर माधव के मुँह से उद्गार निकला।

"और क्या!" आम्रभट ने कहा। उसे अपनी कल्पना में दो ललित मनोहर होंठ उसे शाबाशी देते हुए दिखाई दिए।

"सवेरे के बाद आँबड़ किसी से मिला था?" सूरि ने पूछा।

"यह काक की पत्नी मंजरी से मिल आया है।" सेठ ने जवाब दिया। कोई कुछ बोला नहीं। सूरि ने मन में निश्चय किया कि उस स्त्री से मिलना चाहिए।

भृगुकच्छ का नया गढ़

आँबड़ मेहता के सुकुमार मुख पर सन्तोष छा रहा था। आखिर भृगुकच्छ आना कोई बुरा न हुआ। वह सचमुच ही दुर्गपाल बन गया था, और मंजरी के समान अपूर्व सुन्दरी भी मिल गयी थी। वह अकेला पड़ा-पड़ा हँसा। विधि को करना होता है तो क्या नहीं हो जाता!

ओह, क्या उसका रूप था! कैसा मोहक स्वर था! कैसी उसके नेत्रों की दीप्ति थी! और उसके साथ उसने बातचीत की थी, वह बैठा था। वह कुछ हँसी भी थी और कल प्रातःकाल उसके घर जाकर वह अपनी नई सत्ता की शान भी दिखा सकेगा।

ऐसा लगता था, जैसे स्वप्न का-सा मनोहर वातावरण चारों ओर छा रहा हो। और यह भी जान पड़ता था जैसे उसकी रग-रग में जादू की झंकार हो रही हो। सूर्य और आकाश के रंग में, सृष्टि की रचना में, कुछ अवर्णनीय आकर्षण दिखलाई पड़ रहा था। पक्के विलासी की रसिकता से आँखें मीचकर वह इन सबका अनुभव करने लगा। एकदम, अचानक उसकी आँखों के आगे मंजरी का ऊँचा रूपवान् शरीर आ खड़ा हुआ। उसके अंग-अंग-से उभरते हुए मोह ने उसे अभिभूत कर दिया। जैसे अचेत अवस्था में हो इस तरह वह केवल उसके विकसित नेत्रों की ओर ही देखता रहा।

मंजरी, उसकी कल्पना-दृष्टि में वैसी ही दिखाई पड़ी जैसी प्रातःकाल दिखी थी– गर्विता, प्रतापी और विदुषी। वह उसके जैसे व्यक्ति से लजाई नहीं थी, हिचकिचाई नहीं थी, अभिभूत नहीं हुई थी। उसकी समझ में प्रशंसा करने वाले अनेक युवकों में से वह भी एक था।

उसके मोहमत्त हृदय पर पानी पड़ गया। उदा मेहता के पुत्र की पदवी का उस सुन्दरी के नजर में कोई मूल्य नहीं, श्रावकश्रेष्ठ के रुतबे का उसके निकट कोई सम्मान नहीं। खम्भात की युवतियों के हृदय-हार की उसे परवाह नहीं। पाटण की सेना

के महारथी उसकी सेवा करते और भृगुकच्छ के विद्वच्छिरोमणि उसकी पूजा करते। उसके और इसके बीच अभेद्य अन्तरपट था और इस पारदर्शक पट में से जैसे मूर्ख बच्चा उस ओर रखी हुई खाँड़ की एक अद्भुत मूर्ति देखकर मुख पानी ले आता है, उसी प्रकार वह कर रहा था।

उसका आत्म-सन्तोष चला गया, हर्ष नष्ट हो गया, आशा के महल ढह गये। अभी तक उसकी एक मधुर दृष्टि से अनेक युवतियाँ प्राण देने को तैयार हो जातीं, पर यह युवती तो ऐसी है कि वह उसके पैरों के आगे जा पड़े, तो भी आँखें की पलक न हिलाए। आँबड़ पसीने-पसीने हो गया।

कुछ देर में उसका अभिमान सतेज हुआ। प्रणयी की कला प्रतापी को नहीं आती, इस सूत्र का उसे ध्यान हुआ और रसीली सुन्दरियाँ महत्ता के पीछे ही नहीं मर मिटतीं, इस सिद्धान्त ने उसे आश्वासन दिया। किसी के मन को रिझाने की कठिन कला तो उसके जैसे किसी अद्भुत कलाकार के ही हाथ चढ़ी होती है। उसे ऐसा लगा कि इस समय उसकी सच्ची परीक्षा हुए बिना न रहेगी।

इस प्रकार के तर्क-वितर्कों में, आम्रभट ने सारी दोपहरी बिता दी। वह सोच रहा था कि मंजरी के दर्शन फिर से किस प्रकार किए जाएं। इतने में एक पार्श्वक ने खबर दी कि सोमेश्वर भट मिलने आए हैं। आलसी आम्रभट तन कर बैठ गया। उसकी अपनी मंजरी सेवक! विधि कैसी उसके अनुकूल है! क्या मंजरी ने नये दुर्गपाल को बुलाने के लिए उसे भेजा है? उसने सोमेश्वर भट के द्वारा कोई सन्देश भेजा है?

सोमेश्वर आया और नमस्कार करके विनयपूर्वक बैठ गया। आम्रभट ने नमस्कार स्वीकार किया। कुछ देर दोनों एक-दूसरे की ओर देखते रहे।

''कहिए भटजी!' आम्रभट ने पूछा।

''महाराज,'' विनयपूर्वक शान्त भाव से सोमेश्वर ने कहा, ''आपको नया दुर्ग देखने के लिए ले जाने को आया हूँ।''

''अच्छा।'' हँसकर आम्रभट ने कहा, ''दुर्ग की तालियाँ तुम्हारे पास हैं, यह मैंने सुना है। चलो।'' कहकर आम्रभट कपड़े पहनकर तैयार हो गया। मंजरी की सेवा में रहनेवाले सोमेश्वर के साथ घूमना भी आम्रभट को सुखदायक लगा।

''सोमेश्वर जी।'' जब वे पालकी में बैठकर दुर्ग की ओर जाने लगे, तब आम्रभट ने बात उठाई, ''तुम भटराज काक के कोई सम्बन्धी हो?''

''बहुत दूर का। वे मेरे गुरु हैं।''

''बड़े जबर्दस्त आदमी हैं?'' काक मंजरी की बात पर किस प्रकार पहुँचा जाए, यह विचार करते हुए आम्रभट ने पूछा।

''आप सब केवल उनके साधारण व्यवहारों से ही परिचित हैं; इसलिए उनकी सच्ची महत्ता का खयाल कदापि नहीं कर सकते।''

''नहीं-नहीं, ऐसी क्या बात है?''

"मेहताजी, उनका पूरा मूल्य आँकने के लिए, तो मेरे समान आपको उनकी चरण-सेवा करनी चाहिए। उनकी युद्धकला और बुद्धि, उनके आचार और विचार का तभी खयाल आ सकता है। यह तो कलियुग है, और भृगुकच्छ पराधीन है, इसलिए काक भट दुर्गपाल के रूप में पड़े-पड़े सड़ रहे हैं।"

"तो पाटण क्यों नहीं आते?"

सोमेश्वर ने एक तीक्ष्ण दृष्टि आँबड़ पर डालकर कहा, "आपके राजा या मन्त्रियों में साहस ही कहाँ है कि उन्हें वहाँ आने दें। उन बेचारों को भागने के लिए रास्ता न मिले।"

आम्रभट खिलखिलाकर हँस पड़ा और इस लड़के के अभिमान और अज्ञान को देखकर सोमेश्वर भी कुछ दयनीय भाव से हँसा।

"सोमेश्वर, तुमने पाटण देखा है?"

"नहीं।"

"महाराज को, मेरे पिताजी को और मुंजाल मेहता को देखा है?"

"नहीं, देखा तो नहीं, परन्तु उनके विषय में सुना बहुत है।"

"तो उन सबसे तुम्हारा गुरु जबर्दस्त है?"

"मैं तो इतना जानता हूँ कि अनेक वर्ष बीत गये, पर आप लोगों से न जूनागढ़ सर किया जाता है, न लिया जाता है। और जिसने लाट को सर किया, अपने अकेले हाथों नवघन रा' को पकड़ा, और शेषनाग के पास से जिसने मुंजाल मेहता के पुत्र को ला दिया, उस महारथी को पाटण में रखने का आपके महाराजा और मन्त्रियों में साहस नहीं है और उसका अनादर करने की प्रामाणिकता नहीं है।"

"तुम भी अपने गुरु के ही ढंग से बातें करते हो," आम्रभट ने हँसकर कहा, "या गुरुपत्नी से यह सब सीख आए हो?"

पल भर के लिए सोमेश्वर के नेत्रों में शंका झलक आई। "आपने किसी दिन माताजी की विद्वता देखी है?" सोमेश्वर ने कुछ तिरस्कार से कहा।

"नहीं सुनी तो बहुत है।"

"जाकर किसी पंडित से पूछ आइए।"

आम्रभट के मुँह में पानी आ गया, "तुम तो गुरु और गुरुपत्नी दोनों के ही बड़े भक्त हो।"

सोमेश्वर का आन्तरिक पूज्यभाव प्रकट हो गया, "भटजी, उन दोनों की चरण-सेवा करने के सिवाय मेरी और कोई इच्छा नहीं है।"

"तो इन दोनों में जबर्दस्त कौन?" कुछ हँसकर आँबड़ ने पूछा।

"इस प्रश्न का उत्तर आज बारह वर्षों में भी मुझे नहीं सूझा। आम्रभटजी, भटराज मुर्दों से महारथी बनाते हैं और माताजी पत्थरों को पंडित बनाती हैं। तब इन दो में बड़ा कौन, यह कैसे समझा जा सकता है?"

आम्रभट को हेमचन्द्र सूरि याद आ गये। उन्होंने उस पर अपनी सत्ता जमाने का प्रयत्न किया था, यह उसे अखर रहा था; और हो सके, तो जरा उनकी हँसी उड़ाने का उदात्त विचार उसके मस्तिष्क में आया।

"तुम्हारी गुरानी पंडितों के साथ विवाद करती हैं?"

"हाँ, यदि उन्हें रुचे तो।"

"हमारे खम्भात के एक शास्त्र-विशारद यहाँ आए हैं, वे तुम्हारी गुरानी से मिलने को कह रहे थे।" आम्रभट ने गप्प लगाई।

"वे इस प्रकार चाहे जिससे नहीं मिलतीं।" सोमेश्वर ने उत्तर दिया।

"क्या हम यहीं उतरेंगे?" आम्रभट ने दुर्ग और पुराने नगर के बीच वाली खाई के समीप पालकी पहुँचने पर कहा।

"हाँ।"

इतने में नये और पुराने नगर के बीच की खाई के आगे वाले घाट पर वे आ पहुँचे। पालकी ठहर गयी और आसपास खड़े हुए लोगों का नमस्कार स्वीकार करते हुए वे दोनों घाट पर प्रतीक्षा करती हुई नौका में जा बैठे। कुछ देर में वे नये दुर्ग की ओर उतर पड़े और उसमें जाने के लिए टेकरी पर चढ़ने लगे।

सोमेश्वर परिचित था, इसलिए शीघ्रता से चढ़ने लगा। पीछे-पीछे हाँफता हुआ आम्रभट चला।

"सोमेश्वर, यह नया नगर तो अभी बसा है?"

"जी हाँ। पहले छोटा दुर्ग था, उसे तुड़वाकर भटजी ने नया बनवाया है।"

"बड़ा मजूबत दिखलाई पड़ता है।"

"महाराज, यह दुर्ग चालीस वर्ष तक घिरा रहे तो भी टिका रहेगा।"

"ऐं?" आम्रभट ने चकित होकर पूछा।

"हाँ!" कुछ देर दोनों चढ़ते रहे। अन्त में वे द्वार के समीप जा पहुँचे।

"यह दरवाजा इस समय बन्द क्यों है? सवेरे तो खुला था।"

"जब भटराज गये, तब कह गये हैं कि केवल उस ओर का ही द्वार खोला जाए करे।"

"उन्हें भृगुकच्छ की बड़ी चिन्ता रहती दिखती है?" आम्रभट ने पूछा।

"उन्हें न होगी, तो और किसे होगी" तिरस्कारपूर्ण दृष्टि से सोमेश्वर ने पूछा।

"ठीक है, परन्तु दुर्गपाल तो अब मैं हूँ।" आम्रभट ने हँसकर कहा।

"आप अभी नये हैं न!" सोमेश्वर ने शान्त भाव से कहा।

सोमेश्वर ने दरवाजे की खिड़की खोली कि अन्दर से एक सैनिक दौड़ता हुआ आया।

"देवा, मैं हूँ सोमेश्वर और ये हैं नये दुर्गपाल। पधारिए आम्रभटजी!"

वे अन्दर घुसे और सोमेश्वर आम्रभट को कोट पर होकर ले गया।

आँबड़ भृगुकच्छ के इस नये कोट को देखकर चकित हो गया। नया भृगुकच्छ नदी के तट की विशाल तथा ऊँची टेकरी पर बसाया गया था और टेकरी पर से बाँधा हुआ कोट नदी की सपाटी से इतना ऊँचा था कि यह खयाल ही नहीं हो सकता था कि इस दुर्ग को कभी कोई ले सकता है।

"यह दुर्ग इतना बड़ा क्यों बनवाया गया?"

"कारण कि इसे रेवा मैया ने ही चारों ओर से घेरकर बना दिया है।" सोमेश्वर ने कहा, "आवश्यकता पड़ जाए, तो आधा नगर अन्दर रखा जा सकता है। आज इसके अन्दर तीन हजार सैनिक बड़ी सुविधा से रह सकते हैं।"

"परन्तु कोई घेरा डाल दे, तो इतने बड़े दुर्ग में लोग भूखों मर जाएँ।"

"नहीं, यह इस प्रकार बनाया गया है कि तीन ओर से तो इसे किसी प्रकार का भय ही नहीं है। आवश्यकता पड़ने पर पाँच-सात आदमी ही महीनों इसकी रक्षा कर सकते हैं।"

"और वह क्या है?" घर की ओर संकेत करके आम्रभट ने पूछा।

"वह कोठार है।"

"इतना बड़ा?"

"हाँ, और उसे सदा भर हुआ रखते हैं।"

"इस समय कौन घेरा डालनेवाला है!"

"सावधान मनुष्य सदा सुखी रहता है।" कहकर दोनों जने चारों ओर घूमने को चल पड़े।

देवा नायक

सोमेश्वर और आम्रभट जब दुर्ग को देख रहे थे, तब देवा नायक चुपचाप पीछे-पीछे घूम रहा था। उसकी सफेद दाढ़ी वायु में लहरा रही थी। उसके नेत्र सम्मान से नत हो रहे थे, फिर भी उसके वृद्ध, पर सशक्त हाथ ने भाले को अस्वाभाविक दृढ़ता से पकड़ रखा था। उसके आकुंचित कपाल पर इस समय बहुत सिकुड़नें पड़ी हुई थीं। थोड़ी-थोड़ी देर में वह कनखियों से आम्रभट की ओर देख लेता था।

वह ध्रुवसेन का पुराना सैनिक था, और काक के अनुचर के रूप में पाटण की सेना में आया था। ध्रुवसेन हारे, लाट का स्वातन्त्र्य गया, पाटण का राज्य-चक्र आया, इसकी उसे कोई परवाह नहीं थी। प्रतिदिन शाम को वह अपनी एकान्त झोंपड़ी में से निकलता, काक के चबूतरे पर जा बैठाता और काक जब लौटकर घर आता, तब पूछता, "भैया, कैसे हो?" काक हँसकर कहता, "देवा, प्रसन्न तो है?" वह उत्तर

देता, ''हाँ भैया!'' और चुपचाप लौट जाता। सारी सृष्टि में, बस इतनी ही चीज में उसे रस था।

उसके अकेले जीव को संसार के साथ जोड़ने वाला, केवल काक ही एक सूत्र था और इस सूत्र को पकड़कर वह भवसागर तरने को तैयार था। उसके एकलक्षी मस्तिष्क में, काक के लिए ऐसा स्थान था कि काक की परिस्थिति में कोई भी परिवर्तन होना उसे नहीं रुचता था। काक दुर्गपाल हो गया, ब्याहा गया, भटराज बना, यह उसे तनिक भी भला न लगा। इस प्रत्येक फेरफार के समय काक जैसे उसका न रहकर, पराया होता जा रहा है, ऐसा उसे लगा था।

काक ने उसे दुर्ग के कोठार का नायक बनाया, यह भी उसे भला न लगा। तथापि वह अपने भाई की आज्ञा का अनादर न कर सका।

कल वह नियमानुसार सांबा बृहस्पति के बाड़े में गया, और काक से मिला।

''देवा, मैं वंथली जाता हूँ।''

देवा ने ऊपर देखा। उसके नेत्रों में अधीरता थी।

''भैया, मैं भी चलूँ?''

काक स्नेह से हँसा, ''अरे देवा, फिर यहाँ कौन रहेगा? मंजरी को देखते रहना।''

''जी।'' देवा ने कहा और वह बैठ गया। उसके वृद्ध हृदय में न समझी जाए, ऐसी वेदना हुई। काक थोड़ी देर उसकी ओर देखता रहा, और उसके हृदय की व्यथा को समझ गया।

''देवा, मैं जल्दी ही आऊँगा। दुर्ग को सँभालना।''

''जी।'' कहकर देवा देखता रहा। उसकी आँखें भर आईं। उसे ऐसा लगा, जैसे माता के अकेले बालक को कोई छीने लिए जा रहा है।

''भैया, मैं जाता हूँ।''

''अच्छा, देखते रहना।''

देवा चुपचाप बैठा रहा और घर में जाते हुए काक की ओर देखता रहा। कुछ देर में उसने निःश्वास छोड़ा और वह माथा हिलाता हुआ फिर दुर्ग में लौट आया। तभी से उसका मस्तक झुका और बोलती बन्द हो गयी। उसे कुछ ऐसा लगा कि उसका 'भाई' अब उसे फिर मिलने वाला नहीं।

इस समय इस नये दुर्गपाल को देखकर उसकी आँख में विष छा गया। उसके 'भाई' के सिवाय कोई और दुर्गपाल हो, यह वह न देख सका।

वह चुपचाप चलता रहा। कोठार के आगे आकर आम्रभट और सोमेश्वर नदी की ओर देखने लगे। देवा धीरे से सोमेश्वर के पास गया।

''सोमेश्वर,'' देवा ने पूछा, ''तुम्हें देर लगेगी?''

सोमेश्वर हँसते हुए लौटा, काक के सभी आदमियों को देवा के प्रति प्रेम था।

''क्यों, देवा आज 'भाई' के घर जाना है?''

"हाँ, वक्त तो हो गया।"

"परन्तु आज तेरे 'भाई' तो हैं नहीं।"

"इससे क्या हुआ?"

"तो जाओ।" सोमेश्वर ने कहा।

"सोमेश्वर, कोठार देखना हो, तो देख लो।"

"आप कोठार देखेंगे?" सोमेश्वर ने आँबड़ से पूछा। आँबड़ को इस नायक की असभ्यता और सोमेश्वर से बात करने की रीति पसन्द न आई।

"यह कौन है?" आँबड़ ने तिरस्कार से पूछा।

"यह भटराज का विश्वसनीय नायक और यहाँ के कोठार का रखवाला है।"

"इस तरह कहाँ जाने को अधीर हो रहा है?" नये दुर्गपाल ने कुछ रौब से पूछा। देवा की नत हुई आँखें जरा फैल गयीं।

"यह भटराज के घर जाना चाहता है, यह इसकी हर रोज की टेव है।"

"तुम्हारे आदमी बहुत ही मुँहचढ़े हैं।" आम्रभट ने कहा। देवा ने ऊपर देखा।

सोमेश्वर के कपाल पर बल पड़ गये, "भटराज, देवा सामान्य सैनिक नहीं, घर का-सा आदमी है। जा देवा!" सोमेश्वर ने कहा।

देवा बिना बोले चला गया।

"हर एक सैनिक घर का आदमी हो जाएगा, तो फिर इस नगर की दशा क्या होगी?"

"भटजी," सोमेश्वर ने कहा, "इसका-सा विश्वासपात्र और कोई आदमी नहीं।" इसका अपमान करने से क्या लाभ?"

"ऐसा लगता है कि यहाँ के दुर्गपाल के सिवाय सारे नगर की मान-रक्षा की जाती है।"

"देखिए, अनेक वर्षों से यह भटराज के यहाँ जाता है। वह जाएगा कुछ देर चबूतरे पर बैठेगा और लौट आएगा। बिना गये नहीं रह सकता।"

"ऐसे नौकर मेरे पास नहीं निभ सकते।"

"तो ऐसे नौकर आपको मिलेंगे भी नहीं।" सोमेश्वर ने कुछ हँसकर कहा और वे आगे बढ़े।

देवा नायक मौन-मुख दुर्ग से उतर कर, पुराने नगर में होकर, सांबा बृहस्पति के बाड़े में आया और काक के चबूतरे पर जा बैठा। वह चुपचाप इस तरह बैठा, जैसे किसी के आने की राह देखता हो। जब अँधेरा हुआ, तब उसने ऊपर देखा, और यह खयाल आने पर वह उठ खड़ा हुआ कि काक की राह देखना व्यर्थ है।

"कौन है?" द्वार खोलते हुए मणिभद्र ने पूछा, "मैं, देवा नायक।"

"क्यों, क्या बात है?"

"कुछ नहीं, यों ही।"

"कौन, नायक?" अन्दर से मंजरी की आवाज आई। वह बाहर आ गयी। "आओ नायक, बाहर क्यों बैठे हो?"

"कुछ नहीं, यों ही।" कहकर उसने निःश्वास छोड़ी। "नायक, तुम्हारे भाई थोड़े ही दिनों में आ जाएँगे।"

बूढ़े ने माथा हिलाया, "नहीं बहन, अब नहीं मिल सकूँगा।"

"क्यों?" कुछ फीका-सा हँसकर मंजरी ने पूछा।

"कल मेरी झोंपड़ी पर उल्लू बोल रहा था।"

"अरे, इससे क्या हुआ?" मंजरी ने साहस से कहा, "तुम्हारे भाई तो आए ही समझो।"

"भाई तो आएँगे, पर मुझसे भेंट न होगी। बहन, छोटे भैया को दिखाओगी?"

इस बूढ़े का स्नेह देखकर मंजरी की आँखों में पानी आ गया। "अन्दर आओ न!"

देवा भीतर गया, और बौसरि को देखकर बाहर आ गया। वह धीमी गति और भारी हृदय से दुर्ग की ओर मुड़ा, तब रात अधिक होने आई थी। वह नीची नजर किए दुर्ग की ओर चला।

खाई के पास आने पर, उसे दो पुरुष दुर्ग की ओर देखते दिखाई पड़े। उसने ऊपर देखा, और खाँसा।

"कौन है?" उसने पूछा।

एक मनुष्य ने माथे और कन्धे पर शाल लपेट रखी थी। वह आगे बढ़ आया।

"क्या है?"

"इस समय क्या कर रहे हो?" सावधान देवा ने सवाल किया।

"ओ-हो! कौन, देवा?"

देवा ने ध्यान से देखा, "तुम कौन हो?"

"रेवापाल। मुझे नहीं पहचाना?" रेवापाल ने शाल को कुछ अलग करके कहा।

"भाई, तुम यहाँ कैसे?"

"जरा घूमने आए हैं, इस समय कहाँ काक के घर जा आया? तेरा भाई तो गया?" रेवापाल ने कुछ तिरस्कार से कहा।

"इससे क्या हुआ? कुछ दिनों में फिर आ जाएँगे।"

"अरे, पागल हुआ है।"

"क्यों?"

"वह तो अब आएगा ही नहीं।"

"क्या?" आँखें निकालकर देवा ने पूछा।

"जयदेव महाराज उसे भृगुकच्छ न आने देंगे।"

"कैसे जाना?"

"उसने स्वयं मुझसे कहा था।"

"और यह नया दुर्गपाल यहाँ रहेगा?"

"हाँ। देवा, तेरे और मेरे भाग्य से। काक समझ बैठा था कि उसे कौन पूछेगा। अब वह भी पछताएगा। देवा, तुझे भी दुर्ग त्यागना पड़ेगा।"

"क्यों?"

"नया दुर्गपाल इसमें पट्टणियों को बसाएगा।"

"अरे, यह भी कहीं हो सकता है?"

"तब देखना। तुम लोग कोई मेरी बात नहीं मानते, पर तुम्हारा बनाया दुर्ग तुम्हारा ही सत्यानाश करेगा। देखना।"

देवा मौन हो गया।

"दो हजार पट्टणी इसमें घुस बैठेंगे, तो सारे देश को त्राहि-त्राहि पुकरवा छोड़ेंगे।"

"ऐसी किसकी मकदूर है कि सारे देश को दुःख दे सके?"

"तेरा बड़ा दुर्गपाल था, उसे तो घड़ी के छठे भाग में ही देश पार कर दिया। अब तुम्हारा कौन है? आँबड़ खम्भाती और माधव नागर।" रेवापाल तिरस्कार से हँस पड़ा। "और एक मनुष्य को तो, भूल ही गया।"

"कौन?"

"नेरा तोतला।"

नायक ने स्तब्ध होकर पूछा, "क्या कह रहे हो?"

"देवा," रेवापाल ने नर्मी से कहा "मैं कभी झूठ बोलता हूँ? तेरे भाई से और मुझसे शत्रुता है। परन्तु वह कैसा ही हो, किन्तु लाट का हितैषी था। वह भी चला गया और देखना, अब फिर न लौटेगा।"

देवा को कँपकँपी-सी आ गयी।

"आँबड़ केवल मौके की तलाश में बैठा है। और, आज मेरे सुनते नेरा को भट बना दिया और कल से दुर्ग में रहने का हुक्म दे दिया है। बोलो, अब लाट की आ बनी कि नहीं?"

देवा कुछ बोला नहीं; पर उसका रोम-रोम खड़ा हो गया। कल उल्लू बोला था। अवश्य ही इसका कोई कारण था।

"देवा, एक ही रास्ता है।" रेवापाल ने कहा।

"क्या?"

"दुर्ग में वर्ष भर चलने के लायक अन्न है।"

"तुमने कैसे जाना?"

"कैसे भी। यदि तुम पट्टणियों को हाथ मलते हुए रखना चाहते हो, तो एक रास्ता है।"

"कौन-सा?"

"यहाँ से अन्न ले जाना चाहिए।"

"कहाँ?" देवा ने चकित होकर पूछा।

"कहीं भी।"

"और 'भाई' आ जाएँ तब?" देवा ने पूछा।

"देवा, मेरा और कोई मतलब नहीं है, मैं भगवान गंगनाथ की सौगन्ध खाकर कहता हूँ। मैं तो केवल इतना ही चाहता हूँ कि यह पट्टणी सेना दुर्ग में मौज-मजा न करे, बस। एक काम करोगे? अभी अन्न को निकाल दो। यदि तेरा भाई आ जाएगा तो दूसरे ही दिन मैं सारा कोठार भरवा दूँगा।"

"कोई जान जाए, तो?"

"कोई जान सकता है?"

"परन्तु अन्न निकले कैसे?"

"देखो, रात को हर रोज नव देवी के घाट पर मेरे आदमी नाव लेकर आएँगे; तुम ऊपर से बोरे लुढ़का देना।"

"भाई नाराज होंगे।"

"पागल, तेरा भाई फिर आने वाला नहीं है।" रेवापाल ने कठोरता से कहा। देवा को कँपकँपी आ गयी और कल रात को बोले हुए उल्लू का स्मरण हो आया।

"तुम्हारी सात पीढ़ियों की सौगन्ध से?"

"हाँ देवा, मेरी सात पीढ़ियों की सौगन्ध से।"

देवा कुछ देर मौन रहा। फिर उसने एकदम ऊपर देखकर कहा, "महाराज, कल रात को नाव भेज देना। यदि नेरा की बात सच होगी, तो मैं बोरे लुढ़का दूँगा।" कहकर तेजी से चला गया।

रेवापाल हँसा। "लाट का भाग्य जोर मार रहा है।" उसने कहा और अपने साथी को लेकर वह चला गया।

सूरि का आत्म-निरीक्षण

हेमचन्द्र सूरि, तेजपाल वसहिका में मौन धारण किए बैठे थे और कुछ दूर पड़े हुए अपने प्रोंछन की ओर देख रहे थे।

तरुण सूरि को, ध्यान के समय के सिवाय इस प्रकार बैठने की टेव नहीं थी। आज यह स्थिति उन्हें कुछ असाधारण-सी लगी।

जिस समय अन्य बालक पालने में खेलते हैं, उस समय इन्होंने वीतराग होने ही इच्छा बताई; जब युवक गण जीवन के नये आह्लादों को देखने के लिए तरसते हैं, तब इन्होंने सूरिपद पाया; जब अन्य साधु अध्ययन आरम्भ करते हैं, तब ये शास्त्र-विशारद की भूमिका पर पहुँच गये। हर कोई इनके अद्भुत चारित्र्य, असीम ज्ञान और अगाध चातुर्य को देखकर चकित हो जाता। इतने थोड़े समय में ही जैन विद्या और प्रताप के व्योम में लोगों को अद्भुत अरुणोदय का आभास होने लगा था।

बहुत वर्षों के बाद तरुणावस्था आ जाने पर जीवन में पहली बार उन्हें सावधानता से आत्म-निरीक्षण करने की आवश्यकता प्रतीत हुई। उन्हें विश्वास था कि उनका मस्तिष्क अन्य सब लोगों से कुछ निराला है। उन्हें संयम रखने के लिए प्रयत्न करने की जरूरत न हुई थी। विकार क्या वस्तु है, इसका स्वानुभव नहीं किया था। और, इससे उन्हें अचल श्रद्धा थी कि वे आजन्म अविकारी हैं।

अनेक लोगों के मस्तिष्क कीचड़वाले गढ़ों के ऐसे होते हैं, बहुतों के नाममात्र की लहरों से अलंकृत, स्थिर, बँधे हुए, जल से भरे तालाब जैसे होते हैं। कुछ लोगों के जरा उछलती उर्मियों वाली, जरा कुछ शान्त सरलता का अनुभव करती हुई फिर भी बहती हुई, नदी के समान होते हैं। कुछ लोगों के मस्तिष्क समुद्र के समान होते हैं—कभी शान्त सरोवर की अगाधता, कभी नाचती हुई लहरों का आनन्द; कभी दुर्जय और उछलता हुआ उत्साह और कभी प्रलयंकारी तरंगों का तांडव नृत्य।

इस युवक का मस्तिष्क इनमें से किसी भी प्रकार का न था। उसमें काँच की-सी स्वच्छता, शान्ति, निरुत्साह और सर्वग्राह्यत्व था।

दूसरों को वीतराग या निर्द्वन्द्व होने में कठिनाई आती है, जितेन्द्रियता प्राप्त करने में व्रतों की परम्परा का आचरण करना पड़ता है, परन्तु इस शान्त, स्थिर, उर्मिविहीन हृदय को, निर्विकार या जितेन्द्रिय होने के प्रयत्न की आवश्यकता ही नहीं पड़ी थी। कारण कि उसमें विकार का अनुभव करने की शक्ति ही न थी। जिन-शासन के स्तम्भ, विकार के अनुभव की इस अशक्ति को देखकर स्तब्ध हो जाते, और पूर्वजन्म के सुसंस्कार और क्षयोपशम का ही यह परिणाम है ऐसा समझकर स्पर्धा करना छोड़ देते।

यह निर्मल काँच के समान मस्तिष्क सूरि जिस दिशा में चाहते घूम सकता था और इच्छित विषय का प्रतिबिम्ब उसमें पड़ जाता था। वह इस प्रकार बिना प्रयत्न के ही अपूर्व था—इसका हेमचन्द्र को पूरा-पूरा खयाल था।

इस उम्र में पहली ही बार उनके मस्तिष्क में शंका हुई। क्या उसके मस्तिष्क में विकार की छाया पड़ी है? अन्य मनुष्यों को यह शंका ही न होती; पर यह अद्भुत युवक इस जरा-सी शंका पर खोज करने बैठ गया।

कल उसने एक स्त्री का वर्षों पहले देखा हुआ मुख देखा, एक मूर्ख को अपनी निर्धारित बाजी उलटते देखा; और उसे कुछ ऐसी शंका हुई कि वह मूर्ख उस स्त्री के

परामर्श से ही बाजी को उलट रहा है। उसने अनेक स्त्रियाँ देखी थीं, अनेक मूर्खों को बाजी पलटते देखा था। बहुत-सी स्त्रियाँ बाजी पलटवा सकती हैं, ऐसा अनुभव किया था। तब यह विकार तो था नहीं, विकार का संशय भी झूठ था। तब यह संशय पैदा हुआ है, यह भ्रम मस्तिष्क में कैसे आया? अडिग नैयायिक की तीक्ष्णता से सूरि ने प्रश्न किया।

जब उसने दीक्षा ली, तब स्त्री को देखा था—ऐसा कुछ स्मरण था। फिर उसे काक ले गया और उससे विवाह कर लिया—यह बात भी उससे छिपी नहीं थी। और इस विदुषी तथा चतुर स्त्री ने आँबड़ जैसे मनुष्य को मात किया है, यह कोई ऐसी बात नहीं थी कि उसके स्थिर चित्त को तनिक भी अस्थिरता का संशय करने का कारण मिल जाए। 'तब यह संशय खड़ा क्यों हुआ?' हेमचन्द्र सूरि ने अपने काँच के समान स्वच्छ निर्मल, मस्तिष्क से हठपूर्वक पूछा।

''महाराज, प्रणाम।'' आम्रभट का कुछ मजाक करता-सा-स्वर सुनाई पड़ा। आकर उसने प्रणाम किया।

''कौन, आँबड़! आओ, धर्मलाभ।'' सूरि ने कहा।

आम्रभट और हेमचन्द्र बाल्यकाल के मित्र थे, एक ही घर में बड़े हुए थे, और उदा मेहता की सर्वव्यापी क्रीड़ा के खिलौने थे। तथापि इस प्रतापी बालसूरि को सर्वोपरि बनाने के उदा मेहता के प्रयत्नों से खम्भात में ऐसा आडम्बर रचा जाता था, जैसे हेमचन्द्र सूरि कोई तीर्थंकर हों। अतएव साधारणत; आम्रभट उन्हें इस प्रकार सम्बोधन करने का साहस नहीं कर सकता था। परन्तु छेड़े सर्प की अपेक्षा, छेड़ा प्रणयी बुरा होता है। स्वयं उसकी प्रतिष्ठा पर दाग लगता, तो आम्रभट सहन कर लेता; परन्तु जब उसकी हृदयेश्वरी का सम्मान भंग करना सूरिजी ने आरम्भ कर दिया, तब वह कैसे सहन कर लेता?

उसके मस्तिष्क में, एक बहुत ही मजे की योजना बन गयी। मंजरी पंडित शिरोमणि है, इसमें तो कोई सन्देह था ही नहीं। यदि यह सूरि उससे हार जाए, तो इसे उचित शिक्षा मिल जाए। उदा मेहता का पुत्र ऐसा विचार करे, यह आकाश और पाताल को एक करने जैसा था। परन्तु इस समय आम्रभट के सम्मोह की पार न था। क्षणिक सन्तोष—क्षण भर के लिए उसकी हृदयेश्वरी का विजय—उसे इस समय अत्यन्त प्रिय हो रहा था।

यहाँ आने में उसका एक मतलब था। वह सवेरे माधव के साथ मन्त्रणा करने के लिए काक के यहाँ गया था। बाहर के बाड़े के बरामदे में वह बैठा और भृगुकच्छ के अग्रणी नेताओं से मिला, वार्तालाप किया, जो कुछ सूझी व्यवस्था की। परन्तु उसका मस्तिष्क हर समय भीतर जाने का बहाना खोज रहा था। आखिर उठाने का समय हो आया, तब उसने साहस करके सोमेश्वर से कहा, ''बहनजी हैं क्या?''

"जी हाँ।" सोमेश्वर की आँखों में जरा वहम दिखा।

"हेमचन्द्र सूरि का सन्देश कहना है, जरा पूछो तो, क्षण भर के लिए मिलेंगी?" आम्रभट ने धड़कते हृदय से पूछा। या तो दुर्गपाल की सत्ता से या मंजरी के सान्निध्य से उसका साहस बढ़ता जा रहा था।

सोमेश्वर 'ना' न कर सका। वह मंजरी से पूछ आया और आँबड़ को अन्दर ले गया। मोह से उसका मस्तिष्क चक्कर पर चढ़ रहा था। ऐसी ही अवस्था में उसने मंजरी को प्रणाम किया, दिखलाया हुआ आसन ग्रहण किया और कहा, "बहनजी, हमारे खम्भात के हेमचन्द्र सूरि यहाँ आए हैं आज ही कल में लौट जाएँगे। बड़े ही समर्थ विद्वान् और तपस्वी है।"

"मुझे मालूम है।" कहकर मंजरी हँसी। आम्रभट दंतावली का सौन्दर्य देखने में उलझ गया और पल-भर के लिए बात करने में चूक गया। फिर बोला, "जाने से पहले उन्हें दुर्गपाल महाराज के यहाँ गोचरी के लिए बुलाया जाए, तो उन्हें भी ठीक लगेगा और भृगुकच्छ की भी शोभा होगी।"

तुरन्त मंजरी और सोमेश्वर की आँख एक हुई।

"परन्तु भटजी, हम तो कट्टर मिथ्यादृष्टि हैं।" मंजरी ने हँसकर कहा।

"आप भूल कर रही हैं। हम अपने यहाँ ऐसे झूठे भेदों को मानते ही नहीं। और सूरिजी का हृदय तो बड़ा उदार है।" कहीं योजना असफल न हो जाए, इस डर से आम्रभट कहता गया, "और आपकी विद्वता सुनकर उनकी आप से मिलने की इच्छा भी बहुत है।"

क्षण-भर के लिए मंजरी मौन रही।

"अच्छी बात है, तब आज दोपहर में बुला लें। उन्होंने जब से दीक्षा ली है, तब से मैं उनसे मिली ही नहीं। सोमेश्वर, तुम कह आओगे?"

"किसलिए?" आम्रभट ने कहा, "मैं वहीं तो जा रहा हूँ। मैं कह दूँगा।" उसने विदा ली और मंजरी तैयारी करने के लिए उठी, परन्तु सोमेश्वर के हृदय में वहम की ज्वाला प्रकट हो गयी—यह लड़का यहाँ क्यों रीझ पड़ा है?

आम्रभट सीधे बाहर-ही-बाहर तेजपाल-वसहिका की ओर चला और हेमचन्द्र सूरि से मिला।

"महाराज, आज दुर्गपाल के यहाँ गोचरी का बुलावा है।"

स्वस्थ सूरि चौंक पड़े। उनके तेजस्वी नेत्र स्थिर हो गये। ऐसा लगा जैसे विकारग्रस्त हृदय में से प्रतिध्वनि हुई हो।

"काक के यहाँ?"

"उनकी स्त्री आपके दर्शन करना चाहती है। मुझसे सन्देश कहलाया है।"

हेमचन्द्र को विश्वास हो गया कि यह लड़का दुर्गपाल की स्त्री के पीछे पागल हो

रहा है। उन्हें आम्रभट को उपदेश देने की इच्छा हुई कि तुम्हें तुरन्त जाकर चौथा अणुव्रत (ब्रह्चर्य) ले लेना चाहिए। परन्तु उनकी जिह्वा न खुली। और उनका अपना क्या? स्वयं वे चौंक क्यों पड़े? तीव्र बुद्धि युवक साधु ने अपने मस्तिष्क से हिसाब माँगा।

उनके हृदय में पहला विचार हुआ कि न जाएँ। हेमचन्द्र ने आँखें बन्द कर लीं। क्या वास्तव में विकार हुआ था? क्या विकार बढ़ जाने के भय से ही बुद्धि प्रेरणा कर रही है कि उस स्त्री को न देखना? क्या उन्हें भी अन्य साधुओं के समान, साधारण श्रावकों की भाँति, ऐसा प्रसंग आने पर मनोनिग्रह की आवश्कता पड़ेगी? जिसे इन्द्रियों को जीतने की जरूरत न जान पड़ी, जो अपने पूर्व जन्म के प्रसाद से ही इस जन्म में अपने को वीतराग समझता था, वह आज ऐसी अधोगति को प्राप्त हो गया कि उसे इन्द्रियों को जीतना पड़े? नहीं—उसके हृदय ने उत्तर दिया। संशय के लिए तनिक भी स्थान नहीं था। उसने स्थिरता से आम्रभट की ओर देखा।

''आम्रभट, कल से तुम्हें कोई व्रत आरम्भ करना पड़ेगा। तुम्हारा मस्तिष्क ठिकाने नहीं है।''

आम्रभट हँस पड़ा। ''आप जरा भी न घबराइए, परन्तु आप आएँगे तो?''

''हाँ,'' हेमचन्द्र ने शान्त भाव से कहा, ''मैं विचारूँगा।''

''तब ठीक है। आप दोनों विद्वान् हैं, इसलिए आपको भी लाभ होगा।'' अन्तिम दाग देकर आम्रभट उठा और उसने प्रणाम करके विदा माँगी।

''धर्मलाभ!'' सूरि ने कहा और वे आत्मनिरिक्षण में लीन हो गये।

वागीश्वरी के दर्शन

काक के यहाँ खम्भात के सुविख्यात सूरि गोचरी के लिए गये, इस घटना से लोग कुछ विस्मित हुए।

हेमचन्द्र सूरि अपने शिष्यों के साथ जब सांबा बृहस्पति के बाड़े में आए तब आम्रभट भी साथ था। सोमेश्वर, मणिभद्र और पुराणी काका साधुओं का आदर करने के लिए आए और सम्मान करके उन्हें घर में ले गये।

हेमचन्द्र ने एक तरह से मौन धारण कर रखा था। वे उतने ही शब्द बोलते थे जिनके बोले बिना चल नहीं सकता था। उनकी कोमल मुख-मुद्रा पर कठोरता की छाप थी। उनका सिर कुछ झुका हुआ था। अपने निर्मल और उर्मिविहीन मस्तिष्क को वे कठोरता से अपनी निश्चेतन और अविकारी स्वस्थता की रक्षा करने का आदेश दे रहे थे। उनकी समझ में यह जीवन की परम कसौटी थी। वे अभी तक निर्विकार होने को

भी तुच्छ गिनते थे, क्योंकि खुद अविकारी होने से अविकारता को श्रेष्ठ मानते थे। विकार को निर्मूल करने के लिए तप का आचरण करना पड़े, यह भी उनकी समझ में लघुता का चिह्न था। वासना को जीतने की अपेक्षा, वासना का अनुभव ही न हो, ऐसी स्थिति की रक्षा करना यह उनके जीवन का महान् प्रयत्न था। और अभी तक इस स्थिति की रक्षा करने में उन्हें कुछ भी प्रयत्न नहीं करना पड़ा था।

जिन शासन की रक्षा करना और उसका उत्कर्ष साधना, उसके अहिंसा-मन्त्र का प्रचार करना और उसके लिए किसी भी तरह से राज्य-तन्त्र को काबू में लेना, यह तो जिस दृष्टि में वे बड़े हुए थे, उसका परम ध्येय था। और वह जीवन के साथ उस आकांक्षा को सिद्ध करने जितना ही संसर्ग रखते थे। मनुष्य-हृदय के उत्साह, आनन्द या व्यथा की ओर वे स्नेहासिक्त या दयापूर्ण आँखों से नहीं देख सकते थे। उनकी समझ में यह सब तुच्छ जन्तुओं की विकारी लीला थी, और उसकी तरफ वे महा मोह की ठंडी पीड़ाओं को नाश करने वाले किसी शस्त्रोपचारी वैद्य की दृष्टि से देखते थे।

"पधारिए, महाराज!" मंजरी की संस्कारी आवाज आई। "विराजिए।"

नीची निगाह करके खड़े हुए मुनि ने ऊपर देखने के पहले धीरे से रजोहरण के द्वारा धूलि साफ की और 'धर्म-लाभ' उच्चारण किया। जब उन्होंने ऊपर देखा तब दरवाजे में श्वेत वस्त्र में अप्सरा के समान शोभयमान ऊँची और सुडौल सुन्दरी खड़ी थी। उसके मधुर होंठ पर सम्मान का स्मित था; उसकी तेजस्वी आँखों में स्नेही हृदय के उल्लास का प्रतिबिम्ब था। सूरि का जैसा मस्तिष्क था वैसी ही उनकी निरीक्षण शक्ति थी। वे अलंकारशास्त्र और काव्यों में से कंठस्थ किया हुआ शब्द-समुच्चय धीरे-धीरे व्यवस्थित करने लगे। 'मदालसा', 'चन्द्रानना', 'शरीरयष्टि', 'जघन-गौरव' ...इस सारी व्यवस्था में शब्द और वस्तु व्यवस्थित करने वाले की निष्पक्ष अविकारिता थी। उसमें न तो सौन्दर्य-भक्त का उत्साह था और न कवि की उर्मि। भक्ति के भार से सोमेश्वर ने नीचे देखा, मोह की अधीरता से आम्रभट ने आँखें फाड़ीं दूसरे साधु इस दर्शन से केवल मुँह फैला रखने का जितना ही चेतन बता सके।

मंजरी ने वन्दन किया, "सूरिजी, आपको और साधुमंडल को मेरा वन्दन।"

मंजरी वस्त्र समेटकर पुराणी काका और मणिभद्र के बीच में बैठ गयी और गर्व भरी निगाह से दिगन्तों में जिनकी ख्याति की प्रतिध्वनि सुनाई पड़ती थी उन बालसूरि की ओर देखती रही।

"बहन जी," आँबड़ ने कहा, "सूरिजी अर्थात् हमारे खम्भात के माथे के मुकुट।"

"मैंने इन्हें बहुत वर्षों पहले देखा था!" मंजरी ने हँसकर कहा, "क्यों महाराज, याद है? आपने दीक्षा ली, उसके पहले हम एक ही वसतिका में साथ थे। आपने मुझे भी दीक्षा लेने के लिए कहा था; याद है? आप उस समय आठ वर्ष के थे।"

"मुझे याद आता है।" अविकत्थन भिक्षुकी रीति ग्रहण करके हेमचन्द्र ने कहा।

"ऐसा? इसकी तो मुझे खबर ही नहीं!" आँबड़ ने कहा।

आँबड़ को देखकर उदा की याद आ जाने से मंजरी के मुँह पर कुछ घबड़ाहट दिखाई दी और अदृश्य हुई। उसने आँबड़ के समाने देखकर कहा, "आपको कहाँ से खबर हो? सूरिजी के साथ मुझे भी दीक्षा देने वाले थे।"

"पीछे?" आँबड़ के कान में कहीं से ऐसी गप आई अवश्य थी, परन्तु मंजरी के मुँह से सुनने के लिए उसने पूछा।

"पीछे?" मंजरी हँस पड़ी और नीचे देखा। उसके हृदय की तरंगें कमरे में फैल गयीं। सूरि के अविकारी कानों को यह स्वच्छन्दता अयोग्य लगी। उनके मस्तिष्क में सिर्फ इतनी ही टीका हुई, 'इस हास्य को विद्युल्लेखा कहा जा सकता है।'

"बाद में क्या हुआ?" मंजरी ने कहना शुरू किया, "मैं भाग गयी। महाराज, दीक्षा लेने के बाद आप जो शान्ति प्राप्त करना चाहते थे, क्या वह मिली?"

"मुझे अशान्ति थी ही नहीं," हेमचन्द्र ने कहा, "परन्तु जिन-शासन का श्रेयस्कर मार्ग छोड़ने के बाद तुम अपना ब्राह्मणत्व रखे ही रहीं?"

इन बोलों में मंजरी को कर्कशता मालूम हुई। उसे इस प्रश्न में कटाक्ष जँचा। उसने सावधानी से ऊपर देखा।

"मेरा ब्राह्मणत्व–आपकी भाषा में मेरी मिथ्यादृष्टि–हरण करने की किसी में शक्ति थी ही नहीं।"

सूरि हँसे। "तुमने दीक्षा ली होती तो जिन-शासन की आभूषणरूप साध्वी होतीं।" मंजरी का सुगठित सिर गर्व से ऊँचा हुआ। उसकी आँखों की चमक बढ़ी। थोड़ी-सी आँखें खोलीं, उनमें चमक लाने की उसकी खूबी को सब देखते रहे।

"मैं भाग गयी, तो आपका सारा शासन मुझे जो नहीं दे सकता, वह मुझे मिल गया।"

"क्या?" आँबड़ पूछ बैठा।

मंजरी इस सवाल को सुनकर हँसी। उसकी आँख में अमृत तथा आवाज में मृदुता आई : "आपके दुर्गपाल।"

"काक भटराज।" मानो आम्रभट को जवाब देते हों इस तरह सूरिजी बोले। मंजरी ने उसमें रहे हुए कटाक्ष को परखा।

"हाँ।" उसकी आवाज में दुर्जय गर्व की ध्वनि थी। उसकी सुन्दर गर्दन की रगें कुछ धड़कती हुई मालूम हुईं। "गुरु द्रोणाचार्य और कोटिल्य, दोनों के दर्प को हरण करें ऐसे भटराज!" वह हँसी। उस हास्य में विजय-दुंदुभि की प्रतिध्वनि थी।

हेमचन्द्र सूरि को लगा कि उनके जैसे साधु के समाने मंजरी अपना आडम्बर दिखाए, यह अनुचित है। मानो प्रशंसा सुनाने के लिए बुलाया हो ऐसा उन्हें भास हुआ।

"भगवती, मालूम होता है कि तुम्हें काव्य-पुराणों का बहुत शौक है।" हँसकर सूरि ने कहा।

उनके हास्य में पिता का वात्सल्य था। उसे देखकर मंजरी को गुस्सा आया। आम्रभट की बात से तो मालूम हुआ था कि हेमचन्द्र उससे मिलना चाहते हैं। सो क्या उसका अपमान करने के लिए?

"शौक!" सोमेश्वर को भी बड़ा स्वाद आ जाने से वह बीच में बोल उठा, "सूरिजी, आपको माताजी की शास्त्रज्ञता का खयाल नहीं है।"

आँबड़ को मौका दिया। मंजरी को पानी चढ़ाकर हेमचन्द्र को नीचे झुकाने का उसे यह अवसर दिखाई दिया। "सोमेश्वर, हमारे सूरिजी दूसरे शास्त्रज्ञों जैसे नहीं हैं। यह हमारे गुजरात के अद्वितीय विद्वान् हैं; और बहनजी, इन्हें आपके साथ विवाद करना है।"

मंजरी चौंककर ऊपर देखने लगी। क्या इस परदेशी सूरि और उसके मित्र आँबड़ ने मेरी परीक्षा लेने और मेरी विद्वता की हँसी कराने के लिए यह नाटक रचा है? उसने बहुत-सी सभाएँ देखीं थीं, कितनी ही सभाओं में तो विजय भी प्राप्त किया था। जैसे-जैसे काक के जीवन में उसका जीवन मिलता गया वैसे-वैसे उसका यह संकल्प दृढ़ होता गया कि चाहे जिस पंडित के साथ विवाद नहीं करना चाहिए। क्या मेरे गौरव का अपमान करने के लिए ये आए हैं? क्या मेरे वीरपति के दुश्मन उनकी पत्नी की हँसी करके उन्हें अपमानित करने के लिए प्रयत्न कर रहे हैं? उसे उदा मेहता-आँबड़ का पिता, हेमचन्द्र काक आदरणीय श्रावक और उसका तथा उसके पति का कट्टर दुश्मन—याद आया। काश्मीरी कविकुल शिरोमणि की कन्या का, नवघन-विजेता काक की अर्धांगना का खून खौल उठा। उसके लाल और सुन्दर होंठ काँप उठे, बन्द हुए, सख्त हुए। कामदेव के धनुष के समान उसकी भृकुटियाँ कुछ आसपास में आईं, उसका नाक गर्व से कुछ मुड़ा, वह इस तरह हँसी कि राजा लोग भी अपने को छोटा समझें और बोली—

"गुजराती विद्वान्!" फिर रण पर चढ़े हुए वीर की तरह वह अपना भान भूलकर मानो पंडितों की किसी सभा में ही बोल रही हो, इस तरह उसने गर्व वचन कहे—

या पाणितीयमुपजीवति शब्दशास्त्रं
या मम्मटोदितमलंकरणं प्रयुड्क्ते।
तस्या न गुर्जरगिरः परिचारकस्य
कस्ते मया सह विवादकथावकाशः।*

---

* पाणिनि के रचे हुए व्याकरण का जो आश्रय लेता है, और जो मम्मट के द्वारा बताए हुए अलंकारों का प्रयोग करता है, उस गुर्जर भाषा के परिचारक बने हुए तुम्हें क्या मेरे साथ विवाद करने की बात का भी अवकाश है?

हेमचन्द्र में साधु की निर्लेपता थी, उसी तरह राजनीतिज्ञ की पैनी नजर भी थी। उन्हें तुरन्त भान हुआ कि किसी गलतफहमी के कारण मंजरी ऐसे वचन बोल रही है। उन्होंने तुरन्त आँबड़ के सामने देखा और उसके हँसते हुए मुँह का रहस्य परख लिया। वे जाने गये कि इसी मोहान्ध ने यह प्रसंग उपस्थित किया है। और मंजरी को देखकर उनका उर्मिहीन मस्तिष्क जिससे अपरिचित था, वह प्रशंसा करने को तैयार हो गये। उन्होंने नम्रता से हाथ जोड़े और अत्यन्त आदरयुक्त मुख-मुद्रा करके मानपूर्वक जवाब दिया—

शब्दानुशासनमधः कृतपाणिनीयम्
निर्धूतमाम्मटमलंकृतितन्त्रमन्यद्।
निर्माय गुर्जरगिरां गुरुतां दधानः
धन्योऽचिरात्तव हरिष्यति कोऽपि गर्वम्॥*

एक क्षण मंजरी देखती रही। उसे भान हुआ कि इस बालसूरि का इरादा उसका अपमान करने का नहीं था। वह युवक सूरि को भूल गयी; उसकी निगाह के सामने वर्षों पहले देखा हुआ, वीतराग होने के लिए उत्सुक 'चांग' आ गया। उसका चढ़ा हुआ क्रोध उतर गया, अपने गर्व को उसने अपने काबू में कर लिया। वह छोटी बालिका की तरह हँस पड़ी, "महाराज, मुझे क्षमा कीजिए। मैंने एक समय दीक्षा लेने के पहले आपको आर्शीवाद दिया था। आज मैं स्त्री हूँ, फिर भी क्या आपको आशीर्वाद दूँ? मम्मट और पाणिनि के दोनों पद आप ही प्राप्त करें। मेरा दर्प कम नहीं होगा, बढ़ेगा।" मंजरी की मधुर आवाज में उत्साहप्रेरक संगीत था। उसके मुँह पर अन्तर की आशाओं के द्वारा अनोखी तेजस्विता छा गयी थी। उसने अपूर्व और अवर्णनीय छटा से उमंग के साथ हाथ लम्बा कर दिया।

हाथ लम्बा करते समय मंजरी का पल्ला सिर से खिसक गया, क्षण भर उसका सारा मस्तक दिखाई दे गया और उसके ज्चलन्त सौन्दर्य से दमकने वाले मुँह की मोहकता दुर्जय हो गयी।

सूरि ने आशीर्वाद सुना, स्वर का संगीत सुना; सौन्दर्य का दर्शन किया। संस्कृत साहित्य में इसके लिए क्या शब्द है, यह याद नहीं आया। उनकी आत्मा के लिए अपरिचित ऐसा पवन सनसन हुआ। इसी स्त्री को सन्तुष्ट करने के लिए पाणिनि बनने का उत्साह हुआ। वे इस स्त्री का देखने का विचार नहीं कर सके। उनकी आँखों में अँधेरा आ गया। उनके मस्तिष्क में कड़कड़ाहट हुई—स्थिर और उर्मिहीन उनके मस्तिष्क की सरल सपाटी पर उत्साह से उछलती मानवता

---

* पाणिनि के शास्त्र को हल्का कर देने वाला दूसरा व्याकरण शास्त्र और मम्मट के अलंकार शास्त्र को पलटा देने वाला दूसरा अलंकार तंत्र रच करके गुर्जर-गिरा का गौरव बढ़ाने वाला कोई धन्य पुरुष थोड़े समय में ही तुम्हारे गर्व का हरण करेगा।

की गगनचुम्बी उर्मियाँ मानो पीछे लौट रही हों, ऐसा भास हुआ। उस भयंकर क्षण में सूरिपद, वीतराग पद, अविकारिता—सब निगाह के आगे से अदृष्ट होते हुए मालूम हुए, शुष्क और स्नेहविहीन जीवन-मरुस्थल की भयानक निर्जनता चारों ओर फैली हुई दिखाई दी।

यह सब केवल एक क्षण तक चला। उसी क्षण उन्हें विश्वास हुआ कि अविकारिता का गर्व खोटा था। उन्हें लगा कि एक प्रतापी महाप्रयत्न के बिना वे बच नहीं सकते थे। उन्होंने महाप्रयत्न किया, अपनी प्रबल इच्छा-शक्ति को एकाग्र करके मस्तिष्क की स्थिरता साधी और एक उस्ताद खिलाड़ी जिस तरह लोहे की छड़ को हठ से मोड़ दे उसी तरह उन्होंने अपने विद्रोही मस्तिष्क को मोड़ा। उन्होंने मनुष्य-शरीर की अशुचिता का स्मरण किया और स्त्रियों के सौन्दर्य में पाप का मूल है, यह याद किया। उन्होंने वैराग्य की अनित्यादि बारह भावनाएँ याद कीं। तीर्थंकर भी घातिकर्मों का क्षय करने के लिए घोर तपश्चर्या करते हैं, इसका विचार किया।

दूसरे ही क्षण उन्होंने कामदेव को नष्ट करने वाले चरम तीर्थंकर वीर परमात्मा का ध्यान किया।

मस्तिष्क मानो टूट रहा हो, ऐसा उन्हें भास हुआ—फिर भी उनकी इच्छाशक्ति दबाव करती ही रही। उन्होंने धीरे से मंजरी की ओर देखा उसके मुख को ध्येय मानकर शुक्लध्यान किया।

उनके उर्मियों से अज्ञात अन्तर के इस थोड़े से तूफान को अदृष्ट होते देर नहीं लगी। आजन्म अविकारी रहनेवाले के मस्तिष्क को क्षण भर के विकार को वश में करते देर नहीं लगी।

सूरि स्थिर नयनों से मंजरी को देखते रहे। उनकी एकाग्र दृष्टि के सामने उसकी मानुषी सुन्दरता और मोहकता पलट हुई।

उन्होंने मंजरी के नयनों में दिव्य तेज देखा; उसके स्फटिक के समान कपाल पर अगाध ज्ञान की रेखाएँ देखीं; उसके सौन्दर्य में से विशुद्ध ज्ञान की शान्त रश्मियाँ फूटती हुई दिखीं। सूरि ने एकाग्रता बढ़ाई तो मंजरी की गोद में वीणा पड़ी हुई दिखी, उसके पाँव के सामने मयूर बैठा हुआ दिखा और उत्साहित करने के लिए लम्बे किए हुए हाथ में कमल दिखा। स्वरूप में मंजरी रहने भी उन्होंने उसमें सरस्वती के दर्शन किए।

हेमचन्द्र ने साष्टांग दंडवत् प्रणाम किया; "माता, तुम्हारा वरदान अवश्य सफल होगा।"

एक पल-भर उन्होंने अपनी निगाह ठहराई थी और उतने ही समय में सूरि ने योगबल से निर्विकारता साध ली थी। उन्होंने प्रणाम किया, आँखें बन्द कीं और खोंली। सब उनकी ओर देख रहे थे। प्रणिपात का अर्थ शायद की किसी ने समझा हो। सूरि ने शान्त आवाज से कहा—

काश्मीरान् गन्तुकामस्य शरदाराधनेच्छया।
यात्राभूत् पुनरुक्ता मे वीक्ष्य त्वां शारदामिह॥*

मंजरी की आँखें हँसती रहीं। सूरि के अन्तर में जितना उत्साह आ सकता था, उतना आया।

आँबड़ के मुख की सीमा नहीं रही। वह संस्कृत का अर्थ तो बराबर नहीं समझा, पर उसे स्पष्ट लगा की मंजरी ने विजय प्राप्त किया है।

''सूरिजी, आप यहाँ पर कब तक रहेंगे?''

''मैं कल ही जाऊँगा।''

''माँ!'' कहता हुआ वौसरि उछलता-कूदता भीतर आया और मंजरी के गले से लिपट गया। सब उसकी ओर देखने लगे। मंजरी की आँखों में स्नेह उमड़ रहा था।

''माता, यह आपका पुत्र है?''

''हाँ, महाराज।''

हेमचन्द्र सूरि लड़के की ओर एकटक देखते रहे और गम्भीर मुद्रा से बोले, ''माता, इस पुत्र की माता को मैं फिर से प्रणाम करता हूँ।''

''क्यों?''

''इसके प्रताप से जिन-शासन का संरक्षण होगा।''

सब चकित होकर सूरि की ओर देखने लगे। हेमचन्द्र ध्यान से केवल बालक की मुख-मुद्रा देख रहे थे। उनकी आवाज में शान्ति थी।

''महाराज, यह क्या कहते हैं?'' बिना ज़ाने मंजरी को कँपकँपी आ गयी।

''हाँ, मेरी निगाह में स्पष्ट दिखाई देता है।''

''तब महाराज, एक बात पूछूँ?'' मंजरी ने आतुरता से कहा।

''क्या?''

''भटराज कब लौटेंगे?''

सूरि ने शंका से मंजरी के सामने देखा, ''मेरी विद्या इस सवाल का जवाब नहीं दे सकती। माता, अब हमारे जाने का समय हो गया।''

''जरा खड़े रहिए, भिक्षा लाती हूँ,'' मंजरी उठ बैठी। उसके हृदय में खिन्नता व्याप्त हो गयी। समुद्र सेवन करने वाले पति का वियोग दुःसह हो गया।

दूसरे दिन जब हेमचन्द्रसूरि ने भृगुकच्छ छोड़ा तब उनके मुँह पर सरस्वती का वरदान प्राप्त करने का गर्व था।

---

* शारदा की आराधना करने की इच्छा से मेरी काश्मीर जाने की आकांक्षा थी, परन्तु तुम खुद सरस्वती हो। उसे यहाँ पर देखकर अब मेरी यात्रा के लिए कोई प्रयोजन नहीं रहता है।

दूसरा खंड

सोरठ का किनारा

सूर्यास्त होने जा रहा था। अस्ताचल के शिखर पर पहुँचते हुए सविता नारायण का सुनहला बिम्ब, साँस लेने के लिए क्षण भर क्षितिज पर ठहरा। ऊपर आकाश-मंडल और नीचे जलधि सोने से मढ़ गये। उर्मिमालाएँ चारों दिशाओं में उछलती हुई अन्त में क्षितिज के पास अदृष्ट हो जातीं।

पवन उठा था और समुद्र के बीच एक पुराना और छोटा जहाज झूल रहा था। सब कुछ अस्थिर था, केवल जहाज पर बैठे हुए दुर्गपाल का मुख निश्चल था। वह उत्तर की ओर स्पष्ट और काले क्षितिज की तरफ देख रहा था।

वह जरा हँसा। "सामन्त!" उसने पुकारा। "महाराज!" एक सैनिक ने जवाब दिया।

"वह उस तरफ पाटण है न?"

"जी हाँ।"

"और उसके बाद चोरवाड़?"

"जी।"

"और यह सामने क्या है?"

"लाटी।"

"ठीक।" दुर्गपाल ने कहा और वहाँ से उठकर जहाँ मल्लाह बैठा था वहाँ गया। "अरे कावा!"

"बापू।"

"देख, जहाज़ को लाटी की ओर फेर दे।"

"क्यों?"

"सुन।" सत्तावादी स्वर में काक ने कहा, "मैं जो कहूँ वह सब याद रखना।"

"जी।"

"वहाँ मैं, सामन्त और दामा नायक उतर जाएँगे। तेरे खलासी भी मेरे साथ ही उतरेंगे। फिर तुम और खेमा भट, दोनों जहाज खेकर पाटण के पास ले जा सकोगे?"

"हाँ, ले जाएँगे। वह तो यह रहा।"

"ठीक। कल सवेरे जब पाटण का किनारा दिखे तब जहाज को डुबा देना और मानो तुम बह रहे हो इस तरह वापस तैर कर लाटी आ पहुँचना और दामा नायक से मिलना। फिर खेमा भट अपनी राह चला जाएगा।"

"जी।"

"और कोई पूछे तो कहना कि चट्टान से टकराकर जहाज डूब गया और उस पर के आदमियों का क्या हुआ, पता नहीं। समझे? ज़रा भी भूल न हो।" काक ने कहा, "बहारा के* मल्लाह का नाम रखना।"

"ऐसा ही होगा बापू।"

"और आधी रात को मैं लौटकर आऊँ तब भृगुकच्छ की ओर ले चलने की तैयारी कर रखना। खलासी तो सब भरोसे के हैं न?"

"बापू, यह भी पूछने की बात है?"

"देख, मेरे प्राण तेरे हाथ में है।" काक ने कहा।

"बापू, आपका बोल और मेरा माथा।"

काक हँसा। इन सबके भक्ति-भाव में उसे श्रद्धा थी।

कावा ने पतवार किनारे की ओर फेरा और जहाज उस ओर तेजी से जाने लगा।

काक वहाँ से वापस गया और दामा नायक को बुलाया। "दामा, तुझे मेरे साथ यहाँ से तैर कर किनारे जाना है। इन सब खलासियों को तुझे अपने साथ रखना है और किसी के जहाज को देख रखना है। चाहे जिस क्षण में आऊँ, हमें लौटने के लिए तैयार रहना चाहिए।"

दामा दुर्गपाल की रीति जानता था। समय पर एक से दूसरी बार कहने की राह नहीं देखता था। वह खलासियों से कहने के लिए गया।

काक ने खेमा भट को बुलाया। "खेमा, देख। मैं, दामा सामन्त और खलासी जहाज़ से उतरे जाते हैं। अपने प्राण और इज्जत तेरे हाथों सौंपता हूँ। तेरी होशियारी पर सारे लाट का आधार है। देख, तू मेरे कपड़े पहन ले और अपने मुझे दे दे।"

"जो आज्ञा।"

"फिर तू और कावा दोनों जने जहाज को पाटण की ओर ले जाना। पाटण दिखाई पड़े त्यों ही जहाज़ डुबा देना। कावा बहा जा रहा है, इस तरह यहाँ आकर दामा से मिलेगा और तू तैरते-तैरते पाटण के बन्दर पर जाना।"

"जी।"

"देख, ध्यान रखना। मुझे पहचानता हो ऐसा कोई लेने आवे, तो कहना कि नाव डूब गयी और मेरा क्या हुआ, कुछ खबर नहीं। परन्तु बहुत करके कोई नया आदमी

---

* नर्मदा के मुख के आगे के कितने ही भाग को बहारा कहते हैं।

ही आएगा। और नये पट्टणी योद्धाओं ने मुझे देखा नहीं है। तेरा और मेरा शरीर एक जैसा है, इसलिए यदि कोई तुझे काक मान बैठे, तो तू इनकार मत करना।''

खेमा ने जरा चकित होकर देखा।

''खेमा, अपना दस वर्ष का सम्बन्ध है और तेरी चतुराई में मुझे विश्वास है। देख, ये लोग यदि तुझे काक मानें, तो उनका भम्र भंग न करना। और अनी का मौका आ जाए, और तुझसे न सहे जाएँ ऐसे जुल्म तुझ पर हों तो एक बात याद रखना। यदि उदा मेहता के आदमी तुझे परेशान करें तो कहना कि मुझे भाभी के सम्बन्ध में बातचीत करनी है, बस वे तुरन्त तुझे उसके पास ले जाएँगे, और उदा तुरन्त ही पहचान लेगा कि तू काक नहीं है। और यदि महाराज के आदमी पकड़ें तो कहना कि मुंजाल मेहता से शेषनाग के शाप की बात कहनी है। समझा? जरूरत पड़ने पर दो में से कोई एक तुझे पहचान लेगा और तेरा बाल भी बाँका न होगा। मैं जीवित रहा तो पाँच-सात दिन में आ पहुँचूँगा।''

''जी।''

''खेमा, तू सब बातें जानता है, इसलिए सफाई के साथ ऐसा करना कि इतने दिनों तक भम्र चालू रहे।''

''इसमें कोई गड़बड़ी न होगी।''

''और खेमा,'' काक का शान्त स्वर थोड़ा काँप गया।

''मुझे कुछ हो जाए तो—'' काक ने जरा गला साफ किया, ''तू और सोमेश्वर, दोनों आपनी भाभी और बच्चों को देखना।''

''अरे बापू!'' आँखों का पानी पोंछते हुए खेमा ने कहा, ''किसी की मजाल है, जो आपका बाल बाँका कर सके। ज्यादा करेंगे तो इन पट्टणियों को उखाड़ फेकूँगा।''

काक हँसा। ''इतनी सहज बात नहीं है।''

''बापू, यह आप जैसे समझदार आदमियों को लगता है। हम लोग तो तुरन्त दान और महा कल्याण में समझते हैं।''

''अच्छा।'' कहकर काक ने खेमा को हृदय से लगा लिया।

जहाज़ किनारे के पास आते ही काक, दामा नायक, सामन्त और खलासी डोंगी डालकर पानी में उतरे और किनारे की ओर चल दिए। खेमा भट और कावा ने जहाज को फिर समुद्र में छोड़ दिया।

प्रभास

प्रभात का मन्द प्रकाश बढ़ने लगा था। प्रकाश बढ़ा और सोमनाथ पाटण समुद्र में

से नितरती हुई रम्भा के समान शोभा देने लगा। सुन्दर वस्त्र के घेरे की तरह नगर का परकोटा समुद्र तक पहुँचता था और जहाँ वह जलधि का स्पर्श करता था वहाँ बन्दरगाह पर खड़े हुए जहाजों की झालरें मन्द-मन्द पवन में हिलती-झूलती दिखती थीं। इस घेरे के ऊपर अप्सरा की अमर देह जैसा सोमनाथ का भव्य मन्दिर दिखलाई देता और मन्दिर का स्वर्ण कलश तथा उसके आसपास फहराती हुई ध्वजा, ऐसा लगता मानो स्वर्णरंगी दिव्य सुन्दरी अपने तेजस्वी मुख को ओढ़नी में छिपाने का निरर्थक प्रयत्न कर रही हो। उस मन्दिर के भग्नावशेष आज भी प्रभास में दिखलाई देते हैं। वह पृथ्वी से प्रदक्षिणा करवाते हुए किसी मेरु के समान पूरी शान से खड़ा था। आज भी उसकी प्रत्येक शिला की अपूर्व कारीगरी, उसके स्तम्भों का गौरव और उसके गुम्बजों की रचना का अवशेष भी, यह मन्दिर कैसा होगा इसका परिचय दे सकता है। परन्तु हमारी कथा के समय में तो वह नवीन था और उसमें नई जवानी की मोहकता थी।

महमूद गज़नवी ने पाटण को लूटा, सोमनाथ का प्रचीन मन्दिर तोड़ा और सन्तोष माना कि उसने गुजरात की शक्ति तथा समृद्धि हमेशा के लिए लूट ली, परन्तु वह धर्मविनाशक परदेशी गुजरात को जानता न था। उसकी पीठ फिरी कि वाणावली भीम ने पाटण फिर ले लिया और जहाँ पुराने मन्दिर के जले हुए पत्थर पड़े थे वहाँ नये मन्दिर की रचना शुरू हो गयी। देश-देश के कारीगरों ने बरसों एकचित्त होकर साधना की। देश-देश के नरपतियों ने अगणित सम्पत्ति के उपहार भेंट किए। और जो मन्दिर वाणावली भीम ने बनवाना शुरू किया था, जिसे स्थापत्य-कलाप्रमी कर्णदेव ने अलंकृत कराया था, उस पर तीन पीढ़ी के पीछे बाल जयदेव ने अमूल्य स्वर्ण कलश चढ़ाकर महमूद गज़नवी की विनाशक वृत्ति की विडम्बना की।

यह मन्दिर क्या था, पत्थरों में अंकित किया हुआ एक महाकाव्य था। अवश्य ही उसकी भव्यता मोहक थी, किन्तु उसकी प्रेरणा उससे भी अधिक अद्‌भुत थी। दिगन्त से आनेवाले यात्री, कैलाशसदृश व्योमविहारी और अमरावतीसदृश अपूर्व इस शंकर-सदन को देखकर सदेह मुक्ति मिली मानते और भव-भव के ताप मिटाते।

यह मन्दिर पृथ्वी के एक छोर पर खड़ी की गयी अणहिलवाड़ के प्रभाव की अमर मूर्ति की गरज पूरी करता था। खम्भात, भड़ोंच और प्रभास गुजरात के इन तीन बन्दरगाहों में प्रभास छोटा था। तो भी विदेशी जहाज इस धाम की पवित्रता और मन्दिर की भव्यता से आकर्षित होकर यहीं आकर लंगर डालते थे। बन्दर के पास आने पर यात्रियों की प्रशंसा भरी दृष्टि जब क्षितिज पर भगवान सोमनाथ के गगनभेदी शिखर पर पड़ती, तब उनमें जितना भक्तिभाव उमड़ता उतना ही पाटण के लिए सम्मान भी बढ़ता।

पाटण के नरेशों की दृष्टि में भी यह मन्दिर उनके प्रताप की सजीव प्रतिमा था। मूलराज सोलंकी की प्रभावशालिनी राजनीतिज्ञता ने प्रभास धाम को अणहिलवाड़

का पुण्य क्षेत्र बना दिया था। इससे सोरठ में गुजरात के पैर फैले और समस्त भारत के परम धाम के रक्षण का गौरव सोलंकियों को मिला। भीम ने गुजरात के रुधिर से इस भूमि को सींचकर इसकी पवित्रता को उज्ज्वलता प्रदान की थी और विश्व-विजय को तड़पते हुए जयदेव ने भी, इष्टदेव के वैभव में ही अपना वैभव समाया समझा था।

शिवालय की शान्ति घंटा-नाद से जागे, उसके पहले ही घोड़ों की टापों की आवाज़ से जाग उठी। तीन अश्वारोही दौड़ते हुए मन्दिर के सामने आए। उनमें से एक घुड़सवार घोड़े पर से जमीन पर कूद पड़ा। उसने पीछे नहीं देखा और तेजी से मन्दिर में पैठ गया।

यह आगन्तुक पट्टणी योद्धा था। वस्त्रों और अभूषणों से बहुत धनवान जान पड़ता था और मुख के तेज से बुद्धिशाली।

वह फुर्ती से मन्दिर में गया। बिना ध्यान के घंटा बजाए और महादेव की ओर देखे बिना ही नमस्कार किया।

मन्दिर की एक खिड़की के आगे एक आदमी खड़ा था। नये आगन्तुक ने उसे देखा और देव को फुसरत के अनुसार सम्मान देकर उसकी ओर गया। वह खलासी जैसा मालूम होता था।

''नायक,'' नये आगन्तुक युवक ने पूछा।

''बापू!'' बहुत सम्मान से नमस्कार करके उसने जवाब दिया।

''क्यों?''

''बापू, खलासी अभी-अभी चारों तरफ देखे आए हैं। केवल एक जहाज़ नज़र पड़ता है।''

''यहाँ से दिखलाई देता है?'' युवक ने पूछा।

''वह देखिए, कुछ मालूम होता है।'' खलासी ने जवाब दिया।

थोड़ी देर तक कोई नहीं बोला। क्षितिज पर एक बिन्दु बढ़ता हुआ आ रहा था।

''चल, बाहर चलें।'' युवक ने कहा और वह बाहर निकला। खलासी पीछे-पीछे आया और दोनों मन्दिर की दीवार पर चढ़कर खड़े हो गये।

युवक चौबीस-पच्चीस वर्ष का था, तो भी उसके मुख पर गाम्भीर्य की छाया थी। वह स्वाभाविक गौरव से पैर बढ़ाता था और कभी-कभी अधैर्य के साथ क्षितिज की ओर देखता था। थोड़ी देर में सूर्योदय हुआ और सूर्य का सुनहरी बिम्ब ऊपर आया। प्रतिदिन दिखाई पड़ने पर भी अपूर्व और सुन्दर लगते हुए इस बिम्ब को युवक पलभर देखता रहा, फिर उसने धीमे से मन्दिर के शिखर पर दृष्टि डाली और वह जहाज़ की लहर में उड़ती हुई ध्वजा की ओर आनन्द से देखता रहा। उसने फिर अपनी नजर समुद्र की ओर फेरी और उछलती हुई तरंगों को सन्देश सुनाता हो, इस तरह वह बड़बड़ाया।

"तरंग-भ्रूभंगा—"

"बापू!" उस खलासी ने कविताविलासी युवक की विचारमाला क्रूरता से तोड़ डाली।

"क्यों?"

"वह गया—" खलासी ने हाथ लम्बा करके आवाज लगाई।

"क्या?"

"वह जहाज चट्टान पर चढ़ गया। देखिए डोल रहा है।"

"हाय, क्या होगा?"

"टूटा—अररर--वह नीचे चला" खलासी ने आधे शब्दों में कहा।

"यह भड़ोंच से आ रहा था, वही जहाज़ है?" युवक पूछा।

"हाँ, बापू।"

"हाय-हाय!" उस युवक ने अपनी भौंहें सिकोड़ते हुए कहा, "नायक, इसमें के सब मनुष्य बच जाने चाहिए।"

"भोलनाथ जो करें, सो ठीक।"

"अरे, भोलनाथ तो करेंगे ही।" अधीरता से पैर पटकते हुए युवक ने कहा। "तू दूसरे खलासी लेकर पहुँच, और जो उनमें योद्धा है, उसे जैसे बने वैसे मेरे पास ले आ। क्या देखता है?" युवक ने क्रोध से पूछा।

"जा एकदम और बन्दर पर हुक्म जारी कर दे कि जो कोई तैर कर आवे, उसे पकड़कर मेरे पास लाया जाए।"

"और यदि न आवे तो?"

"तुम्हारे पास बाँधने के लिए रस्सी है या नहीं?" कटाक्ष के साथ युवक ने कहा। "जल्दी जा।"

दूसरे ही क्षण खलासी दौड़कर बन्दर की ओर गया। अन्य खलासियों को इकट्ठा कर, डोंगियाँ खोलने के कार्य में जुट गया।

युवक ने थोड़ी देर नायक की प्रवृत्तियों पर ध्यान दिया। फिर डूबते हुए जहाज की ओर देखा। अन्त में भारी पैर वह मन्दिर की तरफ लौटा पड़ा। उसके मुख पर निराशा स्पष्ट दीख पड़ती थी।

वह थोड़ा आगे बढ़कर फिर लौटा और फिर मन्दिर में पैठा। उसने फिर घंटा बजाए और गर्भद्वार के सामने जाकर साष्टांग दंडवत् प्रणाम किया। "भोलानाथ, अवहेलना की हो तो क्षमा करना।" उसने गद्गद कंठ से प्रार्थना की।

चिन्तातुर मुख से वह उठा और मन्दिर के बाहर जा अपने घोड़े पर सवार हो डेरे की ओर चल दिया।

वाग्भट

युवक धीरे-धीरे अपने डेरे पर गया और पगड़ी उतारकर इधर-से-उधर फिरने लगा। उसके मुख पर ग्लानि थी और थोड़ी-थोड़ी देर में वह कान लगाकर आनेवाले मनुष्यों की आहट सुनता था।

जैसे-जैसे समय बीतता गया वैसे-वैसे उसकी अधीरता बढ़ती गयी। आखिर उसने एक आदमी को बुलाकर घाट की तरफ भेजा।

घड़ियों पर घड़ियाँ बीतीं और युवक का मुख निस्तेज और निरुत्साह होता गया। होंठ दबाकर उसने अपने अधैर्य को दबाया और अन्त में निःश्वास छोड़ा। ऐसा लगा कि उसके जीवन की आशा नष्ट हो रही है।

इतने में बाहर से घोड़ों की टापें सुनाई दीं। युवक एकदम आगे आ गया। घोड़ों पर से नायक और एक अधेड़ उम्र के ऊँचे पूरे योद्धा को उतरते देख उसका मुख खिल उठा।

नायक के साथ आने वाले योद्धा का मुख उसे तेजस्वी लगा। आँखों में चमक भी थी, किन्तु स्पष्ट नहीं दीखती थी, कारण योद्धा थका हुआ-सा लगता था। उसके चलने के ढंग में भी गौरव था। नाक को नुकीली कह सकते हैं; स्नायु भी सुदृढ़ दीख पड़ते थे। युवक को सन्तोष हुआ। वह बड़बड़ाया, ''समरथ, मैं जीता तुम हारीं। अब तुम मेरी–''

परन्तु युवक का यह असम्बद्ध प्रलाप अधिक न चला। उस योद्धा के वस्त्रों से पानी टपक रहा था।

''कौन भटजी?'' उस युवक ने आगे आकर पूछा।

उस योद्धा ने कपाल पर सिकुड़न डालते हुए सिर ऊँचा किया और ''मुझे ये लोग यहाँ ले आए?'' जरा अभिमान के साथ पूछा। ''क्षमा कीजिए भटराज,'' युवक ने कहा। ''जयसिंह देव महाराज ने आपका स्वागत करने के लिए मुझे भेजा है और आपके जहाज को डूबते देखकर मैंने इस नायक को भेजा था।''

''तुम कौन हो?'' रौब के साथ योद्धा ने पूछा।

''आपने मुझे नहीं पहचाना?''

''याद नहीं आता कि कहीं मैंने देखा है।'' योद्धा ने कहा।

''मैं उदा मेहता का पुत्र बाहड़।'' युवक ने कहा।

''उदा मेहता के पुत्र वाग्भट? भटराज और पंडित?'' धीमे से उस योद्धा ने कहा। वाग्भट को यह आडम्बर के साथ बोलने की रीति रुची नहीं।

''जी हाँ, आप कपड़े बदल लीजिए। अब हम वंथली की ओर चलें।''

''मुझे आपके साथ नहीं जाना।''

"क्यों?" वाग्भट ने चकित होकर पूछा।

"मेरी मरजी।" योद्धा ने कहा।

वाग्भट की आशा भंग हुई। उसने काकभट की इतनी प्रशंसा सुनी थी कि इस सचमुच के काकभट की आपेक्षा उसकी कल्पना का हजार दर्जे ज्यादा अच्छा था।

"आपको चलना ही पड़ेगा।"

"क्यों?"

"महाराज की आज्ञा है।"

"यदि न चलूँ तो?" जरा विचित्रता से हँसते हुए योद्धा ने कहा।

"तो आपको ले जाना पड़ेगा। यहाँ से वंथली जाने का रास्ता नहीं है और मुझे खास आज्ञा की गयी है।"

"तो ठीक है।" काकभट को एकदम कुबूल करते देखकर वाग्भट को कुछ ज्यादा अजीब-सा लगा।

"तो कब चलें?" वाग्भट ने पूछा।

"जब आप कहें तभी।"

"आप स्वस्थ हो लें, तब चलें।" विनम्र वाग्भट ने कहा। उसका मन वंथली जाने के लिए उछल रहा था।

गिरनार

परन्तु जब वाग्भट काक को पकड़ सकने के कारण अपने को भाग्यशाली समझकर प्रसन्न हो रहा था, तब काक सरपट दौड़ते हुए घोड़े पर जूनागढ़ की ओर जा रहा था।

लाटी जाकर उसने खलासियों और दामा को वहीं छोड़ा और स्वयं तुरन्त चोरवाड़ गया। थोड़े समय में ही चोरवाड़ के मोती अहीर और काक, दोनों ने जूनागढ़ का मार्ग पकड़ा।

रात थी, तो भी वे प्रभास से जूनागढ़ जाने के राजमार्ग पर से न जा सके। बड़े मार्ग की रक्षा पाटण की सेना करती थी, वहाँ से जाने में जोखिम था, इस कारण वे लम्बा और टेढ़ा-मेढ़ा रास्ता पकड़ने को लाचार हुए। सोरठ के निर्मल आकाश के चमकते हुए तारों के प्रकाश में वे रास्ता काट रहे थे, परन्तु सोरठ की पानीदार घोड़ियों को अन्धकार और मार्ग की कठिनाइयों की परवाह न थी। योजन पर योजन कटते चले जा रहे थे; तो भी मोती और काक अधीरता से एड़ी का उपयोग किए जाते थे।

काठियावाड़ी घोड़ी पर जब पानी चढ़ता है, तब वह पंखोंवाली बन जाती है। उसके पैर थकते नहीं, उसकी साँस फूलती नहीं, उसे एड़ की जरूरत नहीं होती। वह जानवर मिटकर वेग की मूर्ति बन जाती, उसकी स्थूल देह समीर की सूक्ष्मता प्राप्त कर

लेती है। इन वेगवती घोड़ियों को अपनी इच्छाशक्ति के साथ तन्मयता साधते देख काक को भी पानी चढ़ा। पौ फटने पर जब उसने घोड़ियाँ ठहराईं तब क्षितिज पर गिरनार शोभा दे रहा था।

पर्वतों से परिचित मुसाफिर को गिरनार खिलौना-सा लगता है और शंका उत्पन्न होती है कि वह पर्वत क्यों कहा जाता है, परन्तु समतल प्रदेश में रहने वाले गुजराती के लिए गिरनार 'गिरिराज' है। नाचीज जन्तुओं के बीच जैसे कोई मनुष्य वीर खड़ा हो, इस प्रकार सोरठ की समतल भूमि में वह शोभा दे रहा है और सदियों से जनसमूह की भक्ति आकृष्ट कर रहा है। आदर्श चक्रवर्ती मांधाता के पुत्र ने इसकी छाया में शान्ति पाई, यादवपति कंस-मर्दन कृष्ण ने काल-यवन के भय से भागकर, इसकी शरण ली। पृथ्वी पर बुद्ध-धर्म के विस्तार साधन को उत्सुक बने हुए देवप्रिय अशोक, आर्यावर्त में हिन्दू संस्कृति की स्थापना करने में तत्पर हुए कुलभूषण समुद्रगुप्त और विदेशी होते हुए भी आर्य धर्म के गर्व से मत्त बने हुए रुद्रदामन—इन तीन नेरशों ने इसे अपनी सत्ता का सीमादर्शक विजय-स्तम्भ माना। 'चुड़ासमा' वंश की सत्ता के स्थापक ने भी इसकी अभेद्यता की सहायता लेकर सोरठ के साम्राज्य की स्थापना करने का प्रयत्न किया और इसकी प्रेरणा से प्रबल बना हुआ खेंगार पाटण की सर्वविजयी सत्ता को वर्षों तक छकाता रहा।

निर्वाण की खोज में लगे हुए नम्र और विशुद्ध बौद्ध भिक्षुओं के शान्त और स्थिर पद-चिह्न, संस्कारों के विजय की निरन्तर साधना करने वाले और आर्य धर्म की धुरी वहन करने वाले ब्राह्मणों के निडर निश्चित चरण-चिह्न, हिंसा के मोह में पागल बनी हुई मनुष्य-जाति को अमारी (अहिंसा) धर्म सिखाने के लिए व्याकुल जैन साधुओं की सहनशीलता की छाया से शोभित पाद-चिह्न—पवित्रता के ये सब पादस्पर्श वहाँ पत्थर-पत्थर पर दिखालाई देते हैं और तब ध्यान से देखने पर दो पंक्तियाँ और भी नजर पर चढ़ती हैं।

एक छोटी और सुडौल—नर-केसरियों की खिसकती हुई वीरता को सुकुमार हाथों से टिका रखनेवाली सती श्रेष्ठ राणक की और दूसरी बड़ी और कठिन—सिसके बाल-हृदय में उत्पन्न हुई सन्त जीवन की शुद्धि, भक्तियोग की महत्ता और साहित्य प्रेम की रसिकता—इन त्रिवेणी संगम के प्रताप से गुजरात की रसातल भूमि फिर से रसाल हुई उस कृष्णविह्वल नागर की।

किन्तु काक के पास इन सबका विचार करने के लिए न समय था और न शक्ति, उसके खयाल में तो गिरनार का अर्थ था, उसके मित्र खेंगार-केसरी की गुहा और अपने प्रवास का लक्ष्य-स्थान।

सूर्योदय होने लगा और गिरनार के शिखर राख का रंग छोड़कर जरा-जरा स्वर्ण के तेज से चमकने लगे। पर्वत का शिखर बनाते-बनाते विश्वकर्मा ने मानो गढ़ बना दिया हो, ऐसा जूनागढ़ दिखाई पड़ा।

"मोती," काक ने पूछा।

"बापू।"

"हम जूनागढ़ कब पहुँचेंगे?"

"बापू, अभी पहुँच जाते, परन्तु यहाँ पट्टणियों की निगरानी कुछ ज्यादा है। इसलिए जल्दबाजी ठीक नहीं। शाम तक पहुँच जाएँगे।"

दोनों थोड़ी देर चले और फिर घोड़ियाँ छोड़कर एक वृक्ष के नीचे दो घड़ी विश्राम लेने के लिए बैठे, परन्तु उनके भाग्य में थकान मिटाने के लिए अधिक समय न था।

"बापू, उठिए, घोड़ी पलानिए।"

"क्यों?"

"वह देखिए धूल उड़ती नज़र आ रही है? कोई आया।"

काक ने देखा, कुछ दूरी पर धूल उड़ती दीख पड़ी। उसने तुरन्त घोड़ी कसी और दोनों फुर्ती से टेढ़े-मेढ़े रास्ते चलने लगे। वे सारे दिन इस तरह गाँवों से और बड़े रास्ते से दूर चलते रहे। शाम होने के पहले से गिरनार आ पहुँचे।

"बापू, अब बेफिक्री हुई। इस मार्ग पर अब कोई नहीं मिलेगा।"

"क्यों?"

"इस रास्ते का पता तो केवल मुझे ही है।"

काक ने चारों तरफ देखा। "मोती, अब मेरी आँखों में पट्टी बाँध दे।"

"क्यों?" मोती ने चकित होकर पूछा।

"मैं दुश्मन का आदमी हूँ। मुझे इस मार्ग की जानकारी न हो, यही ठीक है।"

मोती ने मान के साथ काक को देखा और एक धज्जी लेकर उसकी आँखों पर पट्टी बाँध दी। काक ने नाम मात्र को लगाम साध रखी और उसकी चतुर घोड़ी परिचित पथ पर वेग से अहीर की घोड़ी के पीछे-पीछे चलती गयी। रास्ते में कदम-कदम पर चढ़ाई और उतार आते और कितनी ही बार घोड़ी एकदम खड़ी रह जाती। एक बार वह चौंकी। पट्टी में से काक को लगा कि चारों तरफ अन्धकार हो गया है। थोड़ी देर में मोती बोला, "बापू, उतरिए। गढ़ आ गया।"

"ऊपर पहुँचे बिना पट्टी नहीं खोलना।"

"जैसी आपकी मरजी।"

मोती कुछ दूर तक काक का हाथ थामकर ले गया। वहाँ कोई खड़ा था। मोती ने उसके साथ कुछ बातें कीं और फिर वह काक को हाथ पकड़े पत्थर की सँकरी सीढ़ियों पर चढ़ने लगा। कदम-कदम पर मोती सावधानी से चढ़ने के लिए काक को सूचित करता जा रहा था। देर तक चढ़ने के बाद ऐसा लगा कि गढ़ में आ पहुँचे। मोती ने तुरन्त पट्टी खोल दी।

चारों ओर अन्धकार था। कभी-कभी मशाल का मन्द प्रकाश दिखकर अदृष्ट हो जाता था। इस अँधेरे में मोती काक को तेजी से ले गया। थोड़ा चलकर महल के

पिछले द्वार से वे घुसे और मोती ने एक आदमी के कान में कुछ कहा। वह तुरन्त ऊपर पहुँचकर लौटा और काक को लिवा ले गया। महल की छत के एक छोर पर काक को खड़ा करके वह चला गया।

रात अँधेरी थी। फिर भी तारों के मन्द प्रकाश में काक ने चारों दिशाओं की पुस्तिका पढ़ डाली। थोड़ी दूर जूनागढ़ से सैनिकों की हुंकार और वेदना की चीख स्पष्ट सुनाई पड़ती थी। कोट की खाई से दूर घोड़ों की हिनहिनाहट अथवा क्वचित् उत्साहभरी पुकार, पट्टणी और सोरठी सेना किस जगह लड़ रही है यह दिखा देती थी। आसपास के अन्धकार में दीपकों के प्रकाश से निराली पड़ती विजयी सेना की छावनी वंथली तुरन्त दिख जाती थी। चारों तरफ जगह-जगह निकलने वाली आग की लपटें और धुआँ परदेशियों के किए हुए अत्याचार की साक्षी दे रहे थे। सबसे अलग, अँधेरे में भी अँधेरा लगता गिरनार सब पर अपना भयंकर प्रभाव डाल रहा था और इस सब सामग्री में कुछ दूर गुफा में होती हुई केसरी की गर्जना की गम्भीर प्रतिध्वनि उस त्रासजनक वातावरण को और भी त्रासजनक बनाती थी। काक विचारमग्न होकर, देखता रहा और मन-ही-मन उसने जूनागढ़ के दुर्जय खेंगार की अडिग वीरता को अर्घ्य दिया। पीछे से कोई दौड़ता हुआ आया, 'कौन, काक?'' आगन्तुक की आवाज आई।

काक को आवाज परिचित लगी, परन्तु वह आगन्तुक को देख सके, इसके पहले ही उसने उसे बाँहों में भर लिया।

काक चौंका और पहचानते ही बोला, "कौन, रा?"

शक्तिशालियों की निर्बलता

राणकदेवी के बदले रा' क्यों आए, उन्होंने उसे यहाँ किसलिए बुलवाया, रा' क्या काम सौपेंगे, ऐसे विचारों की अनेक तरंगें काक के हृदय में उठीं। रा' की भेंट पूरी हुई और उसने उन्हें ध्यान से देखा। देखकर उसके मस्तिष्क के आगे पन्द्रह वर्ष पहले देखा हुआ खेंगार खड़ा हो गया। उसका छटादार सशक्त शरीर ज्यों-का-त्यों था। सोमसुन्दरी के प्रणयी के रूपवान् अंगों पर इस समय केवल बख्तर और पट्टे थे। उसके सिंह जैसे भव्य मुख पर सुन्दर दाढ़ी शोभित थी और घावों की दो रेखाएँ उस भव्यता को अनुपम शोभा प्रदान कर रही थीं। उसकी आँखों में निश्चल और अस्वाभाविक तेजस्विता दीख पड़ती थी। उसका हास्य तो पहले जैसा ही मोहक था।

"काक, तुम आए!" खेंगार ने खोखले स्वर में कहा।

"महाराज!" काक ने बहुत ही सम्मानपूर्वक कहा, "मुझे आपने बुलाया?"

"धीरे-धीरे।" खेंगार ने कहा "हाँ, मैंने बुलाया था।"

"मुझे तो महारानीजी का सन्देश मिला था।"

"नहीं, वह मैंने भेजा था।"

"परन्तु मणिभद्र तो कहता था कि मैं महारानीजी से मिलकर आया हूँ।"

"वह कुछ पागल-सा है। मैंने दूसरी रानी के द्वारा कहलाया था, परन्तु उस भंगेड़ी ने समझ लिया कि वह राणक से ही मिला है।"

"ऐसा किसलिए किया?" काक ने पूछा।

"इसके बिना तुम न आते।"

"नहीं, आपने भी कहलाया होता तो मैं आता।"

"क्या पाटण की चाकरी छोड़ दी?" खेंगार ने जरा तिरस्कार से पूछा।

"नहीं, अभी तक नहीं छोड़ी। कल की बात शंभु जाने।"

"क्यों, क्या तुम्हारे मालिक फिर खफा हो गये?" कृष्णदेव ने जरा हँसकर पूछा। उसके हास्य में पहले जैसा मजाक का सुर था।

"महाराज, अपनी पीड़ा मैं भोग लूँगा, परन्तु आपका क्या हाल है? मुझे क्यों बुलाया है?"

खेंगार ने सावधानी से चारों तरफ देखा और बहुत ही धीमे स्वर में कहा, "काक, मुझे तुम्हारी मदद की जरूरत है।"

"मैं हाजिर हूँ।"

"मुझे पाटण की सन्धि करनी है।"

"स—न्—धि!" काक के मुँह से आश्चर्य के साथ निकल गया।

"धीमे बोलो, कोई सुन लेगा। काक, तुम्हें यह अजीब-सा लगे, इसमें क्या नई बात हुई?" शान्त और मजाकिया स्वर में खेंगार ने कहा।

"खेंगार ने जयदेव को पन्द्रह वर्ष तक तंग किया और अब भी जूनागढ़ के कँगूरे अखंड हैं। तब सोरठ का रा' सन्धि की याचना किसलिए करे?"

"मैं भी यही पूछता हूँ।" काक ने कहा।

"काक, किसी रा' ने कभी सिर नहीं झुकाया और जूनागढ़ में कभी किसी विजेता का स्वागत नहीं किया गया, इसलिए सन्धि की बात कहते मेरे प्राण काँपते हैं। गत वर्ष मुंजाल ने मेरे पास सन्धि का सन्देश भेजा था, तब मैंने सन्धि का सन्देश लाने वाले को गधे पर चढ़ाकर घुमाया था।"

"तो अब क्यों?"

खेंगार के अन्तर में से एक निःश्वास निकल पड़ा, "भाई, तब मुझे खयाल न था कि जयदेव खुद चढ़ाई करेगा।"

काक आँखें फाड़कर देखने लगा। क्या खेंगार जैसे टेकीले वीर के हृदय में कायरता आ गयी है?

"इससे क्या?"

"इससे क्या? काक, मैं टेकीला राजपूत हूँ और किसी टेकीले राजपूत से मैं कभी डरा नहीं, परन्तु तुम्हारा जयदेव न टेकीला है और राजपूत भी नहीं है।" खेंगार ने कडुआहट से कहा।

"महाराज, मैं यह न समझ सका।"

"काक, जयदेव ने चढ़ाई की है, परन्तु जूनागढ़ लेने के लिए नहीं।" कटाक्ष भरे स्वर में खेंगार ने कहा।

"तो?"

"वह राणक को वापस लेना चाहता है।"

काक जरा पीछे हट गया। "क्या आप पागल हो गये हैं?"

"नहीं, उसकी दृष्टि तो वहीं है। उसे राजपूतों की टेक की क्या परवाह? वह मनुष्य ही कहाँ है? राक्षस और पिशाच की हिम्मत से जो राजपूत जूझे, उसे मनुष्य कैसे कहा जाए?"

"बावले भूत की बात कह रहे हैं?"

"तुम्हारे महाराज की हर एक खूबी निराली है। बावला भूत उसकी सेवा में है, यह तो समझा परन्तु जब से वह वंथली आया है तब से तो स्वयं बाबाला भूत बन गया है। ग्रामों में आग लग रही है। चारों ओर त्राहि-त्राहि पुकार रहे हैं। बाप-दादे जो यवनों की दन्तकथाओं में कहते थे वही सब चल रहा हैं। मुझसे मेरी गरीब प्रजा पर बरसता हुआ यह कहर नहीं देखा जाता। इसलिए इसकी अपेक्षा उससे सन्धि करके नाक कटा लेना अधिक अच्छा लगता है।"

"महाराज, आप सारे कुल के कलंकरूप बन जाएँगे।"

"हाँ, परन्तु अपनी रंक प्रजा और राणक को बचा लूँगा।"

"महाराज, सन्धि करना मुझे तो अच्छा ही लग रहा है। लाट का विग्रह भी मैंने इसी प्रकार शान्त किया है, परन्तु जयदेव महाराज मानेंगे या नहीं, यह सवाल है। काक ने कहा।

"उससे भी बड़ी कठिनाई एक और है?"

"वह क्या?"

"राणक की।"

"राणक महारानी की?" काक ने पूछा।

"हाँ। काक, तुम्हें खास तौर पर बुलाने का हेतु तो उसे ही समझाना है। राणक स्त्री नहीं—जगदम्बा का अवतार है। लोग मुझे यश देते हैं, परन्तु जूनागढ़ आज टिका हुआ है तो केवल उसी के प्रताप से। उसके उत्साह से ही हम जी रहे हैं। उससे सन्धि की बात कर कौन सकता है?"

"आपने उनसे बात नहीं की?"

"नहीं, उससे बात करने की हिम्मत नहीं होती। काक, वह न होती तो मैं कभी

का पामाल हो गया होता और जूनागढ़ सर होकर मैदान हो जाता। परन्तु राणक दे' की हिम्मत ने ही मुझे खड़ा रखा है। अब उसके दृढ़ संकल्प के विरुद्ध कौन जाए? केवल तुम्हीं उसे समझा सकते हो।''

''परन्तु मेरी कैसे मानेंगी?''

''कदाचित् मान ले। तुम्हारे लिए उसके हृदय में बड़ा मान है और मुझे तुम पर बहुत श्रद्धा है।''

काक हँसा, ''जो सती तुम्हारा कहा न माने, वह मेरा मान लेगी?''

''काक, मेहनत तो कर देखो। मुझे अपनी मौत का डर नहीं है और राणक को भी मौत का डर नहीं है, परन्तु मैं खेत रहूँ और वह तुम्हारे महाराज के हाथों चढ़े—'' खेंगार के शरीर में कँपकँपी आ गयी, यह काक ने देखा।

''महाराज, आप काम तो मुझे बड़ा मुश्किल सौंप रहे हैं।''

''क्यों?''

''राणक देवी से कुल को लजाने की बात कहना और जयदेव महाराज का क्रोध रोकना—ये दो काम त्रिपुरारि भी नहीं कर सकते, तो मुझसे कैसे होंगे?''

''मुझे विश्वास है कि होंगे तो तुमसे ही होंगे।''

''परन्तु महाराज, महारानी जी को अपने वहाँ आने का कारण क्या बतलाऊँ?''

''कहना कि मुझे सलाह लेने के लिए बुलवाया है।''

''ठीक। कहाँ हैं?''

''अभी आवेगी। तुम स्नान करके कुछ खा-पी तो लो। चलो अपने केवल मुँह पर ढाटा बाँध लो।''

''जो आज्ञा।'' कहकर काक ढाँटा बाँधकर रा' के पीछे-पीछे चला।

राणक देवड़ी

काक ने भोजन किया और खेंगार उसे रनवास में ले गया। कमरा छोटा और अँधेरा था। एक बड़े दीए का प्रकाश उसमें फैल रहा था और पाँच-सात स्त्रियाँ बैठी हथियार साफ कर रही थीं। एक ओर आले पर अम्बा भवानी की मूर्ति के सामने घी का छोटा दीया जल रहा था।

स्त्रियाँ सभी काले वस्त्र में थीं। एक छोटी-सी दीखनेवाली स्त्री दीए के पास बैठी-बैठी एक ढाल पर पड़े रक्त के छीटें साफ कर रही थी। वह धीरे-धीरे कुछ गा रही थी, और शेष स्त्रियाँ उसे धीमे-धीमे दुहराती थीं। गीत भी कुछ असामान्य था। गानेवाली जमराज से कह रही थी कि कल आना, कारण कि आज तो मेरा कन्त वैरी को मारने गया है। ऐसा लगता था, मानो योगिनियाँ खप्पर धारण करने के पहले

तैयारी कर रही हैं। कमरे में गाम्भार्य अपार्थिव था। रा' और काक धीरे-धीरे आए और काक के अन्तर में अनजानते ही पूज्यता फैल गयी। उसे लगा कि एक प्रकार का दैवी और दम घोंटनेवाला वातावरण प्रसारित हो रहा है।

"दे!" खेंगार ने धीरे से और सम्मान से कहा।

रा' की आवाज सुनकर आसपास की बैठी स्त्रियाँ चौंकीं और रा' को पहचान उतावली से घूँघट काढ़तीं, वस्त्र सँभालती चली गयीं। दीए के सामने बैठी छोटी स्त्री ने काम से हाथ रोककर ऊपर देखा। दीप के प्रकाश में वह मुख देखकर काक को विश्वास हो गया कि इस स्त्री को डिगाना असम्भव है।

मुख नन्हा-सा और सुखा हुआ था। ऐसा लगता था कि किसी समय सुन्दर होगा, और इस समय काली साड़ी की किनारी से अद्भुत रीति से मढ़ा हुआ था। उसके होंठों में निश्चलता और आँखों में तेजस्विता थी। इसके सिवाय उस मुख पर ऐसी गहनता थी जो न समझी जा सके और न सही जा सके। उसके आसपास फैला हुआ तेज दुःसह था। यमराज को धमकाती सावित्री अथवा वेणी-संहार करने को उत्सुक द्रौपदी के मुख के तेज सर्वदा के लिए यहाँ आ बसे हों, ऐसा लगता था। जिस प्रकार कमरे का वातावरण अपार्थिव था उसी प्रकार यह तेज भी अपार्थिव था। काक का हृदय स्वाभाविक स्वस्थता न रख सका। उसने इस स्त्री को साष्टांग प्रणाम कर लिया।

राणक देवी ने काक को नहीं पहचाना, परन्तु खेंगार को देखकर वह उठ बैठी। उसका नन्हा-सा शुष्क शरीर धनुर्दण्ड की तरह झुका, और उसके मुख पर अवर्णनीय भक्ति ही स्मित रेखा रम गयी।

"पधारिए महाराज!" उसने ससम्मान स्वागत किया। उसके स्वर में दबाए हुए भाव का कम्पन था। खेंगार स्पष्ट दीखती हुई भक्ति के साथ बैठ गया।

"यह कौन हैं?"

"महारानीजी, मुझे नहीं पहचाना?" कहकर काक ने मुँह का ढाटा खोल डाला।

"कौन भाई काक?" आँखें ज़रा फैलाकर राणक ने कहा।

"हाँ।"

राणकदेवी की गहन आँखों की गहराई में से भी किरणें फूट पड़ीं। "तुम यहाँ?" उसके स्वर में कुछ शंका थी।

"महारानी," काक ने कहा। "मैं जयदेव महाराज का भेजा हुआ नहीं आया, मुझे तो इन महाराज ने बुलवाया है।"

"क्यों?" उसने पति की ओर फिर कर पूछा।

"मुझे इनसे सलाह लेनी थी।"

"किस सम्बन्ध में?" उसने पूछा।

"महाराज को मैंने सलाह दी है कि पाटण के साथ सन्धि कर ली जाए। नहीं तो जूनागढ़ बरबाद हो जाएगा।" काक ने राणकदेवी की ओर देखकर कहा।

राणक के मुख पर अजीब परिवर्तन हुआ। मानो किसी ने अपमान किया हो, किसी ने तमाचा मार दिया हो, इस प्रकार उसका फीका मुँह लाल हो गया और उसके मुख पर भग्न गौरव की स्पष्ट लिपि पढ़ी जाने लगी। खेद के साथ वह जरा पीछे हटी, घूमकर फिर खेंगार के सामने देखती रही और धीमे काँपते स्वर में बोली–

"मेरे रा' जयदेव के साथ किसलिए सन्धि करें?" और सपनीली आँखों से काक की ओर देखने लगी।

उसकी आवाज में तिरस्कार न था, उपालम्भ न था, तो भी काक को तिरस्कार और उपालम्भ दोनों मिले। इस एक प्रश्न में इस अपार्थिव स्त्री की अप्रतिम मृदुता, उसकी पतिभक्ति, उसके पति के आसपास निर्मित स्वप्न उसे दिख गये। इस स्त्री के ख्याल में खेंगार मनुष्य न था, दुर्जय देव था और उस देव की वह पूजा करती थी। खेंगार और काक, दोनों ने एक-दूसरे की ओर देखा। इस नजर में काक ने अपने प्रयत्न की निष्फलता स्वीकार की। फिर भी काक ने एक बार और प्रयत्न करने का निश्चय किया।

"महारानीजी, प्रजा पीड़ित है और सारा सोरठ वीरान होता जा रहा है। किसी-न-किसी प्रकार जूनागढ़ की रक्षा होनी चाहिए।"

"काक," एक गहरा श्वास लेकर देवड़ी बोली, "यदि मेरे रा' खड़े रहे, तो कल सवेरे पीड़ित प्रजा सुखी होगी और उजड़ते हुए सोरठ में हरियाली छा जाएगी।"

"परन्तु भगवान न करें, यदि जूनागढ़ पराजित हो गया तो–"

"तो महाराज का क्या होगा, यही तो?" देवड़ी ने धीमे से कहा, "काक, मेरे रा' कभी नहीं झुके और आगे भी झुकने के नहीं। जैसा यह गिरनार वैसे ही रा' खेंगार। दोनों में से एक भी झुकने और डिगने वाला नहीं।"

"महारानी, भगवान् भोलानाथ आपका मानोरथ पूर्ण करें।" आँखों में पानी झलक आया था उसे पोंछते हुए काक ने कहा, "परन्तु महाराज यदि सन्धि का विचार करें तो–" उसने रा' की ओर देखकर कहा।

देवड़ी चौंकी और फिर से पीछे हटी। उसने पीछे दीवार पर हाथ टेक दिए और एक दृष्टि रा' की तरफ डाली। उस दृष्टिपात में अनिवार्य-वेदना थी। जैसे कोई उमंगभरी वधू, पति का प्रथम दर्शन करने गयी हो और शय्या पर पति की जगह उसके शव को देखे, और तब वह जैसा आक्रन्दन करती है। वही इस दृष्टिपात में दिखलाई पड़ा। उसकी स्वप्न-सृष्टि का प्रलयकाल आ गया है, ऐसा भय भी उस दृष्टि में था।

"महाराज!" फीकें होंठों से वह खेंगार की ओर फिरी, परन्तु उससे बोला न गया।

खेंगार ने पन्द्रह वर्ष इस देवी के चरणों में व्यतीत किए थे। उसकी भक्ति, श्रद्धा और स्वप्नों से वह पूर्ण परिचित था। अपने में से देवड़ी की श्रद्धा डिगे, उसके स्वप्नों

का पति उसे अर्पित की हुई मानवता से गिर जाए, इसकी अपेक्षा तो सारा जगत् जलकर भस्म हो जाए, ये देखने के लिए वह राजी था।

वह काक की तरफ देखकर हँसा, और उसकी सिंह के समान भव्य मुखमुद्रा पर आत्मश्रद्धा फिर से प्रकट हुई।

''काक, देवड़ी ठीक कहती है। जीता या मरा हुआ खेंगार रा' तो यहीं खड़ा रहेगा–गिरनार के समान निश्चय और दुर्जय।''

राणक के मुख पर प्रसन्नता की छाया प्रसरित हुई, उसकी प्रेमसिक्त आँखें पति पर ठहर गयीं।

''काक, तुम्हारी मेहनत बेकार है।'' उसने कहा, ''मेरे रा' की सर्वदा ही विजय है।''

यह नन्हे बच्चे जैसी अडिग श्रद्धा देखकर काक के खेद की सीमा न रही।

''परन्तु, परन्तु, फिर–तुम्हारा–''

''मेरा!'' जैसे कोई मामूली बात कहती हो, राणक ने कहा।

''मेरा क्या होना था? इस भव में या–'' उसके कंठ में जरा खरखराहट आ गयी।

''जहाँ ये वहाँ मैं। मेरे बिना इन्हें विजयमाल कौन भेंट करेगा?'' उसने हँसकर कहा।

काक की आँखों से टपाटप आँसू गिरने लगे।

''महारानी, तुम साक्षात् योगमाया हो।''

''भाई, मैं तो अपने रा' के पैरों की धूल हूँ।'' सरलता से देवड़ी ने कहा।

''काक,'' खेंगार ने हँसकर बात बदली। ''सब आभार तुम्हारा मानना चाहिए।''

''क्यों?''

''तुम न होते तो मेरी देवड़ी मुझे न मिलती।''

''और महाराज, इस कलियुग में भी देवता को देवी के साथ योजित करने-का यश मुझे मिलेगा, यह मैंने कभी स्वप्न में भी नहीं सोचा था। मैं तो निर्जिव सैनिक हूँ–आपके जैसी दृढ़ टेक मैं कभी नहीं रख सका, परन्तु इस योगमाया के सामने मैं भी प्रतिज्ञा करता हूँ कि जोड़ी मैंने जोड़ी है उसे अपने जीवित रहते ब्रह्म को भी नहीं तोड़ने दूँगा। महाराज, निश्चिन्त जीते रहो और विजय प्राप्त करो।'' वह और खेंगार, दोनों फिर एक-दूसरे के गले लग गये।

''काक, तुम कब आए? भोजन किया?'' देवड़ी ने पूछा।

''हाँ महारानीजी।''

''और तुम्हारी स्त्री कैसी है?'' उसने प्रेम से पूछा।

''महारानीजी, मैंने और आपके रा' दोनों ने एक ही साथ शंकर-पार्वती का पूजन किया था।''

"चलो, मंजरी भी तो हमारे जूनागढ़ की ही है।"

"हाँ। महारानीजी, अब आप बैठिए। महाराज, आप मुझे आज्ञा दे दें, तो मैं चल दूँ।"

"रात यहीं काटकर जाना। तुम थक गये होगे। सवेरे जूनागढ़ देखकर जाना।"

"महाराज, मुझे रातोंरात वंथली जाना है। जूनागढ़ मुझे नहीं देखना है। जूनागढ़ पर हमला करने का काम मुझे ही सौंपा गया तो?"

"काक, तुम्हारी जोड़ी मैंने देखी नहीं।" खेंगार ने कहा। "तुमने मेरी बात मानी होती और जूनागढ़ आ बसते, तो हम दोनों क्या न कर सकते?"

"महाराज, आपकी टेक और शौर्य देखकर तो मेरा भी मन ऐसा ही होता है, परन्तु सोरठ की टेक जैसी आपको प्यारी है, लाट की टेक मुझे भी वैसी ही प्यारी है। अच्छा महारानीजी, मुझे आज्ञा दीजिए।"

"भाई, मेरा आशीर्वाद।" राणक देवड़ी ने कहा और जाते-जाते काले वस्त्रों से शोभित इस अप्रतिम स्त्री के फीके मुख की ओर उसने एक नजर डाली और अन्तर से प्रणाम कर खेंगार के साथ वह बाहर निकला।

बाहर निकलते ही उसने फिर ढाटा बाँध लिया। "महाराज, कोई चिन्ता न कीजिए। अभी जूनागढ़ की कंकरी भी नहीं खिरी है। जयदेव महाराज मनस्वी पुरुष हैं और इसलिए कुछ नहीं होने का।"

"तुम्हें जूनागढ़ लेने का भार सौंपें तो?" खेंगार ने शान्ति से और मजाक में पूछा।

"मुझे जूनागढ़ लेने का काम कोई नहीं सौंपेगा, और जैसा आप कहते हैं कोई सौंपे, तो मैं लूँगा नहीं।"

"नहीं, लेना। तुम्हारे हाथों मृत्यु मिले तो मुझे चैन है। मुझे मृत्यु का जरा भी डर नहीं।"

"तब महाराज, मृत्यु के पश्चात् का-जरा भी डर न रखिए। मुझे तो डर एक ही है कि कल सवेरे मेरा क्या होगा, कुछ समझ में नहीं आता।"

"काक, तुम्हारा कोई कुछ नहीं कर सकता। मैं भी पाटण की बातें सुना करता हूँ। तुम्हारा बाल बाँका करने की वहाँ किसी में हिम्मत नहीं।"

"देखिए।"

"लो, वह मोती खड़ा है। मोती, इन्हें वंथली के मार्ग पर छोड़ आ।"

"जो आज्ञा।" कहकर मोती काक को ले गया।

काक का सन्देह

जाने से पहले काक ने रा' के साथ बहुत बातें कीं और अन्त में भारी हृदय के साथ वह मित्र से जुदा हुआ। राणकदेवी के व्यक्तित्व का काक पर बड़ा असर हुआ। इस प्रतापी स्त्री ने अपने वीर पति पर और समस्त जूनागढ़ पर अपने सपनों का ऐसा जादू चलाया था कि अब वह जादू कोई तोड़ न सकता था। राणक खेंगार का स्वप्न और गौरव कायम रहे और पाटण की विजय हो, ये दोनों बातें किस प्रकार हों इसका गहरा विचार करता हुआ वह जूनागढ़ से बाहर निकला।

मोती उसे लम्बे रास्ते से गिरनार की दूसरी ओर ले गया और वहाँ उसकी आँखों की पट्टी खोल देने के बाद दोनों तेजी से वंथली की ओर जाने लगे। मेंदरडा की तरफ सोरठी और पट्टणी सेना की मुठभेड़ें कितने ही दिनों से हो रही थीं, इसलिए उससे दूर का रास्ता उन्होंने पकड़ा। इस तरह थोड़ी-थोड़ी दूरी पर जूनागढ़ की चौकियाँ या थाने मिलते थे, परन्तु मोती अहीर सब अमलदारों से परिचित था, इसलिए उसे देखते ही कोई काक के सम्बन्ध में पूछताछ नहीं करता था। यात्रा जरा उबा देने वाली थी। रास्ता उँचा-नीचा था और खाइयाँ भी बीच-बीच में आती थीं, इसलिए वे तेजी से नहीं चल सकते थे। कभी-कभी मार्ग में पड़े हुए मुर्दे देखकर घोड़ियाँ भड़क उठती थीं।

थोड़ी देर में वे एक टेकरी पर जा पहुँचे। वहाँ वे विश्राम लेने के लिए ठहरे। टेकरी के नीचे एक छोटी चौकी थी और वहाँ थोड़े सैनिक एक अलाव के आसपास बैठे थे।

एकदम टेकरी के दूसरी ओर घोड़ों के पैरों की आवाज़ सुनाई दी। मोती और काक, दोनों ने ध्यान से उस तरफ देखा। एक काली छाया तेजी से चौकी की तरफ बढ़ रही थी, और दूसरी धीरे-धीरे वंथली की ओर के जंगल में पैठ कर रही थी। अहीर ने सन्देह से चारों तरफ देखा और शिकारी कुत्ते की तरह सूँघना शुरू किया। काक तेजी से आते हुए घुड़सवार की ओर एकाग्रता से देखता रहा।

"तुम्हारे चौकीदार चौकी करते हों, ऐसा नहीं लगता।"

"बापू, कोई परिचित आदमी होगा, नहीं तो जूनागढ़ की चौकी में से चिड़िया भी नहीं जा सकती।"

"चलकर देखना चाहिए।" कहकर काक टेकरी से उतरकर चौकी की ओर गया। मोती भी उतरा। वह घुड़सवार चौकी के सामने आ पहुँचा था और चौकीदार खड़े होकर उसके घोड़े के पास पहुँच चुके थे। घुड़सवार ने भी ढाटा बाँध रखा था। मोती चंचल था, उसने परन्तु घुड़सवार को पहचान लिया और सामने आकर नमस्कार किया। "देशलदेव बापू, घणीं खमा।" चौकीदार और घुड़सवार, दोनों चौंके, इस तरफ काक भी चौंक पड़ा। देशलदेव को वर्षों पहले उसने देखा था और यह भी उसने सुना

था कि अब वह और उसका भाई वीसलदेव, दोनों खेंगार के पक्ष में हैं। इस समय मिलना काक को नहीं रुचा।

''कौन मोती?' चकित होकर देशलदेव ने पूछा। देशलदेव और मोती को पहचानकर चौकीदार जरा दूर हट गये। काक भी दूर खड़ा रहा।

''हाँ, बापू, परन्तु आप यहाँ कैसे?''

''मैं चौकियों की जाँच करने निकला हूँ।''

''ठीक।'' नम्रता से मोती ने कहा।

''एक आदमी को अपनी चौकी के बाहर पहुँचाना है।''

देशलदेव ने सन्दिग्ध होकर काक की ओर देखा, ''कौन है?''

''महाराज का आदमी है।''

''परन्तु है कौन?'' अपना घोड़ा मोती के घोड़े के पास लाकर देशलदेव ने धीमे से पूछा।

''मुझे मालूम नहीं।''

''ऐसा कहीं हो सकता है?'' देशलदेव ने हँसकर पूछा।

''हाँ, नहीं तो आपको बताने में क्या हर्ज था?''

''खड़े रहो। पूछ लूँ।''

''नहीं बापू, महाराज नाराज होंगे।'' मोती ने कहा।

''अरे ओ! यहाँ आ।'' देशलदेव ने काक को अपने पास बुलाया। काक घोड़ी जरा आगे लाकर खड़ा हो गया। ''तेरा नाम क्या है?''

काक ने चुपचाप मोती की ओर अँगुली से संकेत किया।

''आप इनसे कुछ न पूछिए। हम जाते हैं, हमें देर हो रही है।''

''यह कैसे हो सकता है? मुझे जानना चाहिए।'' देशल ने जरा गुस्से से कहा। ''नहीं तो चलो फिर महाराज के पास।''

''बापू, मोती अहीर पर भी विश्वास नहीं है?''

''आजकल किसी का भी विश्वास काम का नहीं।'' देशल ने कहा। मोती का मुँह गुस्से से लाल हो गया। काक ने देखा कि यहाँ अधिक झक-झक हुई, तो गड़बड़ हुए बिना न रहेगी। उसने घोड़ी को एड़ लगाकर आगे किया।

''महाराज'' बनावटी आवाज में काक ने कहा। देशल और अहीर ने ऊपर देखा। काक अपनी घोड़ी देशल के घोड़े के पास ले गया और नीचे झुका। देशल उसकी तरफ फिरा।

''महाराज, जिनसे आप अभी-अभी मिले हैं, मैं उन्हीं का आदमी हूँ।'' काक ने देशल के कान में कहा।

देशल चौंका, फीका पड़ गया और उसकी घबराहट देखकर घोड़ा भी उछलने लगा।

"चल मोती," काक ने कहा और वह और मोती, दोनों ने घोड़ियों को एड़ मारकर दौड़ा दिया। देशल अपना साफा सँभालता हुआ खड़ा रह गया।

"बापू, आपने खूब किया।" मोती ने कहा।

"यह तो मेरा पुराना मित्र है।" काक बोला। "मोती, अब तू जा। वंथली सामने दिख रही है। मैं अपने आप चला जाऊँगा।"

"कहीं भूल गये तो?"

"अरे, कैसी बात करता है! और देख महाराज से कहना कि मुझे सन्देशा भेजना है, इसलिए बुधवार को तुझे यहाँ भेजें। यदि कुछ कहलाना होगा तो मैं उस दिन आधी रात को इस जगह आ जाऊँगा। महाराज और महारानी से मेरा 'जय सोमनाथ' कहना।"

"जो आज्ञा!" कहकर मोती ने घोड़ी लौटा दी। "बन सके तो बापू इस घोड़ी को वापस भेज देना। बड़ी अच्छी घोड़ी है। अच्छा बेटी, जाता हूँ।" अहीर ने घोड़ी से कहा।

काक थोड़ी देर खड़ा रहा। वंथली जाने का रास्ता वहाँ से सीधा ही दिखता था। वह तुरन्त घोड़ी पर से उतर पड़ा और भूमि पर कान लगाकर लेट गया। दूर जाते हुए किसी घोड़े के धीमे पैरों जैसा कुछ सुनाई दिया, इसलिए वह तुरन्त ही घोड़ी पर सवार होकर तेजी से चल दिया।

थोड़ी देर में आगे जाते हुए घोड़ी के पैरों की आवाज़ स्पष्ट सुनाई पड़ी। पाटण के मंडलेश्वर का पुत्र और खेंगार का भानजा दगाबाज देशल इस समय वंथली के किसी आदमी के साथ खानगी मसलहत करे और 'मैं उसी का आदमी हूँ' यह सुनते ही घबरा जाए—इतना काक के लिए पर्याप्त था। स्वयं वंथली पहुँचे इसके पहले ही वहाँ होनेवाली खटपटों की जानकारी हो जाए, इसके लिए वह आतुर था। यह वंथली जानेवाला आदमी कौन था, यह जानना उसे आवश्यक प्रतीत हुआ।

जैसे-जैसे उसकी घोड़ी आगे बढ़ती गयी वैसे ही अगला घोड़ा भी सपाटे के साथ आगे बढ़ने लगा। फिर वह तुरन्त धीमा पड़ गया। और जब काक उसके पास पहुँचा, तब देखा कि घोड़ा अकेला ही चला जा रहा है। काक मन में मन हँसा। घुड़सवार कोई उस्ताद मालूम होता था, परन्तु काक की टक्कर का न था। वह अपनी घोड़ी पर से उतर पड़ा और उसे छोड़कर उस खाली पर बैठकर चलने लगा।

जब वंथली बिल्कुल पास आ गयी, तब रास्ते के पास एक खेत में हाथ में घोड़े की लगाम पकड़े हुए वह लम्बा होकर सो गया। थोड़ी देर में जो उसने सोचा था वही हुआ। उसकी घोड़ी पर सवार होकर एक आदमी आया और उसे सोते देख घोड़ी थम्भाकर देखता रहा। फिर कुछ विचार कर वह वंथली की ओर चलने लगा।

काक ने आराम करने के लिए आँखें मींच लीं।

बर्बरक

काक इस तरह कब तक सोता रहा, इसका उसे भान न रहा। परन्तु घोड़े के हिनहिनाने पर वह उठकर बैठने लगा।

चारों ओर उषा का प्रकाश छाया हुआ था, तो भी काक को ऐसा लगा कि कोई भयानक स्वप्न आया है। दो काली प्रचंड भुजाओं ने उसे पृथ्वी पर दबा रखा है और एक विकराल मुख उसकी आँखों के आगे है।

मुख विशाल और काला अँधेरा था। दो बड़ी-बड़ी लाल विकराल पुतलियाँ आँखों में से बाहर निकली पड़ती थीं। नाक में केवल दो बड़े नकुए थे और निचले लटकते ओष्ठ पर एक बड़ा धारदार दाँत आगे निकल आया था। सिर और छाती पर झंखाड़ जैसे खड़े लंबे बाल थे। मुखाकृति जितनी भयंकर थी उतनी की अस्वाभाविक। काक को एक क्षण के लिए चक्कर आ गया। उसे लगा कि थके हुए मस्तिष्क ने ही ऐसा अमानुषिक चित्र खड़ा करके उसकी हँसी उड़ाई है, परन्तु उसके कन्धों पर पड़ने वाला दबाव सच्चा था। उसे तुरन्त जयदेव महाराज द्वारा वश किए गये बाबरा भूत की दन्तकथा का स्मरण हो आया। उसने इस भूत की कथा झूठ ही मानी थी, परन्तु इस समय ऐसा लगा कि मानो वह सच्ची ही है और उसका प्रमाण मिल रहा है। यह खयाल आते ही कि उसी पिशाच के साथ पाला पड़ा है उसके हाथ-पाँव ढीले होने लगे, परन्तु तुरन्त ही उसके मस्तिष्क के सामने विशुद्धि की अवतारस्वरूप मंजरी की छवि आ गयी और उसे देखते ही उसमें अपने सनातन ब्रह्म-तेज का गर्व आ गया। आधे ही क्षण में उसने गायत्री का उच्चारण किया और अनपेक्षित चपलता से अपना सिर ऊपर उठाकर उल्टा फेरा कि वह राक्षस की नाक के साथ जोर से टकरा गया।

काक के सिर में चक्कर आ गया; परन्तु वेदना से चीख कर वह राक्षस भी काक को छोड़कर पीछे हट गया।

काक का भय बिल्कुल जाता रहा। राक्षस भी वेदना अनुभव करता था। वह वेदना से नाक टटोकता था और उसकी आँखों से ऐसा लगता था कि सामने का आदमी इतनी स्वस्थता एवं तत्परता से उस पर हमला करेगा, यह उसने सोचा भी न था। काक का सिर घूम रहा था; परन्तु उसकी दृष्टि की तीक्ष्णता कम न हुई थी। यह राक्षस उससे एक हाथ ऊँचा था, उसके स्नायु लोहे के समान थे, उसकी असीम क्रूरता उसके मुँह पर स्पष्ट झलकती थी और यदि यह अचानक ही हाथ लगा मौका चला गया, तो बचना कठिन हो जाएगा, ऐसा काक को लगा। उसी समय इस राक्षस को जीतने की कीर्ति का लोभ भी उसे उत्तेजित करने लगा।

उसने देखा की उसकी लकड़ी राक्षस के पैरों के पास पड़ी है।

लाट-योद्धा के लिए लकड़ी तो उसका एक अंग थी। यदि वह हाथ आ जाए, तो

इस राक्षस को जीतना सहज हो जाए। नाक पर हाथ फेरते हुए राक्षस के सामने वह एकदम कूद पड़ा और उसके मुँह पर घूँसा मारने जा रहा है, ऐसा दिखावा किया।

गले में लगने के भय से राक्षस पीछे हटा और उसने काक को मारने के लिए मुट्ठी बाँध ली, परन्तु काक आगे न बढ़ा—वह लकड़ी के पास पहुँचा और पलक मारते ही उसे उठा लिया। जैसे ही राक्षसी पंजे उसे पकड़ने के लिए आगे बढ़े कि काक उछलकर पीछे हट गया और उसकी मजबूत लकड़ी बड़े जोर से राक्षस के हाथ पर जा पड़ी।

राक्षस वेदना से चिल्ला पड़ा। वह उछला और अन्तर बचाकर बीच में की हुई लकड़ी की सीमा को लाँघकर काक पर टूट पड़ा। काक जरा उलझन में पड़ा; परन्तु मौके की सूझ का उपयोग कर उसने लकड़ी अपने और राक्षस के बीच में कर दी। जब वह काक को पकड़कर पृथ्वी पर दे मारने की ताक में था तब काक अपनी लकड़ी उसकी दोनों टाँगों के बीच में डाल रहा था।

काक जमीन पर अवश्य गिर पड़ा, परन्तु उसी समय उसने अपनी लकड़ी पर ऐसा जोर दिया कि राक्षस के पैर एक-दूसरे में फँसकर मुड़ने लगे। ज्यों ही वह काक को दबाता त्यों ही काक सफाई के साथ लगाई लकड़ी का एक छोर दबाता और दूसरे छोर से उसका पैर ऐंठने लगता। क्रोध से वह चिल्लाया और पैर छुड़ाने की कोशिश करने लगा। इधर छाती पर का दबाव जरा कम होते ही काक ने साधारण प्रयत्न करके अपना पार्श्व बदल दिया, साथ की लकड़ी का दबाव भी बदला। एक पैर पर दूसरा पैर ऐंठा जाने से राक्षस लुढ़ककर चित्त हो गया और तब काक तड़पकर उसकी छाती पर चढ़ बैठा। अब काक ने फुर्ती से लकड़ी निकालकर उसके गले पर धर दबाई।

"पिशाच, तू कौन है?" हाँफते-हाँफते काक ने पूछा। राक्षस की आँखें फटी हुई थीं और दाँत पीसते हुए वह काक को उलटने का प्रयत्न कर रहा था। काक ने अपनी लकड़ी आड़ी रखकर उसके गले पर दबाई और कहा, "पापी, जरा भी गड़बड़ की, तो गला ही घोंट दूँगा।"

लकड़ी के दबाव से राक्षस का दम घुटने लगा और उसकी आँखों की पुतलियाँ चक्कर खाने लगीं। काक ने उसके गले का दबाव कम लिया।

"तू कौन है?" काक ने पूछा और हाथ के इशारे से लकड़ी को फिर से दबाने की धमकी दी।

राक्षस ने थोड़ी देर में उत्तर दिया। "भूत।"

"बाबरा? मुझे ऐसा ही लगा था। ठीक है। तू सबको परेशान करता है, अब आज तेरे प्राण लेकर ही मानूँगा।" कहकर काक ने लकड़ी को दबाया।

ना-ना कहकर बाबरा ने सिर हिलाया। उसके भयंकर मुख पर दीनता का भाव फैल गया। उसकी आँखें आजिजी करने लगीं। उसकी आवाज में भी दया की याचना थी। काक हँसा।

"ना-ना क्या? नहीं तो तुझे बाँधकर महाराज के पास ले जाऊँगा।"

"ना-ना, महाराज मुझे मार डालेंगे।" जरा घबराकर बाबरा ने कहा।

"तुझे किसलिए मारेंगे?"

"तुमने मुझे पकड़ लिया, इसलिए।"

"ऐसा?" काक हँसा। "ओह! तेरे कारण महाराज दुर्जेय कहलाते हैं क्या इसलिए? ठीक। देख बाबरा, तुझे जीता छोड़ दूँगा और यह बात भी किसी से न कहूँगा यदि तू जब मैं कहूँ तब मेरा काम करने का वचन दे दे। नहीं तो आज तेरा आखिरी दिन आ पहुँचा।"

"मेरे बाप की सौगन्ध, वचन देता हूँ। यदि तुम्हारा काम न करूँ, तो मुझे माँ हींगलाज चाचर की आन। बस?"

"तो अब मैं जो पूछूँ उसका जवाब दे। इस समय राजा का मानीता कौन है?"

"जगदेव।"

"जगदेव कौन?" चकित होकर काक ने पूछा।

"परमार।"

"मुंजाल मेहता और मीलन देवी यहाँ हैं?"

"हाँ।"

"छोटी महारानी कैसी हैं?" काक ने लीलादेवी की खबर पूछी।

"मालूम नहीं।"

"उदा मेहता क्या करते हैं?"

बाबरा ने सिर हिलाया।

"अब तू कौन है? बोल।"

"मैं? भूत।"

"भूत! यह तेरा मुँह तो नहीं कहता। बोल।" काक ने कहा और लकड़ी जरा जोर से पकड़ी।

"भील।"

काक ठहाका मारकर हँस पड़ा। जयसिंह देव की खूबी कुछ समझ में आई।

"तू तो सभी चौकियाँ पार कर सकता है, क्यों?"

"हाँ।"

"तो मुझे चौकियों से बचाकर वंथली ले चल।"

बाबरा ने गर्दन हिलाकर 'हाँ' कहा।

काक बाबरा के ऊपर से उठा और लकड़ी जोर से पकड़ ली। बाबरा कुछ दगाबाजी करता है या नहीं, यह देखने के लिए वह खड़ा रहा; परन्तु वह इतना अधिक पस्त हो गया था कि काक के सामने देख भी न सका।

काक घोड़े पर बैठा और लगाम सँभाली। बाबरा दौड़ने लगा घोड़े से भी तेज चाल से, और थोड़ी ही देर में वह चौकी के आगे जा पहुँचा।

बाबरा ने दूर से ही भयंकर चीख मारी। उसे सुनकर चौकीदार काँप उठे और आँखें मीच कर औंधे मुँह पड़े रहे। काक ने तुरन्त चौकी पार कर डाली।

"तुझे जाना हो तो जा, परन्तु तू अब कहाँ मिलेगा?"

"शाम को श्मशान में और दिन को राजगढ़ के तहखाने में। तुम कौन हो?"

"मैं? यह तू किसलिए जानना चाहता है? परन्तु देख, तुझे एक बात बतलाता हूँ।"

"क्या?"

"भड़ोंच का दुर्गपाल काक प्रभास से इसी तरफ आ रहा है। बहुत करके दिन उगते ही आ पहुँचेगा। उसे पकड़कर तू महाराज के पास ले जाएगा, तो महाराज बहुत ही खुश होंगे।"

बाबरा बोला "का–क" और हँसकर गर्दन हिलाने लगा।

"तू पहचानता है क्या?" काक ने जरा सावधान होकर पूछा।

"नहीं, महाराज ने उसे पकड़ने के लिए फरमाया है।"

"उसे लेने के लिए कौन गया है?"

"बाहड़।"

"उदा का लकड़ा?"

"हाँ।"

"ऐसा? तो जा, फतह कर।" कहकर काक ने घोड़ा आगे बढ़ाया और बाबरा लौट गया।

बाबरा अदृष्ट हुआ और काक का ध्यान जिस पर सवार था उस घोड़े और उसके मालिक की तरफ गया। वह कौन था, यह जानने के लिए उसने घोड़े की लगाम छोड़ दी और उसे अपना स्थान स्वतः ही खोज लेने की स्वतन्त्रता दे दी।

काक को चारों तरफ के वातावरण का खयाल आने लगा। जूनागढ़ राणक के प्रताप से दृढ़ है, जयसिंह देव ने राणक हो हाथ करने का निश्चय किया है, इस घोड़े का मालिक और देशलदेव कुछ षड्यन्त्र रच रहे हैं और खेंगार का बस चलता तो वह सन्धि करने को तैयार था। परन्तु इन सब में मुंजाल मेहता कहाँ हैं? क्या वे बूढ़े हो गये हैं? क्या जयसिंह देव ने गुरु को भी धोखा दिया? क्या मीलन देवी ने भी पुत्र की राजनीति के आधार पर चलना शुरू कर दिया? और ऐसा था तो मुंजाल मेहता यहाँ क्यों आए? और इसमें उदा मेहता कहाँ से? यह गाँठ किसी प्रकार न खुलती थी।

यह विचार करते-करते हथियार माँजती और यम का आवाहन करती देवड़ी की देवी मूर्ति फिर काक की आँखों के आगे आ गयी। काक ने संकल्प किया कि जयदेव का, रा' और जूनागढ़ का जो कुछ होना हो, हो; परन्तु देवड़ी का गौरव अंखडित करने

के लिए प्राण देने पड़ें तो भी पीछे न हटना। दूसरा विचार उसे अपना आया। जयदेव महाराज उसे पकड़वा मँगाने को आतुर थे, उदा मेहता भी उसे पकड़ने की फ्रिक में था और लीलादेवी उसकी सहायता की बाट जोहती थीं। ये सब एक साथ उसके लिए क्यों पागल हो गये हैं? क्या इन सबको जुदी-जुदी प्रेरणा हुई? या किसी एक ही हेतु से या एक के ही कहने से प्रेरित हुए? ऐसी प्रेरणा कौन कर सकता है?

जयदेव महाराज का प्रताप भी उसे स्पष्ट रीति से मालूम पड़ने लगा। मुंजाल मेहता का सूर्य अस्त हो गया है, ऐसा लगा। उदा का उपयोग महाराज कर रहे हैं, पिशाच समझा जाने वाला बाबरा उनके प्रताप को अस्वाभाविक एवं दुःसह बना रहा है और जयदेव परमार जैसे परदेशी योद्धा को गुर्जर वीरों पर ही अपना प्रभाव जमाए रखने के लिए बुलाया हो, यह सम्भव जान पड़ा। काक मन-ही-मन विस्मित हुआ। निःसत्व दिखते हुए इस महत्त्वाकांक्षी लड़के का कैसा विकास हुआ!

उसका घोड़ा रुक गया। प्रभात हो गया था। राजभवन के पास के तबेले के सामने घोड़ा जा खड़ा हुआ। पास ही एक विशाल हवेली थी।

वंथली की सुरक्षित स्थिति देखकर काक के हृदय में पट्टणी दंडनायक परशुराम के प्रति मान बढ़ा। एक योजन दूर युद्ध हो रहा था, फिर भी यहाँ पाटण की तरह ही निर्भयता और निश्चिन्तता थी।

तबेले के बाहर एक मनुष्य जोर से जीभ साफ कर रहा था। काक उसके पास जाकर घोड़े से उतर पड़ा। ''लो यह तुम्हारा घोड़ा।''

उसने आँख मली, ''यह तो जेबरा है! तुम कहाँ से लाए?''

''मैं?—जिसका घोड़ा है उसका मैं हूँ।'' काक ने हँसकर कहा। ''महाराज कहाँ मिलेंगे?''

''हवेली में। अभी उठे न होंगे।'' कहकर घोड़े वाले ने पास की हवेली ही ओर हाथ किया।

''तो यह घोड़ा बाँध दूँ?'' काक ने पूछा।

''अरे, बाँध दे भाई, मेरी इतनी झँझट बची। और अभी कोई दूसरे आलसी उठे भी नहीं हैं।'' कहकर घोड़े वाले ने हाथ मरोड़कर लम्बी जम्हाई ली।

''घोड़े की थान कहाँ है?'' काक ने पूछा।

''बिल्कुल उस तरफ की दीवाल के पास।''

काक घोड़े को अन्दर ले गया। उसने अन्दर नजर डाली, तो एक भी थान खाली न थी। वह आखीरी थान की ओर गया और मोती अहरी जिस ढंग से पुचकारता था उसी तरह पुचकारा और धीमे से 'बापुड़ी-बापुड़ी' कहा। आखिरी थान पर बँधी हुई घोड़ी हिनहिना उठी। काक हँसा, घोड़ी-चोर पकड़ा गया। वह फिर बाहर आया।

''भाई, एक भी थान खाली नहीं है।''

''यह एक नया घोड़ा कहाँ से टपक पड़ा?''

"अच्छा, तो फिर इसे कहीं दूसरी जगह बाँध देना।"

"महाराज के घोड़े बढ़िया हैं, परन्तु तुम यहाँ के नहीं मालूम होते। कहाँ के हो?"

"मैं? मैं तो खम्भात का हूँ।"

काक के मस्तिष्क मे उजाला हो गया। उसका हृदय उछल पड़ा। "महाराज के साथ ही खम्भात से आए होंगे।"

"हाँ।"

"अच्छा," कहकर काक ने विदा ली और वह मन-ही-मन बड़बड़ाया "धत्तेरे उदा मेहता की! मेरे भाग्य से तू यहाँ भी पहले ही मिला।"

काक का राजगढ़ में प्रवेश

सवेरा हो रहा था, इसलिए चुपचाप राजगढ़ में जाना काक को बड़ा मुश्किल मालूम हुआ। उसने राजगढ़ की प्रदक्षिणा करनी प्रारम्भ की।

सभी दरवाजों पर सख्त पहरा था। सामने के दरवाजे से जाना तो सम्भव ही न था और सूर्योदय हो चुका था। नहीं कहा जा सकता था कि ज्यादा देर होने से क्या होगा।

काक ने चारों तरफ देखा। एक गली में से एक ब्राह्मण हाथ में पूजा-पात्र लिए राजगढ़ पिछले दरवाजे की ओर आ रहा था। काक को एक विचार सूझा। वह तेजी के साथ उसकी तरफ गया।

"काका, जरा इधर तो आओ।" कहकर वह उस ब्राह्मण को गली में ले गया।

"क्या है भाई?"

"मुझे अपना पूजा-पात्र दीजिए तो।"

वृद्ध ने कहा, "अरे, छू जाएगा! तू है-कौन? क्या काम है?"

काक ने कहा, "मुझे राजगढ़ में पूजा करने के लिए जाना है।" ब्राह्मण मुसाफिरी की थकावट और धूल से विचित्र बने हुए काक का मुँह और शस्त्र देखकर सिर हिलाने लगा। "तू–"

"काका, इस समय वहाँ न जाऊँगा, तो महाराज मेरे प्राण ले लेंगे।"

"जयसिं–"

"हाँ। मुझे काम था इसलिए रात को बाहर गाँव जाना पड़ा। लौटने में देर हो गयी। काका, आप चाहो तो कोई दूसरा पात्र ले आओ।" कहकर काक ने पूजा-पात्र पकड़ लिया। वृद्ध ब्राह्मण घबरा गया।

"अरे, छू लिया! मुझे नहाना पड़ेगा।"

"जाओ, जाकर नहा आओ और लो यह पैसा–"

“परन्तु यह बलात्कार—” कहकर ब्राह्मण जरा जोर से चिल्लाया। काक ने आँखें दिखलाईं। “महाराज, चाहो तो यह सोने की मुहर मेरी ओर से दान कर देना, पर गड़बड़ किए बिना नहाने चले जाओ। नहीं तो—” कहकर काक ने उसका डंडा क्या कर सकता है, इसका कुछ संकेत किया। बेचारे वृद्ध ब्राह्मण के जोड़ ढीले हो गये और उसकी आँखें हाथ में रखी हुई मुहर पर जम गयीं। कुछ ही क्षण में काक ने पूजा के जल-पात्र से मुँह धोया, कपड़े और शस्त्र उतारे और चन्दन-पात्र से त्रिपुंड किया।

“महाराज, तुम्हारा नाम?”

“दयानाथ चतुर्वेदी।”

“जाइए अब।” काक ने कहा।

वृद्ध ब्राह्मण घबराता हुआ चला गया और काक पूजा-पात्र लिए राजगढ़ के एक छोटे दरवाजे के सामने पहुँचा। पहरेदार आधी उघड़ी आँखों से जरा झोंके खा रहा था; परन्तु काक जैसे ही द्वार में प्रवेश कर तेजी से सीढ़ियों चढ़ने लगा तैसे ही उसकी नींद उड़ गयी!

“ओ महाराज, कौन हो?”

“मैं? दयानाथ चतुर्वेदी का भतीजा।” काक ने कहा और तिरछी आँख से सैनिक की शक्ति का माप कर लिया।

“बूढ़े को क्या हुआ है?”

“ज़रा गाय ने मार दिया है।” कहकर काक तेजी से चढ़ने लगा।

“अरे, खड़े तो रहो। दया काक के नये भतीजे का मुँह तो देख लूँ।” कह कर सैनिक सीढ़ियाँ चढ़ता हुआ काक की ओर झपटा।

वह पास आए कि उसके पहले ही काका ने पात्र को सीढ़ी पर रख दिया और जैसे ही सैनिक एक सीढ़ी चढ़ा, वैसे ही वह एक सीढ़ी उतरा। सैनिक जोर से कुछ बोलना चाहता था कि उसके पहले ही काक ने उसका गला दबा लिया। उसके मुँह से एक शब्द भी न निकल सका।

काक ने हाथ से कमर पर का पटका खोला और उसे सैनिक के खुले मुख में ठूँस दिया। फिर लगभग बेहोश जैसी अवस्था में उसे उठाकर वह सीढ़ियाँ चढ़ गया और पास ही जो कोठरी खुली पड़ी थी उसमें डालकर दरवाजा बन्द कर दिया। इसके बाद तुरन्त ही यह पुजारी हाथ में पूजा-पात्र लिए हुए महल में दाखिल हो गया।

काक ने चारों तरफ दृष्टि घुमाई, किन्तु कोई दिखाई न पड़ा। कुछ दूर पर एक स्त्री प्रभाती गा रही थी। वह उस ओर गया। एक नौकरानी चक्की का कचरा साफ कर रही थी।

“बहन!”

“कौन?”

"मुझे छोटी महारानी के पास ले चल। पूजा का समय हो गया है और मैं रास्ता नहीं जानता।"

"पागल, इस समय कहीं छोटी रानी जी पूजा करती हैं?"

"आज तो उनकी पूजा की मनौती है। उठ, मैं उनके गाँव का ब्राह्मण हूँ। तुझे खबर नहीं होगी। मुझे खास तौर पर बुलाया है।"

"हैं! पर मैं वहाँ कैसे जा सकती हूँ? मैं तो नौकरानी ठहरी।"

"तू मुझे रास्ता भर दिखा दे। मुझे ले चलेगी, तो रानी जी तेरा उपकार माने बिना न रहेंगी।"

स्त्री को इसमें कुछ रहस्य जैसा मालूम हुआ और ऐसा लगा कि इससे जनम भर की दरिद्रता दूर हो सकती है। वह तुरन्त उठ खड़ी हुई और उसने अपने हाथ झाड़ डाले।

"बड़े रास्ते से ले चलूँ या खानगी रास्ते से?"

"खानगी रास्ते से।" काक नौकरानी की चतुराई से प्रसन्न होकर हँसा। थोड़ी देर में वे रनवास के पिछले जीने से ऊपर जा पहुँचे। एक दासी खड़ी-खड़ी दातुन कर रही थी। नौकरानी उसके पास गयी।

"रानीजी उठीं?"

"नहीं, क्यों?"

"रानीजी ने जिसे बुलाया था वह ब्राह्मण आया है।"

"पागल हो गयी है? इस समय उन्हें ब्राह्मण की क्या जरूरत आ पड़ी?" कहकर वह तिरस्कार से देखने लगी।

"पर महाराज–"

"मंगी," काक ने धीमे से कहा।

दासी भृगुकच्छ की थी और रानी की मानीती। उसने काक की तरफ देखा और उसे पुजारी के वेश में देखकर वह स्तब्ध रह गयी।

"का–"

"चुप रह। महारानी को जगा दे। मुझे उनसे मिलना है और इस नौकरानी को पहचान ले। इसे महारानी से इनाम दिलाना है।"

"तेरा नाम क्या है?"

"बाई, तुम्हारे पवीता के बारहटजी हैं न, उनकी नई 'जेली'।" नौकरानी ने अपना सविस्तार परिचय दिया।

"ठीक, दोपहर को मिलना। महाराज, आप इधर खड़े रहिए। मैं महारानीजी को जगा आऊँ।"

काक जरा खिसककर दरवाजे के पीछे जा खड़ा रहा और मंगी तुरत दौड़ती आ गयी। "चलिए, महारानीजी बुला रही हैं।"

काक के मुँह पर विचित्र हँसी आ गयी और वह भृगुकच्छ की जिस राजकुमारी को जयसिंह देव के साथ ब्याही थी उसके पास जा पहुँचा।

लीलादेवी की विडम्बना

एक स्वर्णमंडित विशाल सुखपाल पर बैठी हुई महाराज जयसिंह देव की पटरानी लीलादेवी अँगड़ाई ले रही है।

जंबूसर के घेरे के समय जिस मृणालकुमारी से काक मिला था, वह आज पहचानी नहीं जाती थी। उसका शरीर पहले की अपेक्षा भर गया था, और मुख भी विशेष आकर्षक हो गया था। सोने और हीरों से उसके अंग-अंग चमक रहे थे। पाटण की महारानी के योग्य वैभव उसके चारों तरफ था, तो भी उसके आभूषणों में लाक्षणिक वैभव दिखाई पड़ता था।

इस समय उसके बाल बिखरे हुए थे; और उसकी शोभा को उतावली से ओढ़ी हुई लाल ओढ़नी शायद ही ढँक सकती थी। उसके होंठ लापरवाही से खुले रह गये थे और छोटे-छोटे दाँतों की अपूर्व पंक्ति उनमें से झाँक रही थी। उसके मुख और शरीर पर जो आलस्य छाया दीख पड़ता था वह मद का था या निद्रा का, स्पष्ट समझ में नहीं आता था। नींद के भार से आधी बन्द पलकें उसके नेत्रों के तेज को छुपा रही थीं।

जैसे की काक ने प्रवेश किया, उसने आँखें ज़रा खोलीं। काक ने एक नजर डाली। लीलादेवी की तेजस्वी आँखों में पहले ही जैसी स्थिरता और निश्चयात्मक बुद्धि थी।

काक द्वार के सामने मान के साथ खड़ा रहा। उसे देख रानी की स्थिर आँखों में ज़रा-सी अस्थिरता आई, नहीं आई और चली गयी। लापरवाही से ओढ़ी हुई ओढ़नी के नीचे से निकले हुए एक पैर की अँगुलियों की तरफ उसने देखा। "काक, तुम आए?"

मुस्कुराते हुए काक ने कहा, "हाँ, जीवित ही आ गया। दो-चार बार मेरे प्राण लेने की चेष्टा की गयी, परन्तु आप जानती हैं कि मेरे जैसे को ले जाने के लिए जमराज तैयार नहीं है। कहिए, आपने मुझे क्यों बुलाया है?"

"मंगी," शान्त एंव स्थिर स्वर में लीलादेवी ने कहा, "तू बाहर खड़ी रह। किसी को आने न देना।"

मंगी बाहर गयी और रानी घूमकर काक की ओर देखने लगी। "तुम इस वेश में क्यों आए?"

"निश्चिन्त होकर फिर बतलाऊँगा। आप से मिलने के लिए कितनों ही को चकमा दिया है। उनमें से कोई भी यदि अपने मालिक के पास पहुँच जाएगा तो हमें बात करने का मौका न मिलेगा। और सम्भव है मेरा शिरोच्छेद भी हो जाए"

"तुम्हारा शिरोच्छेद!" रानी ने जरा भ्रूभंग करके कहा।

"हाँ, मुझसे महाराज और उनके मन्त्री खफा हैं।"

"इस पर भी तुम उनकी सेवा कर रहे हो?" तिरस्कार से रानी ने कहा। उसकी आँख और भी स्थिर हो गयी।

"हाँ।" काक ने नजर झुकाकर नीचे देखा।

"क्यों?"

"मुझे अपने ढ़ग से काम करना पसन्द है। अब आपकी क्या आज्ञा है?"

"आज्ञा!" लीलादेवी ने स्थिरता से कहा, "तुम मेरी आज्ञा कब मानते हो? अब तुम्हारी आज्ञा क्या है, यह जानने के लिए मैंने तुम्हें बुलाया है।" तिरस्कार भरे स्वर में रानी ने कहा।

"मेरी आज्ञा?" धीमे से काक ने कहा। काक को आँधी के स्पष्ट लक्षण दिखाई देने लगे।

"हाँ," शान्ति के साथ, मानो कोई हिसाब लगा रही हो, इस प्रकार लीलादेवी ने कहना शुरू किया। "तुमने लाट खोवा दिया और पाटण मेरे सिर पर मार दिया।"

"फिर भी आप सृष्टि के प्रथम श्रेणी के सिंहासन पर विराजती हैं!" काक ने कहा।

रानी ने काक के शब्दों का उत्तर नहीं दिया। "और मैं तंग आ गयी हूँ।"

"किससे?"

"सबसे।" जैसे कुछ हिसाब करती हो ऐसी शान्ति से रानी ने कहा। "तुमने कहा था कि मैं यहाँ की स्वामिनी बनूँगी, किन्तु यहाँ तो हर कोई स्वामी है।"

काक को लगा कि रानी से सच्चा दर्द दिखलाते नहीं बनता है, इसलिए उसने खोजना शुरू किया। "धरणी के धनी जयदेव महाराज तुम्हारे चरणों में हैं।"

"चुप रहो!" मानो तलवार से घाव कर रही हो ऐसी निश्चयात्मक बुद्धि से रानी ने कहा, "तुम्हारा धरणी का धनी मनुष्य नहीं है।"

"तो?"

रानी अँगुलियों के पोर गिनने लगी, "वह देव है–मनुष्य है–और पशु है। वह कैसे मेरे वश में आवे?"

काक ने दर्द परखा "महारानीजी," उसने कृत्रिम नम्रता से कहा। "इस प्रकार क्यों हार मान रही हैं? आप क्या नहीं कर सकतीं?"

"मैंने सब कुछ किया। एक भी कला बाकी नहीं रक्खी। फिर भी इस समय ये बिना पंख उड़ने लगे हैं।"

तरुणी होते हुए भी स्थिर चित्त की इस महत्त्वाकांक्षिणी सुन्दरी ने अपना दुःख वर्णन किया।

"आप जो कुछ कहना चाहें जल्दी कहें। वक्त जा रहा है।" अधीरता से काक ने कहा।

"तुम्हें इनको उड़ने से रोकना चाहिए?" रानी ने कहा।

"परन्तु वे कहाँ और कैसे उड़ रहे हैं, सो तो कुछ बतलाइए।"

"वे राणकदेवी के लिए पागल हो रहे हैं।"

"और इसी पागलपन से उन्हें बचाना है?"

"हाँ।"

"किस तरह?" काक ने पूछा।

"चाहे तो जूनागढ़ जाओ, चाहे देवड़ी को हाथ करो और चाहे महाराज को सीधा करो। तुमने ही मुझे यहाँ ब्याहा है, तो अब रास्ता खोजना भी तुम्हारा काम है।"

इस स्त्री की भयंकर और सचोट नजर देखकर काक को कँपकँपी आ गयी।

"देखता हूँ।"

"देखना क्या? यदि मेरे ऊपर कोई दूसरी पटरानी आई, तो कुछ-का-कुछ हो जाएगा।" अडिग शान्ति एवं निश्चय से लीलादेवी ने कहा। "या तो तुम नहीं—या मैं नहीं—या फिर पाटण नहीं।" मानो पाटण को तोड़ती हो, इस तरह अपना हाथ पैर पर रख दिया।

"महारानीजी, आपकी आज्ञा माथे चढ़ाता हूँ। जिस दिन आपके ऊपर दूसरी कोई पटरानी आ जाए, उस दिन यदि मैं जीता हुआ, तो प्राण त्याग दूँगा। फिर कुछ है?"

"परन्तु तुम यह करोगे कैसे?"

"इसकी चिन्ता आप न कीजिए। परन्तु मैं आपसे मिला था, यह किसी को मालूम न हो। मेरे वस्त्र और शस्त्र राजगढ़ की पिछली खिड़की की गली में पड़े हैं, वे मँगवा दीजिए।"

रानी ने मंगी को बुलाकर आज्ञा दी। रानी और काक दोनों में से कोई भी न बोला।

"काक, मंजरी कैसी है?" जरा तिरस्कार से रानी ने पूछा।

"प्रसन्न।"

"और बच्चे?"

"आनन्दपूर्वक।"

"लाट का क्या हाल है?"

"अभी यहाँ से एक मूर्ख दुर्गपाल बनाकर भेजा गया है और रेवापाल राह देखता बैठा है।"

"तब क्या होगा?"

''भोलानाथ की इच्छा। परन्तु महारानीजी, मुंजाल मेहता क्या करते हैं?''

''पान चबाते हैं।''

''और उदा?''

''महाराज के लिए राणकदेवी ला देने की कोशिश में जुटा है। तुम्हारा तो वह शत्रु है न?''

काक हँसा, ''मुझ पर पानी चढ़ाने की जरूरत नहीं।''

रानी हँसी और काक की तरफ जरा अस्थिर दृष्टि डाली।

''और यह जगदेव कौन है?''

''नया परमार योद्धा है। बड़ा जबर्दस्त है। तुम सब पर धाक जमाने के लिए महाराज लाए हैं।''

''ठीक। और बाबरा भूत—''

रानी जरा फीकी पड़ गयी। ''इसका—''

''क्यों?''

''इसका नाम सुनते ही मेरा शरीर काँपता है।—अरे मंगी, क्या है?'' रानी ने फिर पूछा।

''भटराज को खोजता हुआ परमार इधर आ रहा है।''

''कैसे जाना?''

''भटराज ने जिस पहेरदार को बन्द किया था उसने परमार से कह दिया मालूम होता है।''

''ठीक।'' शान्ति से रानी ने कहा, ''जाकर बाहर खड़ी रह, आवे तो खड़ा रखना।'' मंगी गयी और रानी ने काक की ओर मुड़कर कहा, ''घबराना नहीं। तुम उस कमरे में जाकर कपड़े पहन लो।''

''मेरी चिन्ता न कीजिए। परमार से मुझे पहचान भी करना है।''

''महारानीजी,''- मंगी ने दरवाजा खोलकर रानी से कहा, ''जगदेव परमार आपसे मिलना चाहते हैं।''

''आने दे।'' कहकर रानी ने हाथ के संकेत से काक को अन्दर भेज दिया और सुखपाल से उतरकर अपना लहँगा और चोली ठीक कर ली। साड़ी का पल्ला सिर पर किया और वह गौरव के साथ बैठ गयी।

वह बैठी ही थी कि जगदेव परमार दाखिल हुआ।

काक अदृश्य हो गया

जगदेव परमार की तरफ लीलादेवी ने उपेक्षा के साथ नजर डाली और फिर लौटा ली।

जगदेव बलि की मूर्ति-सा लगता था। वह बड़ा कद्दावर था। उसकी छाती विशाल और हाथ साधारण आदमी की जाँघ जैसे थे। मुख बड़ा और भरवादार था, जो तेजस्वी तो नहीं पर सुन्दर कहा जा सकता था। काली और सावधानी से सँभाली हुई दाढ़ी मुख की शोभा में वृद्धि कर रही थी। कमर में खड्ग लटक रहा था और कमरबन्द में दो कटारें शोभा दे रही थीं।

उसे देखकर अडिग शौर्य का ध्यान आता था, परन्तु उसकी आँखों के तेज में कोई अगम्य वस्तु थी। वे तेजस्वी न थीं; फिर भी आदमी को घबरा देतीं। उनमें भलाई न थी, फिर भी हरामखोरी नहीं झलकती थी। उनमें धूर्तता न थी तो भी उन्हें देखकर किसी को विश्वास नहीं होता था।

महाराज जयसिंह देव के दरबार में जगदेव को कोई समझ नहीं पाता था, और उससे सभी घबराते थे। पट्टणी योद्धाओं को उसके साथ व्यवहार रखना नहीं सुहाता था, और महाराज की तथा उसकी शक्ति के डर से उसके साथ वैर करना भी किसी को ठीक न लगता था। जगदेव को लगता कि पट्टणियों को डराने का वह एक शस्त्र भर है। गर्विष्ठ पट्टणी योद्धा उसे तिरस्कार से देखते थे और केवल इतना की खयाल रखकर उसका आदर करते थे कि कहीं महाराजा गुस्सा न हो जाएँ। गर्विष्ठ, मुमुक्षु और परदेशी पहरेदार के बीच जितना भाईचारा होता है उससे अधिक पट्टणियों और जगदेव के बीच न था।

किन्तु महाराजा के मन्त्री और निकट के सम्बन्धी अपना तिरस्कार छिपाने का भी कष्ट नहीं उठाते थे और जगदेव भी जहाँ तक बनता था उनके संसर्ग में न आता था। उदा के साथ वह बहुत ही नम्रता से और परशुराम दंडनायक के साथ मान से बरतता था। रानियों के साथ वह प्रसंग ही नहीं आने देता और रानियाँ भी जहाँ तक होता साक्षात् होने का प्रसंग न आने देतीं। सिर्फ लीलादेवी उससे खुले हुए, परन्तु शान्त तिरस्कार से बरतती थी। जगदेव के मुख पर से इतना तो स्पष्ट दिख रहा था कि इस समय यहाँ आना उसे बिल्कुल अच्छा न लगा था। उसके स्थूल मुँह पर क्षोभ के कुछ चिह्न थे; और कंठ में से आवाज निकालने में उसे जरा तकलीफ हुई, परन्तु यह दशा उसने दाढ़ी पर हाथ फेरकर छुपा ली।

''महारानीजी, सेवक का दंडवत् प्रणाम।'' परदेशी उच्चारण से जगदेव ने नम्रता दिखलाई।

रानी ने सिर हिलाया, और शान्त, निश्चित स्वर में पूछा, ''क्या है जगदेव?''
''महारानीजी, महाराजाधिराज की आज्ञा है कि राजमहल में किसी अपरिचित आदमी को प्रवेश न करने दिया जाए।'' जगदेव ने खाँसकर कहा।

''ठीक है।'' तिरस्कार से लीलादेवी ने कहा।

''मुझे खबर मिली है कि आज कोई आदमी दाखिल होकर आपके कमरे की तरफ आया है।''

रानी ने जगदेव की तरफ मुँह किया। उसकी आँख में हृदय भेदनेवाली निर्दय तीक्ष्णता थी। क्षण भर वह देखती रही; और अन्दर से घबराते फिर भी बाहर से हिम्मत बाँधे हुए योद्धा को उसने अपने शान्त तिरस्कार का पूरा-पूरा अनुभव कराया।

"इससे मुझे क्या?"

"वह कौन है और क्यों आया है, इसकी पूरी खबर मुझे महाराज को देनी है। आप मुझे क्षमा करें। मुझे स्वामी की आज्ञा पालन करनी चाहिए, नहीं तो आप जानती ही हैं कि मेरी क्या गति होगी?"

रानी ने तिरस्कार से मुँह फेर लिया।

"वह कौन है?" जगदेव ने धीमे से पूछा।

"परमार," रानी ने जरा भी बिगड़े बिना प्रश्न किया। "तुम महारानियों की तलाशी लेने की चाकरी करते हो?" प्रश्न मानो स्वाभाविक और सामान्य हो, इस प्रकार रानी ने पूछा; परन्तु जगदेव को अपमानजक गहरा घाव लगा। उसके ओष्ठ जरा काँपें; परन्तु तुरन्त ही स्वस्थ होकर उसने हाथ जोड़ लिए।

"महारानीजी, मैं तो चिट्ठी का चाकर हूँ।"

"मैं जानती हूँ।" कहकर लीलावती ने तिरस्कार से अँगड़ाई लेकर पूछा, " वह आदमी कैसा है?"

"ब्राह्मण के वेश में आया है।"

"हूँ, फिर किस वेश में वापस लौट गया?"

जगदेव को लगा कि रानी उसका मजाक करती हैं। "महारानीजी, अभी वह यहीं है।"

"क्या?" जरा चौंककर लीलादेवी ने पूछा। उसने जगदेव की ओर देखा और उस योद्धा के मुख पर हँसी देखकर वह घबराई।

"उसके पूजा-पात्र, अभी यहीं पड़े हैं।" कहकर जगदेव ने हँसकर जमीन पर पड़े हुए पात्रों की ओर अँगुलि-निर्देश किया।

"जगदेव," शान्ति से लीलादेवी ने कहा। उसकी आवाज में भयंकर तिरस्कार था। "पाटण की महारानी के साथ कैसा विवेक रखना चाहिए सो तेरे जैसे परदेशी नहीं समझ सकते; परन्तु मुझे वह सिखलाना चाहिए! जा, बाहर जाकर मंगी को भेज दे। मुझे चोटी गुँथवानी है।"

"परन्तु रानीजी—"

"परमार, मैंने जो कहा, वह सुना नहीं?" रानी ने गर्व से पूछा। जगदेव को यह प्रश्न लात जैसा लगा।

"हाँ।"

रानी ने संकेत से बाहर जाने की आज्ञा दी और जगदेव लाचार हो गया। वह नमस्कार करके बाहर चला गया।

और उसके मुख पर क्रोध आ गया। इतने में मंगी आ पहुँची और उसका मुख पहले जैसा शान्त हो गया।

"मंगी, महारानीजी बुला रही हैं।" कहकर जगदेव वहाँ से चल दिया। जगदेव के जाने पर लीलादेवी धीरे से बिस्तर से उठीं और दरवाजे की तरफ देखने लगी। जब जगदेव का पद-रव सुनाई देना बन्द हो गया, तब वह अन्दर के दरवाजे की तरफ लौटी।

इतने मे मंगी आई। "मंगी, यह पूजा-पात्र छिपा दे।"

"जो आज्ञा।"

इतने में मंगी की ओर देखे बिना झपटकर अन्दर गयी और दरवाजा बन्द कर लिया। दूसरे ही क्षण उसकी चीख सुनाई दी।

मंगी के प्राण उड़ गये। लीलादेवी जैसी शान्त और भावहीन स्त्री चीख उठे, यह इतना अस्वाभाविक था कि वह घबरा उठी। वह दौड़कर अन्दर गयी। रानी जरा अस्वस्थ थी और उसकी आँखों में घबराहट के चिह्न स्पष्ट थे। कमरा निर्जन था।

"भटजी!"

"कौन जाने कहाँ गये।" रानी ने कहा।

"इसे दरवाजे से तो बाहर न गये हों?" कहकर मंगी एक और दरवाजे के आगे जाकर खोजने लगी। उसका ताला दूसरी तरफ था परन्तु, दरवाजा बन्द दिखा।

"पगली, यह दरवाजा तो कभी खुलता ही नहीं। इसकी चाबी ही कहाँ है?"

"बाहर छज्जे पर से तो जा नहीं सकते।"

"तब?"

"रानीजी, ओ रानीजी," मंगी चीखी।

"क्या है री?" लीलादेवी ने सख्ती से कहा।

"अरे-रे भटजी—गंगनाथ भगवान भला करें।" मंगी ने आँखों पर हाथ रख लिया।

रानी समझी नहीं, उसने मंगी का कान पकड़कर खींचा, "क्या है?"

"रानीजी, वह तो—बाबरा"

एक क्षण रानी चुप रही, उसे मंगी की बात सही मालूम हुई। उसके सुन्दर होंठ काँपे, उसकी आँखें स्थिर और गहन हो गयी। मोहक फीकापन उसके सुन्दर मुख पर छा गया।

परन्तु रानी एक शब्द भी उच्चारण करे, इसके पहले ही बाहर के कमरे में ऐसा लगा जैसे कोई दौड़ता हुआ आया हो। रानी दरवाजे की तरफ मुड़ी और तब दरवाजा खोलकर एक सोलह-सत्रह वर्ष की लड़की नाचती-कूदती दाखिल हुई। उसके वस्त्र अस्तव्यस्त थे, समाप्त न होने वाला हास्य उसके मुख पर छा रहा था और उस हास्य के जोर से मुख पर मोहक लाली फैली थी। उसकी तूफानी आँखों में आँसू थे। उसके

हँसने की प्रतिध्वनि सारे कमरे में गूँज गयी। वह रानी के सामने आकर एक अँगुली ऊँची करके कुछ कहने लगी, पर उसके हँसने के मारे एक शब्द समझ में नहीं आया।

"समरथ!" रानी ने सख्ती से कहा।

"जी!" बड़ी मुश्किल से वह लड़की बोली। परन्तु हँसने का दौरा आ जाने से वह पैर लम्बे करके जमीन पर बैठ गयी और एक हाथ धरती पर टेक कर दूसरे हाथ से पेट पकड़कर हँसी को रोकने लगी।

"समरथ, यह क्या है?" मंगी ने पूछा।

जवाब में समरथ ने रानी की तरफ अँगुली की परन्तु फिर हँसी आ जाने से वह बोल न सकी।

"समरथ, पागल हो गयी है?" परन्तु लीलादेवी का धीरज चला गया था। उसने मंगी की तरफ देखा और कहा, "मंगी, चल मुझे मेहताजी से मिलने जाना है।"

लीलादेवी और मंगी वहाँ से चली गयीं और समरथ अकेली हँसती रही। बड़ी देर में उसकी हँसी हाथ में आई और वह खड़ी हुई।

"कैसी घबरा गयीं!" महारानीजी आज पकड़ी गयीं! "वह हँसने और चारों तरफ कूदने लगी। "महारानीजी कैसी पकड़ी गयीं! और अब मेहताजी आने वाले हैं।"

समरथ ने हँसते-हँसते पैरों को ठुमकाया, पुन; हँसी और नीचे झुककर तथा ताली बजाकर गाने लगी–

"बाहड़ मेहता खूब किया, काकभट्ट को बांध लिया।"

दूसरी पंक्ति बनाने या गाने का उसे धैर्य न था। वह जरा कूदी और उसने तीन बड़ी-बड़ी चाबियों का गुच्छा निकाला।

"महारानीजी जानती हैं कि उनका ब्राह्मण गायब हो गया है।" वह फिर खिलखिलाकर हँसी और जिस दरवाजे को मंगी ने समझा था कि नहीं खुलता है, उसे धक्का मारकर खोल दिया। दूसरी तरफ न कुंडी ही लगी थी और न ताला। समरथ उस तरफ गयी और कुंडी बन्द करके उसने ताला लगा दिया।

समरथ

काक अन्दर के कमरे में गया तब उसे अपनी भूल पर पश्चात्ताप हुआ। इस समय लीलादेवी अनमानीती बनने की तैयारी में थी। काक पर जयसिंहदेव खफा थे और उसे महल में जाने की सख्त मनाही थी। ऐसे समय महल में इस तरह लीलादेवी से मिलना अवश्य हानिकर होगा, ऐसा उसे लगा।

इस भूल को सुधारने का उसने विचार किया, और इस कमरे से बाहर निकलने का मार्ग खोजने के लिए वह दूसरे दरवाजे ही तरफ गया। दरवाजा ढकेलने पर खुला

हुआ मालूम हुआ और उसने उसे खोल डाला। तब वह एक निर्जन कोठरी में पहुँचा। दरवाजे का ताला खोलकर किसी ने वहीं रख दिया था। काक ने सावधानी से दरवाजा बन्द किया। इतने में सामने से एक रूपवती लड़की आई। वह काक को देखकर हँसने लगी और बोली, "चोर पकड़ा गया।"

"धीरे से।" काक ने नाक पर अँगुली रक्खी।

"तू कौन है?" आँखें नचाकर उसने पूछा।

"अरे, धीरे तो बोल। रानीजी सुन लेंगी।"

"हः हः हः।" लड़की ने कहा, "तू चुपचाप भाग आया। अच्छा हुआ कि मैंने दरवाजा खुला रखा। कुछ खबर है? इसकी चाबी तो मेरे ही पास है। तू कौन है?"

"मैं लाट का ब्राह्मण हूँ, महारानीजी का आश्रित।"

"हः हः हः! और चुपचाप भाग रहे हो?" छोकरी हँसी और एकदम गम्भीर हो गयी। "तुम लाट के हो?"

"हाँ।"

"भटराज काक को पहचानते हो?"

"अच्छी तरह से। क्यों?"

"वह सोमनाथ पाटण आए?"

काक सावधान हुआ। "हाँ आए होंगे। तुम्हें क्या मतलब है?"

"वह पकड़े गये या नहीं, कुछ खबर है?"

"बाहड़ मेहता गये हैं, सो पकड़े बिना थोड़े ही रहेंगे!"

छोकरी बड़ी प्रसन्न हुई। उसके गालों पर बल पड़ गये। अनजाने ही हर्ष से उसके दोनों हाथ मिल गये।

"तुम्हें विश्वास है?"

"हाँ बहन, तुम्हारी इच्छा पूरी होगी। अब मुझे जाने दो। जयदेव महाराज कहाँ मिलेंगे?"

"बाहर निकलकर दाहिने हाथ की तरफ जाआगे तो जगदेव परमार मिलेगा। उससे कहोगे तो वह ले जाएगा।"

"बहन, तुम कौन हो?"

"मैं दंडनायक परशुराम की लड़की समरथ।"

"सज्जन मेहता की पौत्री?"

"ओ-हो! तुम तो सबको पहचानते हो?"

"हाँ," कहकर काक तेजी से पैर बढ़ाता हुआ वहाँ से निकला। छोकरी ने दरवाजे पर ताला लगा दिया और चाबी कमर में छुपा ली। "ठीक है, मुझे महारानी चिढ़ाती हैं, अब मैं भी चिढ़ाऊँगी।" कहकर उसने जरा उछल लिया। थोड़ी देर बाद वह फिर विचार में पड़ गयी, एकदम हँस पड़ी और गाने लगी।

"बाहड़ मेहता खूब किया। काकभट्ट को बाँध लिया।"

काक इस कमरे में से दालान की तरफ निकला और दाहिनी ओर तेजी से गया। दो कोठरियाँ लाँघने पर उसे दो योद्धा शस्त्रों से सज्जित खड़े दिखें; वह उनके पास गया।

"महाराज कहाँ हैं—अन्दर हैं?"

दोनों योद्धा गुजराती नहीं मालूम हुए। एक सामान्य ब्राह्मण को इस तरह तेजी से दौड़कर आते देख उन्हें जरा गुस्सा आ गया।

"हाँ, क्यों?"

"मुझे मिलना है।" कहकर काक अन्दर जाने लगा। वे सैनिक उसकी यह धृष्टता देखकर चकित हुए और उन्होंने दरवाजे के आगे भाले कर दिए।

"परमार को आने दे।"

काक को लगा कि अन्दर कोई बैठा है, इसलिए उसने जोर से कहा--

"क्या मुझे रोकते हो?" काक के स्वर में गर्व और अधिकार दोनों थे।

"मुझे, लाट के दुर्गपाल भटराज काक को? क्या समझते हो?" काक का नाम सुनकर सैनिक जरा दूर हट गये।

"अन्नदाता, यह तो मैं हूँ काक!" कहकर मानो अन्दर से महाराज ने उसे बुलाया हो, इस तरह जवाब देकर वह अन्दर चला गया। परन्तु अन्दर जाना इतना सहज न था। एक दूसरे शस्त्रसज्जित पुरुष ने उसका हाथ पकड़ा और भारी आवाज में कहा,

"कौन है? गड़बड़ क्यों करता है?"

काक ने ऊपर देखा। वह पुरुष धूल से ढँका हुआ था और उसके एक हाथ में पट्टी बँधी थी। उसकी आँखें लाल थीं। काक ने वह छोटा किन्तु सबल शरीर, झुकी हुई और प्रतापदर्शक नाक, थका हुआ, परन्तु जिद्दी मुँह तुरन्त पहचान लिया।

"दंडनायक महाराज, घणीं खम्मा!" काक ने मजाक करते हुए कहा, "विजय की धुन में आदमी पुराने मित्रों को भूल जाता है। क्या दुनिया है!"

"कौन?" जरा चकित होकर सज्जन मन्त्री के महारथी पुत्र परशुराम ने कहा।

"काक।"

"कौन, भृगुकच्छ के दुर्गपाल! ओ-हो-हो! कैसे हो?" परशुराम काक से लिपट गये।

"अच्छा हूँ। जीता-जागता यहाँ तक आ पहुँचा हूँ। महाराज मिलेंगे क्या?"

"तुम पर जरा नाराज हैं।"

"हर्ज नहीं, परन्तु अन्दर तो हैं?"

"हाँ। अभी-अभी मेंदरडा के आगे सोरठियों को हमने पीछे हटा दिया है, मैं इसी की खबर देने आया था।"

"परशुरामजी, आप न होते तो पाटण का क्या होता?"

परशुराम खिलखिलाकर हँस पड़ा। ''काक, मैं दरबारी नहीं हूँ, इसलिए खुशामद को नहीं पचा पाता। परन्तु तुम नहीं होते, तो लाट तो पाटण ने कभी का खो दिया होता।''

''अरे हाँ, भूल गया। मैं फिर मिलूँगा। मुझे भी जरूरी काम है।''

''जाओ, फतेह करो। इस समय महाराज का मिजाज भी जरा खुश है।''

काक नमस्कार करके भीतर गया। उसकी आहट सुनकर अन्दर के एक कमरे में से सत्ताशील आवाज आई। ''कौन? जगदेव।''

काक ने आवाज पहचान ली, वह दौड़कर अन्दर गया। ''नहीं अन्नदाता, यह तो मैं हूँ—काक!''

सिंहासन पर एक आदमी आईने के सामने मूँछ मरोड़ता हुआ बैठा था और चाकर हाथ में कंघी लिए खड़ा था।

काक ने साष्टांग दंडवत् प्रणाम किया।

राजाधिराज

एक साधारण-सा युवक गद्‌दी पर लेटा था। उसका कद बड़ा होने पर भी छटादार था; उसकी काठी भरी हुई और मजबूत थी। उसके चौड़े स्कन्ध और स्नायुयुक्त भुजदंड उसके शारीरिक बल की साक्षी दे रहे थे।

वह सफेद धोती पहने था और कन्धे पर सुनहरी दुपट्टा डाले था। झीने दुपट्टे में से उसके गले के आभूषण और हाथ के बाजूबन्द चमक रहे थे। उसका रंग गेहुँआँ था, मात्र पहुँचे से उसके हाथ काले थे। उसका मुख लम्बा, गोल ओर भरावदार था और छोटी तथा सुन्दर दाढ़ी के नुकीले सिरे सिर पर लम्बे घुँघराले बालों में छुपकर उसे भव्यता से मढ़ रह थे। उसकी लम्बी और पतली नाक महत्त्वाकांक्षा प्रकट करती थी। होंठ पतले और सुन्दर थे तथा उसकी विलासप्रियता को सूचित करते थे। उसकी बड़ी, लम्बी और तेजपूर्ण आँखें अजेय बल की साक्षी देती थीं और सारे मुँह पर सुप्त सिंह के जैसा प्रताप सोया पड़ा था। उसकी स्थिरता ही विरोधी को कँपाने के लिए काफी थी।

महाराज जयसिंह देव ने जरा आँखें बड़ी करके देखा। किसी का इस प्रकार आना उन्हें रुचा नहीं, यह उनकी दृष्टि से स्पष्ट हो गया।

''कौन?'' जरा सख्ती से उन्होंने पूछा।

''पृथ्वीनाथ, जिसे आपने बुलाया था, वह काक!''

काक उठकर घुटनों के बल पड़कर हाथ जोड़ते हुए बोला।

''काक! तुम?''

"हाँ अन्नदाता। आपका आज्ञापत्र मिला कि मैं तुरन्त चल दिया। पृथ्वीनाथ प्रसन्न तो हैं?" काक ने पूछा।

महाराज को यह मित्राचारी अच्छी न लगी, यह काक को स्पष्ट दिखा और वह हँसा।

"तुम सीधे चले आए?" ज़रा आश्चर्यचकित स्वर में जयदेव ने कहा।

"आपकी जब आज्ञा हुई, तो कैसे रुक सकता था?"

"तुम्हें कोई मिला?"

"नहीं अन्नदाता। शत्रु का देश था, इसलिए मैंने सावधानी रक्खी थी। परन्तु कृपानाथ, आप प्रसन्न तो हैं? दंडनायक ने मेंदरडा का हाल मुझे अभी बतलाया।"

"हाँ, यह ठीक हुआ।" जयदेव ने गर्व से कहा।

"और लीलादेवी तो प्रसन्न हैं? और राजमाता? मुंजाल मेहता तो आनन्द में होंगे?"

जयदेव की आँखें जरा चमकीं, उसे प्रश्नावली भी न रुची।

"काक, सब प्रसन्न हैं। लाट का क्या हाल है?"

"मैं आया, तब तक तो सब शान्त था। अब तो आम्रभट मेहता क्या करते हैं, इस पर सब निर्भर है।"

"क्यों?"

"बहुत कच्चे हैं। और इस समय लाट को शान्त रखना बालकों का खेल नहीं।"

"हाँ।" महाराज तिरस्कार से कहा। "परन्तु तुम इस वेश में कैसे?"

"महाराज," काक हँसा। "आपका आज्ञापत्र मिला तब मुझे लगा कि आपको मेरी सचमुच जरूरत है। और आपके साथ मेरे दुश्मन क्या कम हैं? इसलिए इस वेश के बिना छुटकारा न था। अन्नदाता, मैं तो जब लीलादेवी को परणाने आया था, तब से आज ही आपसे मिला हूँ। परन्तु-महाराज, आपकी कीर्ति और प्रताप देखकर तो मै दंग रह गया हूँ। पन्द्रह वर्ष पहले मैंने आपसे जो कहा था, वही हुआ।"

"क्या?"

"आप तो राजा विक्रमादित्य की कीर्ति फीकी करने के लिए जन्मे हैं।"

जयदेव ने प्रसन्न होकर दाढ़ी पर हाथ फेरा। वह मसनद के सहारे लेट गये और काक की ओर मधुर दृष्टि से देखने लगे।

"काक, तुम पाटण आकर क्यों नहीं रहते?"

"महाराज, आप क्या यह नहीं जानते? आपके मुसाहब खलबला उठेंगे। आपको स्मरण नहीं कि पन्द्रह वर्ष पहले मुझे यहाँ से चला जाना पड़ा था?"

"काक, मुझे तुम्हारी जरूरत आ पड़ी है।" जयदेव ने कहा।

"आपकी आज्ञा हुई और मैं आकर उपस्थित हूँ।"

"मैं इन सबसे थक गया हूँ।" सतर होकर ज़रा तिरस्कार से राजा ने कहा।

"मुरार बाहर जा।" कंघा लिए खड़े मनुष्य से जयदेव ने कहा।

मुरार बाहर गया।

"काक, मैं इस जूनागढ़ के घेरे से थक गया हूँ।" राजा ने काक पर तीक्ष्ण दृष्टि डालकर कहा।

काक का मुख भावहीन था। "महाराज, दो ही मार्ग हैं।"

"कौन से?"

"या तो जूनागढ़ को सर कीजिए या फिर छोड़िए।"

"मैं जयसिंह देव जूनागढ़ का घेरा उठा लूँ?"

"तो उसे सर कीजिए।" काक ने शान्ति से कहा।

जयसिंह देव ने अधीरता से हाथ पटका, "परन्तु सर नहीं होता, और मेरी कीर्ति में कलंक लग रहा है।"

"आपकी आज्ञा भर की देरी है।"

"क्या?" ज़रा हर्ष से जयदेव ने पूछा।

"आपको कितने दिनों में जूनागढ़ सर करना है?"

"कितने दिनों में सर होगा?"

"आप कहें, उतने दिनों में।"

"और नहीं किया तो?"

"उसके पहले या तो जूनागढ़ नहीं, या फिर काक नहीं।"

महाराज जयदेव प्रसन्न हो गये। काक नीची दृष्टि से यह फेरफार देखता रहा।

"शाबाश! तुम्हारे जैसा तो यहाँ एक भी नहीं है।"

"यह तो आपको कभी से मालूम है।"

जयदेव खुश थे। हँस पड़े। "काक, तुम्हारी बोली तो जैसी-की-तैसी ही रही।"

"पृथ्वीनाथ, मैं नहीं बदला तो मेरी बोली कैसे बदल जाती?" जयदेव हँसे। खुशामद भरे दरबारी वातावरण में इस समय यह साहस उन्हें आकर्षक लगा। इतने में मुरार ने प्रवेश किया।

"अन्नदाता, बाहर परमार और उदा मेहता खड़े हैं।"

राजा ने काक की ओर देखा। काक हँसा। "तुम परमार को पहचानते हो?"

"आपका वह परदेशी चाकर?"

जयदेव हँसे। "फिर तुम्हारी जीभ सीधी नहीं चलती? वह तो मेरा मानीता है।"

"इससे कहीं मान पा सकता है? अन्नदाता, आपको तमाशा देखना हो तो मुझे जाकर कपड़े बदल आने दीजिए।"

''हाँ, यह ठीक है। मुरार, जा इन्हें कपड़े दे।''

''जो आज्ञा।''

काक उठकर मुरार के साथ पास के एक मार्ग से अदृश्य हो गया।

जयदेव मन-ही-मन हँसा। वर्षों हुए परशुराम दंडनायक सोरठियों को गढ़ में घेरे पड़ा था; और सोरठ बहुत कुछ पाटण के ताबे था। परन्तु जूनागढ़ का गढ़ तोड़ना खेल नहीं था। तीन बार जयसिंह देव ने स्वयं आक्रमण किया, परन्तु जूनागढ़ की एक कँकरी भी न हिली। इस समय परशुराम, त्रिभुवनपाल सोलंकी और मुरारपाल मंडलेश्वर, राज्य के ये तीन अग्रगण्य महारथी रा' को चारों ओर से दबा रहे थे, तो भी गिरनार का रा' अपनी स्वतन्त्रता का झंडा लिये उनकी हँसी कर रहा था।

इस समय जयसिंह देव का धीरज खत्म हो चुका था, और न जाने कैसे उनके हृदय में देवड़ी के प्रति प्रेम फिर से उमड़ आया था। बरसों पहले खेंगार ने जो अपमान किया था, वह उन्हें सालने लगा था और वह विचार रात-दिन जलाया करता था कि जब तक रा' नहीं झुकता है, तब तक मेरी कीर्ति कलंकित है।

स्वयं युद्ध से पीछे हटनेवाले तो वे नहीं थे, फिर भी यदि इतने बरसों के बाद स्वयं लड़ने जाएँ और पीछे हट जाएँ, तो बेहद मेहनत से प्राप्त की हुई कीर्ति और महत्ता नष्ट हो जाए, यह भी वे न भूले थे। उन्हें एक महाप्रयत्न करके ऐसा प्रचंड हमला करना था कि जूनागढ़ का पत्थर भी किसी के हाथ न लगे। इसके लिए खम्भात से सैन्य लेकर उदा मेहता को, मालवा से थोड़ी सेना लेकर दादाक मन्त्री को और भृगुकच्छ से काक को बुलवाया था। त्रिभुवनपाल, परशुराम, मुरारपाल, उदा, दादाक और काक, इन अनेक युद्धों के छह अडिग खिलाड़ियों के साथ उन्होंने चढ़ाई करने का निश्चय किया था। यम की सेना के समान ये दुर्जय योद्धा खेंगार तो क्या गिरनार को भी झुका देंगे, ऐसा उन्होंने सोचा था।

दादाक मन्त्री अभी तक आए न थे। जयदेव की चलती तो वे काक को नहीं बुलाते और दूर पड़ा हुआ काक इन योद्धाओं के साथ शोभा न देगा, ऐसा कुछ अस्पष्ट-सा खयाल उनका था। परन्तु त्रिभुवनपाल और मुरारपाल, दोनों ने काक को बुलाने की सूचना दी थी। जब जयदेव ने मुंजाल मेहता को भी शस्त्र-सज्ज होने की सूचना दी, तब महाअमात्य हँसे।

''जयदेव, मैं चढ़ाई पर चलूँ, यह आपको शोभा न देगा। आपने बहुत कीर्ति प्राप्त की है; परन्तु इस कीर्ति के बिना दूसरी सारी कीर्तियाँ बेकार हैं। मूलराज देव ने रा' को झुकाया था; अभी आपके लिए यह करना बाकी है। जरूरत होगी तो मैं भी रण में चढ़ूँगा। निश्चिंत रहिए। बूढ़ा तो हो गया हूँ, फिर भी काम दे सकता हूँ।'' कहकर मन्त्री ने अपने वृद्ध, किन्तु सबल बाहुओं की ओर नजर डाली।

जयदेव के मस्तिष्क में बहुत हवा भरी थी, परन्तु मुंजाल मेहता के आगे वह बालक ही बना रहता था। विचक्षण मन्त्री राजा को कभी न मालूम हो, इसका बहुत

ध्यान रखते थे, फिर भी वानप्रस्थी बनकर रहते और जयदेव उनकी इस उदारता को समझता था। उसने जाने की अनुमति माँगी।

"महाराज," मन्त्री ने लापरवाही से सूचित किया, "एक काम करेंगे तो मेरी जरूरत न पड़ेगी।"

"क्या?"

"भृगुकच्छ के दुर्गपाल को भी बुलाकर साथ में ले लें।"

"किसे, काक को?"

"हाँ।"

दूसरे ही दिन आम्रभट आज्ञापत्र लेकर भड़ोंच के लिए चल दिया। जयदेव चाहता था, दूर पड़े काक को अपने तेज से प्रभावित और प्रताप से कम्पयमान कर दे। यह इच्छा पूरी न हुई, तो राजा को अच्छा न लगा। परन्तु काक की हिम्मत, वीरता और मुत्सद्दीपन की उसे जरूरत थी और उसकी कदर करने की शक्ति भी उसमें थी।

वाग्भट का लाया हुआ कैदी

गौरवशील लापरवाही के साथ जयदेव फिर गद्दी पर लेट गया।

उसने धीरे से सिर के बाल हाथ फेरकर ठीक किए और कुछ सोचने लगा।

विचार करते-करते बरसों पहले देखी हुई कालड़ा की देवड़ी का सुकुमार मुख आँखों के आगे आ गया। जयदेव के मुख पर से गौरव जाता रहा और इस रस की तृषा छा गयी। उसकी बड़ी-बड़ी आँखों में आतुरता दीख पड़ी।

काक की बातचीत से उत्पन्न हुए विचारों ने कुछ दूसरी ही दिशा पकड़ ली, वह मन-ही-मन कुछ बड़बड़ाया।

"जूनागढ़ ले लूँ, रा' को मार डालूँ, यह सब तो ठीक, परन्तु उदा सच ही कहता है कि रा' के मारने से कहीं देवड़ी मिल सकती है? राजभ्रष्ट देवड़ी मुझे शत्रु ही समझेगी। परन्तु देवड़ी तो मिलनी ही चाहिए।" जयदेव की भौंहें सिकुड़ गयीं, उसकी आँखें में खुन्नस आ गयी। "क्यों नहीं मिलेगी? कुछ बात है? उदा ऐसा कच्चा नहीं। वह जानता है कि मेरी इच्छा पूरी हो गयी तो उसका बेड़ा पार हो जाएगा। और वह है भी उस्ताद। यदि सुलह करने से देवड़ी मिलती है, तो भले ही रा' देकर जूनागढ़ अपने पास रक्खे। परन्तु इस विषय में मुझे इन तरवारवालों का विश्वास नहीं। देखूँ तो सही, उदा क्या खबर लाया है।"

"अन्नदाता की घणीं खम्मा।" जगदेव की आवाज आई।

"जगदेव," महाराज जयदेव ने रौब के साथ पुकारा।

"कृपानाथ!"

"दूसरा कौन है? उदा मेहता! आओ।" जगदेव और उदा ने प्रवेश किया। स्वच्छ और सुन्दर वाक्यों से और सादे परन्तु बहुमूल्य गहनों से उदा मेहता शोभित थे। उनकी लाल पगड़ी का रंग जैसा जवानी में था वैसा ही था, वह उड़कर आँखों में समाता था। उनका मुख पहले की तरह ही हँस-हँस उठता था। उनकी मूँछों में काले बाल थोड़े ही रह गये थे, फिर भी मुँह पर वृद्धावस्था के चिह्न अधिक नहीं दीख पड़ते थे। ऐसा लगता था कि उनकी आँखों में धूर्तता कुछ और ज्यादा हो गयी है। और बहुत बार उनमें भलमनसाहत का रंग भी चमकता था—यह प्रताप बड़ी उम्र में आए हुए सौजन्य का था या अभ्यास से प्राप्त हुई सरलता का था, निर्णय करना कठिन था। वे अनुभवी दरबारी ठाठ से चलते थे, उनके सारे व्यक्तित्व पर उनके स्वभाव और जीवनचर्या की छाप थी।

शान्त और स्थिर समझदारी, न डिगे न छूटे ऐसा धैर्य, न चुके न जोखिम उठावे ऐसा शौर्य, न खत्म हो और न खटाए ऐसी मिठास, लगन से सीखे हुए इन गुणों का प्रतिबिम्ब उनकी चाल में, बोली में और विचारों में क्षण-क्षण में पड़ता था। उनके श्रृंगार में, बोल-चाल में अथवा अभिप्राय में कुछ ऐसी खूबी थी कि वे जैन धर्म के महास्तम्भ, श्रावकों के शिरोमणि, बेशुमार धन के धनी और अपार सत्ता के अधिकारी हैं, यह कोई क्षण-भर को भी नहीं भूल सकता था।

"हाँ महाराज, आया।" मन्त्री की शान्त और मधुर आवाज आई। यह आवाज मोहक थी, फिर भी उसमें कुछ न्यूनता है, ऐसा सुनने वाले को तुरन्त ही खयाल होता।

"जगदेव, तुम कहाँ गये थे?" जयदेव ने पूछा।

"अन्नदाता, मैं महल में—"

"परमार," सिर उठाकर राजा ने कहा। "मुझे कोई भी बहाना नहीं सुनना है। दो आदमी यहाँ बिना पूछे आए, इसमें तुम्हारा कुसूर है।"

जगदेव हाथ पर हाथ धरे, नीचा सिर किए खड़ा रहा।

"बाहर जाओ।"

"जो आज्ञा।" कहकर जगदेव बाहर चला गया।

"कहो मेहताजी, बैठो।" राजा ने लापरवाही से उदा को बैठने के लिए कहा। उदा मेहता पीठ पर की शाल ठीक करके गद्दी के नीचे पालथी मारकर बैठ गये।

"क्या कर आए?"

"देशल से मिल आया।"

"फिर?"

"परसों वह मुझसे मिलने वाला है। बन सका, तो रा' और देवड़ी से मैं ही मिल आऊँगा।"

"मेहताजी, मुझे इस प्रकार से बातचीत चलाने में विश्वास नहीं।"

"महाराज, आप परिणाम देखेंगे तब पता चलेगा।"

"परन्तु रा' जिद्दी बहुत है।"

"और हम क्या कम जिद्दी हैं? अन्नदाता, जो शौर्य सें नहीं होता वह सयानपन से हो जाता है।"

"ठीक, परन्तु देखो, मुझे कलंक न लगना चाहिए।"

"अन्नदाता, देवड़ी आपका वरण करे और रा' झुके, तो इससे बढ़कर और क्या चाहिए?"

"बढ़कर तो कुछ नहीं, परन्तु–" जयदेव ने जरा रुककर पूछा, "परन्तु मेहताजी, बाहड़ क्यों नहीं आया?"

"महाराज, वह तो काक है, उसे लाना क्या सहज है?"

"परन्तु बाहड़ उसे ले आएगा, यह तो निश्चित है न?" जरा भी न समझ पड़े ऐसे मज़ाकिया ढंग से राजा ने पूछा।

"महाराज, यह काम कोई कर सकता है तो बाहड़ ही–"

"काक हमारी सहायता करेगा।"

उदा मेहता ने सिर खुजलाया, "हाँ, कर भी सकता है, परन्तु बड़ा आपमती–अपने मत से चलने वाला–है।"

"मेहताजी, गुजरात में एक आदमी का मत है–"

"और वह अन्नदाता का।" उदा ने वाक्य पूरा किया। बाहर किसी के पैरों हीं आहट सुनाई दी।

"जगदेव, कौन है?"

"कृपानाथ, बाहड़ मेहता आए हैं।"

"आने दो।"

जयदेव और बाहड़ दाखिल हुए। वाग्भट मुसाफिरी करके सीधा चला आ रहा था, उसके सुन्दर मुख पर थकान और हर्ष, दोनों के स्पष्ट चिह्न दिखे।

"अन्नदाता, घणीं खम्मा।" वाग्भट ने प्रणाम किया। "बापू, मेरा प्रणाम।"

"काक को लाए?" उदा ने पूछा।

जयदेव सिर्फ उसके सामने देखता रहा।

"अन्नदाता, आपके आज्ञानुसार काक भटराज को पकड़ लाया हूँ।" वाग्भट ने झुककर हर्ष के साथ कहा।

"किसे?" जयदेव ने आँखें फाड़कर पूछा।

"भटराज काक को।" वाग्भट ने कहा।

"किसी को उसके साथ बातचीत तो नहीं करने दी न?" उदा ने पूछा। जयसिंहदेव की एक दृष्टि से बाप-बेटे, दोनों स्तब्ध रह गये।

"काक बाहर है?"

"जी हाँ, महाराज!"

"अन्दर लाओ, देखूँ।" राजा ने कहा। उनकी आँखों में गुस्सा दिख पड़ा।

"हाँ महाराज," कहकर वाग्भट बाहर गया। महाराज की मुखमुद्रा देखकर उदा को चिन्ता हुई।

"अन्नदाता, इसके साथ जरा सावधानी से काम लिया जाए।"

जयसिंहदेव बहुत बार सबसे अलग और अस्पष्ट हो जाते; उस समय उनकी आँखों का चमकता हुआ तेज निकट सम्बन्धियों को भी दूर ले जा फेंकता और उनके आसपास गौरव का अभेद्य वातावरण छा जाता। इस समय राजा का स्वरूप ऐसा ही हो गया।

"मैंने तुमसे सलाह नहीं पूछी।" राजा ने पैर पटककर उदा से कहा।

उदा चुप रह गया, वाग्भट खेमा को साथ लेकर अन्दर आया।

"काक कहाँ है?" राजा ने सख्ती से पूछा। वाग्भट ने आश्चर्यचकित होकर चारों तरफ देखा। उदा फीका पड़ गया; जयदेव ठहाका मारकर हँस पड़े।

"यही काक है?" जयदेव ने तिरस्कार से पूछा। "मेहताजी, कोई भी जो न कर सके, उस काम को करनेवाला यही बाहड़ है?—हः हः, यह काक है?"

खेमा हाथ जोड़कर खड़ा रहा।

"अरे, तू कौन है?" हँसी रोकते हुए राजा ने पूछा।

"अन्नदाता, मैं तो भटराज का सेवक हूँ।"

"किसका? काक का?" राजा ने पूछा।

"हाँ, बापू।" खेमा ने कहा।

"तू यहाँ कैसे आया?"

"मैं क्या करूँ बापू, ये भाई कुछ जानने के लिए ठहरे ही नहीं। जहाज डूबा, मैं तैरता हुआ निकला और इन्होंने मुझे पकड़ लिया। मैं गरीब आदमी क्या कर सकता?"

"उदा मेहता, तुम तो काक को पकड़नेवाले थे न?"

"अन्नदाता!"

"तुम्हारा लड़का लाट गया है, उसी तरह तुम भी वहाँ जाकर थोड़ा-बहुत सीख आओ।" जयसिंहदेव ने कटाक्ष में कहा।

"अन्नदाता, परन्तु काक गया कहाँ?" उदा ने बात बदलने का प्रयत्न किया।

"यही हैं। यह रहा।" कहकर महल में से पाए हुए सुन्दर वस्त्रों से सुशोभित और शस्त्रों से सज्जित काक अन्दर आ गया। उसका ऊँचा शरीर भव्य प्रतीत होता था। उसके तेजस्वी मुख से प्रताप की किरणें फूट रही थीं और उसके गहरे एवं तीक्ष्ण नेत्रों में व्यंग्य चमक रहा था।

जयदेव फिर हँस पड़ा। "वाग्भट, देखो, इस मनुष्य का नाम काक है। पहचान

लेना जिससे फिर भूल न हो। इससे पार पाना, कविता करने जैसा सरल नहीं है। और मेहताजी, यह तो तुम्हारा पुराना मित्र है, पहचानते हो?''

''उदा मेहता मुझे न पहचानें, ऐसा कहीं हो सकता है!'' काक ने हँसकर कहा।

''क्यों रे खेमा? अच्छा हुआ कि तू बच गया। दूसरा कोई डूबा?''

''नहीं महाराज।'' खेमा ने कहा।

''खेमा, गुजरात में एक ही महाराज हैं परम भट्टारक जयसिंहदेव महाराज। आज तेरे भी धन्य भाग्य हैं कि तूने दर्शन पा लिए।''

''अन्नदाता, आज्ञा हो तो यह जाए–थका हुआ होगा।''

''और तुम भी तो थक गये होगे!''

''आप जानते हैं कि आपकी सेवा से मैं कभी थकता नहीं।''

''भटराज,'' उदा मेहता बोले, ''मेरा आँबड़ तो प्रसन्न है न?''

''हाँ, खूब प्रसन्न है।''

''मेहताजी,'' जयसिंहदेव ने कहा। ''ऐसा लगता है कि तुम्हारा आँबड़ वहाँ कुछ उलट-पलट कर बैठेगा।''

उदा ने तीक्ष्णता से काक की ओर देखा और अपने पुराने दुश्मन के द्वेष का माप कर लिया। काक हँस रहा था।

''बाहड़,'' राजा ने हँसकर तिरस्कार से कहा, ''अब तुम भी आराम करो, बहुत थक गये होगे।'' बाहड़ नीचे से ऊपर न देख सका। ''और फिर परशुराम के साथ मेंदरडे चले जाना।''

''जो आज्ञा।'' कहकर वाग्भट ने नमस्कार किया और म्लान वदन वह वहाँ से चल दिया। काक ने संकेत किया, इसलिए खेमा भी वहाँ से चला गया।

राज्यकर्ता की राजनीति

राजा ने बारी-बारी से काक और उदा की ओर देखा।

''तुम दोनों पुराने बैरी हो, परन्तु अब मित्र बनना है।''

''अन्नदाता, मैं तो काक भट का मित्र ही हूँ।''

''और मैं–जो आपका सच्चा सेवक हो, उसके साथ बैर नहीं रखता।''

''तो अब दोनों ही बैठो और कहो, जूनागढ़ के लिए क्या करना चाहिए?''

काक और उदा दोनों बैठ गये।

''महाराज,'' उदा ने मिठास से कहा। ''आप तो मेरे विचार जानते हैं। यदि बराबर दबाया जाएगा तो रा' का सुलह किए बिना छुटकारा नहीं।''

''काक, तुम्हें सब बातें मालूम हैं?''

"जी नहीं।"

"रा' बिल्कुल किनारे आ लगा है, परन्तु गढ़ ऐसा मजबूत है कि उसे गिराने में बरसों लग जाएँगे। मुझे यह विग्रह अब थोड़े समय में निबटाना है।"

"क्या रा' किसी भी तरह की सुलह स्वीकार कर लेगा?"

"स्वीकार किए बिना उसकी गति नहीं।" उदा ने कहा।

"कितने ही मनुष्यों को सुलह से श्मशान अधिक प्रिय होता है।"

"अर्थात् रा' सुलह नहीं करेगा, ऐसा तुम जानते हो?" राजा ने पूछा।

"मुझे विश्वास है।"

"कैसे?" राजा ने पूछा।

"मैं उसे कितने ही वर्षों से पहचानता हूँ।"

"और मैं कर दिखाऊँ तो?" उदा ने हँसकर कहा।

"तो मैं शस्त्र धारण करना छोड़ दूँ।" काक ने भी हँसते हुए कहा।

"भटराज, देख लेना।"

"और यदि वह सुलह से न माने तो?" काक ने पूछा।

राजा की आँखों में गहरा तेज आ गया। उसने सतर बैठकर दोनों की ओर देखा।

"न माने तो? काक, मैं स्वयं चढ़ाई करनेवाला हूँ और रा' को चुटकी से मसल डालूँगा। जो मूलराज देव ने किया, वह क्या मैं नहीं कर सकता? सोलंकियों को यह सिखाना न होगा।"

"महाराज, सो मैं जानता हूँ।" काक ने कहा। "और इसी से मुझे आश्चर्य होता है कि आप ये सुलह की बातें क्यों कर रहे हैं। सुलह की बात निर्बल करते हैं सबल नहीं...गढ़ और रा' दोनों को धराशायी कर दीजिए।

"अन्नदाता को यह रास्ता नहीं रुचता।" धीमे से उदा ने कहा।

जयदेव ने उत्तर न दिया। काक समझा, राजा देवड़ी का विचार कर रहा है।

"तब दूसरा सस्ता नहीं सूझने का, परन्तु महाराज, सुलह करनी हो तो जल्दी कीजिए, जिससे हम जैसों को कुछ सूझ पड़े।"

"अरे, हाँ!" राजा ने कहा, "उदा मेहता तीन-चार दिन में जवाब लाने को कह रहे हैं।"

"आप विष्टि ले जा रहे हैं?" काक ने पूछा।

"हाँ, आप भी चलें तो अच्छा।" प्रयत्न निष्फल जाए, तो कोई अपयश का भागीदार चाहिए इस खायल से उदा ने कहा।

"ना।" काक ने सिर हिलाया। "जो काम न हो सके उसे अपने सिर नहीं लेता।"

"मेहताजी, परन्तु करोगे क्या?"

"महाराज, मैंने सब कुछ जमा लिया है। रा' आधा तो ढीला हुआ है। देवड़ी

अनमानीती हो जाए, इसका भी प्रयोग चालू है। और उसके माँ-बाप भी उसे समझाने में लगे हैं। देशलदेव योद्धाओं को भी समझा-बुझा रहे हैं और परसों या चौथे दिन सब ढीला हो जाएगा, तब मैं जाकर मिलूँगा। जितना हो सका मैंने कर रखा है, बाद का तो सब कुछ आदीश्वर भगवान के हाथ है।''

अपनी योजना समझाते हुए कि इन प्रपंचों के जाल में उलझकर जूनागढ़ कैसे स्वतंत्रता खो देगा, खम्भात के चतुर मन्त्री की आँखें चमकने लगीं और जयसिंहदेव बड़ी दिलचस्पी से बातें सुनते रहे। काक स्थिर दृष्टि से देखता रहा।

''आप स्वयं जा रहे हैं?'' काक ने पूछा।

''हाँ।''

''मेहताजी, तब तुम्हें एक बात समझ में आ जाएगी, जो अभी तक नहीं आई।''

''क्या?''

''वीर की अडिगता और सती की श्रद्धा।''

''रा' और देवड़ी की?'' जयदेव ने पूछा।

''महाराज, आप उन्हें नहीं पहचानते। पर मैं तभी से जानता हूँ जब से दो वीर ज्वालाएँ इकट्ठी हुई थीं। आप इन्हें बुझा भले ही दें, किन्तु इनकी आँच कम नहीं कर सकते। इसके सिवाय अन्नदाता, इतना और याद रक्खें कि ये ज्वालाएँ दो नहीं—एक हो गयी हैं। त्रिपुरारि स्वयं आ जावें, तो भी इन्हें अलग नहीं कर सकते। इन्हें बुझा देंगे तो भी इनके अंगारों की राख अलग होने की नहीं।''

''भटराज,'' उदा ने तिरस्कार से कहा। ''तुम्हें इनका गुणगान करना बहुत सूझ रहा है?''

''अकारण गुणगान करने का मेरा स्वभाव नहीं है।''

जयदेव का मुँह लाल हो रहा था। उसकी आँखें से चिनगारियाँ निकल रही थीं। उसके नथुने फूल रहे थे। क्रोध से काँपते फिर भी स्पष्ट स्वर में उसने कहा, ''और काक, तुम जानते हो मैंने, परम भट्टारक-जयसिंह ने, सोलंकियों की कीर्ति के नाम पर प्रतिज्ञा ली है कि इन दोनों को एक साथ नहीं रहने दूँगा। देवड़ी उसकी नहीं, मेरी है। और देखता हूँ कि वह उसे कब तक रख सकता है।''

काक चुप हो रहा।

''मेहताजी, जब तुम विष्टि ले जाओ, तब मैं साथ चलूँगा।''

''महाराज, आप?'' काक ने कहा।

''हाँ, मुझे तुम्हारे रा' और अपनी देवड़ी को देखना है।''

''परन्तु आपको कुछ हो गया तो?'' काक ने कहा।

''काक,'' गर्व से जयसिंहदेव ने कहा, ''मेरा—तीनों भुवन हिला देने वाले का— कौन क्या करने वाला है? जिसने बाबरा को जीता, वह मनुष्य से डरेगा? मैं जाऊँगा।''

"परन्तु अन्नदाता," जरा हँसकर उदा ने कहा, "एक शर्त है कि आप वेश बदलकर चलेंगे और एक शब्द भी नहीं बोलेंगे।"

"हाँ, यह मंजूर है।"

"महाराज, और मैं भी एक शर्त रक्खूँ?" काक ने एकाएक निश्चय करके कहा।

"क्या?"

"अपने अनुचर की तरह मुझे भी साथ रखिए।"

जयसिंह हँसे, "ठीक। काक तुम भी देखना कि तुम्हारा महाराज जैसा तुम समझते हो वैसा नहीं है।"

"महाराज, आप तो जैसा मैंने समझ रखा था उससे भी कहीं अधिक प्रतापी हैं। परन्तु मेरा मन कहना नहीं मानता।"

"ठीक, परन्तु जो शर्त महाराज ने कुबूल की है वह तुम्हें भी माननी पड़ेगी।"

"अवश्य। मुझे इस विष्टि की जोखिमदारी चाहिए भी नहीं।"

"अन्नदाता!" मुरार ने प्रवेश किया।

"क्या है?"

"बड़ी माताजी का आदमी आया है कि भटराज काक आए हों, तो बुलाया है।"

जयसिंहदेव हँसे, "काक, सभी तुम्हारी राह देखते जान पड़ते हैं।"

"पृथ्वीनाथ, यह भी भाग्य की बात है।"

"मेहताजी, तब तुम भी जाओ। देखना, आज की बात का एक अक्षर भी बाहर न जाने पाए। मुरार, मेरी कंघी तो ला।"

राजा और राजमाता के मानीते काक की ओर शान्त, फिर भी द्वेषपूर्ण, छिपी नजर डालकर उदा उठा। वह और काक दोनों बाहर निकले।

"भटराज, गयी गुजरी बातें हमें भुला देनी चाहिए।" जरा हँसकर उदा ने कहा।

"मैं उन्हें याद करता ही नहीं मेहताजी।" काक ने नमस्कार किया और वह मीनल देवी के दूत के साथ चल दिया।

राज्य संरक्षक की राजनीति

लीलादेवी की स्वस्थता कुछ भंग हुई थी। उसे अपने पति के स्वभाव की पूरी-पूरी जानकारी थी। नहीं कहा जा सकता कि गुस्से में वे क्या कर बैठेंगे। इसके सिवाय जयसिंहदेव की काक के प्रति कोई विशेष प्रीति भी न थी। इतना ही नहीं, कुछ अंशों में उसकी तरफ क्रोध और अविश्वास दोनों थे। काक एकाएक क्यों बुलाया गया, इसका कारण भी उसके लिए अज्ञात था।

असाधारण तेजी से वह उस तरफ गयी, जहाँ मुंजाल मेहता रहते थे।

मुंजाल नाम के ही महा-अमात्य थे; उनका वास्तविक पद तो भीष्म पितामह की तरह राज्य के अधिष्ठता देव जैसा था। वे बहुत कम बाहर निकलते थे। मन्त्रियों की मसलहत के समय कदाचित् ही हाजिर रहते। तो भी उनकी नजर सब पर रहती और सब जानते थे कि उनकी नजर है। पहले की तरह वे सबको दूर नहीं रखते थे। सभी बेधड़क उनके पास जा सकते थे। छोटे-बड़ों की, सभी की मुश्किलों को दूर करने में वे अपना समय बिताते और फुरसत मिलने पर राज्य के सभी अमलदारों को बुलाकर उन्हें सलाह और शिक्षा देते। कभी-कभी किसी साधु या ब्राह्मण के साथ बैठकर धर्म-चर्चा भी करते या सुनते।

दिन में तीन-चार बार जयदेव मिलने आते और साथ बैठकर खानगी मसलहत करते। राज्य के कारबार से अलग रहते हुए भी राज्यतन्त्र को बिना प्रयत्न वे संरक्षण देते और सरल मार्ग से चलाते। इस मुत्सद्दी की हस्ती और प्रताप की अवगणना करने का स्वप्न भी किसी को नहीं आता था और हर एक को इनकी मदद का भरोसा रखने की ऐसी टेव पड़ गयी थी कि इनके बिना क्या होगा, सो कोई कल्पना भी न कर सकता था।

मंगी जब मन्त्रीजी को खबर देने गयी, तब मुंजाल पैरों पर दुपट्टा बाँधकर शोभ मेहता से आज्ञापत्र लिखा रहे थे। उम्र में अट्ठावन से बाहर चले गये थे, फिर भी उनका शरीर ज्यों-का-त्यों सशक्त और तेजस्वी था। उनकी चाँद के बाल उड़ गये थे और बिना मूँछों के मुँह के कारण वे संन्यासी जैसे लगते थे। मुँह उम्र के कारण कुछ सूख गया था। नुकीली नाक की कमान जरा झुक गयी थी और भाल पर रेखाओं ने त्रिपुंड बना लिया था। परन्तु सागर जैसी गहन आँखों में प्रभाव जैसे का तैसा ही था।

"मेहताजी, देवीजी आई हैं।"

"कौन, लीलादेवी?" मुंजाल ने जरा हँसकर पूछा। उस हास्य में गौरवशील वृद्धावस्था की समभावी मिठास समाई थी।

"हाँ।"

"शोभ, अब फिर लिखवाऊँगा।"

सोलंकियों का वंश परम्परागत नागर मन्त्री शोभ रूपवान्, रसिक और चालाक था। उसकी छोटी-सी पगड़ी और चमकता हुआ तुर्रा उसके शौकीन स्वभाव का प्रमाण दे रहा था। उसकी सोने से मढ़ी हुई लेखनी और कमर में बँधी हुई रत्नजटित दावात आज्ञापत्र लिखने के उसके अधिकार और तड़क-भड़क से रहने के शौक, दोनों को बतलाती थी।

"और शोभ, कल तो प्रेम कुँवरि को राजमाता ने खूब धमकाया।" शोभ ने नीचे देखा।

"घबराना नहीं," महामात्य ने हँसकर कहा, "मैं राजमाता को समझा दूँगा, परन्तु तुम दोनों मेरे पास आना। मुझे दो बातें करनी हैं।"

"जो आज्ञा।" कहकर शोभ चला गया।

रानी ने जरा अधीरता से प्रवेश किया, "मेहताजी, मेरा जरा-सा काम है।"

"आओ न महारानी," मुंजाल ने हँसकर कहा। "मैंने तो तुम्हें बहुत दिनों में देखा। बूढ़े आदमी की खबर भी नहीं लेतीं?" रानी हँसी। उसे पाटण के आडम्बरपूर्ण दरबार में यह वृद्ध, विचारशील और सर्वग्रही दृष्टिवाला महामात्य अच्छा लगता था।

"मेहताजी, आपको मालूम तो होगा कि महाराज ने भृगुकच्छ से काक को बुलवाया है?"

"हाँ, क्यों?" मुंजाल के मुँह पर समझ में न आने वाला हास्य फैल गया।

"वह यहाँ आ गया है।"

"अच्छा?"

"हाँ, और उसका पता नहीं लगता।"

"क्यों?" जरा गम्भीर होकर महामात्य ने कहा।

"महाराज, उस पर गुस्सा हैं, उसका कट्टर शत्रु उदा महाराज का सलाहकार है, और इस दरबार में उसके जैसे सत्यवक्ता मनुष्य का आदर न हो, यह स्वाभाविक है।" तिरस्कार युक्त शान्ति से लीलादेवी ने कहा। मुंजाल के मुख पर गहन हँसी छा गयी।

"एक-दो बातों से मुझे ऐसा लगा कि उसकी जान जोखिम में है।"

मुंजाल फिर से गम्भीर हुए। "महारानी तुम व्यर्थ की घबराहट में पड़ी हो।"

"नहीं।" निश्चयात्मक स्वर में लीलादेवी ने कहा। उसकी सुन्दर भौहें स्थिर हो गयीं, उसकी तीक्ष्ण नजर निश्चल हो रही। उसकी सदैव की भावहीन आवाज ज्यादा शान्त सुन पड़ी। ऐसे समय यह सुकोमल स्त्री भयंकर निश्चयात्मकता की मूर्ति बन जाती, और चारों ओर त्रास फैलाती।

"मेहताजी," रानी पुनः बोली "आप इस राज्य के स्तम्भ हैं, इसलिए आपके पास आई हूँ। मैं आपकी खटपट में नहीं पड़ना चाहती, परन्तु यदि काक को कुछ हुआ, तो आपके राज्य का क्या होगा, यह भगवान् भोलानाथ भी नहीं कह सकते।"

अपार्थिव शान्ति और निश्चल दृढ़ता भरी आवाज से निकले हुए थे जोशीले शब्द। मुंजाल स्नेही पिता के समान सद्भाव से सुनते रहे।

"रानी," मीठी आवाज से मुंजाल ने कहा। "मैंने एक बार कहा, वही फिर से कहूँ? आप व्यर्थ की घबराहट में पड़ी हैं।"

"कैसे?"

"आप काक को नहीं पहचानतीं।"

"और मेहताजी, आप अपने शिष्य और उनके जगदेव तथा बाबरा को नहीं पहचानते।"

"मैं पहचानता हूँ—अच्छी तरह। आप अधीर न हों। बैठ जाइए।" मुंजाल हँसे और रानी गद्दी पर बैठीं। "इस सारे नगर के लिए अकेला काक काफी है। और

दूसरी बात कहूँ?'' न समझ में आवे, इस तरह से लीलावती पर नजर डालते हुए मुंजाल ने कहा।

''क्या?''

''आपका काक मेरे लिए पुत्र के समान है।''

''तो आप पुत्र की ज्यादा सँभाल नहीं रखते दिखते।'' लीलादेवी ने जरा हँसकर कहा।

''मेरे भाग्य में ही यह नहीं लिखा है, परन्तु मेरी चले तो मैं तो उसे अपनी गद्दी पर बिठा दूँ। आप बेफिक्र रहें। यदि उसकी जान जोखिम में होगी, तो मुंजाल फिर से हथियार उठा लेगा। अब हुआ सन्तोष?''

''मेहताजी, तो वह इस समय कहाँ है, इसकी खोज कीजिए।''

''मैं अभी राजमाता के पास जाकर पता लगाता हूँ।''

''मेहताजी, मुझे शान्ति तभी मिलेगी। वह हमारे रंक लाट का रत्न है।''

''आप जैसी महारानी और काक जैसा योद्धा–फिर भी लाट को रंक तो आप ही कह सकती हैं। जाते-जाते एक बात और कह दूँ?''

''क्या?''

''आप राज्य की खटपटों में क्यों नहीं पड़तीं?''

''मुझे यह रुचता नहीं।''

''गलत बात है।'' स्नेह से हँसते हुए मुंजाल ने कहा। ''विधि ने आपको राज्यतन्त्र चलाने के लिए सिरजा है और संयोग भी सब अनुकूल हैं। जयदेव जैसे प्रतापी राजा को आप जैसी ही महारानी चाहिए, किन्तु आप व्यर्थ ही दूर-दूर रहा करती हैं।'' मुंजाल की स्नेहयुक्त वाणी से रानी के अन्तर में प्रतिध्वनियाँ उठ रही थीं। ''आपको अपना पटरानी पद बनाए रखना चाहिए।''

रानी की आँखों में थोड़ी देर के लिए निष्फलता दीख पड़ी।

''इस पद को रखने के लिए ही तो काक को यहाँ बुलाया है।''

रानी का मुख फीका पड़ गया, मानो उसकी चोरी पकड़ी गयी।

''आपने कैसे जाना?''

''बेटी,'' मुंजाल ने हँसकर स्नेह से धीमे स्वर मे कहा, ''आपका पटरानी पद कायम रहे और जूनागढ़ जीता जाए, इसी में पाटण का श्रेय है। विधि प्रयत्न में लगी हुई है।''

''और मेहताजी, उस विधि ने काक को यहाँ बुलाया है।'' चतुर मन्त्रिवर्य की ओर सम्मान की दृष्टि से देखते हुए लीलावती बोली।

मुंजाल खिलखिलाकर हँस पड़ा, ''प्रभु जाने, परन्तु काक को विधि का साधन बनने की बड़ी टेव हैं, इसलिए अब आप निश्चिन्त रहें।''

लीलादेवी उठी और साथ ही मुंजाल भी उठे। ''महारानी,'' मुंजाल ने कहा,

"आज मुझे बड़ा आनन्द हुआ कि हम इतनी बातें कर सके। इसी प्रसंग में एक दूसरी बात कहूँ, तो सुन लोगी?"

"कहिए न!"

"देखो, मेरे जैसे बूढ़े के पास बहुत-सी बातें काम के योग्य होती हैं और बहुत बार बूढ़े व्यर्थ की माथापच्ची भी करते हैं।"

"आज आप इस प्रकार विनम्र क्यों हो गये हैं?"

"क्योंकि मैं पाटण की महारानी के साथ बातें कर रहा हूँ। सुनो बेटी, काक यहाँ रहे तो ही आपका, महाराज का और पाटण का भला हो सकता है, परन्तु उसका यहाँ रहना न रहना आपके ऊपर निर्भर है।"

"सो कैसे?" ज़रा चौंककर रानी ने पूछा।

"बैठो, मैं बतलाता हूँ। हम एक-दूसरे को समझ लें तो हमेशा के लिए फुरसत हो जाए।"

"परन्तु काक की खोज–"

"हाँ, करता हूँ। वस्ता, जा तो महाराज के पास और वहाँ भृगुकच्छ के दुर्गपाल भटराज काक हों तो कहना कि राजमाता बुलाती हैं। हों तो साथ ही लेते आना और न हों तो दौड़ते हुए आकर खबर देना।" वस्ता गया। "देखो बेटी," मुंजाल ने कहना शुरू किया। उनकी आँखों में मृदुता आई, और मुख पर गम्भीरता छा गयी। "द्वापर युग में एक था नर और एक थी नारी। दोनों जवान थे। दोनों के स्वभाव व्योमविहारी थे। दोनों ने मेरु लाँघने का दृढ़ संकल्प किया था। नर की नाड़ियों में वनराज का सर्वभक्षी जोश था और नारी की रगों में सिंहिनी का सत्ता-शौक।"

मुंजाल ने रुककर जरा गला साफ किया। उसकी नजर कमरे के दूर के कोने में जा ठहरी। "दोनों दूर थे, परन्तु विधि ने दोनों को इकट्ठा कर दिया। नर और नारी दोनों के प्रौढ़ आत्मा एक-दूसरे के साथ जुड़ गये। दोनों के विचार में एकमेक के सिवाय दूसरी सृष्टि न थी और दूसरी आशा न थी।"

लीलादेवी ने समझना शुरू किया। उसकी आँखें इस वृद्ध अमात्य के तेजस्वी मुख पर होने वाले भाव-परिवर्तन देखती रहीं। मुंजाल का मुख कठोर बना, वह रुक गया।

"एक था मन्त्री–दूसरी थी महारानी। जिस विधाता ने उन्हें एक होने के लिए बनाया, उसने उनके बीच असंख्य अन्तराल भी खड़े किए। तब दोनों ने सिर झुकाया और विधि की आज्ञा स्वीकार की।" मन्त्री की आँखों का तेज कुछ बुझता-सा लगा और दूसरे ही क्षण उन्होंने बात शुरू कर दी।

"अभेद्य बन्धनों से बँधी हुई बेल ने कठिन वैधव्य पद की एकता स्वीकार की। उसकी त्यागवृत्ति ने उसे सदेह मृत्यु का आस्वादन कराया।" मुंजाल रुका।

"परन्तु मेहताजी," रानी की आवाज में भाव का संचार पहली ही बार

हुआ। "इस त्याग में से उत्पन्न हुई सुवास ने सारी सृष्टि को सजीवन भी किया या नहीं?"

"सो तो कौन जाने!" मुंजाल आगे कहने लगे, "परन्तु इस सुवास में लिपटी हुई अपनी एकता पर वे जीते रहे–" मन्त्री ने सतर होकर चारों तरफ देखा। "और जैसे वे जिए वैसे जी मरे–अकेले निःसंग।" थोड़ी देर मन्त्री चुपचाप देखते रहे। उनकी आँखें गीली हो गयीं। "बेटी," गला साफ करते हुए मन्त्री ने कहा, "कहने का सारांश यह कि बहुत-सी चीजें देखने में स्वाभाविक लगती हैं, परन्तु यदि सही दृष्टि से वे अस्वाभाविक हों तो दुःख का पार नहीं रहता। यह तो कौन जाने कैसे, परन्तु दोनों के पाप से राज्य की जड़ें भी उखड़ जातीं। इसलिए बेटी, ध्यान रखना।" मुंजाल ने स्नेह से लीलादेवी के कन्धे पर हाथ रख दिया। "समझती हो न?"

थोड़ी देर कोई कुछ न बोला। मुंजाल की आवाज पहले जैसी स्वस्थ हो गयी।

"रानी, सोलंकियों की कीर्ति का आधार आप पर हैं।" रानी उठी, नीचे देखती खड़ी रही, और एकदम निश्चय से उसने सिर ऊँचा कर लिया। उसकी आँखों में तेज चमक उठा, छाती जरा उछली, और उसके होंठ जोर से बन्द हो गये।

"मेहताजी," उसकी आवाज तलवार की धार जैसी थी, "आपने मेरे पिता का पद लिया है, तो मैं पुत्री जैसे स्नेह से अपनी बात कहूँ?"

"बेटी, निर्भय होकर कहो। मैं देख सकता हूँ और विवेक बुद्धि से विचार भी कर सकता हूँ। मेरी सलाह अभी तक किसी के लिए गलत नहीं हुई।"

"मेहताजी, सलाह के लिए तो स्थान ही नहीं है।" रानी ने तिरस्कार से बोलना शुरू किया, "एक था नर और एक थी नारी। नारी ने याचना की और ताज मस्तक पर रखा। मेहताजी, दुनिया में कितनों के भाग्य फूटे होते हैं। उस नर की दृष्टि में उसकी कीमत नहीं या फिर आपने जो कही उस बात से वह चौंकता हो। उसने तो अपने पथ से जाना पन्सद किया। दोनों को एक-दूसरे का विश्वास है पर और कुछ है नहीं, और न होने का है।" रानी की आवाज में भाव बिलकुल न था। वह हँस पड़ी। हास्य शुष्क और तिरस्कारमय था, "मेहताजी, सोलंकियों की कीर्ति कलंकित होने का जरा भी डर नहीं है।"

मुंजाल उठे, रानी के पास गये और उसके कन्धे पर हाथ रखकर स्नेहपूर्ण स्वर में बोले, "बेटी, तुम तो महारानी होने के लिए ही बनी हो।"

रानी फिर हँसी–पहले के ही समान नीरसता से।

"न बनी होती तो अधिक बाधा न थी" कहकर मुंजाल की तरफ उसने एक कठोर नजर डाली, "परन्तु बन चुकी हूँ–फिर आपको और क्या चाहिए?"

गर्व से सिर ऊँचा किए लीलादेवी कमरे के बाहर चली गयी। मुंजाल देखते रहे और थोड़ी देर में बड़बड़ाए। "अब मुझे शान्ति हुई।"

काक को किसने बुलाया?

बड़ी तेजी से और इस उम्र के आदमी में विचित्र लगे, ऐसी आतुरता से, मुंजाल लौटे और अन्दर के द्वार में होकर एक दालान में पहुँचे। दालान के पास के कमरे में एक दासी बैठी हुई कुछ सी रही थी। मुंजाल ने पूछा, "राजमाता कहाँ हैं?"

दासी एकदम खड़ी हो गयी। "पूजा की कोठरी में।"

मुंजाल ने उसे बैठी रहने का संकेत किया और स्वयं अन्दर चले गये। इस कमरे के कोने में एक छोटी अँधेरी कोठरी थी और उसमें से धूप की गन्ध आ रही थी। मुंजाल उस कोठरी के अर्द्ध खुले दरवाजे के समाने पहुँचे और धीमे से बोले—"देवी!" उनकी आवाज़ में मृदुता थी और दबाई हुई भावनाओं का कम्पन।

"कौन? मुंजाल? बैठो।" अन्दर से आवाज आई, और अन्दर बैठी हुई मीनलदेवी ने दरवाजा खोला।

मीनलदेवी के मुख पर बुढ़ापा स्पष्ट दिख रहा था। उनकी आँखों और मुँह पर झुर्रियाँ पड़ गयी थीं, और बहुत से दाँत भी गिर गये थे; फिर भी मुख पर गौरव और सत्ता स्पष्ट दीखती थी। उनकी आवाज भी स्निग्ध थी।

मुंजाल ने चोटी खोली, फिर से बाँधी और इतनी देर दोनों एक-दूसरे की ओर देखते रहे। दृष्टि केवल मिली ही नहीं आलिंगन करने लगी। दोनों की दृष्टियाँ तृषित अन्तर की आकांक्षा सन्तुष्ट करने के लिए परस्पर लाड़ करती रहीं।

"देवी, काक आ गया।" थोड़ी देर में मुंजाल ने कहा।

"चलो, अच्छा हुआ। तुमसे मिला?" मीनलदेवी ने पूछा।

"मैंने उसे यहीं बुलाया है, इसी समय आएगा।"

"तुम्हें उस पर अजब श्रद्धा है।"

"हाँ, और उसकी शक्ति का आज एक अद्भुत दृष्टान्त मिला।"

"क्या?"

"लीलादेवी मेरे पास आई थीं।"

"क्यों?"

"यह समझकर कि काक की जान जोखिम में है, उसे बचाने को कहने।"

"फिर?"

"मैंने दूसरी बात निकलवाई। लीलादेवी को पटरानी पद पर बिठाया जाए, इसके पहले मुझे उसका हृदय टटोलना था।"

"क्या बात निकली?"

'यही कि पक्की है, सत्ता की शौकीन है और महत्त्वांकाक्षी है। मुझे काक के सम्बन्ध में जरा डर था, वह आज दूर हो गया!"

"कैसा डर?"

"देवी, चालीस वर्ष में जमाना तो बदल गया, परन्तु मनुष्य के हृदय कहीं बदले हैं? और अब हम हुए बूढ़े। छोटे बालकों को तो हम जैसा कहें वैसा करना चाहिए।" कहकर मुंजाल ने राजमाता को स्नेहसिक्त दृष्टि से फिर अर्घ्य प्रदान किया।

मीनलदेवी हँसीं। उमंगें और अभिलाषाएँ जिसमें विशुद्ध परिपाक को पहुँच गयी थीं ऐसे अन्तर में से वह हास्य उद्भूत हुआ।

"फिर?" उन्होंने पूछा।

"उसके मन में पुरुष बसा था जरूर; परन्तु खेल पूरा हो गया। या तो स्त्री आकर्षक नहीं थी या पुरुष पूरा रसिक न था।" मन्त्री ने कहा। "पुरुष ने राजमुकुट और याचना, दोनों को अस्वीकृत किया। मुझे अब निश्चिन्तता हुई।"

मीनलदेवी ने भी शान्ति का निःश्वास छोड़ा।

"नहीं तो क्या करते?" उसने भी मजाक में पूछा।

"लीलादेवी को पटरानी पद से हटाना पड़ता और काक लाट में सड़ने दिया जाता।" जरा गाम्भीर्य से मुंजाल ने कहा।

मीनलदेवी थोड़ी देर गम्भीर रहीं। फिर उसके मस्तिष्क में कुछ विचार आया, वह हँसी, "अरे भगवान्, चालीस वर्ष पहले यदि मैं पाटण की महामात्य होती, तो ऐसे पुरुषों को ऐसा दंड जरूर देती।"

"वह पुरुष ऐसे दंड की कुछ परवाह करता?" मुंजाल ने हँसकर जवाब दिया। उसका मुख भूतकाल के रंगों का स्मरण कर जरा दमक उठा। फिर कुछ गम्भीर होकर उसने कहा, "देवी, सबमें हमारी जैसी शक्ति और हमारी जैसी शुद्धि नहीं। अब तो हमें सोलंकी कुल की कीर्ति संचित करनी है, इसलिए कोई जोखिम नहीं उठाई जा सकती।"

"हाँ-।" गम्भीर होकर मीनलदेवी ने कहा, "अब यह काक तुम जो चाहते हो वह करे–"

"करेगा ही। लीलादेवी को मानीती पटरानी बनाने के लिए तो वह प्रयत्न करेगा ही। इसलिए देवड़ी की बात बनेगी नहीं।"

"परन्तु जयदेव तो उसके पीछे पागल हो रहा है।"

"अपने आप पागलपन छोड़ देगा। काक है, इसलिए हमें कुछ कहना नहीं पड़ेगा। अब लीलादेवी यदि जयदेव को रिझा सके, तो फिर कुछ कठिनाई नहीं पड़ेगी। आपने प्रेमकुँवर से कहा था? मैंने भी शोभ से कह दिया है कि दोनों आकर मिल जावें।"

"यह छोकरी ऐसी आई है कि लीलादेवी को विलासी बनाने में आकाश-पाताल एक कर देगी।"

"परन्तु लीलादेवी की समझ में आने का काम सहज नहीं है।" मुंजाल ने कहा और किसी के पैरों की आवाज़ सुनकर पूछा, "कौन है?"

"बापू, यह तो मैं हूँ वस्ता। भटराज आए हैं।"

मुंजाल और मीनलदेवी की आँखें मिल गयीं। मुंजाल ने कहा, "आने दे।"

काक आया। राजमाता और महामन्त्री को उसने नम्र होकर प्रणाम किया और हाथ जोड़कर खड़ा रहा।

"कहो काक, कैसे हो, बैठो न।" मीनलदेवी ने कहा। काक बैठा। "मंजरी कैसी है?"

"आनन्द से।"

"कितने बाल-बच्चे हैं?"

"माताजी, एक लड़की और एक लड़का।"

"वे भी आनन्द में हैं।"

"हाँ, आपके आशीर्वाद से।"

"बहुत दिनों में मिले!" मीनलदेवी ने कहा।

"आपके प्रताप से मैं लाट में निश्चिन्त हूँ।" काक ने जवाब दिया।

"तुम भी ऐसे बोलना सीख गये, क्यों?" मुंजाल ने हँसकर पूछा।

"तुम्हें भला निश्चिन्तता मिल सकती है?"

"महाराजा की सेवा में मुझे निश्चिन्तता ही है।"

"लाट की क्या स्थिति है?"

"सब ठीक है, केवल आँबड़ का डर लगता है।"

"क्यों?"

"भूल करने का उसका स्वभाव जान पड़ता है।" मुंजाल और मीनलदेवी दोनों हँसे।

"उदा मेहता मंजरी को साध्वी बनाना चाहते थे, मालूम होता है यह तुम भूले नहीं।"

"मेहताजी, यह तो मैं भी नहीं भूला और वे भी नहीं भूलेंगे।"

"क्यों, उनसे मिल लिए हो क्या?"

"हाँ। महाराज के पास हम दोनों ही थे। बाहड़ मुझे पकड़ने के लिए सोमनाथ गया था। उसने मेरे बदले मेरे सैनिक को यहाँ लाकर खड़ा कर दिया। जब बाप-बेटे काक को पकड़ लाने के आनन्द में मस्त थे, तब मैं भीतर के कमरे में से निकल पड़ा। उस समय दोनों का मुँह देखने लायक हो गया।"

"और महाराज?" मीनलदेवी ने हँसते-हँसते पूछा।

"महाराज मुझ पर खुश हैं।"

"तुम्हारा चरित्र तो मैं जानता हूँ।" मुंजाल ने कहा, "अब जरा यह बताओ कि महाराज ने तुम्हें क्यों बुलाया है।"

काक हँसा, "मेहताजी, माताजी न होतीं तो कुछ पूछता, परन्तु अब नहीं पूछता।"

"पूछ ही डालो न।" मीनलदेवी ने हँसकर कहा, "मैं तो राज्य-कार्य में अब सिर मारती ही नहीं।"

"और मैंने तो वानप्रस्थ ले लिया है। जो कुछ कहोगे सब सुन लूँगा। मुझे तो सहनशीलता का अभ्यास करना है।" मुंजाल ने भी हँसकर कहा।

"तो सुनिए मन्त्रिवर्य, कितने ही दिनों से मुझे एक सन्देह था।"

"क्या?"

"कि इस पाटण का क्या होने वाला है। कोई रा' को जीत नहीं सकता और उदा मेहता महाराज के दाहिने हाथ बन बैठे हैं। छोटी रानी अनमानीती हो रही हैं। पाटण के राजा परदेशी और पिशाचों के जोर पर कूदते हैं। पट्टणी योद्धाओं की उपेक्षा होती है। इतने से ही सन्तोष न हुआ, तो असन्तुष्ट लाट में मेरी जगह आँबड़ मेहता बिठा दिए गये और मुझ जैसे निर्दोष को पकड़ने या मारने के लिए जगह-जगह आदमी रख दिये गये। मैं सोचने लगा कि आखिर मुंजाल मेहता गये कहाँ?"

मुंजाल मेहता खिलखिलाकर हँस पड़े, "स्वर्ग सिधार गये क्या?"

"मुझे ऐसा ही लगने लगा था।" काक ने हँसकर जवाब दिया, "परन्तु आज्ञापत्र देखकर कुछ विचार बदले।"

"क्यों?" मीनलदेवी ने पूछा।

"पन्द्रह वर्ष के बाद एकदम मेरा भाव बढ़ गया।"

"तुम्हें कितना अभिमान है! लाट में स्वच्छन्द राज्य करते हुए दुर्गपाल को राजा बुलवाए नहीं तो और क्या करे?"

"या फिर होली में नारियल होमने के लिए महामात्य को आवश्यकता पड़ गयी हो, तो और क्या करे?"

मुंजाल की आँखों में प्रशंसा चमक रही थी, "महामात्य अब बूढ़ा हो गया है।"

"परन्तु आपके साथ कुश्ती लड़ने की मुझमें अब भी हिम्मत नहीं।" काक ने मुंजाल के स्नायुओं की ओर दृष्टि डालते हुए कहा, "माताजी, आपको कैसा लगता है?"

"तुम्हारा बल और बुद्धि, दोनों ज्यों-के-त्यों हैं, यह साफ-साफ दिखता है।"

"तो अब मुझे कैसे होमना है, बतलाइए?" काक ने कहा।

"काक, बेटा," मुंजाल ने कहा, "राजमाता कहती हैं, वह बात सच है। तुम बेजोड़ हो।"

"अब क्या करना है?" काक ने पूछा।

"जो तुम्हें सूझे वह। काक, राज्य के जीवन में अक्सर कठिन प्रसंग आ जाते हैं। यदि वे प्रसंग पार कर लिए जाएँ, तो राज्य की कीर्ति बढ़ती है, नहीं तो विनाश का आरम्भ हो जाता है। तुमने पूछा कि 'पाटण का क्या होने वाला है?' और कुछ नहीं होना है, केवल एक ऐसा प्रसंग आ गया है।"

"तब आप क्यों नहीं कुछ करते?" काक ने मार्मिक प्रश्न किया।

"मैंने युक्ति निकाली है।" जरा रहस्यपूर्ण हँसते हुए महामात्य ने कहा।

"क्या?"

"जो मनुष्य कर सकता है, उसे खोज निकाला है।" मुंजाल हँसा।

काक ने हाथ जोड़ कर नमन किया, "मेहताजी, मुझ पर आपका जितना विश्वास है उतना बल भी भगवान् भोलानाथ मुझे प्रदान करें, तो बस है।" उसने नम्रतापूर्वक कहा।

"काक," मीनलदेवी ने कहा, "अब तो तुम थक गये होगे, जाकर जरा आराम करो, परन्तु इस समय की बात किसी के कान में न जाने पाए।"

मुंजाल ने कहा, "आप इसे पहचानती नहीं हैं। काक, जाओ विजय करो।"

काक ने पुनः प्रणाम किया और आज्ञा ली।

बाहड़ मेहता की कसौटी

राजगढ़ के तालाब के किनारे पारिजातक वृक्ष के नीचे समर्थ खड़ी थी। उसका इस समय कुछ ठिकाना न था। उसके पैर पृथ्वी पर नहीं ठहरते, उसकी आँखों के तारे स्थिर न रहते, उसके ओठ क्षणभर भी शान्त नहीं रहते और उसके सिर के बाल भी चैन से नहीं बैठते। वह रह-रहकर थिरकती और नीचे झुककर ताल देती। वह जरा-जरा गुनगुनाती भी। अब भी उसके मन से वे जोड़ी हुई पंक्तियाँ गयी न थीं–

"बाहड़ मेहता गजब किया।"

थोड़ी देर में वह थक गयी। उसने अपने होठों पर अँगुली रखी, "आने दो।" वह बड़बड़ाई। मुझे रास्ता दिखाते-दिखाते थका डाला। ठीक है, मैं भी परशुराम की लड़की हूँ, जो उसे भी थका-थकाकर बेजार न कर दूँ। क्या समझा है उसने अपने मन में? मानो मैं बेकार हूँ!" उसने ओठ पर ओठ दबाया और आँखें ऊपर चढ़ाईं। "ऐसा करोगे, तो हम नहीं बोलेंगे–बस नहीं–नहीं, बस नहीं–"

"समर्थ!" वाग्भट ने पीछे से आकर कहा। उसके गम्भीर मुख पर असाधारण ग्लानि छा रही थी। उसकी आँखें म्लान थीं। उसके सुन्दर मुख के तेज पर निराशा छाई हुई थी।

समर्थ ने घूमकर वाग्भट को देखा। वह अपना क्रोध भूल गयी और एक-दो कदम उछलकर ताली बजाने लगी—"बाहड़ मेहता गजब किया।"

उसका समस्त शरीर हँस रहा था। वाग्भट ने एक गहरी साँस छोड़ी।

"समर्थ!" अश्रुपूर्ण आवाज़ में वाग्भट बोला।

"काक आया?" समर्थ ने ऊपर देखकर कपाल पर से बाल ऊँचे करते हुए पूछा।

"हाँ" वाग्भट ने कहा, "परन्तु—"

समर्थ सुनने को नहीं ठहरी, उसने उछलते-उछलते बाहड़ की परिक्रमा देना और तालियाँ बजाना शुरू किया "बाहड़ मेहता गजब किया। काक भट्ट को बाँध लिया।"

"समर्थ!" खेद से समर्थ का हाथ पकड़ते हुए बाहड़ ने कहा, "सुन।"

"तुम तो रोते ही रहते हो।—"बाहड़ मेहता—" कहकर समर्थ ने दूसरा चक्कर लगाना शुँरू किया।

"समर्थ," अधीरता से बाहड़ ने कहा, "तू सुनेगी?"

"बोलो।" कहकर समर्थ खड़ी रही। उसे अधीरता का कारण नहीं समझ पड़ा।

"समर्थ!" बाहड़ ने दुखित हृदय से कहा, "मुझसे वचन न पला।"

"क्यों?" एकदम आँखें फाड़कर समर्थ ने पूछा।

"काक नहीं पकड़ा जा सका।"

थोड़ी देर समर्थ देखती रही और फिर एकदम ताली पीटकर हँसने लगी, "झूठ—झूठ—झूठ।"

"नहीं, सच है।" बाहड़ ने हास्यजनक गाम्भीर्य से कहा।

"झूठ बात है, मेरी दासी कहती थी।"

"समर्थ," फटते हुए हृदय से वाग्भट ने कहा, "मैंने जिसे पकड़ा वह काक नहीं, कोई दूसरा था।"

समर्थ की आँखें धीरे-धीरे फैल गयीं। उसने अर्थ समझा, उसका मुँह गम्भीर होकर रुआँसा हो गया।

"तुम काक को नहीं पकड़ लाए?" कहकर वह रो पड़ी "ऊँ-ऊँ-हुँ—तुमने नहीं पकड़ा।"

"वह चुपचाप यहाँ पहले से आ गया था।" बाहड़ ने धीरे से कहा।

"अब क्या होगा? ऐं, तुमने अपना वचन न पाला! मैंने अपनी माँ से शर्त की थी। ओह! मैं तो हार गयी। तुमने यह क्या किया? हुँ-हुँ-हुँ—" कहकर हाथों में मुँह छिपाते हुए समर्थ रोने लगी। उसका सुन्दर मस्तक हिचकियों के जोर से ऊँचा-नीचा होने लगा।

"हुँ-हुँ—अब मुझे कोई तुम्हारे साथ नहीं ब्याहेगा।"

बाहड़ का हृदय भर आया। "मैं जानता हूँ।" उसने बड़ी कठिनाई से कहा, "मेरा विचार था कि काक को पकड़कर ले आऊँगा और महाराज से वर माँग लूँगा। यह तो

और अपमान हुआ। मुझे अब तेरे पिता के साथ लड़ाई पर जाना है।" कपाल पर से पसीना पोंछते हुए बाहड़ ने कहा।

"बापा कहते थे कि तुम्हें कविता बनाना आता है, लड़ना नहीं आता।" बाहड़ ने नीचे देखा, "तूने कैसे जाना?"

"एक दिन रात को माँ और बापा कह रहे थे। मैं छुपे-छुपे सुनती थी। बाहड़—बाहड़—ओ बाहड़—" उसने निराशा भरी आवाज में कहा।

"क्या?"

"अब भी काक नहीं पकड़ा जा सकता?"

"समर्थ, वह तो अब महाराज का मानीता है—क्या तू पागल हो गयी है?"

"बाहड़, तुम्हारे दादा मेरे दादा की तरह दंडनायक क्यों नहीं हुए?"

बाहड़ ने खेद के साथ ऊपर देखा। उसे मालूम था कि उसके मारवाड़ी दादा का दरिद्र जीवन ही उसके और वनराज के महामन्त्री चांपा की वंशज समर्थ के बीच आता था, परन्तु वह दादा की इस स्थिति के लिए बिल्कुल जवाबदेह न था। यह बात इस नादान छोकरी को किस तरह समझाई जाए, यह उसे न सूझा।

"मेरा भाग्य बुरा था, इसलिए।" बाहड़ ने आत्म-तिरस्कार के भाव से कहा।

"तब तुम कवि क्यों बने?" समर्थ ने पूछा।

"अपना सिर फोड़ने के लिए?"

"तुम ऐसा क्यों कहते हो?" समर्थ ने क्रोध में कहा।

"समर्थ, मैं जानता हूँ कि मैं तेरे लायक नहीं हूँ। मैं अब संग्राम में जाऊँगा। मर गया तो मुक्त हो जाऊँगा और यदि कीर्ति मिलेगी, तो उसके पहले ही तू दूसरी जगह ब्याही जा चुकी होगी।"

समर्थ ने सिर उठाया और आँखें फाड़कर देखती रही। "तुम मर जाओगे? और फिर तुमको जला देंगे? नहीं, ऐसा क्यों कहते हो?"

"मुझसे तेरे बिना कैसे जिया जाएगा?" कवि ने कहा।

"ऐसा क्यों कहते हो? तुम ऐसा कहते हो और मेरा जी घबड़ाता है।"

"समर्थ, तू बच्ची है, इसलिए मुझे कैसे समझोगी? तू तो मुझे कल भूल जाएगी, पर तेरे बिना मेरी जिन्दगी कैसे कटेगी?"

समर्थ के कपाल में सिकुड़नें पड़ गयीं। वह नादान, विचारहीन और तरंगी थी। उसे वाग्भट बहुत ही अच्छा लगता था और उसके साथ ब्याहे जाने को उसका बहुत जी चाहता था, परन्तु वह ऐसा क्यों बोल रहा है सो स्पष्ट न समझ पाती थी। उसने थोड़ी देर तक विचार किया।

"बाहड़, तुमने मेरा गीत भी बिगाड़ दिया, मैंने इतना अच्छा जोड़ा था।"

वाग्भट जरा तिरस्कार से हँसा, "समर्थ, तेरा तो तुक जोड़ना बिगड़ा परन्तु, मेरी तो जोड़ी ही बिगड़ गयी।"

"कैसे?" समर्थ ने पूछा।

"मेरा सिर।" कहकर वाग्भट जाने के लिए मुड़ा।

"बाहड़," समर्थ ने एकदम कहा।

"क्यों?"

"तुम अभी मरना नहीं।"

"मेरे हाथ में नहीं है न।"

"उँह, पूरा सुनते भी नहीं। मुझे एक रास्ता सूझा है। मैं एक ऐसा रास्ता निकालूँ कि काक तुम्हारे ही हाथों पकड़ा जाए"

वाग्भट ने निःश्वास डालकर सिर हिलाया और भारी हृदय से वह लौट पड़ा। उसके अन्तर का दीप बुझ गया था।

विद्वान और वीर वाग्भट ने तो विद्वानों की स्वभावजन्य ओछी बुद्धि से इस पतंगे को अपने प्राण अर्पित किए थे, परन्तु यह पतंगा उसके भाग्य में नहीं लिखा है, ऐसा उसे विश्वास हो गया।

समर्थ के दिमाग में एक बढ़िया विचार आया था और जब तक वह अमल में न आ जाए, तब तक उसे चैन नहीं पड़ सकती थी।

उसे इस पकड़ में न आने वाले काक पर द्वेष हुआ। उसने पिता को काक की प्रशंसा करते सुना था और यह भी सुना था कि उसे जो पकड़ेगा उस पर राजा बहुत ही प्रसन्न होंगे। इस पर से उसने और बाहड़ ने वह तरकीब की थी; और बाहड़ ने काक को पकड़ने के लिए उदा से आज्ञा ले ली थी। यदि बाहड़ काक को पकड़ लाता तो राजा प्रसन्न होते। परशुराम को वाग्भट के पांडित्य और शौर्य के सम्बन्ध में बहुत मान होता और समर्थ को बाहड़ के साथ ब्याहने की बात चलाई जा सकती। पहले शंभु मेहता के पौत्र के साथ उसकी सगाई होती थी; परन्तु गतवर्ष वह युद्ध में मारा गया। उसके बाद परशुराम जैसा गर्विष्ठ योद्धा अपने कुल की महत्ता के अनुरूप जमाई खोजने लगा, परन्तु यह योग्यता पाटण के बहुत कम परिवारों में होने, और उन परिवारों में इस आयु के अविवाहित युवकों का अभाव होने के कारण यह खोज अभी पूरी नहीं हुई थी। समर्थ यह सब जानती थी, परन्तु बाहड़ जैसे अच्छे वर को उसके पिता क्यों नहीं सौंपते, यह उसकी समझ में नहीं आता था।

जगदेव की कर्तव्यपरायणता

जगदेव परमार बुरा या नीच मनुष्य न था, वह बहादुर योद्धा था और सदा नमकहलाल करने के प्रयत्न में रहता था।

उसकी वीरता पर प्रसन्न होकर जयसिंहदेव उसे मालवे से ले आए थे और पाटण में उसे धन, मान, पद, और चाबड़ा जैसे उच्च कुल की स्त्री, यह सब प्रदान किया था। उसे पसन्द करने में और अपना दाहिना हाथ बनाने मे जयसिंहदेव का कोई गहरा मतलब था और उसे जगदेव जानता था।

गर्विष्ठ पट्टणी योद्धाओं और मन्त्रियों पर सत्ता जमाने के लिए उनसे बिल्कुल स्वतन्त्र रहना चाहिए, यह सिद्धान्त जयसिंहदेव के मस्तिष्क में घर किए हुए था। बाबरा की जीत से और भूत माने जानेवाले बाबरा की सहायता से सामान्य जनता में यह सिद्ध हो चुका था कि वह अजीत है और अपार्थिव सत्ता का धनी है, परन्तु नित्य प्रति मिलनेवाले योद्धाओं, सामन्तों और मन्त्रियों का दौर दबाना सहज न था। बहुत से मन्त्री और महारथी एक-दूसरे के सम्बन्धी थे, और वे एक-दूसरे से ईर्ष्या भी करते थे। परन्तु राजा की इच्छा होने पर भी वे एक-दूसरे को ख्वार करना पसन्द न करते थे। राजा को यह रुचा नहीं और परिणाम में उन्होंने जगदेव परमार को अपना अंगरक्षक बनाया और तीन सौ सबल मालवी योद्धाओं की सरदारी दी। जिसे महल में प्रवेश करना हो, जिसे राजा से मिलना हो, जिसे कुछ याचना करनी हो, उसे जगदेव से मिले बिना छुटकारा न था। और किसी को सज़ा देनी हो, किसी को डराना हो, तो राजा का फरमान यही नमकहलाल सेवक मत्थे चढ़ाता। उसे राजा की कृपा के सिवाय दूसरे की परवाह न थी। पाटण में उसके राज्यतन्त्र में अथवा वैभव में राजा की सेवा के सिवाय उसे कोई दिलचस्पी न थी। इसलिए राजा और परमार के बीच, मनुष्य और उसके विश्वस्त निश्चेतन शस्त्र के बीच जिस प्रकार की प्रीति होती है वैसी ही कुछ पैदा हो गयी थी। उनके और राजा के बीच यह कँटीली बाड़ खड़ी देखकर पाटण के महापुरुष पहले तो घबड़ाए, परन्तु राजा का जिद्‌दी और महत्त्वाकांक्षी स्वभाव वे जानते थे, इसलिए सोते हुए सिंह को न छेड़ने के इरादे से परमार के साथ सबने भाईचारे का व्यवहार शुरू कर दिया। यदि किसी समय राजा के इच्छानुसार जगदेव अपनी सत्ता चलाता, तो उस समय वे आँख मीच लेते, इतना ही नहीं, कभी-कभी तो इस तरह बरतते जिससे जगदेव चिढ़ न जाए। परिणाम में उसका गर्व और रौब बढ़ गया।

राजा ने जब जगदेव को भटराज बनाया तब तो कोई बोला नहीं, परन्तु जब सेनापति का पद देने का इरादा जाहिर किया, तब तो खलबली मच गयी। परिणाम में मीनलदेवी बीच में आ गयीं और इस इरादे को अमल में न आने दिया। परन्तु जब राजा मन्त्रियों या सेनापतियों के साथ मसलहत करते तब बहुत करके परमार उपस्थित रहता था।

जगदेव के कारण मालवी योद्धाओं ने पाटण में स्थान बनाना शुरू किया, वे छोटे-मोटे ओहदों पर भी बैठने लगे और इस तरह पट्टणियों का गर्व उतारने का शौक राजा में बढ़ता गया।

मजबूत, महत्त्वाकांक्षी, जिद्‌दी और प्रतापी राजा के इस मानीते और विश्वस्त योद्धा को सब लोग मन-ही-मन परदेशी, किराए का टट्टू, चाहे जिस काम को माथे चढ़ानेवाला चाकर, कहकर तिरस्कार करते। परन्तु यह किसी का साहस न था कि उसके सामने कोई एक शब्द भी कह सके या एक कदम उठा सके।

राजा ने मान लिया कि मेरी सत्ता सर्वोपरि हो चुकी, जगदेव ने मान लिया कि उसकी पदवी निश्चल हो गयी और सब दरबारियों को ऐसा लगा कि उनके और राजा के बीच का खालिस व्यवहार पूरा हुआ। यह नवीन सृष्टिक्रम सदा का है और रहेगा, ऐसा सबने मान लिया और बर्बरक को जीतने वाले परम भट्टार्क महाराजाधिराज दैवी तथा दुर्धर्ष सत्ता के अधिकारी हैं, ऐसा भी सबने मानना शुरू किया।

जगदेव परमार की भी ऐसी ही मान्यता थी, इसलिए आज उसे चैन न पड़ी। वह राजा के कमरे के बाहर अपनी चौकी पर भौंहे चढ़ाए लेटा था। उसे आज बहुत-सी बातें अच्छी न लगीं। महल में कोई ब्राह्मण वेश धारण कर उसके बिना जाने ही प्रवेश कर गया, उसने उसके सैनिक को बाँधा और उसके अजाने ही वह रानी से मिल आया। रानी ने परमार को अपमानित करके निकाल दिया, उसकी जानकारी और आज्ञा के बिना दो व्यक्ति राजा से मिल आए, उसकी जानकारी के बिना ही काक राजा के कमरे में जा बैठा, राजा का मानीता बन गया, और उसे बुलाए बिना राजा ने उसके तथा उदा के साथ मसलहत की। उसे ये सब असाधारण और अस्वाभाविक घटनाएँ रुची नहीं।

उसे इस नये आए हुए काक की ओर अरुचि हुई। उसने इस मनुष्य के सम्बन्ध में बहुत-सा परिचय प्राप्त किया था और किंवदन्तियाँ सुनी थीं। परन्तु ऐसी बातों पर उसे श्रद्धा न थी। पाटण के बहुत-से दंडनायकों, मन्त्रियों और सेनापतियों के सम्बन्ध में भी उसने ऐसी ही बातें सुनी थीं, परन्तु उसके मन में किसी की भी कोई गिनती न थी और अब इस नये आदमी को उसका स्थान बता देने के लिए उसके हाथ खुजला रहे थे।

पास ही खड़े हुए एक सैनिक को उसने बुलाया, "नेमा!"

"बापू।"

"शम्भु को तो बुला।"

"जो आज्ञा।" कहकर नेमा शम्भु को बुला लाया। शम्भु जगदेव परमार का कर्मचारी था और इसकी ओर से बहुत कुछ देखभाल रखता था।

"फिर काकभट को उनका स्थान दिखला आया?"

"जी हाँ, परन्तु उन्होंने इनकार किया।"

"क्या?" जगदेव ने चकित होकर पूछा।

"वस्ता ने उनके लिए कमरा खोल दिया है।"

"कौन-सा?"

"शोभ मेहता जिस कमरे में लिखते हैं उसके पास का कमरा।"

"परन्तु मैंने जो खुलवाए थे उनका क्या हुआ?"

"वे बोले, मुझे अकेले को अधिक का क्या करना है?"

"कहना था कि महल का प्रबन्ध मेरे हाथ में है।"

"मैंने कहा था तो हँसकर बोले कि मैं तो बहुत समय से बेकार पड़े हुए इस कमरे में पड़ा हूँ, इसलिए किसी को कुछ एतराज न होगा।"

"शम्भु, जरा वस्ता को तो बुला ला।" शम्भु गया।

जगदेव को लगा कि आज सूर्य उदय हुआ है तभी से वह अपने साथ कुछ गड़बड़ ले आया है। राजमहल की सारी व्यवस्था वही करता था और उसे बदलने की किसी को हिम्मत न होती थी। मुंजाल मेहता का अनुचर वस्ता इस प्रकार काक की व्यवस्था कर दे, यह उसे उसके गौरव और सत्ता पर आघात करने जैसा लगा। फिर उसने काक के लिए अपने निवास के पास ही नीचे दो कमरे खोल दिए थे कि जिससे उस पर उसकी नजर रहे। उसके बदले यह कमरा ऊपर की मंजिल पर था और वहाँ से महाराजा, रानियों, मीनलदेवी, मुंजाल आदि के पास तुरन्त ही पहुँचा जा सकता था। उसने अपनी मूँछ की नोक अपने दाँतों तले दबाकर चबाना शुरू किया।

इतने में शम्भु वस्ता को लेकर आ गया। जगदेव राजमहल के कितने ही पुराने आदमियों को दूर ही रखता था। वे बहुत वृद्ध थे और मुंजाल मेहता के विश्वस्त आदमी माने जाते थे। जहाँ तक हो सके मुंजाल और उनके आदमियों पर काबू बिठाने में सार नहीं है, जगदेव को ऐसी विचित्र प्रकार से प्रेरणा हुई थी, और उस प्रेरणा के अनुसार अब तक वह चल रहा था, परन्तु इस समय उसे लगा कि वस्ता ने उसकी सत्ता के सामने अक्षम्य कदम बढ़ाया है।

वस्ता वृद्ध था, साथ ही अनुभवी भी था। उसने मौन मुख जोड़कर प्रणाम किया।

"वस्ता, महाराज के हुक्म का तुम्हें-पता है?"

"क्या?"

"कि महल की व्यवस्था मेरे सिवा दूसरा कोई नहीं कर सकता।"

"मुझे मालूम है।"

"तब आज तुमने यह हुक्म क्यों तोड़ा?"

"मैंने कहाँ तोड़ा है?" जरा अजब-सा होकर वस्ता ने कहा।

"मैंने सुना है, तुमने काक भटराज के लिए महल में कमरा खोल दिया है।"

"ओ-हो!" वस्ता हँसा। "भटराज, यह ऐसे हुआ कि काक भट महाराज के साथ भोजन करने लौटे तो उनके बैठने के लिए कोई ठिकाना न था। और मेरे पास कमरे की चाबी थी, इसलिए मैंने उसे खोल दिया। भटराज, बेचारे एक थके-माँदे मेहमान के लिए इतना किया, तो इसमें अपराध हो गया?" वस्ता ने निर्दोष बात कही।

"फिर बिस्तर किसने दिया?"

"मैंने।"

"किसके हुक्म से?"

"मेहमानगीरी करने।" सादगी से वस्ता ने कहा।

"तुम्हें यह सब अधिकार किसने दिया?" आँखें निकालकर जगदेव ने पूछा। उसे लगा कि यह बूढ़ा मेरी मसखरी कर रहा है।

"क्या इसमें कुछ अधिकार की जरूरत पड़ती है?" वस्ता हँसा।

"ठीक है। तो जाकर काक भटराज से कह आओ कि उनके लिए दो कमरे मैंने नीचे खुलवा दिए हैं, वहाँ जाकर ठहरें। तुम्हारा बताया हुआ कमरा उन जैसे बड़े आदमी के लायक नहीं है।"

"भटराज, यह आपके आदमियों का काम है—मेरा नहीं। महल की व्यवस्था आपके हाथ में है।" वस्ता ने शान्ति के साथ कहा।

"तुम और मेरे आदमी सभी महाराज का नमक खाते हैं।"

"हाँ।"

"इसलिए यह काम तुम्हें करना होगा।"

"नहीं।" वस्ता ने दृढ़ता से कहा।

"क्यों नहीं?" जगदेव चिल्लाया।

"मैंने कारण तो कभी का बतला दिया।"

"तुम मेरी आज्ञा का अनादर करते हो?"

"हाँ।"

"किसी के हुक्म से या अपनी मरजी से?"

"अपनी मरजी से।"

"ऐसा? शम्भु, इसे कैद कर लो।"

"शम्भु," हँसते हुए वस्ता ने कहा, "क्यों तकलीफ करते हो? मुझे कोठरी दिखला दो। मैं स्वयं चला जाता हूँ।" कहकर वस्ता आगे हो गया।

शम्भु बोला, "बापू!"

"अपने हुक्म का अनादर मुझसे नहीं बरदाश्त होगा।" जगदेव चिल्लाकर बोला। शम्भु और वस्ता चले गये।

"मुझे खुद ही जाकर यह काम करना चाहिए।" कहकर जगदेव उठा और कमर में तलवार बाँधकर काक से मिलने चल दिया।

काक से मुलाकात

जब जगदेव परमार काक को दिए गये कमरे में मिलने गया तब जिसे बाहड़ काक समझकर ले आया था वह दरवाजे के आगे बैठा हुआ था।

"काक भटराज हैं?"

"सो रहे हैं।"

"कौन है?" अन्दर से आवाज आई।

"मैं हूँ, जगदेव परमार।"

"पधारिए।" काक की आवाज आई।

परमार अन्दर गया। एक छोटे से झूले पर नाम मात्र का विदौना डाले काक लेटा हुआ था। वह उठकर बैठ गया।

"आओ परमार, आपने कैसे कृपा की? बैठिए।" काक ने अपने पास परमार को बैठने का संकेत किया।

"ऐसे ही चला आया।" जगदेव ने बैठते हुए मिठास के साथ जवाब दिया।

"आपके लिए मैंने दो कमरे तैयार करवा रक्खे हैं, यह कहने के लिए आया हूँ।"

"अरे, किसलिए कष्ट किया? मुझे यहीं ठीक रहेगा।"

"यह कैसे हो सकता है?"

"मुझे इससे अच्छी जगह में रहने की आदत नहीं।"

"परन्तु महाराज ने खास तौर से कहा है।"

काक सावधान हुआ। इस भलमनसाहत में कुछ मतलब मालूम पड़ा।

"कह दीजिए न कि अब यहीं पड़ा हूँ, यहीं ठीक हूँ।"

"उन्हें बुरा लगेगा।"

"मैं मना लूँगा।" काक ने हँसकर कहा।

"नहीं, नहीं, यह कैसे हो सकता है? मेरे कारोबार में धब्बा लगता है न।" जगदेव ने कहा।

"परमार, मेरा स्वभाव कुछ विचित्र है। अब यहाँ जम गया, तो मुझे यहीं अच्छा लगेगा।"

"परन्तु वह तो उस आदमी ने भूल ही की। महल की व्यवस्था तो मुझे करनी चाहिए न?" जगदेव ने जरा अधीरता से कहा।

"मेरे लिए व्यवस्था करने की तकलीफ करना ही नहीं। मैं तो अपने आप व्यवस्था कर लेता हूँ।"

"और फिर यह कमरा दूसरे काम में लेना है।" जगदेव ने जरा सत्ता से कहा।

काक इसी की बाट देख रहा था। बाघ जिस तरह झपटता है, उस तरह वह जगदेव की तरफ लौटकर बोला, "परमार, तुम योद्धा हो। मैंने भी युद्ध किए हैं। साफ कह दो न कि इस सबका मतलब क्या है?"

"नहीं—नहीं—कोई खास—"

"बतला दूँ?" हँसकर काक ने कहा। "तुम्हें मुझे निश्चित की हुई जगह पर डेरा देना है और मुझे वहाँ रहना नहीं, बस।"

जगदेव चौंका। इस प्रकार बातचीत करने के लिए वह तैयार न था।

"भटराज, किन्तु महल की व्यवस्था—"

"परमार, इसकी मुझे लेशमात्र भी परवाह नहीं। देखो, हम लोग पहले ही मिले हैं, तो हमें स्पष्ट बातें कर डालनी चाहिए।"

"क्या?"

"यद्यपि तुम यहाँ के सबसे बड़े सत्ताधीश हो; परन्तु मैं जयसिंहदेव महाराज की सत्ता के सिवा दूसरे की सत्ता मानता नहीं। इसलिए मुझे क्या करना चाहिए, कहाँ रहना चाहिए, इस संबंध में उनके सिवाय किसी को पंचायत में न पड़ना चाहिए।"

"भटराज, क्या आप मेरा अपमान करना चाहते हैं?" गर्व से हँसकर जगदेव ने दाढ़ी पर हाथ फेरा।

"नहीं, मैं अपमान सहन नहीं करना चाहता।"

"भटराज, तुम्हें किसी ने भरमा दिया है। मैं किसी का अपमान नहीं करता।"

"परमार, बिना अधिकार के कोई मुझ पर हुकूमत चलाने आए तो वह मेरा अपमान ही कर रहा है, ऐसा मैं समझता हूँ।"

"भटराज, महल में हुकूमत मेरी है।"

"इसे मैं स्वीकार नहीं करता।"

"क्यों?"

"परमार, तुम्हारा बल अगाध गिना जाता है और तुम्हारे मालवी वीर चाहे जिसे पकड़कर मार सकते हैं। इन दोनों का तुम चाहे जो उपयोग करो, मैं सामना करने के लिए तैयार हूँ।" काक ने शान्ति के साथ झूले की छड़ पर भार डालते हुए कहा।

"भटराज, आप नाहक बैर बाँध रहे हैं।" झूले से क्रोध के साथ उतरते हुए जगदेव ने कहा। "किसी पट्टणी ने मेरे साथ बैर बाँधकर सार नहीं निकाला।"

"और" शान्ति के साथ हँसते हुए काक ने कहा, "किसी परदेशी ने भी मुझ पर सत्ता बिठाने जाकर सार नहीं निकाला।"

"भटराज, तुम्हारी जीभ खराब परिणाम लाएगी।" जगदेव का हाथ तलवार पर गया।

"तुम्हारे जैसे बहुत से बलवानों को मेरी जीभ ने जीते ही जला दिया है।" काक

ने धीमे रहकर झूले पर से उतरते हुए कहा। ''तुम्हारे हाथ खुजला रहे हैं क्यों? ठीक। खेमा, मेरा खंग तो ला।'' तिरस्कार से काक ने कहा, ''बहुत दिनों से अभ्यास छूट गया है, सो ताज़ा हो जाएगा।''

एकदम जगदेव को भान हुआ। वह नरम पड़ गया, ''भटराज, क्षमा करो, मैं जरा आवेश में आ गया। क्षमा करो, महाराज जानेंगे तो क्या कहेंगे?'' जयसिंहदेव की याद आ जाने से परमार काँप उठा।

''कुछ नहीं, यह तो हम खेल रहे थे।''

''नहीं, नहीं, यह कैसे हो सकता है? भटराज, क्षमा करो।'' कहकर चतुर जगदेव ने हाथ जोड़ लिए। ''यह तो आपने मुझे फिजूल ही चिढ़ाया।''

''घबराना नहीं। परन्तु एक बात कह डालूँ, नहीं तो फिर रह जाएगी। तुम्हारे जैसे परमार का बल और शौर्य तो धारा के परमारों के यहाँ ही शोभा देता है; परमारों के कट्टर बैरी पाटण-नरेश के यहाँ नहीं।'' काक ने चोट की, ''परमार, बैठो, जरा दूसरी बातें करें।''

''नहीं, अब मैं जाऊँगा—'' एक वृद्ध अनुचर आ गया, इसलिए जगदेव बोलते-बोलते रुक गया। उसने कहा, ''परमार, महाअमात्यजी बुलाते हैं।''

''कौन?'' साश्चर्य जगदेव ने पूछा। उसका मुँह जरा उतर गया।

''मुंजाल मेहताजी।'' वृद्ध ने कहा।

काक ने जरा आँखें फाड़ीं। स्पष्ट दिखलाई पड़ा कि जगदेव को इससे चैन नहीं मिली है। जहाँ तक बनता वह मुंजाल से नहीं मिलता था और मुंजाल भी कभी उसे बुलाते न थे। उसे मुंजाल का परिचय न था; परन्तु राजा उसे बहुत मानते हैं, यह देखकर वह उससे सबहुमान दूर ही रहता था। आज जब उसके गौरव पर चोट पड़ रही थी, तब इस प्रकार भेजा हुआ सन्देश उसे रुचा नहीं।

''कह दो कि जरा काम में हूँ। फिर मिल लूँगा।'' जरा अभिमान से जगदेव ने कहा।

परमार की स्वस्थता सदा जैसी होती, तो वह ऐसा कहने का स्वप्न भी नहीं देखता। परन्तु आज उसका कुछ ठिकाना न था। यह जबाब सुनकर काक और अनुचर दोनों चौंके।

''आपने क्या कहा?'' अनुचर ने स्पष्टता के लिए पूछा।

''यही कि फिर मिल लूँगा।'' हर एक शब्द पर भार देते हुए जगदेव ने कहा। काक सतर होकर कठोर दृष्टि से देखने लगा। ''तुम क्या कर रहे हो, इसका भान है?'' उसने धीमे से कहा।

''हाँ, क्यों?''

''मुंजाल मेहता बुलावा भेजें और न जाओ, इसका मतलब क्या हुआ, समझते हो?''

"जानता हूँ कि वे महा अमात्य हैं। पर मुझे महाराज के पास जाना है।"

काक स्थिर दृष्टि से देखता रहा।

"जगदेव, जाओ।" उसने कठोर स्वर में कहा। "इतने वर्ष यहाँ रहे तो भी मुंजाल को नहीं पहचानते, यह कुछ अजीब-सी बात है। जाओ, नहीं तो यह अनुचर अभी लौट कर फिर आएगा।"

काक ने बोलने का ढंग इतना गम्भीर और सत्तापूर्ण था कि जगदेव चुपचाप अनुचर के पीछे चल दिया। उसका गर्विष्ठ हृदय फटा जा रहा था।

काक हँसा। "खेमा, जा, और मंगी से पूछ आ कि लीलादेवी को फुरसत है? हो तो मिलकर कृतार्थ हो लूँ।"

"जो आज्ञा।"

परमार कुछ समझ नहीं सका

जगदेव के अन्तर में विद्रोह का तूफान उठ रहा था। लीलादेवी, काक और मुंजाल, तीनों ने उसे आज पैर की धूल जैसा गिना। इतने बरसों के बाद भी यह क्या? उसे काक ने जो चेतावनी दी वह रुची नहीं और मुंजाल मेहता ने आज्ञा देकर बुलवाया, यह भी न रुचा। और फिर काक के शब्दों ने तो उसके गर्व पर भारी आघात किया। वह परदेशी है, सेवक है, अपने योग्य स्थान पर नहीं है, इसका भान उसे पहली बार हुआ। फिर भी वह जिद से अपने गर्व की रक्षा करता रहा।

मस्तक को गर्व से ऊँचा किए, संग्राम की मूर्ति जैसा प्रचंड और भयानक बनकर, मूँछ पर हाथ रखे वह महा अमात्य के पास गया। मुंजाल के सम्पर्क में अपरोक्ष रीति से वह कभी न आया था, इसलिए उसे आत्मगौरव की रक्षा का यह योग्य साधन मालूम हुआ।

वृद्ध मुंजाल गद्दी पर बैठा था। उसके गौरवशील मुख पर सत्ता की रेखाओं में भलमनसाहत की रेखाएँ मिली थीं। एक ओर एक जैन मुनि बैठे थे। थोड़ी दूर शोभ कान में कलम खोंसे, तुरन्त लिखे गये आज्ञा-पत्र पर रेत डाल रहा था। दो मनुष्य जरा दूर घुटनों के बल हाथ जोड़े बैठे थे। वातावरण किसी धनाढ्य और श्रद्धालु वणिक के घर जैसा था।

"आपने मुझे बुलवाया?" जरा कठोर भाव से जगदेव ने कहा।

मुंजाल ने मीठा हँसकर नमस्कार स्वीकार किया और उसकी तरफ देखे बिना कहा, "परमार, जरा ठहरो। मैं यह आज्ञा-पत्र पढ़ लूँ।" कहकर उसने शोभ के पास से आज्ञा-पत्र लेकर शान्ति से पढ़ा। जगदेव को इन परदेशी पट्टणियों की रीति-नीति के प्रति तिरस्कार था और खासकर मन्त्रियों की तरफ तो उसकी अरुचि इतनी थी कि

वह भाग्य से ही उसे दबा पाता। उसे इस शान्त अमात्य के सामने ज़रा क्षोभ हुआ, परन्तु अभिमान से उसने इस क्षोभ को दबा लिया।

"परमार," मिठास से ऊँचे देखते हुए मुंजाल ने कहा। "तीन-चार घड़ी पहले तुम्हारा आदमी वस्ता को बुला ले गया था। वस्ता को जानते हो न?" मन्त्री का हास्य मनोहारी था। "हाँ।" जरा गर्व से ओठ दबाते हुए जगदेव ने कहा। मन्त्री का हास्य जाता रहा। उसने शान्त गौरव से जगदेव के मुख की ओर देखा। जगदेव गर्व से भान भूलकर तिरस्कार से हँसा।

"एक घड़ी के अन्दर जहाँ वस्ता हो वहाँ से खोजकर ले आओ।" शान्ति के साथ मुंजाल ने कहा।

"मेहताजी" जगदेव बोलने लगा तो क्षोभ और अभिमान के मारे उसकी आवाज़ जरा भारी और नम्रताहीन निकली। वहाँ बैठे हुए लोगों को ऐसा लगा, मानो कमरे में यमराज आ गया हो और उसके कारण भयानक कम्प हुआ हो।

मन्त्री का बड़ा सिर गर्व से ऊँचा हुआ और भलमनसाहत से शोभित उसके मुख पर निश्चल गौरव आ गया। उसके कपाल पर शान्ति थी, परन्तु आँखों से ज्वालामुखी फट पड़ा। उसकी ज्वाला देखकर जगदेव की जीभ तालू से सट गयी।

"परमार," जिस आवाज़ से पाटण का अरिदल काँप उठता था उसी आवाज से वह गरजा। उसमें प्रभाव था, गर्व था और झेली न जाए ऐसी शान्त सत्ता थी। "एक घड़ी में—एक घड़ी में या तो वस्ता को खोज लाओ, नहीं तो अपने आयुध और आज्ञापत्र शोभ मेहता को सौंपकर यहाँ हाजिर हो जाओ।"

जगदेव का सिर चक्कर खाने लगा। क्या अमात्य पागल हो गया है? या मैं स्वयं पागल हो गया हूँ? आयुध और आज्ञापत्र शोभ मेहता को सौंपने का अर्थ वह समझता था। एक अनुचर को सजा देने के कारण क्या उसके जैसे योद्धा को, भटराज को, महाराजा के मानीते को, पदभ्रष्ट करके, देह का या देशनिकाले का दंड देना चाहिए?

"परन्तु—" काँपते हुए ओठों से उसने कहा।

वे आँखें फिर चमकीं। "जब तक मेरी आज्ञा का पालन न हो तब तक मैं कोई और बात नहीं सुनता।" मुंजाल ने प्राणघातक तिरस्कार से कहा, "जाओ, शोभ, मैंने कहा वह सुना?"

"जी हाँ।" शोभ मेहता ने कहा।

जगदेव को नहीं सूझा कि वह खड़ा रहे, गिर पड़े, या धरती में समा जाए। वह चुपचाप चला गया।

जगदेव के मुख में फेन आ गया। क्या मालवे से वह इन सबके पैरों की धूल गिना जाने के लिए आया है? उसने क्या अपराध किया है? उसे जयसिंहदेव महाराज का स्मरण आया। बेचारा पाटण-नरेश! जिससे अपने महल में भी अपनी सत्ता नहीं चलाई जाती। उसे ऐसा लगा कि उसका स्वामिभक्त रक्त उछल रहा है। इस समय

उसके मालिक को उसकी बहुत आवश्यकता है। इस समय उसकी सत्ता स्थापित रखना उसका काम है। इस समय उसकी कृतज्ञता की कसौटी है। वह स्वंय परमार था, और वीर था। क्या वह अपने स्वामी की सत्ता पर किसी को चोट करने देगा? उसके प्रचंड शरीर में पवित्र और निःस्वार्थ रोष का संचार हुआ। वह स्वयं तो ठीक; परन्तु उसका अन्नदाता इस दशा में! कुछ बात है? जोर से पैर उठाता हुआ वह महाराज के पास गया।

जयसिंहदेव मुरार के साथ बातें करते हुए खूब हँस रहे थे।

''और एक ब्राह्मण ने मालवी सैनिक को बाँधा...और ब्राह्मण रानी के आवास में चला गया।'' राजा को कुछ समझ में न आवे, इस तरह बहुत ही हँसी आ रही थी।

''परन्तु ब्राह्मण...हा-हा...मुरार यह तो बिल्कुल गप्प है।'' जयदेव का सुन्दर मुख हँसते-हँसते लाल हो गया। ''और रानी...लीला...विवेकशील रानी...हा-हा ब्राह्मण!... गप्प...बिल्कुल गप्प।''

''अन्नदाता!'' मानभंग और रोष से सूजे हुए मुख से जगदेव ने कहा। उसकी आवाज़ रिसाए हुए बालक के समान थी, ''गप्प नहीं, सही बात है।''

''क्या सही बात है, तेरा सिर?'' राजा ने हँसकर कहा।

''एक ब्राह्मण तेरे सैनिक को बाँधकर भीतर घुस गया। हा-हा...परमार।'' कृत्रिम गाम्भीर्य से राजा ने कहा। ''महल में ऐसा पहरा रखते हो, क्यों? वह ब्राह्मण गया कहाँ?''

''महाराज, मैं भी उसी को खोज रहा हूँ, परन्तु मिलता नहीं।''

''अररर।'' कहकर महाराज हँसी न रोक सके। ''परमार, यह क्या–हा–हा–होने जा रहा है?''

''अन्नदाता, आप हँसते हैं और मेरा जी जा रहा है।''

''और मैं न हँसूँ तो तू जीता रहेगा? तो जगदेव, ले चुप हो रहा। बोल, तेरा जीव कैसे जा रहा है–कब जा रहा है–कहाँ-जा रहा है? कह तो डाल!'' कहकर राजा फिर हँसा।

''अन्नदाता, आप तो हँस रहे हैं, परन्तु आज आपकी सत्ता का सत्यानाश हो गया।''

''हाय! हाय!'' गम्भीर मुख से दिलसोज़ी दिखलाते हुए राजा ने कहा।

''सुनिए, अन्नदाता, एक ब्राह्मण ने हमारे एक मालवी सैनिक को बाँधा।''

''यह तो जाना।''

''वह महारानीजी के कमरे में लोप हो गया।''

''यह भी जान लिया।''

''और मैं महारानीजी के पास पूछने के लिए गया तो महाराज, मुझे दुत्कार के निकाल दिया।''

“अरे, मेरे इस परमार को? मैं रानी से जवाब-तलब करूँगा।”

“परन्तु अन्नदाता, और तो सुनिए। वस्ता ने मेरी आज्ञा के बिना ही काक भटराज के लिए कमरा खोल दिया।”

“वस्ता है ही ऐसा।”

“मैंने उसे कैद कर दिया—”

“अच्छा किया।”

“और भटराज के लिए नीचे जगह तजबीज कर दी, तो उन्होंने वहाँ जाने से इनकार कर दिया।”

“यह काक भी बड़ा जिद्‌दी है।” राजा ने हँसकर कहा।

“और अन्नदाता, मुझे मुंजाल मेहताजी ने बुलवाया।”

“क्यों?” राजा ने गम्भीर होकर पूछा।

“सबके सामने मेरा अपमान किया।”

“क्या?”

“मुझसे कहा कि एक घड़ी के अन्दर वस्ता को ले आओ, नहीं तो अपने आयुध और आज्ञापत्र शोभ मेहता को सौंप दो!”

“क्या कहते हो?”

“अन्नदाता, यह तो मेरी नहीं, आपकी आबरू जा रही है। यह तो आपकी सत्ता तोड़ने की युक्ति है।”

“परमार, मैं रानी और काक दोनों की खबर लूँगा, परन्तु वस्ता को छोड़ दो।”

“परन्तु महाराज,—”

राजा ने धीमे से कहा, “परमार, क्या आयुध और आज्ञापत्र अच्छे नहीं लगते?”

जगदेव ने घबराकर राजा के सामने देखा। उसे कुछ ऐसा लगा कि राजा ने जो कुछ कहा, वह मैं बराबर नहीं सुन सका।

“अन्नदाता!”

“जगदेव, मेरी बात मानो और वस्ता को छोड़ दो।”

परमार निराश हुआ। उसने रिसाए हुए बालक की तरह मुँह बनाकर कहा, “बापू, आपकी बातें आप जानें, मैं तो छोड़ दूँगा।”

“जगदेव देखो, इसके बदले मैं तुम्हें कल अधिक सत्ता दूँगा। काक यहाँ आया हुआ है, इसलिए तुम्हें सत्ता की आवश्यकता भी होगी। नहीं तो इसे वश में रखना कठिन होगा।”

“दिखता तो ऐसा ही है।”

“जगदेव, अपनी घुड़साल में से दो बढ़िया से बढ़िया घोड़े काक के लिए तैयार रखना और अपने आदमियों से कह रखना कि उसे जाते-आते रोकें नहीं।”

"जो आज्ञा।"

"और कल सुबह हम चुपचाप छावनी की खबर ले आएँगे।"

"जो आज्ञा।"

"परमार, घबराना नहीं। मेरी सत्ता को कोई छू भी नहीं सकता।"

जगदेव ने झुककर आज्ञा ली।

"मुरार," राजा को फिर हँसी आई। "जा, रानी से कह आ कि मैं आज उन्हीं के आवास में भोजन करूँगा और वहीं सोऊँगा।"

"जो आज्ञा।"

प्रेमकुँवर का निश्चय

प्रेमकुँवर नागर मन्त्री शोभ की पत्नी थी। वह ऊँची, गोरी और जरा स्थूल थी। उसकी आँखें बड़ी-बड़ी और भाव-दर्शक थीं। उसके ओठ जरा मोटे और विलास की रुचि दिखलाते थे। उसके कपोलों पर यौवन की लाली थी। उसके छोटे-से कपाल पर मोटी-सी आड़ (तिलक) शोभित रहती और उसके ओठों से पान की लाली कभी अदृष्ट न होती थी। उसके शरीर की रेखाएँ भरावदार थीं और कुछ ऐसा खयाल होता था कि वह विलासवृत्ति का मूर्त स्वरूप है।

उसकी ठसक पाटण के नागरकुल के प्रथम रत्न की पटरानी को शोभा देने वाली थी। वह सुन्दर वस्त्र धारण करती और खूब शृंगार करती। वह धनाढ्य, मौजी और गर्विष्ठ कुल को शोभा दे, ऐसी छटा और ठाठ से रहती। रानियों की अपेक्षा उसका पहनावा हमेशा विशेष आकर्षक लगता और उसके अलंकारों की तड़क-भड़क के आगे महाराज का शृंगार भी फीका पड़ जाता।

जीवन का उल्लास उसे हमेशा डोलायमान रखता। वह जब चलती तब शरीर डोलता, कमर लचकती, पैर थिरकते और पृथ्वी काँप उठती। उसकी आँखें दो पल भी ठिकाने न रहतीं और नवीन-नवीन भावों से चमकती रहतीं। यदि कोई उसकी ओर दृष्टि डालता तो नखरेबाज स्त्रियों का प्रथम लक्षण उसे तत्काल दिख पड़ता। उसका पल्ला कहीं-न-कहीं से खिसक पड़ता और तब लज्जा से मानो उसे ठीक करने में लग गयी है, इस तरह का प्रयत्न वह करती।

उसके मन में बाहर की दुनिया का कोई हिसाब न था। उसके अन्तर की दुनिया में पहले वह स्वंय थी, फिर उसके मौज-शौक थे, वस्त्र आभूषण थे और अन्त में उसके शोभ मेहता थे। अपने-आपको मध्यबिन्दु बनाकर शोभ मेहता तक त्रिज्या खींचकर जो वर्तुल वह बनाती, उसमें स्वर्ग, मृत्यु और पाताल—इहभाव और पराभव—सब समा जाते।

आज उसका मिजाज बिगड़ा हुआ था। मीनलदेवी ने उस पर लीलादेवी इत्यादि रानियों को शौकीन बनाकर बिगाड़ने का आरोप लगाया था। इसमें उस बेचारी का क्या दोष! रानियाँ उसके जैसी शौकीन न हों, या उसके मेहता जैसा बाँका वर उन्हें न मिले, तो इसमें उस बेचारी का क्या दोष! और बिना दोष के उस पर आक्षेप! मीनलदेवी में तो इतनी उम्र में विशेष बुद्धि होनी चाहिए। उन्होंने जवानी में क्या-क्या न किया होगा! अब इतने बरसों में उन्हें यह क्या कहने की सूझी? लोग जवानी में मौज न करें तो क्या पति और संसार को खो चुकें तब करे?

वह लीलादेवी का कमरा सजा रही थी। समर्थ उसकी मदद कर रही थी। समर्थ उसे अच्छी नहीं लगती, वह बड़ी चिलविल्ली थी। क्योंकि वह सारे दिन उसके संसार की बातें पूछा करती। वह इतनी बड़ी हो गयी और बिना वर के भटकती फिरे, उससे क्या कहा जाए?

मीनलदेवी से बैर निकालने का उसे एक रास्ता सूझा। यदि सभी रानियों को वह अपने जैसी स्वच्छन्द बना डाले तो मीनलदेवी की घबराहट का पार न रहे और इस अपने बुढ़ापे में सबको बुढ़िया बनाने की इच्छा रखनेवाली से पूरा-पूरा बैर लिया जाए। इस युक्ति की आजमाइश लीलादेवी से ही शुरू की जाए। यह बहुत गर्विष्ठ, लापरवाह और गम्भीर थी।

"इसे ऐसी बनाऊँ कि जिसका नाम।" प्रेमकुँवर बड़बड़ाई और बड़ी खूबी के साथ उसने कमरा सजाना शुरू किया।

"यह समर्थ तो कौन जाने किस घड़ी में बनी है! कटकट-कटकट किया ही करती है।" वह फिर बड़बड़ाई।

परन्तु समर्थ को जब बोलने की इच्छा होती है, तब उसे सुननेवाले की परवाह नहीं होती।

"प्रेमा भाभी, आज बड़ा मजा आया। महारानीजी पकड़ी गयीं।" उसने धीमे से -कहा– "ऐसी पकड़ी गयीं–ऐसी–" और वह हँसने लगी।

"कैसे?" बिना ध्यान दिए प्रेमकुँवर ने पूछा।

"आज उनके कमरे में से एक आदमी निकला!"

"हें!" प्रेमकुँवर ने एकदम ध्यान देकर आश्चर्य से कहा।

"अन्दर के कमरे में बन्द था।"

"फिर?"

"मैंने उसे दूसरे रास्ते से जाने दिया और फिर–" समर्थ हँसने लगी।

"ऐसा मजा–"

झूले पर फूल सजाते हुए प्रेमकुँवर ने पूछा, "क्या?"

"अरे, ऐसा–"

प्रेमकुँवर फूल सजाना छोड़कर, समर्थ के पास गयी। "क्या?"

"महारानी आ पहुँचीं और वह मिला नहीं। ऐसी घबराई कि रुआँसी-सी हो गयीं।"

"तूने कैसे जाना?"

"मैं फिर लौटी न!"

प्रेमकुँवर मन में बोली, "अब समझ में आया कि रानीजी ऐसी रंजीदा—उदास-सी होकर क्यों फिरती हैं।" फिर प्रकट में कहा, "वह कौन था?"

"कोई पुजारी ब्राह्मण!"

"हाय-हाय! मर तू यहाँ से।" धारणा गलत लगने से प्रेमकुँवर ने कहा।

"प्रेमा भाभी, मैं तुमसे मरने को कहूँगी तो तुम्हें कैसा लगेगा? मरने को मुझसे कह रही हो!" होंठ पर होंठ चढ़ाकर समर्थ ने कहा। "फिर तो मैं तुमसे—तुम्हारों से—सबसे—"

इतने में एक अपरिचित मनुष्य आया। "महारानीजी फुसरत में हैं?"

"क्यों?" प्रेमकुँवर ने पूछा।

"काक भटराज मिलना चाहते हैं।"

"का—क" चीखकर समर्थ बोली।

"क्यों समर्थ," प्रेमकुँवर ने कठोरता से कहा, "तुझे बोलना भी आता है?" और खेमा की ओर फिरकर कहा, "भाई, खड़े रहो, मैं पूछ देखूँ।" कहकर प्रेमकुँवर अन्दर गयी।

रानी पलंग पर बैठी थी। "महारानीजी, भटराज काक ने पुछवाया है कि आपको अवकाश हो तो, वे मिलने को आवें।"

रानी ज़रा हँसी। वह हास्य प्रेमकुँवर ने मन में लिख लिया। "हाँ, कह दो, मैं फुरसत में हूँ। प्रेमा, अभी फूल ही सजा रही हो? तुम न होतीं तो मेरा क्या होता?" रानी ने कहा।

"महारानीजी, ऐसा क्या कह रही हैं भला।" मानो बहुत ही उमड़ती हुई लज्जा-को अगत्या झेल रही हो, इस तरह नीचे मुँह मुस्कराकर और अंग लचकाकर प्रेमकुँवर ने कहा। "आज तो रानीजी का जी लहर में है।" इस प्रकार मन-ही-मन में गुनगुनाती हुई प्रेमकुँवर गयी खेमा से सन्देश कहा।

"अच्छा हुआ कि वह पापी यहीं आ गया।"

"कौन-सा पापी?" प्रेमकुँवर ने बिना ध्यान दिए पूछा।

"यही काक।"

"तेरा उसने क्या बिगाड़ा है? पगली।"

"उसने नहीं बिगाड़ा तो किसने बिगाड़ा भला?" बड़े जोर से समर्थ ने पूछा।

प्रेमकुँवर ने सिर हिलाया और मन-ही-मन प्रमाणपत्र दिया, "मुई बिल्कुल पागल है।" थोड़ी देर दोनों काम करती रहीं और प्रेमकुँवर कि हथौटी के प्रताप से कमरे का

रंग और रूप तेजी से बदलता गया। थोड़ी देर में किसी के पैरों की आहट सुनाई दी और दोनों ने लौटकर देखा, दरवाजे पर एक भव्य और कान्तिमान् पुरुष खड़ा है। प्रेमकुँवर के सिर से पल्ला खिसका। उसने उल्टा खोंसा और फिर ठीक किया। फिर उसने नीचे देखा और आँखें ऊँची कीं। उसकी देहबल्लरी डोलने लगी, उसके मुख पर घबराहट तो दिखलाई दे ही रही थी। इस सब में प्रेमकुँवर का कोई दोष न था। जिस तरह कोयल अपने को सर्वोपरि ठहराने के लिए कुहू-ध्वनि करती है, उसी तरह इस विलासी युवती की सामान्य सभ्यता का यह एक प्रकार था। यह देखकर सबका ध्यान जाता था और शोभ मेहता की मोहक भामिनी के चरणों में हृदयों का ढेर लग जाता था। नया आनेवाला नाममात्र ही हँसा, इस सभ्यता से वह स्तब्ध हो गया हो, ऐसा कोई चिह्न न दिखा।''

परन्तु समर्थ से न रहा गया। वह एकदम उछलकर प्रेमकुँवर के पास जाकर धीरे से बोली, ''महारानीजी के कमरे में सुबह जो ब्राह्मण था वह यही है।''

प्रेमकुँवर ने इसे मन में रख लिया, समर्थ का हाथ दबाया, फिर भी वह स्वागत करने से न चुकी। ''पधारो भटराज!'' मीठी, धीमी, भावसूचक और शर्मीली आवाज में नीचे देखती हुई उस नागर-कन्या ने कहा।

''महारानीजी हैं क्या?'' नव आगन्तुक ने मिठास से पूछा और उसकी तीक्ष्ण दृष्टि कमरे के चारों कोने देख गयी।

''अभी बुला लाती हूँ।'' कहकर पल्ला सँभालती, नीचे देखती, शरीर डुलाती प्रेमकुँवर अन्दर गयी और जाते-जाते बड़बड़ाई ''काक भटराज रानी के कमरे में! धन्य हैं तुम्हारी लीला को रानीजी। तुमने भी गजब किया। वाह रे तुम्हारा मिजाज़ और वाह रे तुम्हारा ढोंग! भला तो तुम्हारा! खोज भी किसे निकाला! मेरे फूल आज क्यों पसन्द आए, अब समझ में आया।''

वह अन्दर गयी कि समर्थ सामने आ गयी। ''क्यों काक भटराज, पहचानते हो?''

''ओ, हो! तुम भी यहीं हो क्या?'' काक ने हँसकर कहा।

''मुझे तुम्हारे साथ लड़ना है।''

''अररर! मर गया। मुझे नहीं लड़ना। मैं शरण आने को तैयार हूँ।''

''मैं मसखरी नहीं करती।'' समर्थ ने कहा।

''समर्थ,'' पीछे से रानी की सख्त आवाज आई। ''तुम और प्रेमकुँवर बाहर जाओ।''

पीछे ओर प्रेमकुँवर मन में बोली, ''अरी मैया री! आज कैसी खिल रही हैं।'' वह नीचे देखती हुई आगे बड़ी और काकभट के आगे होकर जरा नीचे मुँह से एक नजर ऊपर फेंककर चली गयी। समर्थ मुँह चढ़ाकर क्रोध के साथ चल दी। काक उस समय महारानी को प्रणाम कर रहा था।

"समर्थ, मंगी को भेज देना।" रानी ने कहा।

"अच्छी बात है।"

पुरुष को वश करने का शास्त्र

प्रेमकुँवर और समर्थ के चले जाने पर रानी झूले पर बैठ गयी और काक सामने जमीन पर बैठा।

"काक, तुम्हें कुछ हुआ तो नहीं?"

"कुछ नहीं, महाराज के मुझ पर चारों हाथ हैं।"

"तो अब समझ में आया।"

"मुंजाल मेहता कहते थे कि मैं तुम्हें अच्छी तरह नहीं पहचानती। तुम्हें कुछ न होगा।"

"मेहताजी की मेरे विषय में अद्भुत श्रद्धा है। क्या आप मेरे लिए गयी थीं?"

"हाँ, तुम्हें उस कमरे में न देखा, तो घबड़ा गयी।"

"महारानीजी, आपको मेरे लिए इतनी चिन्ता नहीं करनी चाहिए।"

रानी शान्ति से देखती रही। फिर विषय बदला। "काक, रेवापाल कैसा है?"

"जैसे का तैसा। अब भी लाट को स्वतन्त्र करने की आशा उसने खोई नहीं है और हम दोनों पर उसका क्रोध भी शान्त नहीं हुआ है। आगे जो हो जाए सो ठीक।"

"मुझे उदा के उस छोकरे पर जरा भी विश्वास नहीं है।"

"तुम्हारा तो किसी पर विश्वास दिखता ही नहीं।"

"मुझे कितनों पर बहुत ही विश्वास है।"

"जैसे कि मंजरी।"

"जैसे कि आप।"

रानी हँसी, "बोलो, फिर यहाँ का क्या है?"

"यहाँ? धीरे-धीरे सब सरल हो जाएगा। पहला दार तो फला है। महाराज ठिकाने आए हैं।"

"देखो, भूलते हो। इनको ठिकाने लाने में जन्म के जन्म बीत जाएँगे।" शान्त तिरस्कार से रानी ने कहा।

"महारानीजी, यदि आप मदद करेंगी, तो वे तुरन्त ठिकाने पर आ जाएँगे।"

"मुझे किसलिए मदद करनी चाहिए?" असन्तोष से रानी ने कहा।

"किसलिए?" काक ने तीक्ष्ण दृष्टि से रानी के सामने देखा। "देखिए, बहुत बार 'स्पष्टवक्ता सुखी भवेत्' यह सूत्र भूलने योग्य नहीं होता। मैंने आपको यहाँ ब्याहा,

और पटरानी पद की आशा दी। इस समय वह पद जाने की तैयारी कर रहा है। आपको भी ऐसा ही लगा और इसीलिए मुझे बुलवाया। अब हमें स्पष्ट बातें कर लेनी चाहिए।''

''करो न। मैंने कब इनकार किया है?'' उकताकर रानी ने झूले की पीठ पर भार डाला।

''बुरा तो न मानिएगा?''

''तुम्हारा कहा बुरा लगेगा, तो भी सुन लूँगी।''

''महारानीजी, इस समय बाप, भाई अथवा माँ जो कहो सो मैं हूँ। मैं जैसी बात करूँ, वैसी करने दीजिए।''

''इस सब पारायण की मुझे आवश्यकता नहीं दिखती।''

''मुझे दीखती है। मैं यहाँ बहुत ही मुश्किल स्थिति में हूँ। मेरे जैसे पर-पुरुष को इस तरह बातें न कहनी चाहिए, परन्तु मैं न कहूँ तो कौन कहेगा? ''

''कहना शुरू करो।''

''आपको पटरानी पद से हटना न चाहिए।'' काक ने रानी पर एक तीक्ष्ण दृष्टि डालकर कहा।

''यह मेरे हाथ में नहीं है।'' रानी ज़रा तिरस्कारपूर्वक हँसी।

''मुझसे जो कुछ बन सकता है, करता हूँ; परन्तु आखिर तो सब आपके हाथों में है।''

''किस प्रकार?''

''आपको महाराज जयसिंहदेव को रिझाना चाहिए।'' काक ने धीरे से कहा और रानी के मुख के भाव देखने लगा।

''क्या करवाना चाहते हो?'' कहकर तिरस्कार से रानी ने पूछा।

''जिससे काम सधे वह सब।''

''अर्थात्?''

''महारानीजी, प्रत्येक स्त्री में पुरुष को रिझाने की जो अद्‌भुत शक्ति होती है, वह आपको सीखनी चाहिए, नहीं तो यह काम नहीं होने का।''

रानी क्रूर शान्ति से काक की ओर देखती रही। काक चुप रहा।

थोड़ी देर में रानी ने निःश्वास छोड़ा। ''मुझे पुरुष को रिझाना नहीं आता।'' वह थोड़ी देर मौन रही और फिर तिरस्कार से हँसी, ''ऐसा जानती, तो मंजरी से ही कुछ सीख लेती।''

काक ने जवाब नहीं दिया परन्तु कहा, ''महारानीजी, इस समय हम दो सेनापतियों की तरह मसलहत कर रहे हैं। हमें गढ़ जीतना है। अपने शस्त्र आप काम में लाइए, मेरे, मैं लाता हूँ। बोलो, इस तरह बातें करूँ तो रुचेंगी?''

''हाँ, कहते जाओ।''

''जयदेव महाराज को आपके प्रति मोह उत्पन्न हो, ऐसा आपको करना चाहिए। तभी गढ़ जीता जाएगा।''

''राणक देवड़ी की तरह खुला सिर और कुंकुम लगाकर फिरूँ?''

''जरूरत होने पर यह भी करना पड़ेगा।''

''और कुछ?'' तिरस्कार से रानी ने पूछा।

''प्रथम तो वे महत्त्वाकांक्षी हैं।''

''इससे क्या?''

''सब जिसको पूजें ऐसी पटरानी उन्हें चाहिए। इसलिए आपको सब पूजें, ऐसा रास्ता लें।''

रानी एकाग्रता से देखती रही। काक उत्साह से, स्नेह से मानो विनती कर रहा है, ऐसा दीखता था। एक क्षण उसने काक के तेजस्वी मुख की ओर देखा।

''किस प्रकार?''

''गुरुदेव ने आपको शस्त्रविद्या सिखलाई है। प्रभु ने आपको चतुरता प्रदान की है। कुछ ऐसा कीजिए कि आपकी कीर्ति महाराजा को चकाचौंध कर दे।''

''क्या लड़ाई लडूँ।''

''यह भी करना पड़ेगा। फिर दूसरी बात यह है कि महाराज भावुक हैं।'' काक ने कहा।

''यह बात है?'' पुनः तिरस्कारपूर्वक रानी ने कहा।

''आप क्या नहीं जानतीं? आप उनकी ओर स्नेह की उर्मियाँ नहीं दिखातीं। आप बहुत तटस्थ, शान्त और भावहीन हो रही हैं।''

''तुम स्त्री होते तो अच्छी ननद होते।''

''अपनी महारानीजी के लिए ननद बनने में भी मुझे खुशी होती।'' काक ने हँसकर कहा, ''महारानीजी, चाहे जैसा पुरुष हो, उससे स्त्री के प्रेम बिना नहीं रहा जाता। थका हुआ मनुष्य जैसे रेवा की तरंगों में पड़कर नया जीवन पाता है, वैसे ही पुरुष को स्त्री के भावों, उर्मियों और छोटे-मोटे विलासों में स्नान करके सजीवन होने की आवश्यकता पड़ती है। और महाराज का अन्तर इतना उत्साही है कि उन्हें भावों की, उर्मियों की और विलास की बड़ी-बड़ी तरंगें चाहिए।''

''पुरुष का हृदय परखना तुम्हें बहुत आता है।''

''हाँ, बाल्यकाल से ही यह परखने का धन्धा ले बैठा हूँ। महारानीजी, सब बातों की तरफ तिरस्कार से देखेंगी, तो इससे लाभ क्या होगा? यदि पाटण की पटरानी बनना है तो पाटण के धनी के अन्तर को परखकर उसे कैद कीजिए। आप भी मनुष्य-हृदय की पारखी हैं। चाहें तो उन्हें नचा सकती हैं। नहीं तो आज देवड़ी जाएगी, और कल कोई दूसरी आएगी।''

''चलो, अब मुझे यही करना रहा।''

''हाँ। उनके निकट आओ, दूर ही जाओ, उन्हें आनन्द दो और विरहावस्था का अनुभव कराओ। उन्हें चिढ़ाओ और शान्ति दो। उन्हें मालिक बनाओ और दासत्व का स्वाद चखाओ। अपने वैविध्य के स्वरों में उन्हें नचाओ और अपने हृदय की एकनिष्ठा में उन्हें साता पाने दो।''

''अर्थात् लाट की राजकुमारी लौंडी बनकर रहे, ऐसा करूँ?''

''महारानीजी, सर्वांगपूर्ण स्त्री के भाव दिखलाने में मुझे तो कुछ भी हलकापन नहीं दिखता। स्वयं पार्वतीजी कौन-सा भाव नहीं दिखलाती थीं?''

''चलो, एक तो अपनी कीर्ति से उन्हें विस्मित करूँ और दूसरे—अपने अन्तर के भावों से उन्हें भिगो रखूँ। और भी कुछ है कि इस बस इतना ही?''

''नहीं, अभी बाकी है।''

''क्या?''

''महाराज का स्वभाव बहुत ही चंचल है। उन्हें निश्चलता की जरूरत है। अपनी निश्चलता पर उनके जीवन की रचना होने दीजिए।''

''सो किस तरह?'' रानी की भी दिलचस्पी बढ़ने लगी।

''वे चाहे जो करें, फिर भी उनकी कीर्ति और उनकी सत्ता आपके ही कारण है, ऐसी श्रद्धा उनको होनी चाहिए।''

''यह किस प्रकार?''

''उनकी कीर्ति और सत्ता की संरक्षक बनकर।''

''चलो, यह तीसरा हुआ, अब और कोई पाठ बाकी है?''

''आज इतना ही बहुत है।'' हँसकर काक ने कहा।

''अब क्या करूँ?'' रानी ने पूछा।

''पहले अपनी कीर्ति बढ़ाइए। आप शस्त्र तैयार रखिए। थोड़े ही दिनों में हम जिससे सम्पूर्ण गुजरात गरज उठे, ऐसा धड़का करेंगे। परन्तु अभी तो जब कभी मौका मिले चुपचाप घोड़े पर चढ़कर लश्कर में क्या हो रहा है सो देख आया कीजिए। जब लाट में थी, तब तो कोसों दौड़ लगाती थीं।''

''काक, वे दिन गये।'' रानी ने निःश्वास छोड़ा।

''इसके बाद दूसरा प्रयोग ही हाथों में है।'' काक ने हँसकर कहा, ''मुझे स्त्री-चरित्र का विशेष अनुभव नहीं है।''

''ऐसा क्या?'' रानी ने हँसकर पूछा, ''तुम्हारी बातों से तो ऐसा नहीं लगता।''

''और तीसरा प्रयोग यह कि राजा को स्वयं देव जैसा दीखने का बहुत शौक है और इसी से जगदेव जैसे परदेशियों को वे रखते हैं। आप इन्हें दिखला दें कि जब वे आपके पास आते हैं तब बिना परिश्रम के ही देव बन जाते हैं।''

''मेरे पास देव बनाने का जन्त्र नहीं है।''

''है। आप इतना ठाठ बढ़ाएँ, इतने अनुचर रखें, ऐसा आचार स्थापित करें कि

आपके पास आनेवाले मनुष्यों को देवमन्दिर का खयाल हो। फिर इस मन्दिर का देव बनने के लिए राजा स्वयं ही दौड़े आएँगे। और यदि इस बीच वे ध्यान न दें तो घबराइए नहीं, वे अपने आप खिंचें आएँगे। अब तक ऐसा मुझे कोई नहीं मिला, जो देव माने जाने से खुश न हो।''

''मुझे एक मिला है।''

''आपको कुछ भ्रम होगा। उसका भी एक छोटा-सा मन्दिर है, जहाँ वह देवता माना जाता है।'' काक हँसा और क्षणभर के लिए उसका चित्त भृगुकच्छ के सांबा बृहस्पति के बाड़े में जा पहुँचा।

''पुरुष स्त्री को घर देता है, शोभा देता है, जवानी और प्राण देता है, पूजा और अर्चा देता है—केवल देव बनने के लिए। इस दुःखात्मक संसार में उसे केवल इतने में ही मुक्ति दीख पड़ती है।''

''काक, तुम्हारी विद्वता बहुत हो चुकी।'' लाट-कन्या ने कहा और शान्ति से सूखे हुए ओठों को पोंछा, ''तुम्हें पूजूँ या धिक्कारूँ, यह मुझे नहीं सूझता।''

''मुझे तो आपकी सेवा ही करनी है।'' काक ने जवाब दिया।

''ऐसा बोलोगे, तो जीभ निकाल लूँगी। बोलो, अब महाराज को देव बनाकर कैसे स्थापित करूँ?''

''जब वे यहाँ पधारें, तब यह माँग लेना कि कुछ सैनिक आपकी सेवा में रहने चाहिए।''

''फिर?''

''और बड़े-बड़े योद्धा यहाँ आने लगें, ऐसा कीजिए।''

''क्या रस्सी से बाँधकर खींच लाऊँ?''

''आप परिश्रम तो कीजिए, बिना रस्सी के ही सब खिंचे आएँगे। परशुराम को बुलवाइए। आप वीरांगना हैं, आपकी वीरता से वे प्रसन्न होंगे। और वे आए कि फिर सब आए समझिए।''

''मैं सब समझ रही हूँ। तुम बहुत ही धूर्त हो।''

''तो भी आप मुझ पर इतना विश्वास करती हैं?''

''महारानीजी, महाराज पधार रहे हैं।'' माँगी हाँफती हुई आई। उसके पीछे घबराई हुई प्रेमकुँवर और समर्थ के मुँह दिखलाई दिए। तुरन्त की महाराज जयसिंहदेव पधारे।

रानी चौंकी और झूले से उतर पड़ी। काक जमीन से उठकर झुककर खड़ा हो गया।

लीलादेवी का खेल

राजा अपनी उम्र से छोटे लगते थे। उनका रूपवान् चेहरा दिखता था और उस पर सदा पड़ती रहने वाली सत्ता की छाप ने तो इस समय मोहक गौरव का स्वरूप धारण कर लिया था।

उनका मुख हँसूँ-हँसूँ हो रहा था। उस पर रानी और काक को इस प्रकार बैठकर बातें करते देखकर तो हँसी एकदम उमड़ पड़ी। उन्होंने उसे रोका और भाल पर सिकुड़नें डालीं।

''रानी, क्यों, क्या कर रही हो?'' हँसती हुई आवाज़ को जरा सख्त करके राजा ने पूछा। ''कहो काक, तुम यहाँ कैसे आए?''

''महारानीजी से मिलने।'' काक ने तीक्ष्ण दृष्टि से राजा की मुखमुद्रा जाँचते हुए कहा।

''रानी, आज एक अजीब बात मेरे कानों में आई है।'' कहकर राजा झूले पर बैठे और हाथ पकड़कर रानी को बिठा लिया। फिर चारों तरफ देखा और रानी के कमरे को सजा हुआ देखकर कहा, ''तुम तो बहुत शौकीन जान पड़ती हो।''

''ऐसा?'' शान्ति एवं अस्पष्ट तिरस्कार से रानी ने कहा। परन्तु कहते समय उसकी दृष्टि काक पर जा पड़ी। काक की आँखों में उपालम्भ था। इतना कहने पर भी रानी कुछ नहीं करती ऐसा, स्पष्ट अर्थ उनमें दीख पड़ा। लीलादेवी के अन्तर में काक की ओर प्रेरणा का असर हुआ। ''मैं तो इसे रोज सजाती हूँ, परन्तु महाराज को देखने का आवकाश ही कहाँ है?''

राजा हँसे। काक ने आँखों से उपकार माना।

''आज तो मैं एक बात की जाँच करने आया हूँ।'' राजा ने फिर गम्भीरता का डौल किया।

''किस बात की?''

''सुबह एक ब्राह्मण महल में घुस आया और तुम्हारे कमरे में जाकर अब कहीं मिलता नहीं है।''

रानी जरा चौंकी। काक बिना बोले ही हँसा।

''जगदेव ने कहा होगा।'' उसने पूछा।

''कैसे जाना?'' राजा ने जरा भौंहें चढ़ाते हुए पूछा।

''कारण कि वह ब्राह्मण और कोई नहीं था।'' रानी यह धृष्टता देखकर जरा फीकी पड़ी। काक ने आगे कहा, ''मुझे आपसे पहले ही मिलना था, इसलिए ब्राह्मण का वेश धारण कर, पहेरदार को बाँधकर प्रवेश किया; परन्तु फिर सोचा कि इस वेश

में आपसे मिलना ठीक नहीं, इसलिए मंगी से कपड़े माँगने आया कि महारानीजी को पता चल गया और इन्होंने मुझे बुलवाया। इतने में परमार दौड़ते आ पहुँचे। तब मंगी ने मुझे निचले खंड में छिपा दिया और दंडनायक की पुत्री वहाँ आई तो उसने मुझे दूसरे मार्ग से चलता किया, और तब मैं आपसे जाकर मिला।''

''ऐसा हुआ?'' राजा ने कहा। ''मुझे क्या पता? मैं सोचने लगा कि रानी ने और तुमने मिलकर कोई षड्यन्त्र रचना तो शुरू नहीं कर दिया।''

''महारानीजी अब भी मेरे साथ षड्यन्त्र रच रही थीं।'' काक ने कहा, ''महारानीजी कहें तो कह डालूँ।''

''क्या?''

''है आज्ञा?'' काक ने हँसकर पूछा।

रानी समझी नहीं, तुरन्त उसने हँसकर हाँ कह दिया।

''महारानीजी रा' खेंगार के विरुद्ध षड्यन्त्र रच रही थीं और सारे लश्कर की खबरें पूछ रही थीं।''

रानी ने काक की ओर एक क्रोधभरी दृष्टि डाली। वह उसे अपनी युक्ति आजमाने का साधन बना रहा था, परन्तु उससे सामने न हुआ गया।

''महाराज, मैं इस घेरे से थक गयी हूँ और मुझे जैसे बने वैसे इसका अन्त लाना है।''

''तब क्या हम सब निकम्मे हो गये?''

''नहीं। कितने ही बरस मैं युद्ध में भाग लेती रही हूँ, कितने की रणक्षेत्र मैंने पार किए हैं और कितनी बार तो इस काक को भी छकाया है। इसलिए अब मेरा जी इस आलस्य से उकता गया है।''

''क्या करोगी?''

''आपकी पटरानी को शोभा दे वह।'' काक क्या बुलवाना चाहता है, इसकी कल्पना करके उसने जरा अस्पष्ट तिरस्कार से कहना शुरू किया। राजा आवेश के इस अकल्प्य प्रदर्शन को देखता रहा।

''क्या यह कोई लाट का छोटा-सा युद्ध है?''

''अन्नदाता, छोटे से लाट में क्या-क्या हुआ, उसका कोई कहनेवाला नहीं, इसलिए वह भुला दिया गया है।'' काक ने कहा।

''काक जहाँ घूमे वहीं महाभारत।'' राजा ने कहा।

''नहीं महाराज, जहाँ वीरों से वीर जूझें वहाँ महाभारत।'' रानी ने कहा।

''रानी, आज मैं यहीं भोजन करूँगा।''

''जो आज्ञा। मंगी,'' रानी ने कहा। ''महाराज आज यहीं भोजन करेंगे।''

''अन्नदाता, मुझे आज्ञा मिल जाए, मुझे दंडनायक से मिलना है।''

''इसके प्राण कभी शान्ति से नहीं बैठते।''

काक हँसा, "जूनागढ़ पड़े और आप भृगुकच्छ के सोमनाथ के मन्दिर का कलश चढ़ाने के लिए पधारें, तब शान्ति से बैठेंगे।"

"निमन्त्रण देने की रीति देखी? जाओ। सुबह मिलना।" राजा ने कहा और काक ने छुट्टी ली।

काक बाहर निकला और कुछ ही चला होगा कि द्वार में से किसी ने आवाज लगाई "भटराज!"

काक ने घूमकर देखा। "कौन, सुबह मिली थीं, वही बहन?"

"हाँ।" समर्थ ने आँखें निकालकर कहा, "सारे जगत में तुम खराब-से-खराब आदमी हो।"

काक हँसा, "क्यों एकदम कैसे परख लिया?"

"तुमने मेरा सब कुछ बिगाड़ डाला।"

"मैंने क्या बिगाड़ा?"

"तुम क्यों नहीं पकड़ में आए?"

"मैं क्यों नहीं पकड़ में आया?" काक को लगा कि यह छोकरी पगली है।

"हाँ, तुम हाथ आ जाते तो बाहड़ मेहता को वरदान मिल जाता और मुझे ब्याह लेते।"

"और मैं नहीं हाथ आया तो–" जरा कुछ समझ में आ जाने पर काक ने कहा।

"अब मेरे पिता मुझे मेहता के साथ नहीं ब्याहेंगे।"

"क्यों?"

"इसका दादा मारवाड़ी था इसलिए!" होंठ-पर-होंठ चढ़ाते हुए समर्थ ने कहा।

"तो इसमें मैं क्या करूँ?"

"तुम अब पकड़ाई दे जाओ।"

"तुम भी जबरदस्त हो।"

"तुम बहुत खराब हो।" समर्थ ने गुस्से होकर कहा। "तुम्हारा किसी दिन भला न होगा।"

काक हँसकर चल दिया।

राजद्रोही

दूसरे दिन सवेरा होने के पहले राजा और जगदेव गढ़ के नीचे उतरे। गढ़ में सर्वत्र शान्ति थी। जिस जगह दोनों के लिए घोड़े तैयार खड़े थे उस तरफ ही वे गये। परन्तु वे घोड़ो पर बैठें, इसके पहले घोड़ेवाले ने जगदेव के कान में कुछ कहा और रकाब में पैर डाला ही था कि जगदेव चौंक उठा।

"क्या, यह बात ठीक है?"

"हाँ।"

"क्या है जगदेव?" राजा ने पूछा।

"कुछ नहीं अन्नदाता, आप ठहरें तो मैं जरा जा आऊँ।"

"क्या है?" जरा कठोरता से महाराज ने पूछा।

"अन्नदाता, अभी आया।"

"परमार, मुझे सुनना है कि क्या है?"

"अन्नदाता, गढ़ के दो पहरेदार घायल होकर मरने पड़े हैं। मैं उन्हें देख आना चाहता हूँ।"

"क्या कहते हो! मैं भी चलता हूँ। घोड़ेवाले, यह घोड़ा पकड़।"

"जो आज्ञा।" घोड़ावाले ने कहा और महाराज घोड़े से उतरकर जगदेव के साथ चल दिए।

थोड़ी ही दूर गढ़ के एक दरवाजे ने आगे जगदेव के चकमक रगड़कर बत्ती जलाई और देखा कि जमीन पर दो पहरेदार एक-दूसरे से दूर बेहोश पड़े हैं। महाराज और जगदेव ने ध्यान से देखा, तो एक का हाथ कन्धे पर से उतर गया था, और दूसरे के कन्धे पर सख्त घाव था।

रात्रि के अन्धकार में बत्ती के अनिश्चित प्रकाश में दो शवतुल्य पुरुषों को देखकर दोनों को कँपकँपी छूटी। जगदेव फीका पड़ गया था। जगदेव ने ही पहले स्वस्थता प्राप्त की।

"यह किसने किया होगा?"

"कौन जाने!" जरा अस्वस्थ स्वर में परमार ने कहा।

"क्या सोरठिये यहाँ आ पहुँचे?"

"नहीं अन्नदाता, यह तो गढ़ के ही किसी आदमी का काम है।" कहकर जगदेव ने दोनों जने जहाँ पड़े थे, उस पर से होने वाले दिशा-सूचन की ओर राजा का ध्यान खींचा।

"आह!" जिसका हाथ उतर गया था, उस पहरेदार के मुख से आवाज निकली।

"यह कौन है?" राजा ने गम्भीर होकर पूछा। उसको क्रोध हो आया। अब तक महल में ऐसा अत्याचार करने की हिम्मत किसी की न थी और इससे तो उसके गौरव की हत्या हुई हो, ऐसा लगा। उसके नथुने क्रोध से फूल गये।

जगदेव ने उस सैनिक के सिर पर हाथ फेरा, तो थोड़ी ही देर में उसने आँखें खोल दी।

"कौन? क्या हुआ?"

"कौन? महाराज? मैं—मर गया।"

"किसने मारा?"

"काक भट ने—" कहकर सैनिक फिर बेहोश हो गया।

जगदेव ने राजा के सामने देखा। उसका मुँह लाल हो गया था। उसकी आँखों में खून उतर आया था और भाल पर रौद्र रख दीख रहा था।

जगदेव को शान्ति मिली।

"अन्नदाता, क्या किया जाए?"

"चलो, घोड़ों को ले लें।"

जगदेव एक अक्षर भी नहीं बोला। गुस्से में फूलते हुए राजा और जगदेव घोड़ों के पास गये और उछलकर घोड़ों पर बैठ गये। घोड़ों वाले को सैनिकों की सार सँभाल रखने की आज्ञा देकर अपने घोड़े पर सवार जगदेव भी राजा के पीछे चल दिया।

राजा बिल्कुल नहीं बोले; परन्तु जगदेव अन्धकार में भी उनका सतर अंग और घोड़े को दौड़ाने की उतावली देख उनके मन में विचारों की कल्पना कर सका।

जयसिंहदेव के क्रोध का पार न था। अपनी सत्ता और गौरव का खंडन ईश्वर का किया हुआ भी जब वे सहन न कर सकते थे, तब ये तो एक आदमी का किया हुआ था।

एक विजित प्रान्त का इधर-उधर मारा-मारा फिरने वाला सैनिक इतना साहस करे! बरसों पहले उसने इनका अपमान किया था और देवड़ी रा' खेंगार को ले जाने दी थी। फिर लाट के गौरव की रक्षा के लिए, मारी-मारी फिरती राजकुमारी को इनके साथ परणा दी थी। आज सवेरे वह छुपे वेश में, उनकी आज्ञा भंगकर रानी से पहले मिला, जगदेव की अर्थात् स्वयं उनकी सत्ता को अवहेलना करके मनचाहा करने लगा, और अब एक डाकू की तरह उसने गढ़ के पहरेदारों को घायल किया।

राजा के हृदय में होली जलने लगी। उनकी—परम भट्टार्क जयसिंहदेव सोलंकी की—ऐसी अवहेलना! भले ही खेंगार जीत जाए, भले ही पाटण का नाश हो जाए, परन्तु यह अपमान कैसे सहा जाए? उन्होंने काक को सजा देने की कितनी ही बातें सोच डालीं।

वे पट्टणी सैन्य की चौकी के सामने आ पहुँचे, और धीरे-धीरे सेना की स्थिति नजर में डालते चले। इतने में एक टेकरी पर वे घोड़ों को जरा दम ले लेने लिए ठहरे। थोड़ी दूर तक नजर डालने पर दिखा कि वहाँ की सब चौकियाँ आगे-पीछे हटाई जा रही थीं।

"यह क्या है?"

"दंडनायक ने कुछ नये हुक्म निकाले मालूम होते हैं।" जगदेव ने कहा।

"देखें क्या है?" कहकर राजा ने घोड़ा बढ़ाया। थोड़ी दूर जाने पर दो घोड़ों की टापों की आहट सुनाई दी और पौ फट रही थी, इसलिए तुरन्त ही दो घुड़सवार दिखलाई पड़े।

"कौन परशुराम इस समय निकले हैं?"

"नहीं महाराज, दंडनायक तो इतने पतले और ऊँचे नहीं हैं।"

"चलो, उनको जा पकड़ें।"

परन्तु ऐसा करने की विशेष आवश्यकता न थी। आगे जाने वाले घुड़सवारों के अगुए ने इन दोनों को देख लिया था। वह तुरन्त घोड़ा लौटाकर राजा और जगदेव की ओर लगा। सूर्योदय होने की तैयारी हुई और घुड़सवार पास-पास आ गये।

"जयसिंहदेव महाराज की जय।" नव आगन्तुक ने आवाज लगाई।

"का–क।" भिंचे हुए दाँतों में से राजा का शब्द निकला। "जगदेव, इसे बुलाओ।" कहकर राजा ने घोड़ा रोका। जगदेव आगे बढ़ा, परन्तु उसके पहले ही काक आ गया।

"अन्नदाता की घणीं खम्मा!" काक ने हँसकर कहा और वह परमार की तरफ मुड़ा। "परमार, महाराज इस प्रकार घूमने निकलें, तब क्या यह घोड़ा लाना चाहिए? सारा जगत जानता है कि पाटण के धनी के सिवाय सोने के सुमोंवाले घोड़े पर दूसरा कोई नहीं बैठता। शत्रु देख लें तो–" कहकर काक के उगते सूर्य की किरणों से चमचमाते राजा के घोड़े के सुमों की ओर हाथ किया।

"यहाँ तुम्हारी सलाह लेने के लिए नहीं खड़ा हूँ।" क्रोध से काँपते स्वर में राजा ने कहा। "तुम कब निकले हो?"

"आधी रात के पीछे की चौघड़िया में।"

"क्या कर रहे हो?"

"चौकियाँ ठीक जमा रहा हूँ।"

"किसके कहने से?"

"मैंने दंडनायक से बात की थी।"

"हर बात में हाथ डालने का तुम्हें अधिकार नहीं। काक, तुमने आज मेरे सामने सिर उठाने का साहस किया है!" होंठ पर होंठ दबाकर राजा ने कहा।

"यह सिर जब तक धड़ पर है, तब तक यह कैसे हो सकता है? किस बात पर ऐसा कहते हैं?" शान्ति से काक ने कहा।

"मेरे पहरेदारों को तुमने मारा।"

"हाँ पृथ्वीनाथ, वे मुझे बन्दी बना रहे थे। आप जानते हैं कि सैनिक भटराज का अपमान करे, तो उसकी क्या सजा है?"

"उन्होंने क्या किया?"

"मुझे महल से बाहर जाने को रोका।"

"तुमने अपना नाम नहीं बतलाया होगा।"

"मैंने बतलाया, परन्तु उन्होंने कहा कि भले ही तुम भटराज हो, परन्तु तुम्हें भी रोकने का हुक्म है।"

राजा ने जगदेव की तरफ नजर डाली। वह चिन्ताग्रस्त चेहरे से यह बातचीत सुन रहा था।

"परन्तु मेरे गढ़ में मेरे सैनिक पर हथियार क्यों चलाया? मुझसे कहना था।"

"अन्नदाता, आधी रात को क्या आपसे पूछने के लिए रनवास में आता?"

"परमार से कहना था।"

"थोड़े से इने-गिने मनुष्यों से ही मैं आज्ञा माँगता हूँ और उनमें परमार नहीं आते।"

राजा उबल पड़े। "अर्थात्?" तेज आवाज में पूछा।

काक ने साहस के साथ ऊपर देखा, "किसी ने मुझे रोकने की हिम्मत अब तक नहीं की, कोई करनेवाला भी नहीं।"

"यह बात है? परमार, काक के हाथ बाँध लो।" राजा ने हुक्म दिया।

काक गर्व से देखता रहा। परमार ने घोड़े को एक कदम भी आगे नहीं बढ़ाया। पीछे खेमा काक के हुक्म की प्रतीक्षा में खड़ा था। काक खिलखिलाकर हँसा।

"परमार, यह रहे हाथ, बाँध लो। सोलंकियों का शासन मैंने हमेशा मान्य रखा है।" कहकर उसने हाथ लम्बे कर दिए। परमार ने जीन में से डोरी निकाली और काक के हाथ बाँध दिए।

"इसके घोड़े की लगाम हाथ में लो।" राजा ने जगदेव से कहा। जगदेव ने वैसा ही किया।

"अरे, तेरा नाम क्या है?"

"खेमा, अन्नदाता!"

"तू पीछे-पीछे आ।"

"जो आज्ञा।"

राजा ने घोड़े को एड़ लगाई और चारों घोड़े तेजी से आगे चल दिए।

खेमा ने काक की नजर साधकर आँख से संकेत दिया। यदि काक आज्ञा दे तो उसके बन्धन काटने के लिए वह तैयार था, परन्तु काक ने सिर हिलाकर इनकार कर दिया।

काक दूसरे ही रूप में

थोड़ी ही देर में वे ऊजड़ प्रदेश में आ पहुँचे। यहाँ चौकियाँ भी दूर-दूर थीं और ग्राम भी छोटे-छोटे और दूर-दूर थे। साथ ही दोनों छावनियों से भी यह जगह बहुत दूर थी।

राजा का शौर्य जाग गया था। प्रातःकाल के मादक पवन ने उसमें अपार उत्साह ला दिया था और काक पर का गुस्सा धीमे-धीमे वीरता में पलट रहा था।

एक चौकी आई, परन्तु वह बिल्कुल निर्जन दीख पड़ती थी। सब चकित हुए, व सावधानी से चौकी के चारों तरफ घूमे। एक तरफ एक चौकीदार मरा पड़ा था।

''जगदेव, शत्रु आ गये, ऐसा मालूम होता है।''

''हाँ अन्नदाता।''

''खड़े रहो, जरा तलाश करूँ।'' कहकर राजा घोड़े से उतरे। जगदेव के हाथ में तो कैदी काक के घोड़े की लगाम थी। इसलिए बिना राजा की आज्ञा के वह छोड़ी नहीं जा सकती थी।

''खेमा, महाराज के आगे जा।'' काक ने तुरन्त राजा की रक्षा के लिए आज्ञा की।

खेमा उतरा, आगे चला; और उसने चौकी का दरवाजा खोला। खेमा पहले ही अन्दर गया और बोला, ''अन्नदाता, तीन आदमी मरे पड़े हैं।''

''देखूँ तो।'' कहकर राजा अन्दर घुसा।

तीन आदमी वहाँ पड़े थे। दो मर चुके थे और एक खम्भे से बँधा था।

''जय सोमनाथ!'' उन्हें देखकर बँधे हुए सैनिक ने कहा।

''जय सोमनाथ!'' महाराज ने कहा, ''खेमा, इसके बन्धन खोल दे। अरे, तुझे क्या हुआ?''

''अन्नदाता,'' पूछनेवाले की पदवी बड़ी लगने से सैनिक ने कहा।

''सोरठिये दंडनायक महाराज की घोड़ी चुरा ले गये।''

''परशुराम की घोड़ी?'' राजा ने पूछा।

परशुराम की काली घोड़ी संपूर्ण सोरठ में विख्यात थी। और उस जानवर के प्रताप से दंडनायक दुर्जय हैं, ऐसा सैनिकों में अन्धविश्वास था।

''हाँ, अन्नदाता।'' सैनिक ने उत्तर दिया।

''कब ले गये?''

''एक घड़ी-हुई होगी।''

''कहाँ गये?''

''इस ओर।''

''तू अपने दूसरे साथियों को तो देख जीवित हैं या नहीं।'' राजा ने चौकीदार से कहा।

''हम घोड़ी पकड़कर ले आवें, चल खेमा।'' कहकर राजा बाहर आए। उनके मुख पर तेज फैल रहा था।

''जगदेव, सोरठिए परशुराम की घोड़ी चुरा ले गये।''

''काली घोड़ी?''

''हाँ, अभी-अभी यहाँ से गये हैं। चलो, पकड़ लें''

''परन्तु अन्नदाता, महल को लौटने में विलम्ब हो जाएगा।''

"कुछ हर्ज नहीं।" राजा ने कहा।

"महाराज," काक ने पूछा, "कितने आदमी हैं?"

"क्यों, डर लगता है?" राजा ने तिरस्कार से कहा।

"पाटण के धनी को ऐसा निकम्मा साहस शोभा नहीं देता। मुझे आज्ञा दें, तो मैं जाऊँ।"

"भाग जाना चाहते हो।" राजा ने ताना मारा।

"महाराज," काक ने कठोरता से कहा। "काक भाग जाएगा तो पृथ्वी रसातल को चली जाएगी।"

राजा ने जवाब नहीं दिया और घोड़े को एड़ लगाई। चारों आदमी घोड़े दौड़ाते आगे बढ़े। अब चौकियों के बीच के बिना धनी के (स्वतन्त्र) प्रदेश में से वे तेजी से जा रहे थे। रास्ता ऊजाड़ था, परन्तु आगे गये हुए आदमियों के पद चिह्न देखकर वे मार्ग खोज लेते थे।

बीच में जहाँ रास्ता जरा ऊँचाई से जाता था वहाँ वे खड़े हो रहे। टेकरी के नीचे एक छोटा परन्तु ऊजाड़ गाँव था और उसके सामने से एक रास्ता जूनागढ़ की तरफ गया था। इस टेकरी के पास एक दूसरी छोटी टेकरी थी और उस पर पत्थर की दीवाल की इकमंजिली चौकी थी।

"अन्नदाता, उस बड़ के नीचे कुछ लोग बैठे हैं। वे ही घोड़ी के चोर होंगे।" जगदेव ने कहा।

"पन्द्रह के लगभग होंगे।" राजा ने कहा।

"इन्हें समाप्त करने में देर लगेगी।" परमार ने मूँछ को ऐंठते हुए जवाब दिया।

राजा ने काक की ओर देखा। वह चुपचाप सारा खेल देख रहा था। उसे छोड़ देने का मन राजा को हुआ, परन्तु अभी क्रोध शान्त न हुआ था और अभिमान पर पड़ा घाव पूरा न था।

"अन्नदाता," कहकर खेमा ने जिस रास्ते वे आए थे, उस ओर अँगुली दिखलाई। उधर से चालीस घुड़सवार आ रहे थे।

"मर गये!" राजा ने कहा और उसका मुख सूख गया। "अब?"

"अन्नदाता, चलिए निकल चलें।" जगदेव को भी स्थिति की गम्भीरता का भान हुआ।

"छुटकारा नहीं।" राजा ने कहा और जो रास्ता जूनागढ़ की ओर जा रहा था उस ओर घोड़े का मुँह फेरा। जगदेव ने भी वही किया।

बिजली की तेजी से काक ने खेमा की तरफ एक नजर डाली। चतुर खेमा समझा। कटार निकालकर फुर्ती से उसने बन्धन काट डाले। काक के हाथ मुक्त हुए और उसका घोड़ा एकदम दोनों पैरों के बल खड़ा हो गया। गाफिन परमार के हाथ से लगाम छूट गयी। एक छलाँग में काक का घोड़ा सबसे आगे

हो गया, फिरा और यमराज के समान काक नंगी तलवार आड़ी करके खड़ा हो गया।

"महाराज, इस रास्ते से न जाइए।"

जयसिंहदेव फीके पड़ गये। जगदेव ने तलवार की मूठ पर हाथ डाला कि काक के अंगरक्षक खेमा ने, जगदेव तलवार खींचे उसके पहले ही उसका हाथ तोड़ देने के लिए लट्ठ उठा लिया।

"परमार, खबरदार तलवार निकाली तो। नहीं तो तुम्हारा हाथ तोड़ देना पड़ेगा।"

"चांडाल! द्रोही!" गुस्से में और हिम्मत से ऊपर देखकर जयदेव ने कहा। उसके होंठ बन्द हुए, आँखों में से चिनगारियाँ निकलीं और हाथ तलवार पर गया।

"अन्नदाता!" काक ने जरा नम्रता से कहा। यह समय लम्बी बात करने का नहीं है। आप एक दूसरी भूल करने जा रहे हैं। देखिए।" कहकर जिस तरफ से सोरठी योद्धा आ रहे थे उस तरफ अँगुली की।

वे सब हथियार ऊँचे करके हर्षनाद करते हुए आगे बढ़ रहे थे।

"देखिए, महाराज, आपने इन्हें पहचाना? अपने घोड़े के सुम तो देखिए; ये अँधेरी रात में भी परखे जा सकते हैं। पाटण का सत्यानाश होने बैठा है।"

कहकर काक ने राजा के घोड़े के सुनहरी सुमों की तरफ अँगुली की।

"परन्तु हरामखोर, मुझे जाने से क्यों रोक रहा है?"

"ये लोग आपको अभी पकड़ लेंगे। नहीं तो यह रास्ता तो एभल नायक की चौकी को जा रहा है।"

"एभल नायक!" जयदेव ने घबराकर कहा।

"हाँ महाराज, अब समझे! आप मौत मुँह में जा रहे थे।"

"तब क्या करें?" जयदेव ने पूछा।

"सुनिए, और जो मैं कहूँ वही करिए।" काक ने कहा।

उसकी आँखों में स्थिर तेज था, भृकुटियों पर भयंकर शान्ति थी, और मुख पर असह्य सत्ता थी। जगदेव मौन रहा, महाराज भी चुपचाप इस मनुष्य की शक्ति देखते रहे।

"वह चौकी देखी? उसमें आप तीनों घुस जाइए और चौकीदारों को समाप्त कर दीजिए। और महाराज, मैं आपकी कलगी पहने लेता हूँ और आपके घोड़े पर सवार हो जाता हूँ। मैं इन लोगों को छकाता हुआ दूर ले जाऊँगा। सौ आदमी भी आवेंगे, तो भी आप चौकी में रहकर युद्ध लड़ सकेंगे और मौका मिलते ही भाग सकेंगे।"

"परन्तु वे तुम्हें मार डालेंगे।"

"महाराज सिरपच्ची का समय नहीं है।" सत्ता से काक ने कहा। "पाटण की

अपेक्षा काक की कीमत कम है। चलिए।'' उसने महाराज का घोड़ा पकड़कर चौकी की तरफ जाना शुरू किया।

''परन्तु काक!'' राजा ने स्पष्ट नहीं समझ सकने के कारण चिढ़कर कहा, ''मुझ पर इस तरह जर्बदस्ती क्यों कर रहे हो?'' जयदेव ने घोड़ा जरा आगे किया।

''हाँ, कर रहा हूँ।'' दाँत पीसकर काक ने कहा, ''उन्हें आते देखा? यदि अब एक शब्द भी अधिक बोले, तो एक ही चोट से आपको बेहोश करके उठा ले जाऊँगा। चलिए।'' कहकर काक ने राजा के घोड़े का सख्त चाबुक मारा और तब वह काक के घोड़े के साथ एकदम टेकरी उतर आया। राजा ने काक का स्वरूप देखा। उसकी गम्भीरता, तेजस्विता, भयंकर स्वस्थता और दूरदर्शिता, इन सबने मिलकर राजा के हृदय में अद्‌भुत श्रद्धा प्रकट कर दी।

कुछ ही क्षणों में वे पत्थर की चौकी के सामने पहुँच गये और काक ने घोड़े पर से ही दरवाजा खटखटाया। एक चौकीदार ने उसे खोला और काक ने जोर से ढकेलकर उसके अन्दर प्रवेश किया। राजा, जगदेव और खेमा तीनों पीछे घुसे। परन्तु उससे पहले ही काक ने फुर्ती से चौकीदार के मुँह पर हाथ रख के उसे जमीन पर डाल दिया और उसी के साफे से उसके हाथ-पाँव बाँध दिए।

गड़बड़ सुनकर दो आदमी और अन्दर से दौड़ आए। राजा, जगदेव और खेमा, तीनों उन पर टूट पड़े, और थोड़ी ही देर में तीनों चौकीदार बाँध दिए गये।

''महाराज, अब अपनी पगड़ी और कलगी मुझे दीजिए।''

जयदेव ने एक शब्द भी बोले बिना दोनों चीजें उतार कर दे दीं।

''खेमा,'' काक ने कहा, ''जितने बने उतने घोड़े अन्दर ले ले।''

''महाराज, मैं जाता हूँ। खेमा, महाराज को कुछ हुआ तो याद रखना उसके पहले ही तेरा सिर धड़ से अलग हो जाएगा।''

''जो आज्ञा।''

''और परमार, यह महल का प्रबंध नहीं है। महाराज को कुछ हुआ और मैं बचा रहा तो वंथली से जन्मभूमि जाना भारी पड़ जाएगा। याद रखना।''

''काक,'' प्रशंसा में स्तब्ध हुए राजा ने कहा, ''परन्तु तुम रहो और जगदेव को जाने दो।''

''महाराज, यहाँ रहना और बच जाना सहज है, परन्तु यहाँ से जाने जैसा कठिन काम और किसी को सौंपने की टेव मुझे नहीं है। जगदेव, दरवाजा बन्द करो।'' कहकर काक ने बाहर जाकर दरवाजा बन्द कर दिया, फिर वह राजा के घोड़े पर सवार हुआ और चल दिया।

चौकी में

काक चौकी के समाने से ज़रा आगे बढ़ा और पीछे आते हुए सैनिकों की तरफ दृष्टि डालकर उन्हें ध्यान से देखने लगा।

वे पास के ऊँचे टीले पर आ पहुँचे थे और चारों तरफ नजर डाल रहे थे। ऐसा न लगा कि उन्हें इन चारों की हलचल का कुछ पता है।

काक ने घोड़ा रोका और राजा के जीन से बँधे हुए छोटे, परन्तु मजबूत धनुष को हाथ में लेकर एक बाण मारा। बाण का निशाना अचूक था। उस टोली के मुखिया को जो इधर-उधर देख रहा था बाण लगा और वह घायल होकर घोड़े पर से गिर पड़ा।

सारी टोली का ध्यान काक की ओर गया। उसके सिर पर की सोने की कलगी, और लाल घोड़े के सुम धूम में चमक रहे थे। विकराल जानवर की गर्जना की तरह उन सबने एक ही आवाज़ लगाई "जयसिंह सोलंकी!" और वे उसक पीछे पड़ गये। काक को यही चाहिए था। उसने जोर से एड़ लगाई और जयसिंहदेव के मानीते घोड़े ने सरपट दौड़ना शुरू किया। चौकी के ऊपर के मंजिल की जाली में से राजा ने काक को दौड़ते देखा और उस टोली के बहुत से घुड़सवारों को उसके पीछे पड़े देखा। इस राजसेवक की भक्ति देखकर राजा का हृदय भर आया। कैसे-कैसे वीर योद्धा उसकी कीर्ति बढ़ाने के लिए प्राण दे रहे हैं।

"अन्नदाता," जगदेव ने पीछे से आकर राजा का ध्यान खींचा, "कुछ आदमी इधर ही आ रहे हैं।"

"हाँ, काक ने जिसे घायल किया है उसे लेकर।"

"और वह देखा?" एक आदमी सबसे अलग होकर दूसरी दिशा में जा रहा था, उसकी तरफ अँगुली उठाते हुए परमार ने कहा।

"मुझे लगता है कि उन घोड़ी-चोरों को बुलाने जा रहा है जो वृक्ष के नीचे बैठे थे।" राजा ने कहा।

"वे सब आने ही वाले हैं।"

"हाँ।" हँसकर राजा ने गिनते हुए कहा, "पन्द्रह के लगभग तो वे हैं, और एक-दो-तीन-चार-पाँच और पहले के चार—नौ-दसेक आ रहे हैं।"

"तब तो पच्चीस हुए।"

राजा को मजा आया, "हाँ हमारे एक-एक के हिस्से में आठ-आठ आएँगे।" परमार ने सिर हिलाया।

"परमार, वे तीस तिया नब्बे आवें, तब तक तो कुछ कहने का है नहीं।" कहकर राजा फिर हँसा।

"मैं समझा नहीं।"

"उस काक के पीछे तीस आदमी गये हैं।" राजा ने शान्ति से कहा, "खेमा कहाँ है?"

"यह तो हूँ अन्नदाता।" कहकर खेमा थोड़ी रोटियाँ और मिर्चे लेकर ऊपर आया, "महाराज, यह भोजन हाथ लग गया है, सो खा लीजिए। कौन जाने फिर कब खाने को मिले।"

कर्णदेव सोलंकी के शौकीन पुत्र को मिट्टी जैसी रोटियाँ देखकर कँपकँपी आ गयी। परन्तु उन्हें खेमा की सलाह ठीक लगी, इसलिए चुपचाप रोटी का एक टुकड़ा लेकर बड़ी कठिनाई से गले के नीचे उतारा।

"खेमा, उस चौकीदार का क्या किया?"

"अन्नदाता, उसे नीचे कोठरी में बन्द कर दिया है।"

"परमार," महाराज ने कहा, "दूसरे आदमी आवें उसके पहले ही हम लोग निकल चलें तो कैसा रहे?"

"चलिए।" कहकर परमार ने कमरबन्द कस लिया। परमार को प्रसंग ऐसा गम्भीर होता हुआ लगा कि उसकी जीभ चिपक गयी। इस समय बोलने की अपेक्षा लड़ना उसे अधिक स्वाभाविक लगा।

तीनों नीचे उतरे और घोड़ों की तरह फिरे। इतने में उन्हें दूर से आते हुए आदमियों का हल्ला सुन पड़ा। जगदेव ने जरा चौंककर आसपास देखा और राजा ने होंठ चबाए।

"ज्यादा आदमी आ पहुँचे।" जयदेव ने कहा।

खेमा भी सावधान हो गया और झटपट ऊपर जाकर देख आया।

"इस तरफ से लोग आ रहे हैं।"

"कितने हैं?"

"बीस-पच्चीस।"

राजा की आँखों में खून उतर आया।

"अब हमें बाहर नहीं निकलना चाहिए।"

इतने में बाहर से आनेवालों ने द्वार खटखटाया।

तीनों शान्त रहे। थोड़ी देर में बाहर के आदमियों ने अधीरता से दरवाजा ठोका और पुकारा, "चौकीदार, दरवाजा खोल।"

किसी ने जवाब नहीं दिया। थोड़ी देर में बाहर से दरवाजे पर लातें पड़ने लगीं और गालियों की वर्षा शुरू हो गयी।

"अन्नदाता," जगदेव ने कहा, "मुझे एक ही मार्ग दीखता है।"

"क्या?"

"मैं बाहर जाऊँ और जितने बने उतनों को ठिकाने लगा दूँ। दस–पन्द्रह को तो मैं पूरा कर दूँगा। इतने में आप यहाँ से निकल जाना।"

राजा हँसे, "आर्थात् लड़ना तुम सबको ही आता है, क्यों? काक ने एक संकट में से बचाया, दूसरे में से तुम बचाओ और जयसिंह सोलंकी विधवा की तरह भाग जाए। देख तो सही, सभी को ठिकाने लगा दिया जाएगा।"

"किस तरह? हमसे अन्दर रहकर तो लड़ा नहीं जा सकता। ऊपर की जाली में से तो तीर भी नहीं जा सकता।"

"कोई रास्ता निकालना चाहिए। खड़े रहो।" राजा ने सिर ऊँचा करके कहा।

"ऊपर चलो।" कहकर आजन्म सत्ताधीश की-सी स्वस्थता से राजा ऊपर चढ़ गये और जाली में से देखने लगे।

वे लोग अधीरता से दरवाजा ठोंक रहे थे और नयी आई हुई दूसरी टोली भी, जिसे इन्होंने वृक्ष के नीचे बैठा देखा था, आ पहुँची थी। वे सब पूछताछ करके जानकारी प्राप्त कर रहे थे। तुरन्त एक व्यक्ति ने ढेला लेकर जाली की तरफ फेंका और उसका थोड़ा-सा कचरा राजा की आँख पर आकर पड़ा।

"उस सोलंकी के आदमी हैं। वह तो भाग गया, अब इनको झोंटा पकड़कर बाहर निकलना चाहिए।"

राजा हँसा, "परमार, जयसिंहदेव सोलंकी कैसा फँसा? माताजी जान पाएँ, तो कितना चिढ़ेंगी!"

परमार ने गम्भीर होकर सिर हिलाया। "हँसो-हँसो। आज तुम मरनेवाले हो और कल खेंगार यह बात सुनकर खुश हो जाएगा। वह चपटी नाकवाला देखा? मेरा बस चले, तो उसकी नाक खींच लूँ।"

"अन्नदाता, वे लोग थककर बैठने लगे हैं।"

"ये जालियाँ ज़रा बड़ी होतीं, तो एक-एक को बाण से बेध देता।"

"जाली लकड़ी की है, ज़रा बड़ी कर दूँ?" खेमा ने पूछा।

"हाँ।" राजा ने उत्साह में आकर कहा।

"परन्तु ये लोग भड़क जाएँगे।" परमार ने कहा।

"परन्तु अधिक समय हो गया और दूसरे आदमी आ पहुँचे, तो मर ही गये समझो। खेमा कोई हथियार है?"

"नीचे से एक कुल्हाड़ी मिली है।" खेमा ने कहा।

"जगदेव, उस पिछली जाली पर पहले जाओ।"

जगदेव एकदम उस जाली की ओर गया और थोड़ी ही देर में उसने बीच का एक परदा तोड़कर दो जालियों को एक कर दिया। खेमा ने महाराज को धनुष और बाण दिए। जयदेव ने ले लिये और जाली के पास जाकर निशाना लगाया और नयी टोली में के एक को बेध डाला। बिंधा हुआ सैनिक चीख मारकर पृथ्वी पर गिर पड़ा। उसकी चीख सुनकर आगे की बाजू से बहुत से सैनिक उसके पास दौड़ आए। दौड़कर आनेवालों ने बाण से बिंधे हुए सैनिक को देखा; कहाँ से बाण आया था सो भी देखा

और उनका क्रोध बस में न रहा। पुकारों, गालियों और पत्थरों की बरसात होने लगी।

दाँत पीसकर जयसिंहदेव देखते रहे। उनके मुख पर से विलास के चिह्न अदृष्ट हो गये थे, और मौजी स्वाभाव की कोमल रेखाएँ सख्त हो गयी थीं। वे शान्त थे। भय उनके हृदय को त्रस्त नहीं कर सकता था; कारण कि उनको विश्वास था कि वे सबसे निराले और दैवी पुरुष हैं। कोई उन्हें हरा सके या मार सके, यह सम्भव नहीं।

उन्होंने नीचे झुककर दूसरा बाण लिया और ताककर मारा। एक सैनिक और गिरा, बाहर के लोगों में फिर हाहाकार मच गया। वे फिर पीछे हटकर चले गए, और उनकी घबराहट देखकर राजा मुस्कराए।

थोड़ी देर दोनों पक्षों ने कुछ नहीं किया।

"परमार, ये सब निश्चिन्त बैठे हैं और किसी की राह देख रहे हैं।" राजा ने कहा।

"अन्नदाता, मुझे तो क्षण-क्षण भय बढ़ता ही नजर आता है।"

"तुम्हें कोई रास्ता दीख पड़ता है?"

"मुझे तो अन्नदाता, एक ही रास्ता दीखता है।"

"कौन-सा?"

"मैं घोड़ा लेकर बाहर निकल पड़ूँ और इन सबके साथ लड़ने लगूँ। और इस मार-काट का लाभ उठाकर आप और खेमा निकल जाएँ।" परमार ने कहा।

"इन सबके पास तीर-कमान हैं, यदि कोई बींध डाले तो?" राजा ने कहा।

"परन्तु यहीं बैठे रहे और अधिक सैनिक आ पहुँचे तो?"

"तब तक कोई हमारी सहायता को नहीं आ पहुँचेगा?"

"कोई न आया तो?" परमार ने शंका उठाई।

"अरे, कुछ बात है?" राजा ने साहस से हँसकर कहा, "दो-तीन दिन तक तो सहज ही यहाँ जमे रहेंगे।"

"अन्नदाता," खेमा खिड़की के सामने खड़ा था, वहाँ से बोल उठा, "दो-तीन दिन किसने देखे हैं? ये तो चौकी जला देने का प्रयत्न कर रहे हैं।" जैसे बिजली का कड़ाका हुआ हो इस तरह क्षणभर सबके-सब स्तब्ध हो रहे। फिर सबको स्थिति का भान हुआ और उनके हाथ-पैर ढीले पड़ गये।

जयसिंह देव का शौर्य

जयदेव उछलकर खिड़की के पास पहुँचे। देखा तो दो-दिन आदमी बातें कर रहे थे; एक चकमक से आग जला रहा था और दूसरा सूखी लकड़ियाँ इकट्ठी कर रहा था।

थोड़ी देर राजा एकाग्रता से देखते रहे। एक आदमी लकड़ी जलाकर दरवाजा सुलगा देने की सूचना दे रहा है, ऐसा स्पष्ट प्रतीत हुआ।

स्थिति बड़ी भयंकर लगी। राजा ने एक गहरा श्वास लिया और भौंहें चढ़ाकर पलभर विचार किया। थोड़ी देर में उन्होंने सिर ऊँचा किया।

"परमार, तुम्हारी बात ठीक है। हमें अब मरना या मारना पड़ेगा।" जवाब में परमार ने दाढ़ी में बल दिये।

"देखो, हमें एक किवाड़ खोल देना चाहिए। यदि बाहर निकलने जाएँगे तो ये लोग बेध डालेंगे। इसलिए तुम दरवाजे के बीच खड़े रहो, फिर मैं खड़ा रहूँ और सबके पीछे खेमा बैठे-बैठे तीर चलाए। इस तरह एक के बाद एक, इन सबको ठिकाने लगा दिया जाए और फिर समय देखकर घोड़े बाहर निकालकर चल दिया जाए।" राजा ने अपनी योजना बतलाई।

"जो आज्ञा" कहकर परमार सीढ़ियों से उतरा और उसने अपना प्रचंड खड्ग नंगा करके हाथ में ले लिया। राजा ने एक हाथ में बरछी और दूसरे हाथ में तलवार रखी और वे दरवाजे से कुछ दूर खड़े हो गये। घोड़े तैयार करके, और फिर घुटनों के बल बैठकर खेमा ने शर-सन्धान किया।

परमार और खेमा ने महाराज की ओर इस तरह देखा जैसे अब अन्तिम समय हो। तीनों को लगा कि वे अब आखिरी खेल खेल रहे हैं। फिर भी तीनों को लग रहा था कि इसके सिवाय दूसरा कोई रास्ता नहीं हैं। जहाँ तक चालीस योद्धा घेरे पड़े हैं, वहाँ बचने का मार्ग तक नहीं।

"अन्नदाता, सावधान हो जाइए, मैं दरवाजा खोलता हूँ।"

"खोलो।" शान्ति से सोलंकी ने जवाब दिया।

परमार ने महाकालेश्वर का स्मरण करके अर्गला खींची और एकदम दो में से एक किवाड़ खोल दिया।

दरवाजा खुलने की आवाज़ होते ही बाहर बैठे व्यक्ति चौंक उठे और सावधानी छोड़ खड़े होकर पास आए। दूसरे ही क्षण उन्होंने जयघोष किया, और उनमें से कितने ही मजाक में हँसने लगे। सामने खड़े हुए सैनिक शस्त्र निकालकर चौकी में से निकलनेवालों को धराशायी कर देने को तत्पर हुए, परन्तु दूसरे क्षण वे अचरज से यह देखकर खड़े हो रहे कि चौकी के अधखुले द्वार से कोई नहीं निकला।

सोरठी सैनिक थोड़ी देर तो देखते रहे और फिर आगे बढ़े। एक क्षण में उन्होंने परमार का उग्र मुख भयानक हास्य करते हुए देखा ही था कि अधीरता की अस्वस्थता में चार-पाँच सैनिक अधखुले दरवाजे की ओर बिना विचारे दौड़ गये।

उत्साह से पागल हुए सोरठी सैनिक जैसे दरवाजे में घुसे कि एक प्रचंड यमराज बन्द किवाड़ के पीछे से सामने आ गया और उसके एक की झटके से आगे के दो सैनिकों के सिर धड़ से अलग होकर धरती पर लोटने लगे और पिछलों में से भी एक

आदमी घातक तीर लगने से लुढ़क पड़ा। किसी को भान न हुआ कि क्या हुआ। पीछे आने वाले पीछे हटे, और चौकी का अधखुला दरवाजा जैसा था वैसा ही खाली दिखलाई दिया।

एक ही क्षण में यह खेल पूरा हो गया। हमला करने वाले चौंक उठे, और कुछ दूर जाकर एक-दूसरे के साथ सलाह करने लगे। थोड़ी देर में एक आदमी ने दो बाण चलाए। वे अधखुले दरवाजे में से होकर सीधे चले गये, जवाब में केवल परमार का अट्टहास सुन पड़ा।

खेमा के तीर से जो घायल होकर गिर पड़ा था, उसकी वेदना की चीख के सिवा सब कुछ शान्त हो गया। चौकी में तीनों राह देखते खड़े थे।

मध्याह्न तपने लगा था। सोरठ का प्रखर सूर्य भी ऐसा लगता था कि रंग में आ गया है।

थोड़ी देर में महाराज और उनके साथियों ने नयी और परिचित-सी आवाज सुनी। कोई वृद्ध मजाक-सा कर रहा था, ''लड़कों, यह क्या शुरू किया है?''

''अब मरे!'' परमार बड़बड़ाया और बन्द किवाड़ के एक सुराख से देखकर उसने कहा। ''महाराज, मेरे पीछे छुपे रहिए। एक बूढ़ा आठ-दस सिपाहियों को ले आया है। कहीं यह एभल नायक न हो!''

''सफेद बड़ी-बड़ी मूँछें हैं? मोटा नाटा-सा?'' राजा ने पूछा और जिज्ञासा न रोक सकने से पास आकर कहा, ''परमार, खिसको तो जरा, देखने दो।''

परमार जरा खिसका और राजा ने आँख गड़ाकर देखा, ''अनर्थ हो गया, एभल ही है।''

बाहर एक अचूक लड़का आ गया है, इसका परन्तु ही प्रमाण मिल गया।

ज्यों ही राजा देखने के लिए आए और परमार के शरीर का जरा-सा भाग खुले हुए दरवाजे में से दीखा, त्यों ही एभल का एक तीर सननन करता हुआ गया। उसका निशाना चूकता न था; परन्तु परमार के सद्भाग्य से उसके शरीर में थोड़ी-सी खरोंच ही लगी।

ऐसा जान पड़ा कि बाहर के सैनिकों ने एभल को खबर दे दी है। थोड़ी-थोड़ी देर में इस वृद्ध योद्धा का निश्चितापूर्ण हास्य सुनाई पड़ता रहा। ऐसा लगा कि बाहर के सैनिक उस्ताद नायक के हुक्म के माफिक कुछ युक्ति रच रहे हैं।

परमार के स्नायु जोश से तन गये। ''अन्नदाता,'' उसने भारी आवाज से कहा। ''यह बन्द किवाड़ को जोर से खोलने के लिए आ रहा है, सावधान रहिए। मैं इसे एकदम घुस जाने दूँगा। और फिर दरवाजे के बीच खड़ा रहकर लड़ूँगा। सोमनाथ भगवान आपकी सहायता करें।''

परमार होंठ चबाते हुए अपना कन्धा बन्द किवाड़ पर टिकाकर खड़ा रहा। कुछ आदमियों बन्द किवाड़ के बाहर रहकर दो-तीन मोटी लकड़ियाँ एक साथ पकड़कर

जोर से किवाड़ से टकराई; किवाड़ जरा खुला भी, पर परमार के बल से फिर बन्द हो गया।

थोड़ी देर के लिए सोरठी सैनिक पीछे हट गये और फिर लकड़ियाँ बाँधकर आगे धँसे। परमार इस समय पीछे खिसक कर खड़ा रहा। बाहर के जोर से बिना आधार का किवाड़ खट से खुल गया और ढकेलनेवालों में से कुछ लोग गिर पड़े।

'जय सोमनाथ' की भयंकर घोषणा करके परमार उन पर टूट पड़ा और देखते-ही-देखते घायल सैनिक चारों तरफ दौड़ने लगे।

अब दोनों किवाड़ खुल गये थे, इसलिए परमार बाहर निकलकर दोनों किवाड़ों के बीच खंग चलाता खड़ा रहा। उसने अनेक लड़ाइयाँ लड़ी थीं। मालिक के संरक्षण के लिए उसमें एक अजीब जोश आ गया था। उसकी प्रचंड भुजाओं में अपार बल प्रकट हुआ, उसकी लम्बी तलवार एक महान् ज्वाला पवन में नाच रही हो, इस तरह दसों दिशाओं में नाचने लगी। खंगों का प्रहार उसका स्पर्श नहीं कर पाते, और तीरों की वर्षा खड्ग के साथ टकराकर निष्फल हो जाती। एभल नायक के हुक्म के अधीन होकर सोरठी सैनिक पैदल और घोड़े पर उसकी ओर बार-बार आए, परन्तु वे परमार को बीच-बीच में कुछ चुटीला करने के उपरान्त कुछ न कर सके।

पीछे महाराज भी सावधान होकर खड़े थे। परमार पर होने वाली आकस्मिक चोट झेलना और इसके पैरों के सामने होकर आने वाले को मार देना, यह काम वे करते रहे। महाराज समझते थे की परमार थोड़ी देर में जब थक जाएगा तब इस हमले का सामना करने का काम उनके सिर आएगा और इसके लिए वे तैयार होकर बैठे थे। पीछे से खेमा के तीर भी अपना अचूक काम कर रहे थे।

घड़ी-दो-घड़ी तो परमार ने शौर्य की पराकाष्ठा दिखला दी, परन्तु फिर साँस फूलने लगी और जगह-जगह से रुधिर बहने लगा। सामने पेड़ के नीचे घोड़ी पर बैठा हुआ एभल हँस रहा था और उसके बीसेक सैनिक लगभग बिल्कुल ताजे थे।

महाराज क्या करें, इसका विचार कर ही रहे थे कि इतने में खेमा ने पीछे से उनके कन्धे पर हाथ रखा। "महाराज, चौकी के बाहर निकलिए। उस कालमुख ने पीछे से छप्पर पर आदमी चढ़ा दिए हैं। वे अभी उतरकर पीछे से आ गये तो हम सरौते के बीच सुपारी की तरह हो जाएँगे।"

"ठीक" जयदेव ने पुकारा "परमार, जरा आगे बढ़ो जिससे मैं और खेमा बाहर निकलें। पीछे से आदमी आ रहे हैं।"

परमार ने सुना, वह जरा आगे खिसका और जयदेव बाघ की तरह तड़पकर बाहर निकल पड़े। उनका सुन्दर मुख तेज से चमक रहा था; उनकी बड़ी-बड़ी आँखें लाल हो रही थीं। 'जय सोमनाथ' कहकर उन्होंने जयघोषणा की, और दीवार का सहारा लेकर लड़ना शुरू किया। एक से दो योद्धा हुए देखकर सारे सोरठी टूट पड़े।

खेमा दरवाजे के सामने पड़े हुए मुर्दों में तिरछा होकर लेट गया। वह थोड़ी-थोड़ी

देर में पेट के बल सरकता था, फिर भी उसने अपने हाथों में तीर कमान मजबूती के साथ पकड़ रखे थे। महाराज का किया हुआ हमला इतना अचिन्तित था कि किसी ने खेमा को नहीं देखा।

एभल नायक धूप ने से बचने के लिए माथे पर हाथ की छाया की। ''कौन, जयसिंह सोलंकी?'' उसने जोर से कहा। ''लड़कों, इसे जो इससे जीता पकड़ेगा उसे एभल नायक की जागीर मिलेगी।''

ऐसे मौके पर जयसिंह सोलंकी को सन्देह देखकर एक बार तो क्षण भर के लिए लड़ने वाले सकपकाए, परन्तु फिर 'रा' खेंगार की जय' कहकर टूट पड़े।

महाराज का रक्त उछल रहा था। उनकी आँखों में सब लाल ही लाल दिखलाई देता था। उन्होंने रक्तपिपासु सैनिकों को उछल-उछलकर आते देखा, दूर खड़े हुए एभल नायक को मूँछ मरोड़ते देखा; बगल में परमार को भयंकर शौर्य दिखलाते हुए देखा; और ऐसा लगा कि परमार उनकी तरफ आने वाले सैनिकों का हमला निष्फल कर रहा है। परन्तु उसका श्वास अवरुद्ध हो रहा था और उसके सिर से रक्त की धार बह रही थी; इसलिए नहीं कहा जा सकता था कि वह कब तक टिकेगा।

जयदेव के हाथ में तलवार फूल की तरह फिर रही थी। वे वार झेलते थे और वार करते थे। बाणों की वर्षा करते हुए बीच-बीच में वे 'जय सोमनाथ' की घोषणा करते जा रहे थे। आज उन्हें ऐसा लगा कि रंग रह गया और उनके वीर पूर्वज उन्हें प्रोत्साहन दे रहे हैं। उनका परमभट्टारक कहलाना सार्थक प्रतीत हुआ। गर्व से उनका शौर्य जितना था उससे भी और बढ़ गया।

एक क्षणभर के लिए उनकी आँखों के सामने लाल परदा आया और गया। उन्हें अधिक साफ दीखा। उनके कानों में कुछ आवाज़ होने लगी। उनका दाहिना हाथ जरा झूठा पड़ने लगा। उन्होंने एक क्षण में हाथ बदला और वे बाएँ हाथ से शस्त्र घुमाने लगे। सामने आने वाले सैनिकों के मुख पर कायरता दीख रही थी, या उन्हें भ्रम हो रहा था।-

परमार एकदम चिल्लाया और उन सैनिकों पर टूट पड़ा जिन्होंने उसे घेर लिया था।

वह किसलिए इस प्रकार घबराता होगा? स्वयं अभी तक थका न था और चारों तरफ घायल सैनिक गिरते जा रहे थे। परन्तु खेमा कहाँ गया?

एकदम एक चीख सुनाई पड़ी। महाराज ने ऊपर देखा। उन्होंने कपाल पर से पसीना और रक्त पोंछा। सामने देखा कि एभल नायक घोड़ी पर से गिरकर जमीन पर पड़ा है। किसी ने उसे बाण मारा था। क्या खेमा ने मारा?

''शाबाश!'' महाराज बोले उठे। सैनिकों में भगदड़ मच गयी।

एभल नायक को क्या हुआ, यह देखने के लिए कुछ लोग दौड़े। बेहोश परमार ने पीछे लौटते हुए कुछेक को समाप्त कर दिया और तब कहीं से खेमा कूद पड़ा।

उसने राजा पर हमला करते हुए दो-चार सैनिकों को मौत के घाट उतार दिया, दो-तीन भाग गये। राजा की आँखों में अँधेरा छाने लगा। उन्होंने दीवार पर हाथ टेक दिए। वे तलवार चला रहे थे, परन्तु अब वह किसी को लगती न थी। परमार उनकी मदद के लिए आ रहा था, आया; किन्तु धम से गिर पड़ा। राजा का कंठ सूख गया, उन्हें चक्कर आ गया।

"अन्नदाता, इस पानी से मुँह धो लीजिए।" खेमा की आवाज सुनाई पड़ी।

उन्होंने अनजान में पानी लेकर मुँह पर डाला। उनकी आँखों से साफ दिखाने लगा। सब सैनिक धरती पर पड़े थे। परमार उनके पैरों के सामने पड़ा था। खेमा और वह दोनों खड़े थे।

"सब कहाँ गये?" राजा ने कुछ समझ पड़ने के कारण पूछा।

"यम के द्वार पर। कुछ भाग भी गये। अन्नदाता, आप दोनों ने मिलकर सबका काम तमाम कर दिया।"

"और एभल को तुमने मारा?"

"हाँ, महाराज। आप बाहर निकले और मैं लेटे-लेटे तीर कमान लिए निकल आया। फिर मैंने पेट कें बल रेंगते-रेंगते पास जाकर तीर मार दिया।"

"जीते रहो।"

"अन्नदाता, अब समय नहीं रहा। वह काली घोड़ी पास ही चर रही है। परशुराम की घोड़ी यही जान पड़ती है। ताजी दिखलाई पड़ती है। मैं बाकी का सब कुछ कर लूँगा, पर आप वंथली चले जाएँ। अब कोई आ निकलेगा तो लड़ने का बल नहीं है।"

"ऐसे क्यों कह रहा है। जयदेव को किसी ने जीता है?"

"जब तक सोमनाथ भगवान जीते-जागते बैठे हैं तब तक क्या होना है?" कहकर खेमा गया और काली घोड़ी को ले आया। फिर सहारा देकर जयदेव को उस पर सवार करा दिया।

"यह थोड़ा पानी पी लीजिए और जरा ठहरिए। इस तलवार को साफ कर दूँ और यह तीर कमान भी लेते जाइए। जरा ठहर जाइए, आपके एक दो बड़े-बड़े घावों पर पट्टी भी बाँध दूँ।" कहकर खेमा राजा की सेवा में लग गया।

"परन्तु तुम भी चलो न?"

"देखूँ तो सही, परमार में कुछ प्राण है कि नहीं?"

"खेमा, आज हम लोगों ने हद कर दी है।" राजा से गर्व दरसाए बिना न रहा गया।

"परन्तु अन्नदाता, काक भटजी की तलाश करवाइए।" खेमा ने सन्देश दिया।

राजा ने कहा, "जरूर।" और घोड़ी को एड़ मारी। परशुराम की सुविख्यात घोड़ी हरिण की तरह उछली।

ताप दुःसह था, परन्तु राजा के मस्तिष्क में विजय का नशा था। अकेले ही

उन्होंने दुर्जय एभल नायक और सोरठी सैनिकों को समाप्त कर दिया था और परशुराम की घोड़ी पुनः लौटा ली थी। उनकी रगों में रक्त उछल-कूद मचा रहा था। उनकी आँखों के आगे रंग-बिरंगे चित्र दिखलाई देते थे। घोड़ी पवन वेग से जा रही थी और ऐसा लगता था जैसे चारों तरफ की चीजें दौड़ी चली जा रही हों।

उनके नथुने फटे जा रहे थे, घावों में से रक्त निकल रहा था, परन्तु कानों में विजय घोषणा हो रही थी। एकदम एक घोषणा की अनेक घोषणाएँ हो गयीं। चारों तरफ से घुड़सवार निकल आए। वे सब कहाँ से आए, यह समझ में नहीं आया। आगे आनेवाला परशुराम जैसा लग रहा था।

साथ में कोई अपरिचित पुरुष जैसा था। नहीं, वह अपरिचित न था, उसका मुख उनकी रानी जैसा था। वह चिल्लाया—''जयसिंहदेव महाराज की जय।'' राजा ने कहा ''जय सोमनाथ।''

सबने घेर लिया। उनका गला सूख रहा था।

''कौन? देवी, तुम कहाँ से? परशुराम तुम्हारी...घोड़ी...'' राजा ने बोलने का प्रयत्न किया, परन्तु कंठ अवरुद्ध हो गया। उन्होंने घोड़े की अयाल पकड़ने का यत्न किया। ''परमार! काक...खेमा...एभल—'' परन्तु स्पष्ट शब्द कोई नहीं निकला। सबने उन्हें सँभाला...और अन्धकार हो गया।

काक का क्या हुआ?

दूसरे दिन रात को जयसिंह महाराज को लगा कि उनका अंग-अंग दुख रहा है। उनके हाथ-पाँव और सिर बँधे हुए थे? क्या यह असत्य है कि उन्होंने एभल नायक और सोरठी वीरों पर विजय प्राप्त की? उन्हें परशुराम और लीलादेवी मिले थे, क्या यह भी स्वप्न ही था? उन्होंने आँखें खोलने का प्रयत्न किया, परन्तु ऐसा लगा कि वे सी दी गयी हैं। महान् प्रयास से उन्होंने आँखें खोलीं। क्या वे कारगार में थे? पैरों के आगे दो वृद्ध मनुष्य बैठे हुए थे और सिर के पास एक स्त्री। उन सबके मुख परिचित लगे।

''बेटा जयदेव!'' स्त्री की आवाज़ आई।

जयदेव ने आवाज पहचानी ''माँ, मैं कहाँ हूँ?''

''राजमहल में।'' मीनलदेवी ने कहा। ''वैद्यराज, दवा चटाओ।''

''तैयार है।'' कहकर राजवैद्य ने दवा चटाई। राजा को जरा अच्छा लगा।

''माँ, परमार कैसा है? कौन मेहताजी?'' राजा ने पैरों के आगे बैठे हुए दूसरे वृद्ध को सम्बोधन करके कहा।

''हाँ, महाराज।'' मुंजाल ने कहा। ''परमार ठीक है, चिन्ता न करो।''

''और एभल नायक?''

"कल का सूर्योदय शायद ही देख पाए।"

"और काक का क्या हुआ?"

"तुम चिन्ता क्यों कर रहे हो बेटा?" मीनलदेवी ने पूछा।

"मैं नहीं करूँ तो कौन करेगा? वह तो मेरा दाहिना हाथ है।" राजा ने जरा अकुला कर कहा। वैद्य ने उनके हाथ पर हाथ फेरा। मीनलदेवी ने राजा के सिर पर हाथ रखा। राजा जरा अस्वस्थ होते दीखे।

राजा की मच्छरदानी के पीछे किसी ने एक निःश्वास छोड़ा। राजा ने उसे सुना। उसके मस्तिष्क के आगे लीलादेवी का मुख आ गया।

"मेहताजी, मैं कब अच्छा होऊँगा।"

"दो-तीन दिन ही में। नाममात्र को थोड़ी-सी चोट लगी है।"

"परशुराम कहाँ है?"

"बेटा, उन्हें बुलवाऊँ?"

"हाँ।"

मीनलदेवी ने आज्ञा दी। एक अनुचर परशुराम को बुलाने गया और राजा आँख मींचकर पड़े रहे। थोड़ी देर में दंडनायक आ पहुँचे। राजा उनकी प्रतीक्षा कर रहे थे इसलिए तुरन्त आँखें खोल दीं।

"परशुराम, काक की खोज की?"

"महाराज, चिन्ता न कीजिए। उनके लिए चारों तरफ आदमी दौड़ाए हैं।"

"माँ, मैंने उसके साथ अन्याय किया, और वह मेरे लिए मौत के मुख में चला गया। वह न होता, तो आज हम सब एभल नायक के बन्दी होते।"

"मुझे खेमा ने सब कहा है।" मीनलदेवी ने कहा, "और खेमा स्वयं काक को खोजने गया है।"

"कौन जाए और कौन रहे, उसकी मुझे परवाह नहीं, परन्तु काक मिलना ही चाहिए।"

"महाराज," मुंजाल ने कहा "आप इस समय शान्त रहें। कल सवेरे चाहें तो आप स्वयं ही खोजने चले जाना। मुझे काक की चिन्ता है।"

"नहीं तो उस खेंगार का सारा गिरनार उखाड़ डालूँगा।" राजा ने कहा।

"अन्नदाता, अब मौन होकर सो जाएँ तो अच्छा।" वैद्यराज ने कहा। राजा ने करवट बदली।

दूसरे दिन सवेरे खेमा लौट आया। उसने जिस चौकी के सामने कल युद्ध हुआ था, वहाँ से पैरों के चिह्नों द्वारा खोज लगाने वालों की मदद से काक के घोड़े ने जो मार्ग पकड़ा था, उसका पता लगा लिया। पैरों से मालूम होता था कि राजा को छोड़कर योजन-भर तो वे आगे चले गये हैं, फिर सोरठियों की टोली भी उनका पीछा करती जान पड़ी, और सामने से थोड़े से आने वाले आदमियों के भी चारणचिह्न परखे गये।

वहाँ मुठभेड़ के चिह्न भी थे। कुछ मनुष्य मारे गये होंगे, ऐसा लगा। वहाँ से सभी एभल नायक की चौकी की तरफ गये दीखे।

खेमा को आगे बढ़ने में लाभ न दिखा, परन्तु दो बातें निश्चित हो गयीं। एक तो यह कि काक पकड़ लिया गया, दूसरी यह कि उसे एभल की चौकी पर ले जाए गया। परन्तु काक जीता पकड़ गया या मरा हुआ, एभल ने उसे कैद किया या मार डाला, वह चौकी में था या नहीं, इन प्रश्नों का निर्णय न हो सका। मुंजाल ने परशुराम से परामर्श करके निश्चित किया कि इस समय एभल की चौकी पर हमला करने में सार नहीं है। क्योंकी चिढ़े हुए सोरठी जोश में आ जाएँ, तो काक के प्राण ले डालें। एभल बेहोश पड़ा था, इसलिए उसके पास से कोई खबर मिलना सम्भव न था।

स्थिति गम्भीर हो गयी। महाराज की काक को खोजने की अधीरता इतनी बढ़ गयी थी कि उससे उन्हें फिर ज्वर हो आया। जगदेव परमार जीवन और मृत्यु के बीच झूल रहा था; एभल नायक मृत्यु के द्वार पर खड़ा था। मुंजाल ने सारी हुकूमत हाथ में ले ली, राजगढ़ के द्वार बन्द रखकर राजा के स्वास्थ्य के शुभ समाचार चारों तरफ फैलाए गये। एभल का बैर लेने के लिए कहीं सोरठी लोग काक का कुछ अनिष्ट न कर डालें, इस भय से एभल भी अच्छी तरह है, स्वस्थ है; ऐसी अफवाहें जूनागढ़ पहुँचाने की व्यवस्था की गयी। चारों तरफ की चौकियाँ मजबूत की गयीं। खेंगार इस मौके से फायदा उठाकर हमला कर बैठे तो वह विजयी न हो सके, इसकी भी व्यवस्था की गयी। परशुराम के चौपाल पर मुंजाल मेहता आकर बैठे और चारों दिशाओं की हुकूमत का कब्जा महामात्य ने ले लिया।

मीनलदेवी और वैद्यराज ने राजा की तबीयत सुधारने का प्रयत्न किया। लीलादेवी मर्यादा के कारण राजा के पास बैठ न सकीं। तीन दिन हो गये, काक का पता न था। यदि वह जीता-जागता और मुक्त होगा तो जरूर लौटकर आएगा। यदि उसे एभल नायक ने पकड़ा होता तो वह उसके साथ क्यों न होता? सबके मस्तिष्क में घबराहट थी की काक एभल के साथ युद्ध करते-करते काम न आ गया हो।

यह वहम ज्यों-ज्यों जुदा-जुदा आदमियों के मस्तिष्क में दृढ़ होता गया त्यों-त्यों उनके आचरणों में फेर पड़ता गया। मुंजाल का मुख गम्भीर हो गया, और उनकी वाणी में से मृदुता जाकर कठोरता आ गयी। मीनलदेवी को लगा कि काक की मृत्यु बहुत ही अशुभ चिह्न है और इसका उनके पुत्र और पुत्रवधू पर बुरा असर होगा। परशुराम उग्र हो उठे और उनकी बड़ी-बड़ी आँखें घूरने लगीं; और वे क्रोध के आवेश में आए थे तो भी अपनी बेचैनी छिपा न सके। लीलादेवी तो बाघिन की तरह अकेली ही इधर-से-उधर बेचैनी से घूमने लगी।

चिन्ता के बादल राजगढ़ पर छा गये थे। प्रत्येक के हृदय में ध्वनि उठा करती कि कुछ नवीन, कुछ अशुभ होने वाला है।

तीसरा खंड

अक्षय तृतीया का उत्सव

अक्षय तृतीया का सन्ध्या थी। भृगुकच्छ में गंगनाथ का बड़ा मेला लगा था। आज कितने ही दिन हुए गाँव-गाँव से लोग-बाग इस उत्सव में भाग लेने के लिए आ रहे थे। इतने अधिक मनुष्य किसी भी अक्षय तृतीया को एकत्र हुए हों, ऐसा किसी को स्मरण न था।

रेवा-स्नान और यात्रा के बहाने, लाट की राजधानी की सैर कर आने के बहाने, मजा-मौज करने के बहाने, व्यापार की वृद्धि और आढ़त निश्चित करने के लिए, जुदा-जुदा जगह की वस्तुओं का प्रदर्शन करने के लिए अथवा वर्ष भर के लिए फसल भर लाने के इरादे से, ऐसे अनेक कारणों से अक्षय तृतीया पर सम्पूर्ण लाट में से लोग आते थे। ऐसे समय रेवा-स्नान का महात्म्य भी बढ़ जाता, और ब्राह्मणों के संघ ग्राम-ग्राम से श्रद्धा प्रसारित करने और श्रद्धा का लाभ उठाने आ पहुँचते। तीन-चार दिन यात्री उत्सव में लीन रहते और हर एक प्रकार के खेलों या मौज की महफिलों में निरंकुश होकर मशगूल हो जाते।

रेवाजी की विशाल तट पर लोग बाँस की खपचियों की कामचलाऊ झोंपड़ियाँ बनाकर पड़े थे और सारे शहर में लोग चींटी दल की तरह उतराते फिरते थे। दिन-रात कीर्तन और भजन चलता रहता और लोगों के ठठ मन्दिरों और घाटों पर जम जाते।

इस वर्ष के मेले में दो वस्तुएँ असाधारण थीं। मेले में आनेवाले थोड़े ही लोग स्त्री-बच्चों को साथ लेकर आए थे और इतने बड़े मेले में परदेशी चीजों की दुकानें गिनी-चुनी ही थीं। लूटपाट के भय की अफवाहें चारों तरफ फैली थीं, फिर भी कोई उन पर विश्वास न करता था। लोगों का उत्साह इतना अधिक था और शौकीन नागरिक इस प्रसंग का आनन्द लूटने में इतने तल्लीन हुए जान पड़ते थे कि इस प्रसंग में कुछ असाधारणता है, ऐसा किसी को न लगता था।

अक्षय तृतीया की सन्ध्या को नदी तट पर लोगों की बहुत बड़ी भीड़ थी। कोई गाता, कोई 'गंगनाथ की जय' बोलता और कोई भजनमंडलियों में कीर्तन करता। लहरी लाला गोलाकर बैठकर गप्पें मारते थे, कितने ही नदीं में दीपक बहाने की तैयारी

कर रहे थे, कितने ही हवाइयाँ छोड़ने के लिए अन्धकार की प्रतीक्षा कर रहे थे और कितने ही नौकावालों से नदी में सैर के लिए भाड़ा ठहरा रहे थे।

तो भी कितने ही परदेसी कौन जाने क्यों चुपचाप घूमने-फिरने लगे और ज्यों-ज्यों अँधेरा होता गया त्यों-त्यों न जाने कितने लोग गली-कूचों में झपट-झपटकर जाने लगे।

पट्टणी सैनिक भी इस पर्व का पूरा लाभ उठाने के लिए गले में हार पहनकर, हाथ में छड़ी लेकर आनन्द से फिरने लगे।

रात होने लगी और शहर में दिवाली की तरह रोशनी जगमगा उठी। इस मेले का प्रमुख अंग गंगनाथ महादेव और नर्मदा की मूर्ति की आरती थी। महादेव की आरती में पुरुषों की भीड़ होती और नर्मदा की आरती में स्त्रियों की।

गंगनाथ का प्राचीन मन्दिर नीचा होने पर भी भव्य था। इसका गर्भद्वार छोटा था और उसमें से अँधेरे भोहिरे में विराजमान शिवजी का वृहद् लिंग नाम को ही दिखता था। इस समय लिंग पर रुपहरी जलाधरी टपकती और चार दीपक अन्दर के अन्धकार को अस्थिर और स्वच्छ प्रकाश में भेदते थे। तीन ब्राह्मण नीचे मस्तक किए, रुद्री का पाठ कर रहे थे।

बाहर मंडप में नदी के पास दो दीवटों में जलती अनेक बत्तियाँ नाम मात्र का उजाला करके वातावरण में पूज्यभाव भरने की अद्‌भुत शक्ति दे रही थीं। इस वातावरण में रहकर भक्तजन सजल नयनों से 'जगत्पावनी' गंगा के नाथ के दर्शन करके पावन हो रहे थे।

सन्ध्या का समय हुआ कि दर्शनार्थियों का आना रोक दिया गया और जितने लोग मंडप में थे उतने ही वहाँ रहे। देखते-देखते मन्दिर के बाहर दर्शन करने वालों, और मेले में फिरने वालों की भीड़ का ठठ लग गया। आरती का समय हो जाने से गाँव के मुखिया आ पहुँचे। नगरसेठ तेजपाल और उनके यहाँ लाट के दूसरे गाँवों से आए हुए पाहुने, पट्टणी सेना के नायक भटराज माधव और लाट की सेना के नायक रुद्रमल्ल, कोठारी भाभा सेठ और दूसरे दो-चार अग्रगण्य–ये सब आए।

गंगनाथ महादेव की अक्षय तृतीया की आरती का बहुत पहले से ही बहुत बड़ा प्रसंग माना जाता था। लाट के स्वतन्त्र नरेश दरबार सहित इस प्रसंग पर उपस्थित रहते और आरती हो जाने पर राजा की सवारी नगर में निकला करती। लाट की स्वतन्त्रता चली गयी उसके बाद भी पट्टणी सत्ताधीश इस आरती के माहात्म्य को बनाए रहे थे। केवल आरती के बाद सवारी निकलने की प्रथा बन्द कर दी गयी थी।

सभी अगुए आ गये किन्तु दुर्गपाल आँबड़ मेहता नहीं आए। इन तीन दिनों में मेले का सम्पूर्ण उत्साह उनमें आ गया था और उन्होंने मौज करना शुरू कर दिया था। माधव भी शौकीन था, इसलिए उसने भी मनमानी मौज की। परन्तु दंडनायक और दुर्गपाल दोनों की अनुपस्थिति में पाटण की सत्ता के प्रतिनिधि के नाते उन्हें आरती में उपस्थित रहना चाहिए, इस हेतु वह इस समय आ पहुँचा। सवेरे आँबड़ मेहता से

आरती में आने के विषय में पूछा था, तब तो उसे आरती में हाज़िर रहना कोई जरूरी न मालूम हुआ था; और देवभद्रसूरि के उपाश्रय में उसे इस समय जाना ही चाहिए, उसने ऐसा कुछ कहा था। माधव को यह अच्छा नहीं लगा; परन्तु दुर्गपाल और मेहता के पुत्र को उपदेश देने की धृष्टता करना उसने उचित नहीं समझा। तेजपाल नगरसेठ ने अपने भावी जामाता की खोज की; किन्तु पता न लगने से बात टाल दी।

कोई आरती की तैयारी नहीं कर रहा था, यह देखकर तेजपाल ने गर्भद्वार में ढूँककर कहा, "क्यों पुजारीजी, कितनी देर है?"

एक अधेड़ उम्र के ब्राह्मण ने ऊँचे देखा, "आज तो 'बापा' आने वाले हैं।"

तेजपाल की आँखें जरा फैल गयीं। जब से लाट का स्वातन्त्र्य गया, तबसे वृद्ध राजगुरु ने किसी भी क्रिया में भाग लेना छोड़ दिया था। आज उसका आरती करने के लिए मन हुआ देखकर, नगरसेठ को कुछ शंका उत्पन्न हुई। उसने चारों तरफ देखा तो वहाँ थोड़े-बहुत परदेशी आदमी और कुछ नगर के अग्रगण्य दिखे। इससे उसे शंका व्यर्थ लगी। इतने में पौत्र की सहायता से चलते, लगभग अन्धे-से हो गये, राजगुरु आ पहुँचे। सबने स्वागत किया। जय जयकार स्वीकार करते हुए वे अन्दर गये और उनके लड़के ने पूछा—

"पिताजी, आरती शुरू करें?"

"हाँ, सन्ध्या का समय हो गया है। परन्तु-परन्तु" कहकर उसने चारों तरफ देखा।

उसके पुत्र ने आरती की दीवटें चेताना शुरू किया। बाहर के लोग बातचीत करते-करते रुक गये। राजगुरु ने आरती हाथ में लेने के लिए हाथ बढ़ाया और द्वार के आगे से एक गम्भीर और प्रौढ़ आवाज आई, "गुरुजी, जरा ठहरिए। स्वामी ब्रह्मानन्द सरस्वती को आ जाने दीजिए।"

सबको मन्दिर डोलता-सा लगा। चकित होकर सबने दरवाजे की तरफ देखा। रेवापाल दरवाजे के बीच खड़ा था। उसके गम्भीर चेहरे पर अमानुषीय गाम्भीर्य था और आँखों में गहरा आवेश। ब्रह्मानन्द सरस्वती—पूर्वाश्रम के ध्रुव सेनापति—अस्त हुए लाट की अविस्मृत महत्ता की सजीव मूर्ति—इस समय यहाँ! तेजपाल सेठ के मस्तिष्क में कुछ प्रकाश हुआ। उसने घबराकर अपने पुत्र की भयंकर मुखमुद्रा की ओर देखा। भटराज माधव के भाल पर सिकुड़नें पड़ीं। उसे लगा कि वह यहाँ न आया होता, तो अच्छा था।

ब्रह्मानन्द सरस्वती हाथ में दंड लिये उपस्थित हुए और ससम्मान सबने रास्ता छोड़ दिया। मन्दिर के वातावरण में पूज्य भाव का प्राबल्य बढ़ गया। वे धीरे-धीरे चलकर नन्दी को देखकर तेजपाल के पास जा बैठे। तेजपाल काल भैरव के समान भयानक और निश्चल द्वार के सामने खड़ा रहा।

स्वामीजी के आने से बाहर खड़े हुए लोगों में कुछ खलबली मची और उस

धमाचौकड़ी से लाभ उठाकर एक युवक योद्धा मंडप के द्वार तक आ पहुँचा। सोमेश्वर–काक का शिष्य और नये गढ़ का किलेदार–आरती के समय पहुँचने में विलम्ब न हो जाए, इस भय से दौड़ते-दौड़ते आ पहुँचा।

वह दरवाजे में पैठा और वहाँ रेवापाल को देखा। उसने अन्दर नजर डाली तो ब्रह्मानन्द सरस्वती को नन्दी की ओर जाते देखा, महादेव के लिंग के सामने वृद्ध राजगुरु को आरती की तैयारी करते देखा, और आखिरी थोड़े दिनों में जो कितनी ही अपरिचित वस्तुएँ देखी थीं, और कितनी ही गप्पें सुनी थीं वे सब उसे याद आ गयीं। उसकी आँखें चमकीं। उसे कुछ समझ आई। वह अन्दर घुसकर माधव के पास जाने लगा। रेवापाल ने हाथ आड़ा करके किवाड़ पर रख दिया।

"सोमेश्वर, आगे मत बढ़ो।" उसने सत्तापूर्ण स्वर में कहा।

सोमेश्वर ने क्रोध से रेवापाल की ओर देखा। उसने रेवापाल की आँखों में तेज देखा। वह रेवापाल का स्वभाव जानता था। सन्देह के चक्कर में पड़कर ऐसे मौके पर बखेड़ा मचाने में उसे कुछ लाभ न दिखाई दिया। वह रेवापाल के पीछे ही दरवाजे में खड़ा रहा।

सबको समझ में न आए ऐसी घबराहट-सी लगने लगी। राजगुरु ने काँपते हाथों आरती ली और वे लड़खड़ाते हुए उठे। खड़े होते ही पैर सरका और उनके हाथों में से आरती गिर पड़ी।

उसके बाद क्या हुआ, सो किसी की समझ में न आया। भयकर स्वप्न के समान वातावरण फैल गया। मन्त्र पढ़ते हुए ब्राह्मणों ने फूँक मारकर दीपक बुझा दिए। रेवापाल ने अगले दरवाजे जोर से बन्द कर दिए। सारे मंडप में प्रगाढ़ अन्धकार छा गया। कुछ लोगों का पदरव–कुछ गड़बड़–एक-दो चीखें और धक्का-मुक्की का हल्ला और रेवापाल की आवाज, मानो भूतों की सेना में प्रतिध्वनियाँ हो रही हों ऐसी अपार्थिव सुन पड़ीं। "राजगुरु, अब स्वतन्त्र लाट की ओर से भगवान् गंगनाथ की आरती कीजिए।"

ब्राह्मणों ने दीपक जलाए, मंडप में इकट्ठे हुए कितने ही नागरिकों ने आँखें मलीं। वहाँ खड़े हुए कितने ही लोगों के हाथों में नंगी तलवारें थीं, और तेजपाल, माधव, रुद्रमल्ल और भाभा सेठ–पाटण की सत्ता के प्रतिनिधि–अदृश्य हो चुके थे।

नन्दी के सामने स्वामी ब्रह्मानन्द सरस्वती खड़े हो गये। "लाटवासियों, घबराना नहीं। लाट आज स्वतन्त्र हो गया है। राजगुरु, आरती आरम्भ करें। रेवापाल, मैं कल सुबह भगवा वस्त्र उतार डालूँगा।"

"गुरुदेव की जय, गंगनाथ भगवान की जय" रेवापाल ने उत्साह में आकर गर्जना की।

"गंगनाथ भगवान की जय।" वहाँ खड़े हुए सब लोगों ने घोषणा को दुहराया। राजगुरु खड़े हुए और आरती शुरू हुई। रेवापाल बाहर निकला, गंगनाथ के मन्दिर की

छत पर चढ़ा और उसने एक हवाई लेकर चलाई। हवाई उड़ी और बहुत ऊपर जाकर फटी। सारे नदी-तट पर वह दिखी। नीचे किनारे पर हज़ारों मनुष्य आनन्द कर रहे थे। उन्होंने हवाई को फूटते देखा।

सोमेश्वर यह सब देखने के लिए नहीं ठहरा। उसने तो राजगुरु को जानबूझकर आरती बुझाते देखा था; ब्राह्मणों को दीपक बुझाते देखा था और रेवापाल को दरवाजा बन्द करने के लिए हाथ लम्बा करते देखा था। उसने सब कुछ समझ लिया। उसे मंजरी और उसके बच्चे याद आए। उसने एकदम मन्दिर छोड़ दिया और लोगों को ढकेलता हुआ रास्ता काटता वह सांबा बृहस्पति के बाड़े की तरफ दौड़ा।

नदी किनारे आनन्द करते पट्टणी सैनिकों ने रेवापाल की छोड़ी हुई हवाई को देखकर हँसना शुरू किया, परन्तु उस हँसी के पूरी होने के पहले ही दो हजार हथियारबन्द आदमी उन पर टूट पड़े और उन्हें मुश्कें बाँधकर ले चले। मेले में हाहाकार मच गया। लोगों में भगदड़ मच गयी। नगर के दरवाजे बन्द होने लगे।

हवाई छोड़कर रेवापाल छत पर खड़ा रहा और प्रौढ़ आवाज में उसने वहाँ एकत्र हुए लोगों से कहा—

"लाटवासियों, आज हम पशु मिटकर नर हो गये हैं। पट्टणी सेना भृगुकच्छ में निर्मूल कर दी गयी है। इस समय सम्पूर्ण लाट में, खेटकपुर (खेड़ा), वटपद्र (बड़ौदा), जंबूसर, अंकलेश्वर, नांदोद, मांडवी और कामरेज में उनकी सेना का विनाश शुरू हो चुका होगा।

बंधुओं, लाट की बेड़ियाँ आज टूट चुकी हैं, कल सुबह सोने का सूर्योदय होगा। गया हुआ लाट कल सुबह तुम्हारे हाथों में आ जाएगा। गुरुदेव ध्रुवसेन सेनापति कल गेरुवे वस्त्र उतारकर कवच धारण करेंगे और लाट में उनकी आन फिरेगी। जाओ; आनन्द करो और बोलो भगवान गंगनाथ की जय।"

वहाँ खड़े हुए लोगों में से कितने ही समझे और कितने बिना समझे ही सुनते रहे। सबने ध्रुवसेन सेनापति की जय, गंगनाथ महादेव की जय का प्रतिशब्द किया।

आनन्द मग्न भृगुकच्छ में घबराहट फैल गयी। लोगों ने बिना समझे दौड़ना आरम्भ कर दिया। उनके उत्साह ने त्रास का स्वरूप धारण कर लिया। दुकानदार दीपक बुझाकर दुकानें बन्द करने लगे। यात्रियों की कुछ समझ में न आया। किसी ने बाल-बच्चे खोए, किसी ने माँ-बाप गँवाए, किसी को यह न सूझा कि कहाँ जाएँ। किसी ने कहा पट्टणियों का कत्ल हुआ है; किसी ने सुना पट्टणियों ने ही कत्लेआम किया है। किसी ने ध्रुवसेन सेनापति की जय की घोषणा सुनी और किसी को विश्वास था कि सेनापति ध्रुवसेन तो कभी के स्वर्गवासी हो चुके हैं। हर एक ने दौड़ना शुरू किया, हर एक ने काँपना शुरू किया और हर एक ने अपने घर या डेरे पर जाकर छुप रहना शुरू किया।

थोड़ी देर में नगर के अन्दर शस्त्रसज्जित पुरुष घूमने लगे और पट्टणी सत्ताधीशों के घरों की तलाशियाँ लेने लगे, और किसी को पट्टणी पगड़ी पहने देखा कि उसको पकड़ना शुरू किया।

तीन-चार घड़ी के बाद रेवापाल कुछ मनुष्यों के साथ गंगनाथ के मन्दिर के बाहर आया और घोड़े पर चढ़कर नगर की जाँच करने निकला।

नर्मदा की आरती

भृगुकच्छ के नये दुर्गपाल आँबड़ मेहता ने अक्षय तृतीया की यात्रा का पूरा-पूरा आनन्द उठाने का निश्चय किया था। पहले दो दिन तक तो वे बेफिक्री के साथ उठते, तैल-फुलेल से स्नान करते और पालकी में बैठकर सांबा बृहस्पति के बाड़े में जाकर दरबार भरते रहे। फिर जगह-जगह में आए हुए निमन्त्रण स्वीकार करने तथा मेले में माधव नागर के साथ सैर करने में दिन पूरा करते रहे। सन्ध्या को वे नौका में बैठकर नदी की सैर करने निकलते, और उसकी लहरों में अपने हाथों हँसते-हँसते दीप-प्रवाह करते।

आँबड़ मेहता के हृदय में अविमुक्तेश्वर के मन्दिर में आरती के समय दर्शन करने जाने की अजीब श्रद्धा जागृत हो गयी थी। इससे वे नदी पर से वहाँ जाते और फिर घूमते-घामते रात को नगरसेठ तेजपाल के यहाँ सोने के लिए पहुँचते। रास्ता चलते आदमी का जोर-जोर से मज़ाक करना, सुसज्जित दुकानों में जा आना, भजन-कीर्तन हो रहे हों वहाँ सुनने के लिए खड़े हो जाना, रात को नर्मदा के द्वीप पर जाकर हवाइयाँ छोड़ना, निरंकुश होकर फिरना और हँसना—ये सब बातें नये दुर्गपाल के आचरण के कारण शिष्टाचार लेखी जाने लगीं। इनकी वेश-भूषा की नवीनता, इनकी पगड़ी का रंग, इनके चलने का ढंग, इनके औदार्य की निःसीमता, इन सबमें कुछ ऐसी मोहक निर्लज्जता थी कि भृगुकच्छ के चुने हुए लहरियों ने भी पाटण और खम्भात के इस अग्रगण्य मौजी जीव के सामने सिर झुका दिया और इसकी चाल-ढाल का अनुकरण करके लाट के लहरीपन में पट्टणी-तत्वों की वृद्धि तत्परता के साथ करना शुरू कर दिया। गम्भीर वयोवृद्ध और शुष्क नागरिक सदा से चली आ रही प्रतिष्ठा की भावनाओं को इस प्रकार टूटते देखकर नये जमाने के दुर्भाग्य पर निःश्वासें छोड़ने लगे।

नेरा तोतला दुर्गपाल का अनुचर हो गया था। उसका हँसता हुआ चेहरा और देखकर हँसी आवे ऐसा शरीर, दुर्गपाल के रिसाले की शोभा में अभिवृद्धि कर रहा था।

आँबड़ मेहता मेले के उत्सव का लाभ उठाकर दिन में दो बार मंजरी की सुध लेने जाते; परन्तु विद्वता और सुसंस्कारों की निरन्तर सेवा से परिपक्व हुई मंजरी की

रसिकता को और पतिवियोग से निवृत्त हुई उसकी रसवृत्ति को आम्रभट का यह मौज़ीला स्वभाव दुस्सह हो जाता, परन्तु नये दुर्गपाल को यह मनोदशा परखने का अवकाश न था।

अक्षय तृतीया के दिन आँबड़ मेहता ने अपने स्वभाव को पूरी छुट्टी दे दी। उसकी खूबियाँ जितनी थीं उससे अधिक आकर्षक होने लगीं और दुर्गपाल का दृष्टान्त देखकर लाट के युवकों को अद्भुत प्रेरणा मिली।

सवेरे आम्रभट ने नेरा को बुलाया। नेरा नये दुर्गपाल का मानीता अनुचर और सलाहकार हो गया था।

"नेरा, आज क्या है?"

"स-सर-कार। श-श-श-शाम को" नेरा ने धीमी आवाज़ में कहा, "म-म-माजी—रेवा मैया की आरती में जाएँगी। आप ग-ग-ग—गंगनाथ की आरती में ज-ज—जाएँगे?"

आम्रभट को ज़रा घबराहट हुई।

"मैं गंगनाथ की आरती में नहीं जाऊँगा, परन्तु रेवा माता की आरती में तो केवल स्त्रियाँ ही जाएँगी। मैं कैसे जा सकूँगा?"

नेरा के मुख पर विशाल हास्य खिल उठा। "न-न-न—नेरा पर विश्वास रखिए, अन्नदाता। प-प-प—पड़ोस में एक घ-घ-घ—घर है। वहाँ से सब कुछ देख सकेंगे।"

"परन्तु घर के लोग जानेंगे तो?"

"क-क-क—क्या बात है, म-म-म—मेरे सरकार!" नेरा ने थोड़े दिनों में आँबड़ मेहता के साथ दोस्ती जोड़ ली थी। "स-स-स—सारे घर में ह-ह-ह—हम दोनों ही।"

"शाबाश नेरा भट।" आँबड़ ने सन्तोष से कहा।

"स-स-स—सरकार को मेरा जु-जु—जुहार।" कहकर नेरा ने झुककर नमस्कार किया।

आँबड़ ने बहुत ही युक्ति के साथ तेज़पाल सेठ को चकमा दिया, माधव को छकाया और सन्ध्या आई तब नेरा को साथ लेकर पैदल ही देवभद्र सूरि के उपाश्रय की ओर चल दिया। मेले का दिन था, इसलिए दुर्गपाल को इस तरह जाते देख किसी को विस्मय नहीं हुआ। उपाश्रय के पास ही एक निर्जन मार्ग आया और दोनों व्यक्ति एक गली में घूमे। आम्रभट ने अपनी भड़कीली पोशाक निकालकर बिल्कुल सादे वस्त्र पहन लिय। फिर दोनों तेजी से नदी के किनारे नर्मदा के मन्दिर के पास आ लगे।

मन्दिर के सामने एक छोटा-सा घर था। नेरा ने जेब से चाबी निकालकर दरवाज़े का ताला खोला और दोनों ने अन्दर दाखिल होकर दरवाजा बन्द कर लिया। दरवाज़े के पास एक खिड़की थी, वह नेरा ने खोली और उस जगह एक गद्दी बिछाकर तकिया लगाया। खिड़की में से रेवाजी के मन्दिर का भीतरी भाग दिखता था।

यह मन्दिर छोटा किन्तु सुन्दर था और मूर्ति बहुत ही पुरानी थी। गत वर्ष ही त्रिभुवनपाल दंडनायक ने पाटण से कारीगर बुलवाकर उसका पुनरुद्धार करवाया था। उसका छोटा और सुकुमार शिखर रुद्रदुहिता नर्मदा के लावण्यमय शरीर की प्रतिमा ही हो, ऐसा लगता था। मन्दिर का सभामंडप इतना छोटा था कि इस प्रसंग पर दर्शन के लिए आनेवालों को बाहर के विशाल चबूतरे पर ही खड़े रहना पड़ता था।

लगभग पच्चीस स्त्रियाँ इस चबूतरे पर आ चुकीं थीं, और धीरे-धीरे और भी आती जा रही थीं। आँबड़ ने तकिए पर सिर रखते हुए आनेवाली स्त्रियों को देखना शुरू किया। वहाँ गरीबों की स्त्रियाँ भी थीं, और धनाढ्यों की आभूषण-भार से लदी हुई स्त्रियाँ भी। धनवांनों की कुलवधूओं की रस्साकसी स्पष्ट दीख पड़ती थी और उनमें एक-दूसरी को अप्रतिभ करने के प्रयत्न चल रहे थे। गरीबी में से धनवान बनी हुई स्त्रियों का आडम्बर और पीढ़ियों की धनी और सुसंस्कृत स्त्रियों के आभूषण पहनने की सरलता, गरीब होने पर भी अमीरी का प्रदर्शन करने वाली स्त्रियों का ठाठ और धन होने पर ही ज्यादा उम्र और सयानपन का डौल करतीं, कितनी ही रूपगर्विताओं की न छिपनेवाली ठसक बाहर आ जाती, और कितनी ही लज्जावती सुन्दरियाँ नीचे देखकर अपने रूप को ढाँकने का निष्फल प्रयत्न करतीं। एक बहुत ही मोटी स्त्री बहुत ही मोटे कड़े पहने बड़ी फुर्ती से आने का प्रयत्न कर रही थीं। दो रूपवती बहनें, एक-दूसरे के हाथ में हाथ डाले, मानो दो लताएँ पवन में डोलती हों, आ पहुँचीं। छोटी बालिकाओं का एक समूह भी किलोलें करता उछलता आ पहुँचा। आँबड़ मेहता मंजरी की प्रतीक्षा में अनुभवी रसिया की बारीकी से इस झुंड को देखने लगे।

नगरसेठ के घर की स्त्रियाँ आ पहुँची। रेवापाल की स्त्री बेनां पहले आई। आँबड़ मेहता को यह स्त्री देखकर अरुचि होती थी और इसके संसर्ग से कैसे दूर रहा जाए, इसकी युक्ति उसने कभी की सोच निकाली थी। उसके पीछे उसकी भावी पत्नी, सोलह वर्ष की किशोरी उछलती-कूदती और हँसती हुई आई। आँबड़ ने विचार करना शुरू किया कि इसके साथ जीवन मजे में कट जाएगा। फिर उसका चित्त व्यग्र हो उठा। तीन महिलाएँ आईं और उसका हृदय उछलने लगा।

तीन में से एक तो देवदारु से समान ऊँची और सुडौल थी। वह डग रखती तो छटा छलकती और डोलती तो रस झरता। जैसे राजहंसी तैर आवे वैसे वह आई—धीमी स्वाभाविक और गौरवशील गति से। उसके मुख पर तेजपूर्ण हास्य दीप्त हो रहा था, उसकी आवाज़ बातें करती हुई स्त्रियों की कलकल से निराली, बाँसुरी के कोमल स्वर जैसी सुनाई पड़ी।

मंजरी सादे और सफेद वस्त्र पहने थी। उसके शरीर पर आभूषण नाम मात्र को ही थे। इस प्रसंग के लिए उसने किसी तरह की टीमटाम की हो, ऐसा नहीं मालूम होता था। तो भी उसकी सादगी की विशिष्टता का आकर्षण कुछ और ही था।

मंजरी आई, अपने निराभिमान रूप से सबको प्रभावित करती और तब स्त्रियों में शान्ति फैल गयी। आँबड़ मेहता के हृदय में तूफान शुरू हो गया।

वह और उसकी सखियाँ, जान-पहचानवाली, स्त्रियों के साथ हँसती-बोलती आईं।

"कैसी हो बेनां भाभी?" मंजरी ने पूछा।

"ठीक हूँ।"

"और प्राणकुँवर तुम—" आँबड़ की भावी पत्नी से मंजरी ने पूछा।

"मंजरी बहन, क्यों, आज इस तरह सादगी से?" उसने मंजरी के सफेद वस्त्रों और आभूषणहीन अंगों की ओर नजर डालकर कहा।

मंजरी हँसी। उसमें ज़रा ग्लानि थी। "बहन, अभी तुम्हें यह समझने में देर लगेगी।"

"मंजरी बहन, आपके बिना सब अँधेरा ही था।" एक वृद्धा स्त्री ने कहा। आँबड़ ने इस अभिप्राय का अनुमोदन किया।

"माताजी," पुजारी सामने आया, "अब आप आरती शुरू करें। आपके बिना कोई मुँह ही नहीं खोलता"

"हाँ, माताजी," मोटे कड़ों वाली स्त्री की भारी और कठोर आवाज आई।

"आपको छोड़कर आरती आती किसे है?" आँबड़ का हृदय गर्व से छलक उठा।

"परन्तु आप सब भी तो कुछ बोलें। मुझे जो कुछ आता है उसे आप कैसे दुहरा सकेंगी?"

"नहीं बहन, आप ही शुरू करें। फिर हम और कुछ बोलेंगी।" दो-तीन स्त्रियों ने आग्रह किया।

बेनां को यह लोकप्रियता अच्छी न लग रही थी, यह उसके मुख पर से स्पष्ट झलकता था।

"ठहरो," मंजरी ने हँसकर कहा। "मुझे पुराण की एक बहुत ही पुरानी स्तुति आती है, वह बोलूँ? ठीक रहेगी?"

"हाँ, हाँ" सब बोल उठीं और छोटी बालिकाओं ने तालियाँ बजाईं, "हाँ माँ, हाँ माँ।" मंजरी ने उत्तर में स्नेह के साथ हँस दिया।

वह क्षण भर मौन रही और कंठ स्वच्छ किया। आँबड़ मेहता के हृदय में न जाने क्या-क्या बज उठा।

वह उस मद्धिम प्रकाश में स्वर्ग से उतरकर आई हुई अप्सरा के सदृश उस सुन्दरी के अनुपम सौन्दर्य को देखता रहा। उसका मुख उसे इन सुन्दरियों के समूह में असाधारण तेज से मंडित मालूम हुआ। उसके बड़े-बड़े नेत्रों में दबे हुए अन्तर के भावों की जरा खिन्नता भरी छाया थी। अपने अधर-पल्लवों की अकल्प्य रससमृद्धि ढोलने के लिए वह तत्पर हो गयी हो, इस प्रकार वह जरा झुकी थी और उसकी लम्बी

ग्रीवा की मोहक मरोड़ सौन्दर्य का अदृष्ट स्वप्न उसके मन में खड़ा कर रही थी।

किसी कलामर्मज्ञ शिल्पी द्वारा गढ़ी गयी अपूर्व मूर्ति को देखकर जैसे विलासवृत्ति नष्ट हो जाती और निर्मल रसवृत्ति अथवा सौन्दर्य-भक्ति जाग उठती है, उसी तरह आँबड़ मेहता की सौन्दर्य-भक्ति उमड़ आई। आँबड़ शौकीन था, परन्तु उसकी वृत्तियाँ जड़ नहीं हो गयी थीं। उसके मौजी स्वभाव के मूल में सौन्दर्य परखने की, सौन्दर्य की पूजा करने की शक्ति समाई हुई थी। विलासी जीवन में यह शक्ति जरा कम हो गयी थी, परन्तु इस समय जब मंजरी दूर और दुष्प्राप्य हो रही थी; जब उसके दर्शन और प्रशंसा पर ही जीवन व्यतीत करना जरूरी हो गया था, तब उसकी यह शक्ति पुनः सतेज हो गयी। इस समय वह भक्त के सदृश आत्मसमर्पण से इस सुन्दरी को देखता रहा। अपने बड़प्पन को वह भूल गया, उसकी लालसा नष्ट हो गयी, उसके हृदय के अशुद्ध भाव दब गये। उसे इतना ही भान रहा कि जिसे वह सौन्दर्य एवं छटा गिनता था, लावण्य एवं गौरव मानता था, उन सब लक्षणों की विशुद्ध और अपूर्व प्रतिमा इस समय वहाँ खड़ी है और उसका हृदय अर्ध्य देते-देते अल्पता अनुभव करके प्रणिपात कर रहा है।

मंजरी का स्थान

पुजारी ने आरती चेताई, घंटी बजाना शुरू किया और वसन्त का आरम्भ होते ही जैसे कोयल कूक उठती है, उसी तरह मंजरी का स्वर कूक उठा। उसके स्वर ने आँबड़ के हृदय में न जाने क्या-क्या प्रतिशब्द जगाए। उत्साह, आकांक्षा, विजय, सुख, प्रेम, सब भाव जाग उठे। उसने छाती को हाथ से दबाया, और जैसे वह मूर्च्छित हो गया हो, ऐसी दशा उसकी हो गयी।

आँबड़ के हृदय में कौन-कौन से भाव जाग रहे हैं, यह जाने बिना ही मंजरी ने आरती गानी शुरू की—

नर्मदा सरितां श्रेष्ठा रुद्रदेहाद्विनिः सृता।
तारयेत्सर्वभूतानि स्थावराणि चराणि च॥
सर्वदेवाधिदेवेन त्वीश्वरेण महात्मना।
कथिता ऋषिसंधेभ्यो ह्यस्माकं च विशेषतः।
मुनिभिः संस्तुता ह्येषा नर्मदा प्रवरा नदी।
रुद्रदेहाद्विनिष्क्रान्ता लोकानां हितकाम्यया॥
सर्वपापहरा नित्यं सर्वदेवनमस्कृता।
संस्तुता देवगन्धर्वैरप्सरोभिस्तथैव च॥

नमः पुण्यजले ह्याद्ये नमः सागरगमिनि।
नमस्ते पापशमनि नमो देवि वरानने॥
नमोऽस्तु ते ऋषिगणसिद्धसेविते नमोऽस्तु ते शंकरदेहनि सृते।
नमोऽस्तु ते धर्मभृतां वरप्रदे नमोऽस्तु ते सर्वपवित्रपावने॥

स्वर का जादू टूटा। वहाँ छाई हुई शान्ति भंग हुई। दो मनुष्य दौड़ते हुए आए और चिल्लाने लगे, ''जेली-जेली'' सभी को पहले अजीब-सा लगा, फिर थोड़े से लोग उनकी तरफ घूमे। मंजरी गाती-गाती रुक गयी। पुजारी की आरती भी अटक रही।

''अरे, सब अपने-अपने घर जाओ। देख क्या रहे हो? गंगनाथ में दंगा हुआ है। ध्रुवसेन सेनापति ने भगवा उतार दिया...और लोग लहू-लुहान हो गये हैं...चले जाओ। जेली की माँ—'' कहकर जेली और उसकी माँ को लेकर वह तेजी से चला गया।

तीन-चार स्त्रियों ने दूसरे पुरुष को घेर लिया और जल्दी से उसके साथ चली गयीं।

सभी घबरा उठीं और एक-दूसरे के सामने देखने लगीं। नदी तीर से दंगे की स्पष्ट आवाज आ रही थी। कुछ चीखें भी दूर से सुन पड़ती थीं। कुछ स्त्रियाँ जिनके घर निकट ही थे, चली गयीं। मंजरी ने गर्व से चारों ओर देखा कि घबराई हुई हरिणियों की तरह सब स्त्रियाँ चारों ओर भय-व्याकुल आँखों से देख रही हैं।

''बहनों, घबराना नहीं। दंगे की बात झूठ मालूम पड़ती है। हमें कौन छेड़ेगा?''

''ओ बहन—मंजरी बहन,'' पुकारता हुआ मणिभद्र हाँफता-हाँफता आ पहुँचा। उसके कन्धे पर मंजरी की लड़की महाश्वेता थी और गोदी में उसका लड़का वौसरी। उसकी आँखें भय से फट गयी थीं।

मंजरी का मुख जरा उतर गया, ''मणिभद्र, क्या है?''

''बहन, तुम यहीं हो न? रेवापाल ने सारे पट्टणियों को मार दिया, नगर में डाका पड़ा है, हमारा घर लूटने के लिए आए थे। मैं छप्पर से होकर इन दोनों को ले आया हूँ। बहन, चलो, चलो, भाग चलें।''

मंजरी के होंठ बन्द हो गये। उसकी आँखों में से आग निकली। उसने बेनां की तरफ गुस्से से देखा। ''बेनां बहन, यह क्या है?''

बेनां कुछ-कुछ जानती थी। वह निश्चितन्ता से खड़ी-खड़ी देख रही थी।

''क्या है क्या?'' उसने अपमानजनक स्वर में कहा। ''सौ दिन सास के तो एक दिन बहू का। आज पाटण पूरा हुआ और लाट का दिन उगा। बहनों, चलो मेरे साथ, किसी को कुछ होने का नहीं। आज से रामराज्य शुरू हुआ।''

मंजरी घबराई, उलझन में पड़ी और पल भर खड़ी रही। सब घबराकर बेनां की ओर गयीं और वह सबके आगे आ खड़ी हुई। तुरन्त मंजरी ने मन सावधान किया और मणिभद्र के पास से वौसरी को ले लिया।

आँबड़ ने सब कुछ सुना, उसके प्राण उड़ गये, परन्तु इस समय उसे पाटण की अथवा अपनी चिन्ता की अपेक्षा मंजरी का ध्यान अधिक था। वह एकदम उठा और नेरा को साथ लेकर किवाड़ खोलकर घर के बाहर आया।

बेनां थोड़ी देर खड़ी रही, हँसी, और घबराई हुई मंजरी को गौरवहीन दशा में देखती रही। तुरन्त उसे अपने पति का काक को दिया हुआ वचन याद आ गया।

वह उसके पास गयी और जरा अभिमान से बोली—

"मंजरी बहन, तुम्हारे जेठजी ने कहा है कि तुम्हें अपने घर ले चलूँ। अब यहाँ पाटण का कोई नहीं जो तुम्हारी सहायता को दौड़ेगा और इस समय तो तुम्हारे घर का भी ठिकाना नहीं कि वहाँ जाकर रहा जा सके। चलो मेरे साथ। देवरजी इस समय यहाँ हैं नहीं और जल्दी आनेवाले भी नहीं।"

मंजरी को एक-एक शब्द चुभ रहा था। उसका गर्विष्ठ स्वभाव यह डंक सहन नहीं कर सका। उसका क्षोभ जाता रहा; उसने ऊँचा सिर करके एक तिरस्कार भरी नजर से बेनां को उसके आडम्बर का और तुच्छता का भान करा लिया।

"किसकी मजाल है जो दुर्गपाल की स्त्री को अँगुली से भी छू सके?" उसने गुस्से से पूछा। उसका मुख क्रोध से ज्वलन्त हो रहा था और आँखों में विद्युत चमक रही थी।

बेनां तिरस्कार से हँसी। आम्रभट से न रहा गया। मंजरी की निराधारता और गर्व देखकर उसका हृदय वीरता से उत्तेजित हो उठा। वह आगे बढ़ा "बेनां बहन, कौन कहता है कि पाटण निराधार हो गया?" उसने पूछा।

"मैं इस समय जबान नहीं लड़ाना चाहती।" बेनां ने कहा। "पुरुषों की बातें पुरुष जानें, मुझे तो तुम्हारे भाई ने सन्देशा दिया है—"

परन्तु उसके शब्द अधूरे रह गये। सोमेश्वर हाथ में नंगी तलवार लिए आ पहुँचा। वह हाँफ रहा था, उसके बाल बिखरे हुए थे और उसके मुँह से रक्त बह रहा था। उसे देखकर स्त्रियाँ चीत्कार कर उठीं।

"बहन हैं न? दोनों बच्चे हैं?"

"क्यों भैया!" मंजरी ने पूछा।

"अच्छा हुआ, आप मिल गयीं। हमारे बाड़े में लूट हो रही है। पट्टणी सेना कैद कर ली गयी है। ओह, आँबड़ मेहता! आप यहाँ कहाँ से? भागो। रेवापाल ने लाट का झंडा उड़ाया है। कोई आपको देख लेगा, तो मार डालेगा!"

आँबड़ की आँखों में गुस्सा आया।

"क्या कहते हो? तब पाटण के आदमी!"

"पाटण के आदमी—" सोमेश्वर ने कठोरता से हँसकर कहा। "आप, मैं और यह नेरा, परन्तु बहन का क्या होगा?"

"मैं यही कहती हूँ।" बेनां ने कहा। "आपके भाई ने कहा कि मंजरी बहू और बच्चों को साथ ले आना—"

मंजरी ने क्रोध से होंठ काट लिये।

"बेनां बहन, रेवाभाई से कहना कि पाटण के दुर्गपाल की स्त्री और बच्चे जहाँ पाटण के आदमी हैं वहीं रहेंगे।" कहकर उसने सोमेश्वर की ओर एक डग रखा। सब इस पागलपन को देखकर चकित हुए। सोमेश्वर से न रहा गया।

"बहन, बेनां भाभी ठीक कह रही हैं। इस समय रेवाभाई के घर के सिवाय आपसे और कहीं न रहा जाएगा। सवेरा होने से पहले हम लोग तो परलोकवासी हो जाएँगे।"

"सोमेश्वर," मंजरी ने गौरव से कहा, "यह सब तुम्हारे सोचने का नहीं है। जहाँ मेरे दुर्गपाल का स्थान वहीं मेरा। बेनां बहन, तुम जाओ।" कहकर मानो स्वयं विजयिनी सम्राज्ञी हो, इस तरह तिरस्कार भरी नज़र से उसने बेनां की ओर देखा। बेनां उसे सह न सकी। गुस्से में वह वहाँ से चली गयी और सब स्त्रियाँ उसके पीछे-पीछे गयीं। आँबड़ का हृदय इस जोगमाया (शक्ति) का साहस देखकर स्तब्ध हो गया।

"बहन, यह क्या?" सोमेश्वर ने निराशा से पैर पीटे।

"सोमेश्वर, यह कायरता तुम्हें किस गुरु ने सिखलाई?" मंजरी ने तिरस्कार से पूछा, "तुम्हारे गुरु अर्थात् पाटण की सत्ता। वह सत्ता चली जाए, तो तुम भले ही जियो—मैं कैसे जी सकती हूँ?"

आँबड़ मेहता कट्टर पट्टणी थे। पाटण की सत्ता ही जीवन है, यह उनका सिद्धान्त था। मंजरी के गर्वयुक्त शब्दों ने उनके हृदय में प्रतापी प्रतिशब्द किया।

"और बहन, पाटण की सत्ता जाने से पहले हम मरने के लिए तैयार हैं।"

"प-प-प—परन्तु यहाँ से तो च-च-च—चलिए।" नेरा ने कम्पित होंठों से कहा।

"चुप रह, डरपोक!" आँबड़ ने कहा।

"सोमेश्वर नये गढ़ की चाबी तुम्हारे पास है?

"हाँ, ठीक याद आई। चलिए, वहीं चलें। मणिभद्र, महाश्वेता को कन्धे पर बैठा लो और बहन, मुझे बालक दे दो। गढ़ में बैठे-बैठे हम सारे लाट को थका देंगे।"

सोमेश्वर ने वौसरी को लिया, मणिभद्र ने महाश्वेता को, और वे सब तेजी से नये गढ़ की ओर चल दिए।

गढ़ में

सोमेश्वर को सब रास्तों की पूरी जानकारी थी, इसलिए बड़े-बड़े रास्ते छोड़कर गली-कूचों में होकर वह खाई के आगे जा पहुँचा। खाई यहाँ से लाँघनी सहज है, यह

भी सोमेश्वर जानता था। इस समय, अक्षय तृतीया के ज्वार से खाई भरी हुई थी; तो भी एक बेकार पड़ी हुई नौका में बैठकर वे खाई पार कर गये।

चन्द्र का तेज तो नाम मात्र का ही था, इसलिए अँधेरे में सबसे आगे सोमेश्वर, फिर महाश्वेता को कन्धे पर बैठाए मणिभद्र, फिर आम्रभट और फिर नेरा, इस प्रकार वे खाई से दरवाजे तक खड़े ढाल पर चढ़े। आम्रभट आगे-आगे चलती मंजरी की तरफ देखता जाता था, कहीं उसके पैरों में कंकरी न चुभ जाए, कहीं फिसल न पड़े, इस भय से उसका हृदय अधीर हो रहा था। परन्तु मंजरी जैसी सुकुमार थी वैसी ही मन की भी दृढ़ थी; और उसके सुकोमल पैर भी चपलता और सावधानी से पड़ रहे थे। आखिर वे गढ़ के द्वार पर जा पहुँचे। सोमेश्वर उन्हें एक छोटी खिड़की के पास ले गया और उसने खिड़की खोल दी।

''कौन है?'' देवा नायक की आवाज आई।

''मैं हूँ सोमेश्वर।''

''इस समय क्यों?'' शंकाशील देवा ने पूछा।

''मंजरी बहन, बच्चे, और नये दुर्गपाल पधारे हैं।''

देवा ने उतावली में सिर से साफा बाँधा और चकमक रगड़कर मशाल जलाई। ''बहन, आप इस समय यहाँ?''

''हाँ।'' हँसकर मंजरी ने उत्तर दिया, ''तुम्हारे भाई गये, इसलिए तुम्हारे संरक्षण में आई हूँ।''

''कौन नये दुर्गपाल—'' देवा ने कठोरता से पूछा, ''और नेरा तोतला।''

''देवाजी, नगर में बलवा हो गया है। रेवापाल ने पट्टणी सेना कैद कर ली है और काकभट तथा दूसरे पट्टणी अधिकारियों के घर लूट लिए गये हैं। मंजरी बहन की रक्षा के लिए हम गढ़ में आए हैं।'' कहकर सोमेश्वर ने अन्दर से खिड़की बन्द कर ली।

''जब तक पाटण से सहायता न मिले, तब तक यहीं रहेंगे।'' देवा की आँखों में अन्धेरा छा गया हो, ऐसा लगा। वह सिर पर हाथ रखकर पास के चबूतरे पर बैठ गया। ''ओ मेरे भगवान!''

मंजरी ने पास जाकर सस्नेह पूछा, ''देवाजी, क्या है? ऐसा क्यों कहा?''

''बहन, बुढ़ापे में देवा की बुद्धि मारी गयी।'',

''क्यों?''

''मैंने भाई के हुक्म को न माना। देवा की आवाज़ काँप रही थी।'' मैंने आप सब की जान ले डाली।''

''क्या है, क्या?'' मंजरी ने पूछा।

''रेवापाल के कहने से मैंने सारा कोठार खाली कर दिया।''

''कोठार खाली कर डाला?'' सब चौंककर पीछे हट गये।

देवा ने सिर पीट लिया। ''बहन, मुझे अब जीना न चाहिए। मुझसे रेवा भाई ने कहा कि काकभट को तो पाटण में कैद कर लिया है और यह नेरा भट बनकर गढ़ में रहने आएगा। जब भटराज लौटेंगे, तब कोठार फिर भर दूँगा, ऐसा वचन उसने दिया। मैं ठगा गया। बहन, अब मैं आपको और बालकों को खिलाऊँगा क्या?''

''साल-भर का भंडार फेंक दिया?'' आँबड़ मेहता ने क्रोध से आगे बढ़कर कहा। ''पापी–किसके कहने से?'' कहकर उसने तलवार खींच ली।

''मारो, मुझे मार डालो!'' देवा ने कहा, ''मुझे तो अपने आप ही मर जाना चाहिए।''

आँबड़ तलवार चलाने जा रहा था कि उसकी नजर मंजरी पर पड़ी। उसकी आँखों में तिरस्कार था।

''आँबड़ मेहता,'' मंजरी ने ज़रा क्रोध से कहा, ''अपनी तलवार म्यान में रखो। इसे निकालने के और भी बहुत-से अवसर मिलेंगे। देवाजी, गढ़ में थोड़ा-बहुत भी अन्न नहीं है?''

''सबके लिए तो आठ दिन भी नहीं चल सकेगा।''

''बहन, ठहरो। हम-गढ़ में आ पहुँचे हैं, नगर में किसी को भी इसकी ख़बर नहीं है। मैं जाकर थोड़ा-बहुत अन्न लाने की व्यवस्था करता हूँ।'' सोमेश्वर ने कहा।

''परन्तु तुम बाहर पकड़ लिए गये तो?'' मंजरी ने पूछा।

''भोलानाथ की मरजी। आँबड़ मेहता–'' उसके सामने देखकर सोमेश्वर जरा हिचका। आँबड़ मेहता, आप यहाँ बहन को देखना और मणिभद्र, तुम भी यहीं रहो। नेरा, तू मेरे साथ चल।''

''मैं चलूँ?'' आँबड़ ने पूछा।

''नहीं, हम दोनों में से एक को तो यहाँ रहना ही चाहिए।'' सोमेश्वर बोला।

''वक्त की बात है, अगर गढ़ को घेर लें, तो सामना कौन करेगा?''

''ठीक। नेरा, सोमेश्वर भट के साथ जा।''

''ब-ब-बापू, पीछे खड़े हुए नेरा को गढ़ से बाहर जाना नहीं रुचा।

''जा।'' आँबड़ ने आँखें दिखलाईं। नेरा नीची गर्दन किए सोमेश्वर के साथ चल दिया।

''देवा, अब कहीं बैठने का ठिकाना भी है या नहीं? बच्चे बेचारे थक गये हैं।''

''हाँ, बहन।'' कहकर देवा उन सबको गढ़ में थोड़ी दूर एक छोटे से मकान में ले गया और उसने आवश्यक चीजें निकाल कर दीं। कोई घेरा डाले, तो पट्टणी सेना के लिए गढ़ में ऐसा प्रबन्ध था कि रहने में किसी प्रकार की असुविधा न हो पाती।

मणिभद्र पानी खींच लाया, मंजरी घबराए हुए बच्चों को आश्वासन देकर सुलाने लगी और देवा तथा आँबड़ मेहता गढ़ की जाँच करने निकले।

आँबड़ गम्भीर हो गया। पाटण की सत्ता को गढ़ में बैठकर टिकाए रखना और

जब तक पाटण से मदद न आ जाए तब तक मंजरी की रक्षा करना—इन दो लक्ष्यों ने उसके पौरुष को सतेज बना दिया। यह गढ़ सुरक्षित था, और सहज ही फतह नहीं किया जा सकता था, फिर भी तीन-चार आदमियों की सहायता से उसे टिकाए रखना सहज बात न थी। और उसमें भी कहीं अन्न समाप्त हो जाए तो क्या हो, यह समझ में न आया। फिर भी आम्रभट हिम्मत न हारा। मंजरी के सामने इस गढ़ को टिकाए रखना, अपनी वीरता दिखलाना और समय आ जाए तो मर मिटना—इससे बढ़कर रुचिकर उसे कुछ न लगा।

किसी की मदद न होने से उसने जी लगाकर गढ़ की पूरी-पूरी जाँच की और किस दिशा से हमला हो सकता है, किस जगह से बराबर रक्षा हो सकेगी, और किस कोने से चारों दिशाओं का निरीक्षण हो सकता है, इसकी उसने जानकारी प्राप्त की।

उसने नगर के तरफ की दीवार पर जाकर नीचे नज़र डाली। आधी रात हो रही थी, फिर भी नगर में जगह-जगह जलती मशालें इधर-उधर जाती दीख पड़ती थीं, किसी-किसी जगह से जब-तब चीख भी सुनाई दे जाती थी। सुदूर किसी के मकान में आग लग गयी है, ऐसा लगता था और नदी तट बिल्कुल शान्त था।

घूमते-घूमते आँबड़ मेहता ने देवा के साथ बातें कीं, और ज्यों-ज्यों वह बातें करता गया त्यों-त्यों उसका हृदय, उसका अनुभव और उसका गढ़ सम्बन्धी ज्ञान जानने का उसे अवसर मिला। बात करते-करते वृद्ध देवा में उत्साह उमड़ आता और गढ़ पर से कैसे शत्रुओं के दाँत खट्टे किए जा सकते हैं इसका चित्र थोड़े ही शब्दों में वह आँख के आगे रख देता, परन्तु हर एक बात का सार और आत्मा—उसके भाई (काक) थे। 'भाई' ने यह रास्ता दिखाया और 'भाई' ने वह कंगूरा बढ़ाया। 'भाई' ने कहा था कि इस कोने में खड़े होकर तीन मनुष्य तीन सौ के लिए काफी होंगे; और 'भाई' का विचार यह दीवार गिराकर दूसरी बनवाने का था। और समय होता तो वह इन बातों से उकता जाता, परन्तु इस समय उसका हृदय वीर-पूजा के लिए इतना तत्पर हो गया था कि काक की यह प्रशंसा सुनकर उसमें उत्साह आ गया।

आखिर सब जगह घूमकर वे खिड़की के पास आकर बैठ गये और सोमेश्वर की राह देखने लगे, परन्तु सोमेश्वर न आया। तब वह देवा की दिखलाई हुई अटारी पर सोने के लिए चला गया और खिड़की के पास देवा बाट देखता लेट रहा।

आम्रभट लेटा, परन्तु नींद न आई। विचार करने पर उसने अपनी अन्तिम पन्द्रह दिनों की मूर्खताभरी करतूतों पर विचार किया। उसने एक पखवाड़े में सेना को निकम्मा कर दिया और सम्पूर्ण सत्ता हाथ में से निकल जाने दी। उसके आचरण से भले लोग भरमाए और विद्रोहियों को उत्तेजना मिली, अपनी कुबुद्धि से उसने पाटण के मित्रों को तंग किया और शिथिलता से अपने शत्रुओं को चढ़ बैठने का अवसर दिया। आखिर रेवापाल ने एक घड़ी में लाट सर कर लिया और आज उसके जैसे पाटण के सत्ताधीश, उदा मेहता के पुत्र को इस तरह चोर की तरह गढ़ में छुपना पड़ा।

रात्रि के एकान्त में उसने अपने पिता और काक के साथ अपनी कारगुजारियों की तुलना की। उन दोनों ने अज्ञात मूल में से जीवन-सरिता का प्रारम्भ किया और इस समय उनके प्रताप से चारों दिशाएँ फल-फूल रहीं थीं, परन्तु उसने इस छोटी-सी आयु में बाप के प्रताप से मान, धन और सत्ता प्राप्त की, फिर भी उस पर पानी फेर दिया।

उसे अपने निकम्मेपन का भान हुआ और साथ-ही-साथ मंजरी भी याद आई। उसके शरीर में आनन्द की बिजली-सी दौड़ गयी। इस सारे गढ़ में वे दोनों साथ-साथ रह रहे थे। जिस प्रसंग के लिए वह तरसता था वह उसके पास आ पहुँचा था और कौन जाने कितने दिन इस तरह बीत जाएँगे; तथा उसे रात-दिन अपने हृदय की सम्राज्ञी के पाद-वन्दन करने का सौभाग्य प्राप्त होता रहेगा। और वह प्रसन्न—

आँबड़ उठकर बिछौने में बैठ गया। मंजरी उस पर प्रसन्न हो! उसे कुछ समझ में नहीं आया, पर अभिमान छोड़कर वह आत्म-तिरस्कार से हँसा। उस पर प्रसन्न हो! यह गर्विष्ठ, विदुषी, तेजस्विनी और पतिपरायणा मंजरी उस पर प्रसन्न हो! क्यों नहीं होगी? उसे अपनी वीरता दिखलाने और मंजरी की उपकार-वृत्ति विकसित करने का अच्छा प्रसंग मिला था। उसने संकल्प किया कि प्राण भले ही चले जाएँ, पर मंजरी को प्रसन्न करूँगा। उसका सिर गरम हो गया, उसे उसने अपने हाथ से दबाया।

पर कौन जाने क्यों, उसे मंजरी ऐसी लगी कि वह उसे बिल्कुल नहीं समझ सकता। उसने घरों की रक्षा करने वाली गृहिणियाँ देखी थीं, मजूरी करके बच्चों का पालन करनेवाली माताएँ देखी थीं, अनाज पीस-पीस करके पति का पोषण करनेवाली सतियाँ देखी थीं, पति-विरह से पीड़ित बहुएँ देखी थीं, और शास्त्रों का अभ्यास करनेवाली साध्वियाँ भी देखी थीं, परन्तु ऐसी स्त्री नहीं देखी थी। काक के वियोग में उसने आभूषण तो छोड़ दिए थे; पर इसके सिवाय वह पति के लिए खास कुछ करती हो ऐसा मालूम नहीं होता था। फिर भी उसे देखने पर काक का विचार आ जाता था और काक का विचार करने पर वह याद आ जाती थी। कल उसने अपने तथा अपने बच्चों का प्राण बचाने के बदले अपरिचित पुरुषों के साथ गढ़ में आना पसन्द किया। आँबड़ की समझ में यह विचित्रता नहीं आई। यह स्त्री सबसे जुदा क्यों है?

इस तरह के अनेक विचार किए पर वह किसी निर्णय पर नहीं पहुँच सका। अंत में जब वह थक गया तब उसे नींद का झोंका आया। नीचे कुछ गड़बड़ी सुनाई दी तो वह उठकर बैठ गया।

''कौन, सोमेश्वर?''

''न-नहीं ब-ब-बापू'' नेरा की हाँफती और रोती हुई आवाज़ आई। ''यह तो मैं, स-स-सोमेश्वर भट जी तो रह गये।''

''हें! तब तेरे साथ कौन है?'' आँबड़ ने विदौने में से खड़े होकर पूछा।

''म-महाराज, म-म-मेरी घ-घ-घरवाली,'' नेरा ने जवाब दिया।

नेरा घरवाली के साथ क्यों आया?

सोमेश्वर और नेरा जल्दी-जल्दी गढ़ के नीचे उतरे, और फिर नाव में बैठकर खाई पार करके शहर में गये। वे एक-दो गलियाँ पार करके एक परिचित बनिए की दुकान के सामने पहुँचे। सोमेश्वर ने नेरा से बहुत-सी आवाजें लगवाई और खुद भी जंजीर खटखटाई, परन्तु उसने दुकान खोली ही नहीं। थोड़ी दूर एक दूसरी दुकान पर जाकर उन्होंने उसे खुलवाने का यत्न किया, परन्तु वहाँ भी सफलता न मिली। अन्दर सोए हुओं ने देर तक चुपचाप बातें कीं, आखिरी में एक स्त्री की आवाज़ आई, "वे तो घर में हैं नहीं और मैं हूँ अकेली स्त्री! दरवाजा कैसे खोलूँ?" सारे नगर में भय फैल रहा था।

सोमेश्वर के पीछे नेरा चुपचाप चल रहा था। उसे बेहद भय लग रहा था। पाटण की सेना कैद हो गयी और दुर्गपाल भाग गया, इसलिए उसे किसी का सहारा नहीं रहा था। उसने इस नगर में रहकर इतनी निर्लज्जता दिखलाई थी और लोगों को उसकी तरफ इतना तिरस्कार था कि सवेरे ही यदि किसी की नजर पर चढ़ जाए, तो कोई उसे जीता न छोड़े, यह निश्चित था। इसलिए यह तो उसे स्पष्ट लग रहा था कि आँबड़ मेहता के साथ गढ़ में छिपे बिना कुशल नहीं।

समय जा रहा था और काम बनता न था; इसलिए सोमेश्वर अधीर हो गया। पकड़े जाने के भय से भले ही लोगों में जाना सम्भव न था और छोटे लोगों में वह किससे सहायता माँगता?

"ब-ब-बापू," उसने धीमे से सोमेश्वर के कान में कहा।

"त-त-तुम कहो तो मैं अनाज-पानी ले आऊँ।"

"कहाँ से?" जरा असन्तुष्ट होते हुए सोमेश्वर ने पूछा।

"म-म-मेरी ससुराल यहीं है।" नेरा के गोल-मटोल चेहरे पर लज्जा छा गयी, ऐसा उसकी आवाज पर से लगा। नेरा की स्त्री उसे छोड़कर अपने भाई के घर अकेली रहती है, यह उसे मालूम था। सोमेश्वर को इस मनुष्य पर बिल्कुल विश्वास न था, परन्तु इस समय जैसे भी हो वैसे थोड़ा-बहुत अन्न प्राप्त किए बिना छुटकारा भी न था।

"हाँ, हाँ, तो ले आ न।"

"त-त-तो चलो।" कहकर नेरा आगे-आगे और सोमेश्वर पीछे-पीछे चला। थोड़ी देर में वे एक गरीब मुहल्ले में जा पहुँचे। एक छोटे से घर के दरवाजे के सामने जाकर नेरा ने धीरे से कहा, "अरी ओ—"

किसी ने जवाब नहीं दिया। नेरा ने फिर कहा, "अरी ओ! यह तो मैं हूँ।" किसी ने उत्तर नहीं दिया। नेरा ने जंजीर खड़खड़ाई और फिर दुहराया, "यह तो मैं हूँ।"

"मुए, तू इस समय कहाँ से।" एक कठोर आवाज़ आई।

"अरी ओ! म-म-मैं तो म-म-मर रहा हूँ! सुन। म-म-मुझे थोड़ा अन्न चाहिए। फ-फ-फिर मैं चला जाऊँगा।"

"इस समय अन्न कहाँ से लाऊँ?"

"घ-घ-घर में जो हो वही। म-म-मैं आँबड़ मेहता का म-म-मनीता भ-भ-भट हो गया हूँ, और तू ऐसा करती है?" नेरा ने रोने जैसी आवाज निकाली।

"झूठा ढोंग करता है?"

"रे-रे-रेवा माँ की सौगन्ध।" नेरा हिचकी लेने लगा।

"द-द-देख, तुझे सोने की कंठी दूँगा।" कहकर उसने सोमेश्वर के कान में कहा, "ब-ब-बापू, अपनी कंठी तो दीजिए। यह ऐसी कच्ची नहीं है। इस तरह नहीं मानेगी।"

"तू सोने की कंठी कहाँ से लाया?"

"यह रही द-द-द-देख।" कहकर उसने किवाड़ के पास कंठी लटकती रखकर द्वार ठोंका।

नेरा की अर्द्धांगिनी को कुछ विश्वास हुआ। उसने दीए को तेज कर दरवाजे की दरार में से झाँका और दो व्यक्तियों को देखकर पूछा, "और कौन है?"

"ये तो मेरे दोस्त हैं।"

यह सयानपन देखकर सोमेश्वर का मन उसे एक तमाचा जड़ देने का हो गया, परन्तु वह किसी तरह मन मारकर रह गया।

"कंठी लाओ, देखूँ।"

"उँ हूँ, प-प-पहले अनाज तो ला।"

नेरा की स्त्री के हृदय में कुछ विश्वास उपजा, वह दरवाजा खोलकर बोली, "अन्दर आ जाओ।"

नेरा और सोमेश्वर को ज्यों ही उसने देखा कि मुँह ढँक लिया। "पधारो अन्नदाता।" उसने कहा और वह खड़ी हो गयी।

"मुझे पहचानती हैं?" सोमेश्वर ने पूछा।

"क्यों नहीं, मेरा भाई तो आपका तेली है। अन्नदाता आप कहाँ से?"

"प-प-परदेश में और कैसे ब-ब-ब्याहा जाता है?" नेरा ने अपना बचाव पेश किया, परन्तु वह किसी ने सुना नहीं।

"कौन, तू पाँचा की बहन है? चल, तब जल्दी कर। तेरे यहाँ जितना अन्न हो उतना ला और कंठी और अँगूठी ये दो चीजें ले ले।"

"पर अन्नदाता, इस समय आप?" फिर अपने पति के सामने देखकर कहा, "और फिर इसके साथ?"

''देख, हम सब गढ़ में जा बैठे हैं। वहाँ पूरा अनाज नहीं हैं और इस समय कोई मोदी दुकान खोलता नहीं।''

''हाय-हाय, आपकी माँ भी हैं?'' तेलिन ने कहा।

''नहीं, उन्हें कोई छेड़ेगा नहीं, परन्तु मंजरी बहन और उनके बच्चे साथ हैं, और हम चार हैं। पाटण से लश्कर आए, तब तक के लिए अनाज चाहिए न।''

''मंजरी बहन!'' तेलिन ने आदर के साथ कहा और उसकी आँखों के सामने दूर से देखी हुई एक ऊँची और गोरी, सुन्दर स्त्री आ गयी। सोमेश्वर के मन में एक विचार आया।

''देख, मंजरी बहन अकेली हैं। तू हमारे साथ चलेगी? थोड़े ही दिनों में पाटण से लश्कर आ जाएगा और हमें छुड़ा लेगा।''

तेलिन ने भय से नेरा की ओर देखा। सोमेश्वर ने उस नजर का अर्थ समझा।

''मैं हूँ, नये दुर्गपाल आँबड़ मेहता हैं, देवा नायक है, और एक दूसरा ब्राह्मण है। तुझे घबराने की जरूरत नहीं।''

''परन्तु पाटण से लश्कर न आया तो?''

''जो हमारी गति होगी वही तेरी। और मंजरी बहन की रक्षा करते हुए हम मरेंगे तो तू भी मरना।''

दो-एक क्षण तेलिन के मस्तिष्क में खींच-तान चली। मंजरी बहन की सेवा, बड़े-बड़े दुर्गपालों के साथ गढ़ में रहना और पाटण का लश्कर आवे, तब धूम-धाम से बाजे-गाजे के साथ लौटना! तेलिन को अपने क्षुद्र जीवन में यह भव्यतापूर्ण भविष्य सपने जैसा लगा।

''प-प-पर भ-भ-भटराज काक वंथली हैं। वे छु-छु-छुड़ाए बिना रह सकते हैं?'' नेरा ने अर्द्धांगिनी को सहवास के लालच से आशा दी।

तेलिन ने विचार किया। काक भट छुड़ा ज़रूर लेंगे। और मंजरी बहन की सेवा! उसके मुँह में पानी आ गया।

''चलो, मैं चलती हूँ।'' फिर धीरे से कहा, ''वह कंठी दो न।'' कहकर उसने कंठी ले ली और अन्दर जाकर कहीं छिपा दी। थोड़ी देर में उसने सारे वर्ष के लिए रखा हुआ अन्न निकाला और तीनों उठा सकें ऐसी गठरियाँ बाँधीं। नेरा की घरवाली मजबूत थी और बालकपन से मजदूरी करती थी, इसलिए आसानी से उसने बहुत बड़ा बोझा उठा लिया।

तीनों ने अनाज बाहर निकाला। तेलिन ने दरवाजा बन्द करके चाबी किवाड़ के नीचे सरका दी और तीनों गढ़ की ओर चल दिए। अन्त में वे गढ़ की खाई के निकट आ पहुँचे। इतने में पीछे से पाँच-सात आदमियों के पैरों की आहट सुन पड़ी। सोमेश्वर ने सावधानी का उपयोग करके कहा, ''तुम दोनों इस बोझे को उस नाव में डालकर

फिर मेरा बोझा भी ले जाना। मैं इसे यहीं डाल रहा हूँ। वक्त की बात है, यदि कोई आया तो मैं रोक रखूँगा।''

आनेवाले पास आ पहुँचे। खड़खड़ाहट से मालूम हुआ कि उनके पास शस्त्र हैं।

''कौन है?'' उनमें से एक चिल्लाया। सोमेश्वर ने उत्तर नहीं दिया। उसने पीछे देखा तो नेरा और उसकी स्त्री नाव में अपना बोझा डाल रहे हैं।

जब जवाब न मिला, तो आगन्तुकों में से एक ने चकमक निकालकर आग चेताने का यत्न किया। सोमेश्वर ने देखा कि आग चेत जाएगी, तो गज़ब हो जाएगा। नाव दस कदम पर ही थी, इसलिए उसने एक छलाँग में ही वहाँ पहुँचकर नेरा के कान में कहा, ''नेरा, यह गढ़ की खिड़की की चाबी है। अनाज लेकर तुम एकदम ऊपर चले जाओ, तब तक मैं इन लोगों को रोके रखता हूँ। नहीं तो सब अनाज के बिना रह जाएँगे।'' कहकर उसने नाव को एक धक्का दिया, और नेरा ने भी मौके की सूझ आ जाने से बाँस उठाकर नाव चलाना शुरू कर दिया।

सोमेश्वर उछलकर आगे आ गया और अन्धकार में आग चेत जाने से वे लोग जब तक चौंधियाए रहे, तब तक तलवार निकालकर आड़ा खड़ा हो गया।

''तू कौन है? और वह गढ़ में कौन जा रहा है?''

''इस पंचायत में तुम क्यों पड़ते हो? रेवाभाई की आज्ञा है।'' सोमेश्वर ने कहा।

परन्तु उसकी झूठ चली नहीं। पीछे खड़े हुए एक मनुष्य ने आकर कहा, ''अरे, यह तो काक भट का किलेदार सोमेश्वर है। पकड़ो इसे।''

''परन्तु तुम कौन हो? मुझे पकड़नेवाले तुम कौन?'' हिम्मत से, वक्त बिताने के खयाल से सोमेश्वर ने पूछा। ''जवाब दो।''

''अरे, पर वे भागे जा रहे हैं, उन्हें पकड़ना चाहिए।'' कहकर एक आगे दौड़ने चला। ''खबरदार!'' सोमेश्वर रास्ता रोककर खड़ा हो गया। ''तू कौन है? बतलाए बिना आगे नहीं जा सकता!''

''पकड़ो इसे!'' एक ने कहा और दूसरा आगे बढ़ा।

''मुझे पकड़ना सहज नहीं है।'' कहकर सोमेश्वर ने आक्रमण कर दिया, इसलिए वे लोग पीछे हटकर तलवार खींचने लगे।

पतवार की आवाज से सोमेश्वर को मालूम हुआ कि नाव तेजी से खाई के उस पार जा रही है। वह पाँचों के सामने जमकर खड़ा हो गया। दूसरे गाँवों से आए हुए ये सैनिक अनुभवी लड़ाके न थे, इसलिए इन्हें थोड़ी देर तक रोके रखना सोमेश्वर के लिए सहज हो गया। थोड़ी ही देर में नाव के उस पार पहुँचने की आवाज आई और नेरा तथा उसकी स्त्री अन्न की गठरियाँ उठाते जान पड़े। सोमेश्वर को लगा कि अब यदि वह खाई मे गिर जाए, तो सहज ही तैर कर पार लग जाएगा, इसलिए उसने धीरे-धीरे पीछे हटना शुरू किया।

अक्षय तृतीया के ज्वार का पानी आगे बढ़ कर पीछे हट गया था, इसलिए खाई

से थोड़ी दूर तक की जमीन गीली और रपटीली हो गयी थी। सोमेश्वर को इसका खयाल न रहा, पीछे हटते-हटते पैर चूका और वह फिसल पड़ा। सैनिक एकदम टूट पड़े और उसे पकड़ लिया।

सोमेश्वर ने कान लगाया तो मालूम हुआ नेरा और उसकी स्त्री तेजी से ऊपर चढ़ते जा रहे हैं।

"अब उनके पीछे कैसे जाएँ?" परदेशी सैनिकों में से एक ने कहा।

"हाँ, इस समय कैसे जाया जाए! सवेरे देखा जाएगा। इसी को पकड़ ले चलो।" कहकर दो आदमी सोमेश्वर को पकड़कर ले जाने लगे।

सोमेश्वर ने देखा कि इस समय तुरन्त गढ़ में जाने की कोशिश करना बेकार है, इसलिए वह चुपचाप चलने लगा। सैनिकों ने भी धीरे-धीरे नदी की तरफ का रास्ता लिया।

सोमेश्वर को लगा कि ये लोग यदि उसे रेवापाल के पास ले जाएँगे, तो वह जरूर ही प्राणदंड की सजा देगा, इसलिए किसी-न-किसी तरह भागे बिना छुटकारा न था। इतने में वे नदी के पास जा पहुँचे। सोमेश्वर ने नदी के सामने देखा और उसे एक विचार सूझ आया। उसने एकाएक एक ही झटके में हाथ छुड़ा लिया और पकड़नेवाले उसे पकड़ें कि उससे पहले ही वह नदी में कूद पड़ा।

सैनिक पहले तो कुछ विचार में पड़े, फिर उनमें से दो ने हथियार खोलकर सोमेश्वर के पीछे कूदने का निश्चय किया। किन्तु वे इस नदी से अपरिचित थे, अँधेरी रात थी और ज्वार का पानी सागर की तरह उफन रहा था, इसलिए उनका निश्चय भी टूट गया और लज्जित होकर वे अपने रास्ते लगे।

सोमेश्वर पहले तो पीछा करनेवालों को निरस्त करने के विचार से बहुत तेजी से दूर चला गया, किन्तु जब उसे विश्वास हो गया कि उसके पीछे कोई नहीं है तब उसने खाई की ओर तैरना शुरू किया। परन्तु आज उसका भाग्य सीधा न था। रात भर के जागरण और लड़ाई से वह थक-गया था, इसलिए तैरते-तैरते उसके पैर ऐंठने लगे। महान् कठिनाई से वह तैर सका, कितनी ही बार तो चित्त पड़ा रह कर नदी के प्रवाह के इच्छानुसार बहता गया। पानी उतर रहा था, इसलिए वह भृगुकच्छ से दूर बहा चला गया।

इतने में उसे एक नौका आती हुई जान पड़ी। उसने ध्यान से सुना तो मालूम हुआ कि वह रातों रात भृगुकच्छ से भागे जाते हुए यात्रियों की नाव है। और कोई मार्ग न सूझ पड़ने से उसने नाववाले को पुकारा और नाववाले ने दया करके उसे नाव पर चढ़ा लिया।

नाव लखी गाँव जा रही थी। सोमेश्वर ने विचार किया कि अब वापस भृगुकच्छ जाकर गढ़ में जाने का इरादा रखना मूर्खता है। इसकी अपेक्षा नाव से लखी गाँव जाकर, खाड़ी लाँघकर, इस घटना की खबर काक को क्यों न पहुँचा दी जाए?

यह मार्ग उसे बुद्धिमत्तापूर्ण लगा, इसलिए चुपचाप उसने रात नाव पर ही काटी और आँबड़ के संरक्षण में मंजरी का क्या होगा, इसी सोच में वह रात बीत गयी।

मंजरी की शस्त्र-शिक्षा

मंजरी की सारी रात आँख न लगी। बेनां का आश्रय छोड़ने में उसने जोखिम उठाई थी, परन्तु इसके लिए उसे पछतावा जरा भी न था। इस तरह चार आदमियों के साथ गढ़ में रहना उसने सहन किया, परन्तु इसकी उसे घबराहट न थी। एक ही विचार उसके मस्तिष्क में रम रहा था कि दुर्गपाल की अर्द्धांगिनी के लिए अब अपने गौरव की रक्षा करने का अवसर आ गया है।

इस काश्मीरी पंडित की कन्या का स्वभाव और संस्कार जैसे असाधारण थे, वैसे ही उसका विकास भी विचित्र ढंग से हुआ था। जिस माता ने पिता को बिसराया उसे उसने छोड़ दिया, जिस उदा मेहता ने जोर जुल्म से ब्याहना चाहा, उसे उसने छकाया, जिस अनजाने सैनिक काक ने उसे बचाने के लिए उसके साथ ब्याह किया, उसे उसने तिरस्कार से जलाया। परन्तु काक के शौर्य से वह चकित हुई, उसकी बुद्धिबल देखकर प्रशंसा करने लगी; उसके मुत्सद्दीपन से उसने मात खाई और उसके हृदय की विशालता का माप करने में उसने आत्मश्रद्धा खो दी। उसकी कर्तव्य-परायणता और एकनिष्ठता की परख करते-करते वह अभिमान भूल गयी और उसके प्रेम के पूर में बहते-बहते उसने स्वत्व खो दिया। गर्व में जिस सैनिक को उसने श्वान समझा था, उसी की पुजारिन बनकर रहने में गर्व माना।

उसकी काव्य और शास्त्रों के अभ्यास से सुसंस्कृत बनी आत्मा ने पति को परमेश्वर मानना ओर परमेश्वर जैसे पति के न मिलने पर आजन्म कुँवारी रह कर मर जाना निश्चित किया। जिसे पत्थर समझा था, वही पत्थर पति ब्याहने के बाद उसे परमेश्वर दीख पड़ा, और उस परमेश्वर की भक्ति को उसने अपना जीवन-मन्त्र बना लिया।

भक्ति अनेक प्रकार की होती है। कितने ही दंश के भय से नाग की भक्ति करते हैं, और नागपंचमी मनाते हैं। बहुत से सुख की आशा से इष्टदेव की आराधना करते हैं। कितने ही फलप्राप्ति से उपजी हुई कृतज्ञता का अनुभव करते-करते वरदाता की भक्ति आरम्भ कर देते हैं। कोई-कोई नरसी मेहता की भाँति देव के लिए पागल बनकर उमड़ते हृदय से भक्ति में लीन हो जाते हैं और कोई बिरले ऐसे भी होते हैं जो भक्त और भगवान का अन्तर मिटा डालते हैं; तथा देव के स्वरूप के साथ तादात्म्य साथ लेते हैं, जिनका पूज्य भाव गर्वभरी श्रद्धा का स्वरूप लेता है, जिनके सेवाधर्म में

अधिकार का प्रताप होता है और जिनका जीवन निरन्तर देवमय और अन्तर सर्वदा देवरसिक रहता है।

मंजरी के पतिभक्ति अन्तिम प्रकार की थी। उसकी पति-भक्ति परपुरुष के समागम के अभाव से प्रकट नहीं हुई थी; पति के साथ बाल्यकाल की अज्ञान अवस्था के सहवास से उत्पन्न नहीं हुई थी। सशक्त पुरुष के डर का उसमें अंश न था, पालनकर्ता की ओर प्रकट हुई उपकार-वृत्ति की बूँद भी न थी, सन्तान के पिता की ओर झुकती हुई भावनाओं पर भी वह नहीं रची गयी थी, यौवन की उछलती हुई तरंगों को शान्त करने अथवा रसिकता के अद्‌भुत रंग दिखाने का पति को एक साधन मानने से भी यह भक्ति पैदा न हुई थी और न परलोक में सुख प्राप्त करने के लोभ से अथवा ईश्वर को रिझाने की इच्छा से ही यह भक्ति प्रेरित हुई थी।

इस भक्ति का मूल अनिर्वचनिय प्रणय था। इसकी रचना पति के स्वभाव और जीवनक्रम के साथ साधी गयी एकतानता से हुई थी। इसका पोषण सर्वव्यापी, एकनिष्ठ और उछलती हुई रसिकता तथा संस्कारिता करती थी। काक के निरन्तर साहचर्य की इच्छा, उसी के जीवन में दिलचस्पी, उसी की सेवा की हौंस, उस पर ही सत्ता चलाने की आकांक्षा, उसी की अर्ध्यांह होकर रहने का लोभ—यह इस भक्ति के अंग थे, परन्तु इन अंगों से बनी हुई देह से उसमें रहने वाली आत्मा निराली थी। इस आत्मा के ज्वलन्त प्राबल्य से मंजरी बिना प्रयास के ही आत्म-समर्पण साधे थी; और शरीर के स्वभाव की भिन्नता भूलकर काक का आधा अंग बनी रहती थी।

जब बेनां ने नर्मदा के मन्दिर में उसका अपमान किया, तब इस भक्ति ने उसके हृदय में अद्‌भुत प्रेरणा की। जिस वीर का वह अंग थी, उसी का प्रताप उसमें स्फुरित हुआ, वह निःशस्त्र एवं निराधार स्त्री मिट गयी और कालभैरव को मात करनेवाले और नवघण रा' को पकड़नेवाले महारथी की हिम्मत और अडिगता की मूर्ति बन गयी।

सारी रात वह मनसूबे बाँधती रहीं, दस-पाँच दिन में वंथली खबर पहुँचेगी और उसके बाद दस-बारह दिन में लश्कर छुड़ाने के लिए आएगा। इस तरह बीस-पच्चीस दिन तक के लिए तो यह घेरा टिकाना की पड़ेगा। पाँच पुरुष और एक स्त्री यह भगीरथ काम कैसे करेंगे, वह इसका विचार करती रही। गढ़ मजबूत था। देवा नायक और सोमेश्वर प्रवीण गढ़-रक्षक थे। आँबड़ मेहता को भी घेरा टिकाए रखने की कला कुछ आती ही होगी, पर उसे पछतावा हुआ। काश्मीरा देवी ने उससे अनेक बार हथियार चलाना सीखने और युद्ध की कला हस्तगत करने के लिए कहा था, परन्तु विद्वता और पति के शौर्य के घमंड में उसने उनकी सलाह नहीं मानी और अब इस समय वह पति की आबरू खोने बैठी है। जैसे-जैसे रात बीतती गयी, तैसे-तैसे उसे अपनी निर्बलता पर तिरस्कार होता आया।

पौ फटी, वह उठी और उसने देवा नायक को उठाया।

"देवाजी, सोमेश्वर कहाँ सो रहा है? मैं गढ़ देखना चाहती हूँ।"

"बहन!" देवा ने कहा और सिर हिलाया। आवाज़ अशान्त थी।

"क्यों?"

"सोमेश्वर भाई तो पकड़े गये।"

"ऐं?" मंजरी के कपाल पर पसीना आ गया।

"हाँ।"

"परन्तु यह हुआ कैसे?"

"अनाज लेकर लौटते समय नगर के चौकीदार मिल गये। सोमेश्वर भट ने नेरा और उसकी स्त्री को तो ऊपर भेज दिया और स्वयं लड़ने को रह गये। फिर कौन जाने क्या हुआ, नेरा को पता नहीं।"

मंजरी काँप उठी। इस अकल्प्य कठिनाई से उसकी हिम्मत टूट गयी।

"देवाजी, भगवान ने न जाने क्या सोचा है!"

"बहन, भगवान की जो इच्छा हो वह ठीक।"

"परन्तु हमारा क्या होगा?" चिन्तापूर्ण स्वर में मंजरी ने कहा। उसके अन्तर में निराशा प्रवेश करने की तैयारी कर रही थी।

"हमें?" देवा ने कहा, "भटराज आवें, तब तक टिकाए रखना। और क्या?"

देवा के ये सामान्य शब्द सुनकर मंजरी को शर्म मालूम हुई। जो श्रद्धा एक सैनिक की उसके पति में है वह भी उसमें न थी। उसके अन्तर की गहराई में से प्रेम और श्रद्धा झनझना उठी। उसके हृदय में एक प्रचंड तरंग प्रकट हुई। उसका मुख लाल हो गया।

"देवाजी," उसने गर्वपूर्ण स्वर में कहा, "हाँ, तुम्हारे भाई आवें तब तक हमें गढ़ की रक्षा करनी है। आओ, जरा मेरे साथ चलो। मुझे गढ़ देखना है।"

"इस समय देखकर क्या करोगी?"

"मुझे गढ़रक्षक बनना है।" मंजरी ने हँसकर कहा।

देवा नायक को हमेशा मंजरी से ईर्ष्या होती। मानो उसके भाई के साथ वह बिना अधिकार के ही ब्याही गयी हो। अपनी राय में अब उसने उदार हृदय से फेरफार करना आरम्भ किया।

"चलिए," कहकर वह आगे हो गया।

मंजरी और वह गढ़ पर घूमने लगे। ज्यों-ज्यों प्रभात होता गया, त्यों-त्यों गढ़ के कँगूरे, नीचे का नगर और दूर के ग्राम स्पष्ट दिखने लगे। धीरे-धीरे चाँदी की मेखला सदृश रेवा के पाट ने पृथ्वी का शृंगार किया और सुदूर पर्वतों की अस्पष्ट दिखती हुई पंक्ति के सम्मुख उषा का प्रकाश लाल हो गया।

मंजरी गढ़ देखने लगी। कहाँ से क्या हो, किस कोने से किस रास्ते की रक्षा की

जाए, और किस जगह से दूर के ग्राम किस तरह पहचाने जाएँ, वह यह सब ज्ञान तेजी से प्राप्त करने लगी।

फिरते-फिरते जब वे वहाँ आए जहाँ से होकर चढ़े थे तब देवा ने वह जगह बताई जहाँ सोमेश्वर को चौकीदार मिले थे। ध्यान से उसे देखते हुए मंजरी जरा ऊँची होकर कोट पर से नीचे नजर डालने लगी।

"बहन, यह क्या करती हो? इतनी अधिक नीचे मत झुको। कोई बाण मार देगा।" पीछे से आँबड़ का घबराया हुआ स्वर सुनाई दिया। मंजरी ने एकदम पीछे देखा। आम्रभट दौड़ता आ रहा था।

मंजरी जैसे ही पीछे हटी कि तुरन्त ही सननन करता हुआ एक तीर आया और मंजरी जहाँ से नीचे झुककर देख रही थी उसके पास ही पत्थर से टकराया।

"देवा, देखता नहीं? वह आदमी पास ही खड़ा-खड़ा ताक रहा है?"

आम्रभट ने क्रोध में पूछा और उत्तर पाने की राह देखे बिना ही देवा के पास से तीर कमान लेकर तीर मार दिया। नीचे खड़े हुए सैनिक के हाथ में तीर लगा और वह चीख मारकर भागा।

"आँबड़ मेहता," मंजरी ने हँसते हुए कहा "आप धनुष इतने जोर से क्यों पकड़ते हैं?"

आम्रभट मान-भंग होने से मंजरी की ओर घूमा। बालपन से ही जोर से धनुष पकड़ने की उसकी आदत थी और गुरु के टोकने पर भी उसे वह छोड़ न सका था।

"आपने कैसे जाना?" उसने आश्चर्य के साथ मंजरी से पूछा।

"आपके दुर्गपाल बहुत ही हल्का पकड़ते हैं, इससे।" मंजरी ने स्पष्ट परन्तु धीमी आवाज़ से कहा।

आम्रभट के मस्तिष्क में जरा क्रोध आया "आपके दुग्रपाल!" वंथली में कट मरने गया है, फिर भी हमेशा यह स्त्री उसे बीच में ले आती है। उसने मंजरी पर एक दृष्टि डाली।

उसका इरादा अपमान करने का न था। साथ ही काक की प्रतिष्ठा बढ़ाने का भी न था। जिस प्रकार माँ पुत्र को सलाह देती है उसी प्रकार शुद्ध हृदय से उसने यह सूचना दी थी।

"यदि आपने ढीला पकड़ा होता," देवा नायक ने कहा, "तो उसका इस समय कलेजा छिद जाता।"

इसका भान आँबड़ को कभी का हो चुका था, परन्तु देवा के स्पष्ट कह देने से उसे बड़ा बुरा लगा, परन्तु मंजरी के सामने और इस खराब स्थिति में क्रोध प्रकट करना उसे शोभामय न लगा। उसने हँसकर बात बड़ाई।

"बहन, मेरी यह आदत किसी तरह जाती ही नहीं, परन्तु इस समय आप क्यों निकली हैं? अभी कुछ हो जाता तो?"

"मैं तो गढ़ देखने निकली हूँ।"

"हम सब क्या मर गये हैं?"

"नहीं, परन्तु सोमेश्वर नहीं है, इसलिए गढ़रक्षक मैं हूँ न?"

आम्रभट जरा हँसा। "वाह! इससे अच्छा और क्या है?"

"हँसने की बात नहीं।" मंजरी ने गम्भीरता से कहा, "आपके दुर्गपाल आवें, तब तक तो इस गढ़ की रक्षा करनी ही है।"

आम्रभट को फिर "आपके दुर्गपाल" शब्दों से आघात हुआ।

"हाँ। यदि अन्न समाप्त हो जाए तो...?"

"समाप्त हो जाए तो भूखे रहकर ही..." मंजरी ने हँसकर कहा, "चलिए मैं स्नान करके नित्य कर्म कर लूँ, फिर मुझे शस्त्र चलाना सिखलाना।"

"आप लड़ना सीखेंगी?" आम्रभट का हृदय मंजरी का शिक्षक पद लेने की आशा से उछल पड़ा।

"हाँ, एक घर में हम दोनों को ही योद्धा बनना है।"

अनुपस्थित काक की सतत उपस्थिति से बेचारा आँबड़ ऊब उठा और कुछ उपाय न सूझ पड़ने से चुप रह गया।

आँबड़ को गुरुपद खलता है

आँबड़ मेहता जब युद्ध-कला सिखलाने को राजी हुए, तब तीन बातों की तरफ उनका ध्यान न था। एक तो उनकी शिष्या की जबर्दस्त लगन थी। धूप की, परिश्रम की, थकान की, मंजरी को परवाह न थी। अपरिचित कसरत से उसके हाथ थक जाते, अंग-अंग में दर्द होता और सिर दुखने लगता, परन्तु रात होने तक वह क्षण भर भी विश्राम न लेती और न आँबड़ और देवा को विरमने देती।

दूसरी चीज़ मंजरी की बुद्धि थी। उसने शस्त्र कभी न पकड़े थे, परन्तु काक, त्रिभुवनपाल और काश्मीरा देवी को शस्त्रों का व्यवहार करते बहुत ध्यान से देखा था। और बहुत बार तो यह भेद ही नहीं रहता था कि वे मंजरी को सिखलाते हैं या मंजरी अपने आप ही सीखती है।

परन्तु तीसरी चीज़ आँबड़ के धैर्य की सच्ची कसौटी करती थी। अपनी प्रियतमा के साथ घूमना, फिरना, बोलना, हँसना, उसे शस्त्र चलाना सिखाना, सिखाते हुए अनजाने शरीर का स्पर्श करना, फिर भी अपने और अपनी प्रियतमा के बीच एक अनुपस्थित व्यक्ति द्वारा निर्मित अभेद्य वातावरण को सर्वदा देखा करना—इस त्रासदायक कसौटी पर जब से सृष्टि बनी तब से कोई भी प्रणयी चढ़ा नहीं था; यह आम्रभट विश्वास के साथ मानता था। उसने कुछ समय इस अभेद्य वातावरण को छेदने का

प्रयत्न किया। बिल्कुल निजी बातें कीं, जीवन के अनेक प्रसंग कह सुनाए, बहुत-सी आशाओं के सुनहरी रंग चित्रित करने के प्रयत्न किए। इन सबकी ओर मंजरी ममता के साथ देखती रहती, हँसती, बोलती, सलाह देती, सहानुभूति दरसाती, किन्तु उसके आसपास का काकमय वातावरण तो ज्यों-का-त्यों ही रहता और आम्रभट के सारे प्रयत्न निष्फल हो जाते।

कई दिन हो गये परन्तु रेवापाल ने सावधानी रखने के सिवाय गढ़ सर करने के लिए कोई भी कदम नहीं बढ़ाया। इसलिए मंजरी को सिखलाने में ही आम्रभट का सारा समय चला जाता! इन दिनों में उसकी घबराहट बढ़ती गयी। सारे दिन उसे काक के स्मरण सुनने पड़ते, और रात्रि में स्वप्न में भी काक ही आता। काक की ओर उसका द्वेष बढ़ता गया।

बहुत बार स्वप्न में जाकर वह उसे खत्म कर आया। एक बार यह विचार आया कि वह जूनागढ़ के घेरे में मर जाए तो! और फिर-फिर कर यही विचार आता रहा। उसने उसे घायल देखा, मरा देखा, उसका शव चिता पर जलते देखा और उसे आनन्द हुआ।

इन विचारों के आने के बाद थोड़ी देर में वह मंजरी से मिला। उसे एक विचार आया—यदि काक मर जाए तो मंजरी का क्या हो? वह कैसी हो जाए? फिर मेरे प्रेम का क्या हो?

शाम हो गयी थी। मंजरी ज़रा खिन्न थी। दोनों गढ़ के दरवाजे देखने निकले। चार-पाँच दिनों के साहचर्य से दोनों खुलकर बातें करते थे। आँबड़ को तो एक ही विचार आया करता था कि काक मर जाए तो मंजरी की अवस्था कैसी हो?

बातें करते-करते मंजरी कितने ही पुराने प्रसंगों की स्मृति ताजा कर रही थी। आम्रभट का ध्यान एक बात पर हमेशा जाता। मंजरी की बातों में उदा मेहता का नाम कभी आता ही नहीं। कितनी ही बार ऐसी बात भी होती कि जहाँ उसका नाम लेना अनिवार्य हो जाता; ऐसे प्रसंग पर उसका नाम जीभ पर आ जाने पर भी वह कहती नहीं। अब आम्रभट से न रहा गया, "बहन, हमारे खम्भात में भी दुर्गपाल की कई कहानियाँ कही जाती हैं।"

मंजरी ने जरा प्रयत्न करके पूछा, "अच्छा?"

"आपको वे वहीं से तो लाए थे न?" आम्रभट ने पूछा।

"हाँ।"

"मेरे पिता हमेशा आपकी तारीफ किया करते हैं।" आँबड़ ने गप मारी। मंजरी मौन रही। उसकी आँखें स्थिर हुईं।

"आप खम्भात से कैसे भागीं, सो तो सुनाइए।"

मंजरी जरा हँसी, "दुर्गपाल ले आए।" उसकी आवाज़ में मृदुता आ गयी। मुझे दूसरे दिन सवेरे ही साध्वी की दीक्षा दी जानेवाली थी और मैंने साध्वी होने से पहले

मरने का संकल्प किया था। वे (काक) तो तुम्हारे हेमचंद्राचार्य को ले जाने के लिए आए थे, परन्तु उन्होंने आने से इनकार किया, इसलिए उनके बदले मुझे उठा लाए।" वह हँसी। हास्य में प्रणय की सुमधुर इनकार थी। "खम्भात से हम नौका में निकले। जब मैं मूर्च्छित अवस्था से जागी, तो मुझे इनकी ओर तिरस्कार आया—" फिर से उसके मृदु हास्य ने आँबड़ के कानों में रस-सागर उड़ेल दिया।

"और अब?—" न मालूम हो ऐसी कटुता से आँबड़ ने पूछा, परन्तु साथ ही हँस दिया। उस शान्त और निःशब्द सन्ध्या में भी उसे मंजरी का मुख तेजस्वी होता दिखलाई पड़ा।

"और अब?" उसकी आवाज में प्रणय की प्रतापी ध्वनि थी, "वह मेरा देव है।"

कोई बोला नहीं। पहली ही बार इतनी अस्वस्थता से मंजरी बात कर रही थी। पहली ही बार काक के लिए एकवचन का प्रयोग करते हुए उसे सुना। उसका हृदय धड़क उठा।

"दुर्गपाल अद्भुत आदमी हैं।" आँबड़ ने कहा।

"अद्भुत!" मंजरी ने ज्वलन्त आँखों से कहा, "आप सब उन्हें क्या जानें? यह तो मैं ही जानती हूँ, जो उनके जीने से ही जी रही हूँ।"

एक क्षण भावभरी शान्ति छाई रही। आम्रभट का हृदय कंठ में आ गया। उसके मस्तिष्क में घूमता रहने वाला विचार बाहर निकलने के लिए उछलने लगा। उसने समझे अनसमझे कह ही डाला, "भगवान करें ऐसा ही हो, किन्तु यदि उन्हें कुछ हो जाए तो—" वह बोला और उसे पश्चात्ताप हुआ, मैंने यह कैसा प्रश्न कर दिया! और किससे! उसका अपनी जीभ खींच लेने का मन हुआ। किन्तु मंजरी क्रोधित न हुई। यह प्रश्न उसके मस्तिष्क में भी घूमा करता था। उसकी आँखों में क्षण-भर के लिए व्याकुलता आई। उसकी आवाज में शब्दों से भी अधिक मार्मिक और करुणता का अवर्णनीय भाव सुन पड़ा।

उसने सिर ऊँचा किया, "उनके मरने पर मैं भी मर जाऊँगी।"

शब्द सादे और सरल थे। उनके उच्चारण में भयंकर शान्ति थी, तो भी आम्रभट की दृष्टि में वह सौन्दर्य की अप्रतिम मूर्ति—इन शब्दों से ही मानो स्वयंभू अग्नि में जल मरती हो, ऐसा दीख पड़ा। वह एक शब्द भी न बोल सका। मंजरी म्लानवदन रेवा की ओर देखती रही।

"बहन," खँखारते हुए आँबड़ ने कहा, "दुर्गपाल को कुछ नहीं होगा। वे तो अमर हैं।"

"मुझे भी ऐसा ही लगता है।" मंजरी ने अस्पष्ट एवं खिन्न स्वर में उत्तर दिया और फिर कहा, "यम को उनके पास आने में भय लगता है।" दोनों लौट पड़े और चुपचाप अपने-अपने मुकाम पर चले गये।

आँबड़ के मस्तिष्क के आगे काक के मरने पर निराधार बनी हुई मंजरी खड़ी हो

गयी। यह गर्विष्ठ और सुन्दर स्त्री, जलते हुए सूखे पत्तों की तरह, बिना अग्नि के ही जल जाएगी। इतने पर भी इस स्त्री को— जो ऐसा प्रसंग आने पर जीवन की कल्पना भी नहीं कर सकती वश करने की आशा रखना! आँबड़ का सिर चकराने लगा। मंजरी तो यों की यों काकमय वातावरण से आच्छादित रहेगी, और जब काक अग्नि-सेवन करेगा तक उसकी आँच से जलते हुए वातावरण में यह भी जल मरेगी। इन विचारों के आते-आते आँबड़ अल्पता की अधम से अधम दशा में आ पड़ा। जिस पुरुष ने इस स्त्री को जीता है, वह उससे इतना महान बुद्धिशाली और शूरवीर था कि उसके स्थान का स्पर्श करने की भी योग्यता उसमें न थी।

उसका हृदय बैठ गया, आशाएँ कुचली गयीं। अल्पता में मंजरी के प्रेम के बिना जीवन व्यतीत करना उसे व्यर्थ लगा।

"मंजरी! मंजरी!" उसने अपने कमरे के एकान्त में मन-ही-मन पुकारा, "तुम्हें भगवान ने ऐसा क्यों बनाया!"

एक ऊँची और तेजस्विनी देवी, आत्मतेज से अन्धकार में उजाला करती, दूर-से-दूर जाती हुई उसकी उनींदी आँखों में दिखाई दी और कल्पना-मन्दिर में उसे सिंहासन पर विराजती हुई देखकर उसने प्रणाम किया। आँखें कब मिच गयीं उसे इसका भान न रहा। वह जब उठा तब पहले का आम्रभट न था।

दूसरे दिन आँबड़ जब उठा तब उसका उद्वेग कुछ शान्त होने लगा था। निराधार हृदय की शक्ति उसमें प्रकट हो गयी। उसे अपनी परवाह न थी, भले ही काक मंजरी को ले जाए, भले ही मंजरी उसे न गिने, परन्तु वह एक निर्जीव मनुष्य उसके लिए जीवन दे देगा। जीवन में जब और कोई स्वाद ही नहीं रह गया तब मंजरी और काक के जीवन के रस को क्यों न समृद्ध किया जाए?

उसके विचारों में न समझ में आनेवाला रासायनिक परिवर्तन हो गया। वह अपने को काक और मंजरी के सुख का अधिष्ठता गिनने लगा और इस पद को छिपाने के लिए उसने समर्पण करने का निश्चय कर लिया। विचारों की धुन में वह समर्पण के शिखर पर पहुँच गया।

जब आँबड़ मेहता इस प्रकार जुदा-जुदा विचारों और भावों के हिंडोले पर झूल रहा था। रेवापाल लाट में एकाधिकार स्थापित कर रहा था। प्रत्येक बड़े गांव में से पाटण के अधिकारियों को पकड़ने या मरवा डालने में और उनकी जगह अपने अधिकारी नियत करने में वह लगा हुआ था। इसी तरह कहीं खम्भात से पट्टणी सेना न आ पहुँचे, इस खयाल से उसने अपना लश्कर खेटकपुरी (खेड़ा) में एकत्र करना शुरू कर दिया था।

भृगुकच्छ का गढ़ लेने की ओर ध्यान देने की उसे जरूरत न मालूम हुई। गढ़ में नाममात्र को ही आदमी थे। उनकी उसे खबर लग गयी थी। दहेज तक उसकी आन फिर गयी थी, इसलिए नदी के रास्ते कोई गढ़ में न जा सकता था।

और गढ़ में खाद्यसामग्री थी नहीं। इसलिए दस-बीस दिन में गढ़वासियों की शरण आए बिना गति न थी।

वंथली की प्रवृत्तियाँ

अक्षय तृतीया के अवसर पर वंथली में बहुत-सी प्रवृत्तियाँ चल रही थीं। एभल नायक स्वधाम पहुँच गया, पर उसका बदला लेने की जूनागढ़ में किसी को परवाह है, ऐसा नहीं मालूम हुआ। वहाँ से कोई सन्देश भी नहीं आया। जगदेव परमार के घाव अभी भरे न थे और जो तैयारियाँ हो रही थीं उनमें भाग न ले सकने के कारण वह कुढ़ता हुआ बिस्तर पर पड़ा था।

राजा की तबीयत कुछ दिनों में ही अच्छी हो गयी। जब से उसकी हालत सुधरी तब से पट्टणी सेना में अद्भुत शक्ति आ गयी। गिरनार को मानो कंकड़ की तरह उखाड़ फेकेंगे, इस प्रकार का उत्साह और आशा सब में आ गयी।

इस सबका कारण राजा और रानी दोनों थे। उस पत्थर की चौकी के आगे लड़ते-लड़ते राजा के स्वभाव में परिवर्तन हो गया था, अब तक उसने प्रथा के अनुसार लड़ने की प्रणाली स्वीकारी थी और प्रतिष्ठायुक्त शौर्य दिखलाने और घेरे की योजना करने में राजा को योग्य गौरव प्रतीत होता था। परन्तु जब से चौकी के आगे उसके सिंहसदृश शूर स्वभाव ने निजी पराक्रम का रक्त चखा, तब से राजवंशी ठाठ से घेरा डालने में उसे निर्बलता दिखी और मन्त्रियों तथा सेनापतियों के शौर्य का यश स्वयं लेने में उसे कायरता मालूम हुई।

उसके हाथ कहर मचाने के लिए अधीर हो उठे। उसका हृदय युद्ध में कूद पड़ने को लालायित हुआ। उसकी इच्छा अपने हाथों खेंगार का मद-मर्दन करने की लिए व्यग्र हुई। उसकी महत्त्वाकांक्षा गिरनार के गढ़ को अपने हाथों जमींदोज़ करने की थी। उसने सेना की ब्यूह रचना शुरू की, सेनापतियों को आज्ञाएँ दी जाने लगीं और चारों तरफ की सेना को अपना कर खेंगार को उसके गढ़ की दीवार के बीच कुचल डालने का एक महान् प्रयास आरम्भ किया।

राजा की इन समस्त योजनाओं में लीलादेवी सम्मिलित होती। ये योजनाएँ उसी के कारण गढ़ी जाती और व्यवहार में लाई जाती हैं, ऐसा भी कितने ही लोग आपस में कहा करते। वह पहले से कुछ फीकी पड़ गयी। उसकी आँखें अधिक स्थिर और गहरी हो गयीं। अब तक जूनागढ़ के घेरे का जिसने कभी विचार तक न किया था वह एकदम जूनागढ़ का काल बन बैठी। उसके शान्त और गहन हृदय में से द्वेष और जोश के पूर-पर-पूर आए और वे उनमें सम्पूर्ण पट्टणी सेना को खींचकर बहाने लगे।

इस जोश और द्वेष का मूल कारण आसपास के पक्के राजनीतिज्ञ सहज ही देख

सकते थे। आज कितने ही दिन हो गये, काक का कोई पता न था। कोई कहता न था, परन्तु सबको विश्वास हो गया था कि काक मारा गया। जैसे-जैसे दिन बीतते गये, और यह विश्वास ज्यादा मजबूत होता गया, लीलादेवी का शान्त और अडिग द्वेष जूनागढ़ की तरफ बढ़ता गया।

राजा ने पहली ही बार भावहीन रानी में उत्साह के बीज देखे और रानी ने पहली ही बार जयदेव को राज्यपद के आडम्बर से दूर आत्म-शौर्य से शोभित देखा। जिस तरह दो बालक शरारत करने को तुल जाते हैं, उसी तरह ये दोनों लड़ाई के लिए तुल गये।

इन दो में दो जन और आ मिले, त्रिभुवनपाल दंडनायक और काश्मीरा देवी। वे उत्तर की ओर एक सेना के साथ थे, काक की हकीकत सुनकर आ पहुँचे; और राजा रानी के निश्चय को अधिक दृढ़ बनाने लगे।

मुंजाल मेहता यह उत्साह देखकर बहुत प्रसन्न हुए। उन्हें जूनागढ़ के घेरे की अपेक्षा राजा के स्वभाव का ज्यादा ख़याल था। जयदेव में शौर्य प्रकट हुआ देखकर निश्चिन्त हुए। इस समय जयदेव को मिथ्या आडम्बर रखने का अवकाश न था। बाबरा भूत या जगदेव परमार की सहायता लेकर त्रास फैलाने की फुरसत न थी। वह पट्टणी सेनापति के साथ मित्र के समान मिलता-जुलता, युद्ध की योजनाएँ गढ़ता और अपने शौर्य से ही अपनी सर्वोपरिता सिद्ध करने का प्रयत्न करता। राजा और रानी का गाढ़ होता हुआ सम्बन्ध भी उनके ध्यान से बाहर न था और विश्वकर्मा के गर्व से वे इन सब में रस ले रहे थे।

प्रणयी की छुपी बातें

कुछ दिनों तक वंथली में बड़ी हलचल रही। एक बार आधी रात के समय परशुराम की पुत्री समर्थ खिड़की खोलकर झाँक रही थी। उसे ऐसा लगता था कि सारी दुनिया का दिमाग फिर गया है। उसके पिता का चित्त ठिकाने नहीं था, इसलिए वह दिन भर बाहर रहता। न मालूम क्यों राजा को यह धमाचौकड़ी मचाना सूझता था। लीला रानी तो विकराल जगदम्बा जैसी दीखती थीं। समर्थ बड़बड़ाई "और वह प्रेमली। (प्रेमकुँवर) तो पगली हो गयी है—क्योंकि उसके मेहता को घोड़े पर चढ़कर मेंदरडे जाना पड़ा है। बाहड़ मेहता तो जैसे पाताल में घुस गया हो, इस तरह दिखाई ही नहीं देता।" बाहर से सब शान्त होने का ढोंग करते थे, पर भीतर से कुछ-न-कुछ दौड़ धूप कर रहे थे। एक घेरा डालने के लिए लोग इतने पागल कैसे हो जाते होंगे, यह उसकी समझ में नहीं आया; और किसी पर एक साथ इतना दुःख आ पड़ा हो, यह भी समर्थ के खयाल में न था।

कभी-कभी इस खिड़की के सामने बाहड़ मेहता आता था। पर अब आता ही नहीं, समर्थ ने अश्रुपूर्ण नेत्रों से विचार किया। काक पकड़ा नहीं जा सका, और बाहड़ मेहता का दादा मन्त्री नहीं था, इसलिए उसके बाँधे हुए सारे मनसूबे व्यर्थ हो गये। अब उसका और उसके मेहता का क्या होगा? –उसने पछताकर पूछा।

जवाब में किसी की पद-ध्वनि सुनाई पड़ी। यदि ये पाँव बाहड़ के हों, तो उसने शासनदेवी पद्मावती को चूँनड़ी चढ़ाने की मनौती मान ली। वह अँधेरे में एकटक देखती रही, उसने नवपद का जप किया।

उसकी मनौती और जप फले। तुरन्त बाहड़ मेहता की आवाज आई।

''समर्थ।''

''ओह,'' कहकर समर्थ खिड़की से आधी बाहर की ओर लटक गयी, ''मैंने मनौती मानी, इसलिए तुम तुरन्त आ गये।''

''धीरे से बोल।''

''क्यों?'' धीमी आवाज से समर्थ ने पूछा।

''मैं एक खुशखबरी सुनाने आया हूँ'' कविहृदय ने अपना स्नेह व्यक्त किया।

''क्या? सुना दो-सुना दो-सुना दो।''

''अरे! तू कुछ तो धीमी आवाज़ से बोल, नहीं तो सारा गढ़ दौड़ पड़ेगा।''

''हाय, मुझसे ऐसे ही बोला जाता है। क्या है?''

''किसी को कहना मत।''

''तुम तो मुझे मूर्ख ही समझते हो'' होंठ-पर-होंठ चढ़ाकर समर्थ ने कहा।

''देख, मैं एक खबर ले आया हूँ, और उससे अपना विवाह निश्चित होगा।'' वाग्भट ने उमंग से कहा।

''क्या कहते हो?''

''अरे! धीरे से। मुझे ख़बर मिली है कि काकभट जीता है।''

''उसका भाग्य–''

''सुन, उसे पकड़कर रा' के महल में रखा है।''

''झूठी बात!'' समर्थ ने कहा।

''अरे, मैं खुद अपने कानों सुनकर आया हूँ। मैं अपने पिता के साथ जूनागढ़ गया था। वहाँ सुना कि उसको बहुत भारी चोट आई हैं, परन्तु खेंगार उसे महल में रखकर सेवा करता है। अब यदि मैं उसे छुड़वा लाऊँ, तो बाद में–''

''तो बाद में पिता मुझे तुम्हारे साथ ब्याह देंगे। सच्ची बात है?''

''अरे, धीरे से–'' असंतुष्ट होकर बाहड़ ने कहा।

''अरे हाँ, धीरे से–'' चिढ़कर समर्थ बोली, ''मैं तो जब से जन्मी हूँ, तब से धीरे ही बोलती हूँ।''

''अब मैं जाता हूँ,'' बाहड़ ने कहा, ''तू निश्चिंत होकर सोना।''

“मेहता-ओ मेहता!”

“क्या है?”

“अब मुझे समझ में आया।”

“क्या?”

“मेरे पिता मुझे क्यों नहीं ब्याहते हैं सो–”

“क्यों?” कुछ चिन्तातुर होकर बाहड़ ने कहा।

“हम कुछ भी प्रतिज्ञा नहीं लेते हैं।”

“अरे, क्या कहती है? तू जो कहे वही प्रतिज्ञा ले लूँ। तेरे बिना मेरा जीवन सूखा जा रहा है।” भावुक बाहड़ ने कहा, “तू कहे तो कठिन-से-कठिन प्रतिज्ञा ले लूँ।”

“अच्छी बात है, तो एक काम करो। किसी तीर्थ का उद्धार कराने की प्रतिज्ञा करो।” कुछ विचारकर समर्थ ने कहा।

“मैं तो अड़सठ तीर्थों का उद्धार करा दूँ।”

“हाय-हाय, इतनी ज्यादा नहीं।”

“तब?”

“एक बस है।”

बाहड़ इस भोली छोकरी की ओर प्रशंसापूर्ण नज़र से देखता रहा। उसके हृदय में ज़ोर से प्रणय-संगीत बज उठा।

“बहुत ठीक समर्थ! तू मिले तो मैं शत्रुंजय का जीर्णोद्धार कराऊँ। अब तो तेरी इच्छा पूरी हुई?” गम्भीर आवाज से बाहड़ ने कहा। उसका तेजस्वी मुँह दमक रहा था।

समर्थ सन्तुष्ट हुई। “मेहता, अब मेरी तुकबन्दी ठीक बैठेगी।”

“क्या?”

“बाहड़ मेहता ठीक किया, काकभट को छुड़ा लिया।”

“उँह।” करके हँसता-हँसता बाहड़ कल्पना के घोड़े पर सवार होकर विहार करता-करता चला गया।

समर्थ की खुशी की सीमा नहीं रही। उसे लगा कि बाहड़ जरूर काक को छुड़ाएगा और फिर उसका पिता उसे बाहड़ के साथ ब्याह देगा और बाद में दोनों शत्रुंजय का उद्धार करेंगे। उसके छोटे से हृदय के लिए यह बात बहुत बड़ी हो गयी। उसे ऐसा लगा कि इसी समय सारे राजगढ़ को उठकर नाचने लग जाना चाहिए। काकभट जीता है, यह उसके बाहड़ ने पता लगा लिया। कैसी खूबी का काम किया! पर इस खूबी को देखनेवाला जाननेवाला कौन? वह एकदम उठी, कुछ हँसी और कूदती-फाँदती बाहर निकली। “इस समय वह प्रेमकुँवर क्या करती होगी?” कहकर वह चुपचाप पिछली सीढ़ियों से जिस कमरे में शोभ मेहता रहते थे वहाँ गयी।

शोभ मेहता तो मेंदरडे गये थे, इसलिए उसने हिम्मत के साथ, परन्तु धीरे से कुंडा खटखटाया।

"कौन है?" प्रेमकुँवर ने घमंड के साथ पूछा।

प्रेमकुँवर को इस समय राज्य के कारबार के प्रति एकदम तिरस्कार हो गया था। इस समय उसके मेहता को मेंदरडे भेजा, कोई बात है! उसकी कितनी उर्मियाँ मन-की-मन में ही रही जाती थीं। इतने में ही किसी ने कुंडा खटखटाया। पहले तो उसका हृदय धक-धक करने लगा। कौन? क्या उसके मेहता आए? उसने निःश्वास छोड़कर किवाड़ खोले और समर्थ उससे एकाएक लिपट गयी। पति की राह देखने वाली प्रेमकुँवर समर्थ के आलिंगन से काँप गयी। वह एकदम बाँहें छुड़ाकर अपने आप बड़बड़ाई "यह चिलबिल्ली इस समय कहाँ से?"

"प्रेमा भाभी!" समर्थ प्रेमकुँवर के कन्धे पर सिर रखकर हर्ष के आँसू गिराने लगी। "मेरा ब्याह निश्चित हो गया।"

"किसके साथ?" तिरस्कार से प्रेमकुँवर ने पूछा। अपने ब्याह के सिवाय दूसरे किसी के ब्याह को इतनी महत्ता किसलिए दी जाती होगी, यह उसकी समझ में नहीं आता था।

"बाहड़ मेहता के साथ। वे काकभट को छुड़ाकर लानेवाले हैं।"

"काकभट?" चालाक नागर-पत्नी ने कान लगाए।

"हाँ, उन्हें रा' ने कैद करके महल में रख छोड़ा है। मेरे बाहड़ मेहता उनसे मिल आए।"

"हैं?"

"हाँ, तू देख तो सही।" कहकर समर्थ पगली के समान हँसने लगी। प्रेमकुँवर के मगज में इस बात की महत्ता का भान हुआ।

"जाकर सो जा, नहीं तो पागल हो जाएगी।" कहकर प्रेमकुँवर घमंड में समर्थ को झिड़ककर वहाँ से चल दी।

"पर किसी से कहना मत, तुझे मेरी सौगन्ध है।"

"तेरी सौगन्ध" कहकर प्रेमकुँवर अदृष्ट हो गयी, और समर्थ इस असहृदय मित्र की ओर मौन तिरस्कार बताती हुई चली गयी।

लीलादेवी अपने कमरे में होंठ पीसती हुई इधर से उधर फिर रही थीं। उसकी आँखों में निद्रा नहीं थी। उसके हृदय में उद्वेग था। उसे विश्वास हो गया था कि काक मर गया है। उसे झुकानेवाला, लाट की महत्ता का प्रतिनिधि, उसकी महत्त्वाकांक्षा को उत्तेजित करनेवाला वीर इस समय या तो किसी खाई में मरा पड़ा होगा अथवा कुत्ते और गीदड़ उसके माँस को सूँघ रहे होंगे। भृगुकच्छ में उसकी स्त्री आशा भरे हृदय से उसकी राह देखती होगी। उसके शान्त और कठोर हृदय में भी मंजरी के लिए प्रेम के दो शब्द उद्भूत हुए।

कमरे में एक छोटा-सा दीया जल रहा था। एकदम किवाड़ खुले और प्रेमा आई।

रानी ने ऊपर से बाहरी शान्ति के साथ उसकी ओर देखा। रानी का कठोर और शून्य मुँह देखकर प्रेमकुँवर कुछ अटक कर खड़ी हो रही।

"रानीजी, एक अच्छी खबर लाई हूँ।"

रानी इस समय ऐसी हालत में थी कि वह मजाक को बिल्कुल पसन्द नहीं कर सकती थी। उसने कठोरता से पूछा, "क्या है?"

"काकभटजी जीते हैं।" प्रेमकुँवर ने एकदम से कहा।

लीलादेवी उछल पड़ी, "क्या कहती हो?"

"सचमुच। जूनागढ़ में रा' के महल में हैं, बहुत बीमार हैं।"

रानी के कपाल की नसें बाहर आ गयीं।" किसने कहा?"

"समर्थ ने।"

रानी कुछ निराश हुई। "उसने कहाँ से जाना?"

"बाहड़ मेहता ने उससे कहा।"

"बाहड़ ने?" लीलादेवी ने अधीरता से पूछा, "उसे कैसे मालूम हुआ?"

"वह जूनागढ़ में काक से मिलकर आया है।"

"क्या जूनागढ़ ऐसा रास्ते में पड़ा है कि बाहड़ जा आया? चल अब ऐसी बे-सिर-पैर की गप्पें मत लाना। जा, जाकर सो जा।" तिरस्कार से रानी नें कहा, "सवेरे देखा जाएगा।"

प्रेमकुँवर का मान भंग हुआ। वह नाक सिकोड़कर चली गयी, "कितना मिजाज है!" वह मन में बड़बड़ाई, "सोलकीं के पाले पड़ी है, इसलिए सब चलता है।"

लीलादेवी की अधीरता बढ़ी। यह खबर सच्ची होगी या नहीं, इसका विचार शुरू हुआ। उसे कुछ सूझ नहीं पड़ा। उसकी आकुलता का पार नहीं रहा। आखिर उसे एक रास्ता सूझा और मंगी को बुलाया, "मंगी, देख तो आ, महाराज क्या करते हैं? और कहती आना कि मुझे उनसे एक जरूरी काम से मिलना है।"

"इतनी रात में?"

"तुझे इसकी क्या पड़ी है?" शान्ति से रानी ने पूछा।

मंगी एकदम गयी और थोड़ी देर में लौट आई; "महारानीजी, महाराज आए!" जयसिंहदेव उत्साह से कदम बढ़ाते हुए आए। उनकी आँखें अधीरता से चमक रही थीं।

"मैंने नींद में से तो नहीं उठाया?" रानी ने हँसकर पूछा।

"नहीं, मैं अभी एक झगड़ा मिटाकर आया हूँ। क्यों, क्या है?" वे रानी की गोदी में हाथ रखकर बोले।

"मुझे एक खबर मिली है।"

"क्या?"

"काक जीता है, और रा' के महल में है।"

राजा ने अपनी आँखें बड़ी कीं, "यह गप कौन लाया?"

"कहती हूँ, परन्तु यह गप है या नहीं, इसकी खोज आप कीजिए। शोभ की बहू प्रेमकुँवर खबर लाई है।"

"वह कहाँ से लाई?"

"उसे समर्थ ने कहा, और समर्थ से बाहड़ ने। बाहड़ उससे जूनागढ़ में मिला, ऐसा वह कहती है। यह कैसे बन सकता है?"

राजा खिलखिलाकर हँसने लगे। "बाहड़ कवि तो कवि ही रहा। तब बात सच्ची है। बाहड़ अपने पिता के साथ सुलह करने के लिए जूनागढ़ जा आया है। मैं उदा मेहता के साथ अभी यही बात कर रहा था।"

"सुलह!" लीलादेवी के हृदय में होली जलने लगी।

"यह तो यों ही सुलह को फड़फड़ाता है। रा' ने बिल्कुल मना कर दिया। परन्तु तब तुम्हारी बात सच्ची होगी। बाहड़ को कुछ पता मिला होगा।"

"पक्का पता लगाइए।"

"अभी लगाता हूँ। मंगी, जा तो बाहड़ को बुला ला।" महाराज ने हुक्म किया।

बाहड़ काक को छुड़ाने जाता है

इन थोड़े ही दिनों में राजा में बहुत परिवर्तन हो गया था। उनकी एकाग्र आँखें, फूलते हुए नथुने और उनके शरीर की धनुष के समान सज्जता उनके हृदय में रमने वाले उत्साह को बता रही थी। न तो वे थकते थे ओर न उन्हें निद्रा आती थी। उनकी शक्ति अटूट थी, एक भी चीज़ उनके ध्यान से बाहर नहीं जाती थी और न वे एक भी साधन का उपयोग करने से चूकते थे। महत्त्वाकांक्षी और सत्ता के शौकीन कुमार से वे एकदम प्रलयंकर बन गये थे।

कितने ही स्वभावों में सातत्य और एकतानता हमेशा दिखाई देती है। यह तो उग्र एकाग्रता, या स्वस्थ कर्तव्यपरायणता, या सुमधुर रसिकता अथवा निश्चिन्तता या निस्सारता जीवन में सतत बहती हैं। परन्तु कितने ही स्वभावों में जुदे-जुदे समय में जुदी-जुदी धुन आती है; इतना ही नहीं, किसी-किसी प्रसंग पर तो यह धुन इतने जोर से आती है कि देखने वाले को ऐसा लगता है कि कहीं यह मनुष्य अपनी धुन-ही-धुन में पागल न हो जाए। जयदेवसिंह महाराज ऐसे ही धुनी थे। अभिमान के सिवाय उनके स्वभाव का कोई भी अंग चिरस्थायी नहीं था। पाटण के प्रतापी नरेश, सोलंकी कुल के अवतंस, विजयी सेना के नायक, और गुजरात की अटूट समृद्धि के धनी केवल अपने बड़प्पन की ही शान में रहते थे। फिर भी धन के आने पर वे सब कुछ

भूलकर विलासी बन जाते, घड़ी में स्वार्थी और वहमी हो जाते, घड़ी में उदार और साफ दिल के बन जाते। किसी-किसी मौके पर उनके मुत्सद्दीपन की प्रतापी चमक सबको चौंधिया देती; किसी समय भलाई की जलधारा चारों ओर फैलती। जो बाबरा भूत की मदद से अमानुषी होने का दावा करते थे वे कितने ही अवसरों पर मनुष्य-हृदय के सद्भाव भी सरलता से दरसा सकते थे।

हिमालय के प्रदेशों में प्रकृति जैसी अनिश्चित होती है महाराज भी वैसे ही थे। क्षण में असह्य गर्मी, क्षण में बादलों से घिरा हुआ आकाश, और घनघोर वर्षा बन्द होकर, क्षण-भर में प्रकृति हँसने लग जाए। हरियाली और हिम, दोनों का सौन्दर्य वहाँ दिखाई देता है, सारे परिवर्तन जाने बिना ही हो जाते हैं; परन्तु चाहे जिस समय देखिए अनेक स्वरूपों में से एक स्वरूप जो होगा वह श्रेष्ठ तो होगा ही।

महाराज को इस समय एक ऐसी ही प्रचंड धुन आई थी। मानो वे रुद्र के अवतार हों, इस तरह उन्होंने जूनागढ़ का नाश करने के लिए तांडव नृत्य शुरू कर दिया था।

बीमारी से उठने के बाद महाराज की यह धुन ऐसे स्वरूप में प्रकट हुई कि जो लोग उन्हें वर्षों से पहचानते थे वे भी चकित हो गये। सालों से बहादुर दिखाई देनेवाले महारथी भी इस ज्वलंत प्रताप को देखकर चौधिया गये। जो जयदेव की तलवार या बाबरा की धाक से कभी कम्पित नहीं हुए थे वे भी महाराज की यह धुन देखकर क्षुब्ध हो गये। मीनलदेवी को पुत्र की बीमारी की जितनी चिन्ता हुई थी उतनी ही चिंता इस धुन को देखकर हुई। बहते हुए पानी के प्रचंड पूर को रोकनेवाला भी उनके इस प्रवाह को नहीं रोक सकता। जिन पर शूरता का पानी चढ़ाने की जरूरत दिखती थी, अब तो कोई उनका शौर्य उतार दे तो अच्छा, ऐसा उन्हें लगा।

दीर्घदर्शी लीलादेवी इस धुन को देखकर हतप्रभ तो नहीं हुईं, पर अचम्भे में पड़ गयीं। उसके उस्ताद हृदय में यह नवीनता देखकर कुछ दिलचस्पी बढ़ी, उसकी महत्त्वाकांक्षा कुछ सन्तुष्ट हुई। उसे ऐसा लगा कि यदि महाराजा सदैव ऐसी ही धुन में-रहें, तो पाटण दुःसह नहीं होगा।

मंगी बाहर गयी कि महाराज रानी की ओर मुड़े।

''उदा एक नया रास्ता ढूँढ़ आया है।'' उन्होंने कहा।

जरा भौंहे सिकोड़कर रानी ने पूछा, ''कौन-सा?''

''उदा ने रा' के भानजों को फोड़ लिया है।''

''देशल और वीशल को?''

''हाँ, ये हमसे मिल जानेवाले हैं।''

''परन्तु मुझे इन पर विश्वास रखना ठीक नहीं लगता।''

राजा मगरूरी से हँसे। ''और मैं क्या इन पर विश्वास रखूँगा? मैं इन्हें बराबर पहचानता हूँ। खेंगार ही इतना ज्यादा भोला है कि इन्हें घर में रखता है, पर इनके कारण जूनागढ़ के मिलने की सम्भावना है।''

"किस तरह?" कुछ अधीर दिखाई देने वाली आवाज़ में रानी ने पूछा।

"इनके कितने ही मनुष्य गढ़ में फोड़े हुए हैं।"

"अर्थात्?" कुछ तिरस्कारयुक्त ध्वनि से रानी ने कहा, "गढ़ में चुपचाप घुस सकेंगे?"

"हाँ।" राजा ने हँसकर कहा।

"महाराज!" रानी ने शान्त ओर तिरस्कार युक्त वाणी में कहा, "धोखे से गढ़ लेना बुरा नहीं है, परन्तु खेंगार की कीर्ति आपकी कीर्ति को फीकी कर देगी।"

ये शान्त शब्द राजा को चाबुक जैसे लगे। उसने रानी की ओर कुछ अधीरता से, कुछ गुस्से से देखा; परन्तु रानी के शान्त तिरस्कार में सदैव ऐसी तटस्थता रहती कि उसमें गुस्सा हमेशा दिखाई देता और उससे राजा बहुत बार भीतर से डरते थे।

"कीर्ति!" जयसिंहदेव ने अधीरता से कहा, "क्या खेंगार मेरी कीर्ति को फीका करेगा? देवी, युद्ध में कीर्ति जीतनेवाले को ही मिलती है। पराजित होनेवाले की कीर्ति कैसी? मुझे तो जूनागढ़ सर करना है, और जिस हाथ से वह सर होता है वही मेरा हथियार।"

"ठीक है।" हँसकर लीलादेवी ने कहा, "परन्तु जब कि आपके पास शोभा पाने जैसा शस्त्र हैं, तब फिर अशोभित शस्त्र किसलिए लिया जाए? यदि आप अपने बाहुबल से गढ़ तोड़ सकते हैं, तो फिर किसी को फुसलाकर खिड़की के रास्ते क्यों घुसें?"

रानी जवाब की राह देखती हुई क्षण-भर ठहरी। पर राजा प्रश्न को खा गये। वे बल और भेद दोनों का उपयोग क्यों करना चाहते हैं, इसका कारण लीलादेवी को नहीं बता सकते थे। क्रोध के, बैर के और आवेश के धुएँ में से भी बीच-बीच में उन्हें अपने अन्तर में राणकदेवी का मुँह दिख जाता था और जिस स्त्री ने बचपन में उनका तिरस्कार किया उसे झुकाने की लालसा उनके हृदय में उठ आती थी। यह सब वे लीलादेवी से कैसे कह सकते थे?

राजा ने कुछ देरी से जवाब दिया, "मुझे तो जूनागढ़ के सर होने पर ही कुछ सूझ पड़ेगा।"

"ऐसा?" जवाब की असम्बद्धता देखकर रानी ने ठंडे पेट से पूछा।

"अन्नदाता, बाहड़ मेहता आए," मंगी ने आकर कहा।

"बुला ला।" राजा ने जरा हँसकर कहा। रानी के साथ ज्यादा वाद-विवाद करने में उन्हें कुछ सार नहीं दिखाई दिया।

बाहड़ दाखिल हुआ और हाथ जोड़कर खड़ा रहा।

"बाहड़, क्या तुमने जूनागढ़ में काक के विषय में कुछ सुना है?" राजा ने पूछा।

बाहड़ चौंका। राजा को इस बात की खबर कहाँ से लगी?

"क्या सुना?" शान्त और सत्ताधारी आवाज में लीलादेवी ने पूछा।

''मुझे ऐसा लगता है कि भटराज जीते हैं।''

यह सुनकर रानी की आँखें चमक उठीं।

''तब मुझसे कहा क्यों नहीं?'' राजा ने क्रोध से कहा, ''अभी सब बातें कह गया, पर इसके सम्बन्ध में एक भी अक्षर नहीं बोला। क्या तू भी अपने पिता की तरह गुप्त रूप से सब काम करना सीख गया?''

''महाराज,'' नीचे देखकर बाहड़ ने कहा, ''क्षमा कीजिए, मेरा विचार–''

''क्या?''

''कि काकभट को छुड़ा लाकर महाराज को प्रसन्न करूँ।'' बाहड़ ने कहा।

लीलादेवी हँसीं। राजा की आँखें भी कुछ हँसीं। उनका क्रोध उतर गया।

''बाहड़, अभी के अभी जाओ।''

''जो आज्ञा।''

''देशल और वीशल के लिए भी तू ही सन्देश लेता जा।''

''जी।''

''कहना कि, बात लम्बी जा रही है, और यह मुझे बिल्कुल ठीक नहीं लगता। मुझसे आकर मिलना हो, तो एकदम आवें। तुम उन्हें लेकर ही आना। परसों यहाँ पर सब मिलने वाले हैं। यदि उनमें समय पर आने की हिम्मत न हो तो कह देना कि जयसिंहदेव सोलंकी चढ़ाई कर देंगे तो फिर किसी की परवाह करनेवाले नहीं।''

''जी।''

''और उनकी भी मदद लेना तथा काक को वापस ले आना।'' राजा ने कहा।

''इस समय काक के बगैर काम नहीं चल सकता।'' रानी ने कहा।

''माताजी, भटराज जीते होंगे तो मैं खाली हाथ नहीं लौटूँगा।''

''परसों तुम चारों को यहाँ हाजिर होना चाहिए।''

''जो आज्ञा।''

''जाओ, जल्दी जाओ।''

बाहड़ प्रणाम करके गया और मंगी भी जाने को तैयार हुई, परन्तु इतने ही में महाराज उठे।

''क्यों, जाते हो?'' लीलादेवी ने सूचक आवाज से प्रश्न किया।

राजा हँसे, ''परमार-रानी आज कितने ही दिनों से रूठी हुई हैं। कितने ही सन्देश भेजे हैं।''

लीलादेवी खिलखिलाकर हँसी, ''मैं रूठनेवाली नहीं। पधारिए।'' वह शान्त और तटस्थ बनकर खड़ी रही। राजा ने उसके सामने देखा, और उसका स्वास्थ्य तथा शान्ति देखकर वह उलझन में पड़ गया। इस स्त्री को वह पूरी तरह से समझ नहीं सका था। उसकी यहाँ ही रात बिताने की इच्छा हुई, परन्तु तलवार के समान धारदार, चमकती और भावहीन स्त्री के साथ रात बिताने का धीरज उसे नहीं रहा। उसे तो इस

समय ऐसी किसी की जरूरत थी, जो कि लड़ाती, हँसाती और रिझाती। उसने हँस कर चलना शुरू किया।

लीलादेवी ने कुछ समय तक विचार किया, बाद में उसके होंठों पर हँसी आ गयी। वह कुछ आत्म-तिरस्कार से बड़बड़ाई, "यह हीरा तो परखें बिना की रह जाएगा!" वह मंगी की ओर फिरी, उसने ज़ोर से कहा, "मंगी, मैं सो जाती हूँ।"

"महारानीजी की मरजी," कहकर मंगी ने किवाड़ों के सामने अपना बिछौना बिछाना शुरू किया।

रानी के हृदय में असन्तोष नहीं था, ईर्ष्या नहीं थी। जूनागढ़ के विजेता की वह स्वयं पटरानी है, और काक जीता है, इस बात से उसके मन में सन्तोष था। वह निश्चिन्त होकर सोने लगी।

देशलदेव

दूसरे दिन रात को जूनागढ़ में अपनी हवेली की छत पर देशलदेव बैठा था।

काक ने पाटण के मंडलेश्वर के पुत्र रा' खेंगार के इस भानजे की सूरत पन्द्रह वर्ष पहले पाटण में आते समय जैसी देखी थी,* वैसी ही थी। उसका मुँह स्वाभाविक कुरूपता और उम्र दोनों के प्रताप से अनाकर्षक लगता था। उसकी आँखें पीली होने पर भी तेजस्वी थीं। वह मुँह में मूँछें दबाकर उन्हें जोर से चबाता था। उसकी आँखें चंचलता से घूमती रहती थीं। वह आज असन्तोषी था, और स्वाभाविक असन्तोष को पाल-पोसकर उसने उसे बहुत बड़ा कर दिया था। इस असन्तोष का मुख्य कारण उसका पाटण और सोरठ के साथ का सम्बन्ध था। इन दोनों प्रतापी सिंहासनों की नींव के सामने उसका जन्म हुआ था।

उसका मस्तिष्क हमेशा इस तरह विचार किया करता—यदि कर्णदेव महाराज अपुत्र मर गये होते, या जयसिंहदेव बचपन में गुजर गये होते और उन्हें त्रिभुवनपाल जैसे वर्णसंकर या मुंजाल जैसे सहायक नहीं मिलते तो वह स्वयं आज पाटण का स्वामी होता। यदि खेंगार अपुत्र मर जाए, या उसका पुत्र मर जाए, तो वह जूनागढ़ का मालिक हो सकता है, परन्तु उसकी कमनसीबी से दोनों सिंहासन नजर के सामने दीखते रहते और पास होने पर भी और दूर चले जाते।

वह साठ वर्ष का हो गया था। पहले तो ननिहाल में रहा फिर पाटण में रहा, तब सोरठ को मदद पहुँचाने के कारण मुंजाल खीज गया और पाटण से निकाल दिया। यहाँ आने पर उदार खेंगार ने आश्रय तो दिया; पर पूरा विश्वास नहीं किया। अन्त

---

* गुजरात के नाथ, पृ. 3

में थककर उसने पाटण और जूनागढ़ के बीच सन्धि कराके जयसिंहदेव की मेहरबानी प्राप्त करने का प्रयतन किया। उदा मेहता के साथ सलाह-मशविरा शुरू किया और उसके द्वारा जयसिंहदेव को नरम किया। बड़ी मेहनत से खेंगार का दृढ़ निश्चय ढीला किया, पर राणकदेवी बीच में आ गयी। तब इसके असन्तोष ने मर्यादा छोड़ दी। अब उसे किसी का खयाल न रहा—चाहे जूनागढ़ का पतन हो जाए, चाहे पाटण मिट जाए और चाहे जयदेव राणकदेवी को उठा कर ले जाए, उसे किसी की परवाह नहीं रही।

अब तो वह आखिरी चौकी पर बैठा था और तकदीर की आखिरी पँखुड़ी खोलने का निश्चय कर रहा था, परन्तु उसे किस तरह खोलना है, यह समझ में नहीं आ रहा था।

परन्तु पिछले थोड़े दिनों से उसके दिमाग में एक योजना की रचना हो रही थी और इस समय वही मन में रम रही थी। वह मूछें मरोड़कर हँसा, कितनी बढ़िया योजना!

कुछ दिनों पहले जब उसके भाई वीशल ने एक बढ़िया खबर सुनाई तभी से उसके दिमाग़ में इस योजना की रचना हो रही थी। ख़बर इतनी ही थी कि राणकदेवी चुपचाप किसी परपुरुष की चाकरी करती हैं।

इस बात को सुनकर देशलदेव ने अपने वहम को सच्चा समझा। इस साध्वी-सी दिखनेवाली रानी की साधुता उसके किसी छिपे पापाचार की ही साक्षी है। अब वह पकड़ी गयी।

उसने गहरा विचार किया। जूनागढ़ की दुर्जयता का आधार उसका गढ़ था; गढ़ के आधार उसके नमकहलाल योद्धा थे; योद्धाओं का आधार खेंगार की अटलता थी और उस अटलता का आधार देवड़ी की एकनिष्ठा। यदि यह एकनिष्ठा झूठी ठहरे तो खेंगार डिग जाए, खेंगार के डिगने पर सोरठी योद्धा निःसत्व हो जाएँ; और यदि वे निःसत्व हो जाएँ, तो गढ़ गिरे और गढ़ के गिरने पर जयदेव जीत जाए। जूनागढ़ को ले लेने के बाद जूनागढ़ पर शासन करने के लिए उसे किसी-न-किसी आदमी की आवश्यकता तो होगी ही। फिर—फिर एक सिंहासन तो हाथ लग ही सकता है।

देशलदेव को लगा कि मेरी उम्र अब पूरी होने आई है; और थोड़े ही समय में आशा की सब अट्टालिकाएँ धूल में मिल जाएँगी। तो फिर किसलिए यह अवसर हाथ से जाने दूँ?

वह उदा मेहता को बुलाकर उससे चुपचाप मिला, और जयसिंहदेव को जूनागढ़ जिता देने का वचन दिया। उदा मेहता सन्देश लेकर वंथली गया।

इतने में 'भाग्यशाली को भूत रले' जैसी बात हुई। एभल नायक लापता हो गया और पट्टणियों ने एभल नायक की चौकी ले ली। यह चौकी जूनागढ़ का सच्चा नाका था और इस रास्ते से कितने ही सालों से जूनागढ़ के लिए अनाज जाए करता था। एभल पक्का होशियार और सोरठी था, और चारों ओर उसकी ऐसी धाक जमी हुई

थी कि पट्टणी सेना ने उसे जीतने की आशा कभी की छोड़ दी थी। इसलिए उसे कोई छेड़ता नहीं था और वह चौकी में बैठा-बैठा चारों ओर से अनाज, घास और जरूरी चीजें इकट्ठी करके, गढ़ को टिकाए था। एभल के जाने से जूनागढ़ का अन्नदाता चला गया।

खेंगार ने चौकी को फिर से हाथ करने के लिए जरूरी कदम उठाए। एभल नायक के ग्यारह लड़कों ने अपने पिता की टेक रखने के लिए चौकी वापस लेने का बीड़ा उठाया। पहले दो पुत्र गये, और मारे गये। उनकी जगह दूसरे दो गये। उनमें से एक कट गया और दूसरा घायल होकर वापस आया।

खेंगार ने दूसरे दो को जाने के लिए कहा। छत्रसाल ने अपने स्वामी के हुक्म को माथे पर चढ़ाया; परन्तु दादू का हृदय डिगा। पन्द्रह दिन में पिता और तीन भाई मारे गये और एक भाई घायल हो गया। खेंगार ने यह क्या करना शुरू किया है?

दादू देशलदेव का जमाई था। पति को मृत्यु के मुँह में जाता देखकर दादू की पत्नी विकल हो उठी। उसने आकर पिता के सामने आँसू बहाए। तब दादू बच जाए और उपयोगी हो सके, ऐसा एक रास्ता पिता को सूझ पड़ा।

इस समय वह दादू की राह देख रहा था। इस किलेदार की मदद से वह उदा मेहता से जाकर मिल सकता था और समझता था कि इस समय वह उदा मेहता का कुछ भी पैगाम लानेवाले का सन्देश लाएगा।

आखिर देशलदेव अधीर हुआ, चिल्लाया, "भीमा!"

एक वृद्ध अनुचर हाजिर हुआ।

"जा, दादू नायक को बुला ला, और छोटे बापू कहाँ पर हैं?"

"अन्नदाता, छोटे बापू अभी तक नहीं आए, दादू भाई को बुला लाता हूँ।" परन्तु इतने ही में नीचे से किसी की आवाज आई, उसे देशलदेव ने पहचाना।

"जा, बहुत करके नायक ही आए हैं। ऊपर भेज।"

"क्या बड़े बापू हैं?" एक आवाज आई।

"कौन नायक? आओ।" देशलदेव ने कहा।

दो आदमी आए।

देशलदेव सँभल गया। उसने भीमा को नीचे जाने का हुक्म दिया।

देशलदेव की चिन्ता

देशलदेव कुछ चिन्तातुर होकर इस नये आनेवाले की ओर देखता रहा। जब ऐन मौका आता तब उसके छक्के छूट जाते। यह कौन होगा? इसके आने से क्या होगा? यह क्या सन्देश लाया होगा? "किलेदार, यह कौन?"

वह आदमी पास आ गया। "देशलदेव महाराज, यह तो मैं हूँ।" ढाटा खोलते हुए उसने कहा।

"कौन बाहड़ मेहता?"

"जी, हाँ।" कहकर बाहड़ पास आकर बैठ गया।

"मेहता, ढाटा बाँध लो।"

"जो आज्ञा।"

"कहो, क्या ख़बर लाय हो?"

"पिता जी ने महाराज से बातचीत की है। महाराज आप पर बहुत प्रसन्न हैं, परन्तु कहते हैं कि आप वहाँ आवें, तब बात होगी। इस समय वे कुछ वचन तो नहीं देते हैं।"

देशलदेव ने मूँछें मरोड़ीं, "तब?"

"पिताजी ने कहलाया है कि आप आओ, पीछे जूनागढ़ का कुछ फैसला हो तो महाराज किसी के लिए भी 'ना' नहीं कहेंगे।"

थोड़ी देर तक देशलदेव कुछ बोला नहीं।

"अर्थात् मुझे जयसिंहदेव पर विश्वास रखना चाहिए और वह मेरे पर नहीं रखें, यही न?"

बाहड़ ने जवाब नहीं दिया।

"और कुछ कहलाया है?"

"हाँ, मैं जब यहाँ आया था तब उड़ती हुई बात सुनी थी कि काक भटराज यहाँ पर कैद हैं।"

"काक भटराज?" विस्मित होकर देशलदेव ने कहा।

"हाँ।"

"जाओ जाओ–" हँसकर देशलदेव ने कहा, "वे तो कभी के स्वधाम पहुँच गये।"

"यह झूठ है। वे आपके राजगढ़ में कैद हैं। महाराज ने खुद मुझे कहा है कि चाहे जिस तरह से हो तुम उन्हें ले आना।"

"यह कैसे हो सकता है कि राजगढ़ में हों और मुझे इसकी खबर न हो?"

देशलदेवजी, "दादू किलेदार ने सिर हिलाकर कहा, मेहताजी जो कहते हैं वह बात सच मालूम होती है।"

"कैसे?"

"पिताजी की मृत्यु के बाद उनकी चौकी पर से मेरा भाई एक डोली में किसी को डालकर चुपचाप ले आया था।"

"कौन छत्रसालजी?"

"हाँ।"

देशलदेव के कपाल पर सिकुड़न पड़ी। उसने ज़ोर से मूँछें चबाना शुरू किया। वीशलदेव ने जो बात कही थी कहीं उसमें और इस बात में कुछ सम्बन्ध न हो?"

"काकभट भृगुकच्छवाला ही न?"

"हाँ।" बाहड़ ने कहा।

"खेंगार महाराज के साथ राणकदेवी को इन्हीं ने परणाया था?"

"ऐसा लोग कहते तो हैं।" बाहड़ ने कहा।

"अब मैं समझा।"

कुछ देर तक देशलदेव पड़ा रहा। वह जिस जोर से मँछें चबाता था उससे उसके विचारों का वेग का पता लगता था। थोड़ी देर के बाद वह बोला–

"बाहड़ मेहता, क्या आप अभी वापस जाने के लिए तैयार हैं?"

"हाँ, क्यों?"

"आपको यहाँ रखने में डर लगता है।"

"तब मैं जाता हूँ, परन्तु आप–"

"उस दिन मैं जिस जगह आपके पिता से मिला था क्या वह जगह याद है?"

"हाँ।"

"कल रात को आप वहाँ पर आइए। मैं आकर आपसे मिलूँगा।"

दादू चौंका, परन्तु कुछ बोला नहीं।

"तो मैं जाऊँ?" बाहड़ ने पूछा।

"हाँ" देशलदेव ने कहा, "किलेदार, इन्हें कोट के बाहर छोड़ आओ। देखो, किसी को पता नहीं लगे। मैं अभी बापू के पास जाता हूँ और कुछ-न-कुछ, इस पार या उस पार, करके आता हूँ।"

"और मेरा क्या–" दादू ने पूछा।

"आपका? घबड़ाते क्यों हैं? जहाँ मैं वहाँ आप-। इन्हें बाहर छोड़कर दरबारगढ़ में आ जाओ।"

"जी।" कह कर दादू किलेदार वहाँ से चलने लगा।

"देशलदेवजी," बाहड़ मेहता ने कुछ ठहर कर कहा, "काक भटराज का क्या होगा।"

"उनका क्या?"

"उन्हें तो साथ लेना होगा?"

"नहीं तो?"

"नहीं तो महाराज के गुस्से का पार नहीं रहेगा। मुझे खास आज्ञा दी है।"

"अरे हाँ, मुझसे जो कुछ बन सकेगा करूँगा, परन्तु उसके बिना क्या जयसिंह बैठे हुए हैं।"

"वे उन्हें बहुत मानते हैं।" बाहड़ ने अपनी बात की पुष्टि की।

"ठीक।" कहकर देशलदेव ने सिर हिलाकर बाहड़ को छुट्टी दी। बाहड़ ने यह नहीं सोचा था कि देशलदेव इस तरह शीघ्रता से छुट्टी दे देगा। परन्तु इस समय उसे कुछ पूछना ठीक नहीं लगा। वह चुपचाप चला गया।

देशलदेव ने तुरत उठकर तलवार बाँधी, कमर कसी, मूँछें चबाते हुए वे घर से बाहर निकले और दरबारगढ़ की ओर चले। उनकी चाल-ढाल में तथा उनके शरीर की लचक में कुछ असाधारण क्षोभ था।

वे तत्काल ही दरबारगढ़ पहुँचे। जूनागढ़ के ऊपर कोट में जो इस समय मस्जिद है, वह असल में रा' खेंगार का महल था—दुर्जय जूनागढ़ का प्रतापी मध्यबिन्दु था। खेंगार और राणकदेवी उसी में रहते और वहीं से सोरठियों को शौर्य और उत्साह की भेंट बाँटते तथा राज्यभक्त सोरठी लोग इस प्रासाद के लिए देवमन्दिर के समान पूज्यभाव रखते थे।

देशलदेव के मगज में ऐसे भावों का अंश भी न था। बहुत बार वे विचार करते कि यह महल मेरा कब होगा? ऐसे विचारों से वे इस महल की ओर आकर्षित होते थे, परन्तु उसमें खेंगार रहता है, यह याद आते ही उनका चित्त खट्टा हो जाता था।

"बापू हैं?" उन्होंने द्वार के बाहर बैठे हुए सैनिक से पूछा।

"कौन देशलदेव महाराज? हाँ, बापू ऊपर बैठे हैं।"

"जाकर पूछ आ कि मैं आऊँ?"

"अरे बापू, क्या आपको भी पुछवाना पड़ता है! जाइए, ऊपर छत पर हैं।"

"क्या करते हैं?"

"घूमते होंगे।"

"ठीक।" देशलदेव महल में दाखिल हुआ और झपाटे से सीढ़ियों पर चढ़ कर ऊपर की छत पर पहुँचा। वहाँ उसने चारों ओर देखा। छत के पूर्व की ओर दो जन खड़े थे, यह उसने चन्द्र के मन्द प्रकाश में देखा। वह धीरे-धीरे उस ओर गया।

छत पर से चारों ओर का दृश्य देखकर देशलदेव के हृदय पर अकल्पित भार आ पड़ा हो, ऐसा मालूम हुआ। उसका क्षोभ बढ़ा और उसने चिन्ता से हर एक दिशा में देखना शुरू किया।

गढ़ के पीछे गिरनार अमानुषी रक्षक के समान खड़ा था। उसकी चोटियाँ शुक्ल पक्ष के आधे चन्द्र के प्रकाश में सुन्दर मालूम होती थीं। उसकी तलहटी के वनों में मन्द समीर धीमी और मीठी आवाज़ कर रहा था। थोड़ी दूर से सोनरेखा का छोटा-सा पाट किसी-किसी जगह पर चमकता हुआ दिखाई देता था।

दोनों बाजू पर चौकियों की चमकती शृंखला के मनके निगाह में आते थे। केवल मेंदरडा की ओर से कभी-कभी चिल्लाहट सुनाई पड़ती थी और बीच-बीच में दौड़ते हुए घोड़ों की आवाज आती थी।

आगे—दूर—वंथली के दीप जगमगा रहे थे। इन दीपकों के विस्तार से वंथली की सीमा तुरन्त मालूम हो जाती थी। वंथली से नगाड़े की आवाज भी आती थी।

जूनागढ़ और वंथली बारह वर्ष से लड़ रहे थे। पर्वत-शृंग के निवासी गरुड़राज के समान खेंगार ने अपने दुर्गम स्थान में रहते हुए शत्रु का नाकों दम कर रखा था। वन में विचरनेवाले वनराज के समान जयसिंहदेव ने चौगान में निश्चित बैठे-बैठे गरुड़राज को डराया था, परन्तु गिरिनिवासी के विहार की सीमा दिनोंदिन कम होती जा रही थी—वनचर का प्रताप दिनोंदिन बढ़ता जाता था।

देशलदेव को वहीं खड़े-खड़े पाटण के बढ़ते हुए प्रताप का पूरा खयाल आया। धीरे-धीरे जूनागढ़ के गले की फाँसी सख्त होती जाती थी और एभल की चौकी हाथ में से चले जाने से थोड़े ही समय में भूखों मरने की नौबत आने वाली थी। यदि ऐसा ही हाल रहा तो थोड़े ही समय में गिरनारगढ़ भी जमींदोज़ हो जाएगा। देशलदेव के अन्तर में चिन्ता बढ़ गयी। यदि खेंगार उसे नहीं जाने दे तो? जयदेव उसका सम्मान नहीं करे तो? उसके हृदय में थोड़ी बहुत जो कुछ हिम्मत थी, वह चली गयी। उसे यहाँ से भाग जाने में ही अपना मोक्ष दिखाई दिया। उसे पश्चात्ताप हुआ। खुद किसलिए अब तक बैठा रहा? अब तक उसने खेंगार की क्यों परवाह की? चारों ओर फैलनेवाली चन्द्रिका ने उसका दम घोंट दिया। उसकी यहाँ से जीव लेकर भाग जाने की इच्छा हुई।

खेंगार उसको कट्टर शत्रु के समान मालूम हुआ और उसकी रानी उससे भी भयंकर दुश्मन दिखाई दी। उसको अपनी निर्बलता का मूल मिल गया। इस राणकदेवी के जादू में वह भी फँसा था। वह सचमुच जादूगरनी थी। वह जूनागढ़ को दुर्जय गिनती थी और इससे और सब भी गिनते थे। वह पाटण के साथ सन्धि नहीं करने देती थी। इसलिए सब यह मानते थे कि पाटण के साथ सन्धि की बातचीत करना अधमता है। उसके द्वारा फैलाए हुए अभिमान के वातावरण में किसी का इतना साहस नहीं था कि कोई थोड़ा-सा झुकने तक का-विचार करता और इसी से उसे भी कोई रास्ता नहीं सूझता था।

वह ज़रा काँपा। देवड़ी को लोग अम्बा भवानी का अवतार मानते हैं। क्या यह बात सत्य होगी? क्या उसी ने सबको अपने खप्पर में लेने के लिए यह विग्रह चालू रखा होगा? क्या वह यह जानती होगी कि मैं खुद ऐसा विचार करता हूँ? क्या वह मुझे शाप दे सकेगी?

ये विचार ऐसे थे कि हृदय थम जाए। देशलदेव को पसीना आने लगा। मैं इस जगदम्बा के पास से भाग जाऊँ या इसके खप्पर में ही पड़ जाऊँ? क्या यह छोटी-सी निर्बल नारी, उसके, उसके भाई के और उसके पुत्र के प्राण लेगी?

वह घबड़ाहट में, अनिश्चितता में थोड़ी देर तक खड़ा रहा और बाद में उन दोनों का ध्यान खींचने के लिए धीरे से खाँसा।

देशलदेव की दृष्टि में जूनागढ़ का अपवित्र वातावरण

उन दो आदमियों में एक तो स्वयं रा' था। वह शान्त और स्वस्थ खड़ा था। उसकी दाढ़ी सावधानी से सँवारी हुई थी। उसके खुले शरीर पर दिखाई देने वाले आभूषण उसके शौकीन स्वभाव की इस समय में भी साक्षी दे रहे थे। सिर्फ उसका चेहरा उदास था और उसकी आँखें वंथली की ओर जब घूमतीं तब उनमें खूनी तेज आ जाता था। उसके साथ खड़ा हुआ आदमी ठिंगना और बहुत ही मजबूत था। उसकी बड़ी-बड़ी आँखों की पुतलियाँ बाहर निकली पड़ती थीं। उसकी बड़ी-बड़ी मूछें मुँह को ढँककर जबड़े तक पहुँचती थीं। उसकी दाढ़ी चाहे जैसे उगी हुई और अस्त-व्यस्त थी। उसकी आवाज फटी हुई थी। वह बहुत ही मान तथा स्नेह से रा' की ओर देखता था।

जब देशलदेव आया तब रा' शान्त आवाज से बातचीत कर रहा था।

"छत्रसाल, जैसा तुम्हें दिखाई देता है वैसा मुझे भी दिखाई देता है। जूनागढ़ के दिन पूरे हो गये। एभल नायक की चौकी गयी और सोलंकी ने आदमी इकट्ठा करना शुरू कर दिया। हम त्रिभुवनपाल को भी आते हुए रोक नहीं सके।" उसने वंथली की ओर अँगुली की "वहाँ चारों ओर से मनुष्य आ रहे हैं।" मानो दिव्य चक्षु से सैन्य गिन रहा हो ऐसी एकाग्रता से रा' देखता रहा। "देखना है कि मेरा गिरनार कब तक टिकता है।"

"बापू, चूडासमा का राज्य अमर है। इतने वर्ष हो गये, पर सोलंकी कुछ नहीं कर सका।"

"छात्रसाल, मुझे कुछ भी भय नहीं है। सोलंकी भले ही यहाँ आ जाए, और वह भी रा' खेंगार की समशीर का स्वाद चख ले, पर हमको अब बैठा न रहना चाहिए।" उसने धीरे से कपाल पर आए हुए बाल हटा कर कहा।

"बापू, आप जो कहें वह मैं करूँ। कल मैं अपने पिता की चौकी लेने जाने वाला हूँ। यह चौकी हाथ आई कि फिर तो सोलंकी ठंडा हो जाएगा।" छत्रसाल ने मुँह पर हाथ फेरा।

"परन्तु तुम्हारा दादू मानने वाला नहीं," हँसकर रा' ने कहा।

"अरे, उस नामर्द की क्या मकदूर है?" छत्रसाल ने कहा, "बापू, वह तो पहले से ही ऐसा है। उसने बताया हुआ काम अभी तक नहीं किया। वह तो मैं साथ जाऊँगा तब ठीक होगा।"

इतने में पीछे से देशलदेव के खाँसने की आवाज आई। दोनों उस ओर मुड़े।

"कौन है?" रा' ने पूछा।

"यह तो बापू, मैं।" कहकर देशलदेव आया।

खेंगार के मुँह पर तिरस्कारपूर्ण हास्य छा गया। "कौन, देशलदेव महाराज? ओहो, ऐसे वक्त में?"

''एक जरूरी काम है।'' कहकर देशलदेव आया।

''इतना बड़ा क्या काम है?''

''बापू, छत्रसालजी के सामने...''

''देशलेदेवजी,'' जरा मजाक में रा' ने कहा, ''निर्भय हो जाओ। छत्रसाल तो मेरा मित्र है, दाहिना हाथ है।''

''परन्तु—परन्तु—''

''अच्छा तो'' रा' ने कहा ''छत्रसाल, जरा नीचे चले जाओ, मैं अभी आता हूँ।''

''जैसी आपकी मरजी।'' कहकर छत्रसाल चला गया। जाते-जाते उसकी आँखों में गुस्सा दिखा और क्षण भर वह देशलदेव के सामने घूरा।

''बोलो देशलदेवजी, क्या कहना है?'' खेंगार ने घूरा। उसकी शान्त आवाज में मजाक था।

''बापू, मुझे जूनागढ़ की ग्रहदशा ठीक नहीं मालूम होती।''

''किस ज्योतिषी से पूछा?'' रा' ने निर्दोष आवाज में पूछा।

''अन्नदाता, मजाक छोड़िए। मुझे लगता है कि अपशकुन हो रहे हैं।''

''देशलदेवजी,'' गम्भीर बनकर रा' ने कहा, ''अपशकुन तो स्त्रियों को होते हैं, तुम्हारे मेरे जैसों को यह बात शोभा देती है?''

''बापू, क्या करूँ? पर मुझे तो लगता है कि अपनी अब आ बनी है।''

''इससे अच्छा और क्या? हम तुम क्या आराम से मरने वाले हैं? मरेंगे तो युद्ध में ही मरेंगे।''

''अन्नदाता, आप ऐसा क्यों बोलते हैं?'' देशलदेव ने रुकते-रुकते कहा, ''मुझसे तो यह नहीं देखा जाता।''

''क्या किया जाए?'' रा' ने मजाक में कहा, ''तो क्या जूनागढ़ का पतन देखना है?''

''जूनागढ़ के गिरने में बाकी क्या रहा है?''

''क्यों?''

''अधिक क्या कहूँ? परन्तु मुझसे इस तरह सहन नहीं होता।''

''क्यों? जूनागढ़ को छोड़कर चले जाने की इच्छा है?'' तिरस्कार से खेंगार ने पूछा।

''हाँ, यदि अन्नदाता की आज्ञा हो तो!''

''क्या कहा?'' जरा विस्मित होकर और नीचे झुककर रा' ने पूछा। देशलदेव पीछे हटा।

''बापू, मेरा विचार तो आपकी बगल में खड़े रहकर लड़ते-लड़ते मर जाने का था।''

"तो अब कैसे बदल गया?" रा' ने तिरस्कार के साथ पूछा।

"जूनागढ़ की कीर्ति गयी, इससे।"

"जूनागढ़ की कीर्ति!" खेंगार ने तनकर कहा, "देशलदेव, तुम इस घर के हो इसलिए सब छूट है। नहीं तो तुम्हारी जीभ खींच लेता।"

"बापू, खींचनी हो तो भले ही खींच लीजिए, परन्तु हमसे तो यह देखकर सहन नहीं होता। रा' खेंगार के लिए क्या कहा जाता है?"

खेंगार थोड़ी देर तक देखता रहा और फिर कुछ हँसकर बोला, "क्या कहा जाता है?"

"कि–कहूँ बापू?–क्या करूँ, कहना पड़ता है। बापू, सब कहते हैं कि जूनागढ़ में मर्द का राज्य नहीं, स्त्री राज्य करती है।"

रा' कुछ देर तक चुप रहा, पर बाद में अपनी हमेशा की शान्त आवाज़ में बोला, "हाँ, मेरी सती राज्य करती है। मैं तो इसी में अपना बड़प्पन समझता हूँ। देशलदेव, तुम्हें भले ही बुरा लगे।"

"बापू, ज्यादा मत बुलवाइए। मैं कुछ का कुछ कह बैठूँगा। पर मैं क्या करूँ? जो सती हो उसके सामने कोई बोल सकता है?" उसने सती शब्द पर भार देकर कहा।

"क्या कहा?" खेंगार ने जोर से कहा। उसकी शान्त आवाज गरज उठी, आँखें प्रज्वलित हो उठीं। उसने अनजान में ही दाहिने हाथ की मुट्ठी बन्द कर ली। देशलदेव घबराया। वह बोलते तो बोल गया; पर इन शब्दों का क्या परिणाम होगा, इसका विचार आते ही वह काँपने लगा।

"क्षमा कीजिए अन्नदाता, बापू, मामाजी, मैंने तो जो किंवदन्ती सुनी, वह कह दी। कोई कहता था कि सती छुपे-छुपे पर-पुरुष की चाकरी करती हैं।"

रा' चुपचाप खड़ा रहा। वह थोड़ी देर तक उस नराधम की ओर देखता रहा।

"ऐसा?" उसने दाँत पीसकर मजाक की आवाज में कहा।

"देशलदेव मैंने बहुत-से हरामी देखे हैं, परन्तु तेरा जोड़ मुझे नहीं मिला।" रा' ने बहुत ही शान्ति से कहा, "देवड़ी को पगली कहते सुना है–कुलटा, कहने वाला तो तू ही निकला।"

"बापू! बापू! "गिड़गिड़ाते हुए देशल ने कहा, "मुझे माफ कीजिए, मुझे जाने दीजिए।"

"अब कहाँ जाता है?" कहकर खेंगार आगे आया, "मैं तुझे बराबर पहचानता हूँ। चल।" कहकर रा' ने आगे हाथ किया।

"कहाँ?"

"रनिवास में देवड़ी से मिलने के लिए।"

"बापू!" देशलदेव बोला।

"चल।" कहकर खेंगार ने देशलदेव का हाथ पकड़ा।

देशलदेव निराधारता से देखता रहा, परन्तु आखिर रा' की आवाज के गुस्से को समझकर घबरा गया और आगे चलने लगा, पीछे-पीछे खेंगार चला।

छत के एक कोने पर रनिवास में उतरने की सीढ़ी थी। वहाँ दोनों आए। उतरने के पहले देशलदेव ने कुछ पीछे फिरकर देखा। उसने रा' की विकराल आँखें देखीं और कुछ बोले बिना ही वह सीढ़ियाँ उतरा। देशलदेव की बची हुए हिम्मत चली गयी।

उसने साथ में चलते हुए मामा की ओर तिरछी आँख से देखा। शान्त स्वरूपवान् और गौरवशील रा' शान से चल रहा था। बारह वर्ष तक तकलीफें सहन करने पर भी उसने न तो हिम्मत हारी थी और न अपनी टेक छोड़ी थी। उसे देखकर देशलदेव के हृदय में द्वेष का तूफान आ गया। उसे लगा कि जब तक इस रा' के भार से पृथ्वी दब रही है तब तक मेरा सोने का सूरज उगनेवाला नहीं। यदि मेरा वश चले तो इसी समय इसे उठाकर, स्वयं जूनागढ़ की गद्‌दी पर चढ़ बैठूँ, परन्तु क्या करता? चुपचाप चलता रहा। वे रनिवास में आए।

''सती, भीतर हो?'' खेंगार ने पूछा।

''पधारिए,'' अन्दर के कमरे में से आवाज आई। आवाज में खिन्नता थी, माधुर्य था और फिर भी दबे हुए भावों की समृद्धि बतलाने वाला कम्प था। रा' ने कुछ उत्साह से कदम बढ़ाया। देशलदेव के हृदय में से सारी आशाएँ जाती रहीं।

वे अन्दर गये। एक मन्द दिया जल रहा था। राणकदेवी चौकी पर बैठ कर एक आले में स्थापित की हुई अम्बा भवानी की मूर्ति की पूजा कर रही थीं। वह छोटी-सी देवड़ी अपार्थिव मालूम होती थी। उसके काले कपड़े उसके शरीर की रेखाओं को रात्रि के अन्धकार के साथ मिला देते थे और उसका छोटा और तेजस्वी मुख अन्धकार में एक अपूर्व तेज के चक्र के समान शोभित हो रहा था।

''सोमली, चौकी ला।''

''नहीं, जरूरत नहीं। हम चौकी पर बैठने के लायक नहीं। सती, तुम्हारा भानजा मिलने के लिए आया है और साथ में न जाने क्या-क्या गप्प लाया है।''

राणकदेवी हँसी। उसके मीठे मन्द हास्य में तटस्थ स्नेहवृत्ति थी।

''यह कहता है कि जूनागढ़न्द के दिन पूरे हो गये हैं।''

हास्य में क्षमा ने साथ दिया, ''मेरे रा' के जीते जी जूनागढ़ का क्या हो सकता है? देशलजी, ऐसी बात कहाँ से ले आए?''

देशलदेव ने हृदय में स्फुरित होने वाले लज्जा के भाव को दबाने का प्रयत्न किया।

''मामी, क्या लोगों की जीभ पर ताले लगाए जा सकते हैं?''

''तब लोगों से जाकर कहो कि जब तक मेरे रा' हैं, तब तक साक्षात् ब्रह्मा से भी कुछ होने वाला नहीं।''

"अरे, केवल इतनी-सी ही बात नहीं है।" दाँत पीस कर खेंगार ने कहा। वह छलाँग मारकर अन्दर के कमरे की ओर गया और किसी से बोला, "थोड़ी देर के लिए बाहर तो आओ।" वह फिर लौट आया। उसका शान्त चेहरा चमक उठा, "सती, इस हीरे ने एक नयी बात खोज निकाली है।"

खेंगार की आवाज ने स्वाभाविक दिखाई देने वाले स्वास्थ्य खो दिया। उसकी धीमी परन्तु भयंकर आवाज में खूनी झंकार उठी। उसका हाथ काँपा। देशलदेव बीच में बोलने लगा, "बापू–"

दाँत पीसकर खेंगार उसके सामने चिल्लाया, "विषैले सर्प, तुझे बहुत वर्षों तक दूध पिलाया, पाला, आश्रय दिया, फिर भी तूने विश्वासघात करके द्रोह किया, दुश्मन के साथ व्यवहार रखा, परन्तु मैं कभी अपना धर्म नहीं चूका; आज तू मेरी सती की कीर्ति कलंकित करने के लिए आया?"

"आप क्या कहते हैं?" जरा खेदयुक्त वाणी में राणकदेवी ने कहा।

"यह पवित्रता की दुम तुम्हारी जैसी कलंकिनी के गाँव में कैसे रह सकता है?" कटाक्ष से रा' ने आगे कहना जारी रखा, "तुम तो पर-पुरुष की चाकरी करती हो।" फिर देशलदेव की तरफ घूमकर कहा? "वह पर-पुरुष कौन है, जानना है? इसे देखा?" खेंगार ने पास के द्वार की तरफ हाथ कर दिया।

देशलदेव ने द्वार की ओर देखा, तो एक ऊँचा पर तेजोहीन आदमी द्वार के बीच खड़ा था। उसके कपाल पर पट्टा बँधा था। उसकी मुख मुद्रा कठोर थी, फिर भी वह हँस रहा था। देशलदेव को ऐसा लगा कि मानो यह मुद्रा कुछ परिचित है और एकाएक वह बोल उठा, "भटराज काक!"

"हाँ।" खेंगार ने कहा, "पन्द्रह वर्ष पहले पाटण में मिला था, याद है? यह सती जिसकी चाकरी करती है वह यही है। नामर्द, अब बोल, तुझे क्या कहना है? तेरी जीभ क्यों बन्द हो गयी?"

देशलदेव को कुछ भी होश नहीं रहा। भय, क्षोभ, आश्चर्य और निराशा के बीच उसे कुछ भी नहीं सूझा। उसने खेंगार के ज्वलन्त मुख की ओर देखा, और मजाक में हँसते हुए काक के मुँह की ओर देखा। दोनों यमदूत के जैसे खड़े थे।

"बापू, मामी, मुझे माफ कीजिए।"

"तुझे माफ करूँ?" रा' ने दाँत पीसकर कहा और देशल के पास जाकर उसका कान पकड़ा। "बदजात! क्या करूँ कि तूने मेरी बहन के पेट से अवतार लिया है, नहीं तो तेरे प्राण ले लेता। अब तुझे जीते जी कैदखाने में बन्द कर रखता हूँ।"

देशलदेव के होंठ फीके पड़ गये। "बापू! बापू!" कान की दुःसह वेदना से वह गिड़गिड़ाने लगा।

"अब बापू?" खेंगार ने कुछ शान्त होकर कहा, "तू इस पापी गाँव में कैसे रह सकता है? ठीक है या नहीं? गिरनार पर मेरे गढ़ का भोहिरा है, वहाँ रह सकेगा।"

"क्या मुझे—" देशलदेव के पाँव लड़खड़ाने लगे।

"हाँ—तूझे।"

"मामी!" देशलदेव ने कहा।

खेंगार ने राणकदेवी की तरफ देखा। उसके नेत्र क्षणभर देशलदेव पर ठहरे।

"इसे छोड़ दीजिए।"

"क्या कहती हो? सती, यह तो काला सर्प है।"

राणकदेवी हँसी। उसके फीके हास्य में मिठास थी। "इसकी क्या मकदूर है कि यह जूनागढ़ के स्वामी को डँसे? परन्तु कैद करने से आप पर लाँछन लगेगा। यह चाहे जैसा हो, फिर भी भानजा है।"

"क्या किसी भानजे को कृतज्ञ होते देखा है?"

"परन्तु मामा की बड़ाई इसी में है कि वह भानजे को माफ करे।" राणकदेवी ने कहा। "और इसे कुटुम्बियों में जाने दो।"

"हाँ।" हँसकर रा' ने कहा। "इसके लिए वंथली बहुत ठीक होगा और साथ ही साथ इसके उस भाई को भी निकालता हूँ। दोनों बराबर हैं।" उसने ताने के साथ देशलदेव की ओर देखा, "मेरे भानजे, सुना? अपने पिता के यहाँ जाओ। अब इस ननिहाल में जगह नहीं है।"

"मैं कल—"

"कल?" रा' ने तिरस्कार से कहा, "क्या ज्यादा गड़बड़ करना चाहते हो? अभी के अभी— इसी घड़ी, चले जाओ, एक ड़ी भी अधिक नहीं रह सकते। चलो, मैं अभी छत्रसाल को कहता हूँ। वह वीशलदेव को बुला लाएगा। छत्रसाल!" उसने आवाज दी। छत्रसाल आकर द्वार के सामने खड़ा हो गया। "छत्रसाल, मेरे इस सम्बन्धी को गाँव के बाहर निकालना है। इसके भाई को भी बुलाने के लिए किसी को भेज। और यदि इन दोनों में से एक भी थोड़ी-सी आनाकानी करे, तो तुझे लात मारने तो आता है न? ठीक, सिधारो।"

देशलदेव ने नीचा मुँह किए छत्रसाल के साथ चलना शुरू किया।

छत्रसाल देशलदेव को लेकर बाहर आया। सामने उसे दादू किलेदार मिला।

"दादू," छत्रसाल ने पूछा, "तुम यहाँ पर ही रहना, मैं अभी आता हूँ।"

"ठीक।" छोटे भाई ने कहा।

"छत्रसाल," पीछे आने वाले रा' की आवाज आई, "जरा खड़ा रह।" रा' बाहर आया। "वाापस आते समय सामन्त जादव को बुला लाना।"

"जी।"

" इतने ही में इस बात का लाभ लेकर देशलदेव ने दादू को धीरे से कहा, "एक-दो रात गढ़ पर ही रहना।"

दादू ने आँख के इशारे के द्वारा 'हाँ' कहा।

खेंगार का संकल्प

रा' लौटकर निवास में आया, तब काक का मुँह गम्भीर हो रहा था।

''क्यों? तुम्हें ठीक नहीं लगा?'' खेंगार ने पूछा।

''आपने भूल की। यह हरामखोर यहीं पर ठीक था।''

''बाहर यह क्या कर लेगा?'' राणकदेवी ने पूछा!

''इस समय आपको तो थोड़ी-सी भी कठिनाई नहीं बढ़ानी चाहिए।''

''अरे, जाओ जी। इसके द्वारा एक सेंका हुआ पापड़ तो टूट नहीं सकता।'' खेंगार ने कहा; परन्तु उसकी आवाज से ऐसा लगा कि उसे पश्चात्ताप होने लगा है।

राणकदेवी धीरे से रा' के पास आई। ''ये दोनों चले गये, तो चैन मिली। हमारे धर्मविग्रह में ये ही कलंक थे।'' उसने कुछ हँसकर कहा। उसकी आँखें क्षणभर रा' के ऊपर ठहरीं। उनमें श्रद्धा और अटलता थी। खेंगार ने अपनी पत्नी की श्रद्धा देखी और उमंग से उसके कन्धे पर हाथ रख दिया।

''सती, ठीक बात है। ऐसों के स्पर्श से हम दूषित होते हैं। काक,'' खेंगार ने हँसकर कहा, ''जूनागढ़ के रा' सदा से धर्मयुद्ध ही करते आए हैं।''

''मैं जानता हूँ, बापू। जानता हूँ।'' कुछ ऊबकर काक ने कहा, ''पर मैं उस युद्ध को धर्मयुद्ध मानता हूँ, जिसमें विजय हो।''

''काकभटजी,'' राणकदेवी ने कहा, ''मैं आपकी टेक जानती हूँ, भला। हम इस तरह ठगाए जाने वाले नहीं हैं। चलिए, ऊपर छत पर चलें। बहुत गर्मी लग रही है।''

''आप दोनों जाइए। मैं कुछ ही देर में आ पहुँचता हूँ।''

राणकदेवी की आँखें रा' की आँखों के साथ मिलीं। जो प्रेम मान में, संयम में और विपत्ति में अदृष्ट रहता था वह क्षण भर को दिखा। देवड़ी धीरे-धीरे छटा के साथ कदम बढ़ाती हुई आगे चली, पीछे-पीछे खेंगार गया और काक की आँखें इस जोड़ी की एकतानता देखकर गीली हो गयीं।

उसने निःश्वास छोड़ा। ये दोनों विपत्ति में भी साथ हैं। प्रभु ने मुझे अपनी मंजरी के साथ रहने का सौभाग्य नहीं दिया!

खेंगार और राणक छत पर गये। राणकदेवी ने स्नेह से गिरनार के सामने देखा। उसके हृदय में वह निर्जीव पत्थर नहीं था, परन्तु समभावी इष्टदेव था। सुबह और शाम को वह उसके सामने देखती और उसके हर घड़ी बदलने वाले रंग उसके चित्त पर जुदी-जुदी असर करते। इस समय वह चाँदनी में उसे हँसता हुआ मालूम हुआ।

''आज मेरा गिरनार खुश है।'' उसने हँस कर कहा।

''तुम्हें देखकर कौन खुश नहीं होता?'' खेंगार ने स्नेह से उसके कन्धे पर हाथ रखा, ''सती, देखो न, आज यदि तुम नहीं होतीं तो मेरा क्या होता?''

''वाह मेरे सोरठ के धनी!'' उसने मन्द मुस्कराकर कहा, ''आप भी पत्नी के पीछे पागल हो गये!'' वह कुछ कटाक्ष में बोली, पर उसकी आँखों में गम्भीर और गहरा स्नेह था। उसने खेंगार के हाथ में हाथ रखा।

''तुम्हारे पीछे पागल होने में भी बड़प्पन है, परन्तु सती, हमारा क्या होगा?''

''क्यों?'' देवड़ी ने आश्चर्य से पूछा।

''क्यों क्या? उधर वंथली को देखा? उसकी सीमा दिनोंदिन बढ़ रही है और हमारी चौकियाँ देखीं? दिनोंदिन पास आती जाती हैं।''

''मेरे रा''' उसने धीरे से अपना कपाल खेंगार के कन्धे से छुवाया, ''क्या आपका हृदय भी डिगने लगा?''

''नहीं,'' गर्व से रा' ने कहा, ''सती, मेरे बाप-दादा लड़ते आए हैं और लड़ते हुए मरे हैं। मैं उनके सामने भी झुक नहीं सका हूँ, तो सोलंकी के सामने क्या झुकूँगा! परन्तु आँखों ने जो देखा, वह क्या अदेखा हो सकता है?''

देवड़ी ने अवर्णनीय भाव से खेंगार के गले में हाथ डाला। ''मेरे रा' मैं अबला हूँ। ज्यादा तो क्या कहूँ? परन्तु झुकने की अपेक्षा तो न जीना अच्छा।''

खेंगार इस निर्बल दिखाई देने वाली स्त्री की ओर देखता रहा। उसके हृदय में प्रचंड लहर उठी। उसने देवड़ी को छाती से लगा लिया। उनके भावों में, बातचीत में, गाम्भीर्य और संयम था, एक-दूसरे में अगाध श्रद्धा थी।

''सती, तुम हो, तब तक मैं ऐसा का ऐसा रहूँगा।''

''मैं होऊँ या नहीं, परन्तु मेरे टेकीले रा' तो ऐसे ही रहेंगे।''

पाँच पल तक दोनों में से एक भी नहीं बोला। वातावरण में भी असाधारण गाम्भीर्य था, मानो सृष्टि की पाल पर खड़े रहकर अनन्त व्योम में कूदने की तैयारी कर रहे हों, इस तरह वे खड़े थे।

कोट के बाहर—दूर किसी की चीख सुनाई दी। रा' ने देखा तो तीनेक कोस दूर दिखनेवाला एक दीपक बुझ गया।

''सती,'' होंठ दबाकर रा' ने कहा, ''हमारी एक चौकी गयी।''

''कल सुबह वापस ले लेना।'' देवड़ी ने तुरन्त जवाब दिया।

रा' ने जवाब नहीं दिया। दोनों बहुत देर तक चुपचाप खड़े रहे। इतने ही में बाहर की सीढ़ी से कोई ऊपर आया।

''कौन है?'' रा' ने पूछा।

''बापू, सामन्त थानेदार आए हैं।''

''कौन, दादू?''

''हाँ बापू।''

''जा सामन्त को ले आ।''

''जी।'' कहकर दादू गया?''

"बापू, मैं आऊँ?"

"कौन, काका?"

"हाँ बापू!" नायक ने जवाब दिया।

"आओ आओ," खेंगार ने हँसकर कहा। दोनों आए, और पहले उन्होंने राणकदेवी को साष्टांग दण्डवत् प्रणाम किया।

"मैं जाऊँ?"

"नहीं, तुम्हारी जरूरत होगी, बैठो।" खेंगार ने कहा और दोनों वहाँ पर बिछी हुई गादी पर बैठ गये।

सामन्त थानेदार वजेसंग नायक को साथ ले आया था। दोनों वृद्ध थे और दोनों की सफेद दाढ़ी उनके गौरव में वृद्धि करती थी। पीछे दादू भी आया।

सोरठियों के लिए राणकदेवी रानी नहीं थी, उसी तरह स्त्री भी नहीं थी; उसे वे सती और माता मानते थे। वृद्ध और बाल, पुरुष और स्त्री, उसे पूज्य गिनते थे; इतना ही नहीं, परन्तु उसके पास ईश्वरी शक्तियाँ भी हैं, ऐसा मानते थे। सारे सोरठ में उसके नाम की मनौती मानी जाती और दुखी लोग उसकी आशीष लेकर अपना दुःख दूर करने की इच्छा रखते। वह पर्दा नहीं रखती थी और बहुत बार गाँव के लौग उसके दर्शन के लिए आते।

इस समय ये दोनों वृद्ध पुरुष भी देवड़ी को बैठी हुई देखकर कुछ संकोच से सम्मानपूर्वक बैठे। वे रा' को चाहते थे, परन्तु रानी को पूजते थे।

"क्यों काकाजी, सब खुश तो हैं?" राणक ने पूछा।

"हाँ माताजी, तुम्हारे प्रताप से सब खुश हैं। मेरे बापू, आप कैसे हैं?"

"मजे में, सुना है न? देशलदेव को निकाल दिया।"

"मेरे सोरठ के धनी, जीते रहो। इसकी तो यही गति होने वाली थी। आपके धर्मराज में इतना-सा ही धब्बा था।"

"अरे, यह दादू खीझेगा," खेंगार ने कहा।

"मेरे बापू, आप बहुत उदार हैं। नहीं तो इतने वर्षों तक कोई इसे नहीं निभाता। ऐसा कहिए कि दादू नसीबदार है, नहीं तो इसकी क्या गति होती?"

दादू जरा घबराया। अपने बाप की चौकी की रक्षा करने के लिए तो मुझे नहीं भेज रहे हैं?

"बापू!" सामन्त थानेदार ने कहा, "वह चौकी खत्म हो गयी, आपने देखा?"

"हाँ।"

"अन्नदाता, अब हमें कुछ करना चाहिए।"

"मैं भी यही सोचता हूँ। हमें चाहे जैसे हो एभल नायक की चौकी लेनी चाहिए।"

“मेरे सोरठ के धनी, जीते रहो।” वजेसंग ने कहा। “जैसा तुम्हारा शौर्य वैसे तुम्हारे बोल। मेरे बापू, करो फतह।”

“काका, इसके सिवाय चारा नहीं है। नहीं तो थोड़े दिनों में हमें भूखों मरना होगा। इसीलिए मैंने जादव को बुलाया है।”

“बापू” सामन्त ने कहा, “हम कल आधी रात के बाद निकलें। मैं तीन सौ सोरठियों को तैयार करता हूँ।”

“सती, तुम क्या कहती हो?”

“मेरे रा' चढ़ाई करेंगे और विजयी होंगे।” राणकदेवी ने कहा।

“माताजी, जीती रहो।” वजेसंग ने कहा, “मेरे वीर, माता कहती हैं वह सत्य है। मेरे स्वामी, विजय करो।”

“इतना ही नहीं, पर मुझे लगता है कि इस तरह बैठे रहने में बुद्धिमानी नहीं। यह चौकी लेकर, हम मेंदरडा पर छापा मारें।” खेंगार ने कहा, “हम बैठे रहते हैं और सोलंकी सबल होता जाता है।”

“मेरे बापू, आपने बिल्कुल ठीक कहा।” वजेसंग ने कहा।

“बापू, यह भी ठीक विचार है।” सामन्त ने कहा, “जितने चाहिए उतने आदमी तैयार हैं।”

“ठीक, तब सामन्त, तुम और छत्रसाल तैयारी करो और काका, तुम्हें गढ़ की रक्षा करनी है।”

“बापू की मरजी।”

“ऐसा युद्ध करें,” होंठ से होंठ दबाकर गर्व से खेंगार ने कहा, “कि हमारी सात पीढ़ियाँ तिर जाएँ।”

राणकदेवी एक म्लान हास्य के द्वारा प्रोत्साहन दे रही थी।

“और दादू, तुम क्या करोगे? चौकी लेने जाने के लिए हिम्मत न करोगे?” रा' ने पूछा।

“बापू, आपकी जो आज्ञा होगी वह करने के लिए तैयार हूँ।”

“तुम यहाँ पर गढ़ की रक्षा करना।”

रा' बोलते-बोलते रुक गये। नीचे दो-चार आदमी दौड़ते हुए आए हों, ऐसी आहट हुई और एकदम कोलाहल मच गया। छत पर बैठे हुए सब खड़े हो गये।

दो-तीन आदमी एकदम ऊपर आए। सबसे आगे दादू का भाई रायघण हाँफता-हाँफता आया।

“बापू! बापू!”

“क्या है?” रा' ने पूछा।

“छत्रसालजी मारे गये।” वीशलदेवजी को ढूँढ़ने बड़े भाई उनके घर गये, और वहाँ मोघां भाभी ने कटार भोंककर मार दिया।

सती का आशीर्वाद

मोघां भाभी देशलदेव की पुत्री और दादू किलेदार की धर्मपत्नी। ससुराल और मायका दोनों को कँपानेवाली कुलदेवी। असाधारण ऊँचाई, भरावदार शरीर, बड़ी नाक, फटी आँखें, तीखी आवाज, ये सब उसके स्वभाव की उग्रता और मुँह फटपने का थोड़ा-सा दर्शन कराते थे। उसने हृदय में यदि किसी के लिए कुछ स्नेह था तो केवल देशलदेव के लिए, और यदि देशलदेव का हृदय कभी आर्द्रता अनुभव करने का कष्ट करता तो वह केवल अपने पुत्री के लिए।

छत्रसाल देशलदेव को लेकर वीशलदेव को लेने आया, तब मोघां भाभी ससुराल जाने की तैयारी कर रही थी। इतने में बाहर की बातचीत सुनकर उसके गुस्से की सीमा नहीं रही। वह किवाड़ के पीछे खड़ी रही। उसने थोड़ा-सा देखा और सुना कि उसका हाथ कमर में खोंसी हुई कटार पर गया। जैसे ही देशलदेव बाहर जाने की लिए निकले, वह बाहर आ गयी।

"बापू, कहाँ जाते हो?"

"मुझे रा' ने गाँव से निकाल दिया है।" देशलदेव ने कहा।

"और तुम ले जा रहे हो?" छत्रसाल के सामने फुंकार करके मोघां ने पूछा।

"तू अपना काम–"जेठ जवाब देने जाता था, परन्तु वह कुछ बोले, उसके पहले ही मोघां ने कटार निकालकर उसकी छाती में भोंक दी।

छत्रसाल गिर पड़ा। देशल और वीशल घबरा गये। मोघां शान्त थी। "देखती हूँ कि कौन तुम्हें गाँव के बाहर करता है?" उसने कहा।

"लड़की, तूने तो सत्यानाश कर दिया।" पिता ने घबराहट में मूँछे उखड़ जाएँ इस तरह चबाकर जवाब दिया।

रायघण छत्रसाल के साथ आया था, वह घबरा गया और एकदम रा' को खबर देने के लिए दौड़ा।

खबर मिलते ही रा' थानेदार, वजेसंग नायक और दादू किलेदार एकदम रायघण के साथ आ पहुँवे। पीछे थोड़े से आदमी भी आए। राणकदेवी भी दो-तीन दासियों को लेकर आई।

देशलदेव की हवेली राजगढ़ के पास ही थी। स्वस्थ रा' वहाँ इकट्ठे हुए लोगों को दूर हो जाने की सूचना देकर भीतर बढ़े। किवाड़ के सामने ही बेहोश छत्रसाल को दो आदमी सहारा दे रहे थे और देशल तथा वीशल खड़े थे। अन्दर की खिड़की में से घबराई हुई स्त्रियाँ देख रही थीं।

रा' क्षणभर खड़ा रहा और फिर तिरस्कार से देशलदेव के सामने देखने लगा।

"देशलदेव" उसने भयंकर शान्ति से पूछा, "तुम कौन-सा मुँह लेकर यहाँ खड़े

हो? थानेदार, इन दोनों सर्पों को देखा? इन्हें गाँव के बाहर निकाल आओ। यदि थोड़ी-सी फुंकार करें, तो गर्दन मरोड़ देना।''

''बापू,'' देशलदेव ने काँपते हुए कहा, ''यह मेरा काम नहीं है।''

''तुम्हारा नहीं तो तुम्हारी लड़की का, बहुत अन्तर नहीं। मुझे एक शब्द भी ज्यादा नहीं सुनना है। चले जाओ, काला मुँह करो।''

रा' के मुँह की उग्रता देखकर वहाँ जो हाजिर थे सब काँप उठे। देशलदेव ने चुपचाप थानेदार की ओर देखा ओर नीची नजर किए चलना शुरू किया। वीशलदेव पीछे गया। जाते-जाते देशल ने दादू की ओर देखा। किलेदार अपने भाई की ओर गया था और उसके घाव में से बहता हुआ खून रोकने की कोशिश कर रहा था। वह ससुर की नजर का अभिप्राय समझा। उसमें कल रात्रि को गढ़ पर रहने का फरमान था।

इतने ही में इकट्ठी हुई भीड़ ने दूर होकर मार्ग दिया और राणकदेवी आई। लोग मौन धारण किए खड़े रहे। जिससे उसका थोड़ा-सा भी स्पर्श हो जाता वे उसके पाँव छूने लगते। वह आकर छत्रसाल की ओर गयी और उसकी परिचर्या में लग गयी। थोड़ी देर में वह वहाँ बैठ गयी और एक पंखा लेकर उस पर हवा करने लगी।

''वह मोधां कहाँ है?'' रा' ने पूछा, और दादू की ओर देखा।

अन्दर के द्वार में से कोई आया और पूछा, ''क्यों क्या काम है, मैं यह हूँ।''

सब स्तब्ध हो गये। रा' की हाजिरी में इस तरह आना और बोलना यह अकल्पनीय था। यह लड़की क्या कर रही है?

''दादू, अभी तो इसे अन्दर बन्द कर दे, फिर देखूँगा।'' रा' ने कहा।

दादू स्त्री की पूजा करने के लिए कभी का तड़प रहा था, परन्तु रा' और देवड़ी की हाजिरी से लज्जित हो रहा था। रा' की आज्ञा होते ही वह आगे बढ़ा।

''मेरा कौन क्या करेगा?'' आगे आकर मोघां बोली। उसकी बड़ी-बड़ी आँखें विकराल लगती थीं और वह क्रोध से काँप रही थी। उसके हाथ अभी तक खून से भीगें थे। वह रा' की ओर देखती रही। रा' ने दादू की ओर देखा।

दादू का—बेचारे नरम किलेदार का—खून खौल उठा। उसने बहुत वर्षों तक इस हिडिम्बा का त्रास सहन किया था, परन्तु इस समय उसने उसके बड़े भाई को मार डाला और वह उसके पूज्य रा' का अपमान करने को तुल गयी। इससे उसमें जो रही सही विनाशक वृत्ति थी वह सबल हो गयी। मोघां को मारना, उसे उबा देना, उसे वश में करना, ऐसा आवेश उसके जीवन में पहली ही बार प्रकट हुआ। वह पास गया।

''दादू,'' राणकदेवी ने कहा, ''इसे जाने दे, व्यर्थ का पाप अपने सिर पर मत ले।'' देवी की आवाज में मिठास थी।

हर एक आदमी या तो मोघां की तरफ देख रहा था या राणक की तरफ। एक ओर बिफरी हुई स्त्री-शक्ति की प्रतिमा मोघां इस बाट की राह देखती खड़ी थी कि

मुझे कौन डराता है? और दूसरी ओर अपना भिगोया हुआ पल्ला छत्रसाल के मुँह पर फेरती संरक्षक वृत्ति की अवतार देवड़ी बैठी थी।

रा' भी कमरे के बीच अपनी निश्चयात्मकता बतलाता हुआ खड़ा था। आवेश से अस्वस्थ दादू हाँफ रहा था।

सारे कमरे में शान्ति फैल रही थी। रानी के बोल चुकने पर दादू मोघां का हाथ पकड़ने गया।

''रहने दो'', मोघां ने अपमानकारक आवाज में अपने पति से कहा, ''नहीं तो जैसी तुम्हारे भाई की गति हुई वैसी तुम्हारी होगी।''

यह अपमान की पराकाष्ठा थी। दादू ने दाँत पीस करके हाथ उठाया। रा' ने भी अधीर होकर तलवार पर हाथ डाला। रानी ने छत्रसाल की ओर नज़र डाली, मोघां की ओर देखा और मृदुता से छत्रसाल के कपाल पर आए हुए बाल दूर किए।

''दादू, धीरज रख,'' रानी ने शान्ति से कहा, ''अम्बा भवानी चाहेंगी तो सब कुछ अच्छा होगा।''

बोलते समय राणक की आवाज जरा काँपी, फिर गरजी। कोई चमत्कारिक क्षण हो, इस तरह सारा कमरा हिलने लगा। सभी कम्पित हुए और मानो मोघां के जवाब में हो, या सती की आज्ञा से हो इस तरह, छत्रसाल ने आँखें खोलकर राणकदेवी पर ठहरा दीं।

''सती माता की जय!'' छत्रसाल धीरे से बड़बड़ाया। सबने ये शब्द सुने। सबकी छाती बैठ गयी।

रा' के मुँह पर से उग्रता चली गयी। उसके गले से आँसुओं से मिली हुई आवाज सुनाई दी, ''सती, तुम्हें धन्य है।''

मोघां की आँखें बिल्कुल फट गयीं। उसके हाथ में से कटार गिर पड़ी, मुँह फीका पड़ गया। मानो भय का निवारण कर रही हो, इस तरह उसने हाथ लम्बे किए। आँखों पर हाथ-रख दिए।

''यह डाइन है–'' कह कर वह सबके बीच बेहोश गिर पड़ी।

''सती माँ की जय,'' लोगों ने सम्मानपूर्वक घोष किया।

राणकदेवी उठी और सचेतन छत्रसाल को दूसरे को सौंप कर पानी का लौटा लेकर मोघां का उपचार करने के लिए आई। लोग इस मनुष्यरूपधारी देवी को सम्मानपूर्वक देखते रहे।

''सती, अब महल में चलो। दादू, छत्रसाल को भी वहीं ले चल।'' रा' ने कहा।

''यह छोकरी कुछ होश में आ जाए, उसके बाद मैं आती हूँ। तब तक आप चलिए।''

''मेरे बाप, आप पधारिए!'' वजेसंग ने कहा, ''मैं माताजी को लेकर आता हूँ।''

रा' ने देखा कि जब तक वह यहाँ खड़ा है तब तक कोई दूसरी स्त्री रानी को

सहायता देने नहीं आएगी। इसलिए वह वहाँ से चला गया। लोग बिखरने लगे। सारे गाँव में सती माता के चमत्कार की बात फैल गयी। गाँव के लोगों के झुंड राणकदेवी के दर्शन और पादस्पर्श करने के लिए आए। चारों ओर उत्साह फैल गया। सब जगह सती माता के भजन-कीर्तन होने लगे। उस रात्रि को जूनागढ़ ने आनन्द के उत्साह में जागरण किया।

भविष्यवाणी

देशलदेव के यहाँ से आने के बाद रा' गम्भीर बन गये थे। वे अपनी रानी को देवी मानते थे और प्रणयी और पूजक दोनों की भक्ति उनके हृदय में उमड़ रही थी। गाँव के लोगों में फैला हुआ उत्साह भी उसके हृदय में वीरता को उत्तेजित कर रहा था और फिर भी ऐसा लगता था कि मानो एक अकल्प्य खेद उनके हृदय को दबा रहा है।

वे राजगढ़ में गये और काक को बुलाकर फिर छत पर चढ़े। उन्होंने काक को सारी बात सविस्तार कही।

"काक, आज तो सोने के सूर्य का उदय हुआ," रा' ने कहा, "सचमुच ही मेरी सती का प्रताप प्रकट हुआ। उसने छत्रसाल को जिलाया और उस शंखिनी (मोघां) को मात किया। काक, सचमुच, सती तो अम्बा भवानी का अवतार है!"

"सचमुच बापू, यह तो आपके घर की और देश की लक्ष्मी है। जब तक यह है तब तक आपका राज्य अमर है।"

"काक, वह शान्त और सुन्दर किस तरह बैठी-बैठी छत्रसाल को संजीवन कर रही थी!" रा' ने स्नेहपूर्ण स्वर में कहा।

"ऐसा लगता है कि लोगों को भी अद्‌भुत हुआ है।"

"हाँ, लोग तो इसके-पीछे पागल हो गये हैं। काक, आज से मेरी ग्रह-दशा बदली।" होंठ दबाकर खेंगार ने कहा।

"बापू, आप जैसे सुख के दिन न देखेंगे तो कौन देखेगा?" रा' के कहे का उल्टा अर्थ करके काक ने कहा।

"यह तो कौन जाने! परन्तु मैं अब कल रात को ही आक्रमण करता हूँ। तुम देख लेना, अब खेंगार अपने हाथ बतलाएगा।"

"भोलानाथ आपका भला करें।"

"काक, परन्तु मेरे जाने से पहले तुम यहाँ से चले जाओ। मैं यहाँ पर नहीं हुआ तो तुम्हारे प्राण नाहक जोखिम में पड़ जाएँगे।

"बापू," काक ने कहा, "मुझे जाने देने का इतना क्या उतावलापन है? और यदि आज जाऊँ और आपकी बात कह दूँ तो?" उसने हँसकर बात बदलने के लिए कहा।

"काक, तुम विश्वासघात करो, तो फिर भले ही मौत आ जाए।" रा' ने गम्भीरता से जवाब दिया, "भाई, मुझे इसकी चिन्ता नहीं। कल सवेरा होने के पहले ही चल देना।"

"ठीक, पर क्या मैं यहाँ रहकर कुछ नहीं कर सकता हूँ?"

"काक, मैं तुम्हारी टेक जानता हूँ। मैं उसके बीच में नहीं पड़ना चाहता, पर यह बात याद रखना कि तुम्हारा मालिक कभी तुम्हारी कदर करने वाला नहीं। तुम मेरे साथ रहे होते–"

"बापू, जैसा आपका जूनागढ़ है वैसा मेरे लिए भी मेरा गाँव है। उसी के लिए तो मुझे बेकदर मालिक स्वीकार करना पड़ा है। क्या करूँ?"

"तुम भी मेरी तरह चैन से नहीं बैठे।" रा' ने कहा।

"और बापू, चैन से बैठने वाला भी नहीं । मुझे भी कुछ ऐसा ही होता है–"

"सती आई," उमंग के साथ रा' ने कहा, और सीढ़ियों की ओर शीघ्रता से गया। काक खड़ा-खड़ा देखता रहा। कैसी सुयोग्य जोड़ी है। कैसी श्रद्धा और निर्मलता! काक की आँखों के सामने उसकी सहचरी आ गयी। वे दोनों भी कैसे सुयोग्य, श्रद्धालु और निर्मल हैं। प्रभु ऐसे युगलों को किसलिए दुःख देता होगा! जुदा करता होगा! काक को कँपकँपी आ गयी।

"सती, इस काक को भी अब निकाल देता हूँ। आज मुझे सबको ही निकाल देने की धुन लग गयी है।" रा' ने खेदयुक्त आवाज से कहा।

"क्या इसने भी मुझे गालियाँ देना शुरू किया है?" राणकदेवी ने हँसकर कहा।

"बहन, तुम्हें गालियाँ देने के पहले तो मैं इस जीभ को ही खींच लूँगा। महाराज ही अब मुझे दूर करना चाहते हैं।"

"दूर नहीं करूँ तो"–"रा' ने आगे कहा "क्या इसे यहाँ मेरे साथ रह कर सुख मिलेगा?"

"तब दूसरी किस जगह सुख पाऊँगा? बाद में बहन, दादू किलेदार की स्त्री का क्या हुआ?"

राणकदेवी हँसी "थोड़ी देर में उसकी मूर्च्छा दूर हो गयी, तब मुझे बैठी हुई देखकर उसने फिर आँखें बन्द कर लीं। उसके लिए तो मैं जीती-जागती डाइन हूँ।"

"एक समय यही कहती थी कि तुम सारे सोरठ को खप्पर में लेने के लिए अवतरी हो।" रा' ने कहा। उस आवाज में हँसी थी, पर कौन जाने क्यों उसमें भी गम्भीरता लगी।

"बापू, नसीब में हो वह जीते और नसीब में हो वह हारे, परन्तु आपके जैसा नर और बहन के जैसी नारी इस कलिकाल में तो नजर में आ नहीं सकती।"

रा' के कपाल पर सिकुड़ने दिखीं। उसने जवाब न दिया।

''काक,'' राणकदेवी ने कहा, ''इस तरह मत बोलो, नहीं तो हमें अभिमान हो जाएगा।''

''आपको अभिमान होनेवाला नहीं, यह तो सब हमारी ओर—'' कहकर काक ने वंथली की ओर इशारा किया।

रा' और रानी दोनों उस ओर मुड़े और थोड़ी देर तक देखते रहे।

दूर से एक भूले भटके कौए की 'काँव-काँव' सुन पड़ी।

जिस दिशा की ओर से कौए की आवाज आई थी, उस ओर रा' फिरा। उसका मुँह फीका पड़ा, उसने होंठ से होंठ दबा लिया। उसने गहरी और क्रूर आवाज में कहा, ''काक, जयसिंह सोलंकी ने भी जैसा जुल्म किया है! अम्बा भवानी प्रसन्न हों और वह एक बार मेरे हाथ में आ जावे तो उसका सारा अभिमान उतार दूँ।''

काक चुप रहा।

''क्या कभी किसी का अभिमान रहा है जो इसका रहेगा?'' राणकदेवी ने कहा, ''परन्तु मेरे रा', टेक तो तुम्हारी ही रहेगी।''

''सती, इस समय तो जूनागढ़ टिकेगा या नहीं, यह पहली बात है।'' रा' की आवाज अधिक गम्भीर हो गयी। उसका हृदय चारों ओर की घटनाओं से घुट रहा था, वह इस समय अधिक कठोर कृत्रिमता धारण नहीं कर सका। ''टेक तो रखता हूँ और मरते दम तक रखूँगा; परन्तु मुझे अपशकुन हो रहे हैं। इस काक को भी इस समय भेज देने की छाती नहीं होती। कल तुम्हें छोड़कर रण में जाने की इच्छा नहीं होगी। मुझे कुछ समझ में नहीं आता, मेरा हृदय इस तरह कभी रुँधा नहीं था। ऐसा लगता है कि मानो हमारे, जूनागढ़ के, चूडासमा वंश के दिन पूरे हो गये हैं। वह वंथली देखी? मानो वहाँ से—ज्वालामुखी के मुँह में से—ज्वलन्त और विनाशक प्रवाह चारों ओर फैलता जा रहा है; गगन और पृथ्वी का श्वास रुँध रहा है; वह मुझे, तुम्हें—मेरे नाम को—मेरी कीर्ति को जलाकर भस्म करती दिखती है।

रा' बोलता-बोलता रुक गया। सचमुच इस वातावरण से दम घुटने जैसा लगा। राणक वंथली की ओर देखती ही रही। काक बीच में बोला, ''महाराज, आपको ऐसे विचार मन में नहीं लाने चाहिए। सोरठ के धनी, सात पीढ़ियों के टेक और सोरठ की स्वतन्त्रता आपके बल पर टिकी हुई है,'' काक ने रा' के कन्धे पर हाथ रखा, ''जिसका जो होने का हो वह हो—इस समय तो संग्राम करना है। कभी सोरठ के रा' को डिगते हुए सुना है?''

रा' ने कपाल पर हाथ रखा ''काक मैं कभी डिगनेवाला नहीं...परन्तु भावी में क्या लिखा है वह मालूम हो तो—''

''भावी!'' एक अमानुषी जैसी आवाज आई। रा' और काक चौंके। चौथा कोई था नहीं, परन्तु राणकदेवी के मुँह में से भावहीन, अपार्थिव, शान्त और निश्चेतन आवाज निकली थी। छत की पाल पर दोनों हाथ रखकर, आँखें फाड़ कर वंथली की

ओर भविष्य की लिपि पढ़ रही हो, इस तरह वह खड़ी थी। उसके हाथ कुछ काँप रहे थे, भौहें मिल गयी थीं, आँखें स्थिर और तेजोहीन हो गयी थीं। उसकी सारी आकृति शव के समान थी। दोनों पुरुषों के हाथ-पैर ढीले हो गये। मुँह फाड़ कर देखते-सुनते रहे।

"भावी।" राणक ने बोलना शुरू किया, "मुझे कुछ गहरा दीख रहा है। सोलंकी की सेना सीमाएँ मिटा रही हैं। यह सोहन सोरठ देश...था या नहीं जैसा हो रहा है।" बोलते-बोलते मानो वह गाती हो ऐसा राग बन गया–

'गरवा[1] ओ गिरनार, गरव ताहरो गली गयो;
जूनागढ़नो टेक हाय! हवे क्यां ये ना रह्यो।'

रा' और काक दोनों काँपे और रा' ने काक का हाथ पकड़ा। राणक मानो अँधेरे में कुछ न दीखा हो और ध्यान से देखने के लिए प्रयत्न कर रही हो इस तरह देखती रही। आवाज में अधिक-से-अधिक खिन्नता आने लगी।

'सोलंकीनी[2] आण, फरती चारे कोर आ;
ने धरणी ध्रूजे हाय, लोकू पामे त्रास सहु।
रा' ए सपना सेवीआं, ते सहु...अणसर्ज्या रह्याँ...'

रानी की आवाज टूटी। उसने निःश्वास छोड़ा। थोड़ी देर में उसने फिर तेजी से बोलना शुरू किया। आवाज में से खिन्नता कम हुई, "परन्तु सोलंकी को पिंड देने के लिए पुत्र नहीं–नाम नहीं, और निशान नहीं। पाटण उजाड़ हो गया...नये राजा और नयी प्रजा... परन्तु–

'रढियालो[3] मुज गिर, गरवो गगने शोभशे।
ने अमर रा' खेंगार, सोरठने सोहावशे ॥
त्रणे काले टेक...वीर खेंगार कहावशे।
ने सतीयानु जे सत, ते रंक राणकनुं ॥'

आवाज बिल्कुल टूट गयी और वह रुक गयी। उसकी आँखें बन्द हो गयीं। उसके मुँह पर फेन आ गये और खेंगार उसके पास जाए कि उसके पहले ही वह बेहोश होकर गिर पड़ी। काक नीचे से पानी लाने के लिए दौड़ा।

काक पानी लाया, रा' ने उसे मुँह पर छींटा; थोड़ी देर में वह होश में आई और रा' के सामने देख कर कुछ मुस्कराई।

---

1. हे महान् गिरनार, तुम्हारा गर्व गल गया। जूनागढ़ की टेक, हाय अब कहीं न रही।
2. यह सोलंकी की आन चारों ओर फिर रही है। पृथ्वी काँप रही है और सब लोग त्रास पा रहे हैं। रा' के जो सपने थे, वे सब पूरे हुए बिना रह गये।
3. मेरा सुन्दर और महान् गिरनार आकाश में शोभित रहेगा और अमर रा' खेंगार सोरठ को शोभित करता रहेगा। तीनों कालों में टेक रखनेवाला वीर खेंगार कहलाएगा और सतियों का जो सत्त है वह इस रंक राणक का..."

“मेरे रा', मुझे क्या हुआ?”

“कुछ नहीं।” रा' ने कहा। उसे ऐसा लगा कि रानी को कुछ भी स्मरण नहीं है। जैसे-तैसे रानी बैठ गयी।

“मेरा सिर घूम रहा है। मैं जाकर लेटती हूँ।” उसने धीमी आवाज से कहा। रा' उसके साथ जाने के लिए तैयार हुआ तो बोली, “आप किसलिए आते हैं, थोड़ी देर बैठो। काक के साथ बातचीत करो। मैं बहुत थक गयी हूँ। कह कर वह चली गयी।

वह दस कदम सीढ़ी की ओर गयी और काक तथा खेंगार दोनों उसके अदृष्ट होने वाले शरीर की ओर देखते रहे।

एकदम दोनों की नजर वहाँ गयी जहाँ पर कि देवड़ी ने पाँव रखे थे। दोनों ने घबराहट में एक-दूसरे का हाथ पकड़ा। दोनों की आँखें खुली की खुली रह गयीं। दोनों के श्वास रुँध गये...।

रानी सीढ़ी उतरकर चली गयी। जहाँ-जहाँ देवड़ी ने पैर रखे थे, वहाँ-वहाँ कुंकुम के पगले पड़ रहे थे, ऐसा उन्होंने अँधेरे में भी देखा।

“काक, देखा?” रा' ने घबराई और खिन्न आवाज में पूछा।

“हाँ बापू, सती माता की जय।”

रा' ने अपनी आँखों पर हाथ रखा। काक उन पगलों की ओर देखता रहा। देखते ही देखते लाल पागले अदृष्ट हो गये। छत पर पहले के समान अन्धकार फैला रहा।

“महाराज, देखा?” काक ने खिन्न ह्रदय से कहा, “पगले न रहे।”

रा' ने आँख पर से हाथ हटाकर देखा और पद चिह्नों को अदृश्य हुए देखा।

“काक, जब सती चिता पर चढ़ती है तब ऐसे पगले पड़ते हैं, यह वृद्ध आदमी कह गये हैं। मेरे दिन पूरे हो गये।” रा' ने गद्गद कंठ से कहा।

“बापू,” काक ने हिम्मत से कहा, “आपको मौत का डर लगता है? यदि लगेगा तो आप सती की श्रद्धा को कलंकित करेंगे।”

“नहीं, मैं डरता नहीं हूँ। ऐसी सती पा करके मैं भाग्यशाली हूँ। जिससे उसकी शोभा हो, वही मृत्यु मैं अपनाऊँगा।”

“शाबाश मेरे वीर!” काक ने कहा।

“परन्तु काक, मेरी एक प्रार्थना स्वीकार नहीं करोगे?”

“प्रार्थना? महाराज, इच्छा हो वह हुक्म दीजिए।”

“मैं चौकी जीतकर वापस आऊँ तब तक तुम यहीं पर रहना। बीच में यदि कुछ हो जाए, तो बाद में देवड़ी और कुमारों का कौन होगा?”

“बापू, आप निश्चिन्त रहिए, खुशी से संग्राम के लिए प्रस्थान कीजिए। मैं यहाँ रहूँगा और मेरा वश चलेगा तो किसी पर आँच नहीं आने दूँगा।”

“काक, तुमने कितना अनुग्रह किया? भाई, आओ हम भेंट कर लें। शायद अब हम फिर नहीं मिल सकें।”

चुपचाप दोनों भेंटें और रा' नीचे देखता हुआ चला गया।

काक वंथली की ओर देखता रहा और देर में उसने निःश्वास छोड़ा।

बाहड़ मेहता का हृदय टूटा

दूसरे दिन जयसिंहदेव महाराज ने शाम को वंथली के राजगढ़ में सारे अग्रणी योद्धाओं को बुलाया।

अन्दर के किवाड़ के पास खुद महाराजा जरीदार गद्दी पर तकिए के सहारे बैठे थे। उनका मुँह और आँखें उनके हृदय में जलती हुई ज्वाला को बता रही थीं। उनका एक हाथ पास में रखी हुई तलवार की रत्नजटित मूठ के साथ खेल रहा था।

द्वार के भीतर लीलादेवी और काश्मीरा देवी बैठी थीं और चलती हुई बात में जरूरत पड़ने पर स्वीकृतिसूचक 'जी' कह देती थीं। कुछ और अन्दर मीनलदेवी बैठी-बैठी पान खाती थीं और बाहर की बातें ध्यान से सुन रही थीं।

राजा के पास मुंजाल मेहता, तेजस्वी दंडनायक त्रिभुवनपाल और सशक्त तथा शान्त दंडनायक परशुराम बैठे हुए थे। एक तरफ गुजराती बनियों के आदर्श उदा मेहता घुटनों को दुपट्टे से बाँधे हथेली पर गाल रखे थे। दादाक मेहता, दो-तीन मंडलेश्वर और सेनापति भी बैठे हुए थे। मृत्यु शय्या से उठकर जगदेव परमार भी अपनी बुद्धि का लाभ देने के लिए पहली ही बार आया था।

सब तैयार था। जूनागढ़ की तमाम चौकियों पर एक साथ छापा मारने की व्यवस्था हो चुकी थी और चौकियाँ लेकर गढ़ पर एक बहुत बड़ा हमला करने के लिए हर एक दिशा के सैनिकों को तैयार रहने का आदेश दिया जा चुका था। कहाँ से कौन सन्देश ले जाए, कौन किसे मदद पहुँचावे, कोई पीछे हटे तो कौन मदद करे यह सब निश्चित हो चुका था। आक्रमण करने में दुःसह त्रिभुवनपाल जूनागढ़ का बड़ा दरवाजा तोड़ेंगे, दादाक मेहता और दो सेनापति गिरनार की तरफ की दो खिड़कियों पर हमला करेंगे, स्वयं महाराज और परशुराम बीच की चौकियाँ लेकर दोनों ओर आवश्यक मदद पहुँचाएँगे। उदा मेहता मेंदरडे रहकर चारों ओर के लश्कर को टिकाएँगे। मुंजाल मेहता वंथली की रक्षा करने के लिए रहेंगे।

सब पर महाराज के आवेश का असर होने लगा था। त्रिभुवनपाल इस चिन्ता में पड़े थे कि खेंगार का क्या किया जाए? परशुराम को यह फिक्र हुई कि यदि जूनागढ़ सर हो, तो वह किसे सौंपा जाए? लीलादेवी के हृदय में एक ही जलन थी कि वह खुद सिर्फ एक ही सैन्य के साथ रह सकेगी। जगदेव परमार यही बात बार-बार किया करता कि मैं बिल्कुल ठीक हो गया हूँ।

परन्तु इन सब में महाराज का जोश सबसे अलग दीख पड़ता था। वह निर्जन वन

में जलती हुई हवा के ज़ोर से जला करता; चारों ओर उसकी ज्वालाओं की लपटें लपकतीं और उनकी आँच अकल्पित जगह पर पहुँचती थी।

''बापू, मुझे दंडनायक महाराज के साथ दरवाजे पर जाने दीजिए।'' परमार ने तीसरी बार प्रार्थना की।

''जगदेव, निकम्मी सिरपच्ची मत करो'' महाराज ने अधीरता से कहा। मुझे तुम्हें दूसरे हजार कामों के लिए भेजना है। परशुराम, ये सोरठी लोग बड़े बदमाश हैं; गढ़ लेने के बाद भी कुछ दिनों तक हमें दम न लेने देंगे। इसलिए जितना जीतो उतना हाथ में ही कर लेना।''

''इसके लिए कहना नहीं पड़ेगा।'' परशुराम ने कहा।

''वह देशल भी वहाँ पड़ा-पड़ा कुछ न कुछ मदद करेगा, परन्तु वह है बड़ा नीच मेहता जी।'' उदा की ओर फिर कर राजा ने कहा, ''बाहड़ गया सो गया, कुछ जवाब नहीं लाया।''

''आता ही होगा'' उदा में मिठास से कहा।

''तुम्हारे इस लड़के में ज्यादा पानी नहीं दिखता'' और फिर त्रिभुवनपाल को उद्‌देश कर कहा, ''और तुम आक्रमण करो तो हाथी पर मत बैठना, हाथी बिगड़ जाए तो अपना ही कचूमर निकाल दे।'' इतने में बाहर कुछ गड़बड़ होने से महाराज की भौंहें तन गयीं, ''यह क्या धाँधली मच रही है? और बाहर पहरे पर खड़े हुए वे ढोर क्या कर रहे हैं?''

एक द्वारपाल आया। ''अन्नदाता, भृगुकच्छ से कोई खबर लेकर आया है।''

''कह दो कि शोभ मेहता से मिले, हमें खबर सुनने की फुरसत नहीं है।''

''अन्नदाता, आपसे ही मिलना चाहता है।''

''सारे गाँव से किस किससे मिलूँ? जाओ, कहो कि शोभ मेहता से मिले।''

''यदि नहीं माने तो?''

''तेरी तलवार में धार है या नहीं?'' राजा गुस्से से-चिल्लाया।

''उसका नाम क्या है?'' त्रिभुवनपाल ने पूछा।

''सोमेश्वर भट।'' द्वारपाल ने कहा।

''भृगुकच्छा का किलेदार?'' त्रिभुवनपाल का मुँह चिन्तातुर हो गया। ''वह यहाँ क्यों आया?''

''बुलाओ तो सही,'' मुंजाल ने कहा, ''इसमें क्या हर्ज है।''

''यह क्यों आया होगा?'' लीलादेवी ने धीरे से पूछा।

''बुलाओ, बुलाओ,'' महाराज ने उतावली से कहा। उनके मुँह से ऐसा लगता था कि इस समय जूनागढ़ को जीतने के सिवाय दूसरी कोई बात उन्हें पसन्द नहीं। लीलादेवी जरा आगे आकर उनको देखती रही।

फटी धोती पहने हुए एक आदमी आया। उसके शरीर पर कीचड़ था। उसका

मुँह कँटीले पौधों से नुचा हुआ था, उसके उलझे हुए बाल सेंही के काँटों की तरह माथे पर खड़े थे। आने वाले इस विचित्र आदमी की ओर सब देखने लगे।

"क्या यह सोमेश्वर भट है?" महाराज ने कुछ क्रोध से पूछा।

"हाँ अन्नदाता, मैं ही सोमेश्वर भट, भृगुकच्छ का किलेदार।"

"क्यों आया है?" महाराज ने अधीरता से पूछा।

"महाराज, रेवापाल ने विद्रोह का झंडा उठाया और भृगुकच्छ को हाथ कर लिया। सारे लाट पर उसका अधिकार हो गया है।"

"क्या बकता है?"

सोमेश्वर को यह व्यवहार अपमानजनक लगा। गुजरात के धनी के पास यह खबर पहुँचाने के लिए उसने रात और दिन अनेक यातनाएँ सही थीं, परन्तु यहाँ उसका और उसकी बात का कोई मूल्य ही नहीं!

"मैं बकता नहीं हूँ–होश में हूँ," काक के शिष्य ने गर्व के साथ कहा, "यह खबर सुनाने के लिए ही मैं वहाँ से भागा-भागा आया हूँ।"

"पट्टणी सेना का क्या हुआ?" मुंजाल मेहता ने पूछा।

"सब कैद हो गयी। सिर्फ आँबड़ मेहता, मंजरी बहन और एक वृद्ध सैनिक भृगुकच्छ के गढ़ में बन्द होकर बैठे हैं।"

"मंजरी-काक की पत्नी?" महाराज ने पूछा।

"हाँ।"

त्रिभुवनपाल ने बीच में कहा, "सेनापति भी पकड़े गये?"

"हाँ, अक्षय तृतीया के मेले का मौका पाकर रेवापाल ने सबको कैद कर लिया।"

"अपना गढ़ टिका रहे, ऐसी हालत में तो है न?" त्रिभुवनपाल ने पूछा।

"महाराज, नहीं टिक सकता। सिर्फ तीन-चार आदमी भीतर हैं और रेवापाल ने रक्षक को फोड़कर सारा अनाज नदी में फिंकवा दिया है। यदि जल्दी-से-जल्दी मदद नहीं पहुँचेगी, तो गढ़ जरूर गिर जाएगा।"

"वटपद्र और खेटकपुर के गढ़ों का क्या हाल है?" मुंजाल मेहता ने पूछा।

"रेवापाल कच्चा नहीं है। भृगुकच्छ ले लिया तब उनकी क्या गिनती? मांडल से खेटकपुर तक सब जगह बलवा हो रहा है। यहाँ से तुरन्त ही लश्कर जाना चाहिए, नहीं तो–"

"हमें तुम्हारी सलाह की जरा भी जरूरत नहीं," जैसे कोई लोहे से दाग दे, ऐसी आवाज में जयसिंहदेव ने कहा।

"हम क्या करेंगे?" त्रिभुवनपाल ने कहा।

मुंजाल मेहता बोलना चाहते थे, कि उसके पहले ही महाराज ने गुस्से में जवाब दिया, "क्या-क्या, करेंगे? इस समय कुछ नहीं, जब तक जूनागढ़ सर नहीं हो जाता तब तक कुछ नहीं हो सकता।"

"परन्तु लाट हाथ से चला गया तो–" लीलादेवी बीच में बोलीं।

जयसिंहदेव का गुस्सा समाया नहीं, "जाता है तो जाने दे। और तुझे रखना हो, तो इस पागल को लेकर मदद को दौड़। भट, बाहर जाओ। जरूरत होने पर तुम्हें बुलाऊँगा। जाओ, इसे बाहर ले जाओ।" राजा ने द्वारपालों को आज्ञा दी। क्षणभर सोमेश्वर ने दाँत किचकिचाकर चारों ओर देखा। जिस आशा से उसने यह मुसाफिरी अपने सिर ली थी वह धूल में मिल गयी। उसे ऐसा लगा कि लाट, भृगुकच्छ, गढ़, मंजरी बहन और अपने गुरु के बच्चे इन सब पर विनाश का पूर आ गया है। उसने देखा कि किसी भी तरह का प्रयत्न हास्यजनक हो जाएगा। उसके खयाल से तो लाट और काक बहुत बड़े थे; पर यहाँ तो उनकी एक रजकण जितनी भी कीमत नहीं दिखाई दी। वह निराशा और तिरस्कार से कमरा छोड़ कर चला गया।

"मुझे तो लगता है कि इसका दिमाग खिसक गया है," राजा ने नरम होकर कहा, "चलो, हम अपना काम शुरू करें। वह काक भी नहीं है, नहीं तो उसे भेज देता।"

"दो-चार दिन में कुछ खट्टा-अलोना होने वाला नहीं।" मुंजाल मेहता ने कहा। उसने देखा कि इस समय यहाँ के जोश को ठंडा होने देने में कुछ लाभ नहीं। "पर सब खयाल रखें कि यह बात बाहर न जाने पावे; नहीं तो लाट से आए हुए लश्कर में घबराहट फैल जाएगी।"

"मुझे घबराहट के लिए समय ही नहीं देना है। हम आज रात को ही चढ़ाई कर दें।" महाराज ने कहा।

"जैसी आज्ञा," मुंजाल ने कहा। सब तैयारी थी, इसलिए फिजूल देरी करने की जरूरत नहीं थी।

"त्रिभुवन भाई, तुम तैयार हो जाओ।"

"जी।" कहकर त्रिभुवनपाल उठे।

"मैं भी आज्ञा लेता हूँ।" दादाक मेहता ने उठते-उठते छुट्टी ली।

"हाँ।" महाराज ने जवाब दिया। त्रिभुवनपाल, दादाक मेहता और सेनापतियों ने उठकर आज्ञा ली।

सोमेश्वर की बात सुनकर उदा मेहता धीरे-धीरे अपने पाँव पर से दुपट्टा छोड़ने लगा था। उसने भी धीरे से आज्ञा ली। महाराज और परशुराम विगतें निश्चय करने में लग गये।

"मेहताजी, अब आप भी सिधारें।" महाराज ने मुंजाल मेहता को कहा, इसलिए वे भी उठे और रानियाँ भी धीरे-धीरे चली गयीं।

महाराज, परशुराम और जगदेव परमार तीनों आदमी रहे। इतने ही में एक अनुचर आया।

"क्यों, फिर और क्या है?" महाराज ने पूछा।

"अन्नदाता, बाहड़ मेहता किसी को लेकर आए हैं।"

"आने दे," एकदम जयसिंहदेव ने आज्ञा की और दंडनायक की ओर फिर कर कहा, "काक आया।"

"काक?" चकित होकर परशुराम ने पूछा।

जगदेव बिल्कुल तकिए के सहारे बैठा था, वह भी तनकर बैठ गया।

"हाँ, मैंने बाहड़ को उसको लाने का काम सौंपा था," कुछ खुश होकर महाराज ने कहा।

बाहड़ मेहता और दो पुरुष अन्दर आए, जो ढाटे बँधे रहने से बिल्कुल नहीं पहचाने जा सके। महाराज ने नजर डाली, पर उन दोनों में से एक का भी शरीर काक के जैसा नहीं दीखा। महाराज का मुँह एकदम लाल हो गया।

"काक कहाँ है?" वे गरजे।

"महाराज," खिन्न मुख से बाहड़ ने कहा, "मुझे भटराज नहीं मिले।"

"तब–तू–लौट क्यों आया?" महाराज चिल्लाए।

"जीता तो है न?"

"हाँ अन्नदाता।" रोती-सी आवाज में बाहड़ ने कहा। एक तो वह सोम को दिए हुए वचन का पालन नहीं कर सका, इसलिए पत्नी पाने की आशा गयी, और फिर महाराज क्रोधित हुए।

महाराज के कपाल की नसें निकल आईं। "नामर्द," महाराज ने तिरस्कार से कहा, "पट्टणी योद्धा होकर निश्चित काम को पूरा किए बिना कौन-सा मुँह लेकर जीता लौट आया? जा–नामर्द, इस बार छोड़े देता हूँ। पर अभी का अभी वंथली छोड़कर चला जा। मुझे तेरा मुँह नहीं देखना है। तू खम्भात चला जा, और कविता कर।" बाहड़ खड़ा रहा।

"क्यों, क्या कहना है?"

"जाने के पहले मैं अपने पिताजी से मिल लूँ तो कोई हर्ज तो नहीं है?" जैसे-तैसे फीके होंठों से बाहड़ ने कहा।

"अपने पिता से मिल ले और जरूरत हो तो माता से भी मिल, परन्तु यहाँ से चला जा।" महाराज ने कहा।

नीचा मुँह किए हुए भग्नहृदय बाहड़ बाहर गया।

पूर्वाशा का प्रादुर्भाव और चढ़ाई की तैयारी

"परमार, तुम बाहर जाकर बैठो। काम होने पर बुला लूँगा।" जयसिंहदेव महाराज ने कहा।

"जो आज्ञा", कहकर परमार उठा। वह निर्बल हो गया था।

"मैं भी अब जाता हूँ", परशुराम ने भी जाने की आज्ञा ली।

"वे मेरे वंशज—" महाराज ने दंडनायक के कान में धीरे से कहा, "मामा का पक्ष छोड़ कर यहाँ आए जाने पड़ते हैं।"

"सावधानी से काम लीजिए।" धीरे से दंडनायक सलाह देकर उठे।

वे गये कि महाराज उन दो पुरुषों की ओर मुड़े।

"कौन देशलदेव? और यह कौन, विशलदेव? बैठो। चाहे तो ढाटा निकाल दो।"

"अन्नदाता, जैसी आज्ञा," कहकर देशलदेव ढाटा अलग करके महाराज के सामने जा बैठा, "अन्नदाता, आपके सन्देश के जवाब में हम लोग आ पहुँचे हैं। बोलिए, क्या काम है?"

महाराज को देशलदेव की आवाज का मिजाज पसन्द न आया।

"मैंने सन्देश कहाँ भेजा? तुम मुझसे मिल लेना चाहते थे। मुझे तो इतना ही जानना है कि तुम मुझे क्या मदद कर सकते हो?"

"हम सभी तरह की मदद कर सकते हैं।" देशलदेव ने कहा।

"क्या?"

"आप चाहें तो जूनागढ़ दिलावें।"

"कब?"

"अभी।"

"किस तरह?"

"आपके आदमियों को गढ़ में ले जाकर।"

"गढ़ तो तुम्हारी मदद के बिना भी ले सकता हूँ।"

देशलदेव के मुँह पर उदासी छा गयी और उसने हमेशा की आदत के अनुसार मूँछे चबाना शुरू किया। उसने तो जूनागढ़ दिलाकर, जूनागढ़ का मालिक बनने की आशा कर रखी थी।

"बापू, आप तो सर्वशक्तिमान् हैं, परन्तु हम जो कुछ बन सकता है वह करने के लिए तैयार हैं। आपकी क्या आज्ञा है?" देशलदेव ने बहुत ही नम्रता से कहा।

"तुम मुझे गढ़ में किस तरह ले जा सकोगे?"

"गढ़ की एक खिड़की पर हमारा आदमी है।"

कहने को तो कह दिया पर देशलदेव को जरा चिन्ता हो गयी। कहीं दादू किलेदार अपने भाई के मारे जाने के क्रोध के कारण गढ़ पर नहीं आए तो? और दूसरा आदमी हमीर भी जिसे कि उसने गढ़ पर रहने के लिए सूचित किया था न आवे तो? देशलदेव को लगा कि पक्ष बदलना कोई खेल नहीं है।

"पर गढ़ तक जा कैसे सकेंगे?"

"मैंने एक चौकी को साध लिया है।"

"वहाँ से कितने आदमी जा सकेंगे?"

"आप कहें उतने?"

"भीतर कितने आदमी साथ में चाहिए?"

"अन्नदाता, खेंगार आधी रात को गढ़ की खिड़कियाँ देखने के लिए निकलता है, इसलिए चाहे जितने आदमी होंगे उसे तो हम खत्म कर देंगे। फिर तो अगला दरवाजा खोलकर आपके लश्कर को अन्दर दाखिल करना-भर रह जाएगा।"

जयसिंहदेव की आँखों में से एक धिक्कारदर्शक ज्वाला निकली। मामा के यहाँ पन्द्रह वर्ष तक रह कर उसके पैसे से मौज उड़ाकर ऐसा बदला देने वाले आदमी भी इस दुनिया में रहते हैं! थोड़े समय तक महाराज़ ने विचार किया : कहीं इसमें कुछ दगाबाजी न हो?

"तुम्हें मेरे साथ चलना होगा।"

"जी।" मिठास से हँसकर देशल ने विश्वास दिलाया।

"यदि कुछ भी बाधा पड़ी, तो तुम दोनों के माथे धड़ से जुदा कर दूँगा।

"खुशी से, पर यदि सब ठीक तरह से पार पड़ गया तो?"

"तो क्या? जयसिंहदेव ने किसी दिन सिरोपाव देते समय हाथ पीछे खींचा है?"

"परन्तु बापू, कुछ निश्चित कर लेना ठीक है।" देशलदेव ने कहा और वह कुछ जोर से मूँछें चबाने लगा।

महाराज क्रोधित हुए : "जयसिंहदेव जो दे, वह लेना होगा।"

"आप पर पूरा भरोसा है," देशलदवे ने धीरे से कहा, "परन्तु मुझे दुनिया में ऐसे अनुभव हुए हैं बापू, स्पष्टवक्ता ही सुखी होता है।"

"देशलदेव, मेरा दिल सदा ही उदार रहा है।"

"मैं कहाँ नहीं जानता हूँ? परन्तु पाटण में मेरे इतने दुश्मन हैं...मैं तो आपके ही विश्वास पर आया हूँ।"

"मेरा भरोसा हो तो फिर किसकी परवाह रखनी है?" महाराज ने कहा।

"इसी से तो बापू, मैं दिल खोल कर कहता हूँ। मैं अब वृद्ध होने आया हूँ। यहाँ तो मुंजाल मेहता ने मेरा मंडल भी जब्त कर लिया है, और जूनागढ़ को छोड़ देने से खेंगार के मरने पर मेरा गद्दी का हक भी डूबा—"

जयसिंहदेव के कपाल पर सिकुड़न पड़ गयी। "तुम्हारा गद्दी का हक? खेंगार के तो दो लड़के हैं!"

"ऊँह,—बहुत छोटे—"

"देशलदेव," असन्तुष्ट होकर महाराज ने कहा। "मुझे इस बात का विचार नहीं करना है कि तुमने क्या खोया और क्या नहीं, पर मैं एक बात कहता हूँ।" महाराज कुछ समय तक विचार में डूबे रहे, "मेरी इच्छा पूरी होगी तो जो माँगोगे वह दूँगा।"

देशलदेव ने स्पष्ट देखा कि महाराज को एक नया विचार आया है। जूनागढ़ की

जीत की अपेक्षा भी उन्हें कुछ अधिक प्रिय है। वह चीज क्या होगी? क्या यह सच है कि राणकदेवी के पीछे जयसिंहदेव पागल हुए थे?

"आपकी जो इच्छा हो वह निःसंकोच कहिए।"

महाराजा ने कुछ जवाब नहीं दिया।

देशलदेव धीरे-धीरे महाराज के मन की इच्छा जानने का रास्ता ढूँढ़ने लगा।

"मैं तो महाराज, दो काम कर सकता हूँ," उसने कहा।

"क्या?"

"एक तो जूनागढ़ दिलवाऊँ–"

"और दूसरा?"

"जिस स्त्री ने आपका अनादर करके अपमान किया था उससे मिलाप करा दूँ।" देशलदेव की मूँछें दाँतों में चली गयीं। महाराज चौंक पड़े। उन्हें लगा कि मानो देशलदेव कोई जादूगर है। उनके मगज में से विजय के विचार जाते रहे और ऐसा लगा कि यह सब विग्रह राणक को प्राप्त करने के लिए ही किया जा रहा है। जूनागढ़ मिले या न मिले; पर राणक तो मिलनी ही चाहिए। उन्हें एकदम ऐसा भास हुआ कि इतने वर्षों तक वे राणक के लिए ही तरस रहे थे। देशलदेव की दी हुई लालच से उनका सारा मिजाज नरम पड़ गया और उन पर ऐसी छाप पड़ी की मानो देशलदेव पर दानेश्वर है।

"किस तरह?"

"आपको राणकदेवी के आवास में ले जाऊँ–"

"फिर"

देशल ने देखा कि इस राजा को रिझाने के लिए इतना ही पर्याप्त नहीं है।

"मैं मामी का मानीता हूँ।"

"अच्छा!"

"आपके लिए-दो बोल कह सकता हूँ। जो वस्तु आपसे नहीं कही जाए वह मैं ही कह सकता हूँ। मैं चाहे जैसा हूँ, परन्तु उसका बड़ा पूज्य हूँ।"

महाराज को इस बुड्ढ़े के आडम्बर से हँसी आ गयी।

"एक बार मैं उससे मिलूँ, तो सब बात साफ हो जाएगी।" महाराज ने कहा।

"पर कुछ हठीली है।"

"कौन-सी स्त्री हठीली नहीं होती?" जयसिंहदेव ने अपना ज्ञान बताया। देशलदेव ने हँसकर हाथ जोड़े, "बिल्कुल सच है बापू।"

"पर मैं आपको मिला दूँ, तो फिर मुझ गरीब पर आपको दया करनी होगी।"

"अब भी अविश्वास है?"

"बापू, अविश्वास कहाँ है? पर क्या आप नहीं जानते कि बूढ़े आदमी का स्वभाव कुछ अधीर होता है? आपको तो अभी तक मेरे साथ काम नहीं पड़ा, परन्तु आपको

मुझ जैसा आदमी मिलना कठिन है। मैं तो जिसे दूँ उसे अपना माथा भी दे दूँ, ऐसा हूँ।''

महाराज को इस आत्मप्रशंसा के विरुद्ध कुछ भी कहना लाभदायक नहीं लगा।

''तुम्हें चाहिए क्या?''

''मैंने आपको कहा नहीं कि मेरा जब्त किया हुआ मंडल—''

''ठीक! फिर?''

''आपको जूनागढ़ के लिए भी किसी सामन्त की जरूरत होगी ही। मैं भी आपके कुटुम्ब का ही हूँ।'' देशलदेव ने हिम्मत की। उसने अपने दाँतों के बीच से सारी मूँछें निकालकर हाथ से साफ कीं।

महाराज चौंके। उन्हें यह नहीं सूझा कि इस हरामखोर की हिम्मत की भी कुछ सीमा है, परन्तु यदि यह आदमी जितना कह रहा है उतना दिला दे तो उसे एक अच्छा सिरोपाव जरूर देना चाहिए, और आखिर में क्या देना यह तो उनके ही अधिकार की बात है।

''समझा। ऐसा कहो न!'' जयसिंहदेव ने कहा, ''देशलदेव, तुम अपना दिया हुआ वचन पूरा करो। फिर मैं अपने वचन का पालन किए बिना नहीं रहूँगा।''

देशलदेव के मुँह पर खुशी छा गयी। ''बापू, आपका वचन?''

''हाँ। अब और क्या बाकी है?'' जयसिंहदेव ने कहा।

''तो महाराज, अब तैयारी कीजिए। आज बारह बजे गढ़ में पैठने का सत्य है।''

''ऐसा? चलो तैयारी कराऊँ। जगदेव,'' महाराज ने आवाज दी। उनके मुँह पर प्रणयी का हर्ष फैल गया। उनका मुँह कुछ मुस्कराता हुआ मालूम हुआ। उन्होंने होंठ चबा लिए—गुस्से से नहीं परन्तु निमन्त्रित प्रणयी की अधीरता से।

''अन्नदाता,'' कह हर जगदेव परमार आया।

''परमार, दो सौ होशियार सवारों को लेकर तैयार हो जा। हम जुदी ही जगह से हमला करेंगे।''

''जैसी आज्ञा।''

''और इन लोगों का आगत-स्वागत कर और परशुराम तथा उदा मेहता को मेरे पास भेज।''

'जी' कहकर जगदेव वहाँ से गया और उसके बाद देशलदेव और विशलदेव नीचे झुककर प्रणाम करके बाहर गये।

महाराज थोड़ी देर तक जमीन के सामने देखकर बैठे रहे। उनकी उत्तेजित कल्पनाशक्ति ने पन्द्रह वर्षों के पहले देखी हुई एक बालिका का कोमल मुख सामने चित्रित किया। हाय! उसी मुख ने उनका हृदय हरा था, उसी मुख के पास न होने से दुःखी थे और उसी मुख के बगैर उनकी कीर्ति में कलंक था। उनकी उस जयश्री को

दुश्मन हरकर ले गया था, और अब वह लौटकर अपने धाम पर आएगी। राणक उनके रनिवास में आएगी, तभी वे सच्चे जयसिंह होंगे।

उनके हृदय में उर्मियाँ सदा प्रचंड ही आती थीं। इस समय ऐसी ही एक उर्मि आई। जो विजय के लिए पागल थे वह वनिता के लिए पागल हुए। वे देखते-देखते घोर कामी की तीव्र अनुभूतियों का अनुभव करने लगे। इतना ही नहीं, उन्हें राणक के बिना अपना जीवन निरर्थक लगने लगा; उन्हें अनेक समविषम विचार आए। रा' खेंगार की विधवा को वे वरण लें, तो पाटण कैसे स्वीकार करेगा? दूसरी रानियाँ उसे पटरानी पद कैसे देंगी? महाराज हँसे और मन-ही-मन बड़बड़ाए, राजा कालस्य कारणम्। किसी की मकदूर है जो मेरी इच्छा के विरुद्ध जा सके? राजा मैं हूँ या कोई दूसरा?

परन्तु राणक मना करे तो? उसकी गिनती सती में होती है। महाराज ने मूँछें मरोड़ीं। चंचल स्त्री किसी की हुई है कि खेंगार की होगी? और होना चाहे तो भी मेरे इतने प्रताप के सामने उसकी क्या मकदूर कि मेरी इच्छा के विरुद्ध जा सके? मैं कलिकाल का विक्रमादित्य हूँ, मुझसे क्या नहीं हो सकता?

इतने ही में परशुराम और उदा मेहता आ पहुँचे।

''दंडनायक,'' महाराज ने कहा, ''देशल और विशल आ गये हैं। इनके हाथ में एक चौकी है, उसे चुपचाप पार करके गढ़ पर चलें। मैं उदा मेहता के साथ खिड़की से जाऊँ और त्रिभुवनपाल गढ़ के दरवाज़े पर आ पहुँचे।''

''बराबर है,'' उदा मेहता ने अपनी योजना सफल होती हुई देखकर सहर्ष कहा। ''अर्थात् फिर कुछ करने को रहता ही नहीं है।''

''पर आप खिड़की से जाएँ, यह एक जोख़िम उठाने जैसा है।'' परशुराम ने कहा।

''जरा भी नहीं,'' महाराज ने कहा, ''यदि चौकी पार नहीं की जा सके तो अपनी पुरानी रचना कायम ही रहेगी और यदि पार कर गये तो फिर कितना फायदा होगा? और ज्यादा जोख़िम मैं नहीं उठाऊँ तो कौन उठाएगा?''

''समय की बात है, यदि कुछ हो गया तो?''

''कुछ भी नहीं होने का। मेरा क्या होनेवाला है?'' दैवी सत्ता का डौल करते हुए जयसिंहदेव ने कहा।

''तो खिड़की तक मैं भी चलता हूँ। आपको इस तरह जाने देने में मेरा मन नहीं मानता।'' परशुराम ने कहा।

''भले ही चलो।'' महाराज ने कहा, ''मेहता तैयार हो जाओ, सबको कूच करने का हुक्म दे दो। हम दो-तीन घड़ी के बाद निकलेंगे। मैं रानी से तैयार होने के लिए कह आता हूँ।''

''जैसी आज्ञा।'' कहकर दोनों गये।

"मुझे अपने बाबरे को भी साथ में लेना होगा," महाराज मन-ही-मन बड़बड़ाए।

सोमेश्वर की योजना

जब सोमेश्वर जयसिंहदेव के पास आया तब पागल जैसा हो गया था।

जब वह भृगुकच्छ से निकला तब उसके हृदय से गुजरात के स्वामी के प्रति श्रद्धा थी। वह अनाथ का नाथ वंथली में बैठा है, वहीं उसका महाप्रतापी गुरु भी है और वह जाकर जैसे ही भृगुकच्छ की दशा की बात करेगा वैसे ही उसकी मदद के लिए बहुत बड़ा पट्टणी सैन्य रवाना कर दिया जाएगा और उसका महारथी गुरु जरा भी दम लिये बिना अपनी पत्नी और अपने नगर की रक्षा के लिए दौड़ पड़ेगा।

इस श्रद्धा से उसने अनेक दुःख भोगे, भूखा-प्यासा रहने के साथ कितनी ही रातें तक नींद न ली, दौड़ते-दौड़ते मंजिलें काटीं। भूख से मरती हुई मंजरी और उसके बालकों को छुड़ाने के लिए न मालूम उसने क्या-क्या सहा और आखिर में वह वंथली आ पहुँचा।

वहाँ आने के बाद वह जैसे-तैसे राजा के पास जा सका, पर आखिर में उसे क्या मिला? उसके गुरु का पता नहीं, उसके देश की किसी को परवाह नहीं, और राजा को तो किसी की लेश मात्र भी परवाह नहीं। यही जयसिंहदेव सोलंकी है? इसी के लिए सब अपने प्राण न्योछावर करते हैं? और इसे ही अर्वाचीन विक्रमादित्य मानते हैं? इसी के लिए काक भटराज अपना तन, मन, धन और पत्नी सब कुछ समर्पण करने के लिए बैठे हैं? उसका माथा भन्ना उठा, उसे इन सबसे बैर लेने का आवेश हो आया, पर उसे हँसी आ गयी। क्योंकि यह क्रोध व्यर्थ था। वह अपना सिर दे मारे, तो भी इस प्रबल राज्यसत्ता की एक कंकड़ी भी खिसकने वाली नहीं। जिस त्रिभुवनपाल दंडनायक की लाट में परमेश्वर के समान पूजा होती है, उसकी भी यहाँ पर कोई गिनती नहीं।

हँसी-ठट्ठा करते हुए सैनिकों ने मानो वह पागल कुत्ता हो इस तरह मारकर निकाल दिया। उसकी रो लेने की इच्छा हुई; दो-चार खून कर डालने का मन हुआ, उच्च स्वर से पाटण को शाप देने की इच्छा हुई, परन्तु कुछ होना जाना न था।

आखिर में बिल्कुल आगे के बरामदे में वह आया और एक तरफ खड़ा होकर विचार करने लगा कि अब क्या करना चाहिए? इस समय तो उसे यह लगा कि उसका काक की अपेक्षा रेवापाल सच्चा गुरु था। लाट दुःखी भले ही हो, पर उसे गुलामी में किसलिए सड़ने देना? इस लापरवाह राजा की प्रजा होने की अपेक्षा कटकर मर जाना क्या बुरा है? उसे लगा कि सुख की अपेक्षा स्वाधीनता कीमती है और काक के अनुचर के रूप में इस तरह तिरस्कृत होने की अपेक्षा रेवापाल का अनुचर होकर मर जाने में अधिक गौरव है।

वह मन-ही-मन अपनी मूर्खता पर हँसा। इस समय ये विचार किस काम के? वह इस समय भूखा और थका है, बैठने के लिए कहीं ठौर-ठिकाना नहीं, उसका देश दूर है, इस समय ठीक सवाल तो यह है कि उसे क्या करना चाहिए?

वह इस तरह विचार करता ही रहा। थोड़ी देर में उसने ऊपर की ओर देखा तो एक वृद्ध बनिया उसके पास खड़ा-खड़ा उसके सामने देख रहा है।

"क्यों भाई, क्या लाट से आए हो?" उसने मिठास से पूछा।

"हाँ बापू, क्या है?" थके हुए सोमेश्वर ने जवाब दिया।

"कुछ खाया-पिया है?"

"जहाँ खड़े रहने को ठौर नहीं, वहाँ खाने-पीने की बात पूछते हो?" सोमेश्वर ने कटुता से कहा।

"यह क्या बात है। जयसिंहदेव महाराज के यहाँ क्या खाना खत्म हो गया? चलिए, मैं प्रबन्ध कर दूँ।" वृद्ध ने कहा।

सोमेश्वर को इतना ही चहिए था। वह वृद्ध उसे लेकर अन्नशाला की तरफ़ गया और रसोई बनाने के लिए आवश्यक सामग्री का प्रबन्ध करके अदृष्ट हो गया। सोमेश्वर भी बहुत भूखा था, इसलिए उसने झटपट नहा-धोकर भोजन बनाकर खा लिया। इतने में वह वृद्ध लौट आया।

"सोमेश्वर भट, भोजन कर लिया?"

सोमेश्वर चकित हुआ। इस वृद्ध ने उसका नाम कैसे जाना?

"हाँ बापू, क्यों?"

"चलिए, आपको बुलाते हैं।"

"कौन?"

"महाअमात्य।"

सोमेश्वर ने अनेक बार काक के मुँह से महाअमात्य की प्रशंसा सुनी थी। राजा के साथ बहुत से आदमी बैठे थे-। उनमें महाअमात्य थे या नहीं, यह वह नहीं जानता था। इस विख्यात मुत्सद्दी का भयजनक नाम सुनकर उसका हृदय धड़क उठा।

"मुंजाल मेहता?"

"हाँ।"

"सोमेश्वर एक भी शब्द बोले बिना उस वृद्ध के पीछे हो गया। थोड़ी देर में वह ऊपर के एक कमरे के सामने आया और उस वृद्ध ने उसे वहाँ खड़ा रहने के लिए कहा। सोमेश्वर खड़ा रहा और वृद्ध भीतर गया।

सोमेश्वर को क्षोभ हुआ। मन्त्री ने यह कैसे जाना कि मैं यहाँ आया हूँ। और यदि वे राजसभा में बैठे थे तो इस तरह पीछे से बुलाने का कारण क्या? वे क्या चाहते हैं? उसे हठात् अपने आप पर क्रोध आया। यह क्षोभ किसलिए? उसे मुंजाल मेहता की

क्या परवाह? उसके साथ मेरा क्या सम्बन्ध? कुचले जाते हुए लाट के निवासी को स्वाधिकार-प्रमत्त जयसिंह के मन्त्री की क्या चिन्ता? उसका देश बेहाल हुआ, देव के जैसे उसके गुरु बेहाल हुए और अम्बा जैसी गुरुपत्नी भूखों मर रही है। यह इन सबके लिए ही तो? फिर किसलिए इनकी ओर थोड़ा-सा भी सौजन्य बताया जाए।

इतने ही में वृद्ध आया। "भटजी, अन्दर चलिए।" सोमेश्वर अन्दर गया। गद्दी पर एक वृद्ध पुरुष बैठा था। वृद्धावस्था में भी उसके मुख का सौन्दर्य और गौरव चौंधिया देने वाला था। उसके स्नायुओं में बल था। इस समय उसकी आँखों में हँसी थी। सोमेश्वर ने उसे पहचाना। ये मन्त्री ही जयसिंहदेव के पास बैठे थे और फिर भी मेरा अपमान किया गया! सोमेश्वर ने होंठ बन्द कर लिए।

"आओ सोमेश्वर! वस्ता," उसने वृद्ध से कहा, "तुम बाहर खड़े रहे। क्यों सोमेश्वर, भोजन कर लिया?"

"जी हाँ।" कहकर सोमेश्वर चुप रहा।

"भृगुकच्छ के गढ़ में खाने की सामग्री कितनी बची है?"

"भृगुकच्छ के गढ़ में गयी होगी।" सोमेश्वर ने कड़वास से कहा।

और सब सैनिक बन्दी हो गये?"

"जी हाँ।"

"माधव सेनापति कहाँ है?"

"कैद में।"

"निश्चित?"

"मैंने खुद उसे बन्दी होते हुए देखा।"

"गढ़ में कौन-कौन हैं?"

"भटराज की पत्नी और बच्चे, आँबड़ मेहता, एक सैनिक और एक ब्राह्मण।"

"गढ़ तो बहुत मजबूत है।" मुंजाल ने कहा।

"पर अन्दर रहनेवाले क्या हवा खाकर जिएँगे?"

"रेवापाल तो लोगों का प्यारा है, नहीं?"

"लोगों के प्यारे दो आदमी हैं। उनमें से एक को आपने बुला लिया, इसलिए दूसरे की बन आई।" कड़वास के साथ सोमेश्वर ने कहा।

"काक की बात कहते हो?"

"हाँ।"

"तुम काक के शिष्य हो?" मुंजाल ने हँसकर पूछा।

"जी हाँ, शिष्य कहिए, पुत्र कहिए या सेवक कहिए—जो कहिए वही।"

"यह तो तुम्हारी रीति पर से ही दिखाई देता है। तुम यहाँ पर किस तरह आए?"

सोमेश्वर कुछ देर अचकाकर खड़ा रहा, पीछे उसने जवाब दिया, "मैं गढ़ में

मंजरी बहन के साथ था, परन्तु आपके राजा को खबर देने के लिए नदी में कूदा और जैसे-तैसे यहाँ आया।''

''अब क्या करोगे?'' मुंजाल ने मजाक में हँसकर पूछा।

''अब?'' कुछ देर विचार कर सोमेश्वर ने कहा, ''अब मैं देखूँगा कि जो काम आपके राजा नहीं करते वह मुझ अकेले से होता है या नहीं।''

''क्या?''

''भृगुकच्छ के गढ़ को टिकाए रखने का काम।''

''सो तुम किस तरह करोगे?''

''शंकर बुद्धि देगा। आप तो मेरी बहन को मरने दोगे; पर अनाथ का नाथ भोलानाथ कैसे मरने देगा?''

''तुम कितने वर्षों से लश्कर में हो?'' हँसकर मुंजाल ने पूछा।

''आठ-नौ वर्ष हुए।'' सोमेश्वर को जो कुछ आशा बँधी थी वह भी नष्ट हो गयी। यह बूढ़ा तो केवल खबरें ही निकालना चाहता है।

''मन्त्रीराज,'' सोमेश्वर ने गुस्से से कहा, ''जब तक मैं आपके राजा को अपना गिनता था तब तक जुदी बात थी। अब मैं अपनी नजर में जो ठीक लगेगा, वह करूँगा।''

''तुम तीन बार 'आपके राजा' बोले हो, तो क्या मेरे राजा तुम्हारे राजा नहीं हैं?''

''जो हमारी रक्षा नहीं करता उसे राजा कैसे कहा जाए? मेरा अपमान करके, जब से मेरे लाट को निराधार रखने का निश्चय किया गया तब से वे मेरे राजा नहीं।''

मुंजाल खिलखिलाकर हँसने लगा, ''मुझे तुम्हारी बातों में बहुत मजा आता है।''

''नहीं क्यों आएगा?'' सोमेश्वर ने कटुता से कहा, ''यहाँ के लोग दूसरों के दुःख में हँसना अच्छी तरह जानते हैं।''

''हमारी ऐसी आदत तो है,'' मजाक में मुंजाल ने कहा, ''परन्तु लड़के, अब तू अकेला जाकर गढ़ की रक्षा करेगा, उससे क्या होगा?''

''गढ़ अगर टिकेगा तो आपके लिए नहीं, मेरे भटराज के लिए। वे जीते होंगे तो आ पहुँचेंगे और बाद में जो करना होगा करेंगे। वे देवलोक चले गये होंगे तो मुझे जो ठीक लगेगा वह करूँगा।''

''तुम्हें क्या ठीक लगता है?''

''रेवापाल भटराज का बाल-मित्र है। भटराज की पत्नी और उनका शिष्य सोमेश्वर लाट के सैन्य से जा मिलेगा।''

''रेवापाल? वह तो तुम्हारे भटराज का दुश्मन है।''

''किसने कहा? अब तक दोनों विरोधी हैं, यह ठीक है, परन्तु अब लाट का सुख एक ही पक्ष में है।''

''कैसे जाना?''

''मन्त्रीवर्य,'' क्रोध के आवेश में सोमेश्वर ने कहा, ''बहुत हुआ, अब मुझे ज्यादा बातें नहीं कहनी हैं, परन्तु आपके सवाल का जवाब दूँगा। यदि भटराज की मुंजाल मेहता में खोटी श्रद्धा नहीं होती तो आज लीलादेवी इस प्रकार बेचारी बन कर हमारे दुःख नहीं सुनती रहतीं। मेरे गुरु लाट के अधिपति होते, तो हम सब आपके पाटण की मजाक उड़ाते।''

''मेहताजी, मैं आऊँ?'' पास के द्वार से एक स्त्री की आवाज आई, ''मेरा नाम कैसे आया?''

''ओ-हो, लीलादेवी, आओ।'' कहकर मुंजाल खड़ा हुआ और युद्ध में जाने की आधी पोशाक धारण किए रानी आई। उसने सोमेश्वर की ओर देखा, परन्तु वह क्रोध के मारे कुछ बोला नहीं।

''कौन सोमेश्वर? मैंने सुना कि तुम यहाँ पर हो, इसलिए चली आई हूँ, मन्त्री या सोमेश्वर दोनों में से कोई कुछ नहीं बोला।

मुंजाल मेहता की राजनीति

''क्यों सोमेश्वर, पहचानते हो या नहीं? अपनी राजकुमारी को भूल गये?''

सोमेश्वर ने क्रोध से देखा, ''मेरी राजकुमारी कहाँ है? यहाँ तो मैं पाटण की पटरानी देखता हूँ, जिसे मैं नहीं पहचानता।''

''वाह!'' लीलादेवी ने शान्ति से कहा, ''बड़ों के साथ तुम भी खूब बोलना सीख गये हो।''

''बड़ी हैं तो प्रभु आपका बड़प्पन अमर रखें, परन्तु हमारे लिए वह किस काम का? जिस आदमी ने आपको महारानी बनाया उसके स्त्री-बच्चे मर रहे हैं, परन्तु आपको परवाह नहीं। जिन लोगों ने आपकी महत्ता बढ़ाने के लिए परदेशियों की गुलामी स्वीकार की, उनके लिए आपके हृदय में प्रेम नहीं। आप हमारी नहीं, तो हम भी आपके नहीं।'' सोमेश्वर क्रोध ही क्रोध में बोल गया। बोलते समय उसकी आँखों से क्रोध के आँसू टपक पड़े।

''तुम्हारी बात सच्ची है।'' रानी ने शान्ति से कहा, ''पाटण न तो पहले किसी का हुआ और न आगे होगा।''

मुंजाल ने ऊपर देखा। उसने रानी में साधारण गाम्भीर्य देखा।

''और जो पाटण आता है वह भी पट्टणी हो जाता है,'' सोमेश्वर ने कुछ कड़वास से कहा।

''पर पद्मनाभ राजा की कुमारी नहीं,'' लीलादेवी ने शान्ति से कहा।

''मेहताजी, आप में से किसी को लाट की चिन्ता नहीं, पर कहीं मेरा छुटकारा

हो सकता है? सोमेश्वर, निश्चिंत हो जाओ, मैं तुम्हारे साथ चलती हूँ। हम दोनों मिलकर लाट का उद्धार करेंगे।''

मुंजाल मेहता इतने वर्षों के राजनीतिक जीवन में पहली ही बार चौंके। इस दृढ़, सख्त, शान्त रानी के मुख पर गाम्भीर्य और आँखों में निश्चयात्मक बुद्धि थी।

''क्या कहती हो?'' मुंजाल ने पूछा।

''सुना नहीं?'' रानी ने तिरस्कार से कहा।

''परन्तु मैंने सोमेश्वर को यह सब पूछने के लिए ही तो बुलाया है। मैं लाट की सहायता के लिए आदमी भेजने की अभी व्यवस्था करता हूँ।'' मुंजाल ने मिठास से कहा।

''आदमी भेजने से क्या होगा? लाट की कुमारी को ही लाट की सहायता के लिए दौड़ना चाहिए, आपको तकलीफ उठाने की जरूरत नहीं। मैंने ददा नायक को बुलाया है। मेरे पचास सैनिक अभी तैयार हो जाएँगे।''

''परन्तु बेटी, अभी तुम जाओगी तो जूनागढ़ का क्या होगा?'' मुंजाल मेहता ने धीरे से कहा।

''क्या आप सब यहाँ नहीं हैं।'' रानी ने तिरस्कार से पूछा।

''हम हैं, पर तुमको तो होना ही चाहिए।''

''लाट मेरा है, सोरठ की बात आप पट्टणी जानें। सोमेश्वर, हम कितने दिनों में लाट पहुँच जाएँगे।''

''पाँचवें दिन तो जरूर पहुँच जाएँगे।''

''परन्तु इतने से आदमी ले जाकर क्या करोगी?''

''मेहताजी आपको लाट की खबर नहीं है। मैं अकेली ही काफी हूँ। यहाँ मेरी कोई गिनती नहीं, परन्तु वहाँ के लोग मुझे पूजते हैं। रेवापाल मुझे देखते ही मेरे चरणों की रज माथे पर चढ़ाएगा।''

''परन्तु हम जूनागढ़ सर करेंगे और काक को भेजेंगे।''

''जूनागढ़ सर हो, तब तक मैं राह देखने वाली नहीं।'' रानी ने दृढ़ता से कहा। काक जीता हो तो उससे कहिए कि जल्दी ही लाट पहुँचे। वहाँ उसके गुरु ध्रुवसेन हैं, बाल-मित्र रेवापाल है, रानी मैं हूँ और अर्द्धांगनी मंजरी है। कहिएगा कि वहीं आवे। सोमेश्वर, तुम मेरे साथ चलो।''

मुंजाल इतने समय तक यह सब देखता रहा। उसने अनेक विकट प्रसंग देखे थे, पर ऐसा विकट प्रसंग बरसों से नहीं आया था। कई वर्ष पहले जब पाटण ने विद्रोह किया था, तब उसकी पैनी राजनीतिज्ञता ने अकल्पित चमत्कार दिखाया था। आज का भी ऐसा ही प्रसंग था। वह इस शान्त और दीर्घदर्शी स्त्री का हेतु, लाट की स्थिति, सोरठ की जीत और पाटण की महत्ता—इन सबका तेजी से विचार करने लगा। उसकी तेजस्वी आँखें चमक उठीं। उसके होंठ बन्द हो गये।

“ठहरो,” उसने सत्ताशाली आवाज में कहा, “रानी, मैं भी तुम्हारे साथ चलता हूँ।”

“कहाँ?” रानी ने कुछ सख्ती से पूछा।

“लाट की रक्षा करने।” महामात्य ने दृढ़ता से कहा।

“आप?” रानी ने चकित होकर पूछा।

“हाँ।”

“आपकी जरूरत नहीं।” रानी ने अपमानकारक ढंग से कहा।

“सोमेश्वर, ज़रा बाहर जाकर खड़ा रह। वस्ता, किवाड़ बन्द कर दे।” मुंजाल ने हुक्म दिया।

सोमेश्वर ने देखा कि यहाँ पर कुछ ऐसा खेल हो रहा है जो उसकी समझ में नहीं आ सकता। पर इससे लाट को फायदा ही होगा, यह स्पष्ट दिखाई देता था। वह चुपचाप बाहर गया और वस्ता आकर किवाड़ बन्द कर गया।

चार-पाँच क्षण तक मुंजाल और लीलादेवी एक-दूसरे के सामने देखते रहे। मुंजाल की आँखों में दुर्धर्ष प्रताप था; उनमें से तेज की किरणें निकल रही थीं। लीलादेवी की आँखों में शान्त और गहन स्थिरता थी; उनमें से धारदार तीर जैसी तीक्ष्णता बाहर निकलती थी। दोनों की आँखों में जीवलेन दृढ़ता थी।

“मैं भी चलता हूँ।” मन्त्री ने फिर दृढ़ता से कहा।

“आपका काम नहीं।” रानी ने वैसी ही दृढ़ता से कहा।

“रानी, तुम्हारा मतलब क्या है?” मुंजाल ने एकाग्रता से देखकर धीरे से कहा।

लीलादेवी ने जवाब नहीं दिया। मुंजाल नीचे झुका और उसने धीमे से कहा, “यदि राजा पटरानी बना ले, तो तुम्हें लाट में जाकर रेवापाल की मदद से राज्य करना है?”

लीलादेवी स्तब्ध हो गयी। एक क्षण के लिए उसकी स्वस्थता चली गयी। वह पीछे हटकर महामात्य की ओर व्याकुल दृष्टि से देखती-रही। यह मनुष्य है या कोई जादूगर? तुरन्त ही उसने अपने दाँत पीसे और जरा जोर से पर शान्ति से जवाब दिया। “किसलिए नहीं?”

“आप समझती हैं कि जयसिंहदेव राणक देवी को पटरानी बनाने वाले हैं?”

“मुझे विश्वास है।”

“आप मानती हैं कि राणकदेवी यह पद स्वीकार कर लेगी?”

“समय है, शायद स्वीकार कर ले। पर जो स्वामी क्षण-क्षण में बदलता है, उसका क्या भरोसा?” रानी ने ठंडे कलेजे से जवाब दिया।

मुंजाल ने कुछ गर्वशील आवाज से कहा, “मैं तो अभी बैठा हूँ।”

“आप?” रानी ने तिरस्कार से कहा, “आप तो पाटण की सत्ता के तार खींचने के चरखे हैं। इसके सिवाय आपका भाव कौन पूछता है?”

"बेटी, अभी मैं ऐसा नहीं हुआ, घबराओ मत। यहाँ पर ऐसा कोई नहीं, जो मेरे वचन का उल्लंघन कर सके।"

"पाटण तो आपका लड़का है। क्या पिता को अपने पुत्र के लिए कभी ऐसा बोलते हुए सुना है कि तेरा निर्वंश हो जाए? इस बाबत मे मैं ऐसी नहीं हूँ कि किसी के वचन पर विश्वास कर लूँ। मैं यहाँ सबको पहचानती हूँ और मैं पटरानी मिटकर नौकरानी नहीं बनना चाहती।"

"बेटी, जब तक मैं जीता हूँ तब तक तुम्हारा पद नहीं जा सकता। मेरे वचन में विश्वास नहीं है?"

"देखिए, ज्यादा गड़बड़ करेंगे, तो यह विक्रमादित्य किसी दिन आपका गला काट डालेगा। आपके वचन पर विश्वास रखकर मैं नहीं बैठ सकती।"

"ज्यादा हठ मत करो।" मुंजाल ने समझाते हुए कहा, "मैं कौन हूँ, इसकी अब भी तुम्हें खबर नहीं।"

"मैं अच्छी तरह जानती हूँ। आप सोलंकी की सत्ता बढ़ाने वाले एक शस्त्र हैं। जैसी एक शस्त्र मैं हूँ वैसे ही आप हैं। आपको ऐसा लगता है कि मैं लाट चली जाऊँगी तो एक उपयोगी शस्त्र हाथ से निकल जाएगा। सो भले ही निकल जाए, पर मुझे वहाँ शस्त्र रूप से नहीं रहना, रानी होना है; और पाटण की नाम मात्र की महारानी रहने की अपेक्षा तीन गाँव की स्वामिनी बनकर मैं अधिक सन्तोष मानूँगी।"

"मेरी बात नहीं सुनोगी?" मुंजाल ने कुछ सख्ती से कहा।

"नहीं।"

"तो मैं तुम्हारे लाट तो कुचल डालूँगा।"

"लाट की माता के रूप में मैं कुचला जाना ही पसन्द करूँगी।"

"शाबाश!" मुंजाल खिलखिलाकर हँस पड़ा, बोला, "बेटी, चलो हम एक शर्त करें।"

"क्या?"

"तुम्हारा पद न जाए, तब तो कुछ आपत्ति नहीं?" मुंजाल ने कहा।

"पर इसका विश्वास क्या?"

"अभी सोमेश्वर के साथ दो हजार आदमी लाट की ओर भेजता हूँ। दो सौ लाट सैनिक तुम्हारे लिए तैयार रखता हूँ और यदि जयसिंहदेव राणकदेवी के साथ ब्याह करें तो तुम भी मुक्त और मैं भी मुक्त। तुम लाट जाकर सोमेश्वर से मिल जाना।"

लीलादेवी ने सिर हिलाया।

"तुम जूनागढ़ चलो और मैं भी चलता हूँ। फिर देखता हूँ कि जयसिंहदेव उसको कैसे ब्याहता है।" गर्व से मुंजाल ने कहा।

"और ब्याह लें तो—"

"बेटी," मुंजाल की भौंहे तन गयीं। उसकी वाणी में रौद्र रस की झंकार थी। "मैंने जो कुछ गढ़ा है उसे मिटाने में भी देर नहीं लगेगी। वस्ता," लीलादेवी चुप रही।

"जी।" कहकर वस्ता आया।

"जा, बाहड़ मेहता को बुला ला," अमात्य ने आज्ञा दी "और सोमेश्वर को भी बुला।"

"जी," कहकर वस्ता गया और सोमेश्वर आया।

"सोमेश्वर, तुम कितने सैनिक लेकर रेवापाल का सामना करने के लिए तैयार हो?"

"पच्चीस सौ होंगे, तो बहुत है।" सोमेश्वर ने हर्ष से कहा।

"देखो, इस समय मैं तुम्हारे साथ लाट के एक हजार सैनिक भेजता हूँ। तुम्हारे साथ बाहड़ मेहता जाएगा और खम्भात से दूसरे पन्द्रह सौ सैनिक ले लेना। जयसिंहदेव महाराज, लीला रानी और मैं परसों निकल कर आ रहे हैं।"

सोमेश्वर ने हाथ जोड़े। उसका हृदय भर आया। "जैसी आज्ञा।"

"अब तो ठीक हुआ?" रानी की ओर मुड़कर मुंजाल ने कहा।

"अभी नहीं कहूँगी।" हँसकर लीलादेवी ने कहा। इतने ही में वस्ता आया। "बाहड़ मेहता आए।"

"अन्दर भेज।" अमात्य ने कहा।

बाहड़ मेहता नीचे देखते, घबराते और लज्जित होते हुए आए।

"बाहड़, आज तुम बिल्कुल नालायक ठहराए गये हो," बाहड़ ने जवाब नहीं दिया। "देखो, आज मैं तुम्हें एक दूसरा काम सौंपता हूँ।" बाहड़ के मुँह पर आशा की किरण फूट पड़ी। "सोमेश्वर हजार सैनिक लेकर लाट के विप्लव को शान्त करने के लिए जाता है, इसके साथ तुम भी जाओ। खम्भात से दूसरे पन्द्रह सौ सैनिक ले लेना। अभी आज्ञापत्र दिलाता हूँ। तीन दिन में महाराज, लीला रानी और मैं लाट को सर करने के लिए आते हैं।"

"जैसी आज्ञा," चकित होकर बाहड़ ने कहा। उसका हृदय नये जोश से उछलने लगा।

"जाओ, विजय करो। हमारे आने के पहले हाथ से बाजी जाने दी, तो मुँह मत दिखलाना।"

"महाराज," सोमेश्वर ने कहा, "जरा भी फिक्र न करें। मैं भी आपको बताऊँगा कि भटराज का शिष्य क्या कर सकता है।" कहकर उसने और बाहड़, दोनों ने आज्ञा ली।

मुंजाल रानी की ओर मुड़कर हँसा। काक भटराज के बिना लाट में कोई जीता हो ऐसा दिखता ही नहीं है।

लीलादेवी जवाब में हँसी।

"बेटी, अब जाकर तैयारी करो। मुझे पहचान लो तो भी बोलना मत और यदि जयदेव तुम्हें दूसरे दरवाजे से जाने के लिए कहे तो मना मत करना। तुम जितनी दूर रहोगी उतना ही मेरा निश्चित कार्य पूरा करने में सरलता होगी। मैं तैयार होता हूँ।" कहकर वह जाने लगा।

लीलादेवी ने हँसकर पूछा, "क्या बड़ी माँ के पास जा रहे हैं?"

"हाँ, क्यों?"

"यह सब कहोगे?" लीलादेवी ने पूछा।

"तुम क्या सोचती हो?" मुंजाल ने हँसकर कहा।

"कुछ नहीं। आप भी गजब के आदमी हैं।" रानी हँसी।

"क्या आज का हूँ? पर बेटी, तुम्हारा मनचाहा न करने दिया होता और जाते समय रोक देता तो क्या करतीं?" मुंजाल के मुँह पर वात्सल्य भाव था।

"किस तरह रोकते?"

"कैद करता।"

लीलादेवी ने हँसकर अपने पल्ले में खोंसी हुई कटार बताई, "मेहताजी, मुझे यमराज के सिवाय कौन रोकनेवाला है?" उसने ठंडे कलेजे से कहा, "मुझे कैद करने जाते तो पाटण महाअमात्य-विहीन हो जाता।"

मुंजाल प्रशंसापूर्ण निगाह से देखता रहा, "तुम तो अद्भुत हो।"

रानी ने हँस कर आज्ञा ली।

विजयप्रस्थान–पहला

महाराज की आज्ञानुसार दो घड़ी में सब तैयारी हो गयी। राजगढ़ में से शान्ति और त्वरा से हुक्म पर हुक्म निकले और उन पर बहुत जल्दी अमल किया गया।

वंथली में लोग सन्देश लेकर आ जा रहे थे। वंथली से जुदी-जुदी छावनियों को सवार छूटे और सैनिकों ने जुदे-जुदे स्थानों पर कूच करना शुरू किया।

कुछ इधर जाते और कुछ उधर, कुछ पैदल और कुछ घोड़े पर सवार। दो सैनिक मिलते तो थोड़ी देर पास में खड़े रहकर शब्द बोले बिना ही अलग हो जाते। कितने ही स्थलों पर सैनिकों का समूह चुपचाप चला जाता। घोड़ों के सुम भी मानो आवाज किए बिना जमीन पर पड़ रहे हों, ऐसा लगता। चारों ओर निःशब्दता थी, फिर भी वातावरण ऐसा लगता जैसे भूतों का जमाव हो और चारों ओर त्रास फैल रहा हो।

थोड़ी देर में सब शान्त हो गया। सैनिकों का आना-जाना भी बन्द हो गया। ऐसा भास हुआ कि सारी वंथली निश्चेतन पड़ी हुई है।

राजगढ़ के चौक में आठ-दस घुड़सवार अधीर हो रहे थे। सात घुड़सवार गढ़ में बाहर निकले, उनमें से एक सबसे आगे चल रहा था।

पास के द्वार से एक शस्त्रसज्जित पर छोटे कद का योद्धा निकला और उसने पहले व्यक्ति से कुछ तिरस्कारपूर्वक शान्ति भंग करते हुए कहा, "राजाजी, मुझे तो भूल ही गये।"

पहला सवार अधीरता से खड़ा रहा, "तुम भी चल रही हो?" राजा की आवाज में असन्तोष स्पष्ट रूप से दिख रहा था।

"क्यों? मैं तो तुम्हारे साथ आनेवाली थी न!"

राजा ने होंठ काटे "तुम किसलिए जोखिम उठाती हो?"

"हम दो में से जोखिम तो मैंने ही अधिक उठाए होंगे," रानी ने तिरस्कार से कहा।

राजा ने जवाब में केवल इतना ही कहा, "चलो।"

रानी तुरन्त साथ चल पड़ी। सारे पटणी योद्धाओं को भी राजा का अभिप्राय ठीक लगा। क्या यह जोखिम स्त्री को उठाना चाहिए? परन्तु देशलदेव ने विशलदेव के कन्धे को हाथ से दबाया। इसका अर्थ वह जुदा समझा।

चुपचाप सब चले और घोड़ों पर सवार हुए। थोड़ी ही देर में सब गाँव के बाहर लश्कर के पड़ाव के सामने आए और चार-पाँच सौ घुड़सवार लेकर तेजी से जूनागढ़ की ओर चल दिए।

चन्द्रमा ऐसा दिखता था जैसे गिरनार के शृंगों पर लटक रहा हो। चाँदनी में मनुष्यों की हलचल न दिखे, इसलिए ज्यादातर लश्कर जुदी-जुदी दिशाओं की ओर पैदल जा रहा था। वंथली और जूनागढ़ के बीच आए हुए घने जंगल के कारण इस हलचल को पहचानना मुश्किल था। इसके सिवाय मेंदरडे से एक टुकड़ी डंके की चोट के साथ निकल चुकी थी। इससे केवल एक ओर से हमला हो रहा है, इस भ्रम से सोरठियों के धोखे में पड़ जाने की सम्भावना थी।

मानों पर्वत पर चारों ओर से कुहरा चढ़ रहा हो, इस तरह पट्टणी सैन्य बहुत धीरे-धीरे पर्वत पर चढ़ने लगा। राजावाली टुकड़ी थोड़ी देर में जंगल पार करके चौकी के आगे आ पहुँची।

"देशलदेव, क्या यही तुम्हारी चौकी है?" जयसिंहदेव ने पूछा।

"हाँ महाराज," कहकर देशलदेव आगे बढ़ा और अपने भाई को साथ लेकर सबसे आगे के चौकीदार के पास गया।

देशलदेव ने सबको मिला रखा था, इसलिए चौकिदार कुछ भी बोले नहीं और पट्टणी सैन्य ने चौकी पर तुरन्त अपना अधिकार जमा लिया। यहाँ सब सवार घोड़े पर से उतर पड़े और आगे पैदल जाने को तैयार हुए।

यहाँ से पाँच सौ आदमी, त्रिभुवनपाल के साथ, मेंदरडे से आनेवाली टुकड़ी से

मिलकर जूनागढ़ के मुख्य दरवाजे की ओर जाने वाले थे और बाकी के आदमी महाराजा, परशुराम और उदा मेहता के साथ गुप्त रूप से दाखिल होने वाले थे। इसलिए सब झटपट अलग-अलग बँट गये।

राजा का मुँह गुस्से से भरा था। उसकी आँखों में खुन्नस दिखाई दे रही थी। ज्यों ही सबके निकलने की तैयारी हुई कि राजा ने त्रिभुवनपाल से कहा, ''भाई त्रिभुवनपाल, लीलादेवी को अपने साथ ले जाओ।''

रानी ये शब्द सुनकर कुछ कहना ही चाहती थी कि राजा ने कहा, ''रानी, तुम जाओ।'' राजा की आवाज में गुस्सा था। रानी मन में हँसी। उसने और मुंजाल ने इस स्थिति का विचार पहले ही कर रखा था।

''आप जरा सँभले रहें?'' रानी ने मजाक में कटाक्ष किया और वह त्रिभुवनपाल के साथ गयी। जाते-जाते उसने पदातियों पर निगाह डाली, उन सबके बीच गुप्त वेश में आए हुए महामात्य को पहचानना अशक्य था, परन्तु उसे इस पुरुष के वचन में श्रद्धा हो गयी थी। महाराज और उनके साथी चुपचाप, छाया ढूँढ़ते-ढूँढ़ते आगे बढ़े। आगे-आगे देशलदेव और विशलदेव चलते और पीछे-पीछे महाराज, परशुराम, उदा मेहता और जयदेव परमार। पैदल सिपाही धीरे-धीरे एक-एक दो-दो छिप-छिपकर आते थे। कोई एक अक्षर भी न बोलता था।

सबसे दूर अँधेरे में बड़े से काले कुत्ते जैसा जानवर तेजी से साथ-साथ चल रहा हो, ऐसा बार-बार दिखाई देता, पर उस दिशा में शायद ही कोई देखने की हिम्मत करता था। उस पर जिसकी निगाह पड़ती वह काँप उठता। सबको ऐसा लगता कि बाबरा भूत साथ-साथ आ रहा है। यह भूत जिसका सहायक हो वह युद्ध-वीर कैसे हार सकता है? इससे महाराज की दुर्जयता में लोगों की श्रद्धा बढ़ती थी।

सबके हृदय क्षोभ से धड़क रहे थे और आज की रात का क्या परिणाम आएगा, इसका विचार कर रहे थे। कल पाटण का भविष्य कैसा होगा इसका विचार महारथी कर रहे थे। कल का सूर्योदय देख सकेंगे या नहीं, इसमें हर एक को संशय था।

जयसिंहदेव का मुँह क्रोध से तमतमा रहा था। उसकी आँखें विकराल हो गयी थीं। उसके पाँव सबसे अधिक मजबूती से पड़ते थे। उसके हृदय में क्षोभ नहीं, किन्तु विनाशक उत्साह था। इस समय वह जूनागढ़ जीतने और राणक से मिलने के लिए तड़प रहा था। उसे विश्वास था कि सूर्योदय होने पर वह राणक को अवश्य ब्याहेगा।

बड़ी-बड़ी काली चींटियों के झुंड की तरह सब लोग बोले बिना, धीमे-धीमे, आगे और आगे, ऊपर और ऊपर चढ़ने लगे। किसी का एक निःश्वास भी मानो किसी को सुनाई नहीं देता था। चारों ओर शान्ति थी। किसी-किसी समय केवल पाँव की ठोकर से लुढ़कता हुआ पत्थर या घबराया हुआ पक्षी एकदम आवाज करके प्रलयकाल के कड़ाके की तरह सबके हृदय में त्रास पैदा कर देता था। सब गढ़ के पास पहुँच गये, गढ़ पर कोई फिर रहा हो, ऐसा मालूम हुआ। हर एक का हृदय अकुलाने लगा।

दूसरी ओर से आगे बढ़ते हुए पट्टणी सैन्य के डंके मानो स्वप्न में कोई आवाज सुनाई दे रही हो इस तरह सुनाई देते थे, वे अब बन्द हो गये। थोड़ी-सी चीखें, थोड़ी-सी गड़बड़ परलोक से आई हो ऐसा भय फैलाकर कान पर आती थी। ऐसा लगता था कि मेंदरडे से निकली हुई टुकड़ी ने बड़ी चौकी के साथ युद्ध शुरू कर दिया है। उस अशान्ति में दूर से आने वाली मार-काट की आवाज वातावरण को भयानक बना डालती थी।

आगे के आदमी एक बड़े वृक्ष की छाया के नीचे छिप कर खड़े हो गये।

"देशलदेव," जयसिंहदेव ने कहा। उसकी आवाज खुरखुरी हो गयी थी। "तुम जाकर किलेदार से मिल आओ और मेहता," उदा मेहता से कहा, "तुम त्रिभुवनपाल से मिलकर, बड़ी चौकी के आगे क्या हो रहा है, इसकी खबर लेकर जल्दी आओ।"

उदा मेहता समझ गया। महाराज की दानत थी कि वह त्रिभुवनपाल और लीलादेवी को लेकर सीधा बड़ी चौकी पर जाए। उसने नमस्कार करके साथ में सैनिक लिये और जिस रास्ते त्रिभुवनपाल गये थे उस ओर चलना शुरू कर दिया।

देशलदेव ने चारों ओर सावधानी से देखा। जहाँ वह खड़ा था उस वृक्ष के और गढ़ की खिड़की के बीच कोई वृक्ष नहीं था, पर थोड़े से थूहड़ उगे थे। देशलदेव उनकी ओट में चारों पाँवों से चलकर आगे बढ़ा। वृक्ष के नीचे खड़े हुए सब लोग उसकी प्रवृत्ति को देखते रहे।

थूहड़ की ओट में से एकदम निकलकर देशलदेव गढ़ के दरवाजे में छिप गया। थोड़ी देर में उसने हाथ लम्बा करके खिड़की का कुंडा खटखटाया और तीन बार दो-दो टकोरे दिए।

"कौन है?" धीरे से आवाज आई। देशलदेव खुश हुआ। यह आवाज उसके शार्गिद हमीर की थी।

"कौन हमीर?" देशलदेव ने-धीरे से पूछा, "यह तो मैं हूँ। किलेदार है?"

"हाँ, हूँ। क्यों, क्या काम है?" दादू की गुस्साभरी आवाज आई।

"किलेदार, खिड़की तो खोलो।"

"क्या काम है? इस समय खिड़की नहीं खुल सकती।" दादू ने हठपूर्वक कहा। कल की घटना से ससुर पर से उसका चित्त हट गया था।

"दादू, जरा खोलो, मुझे एक बात कहनी है। तुम मेरे लड़के के समान होकर यह क्या कर रहे हो? मुझे कल खड़े-खड़े निकाल दिया और मैं अपनी माल-मल्कियत किसी को सौंप तक न सका। मेरे लड़के कहो तो तुम और जमाई कहो तो तुम। और कल उठने पर न जाने मेरा क्या हो।"

दादू ने जवाब नहीं दिया।

"मैं बूढ़ा हूँ, मेरा कौन है? तुम दो शब्द तो सुन लो। अपनी लड़की से मुझे दो

शब्द कहलवाना है और अपनी सारी जाएदाद ठिकाने लगानी है। मैं फिर वापस नहीं आऊँगा। किलेदार, जरा अम्बा भवानी की खातिर दो शब्द तो सुन लो।"

देशलदेव गिड़गिड़ाने लगा, उसकी आँखों में से टपटप आँसू पड़ रहे हों ऐसी उसके गले की आवाज से लगा।

"जो कुछ कहना हो, ऐसे ही बाहर से कहो।"

"ऐसे कैसे कहा जा सकता है? कहीं कोई चौकीदार सुन ले तो? और जैसे तुम हो वैसा क्या हमीर है? भैया, जरा तो खोलो। नहीं तो मेरी जिन्दगी में इकट्ठा किया हुआ किसी के भी हाथ नहीं पड़ेगा।"

दादू को दया आ गयी। इस बूढ़े को कल आधी घड़ी में ही गढ़ के बाहर निकाल दिया। बेचारे के दो अक्षर सुन लेने से मेरा क्या जाएगा? उसने किवाड़ के छेद से देखा। बाहर कोई दिखाई न दिया, इसलिए उसने साँकल खोली। खिड़की थोड़ी-सी खोलकर सिर निकाला।

"किलेदार," देशलदेव ने धीरे से कहा, "खिड़की खोलो।"

"बोलिए, क्या है?" दादू ने अधीरता से कहा। उसे इस समय यह ससुर प्राणघातक शत्रु जैसा लगा।

देशलदेव ने देखा कि दादू ने थोड़ी-सी खिड़की खोली है और उसे भी अपने हाथ से पकड़े है। पीछे हमीर खड़ा था। उसकी और देशल की आँखें मिलीं।

देशलदेव को पाटण की महत्ता या सोरठ के स्वातन्त्र्य की परवाह न थी, परन्तु उसे ऐसा लगा कि इसी क्षण पर उसके सारे जीवन का आधार है। उसके हृदय की धड़कन बढ़ने लगी। उसके हाथ-पाँव काँप रहे थे। जितने क्षण की देरी होती थी जयसिंहदेव उतने ही अधीर होते थे और देशल की जिन्दगी जोखिम में पड़ती थी।

"किलेदार, तुम मेरी एक मात्र पुत्री के धनी, मेरे उत्तराधिकारी हो।"

"फिर?" दादू ने कहा।

"मैंने व्यवस्था की है।"

"किसकी।"

"जूनागढ़ की गद्दी मुझे, और मेरे पीछे तुम्हें मिले, इसकी।"

"क्या कहते हो?" दादू ने चौंककर पूछा, "देशलदेवजी, तुम्हें चित्त भ्रम हो गया है।"

"नहीं, उस वृक्ष के नीचे पाटण का धनी राह देख रहा है। खिड़की खोलो।"

"क्या, पाटण के धनी को जूनागढ़ में—" दादू आँखें फाड़कर आश्चर्यचकित होकर बोला। उसकी आवाज कुछ बुलन्द हुई।

देशलदेव धीरज नहीं रख सका। दादू खिड़की और उसके किवाड़ के बीच गर्दन रखकर बात कर रहा था। उसने हमीर की ओर नजर डाली और दादू अधिक कुछ

बोले कि उसके पहले ही उसने एक हाथ दादू के मुँह पर और दूसरा हाथ उसकी गर्दन पर रखकर उसे जोर से दबाया।

"हमीर, खिड़की दबाओ।" देशलदेव ने कहा।

हमीर समझा। उसने तुरन्त जोर से खिड़की दबाई। दादू का गला द्वार की खिड़की के बीच में फँस गया। ऊपर से देशलदेव उसका सिर दबा रहा था और नीचे से मुँह दबा रहा था। वह छुटने को बहुत फड़फड़ाया, चिल्लाने का प्रयत्न किया, पर व्यर्थ गया। उसका सिर घूमने लगा। आँखों के सामने अँधेरा छा गया। देशलदेव ने आखिरी प्रयत्न किया और दादू की गर्दन पर वजन डाला। दादू फड़फड़ाता हुआ बेहोश हो गया, और देशलदेव ने हाथ छोड़ दिया।

"हमीर, मालूम नहीं यह जिन्दा है या नहीं, पर इसका मुँह बाँधकर डाल दे और खिड़की खुली रहने दे। मैं लश्कर लाया हूँ। कल सोरठ हमारा है।"

"कौन है?" हमीर ने दादू का मुँह बाँधते हुए पूछा।

"जयसिंहदेव सोलंकी स्वयं–"

"सब निश्चित है?"

"हाँ।"

"तो जल्दी करो।" हिंसक पशु जैसी फुर्ती से देशलदेव फिर वृक्ष की ओर गया।

"महाराज, खिड़की खुली है, पधारिए।" देशलदेव ने कहा।

"चलो।" जयसिंहदेव ने कहा।

"नहीं" परशुराम ने कहा। "मैं साथ जाता हूँ, फिर सब आदमी आवें और उसके बाद आप। मुझे अब कोई भी जोखिम नहीं लेना है।"

"अच्छा, तुम जाओ। मैं पीछे आऊँगा।"

"आपके साथ परमार रहेगा।" परशुराम ने कहा।

"धीरे-धीरे दो-दो चार-चार पट्टणी सैनिक खिड़की के रास्ते अन्दर दाखिल हुए। जयसिंहदेव अधीरता से देखते रहे। अन्त में परमार रह गया।

"महाराज, पधारिए। आखिर सोरठ सर हुआ।" परमार ने कहा।

महाराज ने जवाब नहीं दिया। वे मन-ही-मन गुनगुनाए, "और आखिर राणक भी मिली।"

दोनों गढ़ में दाखिल हुए।

विजयप्रस्थान–दूसरा

उस दिन खेंगार के हृदय में उत्साह समाता न था।

रा' भोला और विचारशील, उदार और हँसमुख, दृढ़ और दीर्घदर्शी था। उसमें

राजपूत का स्वाभाविक शौर्य था, चूडासमा का सुविख्यात साहस था और वंशपरम्परा से चली आई वीरों की वीरता उसके स्वभाव का मुख्य लक्षण थी। परन्तु अडिग टेक, उदार स्वभाव, उच्च अभिलाषा, राणक के लिए निस्सीम प्रेम और उसके सहवास के परिणामस्वरूप प्राप्त हुई उच्च प्रकार की भावनाशीलता, इन सब गुणों ने मिलकर उसमें ऐसा अद्‌भुत परिणाम पैदा किया था कि रा' खेंगार मनुष्य मिटकर मूर्तिमान् भावना जैसा अपूर्व बन गया था।

जीवन, शब्द और आचरण से वह श्रद्धा, मान और भक्ति प्रकट करता था। वह सब मनुष्यों से श्रेष्ठ और निराला दिखाई देता था; फिर भी सामान्य मनुष्य उसे देखकर प्रसन्न और प्रेरित होते थे। वह सबके साथ प्रेम से, औदार्य से और निष्कपटता से बरतता था और सब उसके लिए प्राण अर्पित करने के लिए तत्पर रहने में जीवन को सार्थक समझते थे।

ऐसे व्यक्तित्व वाले रा' पर भी आज पानी चढ़ा था। उसकी आँखों में से आज हास्य फूटता था और मुँह से स्नेह झरता था। देव के समान तेजस्वी और पार्थ के समान स्वरूपवान् वह जहाँ जाता, इसके उमंग भरे शब्द जहाँ सुनाई देते; इसके काले लम्बे बाल हवा में जहाँ लहराते और इसकी आँखों की किरणें जहाँ पड़तीं वहाँ उत्साह भर जाता था। वह सदा से तो जूनागढ़ का देव था; आज प्रेरणा देने वाले चैतन्य जैसा लगा। उसकी प्रेरणा के कारण एक भी पुरुष में कायरता न रही, एक भी स्त्री में स्वार्थ न दीख पड़ा।

उसने प्रचंड रणोत्सव खेलने की तैयारी की। गढ़ दुर्जय था, उसकी रक्षा के लिए ज्यादा आदमियों की जरूरत नहीं थी, इसलिए उसने हर एक चौकी पर आदमी भेजे; जगह-जगह पुरानी चौकियों से आगे बढ़कर नयी-नयी चौकियाँ स्थापित करने का प्रयत्न किया और खुद चुने हुए सैनिकों को लेकर एभल नायक की चौकी फिर अपने हाथ कर लेने की तैयारी शुरू की।

इस उत्साह में वह पिछली रात की चिन्ता और भविष्यवाणी भूल गया। सन्ध्या समय जूनागढ़ के ऊँचे कोट पर गर्व से फिरते समय उसका हृदय उछल रहा था। मानो वह खुद गिरनार का सचेतन स्वरूप हो, इस तरह चारों ओर उल्लास से देख रहा था। उसके पूर्वजों ने इस गढ़ में रहकर सदियों पहले विजय-घोषणा की थी। आज वह भी वैसी घोषणा करके अन्नत काल को अपनी वीरता देखने का सौभाग्य देने वाला था।

उसने बार-बार वंथली की ओर देखा। अनेक वर्षों से वहाँ की चालाकी, हरामखोरी, क्रूरता और नीचता उसकी टेक को हिला रही थी। राम ने रावण के सामने जिस पुण्य-प्रकोप से शस्त्र छोड़े थे वही प्रकोप उसके हृदय को ज्वलन्त कर रहा था।

उसने सूर्यास्त के समय सोरठ की ऊजड़ भूमि पर नज़र डाली। दूर पर सागर तरंगों की चमकती हुई माला देखी। उसकी नज़र के सामने सोमनाथ पाटण का गगनविहारी देवालय तैर गया। भगवान सोमनाथ को उसके पूर्वज ग्रहरिपु के पास से

मूलराज सोलंकी ले गया था। "महादेव! शंभो! क्या तुम फिर मेरे पास लौटकर नहीं आओगे?" उसने गिड़गिड़ाकर प्रार्थना की।

विचार करते-करते वह यादव श्रेष्ठ श्रीकृष्ण का स्मरण करने लगा। बचपन से वह अपने को भी यादव श्रेष्ठ मानता था। बचपन में उसे अनेक बार उस पुरुषोत्तम की कीर्ति को भी फीकी करने के स्वप्न आए थे। वह खुद उनके कुल का था इसलिए उसने अनेक बार आर्यावर्त का अधिष्ठाता होने का दावा अपने समक्ष रखा था और इस गढ़ में बन्द होकर, छोटी-मोटी लड़ाइयाँ लड़ते और अनेक वर्षों तक विपत्तियाँ सहन करते हुए भी उसके वीर हृदय में से वासुदेव मधुसूदन का आदर्श दूर नहीं हुआ था।

सोमनाथ पाटण की याद आते ही उसे देहोत्सर्ग का पुनीत स्थल याद आ गया उस ओर देखते ही उसे मानो वासुदेव की मूर्ति दिखाई दे गयी।

विशाल पीपल की शीतल छाया के नीचे यादवों के नाथ घायल होकर पड़े हैं। उनके मुँह पर दुःख की रेखा नहीं है; पर जिस भव्यता से दुर्योधन डर गया था वह फैल रही है। बरसों पहले रीझी हुई गोपियों का स्मरण आ रहा हो इस तरह उनके होंठों पर मन्द और मधुर हास्य है। उनके विशाल नेत्रों की गहनता में अर्जुन को जो प्रेम, शौर्य और कारुण्य दिखाई दिया था, वह दीखा। उसने उन परम पुरुषोत्तम को अपने पाँव मे लगे हुए तीर की ओर देखते हुए देखा और फिर उस ओर से धीरे से अपने नेत्रों को मोड़ कर उसकी ओर ममता भरी दृष्टि से देखते हुए देखा तथा पुत्र को देख कर जिस तरह पिता हँसता है उस तरह वे हँसे। रा' ने उनकी ओर भक्ति भाव से हाथ जोड़ लिए।

वह दर्शन अदृष्ट हो गया—खेंगार ने अकुलाकर चारों ओर देखा। उसने निःश्वास छोड़ा। उसने देवाधिदेव गोवर्धनधारी के सौम्य स्वरूप का साक्षात्कार किया, इसलिए उसके हृदय में हर्ष नहीं समाता था। वह यह कहकर बड़बड़ाया कि "हे यादव श्रेष्ठ, मैं भी तुम्हारी अमर-कीर्ति का भागीदार यादव हूँ।" अधिक नहीं बोला गया, पर उसके हृदय में उत्साह उछलने लगा।

इतने में कितने ही सामन्त, नायक और भाट-चारण आ गये और जूनागढ़ के रा'ओं की कीर्ति के गान शुरू हो गये। रा' ने इन सबके साथ भी हँसी-मजाक किया। सामन्तों ने उसे पानी चढ़ाया और उसने सामन्तों पर पानी चढ़ाया।

अन्त में सब भोजन करने के लिए उठे और भोजन से छुट्टी पाकर तैयार होने को चल दिए। रा' भोजन करके रनिवास में गया। राणक उसके वस्त्र और शस्त्र तैयार कर रही थी।

राणक देवड़ी ने कल से बोलना कम कर दिया था। उसने सारा दिन तैयारी करने में और पूजा में बिताया था।

"काक कहाँ है?" रा' ने पूछा।

''वजेसंग और कुमारों के साथ गढ़ देखने के लिए गये हैं। उन्हें यहाँ किसलिए रखा?''

''मैं आऊँ तब तक तुम्हारी रक्षा तो करेगा!'' रा' ने हँसकर कहा।

''मेरा कोई क्या कर सकता है?''

रा' देवड़ी के सामने देखता रहा। इस समय देवड़ी की निर्मल कान्ति आधिक निर्मल और अपार्थिव दिखाई दे रही थी। इस समय उसका छोटा-सा कद हलके फूल जैसा लगता था। रा' को कल रात के समय देवड़ी के द्वारा दिखाया हुआ चमत्कार याद आया। क्या इस नाजुक स्त्री में इतना अधिक देवत्व है? उसका हृदय स्नेह से भर गया। उसने देवड़ी के हाथ में से शस्त्र ले लिया और उसका हाथ अपने हाथ में लेकर वह उसकी ओर देखने लगा।

''क्या देखते हैं?''

''तुम्हें। तुम्हें देखते हुए मैं अभी तक अघाया नहीं।''

''मेरे रा' इस समय मेरी ओर मत देखो, अपनी कीर्ति की ओर देखो।''

''घबराओ नहीं, मैं कायर होनेवाला नहीं। तुम्हें देख-देख करके ही मैं हिम्मत रखता हूँ।'' खेंगार हँसा। उसके हास्य का उल्लास चारों ओर फैल गया। उसने चारों ओर देखा, तो कोई नहीं था, उसने झुककर एक चुम्बन ले लिया। ''देवड़ी, मुझ पर पानी चढ़ाने के लिए तुम तो कुछ कहती ही नहीं।''

राणक के मुँह पर मन्द और म्लान हास्य छा गया। ''मेरे रा', तुम्हारे शौर्य से तो सारा सोरठ जूझता है, मरता है, फिर तुम्हें कौन पानी चढ़ावे?''

''क्या इसका नाम पानी चढ़ाना नहीं है?'' रा' खेंगार ने छोटे बच्चे की तरह हँसते हुए कहा और उसने राणक के कन्धे पर हाथ रखकर एक निःश्वास छोड़ा। थोड़ी देर तक कोई कुछ बोला नहीं।

''देवड़ी,'' रा' की आवाज़ गद्‌गद हो गयी। ''मुझे कहीं कुछ हो जाए तो बच्चों को संभालना।''

''मेरे रा',''' राणक ने हिम्मत से ऊपर देखा, ''यह काम मेरा नहीं। दूसरी तीन रानियाँ हैं, उन्हें यह काम सौंपो।''

''पर बच्चे तुम्हारे--''

''पहले रा' पीछे बच्चे। पर, इस समय आप यह विचार क्यों करते हैं? मैं विजयमाला लेकर बैठी हूँ। आप जल्दी पीछे लौटिए न!'' राणक ने कहा।

रा' को अगली रात्रि की भविष्यवाणी याद आई और उसने एक निःश्वास छोड़ा।

''देवड़ी, मुझे आज अपने पूर्वज श्रीकृष्ण यादव के दर्शन हुए।''

देवड़ी ने ऊपर देखा, ''अपने अहो भाग्य!''

''मैंने उन्हें देहोत्सर्ग के आगे पड़े हुए देखा। वे नीचे देखते हुए घायल पाँव की ओर देख रहे थे। उन्होंने मुझे देखकर ऊपर देखा और आशीर्वाद में जरा हँस दिया।'' रा' ने छोटे बच्चे जैसी श्रद्धा से कहा।

''मेरे रा', जब द्वारकाधीश आपके सहायक हैं तब वह पामर क्या कर सकता है?'' राणक ने उत्साह से कहा और नीचे झुके हुए रा' के गाल के साथ अपना गाल लगा दिया।

दोनों ने तुरन्त चौंककर ऊपर देखा, मानो इस सवाल के जवाब में ही, दूसरे डंके की गड़गड़ाहट सुनाई दी।

''मेंदरडे से कटक चढ़ा जान पड़ता है,'' रा' ने आँखें फाड़कर कहा। ''तुम तैयारी करो। मैं ऊपर जाकर देख आऊँ।'' इतने ही में वजेसंग, काक और रा' के दोनों कुमार आ पहुँचे।

''महाराज, मालूम होता है कि जयसिंह सोलंकी ने भी आज चढ़ाई कर दी है।'' वज़ेसंग ने कहा।

''काक, इससे अच्छा क्या है? काक, गढ़ देखा?''

''हाँ महाराज, गढ़ गिरनेवाला नहीं है। आप इस सम्बन्ध में बिल्कुल चिन्ता न करें।''

''काक, मेरी आज्ञा के बिना इस गढ़ में एक पक्षी भी नहीं पैठ सकता।''

''किलेदार तो सब विश्वासी हैं न?''

''सब चार-चार पीढ़ी के हैं।'' रा' ने विश्वासपूर्वक कहा।

''मेरे धनी, अब तैयार हो जाइए।'' वजेसंग ने कहा।

''काक, जरा ध्यान से देखने दो। समय है, शायद मेंदरडा के आगे की बड़ी चौकी की मदद को भी जाना पड़े।'' खेंगार ने चारों ओर देखते हुए कहा।

''मेंदरडे की बड़ी चौकी तो मजबूत है। वहाँ सोलंकी की नहीं चल सकती। यदि वह थोड़े समय तक सफल न हो, तो फिर मैं एभल नायक की चौकी पर छापा मारकर उसे अपने कब्जे में करके बाद में बड़ी चौकी की सहायता के लिए जाऊँ। बड़ी चौकी पर तो कई आक्रमण हुए जो पीछे दिए गये और यदि वहाँ सोलंकी कुछ सफल होता दीखे तो फिर मैं चौकी पर मदद भेजूँ।''

''ठीक बात है,'' काक ने कहा, ''आपका गढ़ इतना जबर्दस्त है कि हर रोज़ एक चौकी जाए तो भी इस पर थोड़ी-सी भी आँच नहीं आ सकती।''

''क्यों बेटा,'' रा' ने अपने बड़े पुत्र माना से पूछा, ''मैं जाऊँगा तो तुम गढ़ की रक्षा करोगे न?''

माना* ने पिता के सामने देखा। उसकी बड़ी-बड़ी आँखें गर्व से पिता पर ठहर गयीं। ''पिताजी, जूनागढ़ का रा' कभी डिगा है?''

---

* मि. फार्बस को वार्ता सुनाने वाले चारणों-तुरीओं ने माणेरो और डगायचे ये नाम बतलाए थे। मालूम होता है कि सोरठी राजपूतों के नाम इन हल्के गवैयों के मुँह में विकृत हो गये है। संभव है कि माणेर का नाम माना रा' हो।

— रासमाला, प्रकरण 9

"शाबाश," कहकर रा' ने उसे गले लगा लिया और फिर छोटे लड़के को गोद में ले लिया। "जाओ, अब तुम चुपचाप सो जाओ। हम गढ़ देखने जाते हैं।"

"पिताजी, मैं नहीं चलूँ?"

"नहीं, यह तकलीफ उठाने को अभी बहुत समय पड़ा है।"

लड़के को विदा करके रा', काक और वजेसंग ने गढ़ पर घूमना शुरू किया। मेंदरडे के सिवाय सब दिशाओं में शान्ति थी, कभी-कभी पत्ते और पत्थरों के गिरने की आवाज़ कानों में आती थी। परन्तु एभल नायक की चौकी के दीपक अखंड जल रहे थे, इसलिए उन्हें किसी भी दिशा में भय जैसा वातावरण नहीं लगा। एभल नायक चौकी की ओर अध-बीच में सोरठ का थाना था, वहाँ भी दिया जलता था।

इस तरह घूमते-फिरते आधी रात होने आई। मेंदरडा का पट्टणी सैन्य चौकी के पास आ गया था और उसके तथा सौरठ के सैन्य के बीच युद्ध शुरू हो गया था। ऐसा लगता था कि विकट युद्ध हो रहा है, पर यह स्पष्ट दिखाई दे रहा था कि उसमें पट्टणी सफल नहीं हो रहे हैं।

"अब हरकत नहीं," रा' ने कहा। "सुबह तक तो इस चौकी का कुछ बिगड़ने वाला नहीं। इतने में तो मैं एभल नायक की चौकी लेकर वापस आता हूँ। चलो महल चलें, सब तैयार होकर खड़े होंगे।"

वे तेजी से महल में गये और रा' ने शस्त्र धारण किए। गिरनार की ओर की खिड़की से रा' बाहर जानेवाला था। वहाँ तक काक और वजेसंग पहुँचा आने के लिए तैयार हुए।

"नहीं काक, तुमने बहुत किया है और बहुत करने वाले हो।"

"पर मैं खिड़की तक चलता हूँ।"

"नहीं, तुम वजेसंग के साथ लौटोगे, तो कैदी जैसे मालूम होओगे, और इस तरह मेरे साथ चलोगे तो कोई मित्र समझेगा। कोई पट्टणी तुम्हें देख ले और मेरा कुछ हो जाए, तो वह सोलंकी तुम्हारे प्राण ले लेगा। कुछ खबर है?"

"मैं एक बार फिर गढ़ देख आऊँ?"

"अभी तो तुम सो जाओ। अभी तुम्हें अनेक रातें जागकर बितानी हैं।"

"जैसी आज्ञा," कहकर काक रा' से स्नेह के साथ भेंटा।

रा' अन्तःपुर में गया। देवड़ी ने स्थिर प्रेम के अनन्त सन्देश देते हुए आँखों के द्वारा रा' को विदा दी। दूसरी रानियों ने अश्रुपूर्ण नेत्रों से जल्दी लौटने का सन्देश कहा। रा' ने सोए हुए पुत्रों का चुम्बन लिया, और छोटी बहन के हाथ से विजय का कुंकुम-चिह्न करा कर बाहर निकला।

राणकदेवी जाते हुए रा' को खिड़की के रास्ते से देखती रही। एकाग्र और खिन्नता से भरे हुए नेत्रों के द्वारा उस तेजस्वी प्रेममूर्ति को निरखती रही। उस स्वरूपवान् मुँह के हृदय में धारण की हुई रेखाओं की पहचान ताजी की। वह फिर

उसके लम्बे घुँघराले बालों पर मोहित हुई। उसने दूर जाते हुए अपने उस स्वजन के गठीले शरीर की गति से मोहक बनी हुई लटक को फिर से अपने हृदय में उतारा। जब रा' दूसरे रास्ते की ओर मुड़ जाने से अदृष्ट हुआ तब उसने उस परिचित आवाज के प्रतिशब्द हृदय में धारण करके सारे जीवन के स्नेहपूर्ण संस्कार जगाए। आवाज आनी बन्द हुई। अन्त में वे प्रतिशब्द भी बन्द हो गये। उसकी आँखों में से आँसुओं की धारा बहने लगी। उसने एक हृदय को विदीर्ण करने वाली करुण आह ली और वहाँ से वापस लौटी।

आते ही उसने अपने हाथों की चूड़ियाँ उतार दीं। अन्तःपुर की स्त्रियाँ यह देखकर स्तब्ध हो रहीं।

जयसिंहदेव क्यों युद्ध में गये?

गर्व से फूलते हुए हृदय से जयसिंहदेव ने जूनागढ़ में पैर रखा। वर्षों से जूनागढ़ उनके जीवन का परम लक्ष्य था, आज वह सिद्ध हुआ।

अन्दर गये तब वहाँ सिर्फ तीस-चालीस आदमी थे। परशुराम और अन्य को न देखकर महाराज विस्मित हुए।

"देशलदेव, परशुराम कहाँ गये?"

"अन्नदाता, उन्हें आपकी राह देखना ठीक न लगा। ज्यों ही सुना कि खेंगार गढ़ छोड़कर जाने की तैयारी कर रहा है त्यों ही उसके पीछे चले गये। कुछ आदमी बड़े दरवाजे पर, कुछ गिरनारी खिड़की की तरफ और कुछ राजमहल का निगरानी के लिए भेज दिए हैं। आपके लिए ये रहने दिए हैं।"

"शाबाश परशुराम!" राजा ने कहा। "खेंगार को इतने में ही खबर लग गयी और वह भाग गया?"

"नहीं महाराज, इस समय तो वह एभल नायक की चौकी पर अधिकार करने के लिए बाहर जा रहा था।"

"अच्छा! तो अब ले चौकी, मकदूर हो तो!" राजा क्रूरता से बड़बड़ाया "सोलंकी आ पहुँचा है। देशलदेव, इधर तो आओ।"

"जी" कहकर देशलदेव महाराज के साथ जरा दूर गया।

"बोलो, अब तुम्हारे दूसरे वचन की बात?"

"मैं अपना वचन पालने के लिए तैयार हूँ।"

"किस प्रकार?"

"आप चलिए, राणक महल में है। आप जो चाहें वह करें।"

"किन्तु यदि इनकार कर दे तो?—" राजा को संशय हुआ।

"अन्नदाता, यह छोकरी है तो जिद्दी, किन्तु आप समर्थ हैं और मैंने एक दूसरा रास्ता तैयार कर रखा है।"

"क्या?"

"बहुत देर लगे तो उसे यहाँ से उठा ले जाना। फिर जो होगा सो होता रहेगा।"

"हाँ, यह बात ठीक है।" जयदेवसिंह ने विचार करते हुए कहा, "किन्तु कहाँ ले जाए जाए?"

"इसकी व्यवस्था मैंने कर रखी है। एक घड़ी में एक योजन चलने वाली साँड़नी तैयार है। आप उस पर जहाँ चाहे वहाँ जा सकते हैं।"

"किन्तु वंथली जाना ठीक न होगा।"

"महाराज, सरधार जाइए, बढ़वाण जाइए, सूझ पड़े वहाँ जाइए, किन्तु जितना दूर हो उतना ही अच्छा।"

"ठीक—"

"अन्नदाता—" सूचक स्वर में देशलदेव ने कहा।

"क्या?"

"जूनागढ़ सर हुआ। अब मेरे लिए आज्ञा—"

जयसिंहदेव ने भौंहे तानीं, "अभी आज्ञापत्र का समय है?" उसने अधीरता से पूछा।

"मैंने वंथली में तैयार करवा रखा है। आपके हस्ताक्षर—"

"देशलदेव, मेरे बोल ही वचन हैं। इस समय उन पर श्रद्धा रखे बिना छुटकारा नहीं।" महाराज ने जिद्दी आवाज में कहा, "परमार, इस खिड़की पर दो आदमी छोड़कर मेरे साथ चलो।"

"अन्नदाता, इसे साथ लेना है?" देशलदेव ने पूछा।

"हाँ।" सख्ती से राजा ने उत्तर दिया। देशलदेव चुप रहा। उसने जयसिंहदेव को जैसा भोला और बन जाने वाला समझा था वैसा वह न निकला। "चलो, रास्ता दिखलाओ।"

देशलदेव आगे हो गया, किन्तु राजा वहाँ से न हटा। वह एकदम गहरे विचार में पड़ गया।

उसने जूनागढ़ लिया—देशलदेव की तरकीब से; वह राणक को उठाए ले जा रहा है—देशलदेव की सलाह से। पर उसकी कीर्ति का क्या होगा? उस पर राणक के लिए पागलपन सवार था, उससे मिलने के लिए वह एक पैर से खड़ा था। उसे ब्याह कर पटरानी बनाने का उसने निश्चय कर लिया था, किन्तु कौन-सा मुँह लेकर वह राणक के पास जाएगा? किस मुख से वह मुंजाल मेहता से अपनी बहादुरी की बात कहेगा? और किस मुख को लेकर वह अपनी दुर्जयता का दावा सिद्ध करेगा? कल तक वह विजेता था, आज देशलदेव ने उसे चोर बना दिया। नहीं, उसने ओंठ चबा

लिए। खेंगार का सिर जब तक उसके धड़ पर है तब तक उसकी स्त्री के पास कैसे जाए?

"देशलदेव," उसने अधीरता से कहा, "मैं खेंगार से लड़ने जाता हूँ।"

"किन्तु महाराज–"

"सब्र करो। परमार, देशलदेव के साथ जाओ और महल को घेर लो। एक चिड़िया भी भीतर-बाहर न आने-जाने पाए। मैं अभी आता हूँ–"

"आप अकेले कहाँ जा रहे हैं?" परमार ने पूछा।

"देशलदेव मुझे रास्ता दिखलाएँगे। चलो। परमार, तुम यहीं खड़े रहो।" कहकर देशलदेव को साथ लेकर राजा चल दिया।

एक ऊँचा पट्टणी सैनिक दूर खड़ा यह सब देख रहा था। वह मन-ही-मन हँसा। "आखिर जयदेव का मस्तिष्क ठिकाने आया।"

जयसिंहदेव तेजी से बस्ती में गया। गढ़ की अभेद्यता और किलेदारों की प्रामाणिकता को ध्यान में रखकर खेंगार ने बस्ती में थोड़े ही सैनिक रखे थे, और लड़ने वाले आदमी अधिकांश चौकियों पर चले गये थे। सारे दिन इन पुरुषों को जूझने के लिए उभाड़ा गया था और सन्ध्या को खेंगार के जाने की तैयारी का उत्साह था। इसलिए इस समय नगरवासी शान्ति से सो रहे थे। गलियाँ निर्जन थीं। किसी-किसी चबूतरे पर वृद्ध पुरुष सोए दीख पड़ते थे।

चुपचाप वे गिरनारी खिड़की की ओर गये।

परशुराम लगभग तीन सौ आदमी लेकर इसी खिड़की की ओर आया था। ये चुने हुए आदमी थे, इसलिए सावधानी और शान्ति से आगे बढ़े थे। उन्हें चुपचाप हल्ले-गुल्ले के बिना कत्ल करने का हुक्म मिला था और वे उसे व्यवहार में लाने को तैयार थे।

जहाँ आजकल अडीकड़ी बावड़ी है, उसी के सामने गिरनारी खिड़की थी। पास ही खेंगार के पिता नवघण के नाम से अमर हुआ विशाल कुआँ था।

जब परशुराम के आदमी वहाँ पहुँचे, तब खेंगार के साथ जाने वाले सब आदमी गढ़ के बाहर नहीं गये थे। खेंगार गढ़ के बाहर वजेसंग आदि सामन्तों के साथ बातें कर रहा था, थोड़े से आदमी खिड़की में से बाहर निकल रहे थे, और थोड़े से खिड़की के सामने खड़े थे। सब विजय के उत्साह से भरे थे।

एकदम जैसे कोई काला बादल गिरनार के तेजस्वी शिखर को घेर ले, उसी प्रकार काले, निकट आते हुए समूह ने, देखते-ही-देखते उन्हें घेर लिया और खड़े हुए आदमी बोले-चिल्लाएँ कि उसके पहले ही उनके प्राण चले गये और वे पृथ्वी पर गिर पड़े। किसी को कुछ स्पष्ट दिखा नहीं, किसी के कुछ समझ में आया नहीं। सोरठी योद्धा यह दैवकोप जैसी सर्वग्राही विनाशक शक्ति देखकर घबरा गये।

एक ने आवाज दी, "अरे बाप रे!" दूसरे ने पूछा, "कौन है?"

किन्तु ये शब्द आधे ही बाहर निकल सके, और बोलनेवाले मरण-शरण हो गये।

बाहर खेंगार उत्साह से बातें कर रहा था। इसी धाँधली की अस्पष्ट आवाज सुनकर चौंका, "यह क्या है?"

खिड़की में खड़े हुए एक सैनिक दौड़ता हुआ आया, "अन्नदाता, सोलंकी की सेना नगर में मार-काट मचा रही है।"

"क्या कह रहा है?"

"इतने में "बाप रे–" की पुकार और मरते सैनिक की चीख सुन पड़ी। खेंगार ने सिर ऊँचा किया। उसकी आँखों में से तेज निकल रहा था। होंठ-से-होंठ दबाते हुए वह पीछे लौटा।

"जाकर देखूँ, क्या है?"

एक सामन्त सामने आया, "महाराज, इस रास्ते उतर जाइए। मैं तलाश करके आता हूँ। सोलंकियों ने गढ़ ले लिया मालूम होता है।"

"क्या कह रहे हो! कोई बात है!"

इतने में कुछ मुठभेड़ की आवाज आई। "मेरी धनी," एक सामन्त ने कहा। "आप गिरनार पर जाइए। आप जीते रहेंगे, तो सब ठीक होगा।"

"जैसे चोर की तरह सोलंकी घुस आया, क्या वैसे ही चोर की तरह मैं भी भाग जाऊँ? जहाँ जूनागढ़ वहीं उसका रा'। सोरठी वीरों, पीछे लौटो।" उसने हुक्म दिया और वह खिड़की के पास आया।

खिड़की में से कुछ सैनिक घबराए हुए बाहर निकल रहे थे, क्रोध से खेंगार ने पूछा, "नामर्दों, भाग क्यों रहे हो? तुम्हारे हाथ कहाँ गये? वापस लौटो!" खेंगार की आवाज सुनकर एकदम सब ठहर गये। उसने तलवार निकालकर हुक्म दिया। "पीछे लौटो! जय महादेव! अम्बा माता की जय!" कहकर खेंगार खिड़की में घुसा। खिड़की में के सोरठी सैनिक लौट पड़े और शस्त्र चलाने लगे। खेंगार खिड़की में से जोर से कूद पड़ा, उसके साथ के योद्धा भी उसी जोर से आगे बढ़े। पट्टणी सैनिकों की आगे बढ़नेवाली कतार टूट गयी, पाँच सात-सैनिक गिर गये।

खेंगार ने एक ही क्षण में सब स्थिति समझ ली। धोखेबाजी से पट्टणी गढ़ में बैठ गये हैं। इस समय सैनिकों के बिना नगर निराधार था। उसे बचाना अशक्य था। उसकी आशा का अन्त आ गया–उसकी रानी की वाणी सत्य निकली। उसके जीवन को अमर कीर्ति से मढ़ने का भयानक अवसर आ गया। जैसे कोई उल्लासमत्त वर नव परिणीता से साथ मिलने के लिए दौड़े, उसी प्रकार वह इस अवसर से मिलने कूद पड़ा। उसके हाथों में रक्त उतर आया। उसके हृदय में विजय का घंटानाद होने लगा, उसकी बुलन्द और भयंकर आवाज गूँज उठी।

"वजेसंग, खिड़की बन्द करो। सोरठी वीरों टूट पड़ो। राजमहल की ओर बढ़ो।

सती की जय!" प्रत्येक घोष के साथ एक-एक पट्टणी गिरने लगा। प्रत्येक तलवार के झपाटे से पट्टणी-कतार खंडित होने लगी।

किसी सोरठी ने खिड़की बन्द कर दी, इसलिए खिसकने का मार्ग बन्द हो गया। उस सँकरी जगह में भी सोरठियों ने व्यूह की रचना कर ली। पट्टणियों की पंक्ति के सामने सोरठियों की भी छोटी टुकड़ी खड़ी हो गयी। चन्द्र अस्त होने की तैयारी कर रहा था और अन्धकार फैलता जा रहा था। इस अन्धकार में योद्धाओं की दो पंक्तियाँ आमने-सामने रुद्रताल ले रही थीं।

रा' का जोश दुःसह था। जहाँ वह जाता वहाँ पंक्ति रहना ही अशक्य था। उसकी तलवार भी अनेक विद्युत्-मालाओं की तरह चारों ओर जिधर चाहती चमक उठती। उसके पैर अडिग थे, जहाँ होते वहाँ से आगे ही बढ़ते—पीछे हटते ही नहीं।

कुछेक क्षणों में ही वहाँ रक्त की धाराएँ बहने लगीं। जहाँ दोनों पंक्तियाँ टकरातीं वहाँ शवों के सीमा-चिह्न फैल जाते।

खेंगार की घोषणा के बाद शायद ही कोई कुछ बोला हो। तलवार की काट और मृत्यु की वेदना इन दो के परिणाम से ही कुछ आवाज होती थी। भूतों की सृष्टि में यादवस्थली बन गयी हो, ऐसा लगता था।

जयसिंहदेव युद्ध से वापस क्यों लौटे?

परशुराम जो पीछे था सोरठियों का हमला होते देखकर आगे बढ़ने लगा। उसके आगे सोरठियों का ऐसा जमाव था कि उसे पार करके बढ़ना मुश्किल था। तो भी वह आगे बढ़ा। जूनागढ़ की विजय—यही उसके पिता का और बाल्यकाल से स्वयं उसका लक्ष्य था; आज इस धन्य घड़ी में रा' के प्राण लेकर उस लक्ष्य को साधने में वह तत्पर हुआ।

किन्तु सोरठियों का वेग जबर्दस्त था, दोनों में एक भी पीछे हटनेवाला नहीं था।

एकदम पट्टणियों के पीछे से किसी ने घोष किया, 'जय सोमनाथ' और कोई मनुष्यों की इन उछलती हुई तरंगों में कूद पड़ा। आवाज स्पष्ट और गर्वयुक्त थी। पट्टणियों ने उसे पहचाना और उनकी छाती में जोश उबल पड़ा। उन्होंने प्रतिध्वनि की 'जयसिंहदेव महाराज की जय।'

खेंगार ने किसी को निकट आते देखा और घोषणा सुनी। उसे ऐसा लगा कि जयसिंहदेव सोलंकी आ पहुँचा। उसके रोम-रोम में आग लग गयी। उसने उछलकर ललकारा, "कहाँ है सोलंकी?"

सोरठियों में फिर जोश आया और दोनों पक्ष श्वास साधकर एक-दूसरे का विनाश करने लगे।

जयसिंहदेव की घोषणा के बाद शान्ति न रह सकी; दोनों पक्ष के योद्धाओं ने गर्जन करना शुरू किया। मरे हुओं और घायलों की चीखें भी सुनाई देने लगीं। तुमुल युद्ध की खींचतान में सोरठी योद्धा सामने बढ़ रहे थे।

योद्धाओं को अन्धकार अड़चन देने लगा। किसी को इस बात का भान न रहा कि मैं किस पक्ष के योद्धा के साथ लड़ रहा हूँ। वह राजमहल की ओर बढ़ रहा है अथवा बावड़ी की ओर अग्रसर हो रहा है, इसी पर से उसके पक्ष का पता लगता था।

अन्धकार में भी जयसिंहदेव पट्टणियों के आगे आ पहुँचा। ऐसा लगा कि उसके प्रत्येक आघात से एक-एक के प्राण जा रहे हैं। परशुराम उसके साथ-साथ उसे मदद करने या जरूरत पड़ने पर बचाने के लिए जूझ रहा था। खेंगार और जयदेव एक दूसरे को वैर-यज्ञ में होमने के लिए खोज रहे थे; किन्तु उस सँकरी जगह में और अन्धकार में किसी की खोज सफल न हो सकती थी।

युद्ध के नाद में जरा-सी शान्ति आई के खेंगार की आवाज फिर सुन पड़ी, ''सोरठी वीरों, राजमहल पर बढ़ो।'' जयसिंहदेव इस आवाज को सुनकर उस ओर लौटा।

चन्द्र नीचे उतरा और चारों ओर अन्धकार फैल गया। परशुराम को आज का साहस मूर्खतापूर्ण लगा। इस समय युद्ध का क्या परिणाम निकलेगा?

सोरठी एकदम पीछे रहे और पट्टणी जयघोष कर आगे बढ़े। किस पक्ष के कितने बचे हैं, इसका किसी को भान न था। शेष रात बीतने पर कौन विजयी होगा, यह प्रश्न सबके हृदय मे उठता था। ज्यों-ज्यों समय बीत रहा था त्यों-त्यों परशुराम की चिन्ता बढ़ती जा रही थी। उसने जयसिंहदेव से पीछे लौटने के लिए कहना शुरू किया, किन्तु रण पर चढ़ा सोलंकी किसी की सुननेवाला न था।

बावड़ी की ओर बढ़ते हुए पट्टणियों पर एकाएक राजमहल की ओर से हमला हुआ। ''सोरठियों, पट्टणियों को काट डालो।'' हमला करने वाले की आवाज सुन पड़ी।

जयसिंहदेव और परशुराम दोनों को इस हमले का अर्थ समझ में आया। खेंगार ने किसी जाने हुए मार्ग से तिरछा जाकर पीछे की ओर से हमला किया था। यह नहीं कहा जा सकता कि कितने आदमी उसके साथ थे। ऐसा लगा कि पट्टणी सरौते के बीच सुपारी की तरह आ गये हैं। जयसिंहदेव और परशुराम उछल-उछलकर चोटें करने लगे। 'जय सोमनाथ' की घोषणा चारों तरफ फैल गयी। सामने से सोरठियों ने 'रा' खेंगार की जय!' की प्रतिध्वनि की।

दो दलों की मुठभेड़ के बदले एक-दूसरे के कत्ल होते रहे। चारों ओर घोर नाद होने लगा। दिशा और समय का किसी को भान न रहा। सवेरे तक कौन जीवित रहेगा, यह समझ में नहीं आया।

जयसिंहदेव को ऐसा लगा कि मैं पूरी तरह फँस गया हूँ और दो सेनाओं के बीच से बचने का अवसर भाग्य से ही मिल सकता है। निराशा ने उसे बल दिया, 'जय सोमनाथ!' की गर्जना करके उसने विनाश चालू रखा।

धीरे-धीरे बिना जाने ही, युद्ध का स्थान राजमहल की ओर खिसका जा रहा था।

जिस ऊँचे पट्टणी सैनिक को जयसिंहदेव के बर्ताव के विषय में अभिप्राय प्रकट करते देखा था, उसकी हलचल विचित्र थी। जैसे ही युद्ध का कोलाहाल उसके कानों में पड़ा त्यों ही अनुभवी और तेज आहवाश्व की चपलता से वह खड़ा हो गया और जहाँ से आवाज आ रही थी उस ओर चल दिया। फिर जहाँ मारकाट हो रही थी उससे दूर एक चबूतरे पर खड़े होकर वह देखता रहा। खेंगार के आदमियों ने एक गली में से आकर पट्टणी योद्धा को पीछे से घेर लिया, यह उसने देखा। तुरन्त ही वह पट्टणी सेना की कठिनाई को समझ गया और तेजी से राजमहल की ओर गया। वहाँ जगदेव पच्चीस-तीस सैनिकों के साथ पहरा दे रहा था।

"परमार," उस सैनिक ने सत्तापूर्ण स्वर में कहा, "महाराज को सोरठियों ने घेर लिया है, वहाँ चलो।"

ढाटा बाँधे हुए एक अज्ञात सैनिक उसे इस तरह सम्बोधित करे, यह जगदेव को जँचा नहीं, साथ ही उसे यहीं रहने का हुक्म हुआ था, इसलिए इस सत्ता का आडम्बर भी उसे अच्छा न लगा।

"तू कौन है?" जगदेव ने तुच्छता से कहा।

"मैं जहाँ युद्ध हो रहा है वहाँ से आया हूँ।"

"मेरे पास आने को किसने कहा?"

"किसी ने नहीं, मैंने।"

"तेरा दुस्साहस महान् है, तू अपना काम देख।"

वह सैनिक जरा सतर हुआ। उसकी आवाज में तलवार की धार जैसी तीक्ष्णता थी।

"जगदेव, तुम्हें आज्ञापालन करना भी नहीं आता और भंग करना भी नहीं आता।"

उस सैनिक ने सत्ता के साथ कहा। जगदेव को आवाज परिचित-सी लगी। वह किसकी है, इसका विचार वह कर ही रहा था कि उस सैनिक ने निकट खड़े सैनिक की ओर मुड़कर हुक्म दिया, "मूला नायक, आदमी लेकर चलो मेरे साथ।"

"कौन मेहताजी?" ज़रा घबराए हुए स्वर में परमार बोला और दूसरे सैनिकों ने सम्मान के साथ उसको चारों ओर से घेर लिया।

"हाँ। तुम्हें अब भी पहचानने में बहुत देर लगती है। तुम्हें यहाँ खड़ा रहना हो तो खड़े रहो। बहादुरों, चलो मेरे साथ, वहाँ महाराज को खेंगार ने घेर लिया है।"

''महाराज, मैं देशलदेव से कह आऊँ।'' घमंडी जगदेव ने कहा।

''हाँ जाओ और कहकर आ पहुँचो।'' कहकर मुंजाल मेहता सैनिकों को लेकर चल दिए। थोड़ी ही देर में संग्रामस्थल आ पहुँचा।

''परम भट्टारक जयसिंहदेव महाराज की जय! जय सोमनाथ!''

मुंजाल मेहता ने गगनभेदी गर्जना की। यह गर्जना युद्ध की धमाचौकड़ी में भी चारों ओर सुन पड़ी। जयसिंहदेव, परशुराम और कितने ही सैनिकों ने यह प्रचंड आवाज सुनी और जवाब दिया, ''जय सोमनाथ! मुंजाल मेहता की जय।''

मुंजाल मेहता के नाम से पट्टणियों में नया शौर्य प्रकट हुआ। मुंजाल और उनके आदमी बिल्कुल ताजे होने के कारण उनका हमला भी ऐसा सख्त हुआ कि थोड़ी देर तक मनुष्यों की कतारें बिना समझे ही इधर-उधर झोंके खाने लगीं। अब तो दूसरे पक्ष की कतार अथवा दिशा जैसी कोई चीज रह ही नहीं गयी थी। 'जय सोमनाथ' और 'जयसिंहदेव की जय' अथवा 'अम्बा भवानी की जय' और 'रा' खेंगार की जय' से ही दुश्मन पहचाने जाते थे।

मुंजाल के अद्‌भुत बल और आक्रमण के जोश का असर तुरन्त ही हुआ। निराश होते हुए पट्टणियों में विजय की श्रद्धा प्रकट हुई, परशुराम को अपने सिरे से जोखिम गयी-सी लगी, जयसिंहदेव के हाथों में दूना जोर आया।

किन्तु सोरठी इस तरह हार जानेवाले न थे। क्षण-क्षण पर 'खेंगार की जय' की घोषणा गूँजती थी और धीरे-धीरे वे संग्राम-स्थल को राजमहल की ओर ले जा रहे थे। नगर के भी कितने लोग एक-एक दो-दो करके आ रहे थे और सबके बीच खेंगार घूमता था। थोड़ी-थोड़ी देर में वह एक दिशा से दूसरी दिशा में चला जाता था। वह सोरठियों को गर्जना से उत्तेजित करता और पट्टणियों का संहार करता जाता था। वह कहाँ है, इसकी दिशा सोरठियों की जयघोषणा कहाँ अधिक होती है, इस पर से बताई जा सकती थी, किन्तु जब तक वहाँ कोई पट्टणी महारथी पहुँचता था तब तक दूसरी ही दिशा में उसकी उपस्थिति मालूम होती थी।

खेंगार को राजमहल पहुँचने की इच्छा थी, वहाँ अपने पूर्वजों के विजय-स्तम्भ के सामने उसे अपना कीर्ति-स्तम्भ खड़ा करना था। उसे यह भी आशा थी कि सोरठियों के शौर्य से पट्टणी पराजित होंगे अथवा किसी चौकी पर से लौटकर कोई सोरठी टुकड़ी मदद के लिए आ पहुँचेगी। दिन उगे बिना कौन जीता, इसका निर्णय न हो सकता था और जब तक वह जीता है तब तक क्यों विजयी न होगा?

वह धीरे-धीरे मरने पर तुल गया। उसे जीतने की आशा न रही। वह मूर्तिमान विनाशक-वृत्ति बन गया। उसकी आँखों में से चिनगारियाँ निकल रही थीं; उसके कंठ में से गर्जना निकलती और उसके हाथ की तलवार सुदर्शन-चक्र जैसी चारों तरफ फिरती थी। उसके दूसरे हाथ की ढाल उसके शरीर को अमरत्व दे रही थी। उसे थकान नहीं लगती थी, मेहनत नहीं करती पड़ती थी, तुमुल नाद या शस्त्रों का संघर्ष

उसे भीत न कर पाता था। काल भैरव के समान वह तो केवल विनाश-क्रीड़ा ही कर रहा था।

जयसिंहदेव भी उछल-उछलकर लड़ रहा था, किन्तु अब उसका जी ऊबने लगा। इस अन्धकार में खेंगार को खोजकर मार सकना सम्भव न था, तो फिर इस युद्ध को लम्बे करने से क्या लाभ?

इतने में एक दिशा से जोर का हमला हुआ। बहुत से लोग आड़े-तिरछे खिसक गये और बढ़ाव की लहर ने जयसिंहदेव महाराज को संग्राम के एक किनारे फेंक दिया। पीछे ही राजमहल था जिसे राजा ने देखा और राणक याद आ गयी। रा' खेंगार इस अन्धकार में मिल न सकता था, इसलिए उसका युद्ध छोड़ जाने को मन हो आया, किन्तु यदि उसकी अनुपस्थिति में पट्टणी हार गये तो?..."

एकदम दो-चार मशालों का प्रकाश दूर से दिखा और दौड़ते हुए सैनिक आ पहुँच। सब एक क्षण लड़ना देखने लगे कि किस पक्ष के आदमी आए। जयसिंहदेव बिल्कुल पास थे, उन्होंने आगे हुए सैनिकों के नेताओं को पहचाना। त्रिभुवनपाल और लीलादेवी अपनी सेनासहित बड़े दरवाजे में से घुसकर सहायता के लिए आ पहुँचे थे। उन्होंने जयघोषणा की 'जय सोमनाथ' 'जयसिंहदेव महाराज की जय' पट्टणी सैनिकों ने उस घोषणा को दुहरा दिया।

सोरठियों के पैर ढीले पड़ गये। उनका विनाश निश्चित हो चुका। जयसिंहदेव ने देखा कि अब वहाँ रहने में लाभ नहीं। नये आनेवालों की गड़बड़ से लाभ उठाकर वे कोई देख न सके इस तरह, संग्राम में से चल दिए।

आखिर मैंने खेंगार को झुकाया और जूनागढ़ ले लिया—इस विचार से उनका हृदय हर्ष से उछलने लगा।

खम्मा मेरे रा' की

जयसिंहदेव महाराज जहाँ युद्ध हो रहा था वहाँ से जरा दूर चले गये। जो थोड़े से घाव लगे थे, वे उन्होंने बाँध लिए और शृंगाल जैसी आवाज में पुकारा। तुरन्त ही किसी जगह छिपा हुआ बावरा आ पहुँचा और उसे लेकर महाराज नंगी तलवार हाथ में लिये राजमहल की ओर चले।

राजमहल में अभी अँधेरा ही था। उसमें रहनेवाली स्त्रियों ने घबराहट से दीए भी नहीं किए थे। थोड़े-बहुत वृद्ध अनुचर भी महल की रक्षा करने के लिए द्वार के पीछे छुपे बैठे थे।

जैसे ही महल के चौक में महाराज आए कि एक खम्भे के पीछे छिपा हुआ

देशलदेव निकला। उसका मुख फीका पड़ गया था। उसे भी लग रहा था कि उसका जीवन भी बावड़ी के आगे युद्ध हो रहा है उस पर निर्भर है।

"अन्नदाता क्या हुआ?" चिन्तातुर स्वर में उसने पूछा।

"क्या-क्या? खेंगार को मार डाला।" जयसिंहदेव ने गौरव से विश्वास दिलाया।

"चलो छुट्टी मिली।" देशलदेव ने निःश्वास छोड़ा, "अब काहे की राह देख रहे हैं?"

"किसी की नहीं। अब रनिवास में चलो।"

"किन्तु महाराज, वहाँ कुछ अनुचर होंगे।"

"क्यों, घबरा गये?" हँसकर महाराज ने कहा, "जयसिंहदेव को हराना सहज बात नहीं है।"

"क्या मैं नहीं जानता अन्नदाता!" देशलदेव ने कहा। उसने आगे चलना शुरू किया। पीछे महाराज और उनके पीछे बावरा, इस प्रकार वे महल में पैठे।

"देशलदेव, तुम्हारी साँड़नी तैयार है क्या?"

"जी। हमारे पीछे तैयार खड़ा है।"

"ठीक।" वे अन्दर घुसे।

"कौन है?" एक अनुचर ने पूछा।

"जयसिंहदेव सोलंकी।" महाराज ने कहा और देखते-देखते उसे मार दिया।

अन्दर के कमरे में तीन-चार आदमी शस्त्र लिये तैयार थे।

"महाराज, इन सबको बचाकर जाना चाहिए।"

"कोई हर्ज नहीं। मैं जानता हूँ कि तुम तो निकम्मे हो।" महाराज ने कटाक्ष से कहा और लौटकर बावरा से कहा, "रास्ता कर।"

सारे कमरे में एक छोर से दूसरे छोर तक बावरा ने छलाँग मारी और दो आदमियों को बाँहों में जकड़ लिया। एक घबराकर भाग गया। चौथा शस्त्र लेकर सामने आया किन्तु महाराज की तलवार के एक ही झपाटे में कौन जाने कहाँ जा गिरा। महाराज भीतर के कमरे में गये।

देशलदेव और महाराज एक निर्जन कमरा पार कर दूसरी छोटी कोठरी में गये

"यहीं देवड़ी होगी।" देशलदेव ने कहा। इस कोठरी में एक तेल का दीया दीवाल पर लटकते पीतल के शमादान में जल रहा था। उस दीपक के निकट ज़मीन पर एक स्त्री बैठी थी। उसके सामने आले पर अम्बा जी की मूर्ति थी और उसके आसपास घी के दो दीए जल रहे थे। वह नीचा सिर किए माला जप रही थी। दूसरी दीवार के पास खाट पर दो बालक एक-दूसरे से लिपटे सो रहे थे। थोड़ी-सी स्त्रियाँ वहाँ से भाग रही हों, ऐसा लगा।

दरवाजे में पैठकर जयसिंहदेव ठहरे। उनके हृदय की धड़कन जोर से होने लगी।

उन्हें इस समय ऐसा लगा कि इस स्त्री-रत्न के बिना मेरे जीवन में हमेशा ही कमी मालूम होती थी। उनका मन हुआ कि इसके चरणों में गिर पड़ूँ और इसे बाँहों में भरकर छाती से चिपका लूँ। यदि पन्द्रह वर्ष पहले इसे ब्याह लिया होता, तो मैंने क्या-क्या न कर डाला होता! देशलदेव ने दो कदम आगे आकर कंठ साफ करके कहा, ''मामी!''

कोठरी में शान्ति थी। उस स्त्री ने ऊपर देखा और फीकी बड़ी-बड़ी आँखें निर्भीकता से देशलदेव की ओर फेरकर पूछा, ''कौन, देशलदेव?''

''हाँ, मामी—'' देशलदेव की जीभ से बड़ी मुश्किल से यह शब्द निकला, ''जयसिंहदेव...''

''क्या सोलंकी को लाए हो?'' कड़वी आवाज में राणक ने पूछा, ''शाबाश भानजे! मामा जीते हैं या...''

''देवड़ी,'' जयसिंहदेव ने आगे आकर कहा, ''मैं हूँ जयदेव। हम कितने बरसों में मिले?'' महाराज की आवाज क्षोभ से काँपती थी।

''न मिले होते तो तुम और मैं दोनों सुखी होते।''

''देवड़ी, पन्द्रह वर्ष में तुम मिलीं। आज मेरा जीवन सार्थक हुआ।'' जरा उतावली से महाराज ने कहा।

''सोलंकी, मैं तो रा' की रानी हूँ। तुम क्या कह रहे हो, इसका तुम्हें होश नहीं है।'' देवड़ी के स्वर में गौरव और खिन्नता दोनों भाव थे।

''नहीं, तुम रा' की रानी नहीं, आज से सोलंकी की पटरानी हो।''

''नहीं-नहीं-नहीं—'' देवड़ी मानो वेदना हो रही हो इस तरह बोली, ''सोलंकी, मैंने तो रा' को वरा है।''

''नहीं।'' जयसिंहदेव ने कहा। ''रा' तो कभी का जम के घर चला गया।''

''नहीं, नहीं गये।'' विश्वास के साथ रानी ने कहा।

जयसिंह चौंका, ''तुमने कैसे जाना?''

''मैंने? मुझे पता है। मेरे रा'—मेरे प्राण—अभी इस दुनिया को छोड़कर नहीं गये। सोलंकी, तुम जाओ। इस देह से मैं किसी दूसरे के काम की नहीं।''

जयसिंहदेव ने हठ से होंठ बन्द कर लिए। इस स्त्री की बात करने की रीति से उसका मोह बढ़ा। उसका ध्यान जिन फीके किन्तु सुन्दर होंठों में से शब्द झर रहे थे उन पर ठहर गया।

''देवड़ी, इसी देह से तुम्हें अपनी बनाना है। तुम्हारे लिए ही तो जूनागढ़ घेरा, तुम्हारे लिए ही खेंगार को मारा और तुम ही ऐसा कहोगी तो कैसे चलेगा? राणक, तुम तो पाटण की पटरानी बनकर ही शोभा दोगी।''

''मुझे तुम्हारे पाटण से क्या मतलब? मेरा तो सोरठ ही मेरे लिए बना है।''

''नहीं, नहीं बना है। उठो।'' जयसिंहदेव ने चिल्लाकर कहा, ''अभी बातें करने

का समय नहीं है। बाहर साँड़नी तैयार है। पन्द्रह वर्ष का बदला आज चुकेगा। खेंगार तुम्हें पन्द्रह वर्ष पहले ले गया था, आज मैं वापस लिए जाता हूँ।''

''सोलंकी! सोलंकी! मुझे ले जाने में सार नहीं।'' खिन्नता से राणक ने कहा, ''मैं तो जलता अंगार हूँ। छूने से जल मरोगे।''

''तुम्हारे लिए मैं जल मरने को तैयार हूँ। चलो, उठो।'' कहकर जयसिंहदेव पास गया।

राणक पीछे खिसककर खड़ी हो गयी। ''हैं-हैं—मुझे छूना मत।'' उसने गिड़गिड़ाकर कहा।

''क्यों, क्या है?''

''मुझे—सोरठ के धनी की स्त्री को—उसके जीते जी कैसे छू सकते हो?''

''तब चल मेरे साथ।'' महाराज ने अधीरता से आज्ञा दी।

''रा' और उनके पुत्रों के होते इस महल में से मुझे कौन ले जाने का साहस करेगा?'' जरा सख्ती से राणक ने पूछा।

''कौन-कौन? मैं जयसिंहदेव—सोरठ का, तेरे रा' का और तेरा धनी। चल।'' जयसिंहदेव ने जोर से कहा।

महाराज की आवाज सुनकर सोए हुए कुँवर जाग उठे और एकदम बिस्तर में बैठकर आँखें मलने लगे।

''माँ-माँ!'' माना ने बिस्तर पर खड़े होकर पूछा, ''क्या है? यह कौन है?''

जयसिंहदेव ने इस बालक की ओर सख्ती से देखा।

''यह है तेरे देश का और तेरे बाप का काल—सोलंकी।''

''जयदेव सोलंकी।'' माना चिल्लाया, ''माँ-माँ, यह कहाँ से आ गया? पिताजी कहाँ हैं?''

''पूछ सोलंकी से।'' पल्ले से आँसू पोंछते हुए राणक ने कहा, ''बेटा, हमारा पुण्य समाप्त हो गया।''

''क्या पिताजी मारे गये?'' बालक ने बिस्तर के नीचे से एक छोटी तलवार निकालते हुए पूछा।

''हाँ, लड़के,'' महाराज ने जवाब दिया, ''तेरा बाप मारा गया, तेरी माँ मेरे साथ परणेगी और तेरे बाप से अधिक जयसिंहदेव तुझे जूनागढ़ की गद्दी पर बिठाएगा।''

''अरे-रे-रे-रे।'' राणकदेवी ने कानों पर हाथ दे लिए। ''बोलते हुए तुम्हारी जीभ नहीं जल जाती।

''मेरा बाप? मेरी सती माता को—'' कहकर माना तलवार निकालकर जयसिंहदेव की तरफ दौड़ा। महाराज ने खेल की तरह अपनी तलवार से कुँवर की तलवार दूर फेंक दी।

"जैसा बाप वैसा ही जहरीला बेटा है।" जयसिंहदेव ने कहा, "राणक, देर हो रही है। चल, चाहे तो लड़के साथ ले ले।"

"पापी, लड़के साथ लेकर तेरे यहाँ बैठ जाऊँ?" देवड़ी की आँखों में क्रोध आ गया।

"तो लड़कों के बिना ही चल।" जयसिंहदेव आधे क्रोध से और आधी लिप्सा से काँप रहे थे। उन्हें यह भी भय था कि यदि अधिक देरी हुई तो मुंजाल मेहता और लीलादेवी जरूर आ पहुँचेंगी।

"मामी, उठो।" देशलदेव बीच में ही बोला।

"भानजे," तिरस्कार से राणक ने कहा, "मेरे दोषों से जो अपवित्र हो रहा था, वह अपना मुख तो यहाँ से काला कर। सोलंकी, दुखिया को किसलिए दुखी कर रहे हो? तुम भी जाओ।"

"मैं तेरे बिना जाने का नहीं। राणक, तू तो मेरी जीवन-मूल है। तू जो चाहे माँग ले, चाहे जो वचन ले ले, किन्तु इस समय तेरे बिना मैं यहाँ से न जाऊँगा।"

"मेरी माँ को ले जाना चाहता है, क्यों?" माना झल्लाया।

इतने में छोटा लड़का जो दूर खड़ा-खड़ा देख रहा था एकदम पीछे से आया और उसने माना की पड़ी तलवार उठाकर जयसिंहदेव के पैरों पर पीछे से वार कर दिया। जयसिंहदेव वेदना से चीख पड़े और गुस्से में अपने हाथ की नंगी तलवार कुँवर पर चला बैठे। उन्होंने होंठ चाबे और वेदना को शमन करने का प्रयत्न किया। राणक ने आँखों पर हाथ दे लिए। माना रोने लगा। एक हृदयभेदी चीख मारकर कुँवर पृथ्वी पर गिर पड़ा और उसके प्राण उड़ गये।

तुरन्त ही जयसिंहदेव को अपने अविचारी साहस का पश्चात्ताप हुआ। पुत्र का रक्त बह रहा था, पर क्या राणक माननेवाली थी? किन्तु पश्चात्ताप करने का अथवा भूल हो जाए तो क्षमा-याचना करने का उनका स्वभाव न था। उन्हें उल्टी जिद हो गयी। उन्होंने झुक्कर घाव पर पट्टी बाँधी और क्रूर बनकर राणक की ओर देखा।

"यह तेरा लड़का–"

"मा-मा–" रोते हुए माना ने कहा।

"बेटा," राणक ने शान्ति से कहा, "मरते मा न पुकारिए, कुल की लाजै कीर्ति।"

इस शान्ति से जयसिंहदेव चिढ़ गये और उनका उग्र स्वभाव सीमा लाँघ गया। वे आवेश में आगे बढ़े। "मैं थक गया हूँ। चल, नहीं तो उठा ले जाऊँगा।" उन्होंने कहा और वे आगे बढ़े।

"दुष्ट!" कहकर माना महाराज आगे बढ़ें कि उसके पहले ही उछला और जैसे कोई वृक्ष की डाल पर चढ़ता हो इस प्रकार उनकी गर्दन पर चढ़ गया।

बालक जबर्दस्त था, इसलिए जोर से चिपटा रहा। जयसिंहदेव के हाथ में घाव था, पैर में भी सख्त घाव लगा था, इसलिए चिपटकर काटने का प्रयत्न करते हुए बालक का उपद्रव वे, बहुत बली होने पर भी एकदम शमन न कर सके। उनकी पगड़ी गिर पड़ी। उन्होंने तलवार फेंक दी और काटने को बढ़ते हुए माना के मुख को दोनों हाथों से महाप्रयत्न से दूर रखा।

"राणक, अपने लड़के को बुला।" महाराज क्रोध से चिल्लाए, किन्तु राणक कुछ न बोली। देशलदेव पास जाकर काँपते हाथों से बालक को छुड़ाने को निष्फल प्रयत्न करने लगा। जयसिंहदेव ने भी बालक को छुड़ाने का भारी प्रयत्न किया, किन्तु वे सफल हों इसके पहले उस प्रयत्न के बल से उन्हें गोलाकार घूमना पड़ा। एकदम उनकी कलाई माना के मुख में आ गयी और उसने पूरी शक्ति से दाँत चुभा दिए। वहीं पर जयसिंहदेव को घाव लगा था, इसलिए वेदना का पार न रहा।

"ओः!—" कहकर वे चीख उठे और माना से मुक्त होने के लिए अपने भारी शरीर को इतने जोर से झटका दिया कि माना एकदम छूटकर उसके जोर से पास की दीवार पर पड़ा। माना का सिर दीवाल से टकराया, भयंकर आवाज हुई। उसका सिर फट गया और मूच्छित होकर पृथ्वी पर गिर पड़ा।

महाराज ने पगड़ी और तलवार उठा ली, और दम लिया।

"राणक, अब चलती है कि नहीं?" अपने किए हुए विनाश की ओर क्रूरता से देखकर राजा ने पूछा।

देवड़ी का मुख कठोर हो गया था। वह खड़ी हो गयी और बोली, "मैंने क्या कहा? मेरे बालक मर गये, पर मेरे धनी अभी जीते हैं।"

जयसिंहदेव ने होंठ काट लिए। इस हठी स्त्री को मात करने की उनमें एक अविचारपूर्ण लहर आ गयी।

"चलती है कि नहीं?" कहकर हाथ फैलाकर उसे पकड़ने को आगे बढ़े।

"ठहरो!" देवड़ी ने आवेश के साथ हाथ आगे कर दिया। वह एकदम सतर हो गयी। उसके मुख पर तेज प्रसरित हो गया, उसकी आँखें एकदम चमक उठीं। यह परिवर्तन देखकर जयसिंहदेव सकपका गये। मानो श्वास रुद्ध हो रहा हो, इस प्रकार राणक ने चारों ओर देखा और उसने एक करुण चीत्कार किया।

"मेरे रा', मेरे नाथ, मेरे धनी!" उसने फटी आँखों बोलना शुरू किया—घणी खम्मा, घणी खम्मा! उसने अपने गले पर हाथ रखा। "जय अम्बे! जय अम्बे! मेरे रा' की घणी खम्मा।" उसकी आवाज टूट गयी। "ओह! मेरे रा'—रे—" उसने छाती फाड़ चीत्कार किया, वह हिचकियाँ लेकर रोने लगी और पृथ्वी पर गिर पड़ी।

राणक-हरण

जयसिंहदेव की आँखों के आगे अँधेरा छा गया। ऐसा लगा कि खेंगार उसी क्षण मर गया है। वह कहाँ था, उसकी समझ में न आ रहा था। वह वहाँ क्या कर रहा था, यह भी उसे स्मरण न रहा। वातावरण अपार्थिव तेज से दीप्त हुआ, उसके और राणक के बीच एक ऐसा पुरुष आकर खड़ा हो गया जो मानो तेज का पुंज है। उसे उसने पहचाना। उसकी सूरत खेंगार जैसी थी, उसके हाथों में खड्ग, आँखों में विजय और मुँह पर तिरस्कारमय हास्य था। उसकी इस तेजस्वी मूर्ति के बीच अमाप अन्तर फैलता...

जयसिंहदेव दो-चार कदम पीछे हट गये और उन्होंने अपने कपाल पर हाथ फेरा। तेज चला गया। अन्धकार फैल गया। एक मन्द दीपक के ओछे प्रकाश में दो मृत कुमार, मूर्च्छित देवड़ी और एक ओर हाथों से मुँह छिपाए काँपते हुए देशलदेव को उसने देखा। पीछे अँधेरे दरवाजे में बावरा बैठा था। उसे सब कुछ स्मरण हो आया।

"बावरा, इस देवड़ी को उठा तो ले।" उसने अपने बैठे हुए गले से हुक्म दिया और देशलदेव को जाकर एक लात लगा दी और कहा, "उठ!"

बावरा ने उछलकर राणक को उठा लिया और देशलदेव ने खड़े होकर चलना शुरू किया। विरोधी भावों से, भय, क्रोध और काम से भरे हुए जयसिंहदेव पीछे की ओर देखे बिना ही चल पड़े। "देशलदेव, साँड़नी कहाँ है?" जयसिंहदेव ने पूछा।

"महाराज, इस तरफ–इस तरफ–" कहकर देशलदेव एक दरवाजे से बाहर निकला।

बाहर साँड़नी लेकर हमीर खड़ा था।

"बावरा, इस पर चढ़ जा।" महाराज ने हुक्म दिया। तुरन्त ही बावरा राणक को लिये साँड़नी पर चढ़ गया। महाराज उसके पीछे चढ़ने जा रहे थे कि देशलदेव ने टोका, "अन्नदाता।"

"क्या?"

"अन्नदाता, मैं चलूँ?"

"कहाँ?"

"बढ़वाण।"

"मुझे तुम्हारी जरूरत नहीं।" तिरस्कार से जयसिंह देव ने कहा।

"किन्तु महाराज–"

"क्या?"

"वह आज्ञापत्र–"

"कौन-सा?" जरा विस्मृति हो जाने से जयसिंह ने पूछा।

"मुझे जूनागढ़ देने का–"

जयसिंहदेव का क्रोध भड़क उठा, "कुत्ते, तूने अपने मामा को मारा, और अब मामी को बेचकर उसके बदले जूनागढ़ लेकर मेरी गर्दन मारना चाहता है? दुष्ट!"

"अन्नदाता, आपका वचन।"

"पिशाच," जयसिंहदेव गरज उठे, "तेरे साथ वचन! आज रात के सारे घोर कर्मों का पाप तेरे सिर है।"

"मेरे कारण तो–" हाथ जोड़कर देशलदेव बोला।

"हाँ, तेरे ही कारण आज मुझे यह सब करना पड़ा। पापी, अब पृथ्वी पर तेरा बोझ न रहना चाहिए। ले यह तेरा सिरोपाव–" कहकर महाराज ने दाँत पीसकर एक ही वार में उसका सिर उड़ा दिया और साँड़नी पर चढ़ गये। "हमीर, बड़े दरवाजे की तरफ हाँक।" साँड़नी चली कि महाराज देशलदेव की ओर देखकर बड़बड़ाए, "अच्छे से अच्छा काम तो मैंने यही किया।"

हमीर ने देखा कि इस समय आज्ञा-पालक बनने में ही लाभ है, इसलिए उसने साँड़नी हाँक दी।

दूर से युद्ध का हल्ला सुनाई पड़ रहा था। शेष जूनागढ़ श्मशान के समान शान्त था और सूनी गली में केवल साँड़नी की पदध्वनि ही सुन पड़ती थी।

जब वे बड़े दरवाजे पर पहुँचे तब वहाँ पट्टणी सैनिकों का पहरा था। उसके नायक ने तुरन्त आवाज लगाई, "कौन है?"

"नायक कौन है?" महाराज ने पूछा।

"क्यों?" कहकर नायक सामने आया।

"कौन खेमा नायक?"

"क्या अन्नदाता हैं?" चकित होकर खेमा नायक ने पूछा। उसने आगे बैठे बावरा और उसके हाथों के शरीर की ओर घबराहट से देखा।

"चुप, इधर आ।"

खेमा महाराज के पास गया।

"खेमा, मैं एक जरूरी काम से जा रहा हूँ। अभी किसी से कुछ कहना मत। खेंगार मारा गया। अब यह युद्ध बन्द हो जाएगा। हो जाए, तब मुंजाल मेहता से कहना कि मैं वंथली गया हूँ, मेरी चिन्ता न करें।"

"जो आज्ञा।" खेमा ने कहा।

"दरवाजा खोल।"

"जी।" कहकर खेमा ने दरवाजा खोल दिया और महाराज बाहर निकले।

"हमीर, बढ़वाण का रास्ता पकड़।" धीरे से महाराज ने कहा।

"जो आज्ञा–"

खेमा ने दरवाजा बन्द कर लिया।

दो ही घड़ी बीती होगी कि घोड़े के पैरों की आवाज़ आई। खेमा एकदम चौंककर खड़ा हो गया। एक घुड़सवार दौड़ता हुआ आया।

"खेमा!" एक परिचित आवाज़ आई।

"कौन, काक भट जी?"

"हाँ, जरा इधर तो आ।"

"क्यों?" कहकर खेमा आया।

"अभी इधर से कोई गया है?"

"बापू आपसे कहने में कोई हर्ज नहीं, किन्तु मन में ही रखिए। महाराज अभी गये है।"

"मुझे भी ऐसा ही लगा। एक स्त्री साथ थी?"

"एक काले भूत जैसा कोई था–"

"बावरा?"

"हाँ, उसकी गोदी में कोई बेहोश पड़ा था।"

"तब तो वे साँड़नी पर होंगे?"

"हाँ।"

"कहाँ गये?"

"मुझसे तो कहा कि सवेरे मुंजाल मेहता से कहना कि महाराज वंथली गये हैं।"

काक हँसा। "किन्तु गये किस रास्ते?"

"इस तरफ से।"

"कितनी देर हुई?"

"चारेक घड़ी पहले।"

"हत्तेरे की।" काक ने निःश्वास छोड़ा, "कोई हर्ज नहीं। दरवाजा खोल।"

"जैसी आज्ञा।" कहकर खेमा ने दरवाजा खोला, काक बाहर निकला, और जिस रास्ते महाराज गये थे उसे रास्ते से घोड़े को छोड़ दिया। इतने में खेमा को स्मरण हुआ कि काक से भृगुकच्छ का समाचार कहना तो रह गया।

"भटजी! अन्नदाता!–" उसने पुकारा, किन्तु काक का ध्यान नहीं गया। उसने तो घोड़े को एड़ लगाई और उसकी गति बढ़ाने का प्रयत्न शुरू किया।

काक कैसे आ पहुँचा

अब देखें कि काक जयसिंहदेव के पीछे कैसे लग गया।

रा' खेंगार को विदा करके काक विश्राम करने के लिए ऊपर छत पर गया।

उसका मस्तिष्क भी जरा अशान्त था। उसे ऐसा लगा कि भावी की सूचना मिल रही है। थोड़ी देर उसने विचार किया और फिर उसे नींद आने लगी।

उसे पता नहीं कि वह कितनी देर सोया, किन्तु ज्यों ही जागा त्यों ही उठ बैठा और कान लगाकर सुनने लगा। मेंदरडा की ओर तो तूफान चालू था ही, किन्तु गढ़ में भी कुछ हो रहा है, ऐसा मालूम हुआ। क्या हो रहा है, यह समझ में नहीं आया, काहे की आवाज है यह जाना नहीं जा सका, कहाँ से आ रही थी यह भी पता न चला। उसने तुरन्त ही शस्त्र धारण किए और वह गढ़ की छान-बीन के लिए निकल पड़ा।

वह महल से निकलकर, गढ़ पर होकर, बड़े दरवाजे की ओर तेजी से चला। एकदम उसे गिरनारी खिड़की की ओर से चिल्लाहट सुन पड़ी और 'जय जय' का घोष भी। सन्देह हुआ कि क्या पट्टणी गढ़ में घुस आए?

वह एकदम शोर-गुल की तरफ जाने के लिए मुड़ा कि सामने से पच्चीसेक आदमी आते हुए दिखे। ये आदमी सोरठी न थे।

"कौन है?" वह चिल्लाया।

"इसके उत्तर में वे सब उस पर टूट पड़े। काक तुरन्त चेत गया कि पट्टणियों ने गढ़ ले लिया है। उसने देखा कि इन आदमियों का सामना करने में कुछ सार नहीं है, इसलिए वह चुपचाप बन्दी हो गया। उनमें किसी ने उसे पहचानने की चेष्टा नहीं की और उसने स्वयं भी अपने को परिचित करने की परवाह नहीं की। स्थिति को ठीक तरह से देखे बिना कुछ भी करना उसे उचित न लगा। किस प्रकार यहाँ से छूटकर, खेंगार को दिए वचन का पालन किया जाए और राणक के बालकों को बचाया जाए, वह इसकी योजना बनाने लगा।

वे लोग बड़े दरवाजे पर गये और पहरेदारों को कैद करके उन्होंने उस पर कब्जा कर लिया।

पकड़े हुए सैनिकों को भी-काक के साथ बिठा दिया। काक ने बैठे-बैठे सारे पट्टणी सैनिकों को ध्यान से देखना शुरू किया। इतने में उनके नायक की आवाज़ सुन पड़ी और उसने उसे पहचान लिया। खेमा नायक सामने से निकला कि उसने पुकारा, "अरे खेमा नायक, मैं तो सोरठियों का भी कैदी और पट्टणियों का भी।"

खेमा ने अपने मालिक की आवाज पहचानी और जिसे मरा समझ रखा था उसे देखकर वह हर्ष से पागल होकर बोला, "कौन, भटराज?" और हाथ लम्बे करके दौड़ता आया। काक ने हँसकर कहा, "किन्तु कोई मेरे हाथ भी छोड़ेगा या नहीं?"

"अरे गधे," जिस सैनिक ने काक के हाथ बाँधे थे उसे खेमा ने इस प्राणी की उपाधि दी और उसके लक्षणों की याद दिलाने के लिए एक लात जमा दी। "लाट का होकर भटराज को नहीं पहचानता?" खेमा ने काक के बन्धन खोले और काक ने खेमा को हृदय से लगा लिया।

"तुम तो बड़े भरोसे के आदमी बन गये हो!"

"जी।"

"यहाँ कैसे?"

"खिड़की में से चुपचाप घुसे हैं।"

"कौन-कौन?"

"महाराज, दंडनायक, परशुराम और परमार।"

"कितने आदमी हैं?"

"चार-सौ के लगभग।"

"कब से आए हो?"

"कोई चार घड़ियाँ हुई होंगी।"

काक को धीरज बँधा। यदि पट्टणी सेना चार घड़ी पहले ही आई होगी, तो खेंगार गढ़ छोड़कर बाहर निकल गया होगा।

इतने में एक सैनिक दौड़कर खेमा के पास आया। "नायक! नायक! बाहर कई आदमी आए हैं।"

खेमा और काक झपटकर दरवाजे के पास पहुँचे और खिड़की में से देखा कि चार-पाँच सैनिक आ गये हैं।

"कौन है?" खेमा ने पुकारा।

"जय सोमनाथ!" बाहर से आवाज आई।

"त्रिभुवनपाल महाराज की जय!" एक-दो सैनिकों ने घोष किया।

"कौन, महाराज?" काक ने कहा, "जय सोमनाथ! त्रिभुवनपाल महाराज की जय! खेमा, दरवाजा खोल। अरे ओ! उस तरफ कोने में मशाल होगी, उसे चेता दे।"

तुरन्त दरवाजा खुला। मशालें चेतीं और त्रिभुवनपाल, लीलादेवी तथा उनके साथ के आदमी दाखिल हुए।

जयसिंहदेव महाराज की योजना तो ऐसी थी कि त्रिभुवनपाल और लीलादेवी की टुकड़ी बड़ी चौकी पर पीछे से हमला करे जिससे कि मेंदरडे से आनेवाले लश्कर को सहायता मिले और इससे सुबह तक लीलादेवी भी जूनागढ़ न पहुँच सकें।

किन्तु मुंजाल मेहता चाहे जितना विश्वास दिलाएँ फिर भी वे अपने पति को अधिक अच्छी तरह पहचानती थीं। लीलादेवी इस तरह ठगने वाली नहीं थी।

जैसे ही वे महाराज से अलग हुईं कि त्रिभुवनपाल से उन्होंने महाराज के विषय में चिन्ता प्रदर्शित करना आरम्भ कर दिया। कहीं खेंगार हरा न दे, मार न डाले, इत्यादि भय प्रतिक्षण बढ़ता गया और वह चिन्ता प्रतिक्षण इतनी बढ़ती गयी कि अन्त में रानी की सूचना के अधीन होकर त्रिभुवनपाल ने बड़ी चौकी की ओर बढ़ना रद्द

कर दिया और यह टुकड़ी बड़े दरवाजे की तरफ मुड़ी। उन्हें विश्वास था कि यदि सब कुछ ठीक-ठीक हुआ होगा तो बड़ा दरवाजा पट्टणियों के अधिकार में होगा।

किन्तु इस समय काक को बड़े दरवाजे पर देखकर उनके हर्ष का पार न रहा। त्रिभुवनपाल तो उसके गले से लिपट गये। लीलादेवी की आँखें हँस रही थीं।

''क्यों, महाराज की क्या खबर है?'' लीलादेवी ने पूछा।

''मुझे पता नहीं।''काक ने कहा, ''मुझे तो पहले पट्टणियों ने पकड़ा। मेरे भाग्य में तो कैद होना ही लिखा लगता था। इतने में खेमा नायक मिल गया और मुझे छुड़ाया।''

''तब चलिए, महाराज को खोज निकालें।'' लीलादेवी ने कहा।

''चलिए।'' कहकर काक, त्रिभुवनपाल और लीलादेवी ने अपने सैनिकों सहित जिस ओर मार-काट का हल्ला सुन पड़ता था उस ओर चल दिया।

जहाँ युद्ध चल रहा था वहाँ ये सब कैसे पहुँचे यह हम देख चुके हैं। किन्तु वहाँ पहुँचने पर काक ने सोचा कि अब इस तूफान में खिसककर, राणकदेवी और उसके बालकों को किसी जगह सुरक्षित पहुँचा देना चाहिए। बड़े दरवाजे पर खेमा पहरेदार था, यह भी एक सन्तोष की बात थी। इस कारण पहले तो वह संग्राम में कूद पड़ा और अपनी हाजिरी बतलाने के लिए जयघोषणा करता रहा। इतने में मशाले बुझ गयी और पहले जैसा अन्धकार छा गया। तुरन्त ही काक युद्ध में से निकल पड़ा और दौड़ता हुआ राजमहल में पहुँचा।

राजमहल शान्त और अन्धकारग्रस्त था। क्या पट्टणी अपनी विनाश-लीला महल में दिखा चुके? वह अन्दर गया। सारे द्वारपाल डरकर भाग गये मालूम हुए। वह सावधानी से रनिवास में गया। दरवाजे के आगे ही उसके पैरों से एक आदमी टकराया। उसने तुरन्त चकमक निकालकर आग चेताई और दो आदमी मरे पड़े देखे। काक को चिन्ता हुई। वह तो सोचता था कि जयसिंहदेव महाराज युद्ध में ही हैं; किन्तु कहीं उनका आगमन रनिवास में न हुआ हो?

वह अन्दर के कमरे में गया। वहाँ दीवार पर दिया टिमटिमा रहा था। कमरा निर्जन-सा लगता था, परन्तु ध्यान से देखने पर दोनों कुँवर पृथ्वी पर पड़े दीखे। आले में बैठी अम्बा भवानी, घी के दीए की चंचल ज्योति में मानो सजीव हों, इस तरह इस भयंकर निर्जनता को क्रोध से देख रही थीं।

''हाय-हाय! मुझे देर हो गयी।'' काक बोला और दोनों बालकों को देखने लगा। उन्हें देखते ही उसका मुख उतर गया। दोनों कुँवर मर चुके थे।

काक को क्रोध आया। अधमता, क्रूरता, विनाशवृत्ति की हद हो गयी! माता को वशीभूत करने के लिए उसके पुत्रों का वध करने वाले प्रणयी का राक्षसी स्वभाव कैसा होगा? यही उसका मालिक, यही उसका राजा है! इसी की सेवा में उसने अपना जीवन

खोया! उसे अपने प्रति तिरस्कार हुआ। इस नराधम को दंड देने के लिए वह आतुर हो उठा।

"कोई है? मैं काक हूँ। अरे यहाँ कोई है?" जवाब में यह शब्द प्रतिध्वनित हो उठे। सबके सब घबराहट में कहीं जा छिपे थे।

"अरे भोलानाथ! सोरठ के स्वामी का यह हाल! माँ अम्बा, तुम बैठी-बैठी क्या देखती रहीं? यही तुम्हारा न्याय है?"

काक को अधिक देर तक वहाँ रुके रहना उचित न लगा। उसने एक दृष्टि बालकों पर डाली और श्मशान से भी घोर उस कमरे में से अन्दर के भाग में वह गया। वहाँ भी कोई न था। उसने निश्चय से सूझ लिया कि यहाँ जयसिंहदेव ही आया था। राणक को भी वही उठा ले गया होगा। नहीं तो इस प्रकार बच्चों को मरा छोड़कर देवड़ी नहीं जाती। देवड़ी को कहाँ खोजा जाए? जयसिंहदेव ऐसा कच्चा न था कि उसे यहाँ रहने दे।

उसने ध्यान से देखा तो एक जगह पर रक्त से सनी नंगी तलवार सीधी रखी थी। उसमें से बहकर रक्त का छोटा-सा गड़हा बन गया था। और वहाँ से फिर उस तलवार से टपकनेवाली बूँदें बाहर निकल रही थीं। वह बाहर निकला और उसने अगले कमरे मे मरा पड़ा हुआ एक दूसरा अनुचर देखा। ध्यान देने से मालूम हुआ कि यह तलवार जमीन पर रखकर घसीटी गयी थी। तब ध्यानपूर्वक उस तलवार से बने चिह्नों को देखता हुआ वह बाहर निकला। कुछ आगे जाने पर उसने दूर से एक आदमी पड़ा हुआ देखा। काक ने पास जाकर उसे देखा और पहचाना। देशलदेव का धड़ और मस्तक अलग-अलग पड़े थे।

"यह दुष्ट मर गया, अच्छा ही हुआ।" काक ने दाँत पीसते हुए कहा।

एक साँड़नी वहीं सामने बैठी रही होगी, ऐसा उसे मालूम हुआ। "जान पड़ता है जयसिंहदेव भाग गया। कहाँ जाएगा? देवड़ी को लेकर वंथली तो कौन-सा मुँह लेकर जाएगा? चलो, बड़े दरवाजे पर चलकर तलाश करूँ।"

वह तुरन्त घुड़साल में गया, एक अच्छा पानीदार घोड़ा खोलकर कस लिया और बड़े दरवाजे पर पहुँचा। वहाँ खेमा के साथ क्या-क्या बातें हुईं, यह हम देख चुके हैं।

जय सोमनाथ

त्रिभुवनपाल के आदमी आए और सोरठियों पर आ बनी। अब सामना करने की बात न थी; किन्तु किस प्रकार सोरठियों को बीन-बीनकर खत्म किया जाए, यही रह गया था। 'खेंगार की जय' या 'जय अम्बे' की अपेक्षा 'जय सोमनाथ' की घोषणा तीन गुनी

अधिक थी। कितनी ही बार तो पट्टणी लोग आपस में ही एक-दूसरे के साथ टकरा जाते और एक दो चोटें कर चुकने पर अपने आदमियों को पहचान पाते।

किन्तु सोरठिए अद्भुत पराक्रम दिखला रहे थे। हर एक आदमी सब ओर घूमता और अचूक वार से शत्रु के प्राण लेता। अक्सर गिरा हुआ सोरठी उठकर लड़ने लगता और लेटे-लेटे ही जरा उठकर खड़े हुए पट्टणी के पैर काट डालता। जहाँ-तहाँ शवों के ढेर लग गये।

खेंगार ने लड़ते-लड़ते पट्टणियों की नयी सेना आते देखी और उसके बाहुओं में नया जोश आ गया। उसके सारे शरीर से रक्त बह रहा था। उसने अनेक हाथ बदले थे। वह कितनी ही बार गिरकर खड़ा हो गया था। उसकी वीरता ने हद कर दी। उसका होश जाने लगा, किन्तु उसके हाथ न रुके।

एक ही वृत्ति उसमें रह गयी—विनाश करने की। उसके मस्तिष्क ने और कोई काम करना ही बन्द कर दिया।

मानो एक प्रचंड काले बर्तन में मनुष्य खदबदा रहे हों, ऐसा उसे आभास होता गया। अन्धकार बिलोया जा रहा हो, शस्त्रधारी पुरुष उसमें ऊपर नीचे हो रहे हों और वे सब वृत्ताकार घूम रहे हों, ऐसा उसे लगने लगा। इस चक्राकार प्रवृत्ति का वह स्वयं मध्यबिन्दु था; वह घूमता था इसलिए और सब घूमते थे।

किन्तु यह सब क्यों घूम रहे हैं, यह उसे याद न रहा। सब घूम नहीं रहे थे, बल्कि गोलाकार नाच रहे थे। सब तान में थे, किसी को किसी की चिन्ता न थी। वह स्वयं सबसे अधिक जोर से नाच रहा था और 'जय अम्बे' पुकारता था। उसके कितने हाथ हैं, यह भी उसे याद न रहा, किन्तु उसका धड़ और हाथ चकर-मकर घूम रहे थे।

धीरे-धीरे उसके मस्तिष्क के सामने अन्धकार खिसक गया। लाल और पीले बादल दीखने लगे। वे रंग-बिरंगे बादल ऊपर-नीचे होकर नाचने लगे। उस रंग में जब तब श्वेत बिजलियाँ-सी चमक उठतीं और सब चकर-मकर घूमने लगते। वह स्वयं भी मानो इन बादलों पर नाच रहा हो, ऐसा लगा। वह स्वयं पृथ्वी पर पैर रखता है या नहीं, भूल गया।

बादल लाल हुए, गहरे हुए, उसकी आँखों में सिर्फ लाल रंग ही दिख पड़ा। वह लाल रंग नाचता ही रहा। उसमें काली बदलियाँ आने लगीं; किन्तु वह तो नाचता ही गया। उसके कानों में बिजली की भारी कड़क जैसी धड़कन सुनाई देती रही। उसे मानो किसी की आवाज, परिचित जैसी, 'जय अम्बे' सुन पड़ी, उसे हँसी आ गयी।

एकदम लाल वातावरण में श्वेतमूर्ति दीख पड़ी। उसने उसे पहिचाना। वह स्त्री की थी। वह कौन थी? उसकी बहुत परिचित, उसकी प्राण थी। उसे पहचाना—वह उसकी राणक सती थी। वह कहाँ से आई, कैसे आई, उलझन हुई। वह सती थी। उसकी बड़ी-बड़ी आँखें गर्व से देख रही थीं। 'सती की जय' 'जय अम्बे!' उसने

पुकारा। पुकार बहुत दूर से आती सुन पड़ी। फिर भी वह तो मानो नाचता ही रहा।

राणक श्वेत रंग की थी, वह फीकी होने लगी। बादल सफेद थे, वे भी श्यामल होने लगे। तो भी उसने आँखें गड़ा-गड़ा कर देखा और नाचता ही रहा। उसने 'जय अम्बे' कहना शुरू किया, किन्तु कंठ में कुछ अटक गया। उसने गला साफ किया और 'सती की जय' कहा।

एकदम बादल और मूर्ति—सारा दृश्य डावाँडोल होने लगा, औंधा-सीधा हो उठा। वह उसे सीधा करने चला, किन्तु वह काला होता गया। एकदम कुछ अटका, सब गोलगोल फिरा। उसने पुकारने का प्रयत्न किया, किन्तु पुकारा नहीं गया और अन्धकार फैल गया।

खेंगार पृथ्वी पर गिर पड़ा। थोड़ी देर में उसे होश हुआ और वह उठने लगा। एक लाल बिजली की चमक हुई—और अन्धकार फैल गया। वह पुनः गिर पड़ा—दो चार शवों से बनी हुई शय्या पर। उसके मुख से रक्त निकला और उसके प्राण चले गये।

इस तरह विश्वासघात से जूनागढ़ के अन्तिम स्वतन्त्र रा' का अन्त हुआ। वह चूड़ासमा कुल का मुकुटमणि मध्यकालीन गुजरात की वीरता का अप्रतिम प्रतिनिधि तो था ही, साथ ही उसकी भलमनसाहत और स्मृतियाँ शताब्दियों से लोक हृदय में बसी रहीं। उसका औदार्य न कभी समाप्त होता और न बदलता। उसका शौर्य बरसों तक पाटण की सर्वभक्षी सत्ता द्वारा भी न घटा और न पीछे हटा। उसका गौरव, जिसने दरिद्रता, निराधारता और विपदा में भी सोरठ के मान और महत्व को टिका रखा; उसकी टेक जो गिरनार के समान अडिग थी, और जिसने कठिनाइयों से घिरे रहने पर भी अपने चरित्र को निष्कलंक रखा। उसका स्वदेशानुराग और स्वातन्त्र्य-प्रेम जिसने उसके जीवन को विशुद्ध रखने के लिए उसे आपद-यज्ञ में होम दिया। ये सब बातें उसे मध्यकालीन हिन्दू वीर-कथाओं में अग्रगण्य स्थान देती हैं। राजपूताना के राजपूत वीरों में, मेवाड़ के शूरवीर महारथियों में भी उसकी बराबरी करनेवाला तो भले ही कोई हो, किन्तु उसे भुला देनेवाला कोई नहीं है। करुणात्मक भव्यता में उसे भुला देनेवाला देखने के लिए हज़ारों बरसों के इतिहास-यात्रा करके, भारत-काल के अस्पष्ट जीवन में, वीरों में वीर, दाताओं में दानेश्वर, टेकवाले में भी टेकीले, पापसृष्टि में भी पुण्यधाम सदृश्य, अस्वाभाविक माता से लेकर अन्यायी गुरु तक सबकी अनुदारता से रचे गये प्रतिकूल संयोगों के सम्मुख भी समरांगण में सतत जुटे रहने वाले दानेश्वर कुन्तीपुत्र कर्ण तक जाना पड़ेगा।

खेंगार के साथ जूनागढ़ की टेक गयी, सोरठ का स्वातन्त्र्य गया, केवल शौर्य पर रची गयी सत्ता की भावना गयी और अपने पीछे अमर कीर्ति, रोती हुई प्रजा और सती राणक को छोड़कर वह चला गया।...

धीरे-धीरे 'जय अम्बे' की पुकार जब तब सुनाई पड़ने लगी और फिर तो वह नाम

मात्र को ही रह गयी। बहुत बार 'जय सोमनाथ' की पुकार करते हुए योद्धा ही आपस में जूझने लगे। तो भी कहीं सोरठी योद्धा कोई दाँव ने खेल जाएँ, इस भय से पट्टणी घूमते ही रहे।

''महाराज! लीलादेवी! परशुराम! त्रिभुवनपाल! जगदेव! सब हैं क्या? पट्टणी जीत गये मालूम होते हैं। बोलो 'जय सोमनाथ'।''

'जय सोमनाथ' की घोषणा चारों तरफ गूँज उठी। ''मेहताजी, मैं परशुराम।'' ''मैं लीलादेवी।'' एक चबूतरे पर बैठी हुई रानी की आवाज़ आई। ''मैं जगदेव।''

''मामा!'' एक कोने से त्रिभुवनपाल की आवाज आई। ''मैं जीता हूँ पर मेरा पैर घायल हो गया है और मुझ पर तीन मुर्दे पड़े हुए हैं। घबराना नहीं।''

''महाराज, हम सब पट्टणी ही हैं।'' जीवित सैनिकों ने पुकारा।

''किन्तु महाराज कहाँ हैं?'' परशुराम ने कहा।

''महाराज! महाराज!'' मुंजाल ने पुकारा।

''और काक कहाँ है?'' लीलादेवी ने पूछा।

''काक! काक!'' परशुराम ने पुकारा।

''कहाँ गये? अरे सिपाहियों, जाओ मशाल ले आओ।'' मुंजाल मेहता ने हुक्म दिया।

थोड़े से सैनिक मशाल लेने दौड़े। इतने में एक जमीन पर पड़े सोरठी ने आधे खड़े होकर मुंजाल मेहता पर तलवार का वार कर दिया और कहा, ''जय अम्बे!'' दूसरे ही क्षण महामात्य ने उसे तलवार से पृथ्वी पर सुला दिया और ''जय सोमनाथ'' का घोष किया। ''तूने भी खूब मरते-मरते मुझे घायल कर दिया! घबराना नहीं, थोड़ा ही लगा है। मैं उस चबूतरे पर बैठता हूँ।''

इतने में राजमहल के चौक के सामने एक घर की खिड़की में से लाल धुआँ निकला और थोड़ी ही देर में घर के छप्पर में से ज्वाला भड़क उठी, चारों तरफ लाल प्रकाश हो-गया। किसी ने घर में आग लगा दी थी। उस घर के जलते ही दूसरा भी चेत उठा और चारों तरफ ज्वालाएँ दिखने लगीं।

उस प्रकाश में रणक्षेत्र भयंकर दीखने लगा। सात-आठ सौ मुर्दे एक-दूसरे पर चाहे जैसे, पड़े थे। जब तब वेदना की कराहें सुन पड़ती थीं। रक्त से रँगे हुए दो सौ के लगभग पट्टणी मानो प्रेतलोक से लौटे हों, इस प्रकार धीरे-धीरे निकट आ रहे थे। युद्ध में ही वृद्ध हुए सैनिक भी यह दृश्य देखकर काँप उठे।

''परशुराम, उठो, पानी की तजबीज करो। किसी ने नगर में आग लगा दी है।'' मुंजाल मेहता ने पैर पर पट्टी बाँधते हुए कहा। परशुराम ने सशक्त सैनिकों को बावड़ी की ओर भेजा। घरों में दुबके हुए स्त्री-बालक घबराकर, कोलाहल करते हुए घरों से बाहर निकले। लँगड़ाते हुए मुंजाल मेहता उनके पास पहुँचे।

''कोई घबराना नहीं। जूनागढ़ में जयसिंह सोलंकी की आन फिर रही है, सब

निर्भय हो जाओ। चलो, आग बुझाएँ। परशुराम, तुम आग बुझाओ। परमार, तुम मशाल ले आओ। जल्दी करो, महाराज और काक को तलाश करें।''

सबने झटपट चुपचाप आज्ञा का पालन करना शुरू किया। स्त्रियाँ घरों में से पानी लाने लगीं; पट्टणी सैनिक बावड़ी में से पानी लाए और आग बुझाने लगे। नगर के कितने ही रहे-सहे आदमी आग के भय से आ पहुँचे। पट्टणियों ने उन्हें तुरन्त ही पकड़-पकड़कर बाँधना शुरू किया।

इतने में खेमा नायक मशालें लेकर आ पहुँचा।

''कौन खेमा?'' मुंजाल मेहता ने पूछा, ''तुम कहाँ से आए?''

''मैं बड़े दरवाजे की रखवाली करता हूँ।''

''तुम और परमार इन मुर्दों को देखो, मरे हुए और जीते हुए अलग-अलग करो। सैनिकों, चलो जल्दी करो। महाराज और काक नहीं मिल रहे हैं। परमार जल्दी करो।'' मुंजाल ने कहा।

''बापू, एक बात कहूँ?'' खेमा ने मुंजाल के पास आकर कान में धीरे से कहा। ''दोनों में से एक को भी तलाश करने की जरूरत नहीं।''

''क्यों?''

''महाराज बाहर चले गये हैं और कह गये हैं कि आपको सूचित कर दिया जाए कि वे वंथली गये हैं।''

''वंथली! किसलिए?''

''मुझे क्या मालूम?''

''—और काक?''

''भटराज घोड़े पर बैठकर उनके पीछे गये हैं?''

मुंजाल चकित हुए। ''दोनों साथ गये?''

''नहीं, अन्नदाता। पहले महाराज गये।''

''घोड़े पर?''

''जी नहीं, साँड़नी पर।''

''कितने आदमी थे?''

खेमा उलझन में पड़ गया।

''घबराओं मत, जो हो, सच-सच कह दो।''

''एक भूत था और एक बेहोश स्त्री।''

मुंजाल मेहता की आँखें चमक उठीं। ''खेमा, एक साँड़नी तैयार कर। मैं अभी आता हूँ।'' यह धीरे से कहा और फिर परशुराम से जोर से कहा, ''परशुराम, महाराज जरा वंथली गये हैं, मैं भी जाता हूँ। आप जूनागढ़ पर कब्जा करो और आग बुझाओ। मैं सवेरे ही लौट आऊँगा। देखो, सोरठी दगा न करें। लीलादेवी, जरा इधर तो आओ।'' मुंजाल ने कहा।

लीलादेवी मुंजाल के पास आई। मुंजाल ने धीरे से कहा, ''आप मेरे साथ चलें।''

रानी चेत गयी और मुंजाल के साथ जाने को तैयार हो गयी। मुंजाल और रानी धीरे-धीरे बड़े दरवाजे गये। वहाँ साँडनी तैयार थी, उस पर दोनों चढ़ गये।

''खेमा, महाराज किस रास्ते गये?''

''उस रास्ते से।''

''वह कहाँ को जाता है?''

''मैंने यहाँ के लोगों से पूछा था, वह रास्ता बढ़वाण जाता है।''

''अच्छा, मुझे वंथली ले जाए, ऐसा आदमी दे।''

''अन्नदाता, साँड़नी वाला सोरठी है, किन्तु रखवाला अपना है। यह सब रास्ते जानता है।''

''अच्छा तो चलाओ।'' मुंजाल ने कहा और साँड़नी चल दी। नगर के बाहर होने पर मुंजाल ने धीरे से कहा, ''रानी, शिकार सटक गया।''

''कैसे?''

''राणक को लेकर महाराज चले गये।''

''अच्छा?'' तिरस्कार से लीलादेवी ने कहा।

''हाँ, पर हर्ज नहीं, मैं उन्हें पाताल में से खोज लूँगा। इस समय तो वंथली जाकर मीनलदेवी को ख़बर देनी है और महाराज गये हैं, यह खबर ढँक रखने का प्रयत्न करना है।''

''मेहता जी, आप इन लोगों को कहाँ तक ढँकते रहेंगे।''

''जिऊँगा तब तक। मैं चाहे जैसा हूँ परन्तु हूँ तो पाटण का चाकर।'' हँसकर मुंजाल ने कहा।

भावी महापुरुष का परिचय

महाराज की आज्ञा से जितनी हो सकी उतनी तेजी से हमीर ने साँड़नी दौड़ाई। हमीर के तो हाथ पैर ही ढीले हो गये थे। जूनागढ़ का पतन, खेंगार और अपने मालिक देशलदेव की दुर्दशा, जयसिंहदेव जैसे महाप्रतापी महाराज का सान्निध्य, और बावरा जैसे अमानव और भंयकर जीव की सोहबत से वह ऐसा घबरा गया कि पीछे को देखे बिना ही साँड़नी हाँकता गया।

सुबह होते ही बेहोश राणक जयसिंहदेव को सौंपकर बावरा साँड़नी पर पीछे की तरफ औंधे माथे पड़ गया। बावरा के साथ किसी का परिचय न हो, इसलिए दिन में उसे सबसे अलग रखा जाता था; और यदि अगत्या साथ लेना ही पड़ता तो वह औंधा माथा रखकर पड़ा रहता था।

सुबह होने पर किसी छोटे गाँव के पास साँड़नी रोककर एक झाड़ के नीचे सब उतरे। हमीर महाराज के लिए कुछ खाना पकाने में लग गया, और महाराज ने पानी छिड़ककर राणक को होश में लाने का प्रयत्न किया। बड़ी मेहनत के बाद राणक को चेत हुआ। जैसे ही वह होश में आई कि दूर जाकर बैठ गयी और माथा पकड़कर रात की भयंकर घटना याद करने लगी। उसका मुख मुरझा गया था।

''मुझे कहाँ ले जा रहे हो?'' उसने भावहीन आवाज़ में पूछा।

''बढ़वाण। वहाँ हम विवाह करेंगे।''

''किसलिए व्यर्थ ही सिर मार रहे हो?''

''क्यों?''

''कहीं भी ले जाओ, मेरा तो एक ही रास्ता है।''

''क्या?''

''मेरे रा' का।'' उसकी आँखों में आँसू न थे; किन्तु उससे भी अधिक शोकदर्शक शुष्कता थी।

''राणक उतावली न करो। बढ़वाण पहुँचकर हम शान्ति के साथ बात करेंगे।''

राणक ने जवाब नहीं दिया। तब से वह गूँगी हो गयी। उसने खाने से इनकार कर दिया, वह चुपचाप साँढ़नी पर चढ़ी और हमीर ने साँड़नी हाँक दी।

थोड़ी ही देर में घोड़े के पैरों जैसी आहट सुन पड़ी। महाराज ने हमीर को साँड़नी खड़ी रखने का हुक्म दिया। साँड़नी खड़ी रही और राजा ने कान लगाए, किन्तु घोड़ा उसी ओर आ रहा है या नहीं, समझ न पड़ा; और फिर टापों की आहट आना बन्द हो गया। तब खाली आहट ही होगी, ऐसा मानकर महाराज ने साँड़नी को दौड़ाने का हुक्म दे दिया।

सन्ध्या को फिर उन्होंने विश्राम लिया। रास्ते में जहाँ-तहाँ पट्टणी थाने आते थे, किन्तु पाटण के राजा का सन्देश ले जा रहा हूँ, यह बहाना कर देने से रास्ता साफ हो जाता था।

रात्रि को चन्द्रमा के उजाले में भी राजा ने अपनी यात्रा जारी रखी। कभी-कभी राजा को घोड़े की टापों की आहट सुन पड़ती, किन्तु उसने इसकी परवाह नहीं की। चन्द्रमा डूबने लगा और वे बढ़वाण जा पहुँचे।

महाराज की आज्ञा से हमीर ने कोट की खिड़की में से चौकीदार को पुकारा।

''किससे काम है?''

''विजयधवल किलेदार को बुलाओ।'' महाराज ने आज्ञा दी।

''कौन हैं आप?''

''जयसिंहदेव सोलंकी।''

चौकीदार स्तब्ध हो गया और चुपचाप किलेदार को बुलाने चला गया। थोड़ी ही देर में जलती हुई मशाल के ठाठ के साथ विजयधवल किलेदार आ पहुँचा।

"किलेदार, द्वार खोलो। मुझे कब तक इस तरह खड़े रहना होगा?" महाराज ने पुकारा। विजयधवल ने खिड़की खोल कर देखा और वह महाराज को पहचान कर चकित हो गया। उससे कुछ बोलते न बना और तुरन्त द्वार खोल दिया।

"हमें राजगढ़ में ले चलो, और मेरे आने की खबर बाहर न जाने पाए। ध्यान रखना।"

"जो आज्ञा।" कहकर विजयधवल आगे चला।

राजगढ़ पास ही था। नया मकान था, किन्तु अधिकांश आदमी लड़ने चले गये थे, उसमें कोई न था। अँधेरी रात में वह छोटे पर्वत जैसा गहरा दीख पड़ता था।

"अन्नदाता," विजयधवल की जिज्ञासा किसी प्रकार भी दबी न रह सकी। "महारानीजी कैसी है?"

"ठीक हैं।" राजा ने तुच्छता से उत्तर दिया। विजयधवल को अधिक पूछने का साहस न हुआ।

"विजयधवल, रा' मारा गया और हमने जूनागढ़ ले लिया।"

"अच्छा?" चकित हुए किलेदार ने इस तरह आए हुए राजा के सामने देखकर कहा।

"हाँ।" राजा ने जवाब दिया।

राजगढ़ आ गया और किलेदार के आदमियों ने दरवाजा खोल दिया। "हमीर, इन्हें अन्दर ले जाकर बैठाना। मैं अभी आया।" महाराज ने आज्ञा की।

राणकदेवी साँड़नी से उतरने के बाद चुपचाप राजा के पीछे-पीछे चल रही थी। उसके निस्तेज मुख पर एक प्रकार की निश्चलता छा गयी थी और मानो बिना इच्छा के ही वह चल रही हो ऐसा लगता था।

राजा ने आज्ञा की, इसलिए वह यन्त्रवत् हमीर के साथ चबूतरे पर चढ़कर अन्दर गयी। साथ में एक मशालची अन्दर गया। राजा किलेदार की ओर फिरा। "किलेदार, यहाँ कोई ब्राह्मण है?"

"अन्नदाता–"

"राजगढ़ का पुजारी नहीं है?" राजा ने अधीरता से पूछा।

"अन्नदाता," हाथ जोड़कर किलेदार ने कहा, "यहाँ कोई है नहीं, इसलिए वह गाँव में सोने चला जाता है; किन्तु देखता हूँ शायद उसका कोई शिष्य हो तो–"

मानो किलेदार के वाक्य का उत्तर मिल रहा हो, इस प्रकार कुछ दूर की एक कोठरी में से वेदोच्चारण सुन पड़ा–

"चत्वारि शृंगा त्रयोऽस्यपादा द्वे शीर्षे सप्तहस्तसोरिऽस्य।"

"कोई बाम्हन-सा ही तो दीखता है।" राजा ने कहा। किलेदार वहाँ से उस कोठरी की ओर दौड़ता हुआ गया और थोड़ी देर में एक ऊँचे कद के लड़के को साथ ले आया। राजा इतनी देर अधीरता से खड़ा रहा।

"अन्नदाता, यह एक लड़का है।"

वह एक पन्द्रहेक वर्ष का लड़का था। उसने एक छोटी-सी लँगोटी पहन रखी थी, शरीर पर भस्म लगा रखी थी और भाल पर त्रिपुंड। किलेदार के शब्द सुनकर वह अभिमान से हँसा। लड़का हूँ, तो मुझे लाए किसलिए?" और

गुणाः पूजास्थानं गुणिषु न च लिगं न च वयः।

कोई समझनेवाला न था, तो भी उसने आत्म-सन्तोष के लिए कहा।

अधीर राजा ने पूछा, "कैसे ब्राह्मण हो?"

"कान्यकुब्ज में मेरा जन्म हुआ है।"

"कुछ आता है?"

बालक अभिमान से फिर हँसा, "क्या काम है?"

"किलेदार, तुम जाओ।" राजा ने विजयधवल को आज्ञा दी, "सुबह फिर आना।"

किलेदार को स्पष्ट लग रहा था कि कोई विचित्र प्रसंग उपस्थित हो गया है; किन्तु राजा की आज्ञा का अनादर न हो सकता था, इसलिए विवश होकर चला गया।

"बाम्हन,—तू विवाह कराना जानता है?"

"आपको ब्राह्मन, गान्धर्व, पैशाच अथवा राक्षस किस विधि की जरूरत है, सो बतलाइए न?"

"किसी से भी काम चल जाएगा, चल।"

"अरे अन्नदाता!" जरा ठंडे कलेजे लड़के ने कहा, "इस प्रकार उतावले क्यों हो रहे हैं? आप हैं कौन, यह तो बतलाइए।"

"मैं चाहे जो हूँ। तू चल।"

"चलता हूँ, किन्तु आपको जितनी ब्याह की उतावली है, उतनी मुझे आपको पहचानने की है।" लड़के ने ठंडे कलेजे से कहा।

"क्यों?" लड़के के संकोचहीन बोलने के ढंग से विस्मित होकर राजा ने कहा।

"मैं उचित दक्षिणा के बिना आपकी जल्दबाजी से कुछ करनेवाला नहीं हूँ। आप जल्दी में हैं और कोई बड़े आदमी मालूम होते हैं।"

"तू क्या चाहता है?" क्रोध से महाराज ने कहा।

"आप कौन हैं?" हँसकर शान्ति से लड़के ने पूछा।

"पाटण नरेश जयसिंहदेव सोलंकी।" तंग आकर राजा ने कहा "मुझे नहीं पहचानता?"

"अहो पृथ्वीपति!" लड़के ने हँसते हुए हाथ जोड़े, "मेरे धन्य भाग्य! चलिए, क्या करना है?"

"तुझे क्या चाहिए है?"

"अब मुझे दक्षिणा की परवाह नहीं। मैं परम भट्टारक जयसिंहदेव महाराज के चरणों की रज हूँ। चलिए।" कहकर जरा हँसकर वह लड़का आगे चला।

"तेरा नाम क्या है?" राजा ने पूछा।

"मेरा नाम है–भाव।" लड़के ने आत्मश्रद्धा से कहा। राजा ने वह देखा नहीं। यह नाम भविष्य में कितने वर्षों में और किस विधि से कानों से टकराएगा, इसकी उसे खबर न थी।

राजा को यह लड़का बड़ा विचित्र लगा और उसकी छोटी उम्र के लिहाज से उसकी बोलने की रीति असाधारण प्रतीत हुई, किन्तु इस समय इसके विषय में विचार करने का अवकाश न था। उसने लड़के को अन्दर आने की आज्ञा दी।

महाराज अन्दर के कमरे में पहुँचे। प्रभात हो रहा था, इसलिए महल में कुछ उजाला हुआ। उस उजाले में उन्होंने एक कोने में राणक को देखा। हमीर थोड़ी दूर पर खड़ा था।

"हमीर, बाहर जा और साँड़नी की खबर ले।"

हमीर "जो आज्ञा।" कहकर चला गया। जैसे ही वह गया तुरन्त ही राजा ने जाकर दरवाजा बन्द कर दिया और अर्गला लगा दी। लड़का यह सब ध्यान से देखता रहा।

"देवड़ी।"

राणक देवी ने उत्तर नहीं दिया।

"राणक," जयसिंहदेव ने गला साफ करके कहा, "यह ब्राह्मण तैयार है। चलो, अब विवाह कर लें।"

राणक देवी ने नीचे झुका हुआ सिर ऊँचा किया। उसकी फीकी आँखें राजा को देखती रहीं, "मुझे किसलिए दुःख देते हो? सोरठ के जीवनदाता के जाने से मैं तो यों ही मर रही हूँ।"

"नहीं राणक, जयसिंहदेव की पटरानी होने पर तुम सजीवन हो जाओगी।"

"जयसिंह! जयसिंह! खेंगार जैसे रणधीर काम आए, किन्तु तुम्हारा गर्व नहीं गला। मेरे सोरठ के अजीत 'रा' चले गये, तो तुम्हारी क्या गिनती?" राणक ने जरा अधीरता से कहा।

"मेरी गिनती सारी पृथ्वी करती है और आज तुझे भी करनी है।" गर्व से राजा ने उत्तर दिया।

"पागल राजा, मेरी दृष्टि में तो पुरुष एक ही था। वह मरा और मुझे तथा पृथ्वी को दोनों को रँडापा आ गया। पृथ्वी भले ही स्वीकार कर ले, किन्तु मैं तो उसी की थी और रहूँगी।"

"राणक, पृथ्वी उसकी कभी थी नहीं और होने की नहीं। तुम भी कभी उसकी

थीं नही और रहने की नहीं। उठो, चलो, इस ब्राह्मण को देर हो रही है। महाराज, जो कुछ तुम्हें पढ़ना हो पढ़ना शुरू करो।"

"खबरदार!" देवड़ी ने भाव से कहा। उसकी बैठी हुई आवाज़ में भी जरा सत्ता दिखी, "ब्राह्मण का बेटा होकर यह अत्याचार देख रहा है?"

"बहन," बहुत ही शान्ति के साथ भाव से कहा। "ऐसा हठ किसलिए कर रही हो? शास्त्र का वचन है कि जिसने देश जीता उसने देशाधिप की दयिता भी जीती। महाराज को आपसे विवाह करने का अधिकार है और आपको महाराज के कंठ में वरमाला डालने का अधिकार है।"

राणक देवी ने अकुलाकर कानों पर हाथ रख लिए।

"जूनागढ़ में रहते हुए मुझे कैसे पता लगता कि ऐसा कलियुग आ गया है? यह राजा और यह भूदेव! जाओ-जाओ, अपना मुँह काला करो। मुझे किसलिए सता रहे हो?"

"राणक देवी," राजा ने अधीरता से कहा, "जो कुछ हूँ, सो हूँ। चलो।" कहकर उसने हाथ फैलाया। राणक ने अपना हाथ आँचल में छुपा लिया।

"हाथ बढ़ाओ।"

"सात जन्म सिर मारकर मर जाएगा, तो भी इस हाथ का धनी तू नहीं होने का।" देवड़ी ने ज़रा क्रोध से कहा।

"मैं देखता हूँ कि तुम कैसे इनकार करती हो?" राजा ने होंठ पर होंठ पीसकर कहा। उसकी आँखों की पुतलियाँ बाहर निकल आईं, उसकी नाक फूल उठी, उसके कपाल की बिचली नस उभर आई। "इस समय तुम मरोगी तो भी मेरी स्त्री होकर मरोगी। चलो, हाथ बढ़ाओ।" राजा ने चिल्लाकर कहा और अपना हाथ राणक के बिल्कुल पास ले जाना शुरू किया। भाव पाणिग्रहण हो कि मन्त्रोच्चारण करने के लिए तत्पर हो गया।

राणक ने अधिक जोर से हाथ खींच लिया।

"हाथ बढ़ाओ, नहीं तो समूची ही उठा लूँगा।" राजा क्रोध के आवेश में चिल्लाया।

"मुझे छूने का पाप करेगा? दुष्ट, जनम-जनम तू जीते जी नरक में पड़ेगा।" राणक ने होंठ काट लिए।

भविष्यवाणी करते समय उसका मुख जैसा शववत् निश्चेतन हो गया था इस समय भी एकदम वैसा ही हो गया। उसकी आँखों की पुतलियों का रंग कुछ बदला और उसमें ज्योति प्रकट हुई। भाव यह परिवर्तन देखकर चकित हुआ और राजा जरा झिझका।

तुरन्त ही राजा का क्रोध फिर फट पड़ा। उसके हृदय में एकत्र हुई सारी विषमता, क्रूरता, उन्माद और क्रोध—में से भारी ज्वाला निकली। कोई सामना करता, तो वह

साधारणतः सहन न कर सकता था। और इस प्रसंग में तो इस हठी स्त्री का हठ तोड़ने की प्रबल इच्छा ने उसका सार ज्ञान लुप्त कर दिया।

"तू-तू-मेरा सामना करती है—" उसने दाँत पीसे। उसकी आँखों में खून उतर आया।

अमानुषी शुष्कता से—धीरे से—राणक ने जवाब दिया— "हाँ।" राजा का हाथ जोर से राणक को पृथ्वी पर दे मारने के आवेग की झनझनाहट का अनुभव करने लगा।

सूर्योदय होते ही पूर्व की जाली में से एक लाल किरण तेजस्वी रक्त की रेखा के समान कमरे के बीच आ पड़ी। बाहर से किसी ने बन्द दरवाजे में लात मारी।

"दरवाजा खोलो।" एक प्रचंड आवाज़ आई।

राजा तहखाने में उतरे

जयसिंहदेव इस आकस्मिक आवाज़ से चौंक उठे, और पीछे घूमकर राणक को मारने के लिए उठाया हुआ हाथ तलवार की मूठ पर ले गये। उनकी हिंसक वृत्ति सतेज़ हुई। वे दरवाजे की तरफ मुड़े।

"अन्नदाता, भले ही कोई चिल्लाए, आप अपना काम कीजिए।" भाव ने राजा को सलाह दी। "समय क्यों व्यर्थ खो रहे हैं?"

महाराज को यह सलाह अच्छी लगी और वे फिर राणक की तरफ फिरे। किन्तु बाहर आनेवाले की अधीरता भी बढ़ती जा रही थी और उसने दरवाजा खोलने का प्रयत्न जोरों से शुरू कर दिया था। उसने एक-दो-तीन-चार लातें ऐसे जोर से मारीं की दरवाजे की अर्गला ढीली हो गयी और राजा राणक को छुए, इसके पहले ही पाँचवी लात से उसके दो टुकड़े हो गये और दरवाजा-तड़ाक् से खुल गया। महाराज गुस्से से लौट पड़े। देखा कि दरवाजे पर रौद्ररूप धारण किए काक नंगी तलवार लिये खड़ा है। काक का मुँह क्रोध से लाल था। उसकी आँखें ऐसा लगता था कि एक ही दृष्टिपात से सबको भस्म कर डालेंगी। वह हाँफ रहा था, तो भी स्वस्थता जैसी की तैसी थी।

"आप यहाँ।" काक ने कटाक्ष के साथ कहा, "पाटण का धनी लश्कर छोड़कर, छावनी त्यागकर, चोर की तरह देवड़ी को लेकर इस तरह भागता फिरता है?" काक की दृष्टि भाव पर पड़ी। "तू कौन? ब्राह्मण है? यहाँ कैसे? क्या राजा का ब्याह कराने आया है?" काक तिरस्कार से हँसा।

"तू क्यों आया? चला जा।" राजा घुमड़ते हुए क्रोध के आवेश में थे, इसलिए बड़ी कठिनाई से ये शब्द निकाल सके।

"फिक्र न करें महाराज," काक ने थोड़ी-सी शान्ति से कहा। मैं यहीं रहूँगा और

राणक देवी सती हो जाएँगी, तब जाऊँगा।"

"काक! निर्लज्ज! नमकहराम! तूने मेरा पीछा किया? खड़ा रह।" कहकर राजा एकदम तलवार निकालकर झपटे।

"सब्र कीजिए!" काक ने कहा, "आप मालिक थे और हैं। आपके सामने मुझे शस्त्र का उपयोग नहीं करना है; किन्तु यदि आपकी नीयत देवड़ी को ब्याहने की है..."

"मुझे जैसा दिखेगा वैसा करूँगा।"

"मैं वैसा न करने दूँगा।"

"तू-तू कौन! मेरा दास—"

"हाँ, किन्तु इस समय मेरी मान जाओ। मेरा रक्त उबल रहा है। मैं कुछ का कुछ..." किन्तु वह कुछ और बोले उससे पहले ही महाराजा छलाँग मारकर उस पर टूट पड़े। काक सावधान था। राजा की तलवार उसकी तलवार के साथ जोर से टकराई और उसमें से चिनगारियाँ निकल पड़ीं। दोनों ने तलवारें फिर ले लीं और राजा ने काक को घायल करने के लिए फिर तलवार साधी।

"जयसिंहदेव," गर्जना जैसे गम्भीर स्वर में काक ने कहा, "तुम्हें मरना है?"

जवाब में राजा ने एक वार किया। काक ने एक तरफ उछलकर वार चुका दिया और राजा फिर तैयार हो उसके पहले ही वह उसके पास जा पहुँचा।

महाराज तलवार को फिर से खींचकर ज्यों ही झुके कि इतने में काक ने एकदम पास आकर उनका हाथ पकड़कर मरोड़ा। काक ने महाराज का हाथ ऐसी फुर्ती से पकड़ा और ऐसे जोर से मरोड़ा कि महाराज को भान हो, इसके पहले ही वह हाथ कोहनी में से टूटता-सा लगा।

"तलवार छोड़ दो, छोड़ो-छोड़ो।" उसने कलाई को मरोड़ते हुए कहा। "नहीं तो यह टूट जाएगी।"

राजा ने काक के मुँह की ओर देखा। उसकी आँखें गहरी चली गयी थीं और उनकी किरणें मानो जला रही हों, ऐसा लगता था। उसने देखा कि काक इस समय ज़रा भी मान या दया न रखेगा। राजा ने दाँत पीसते हुए तलवार डाल दी। काक ने उस पर अपना पैर रख दिया और महाराज का हाथ छोड़ दिया।

"जयसिंहदेव, अब दूर जा बैठो। मैं देवड़ी को ले जाता हूँ।"

"तू?" द्वेष से गर्दन हिलाकर महाराज ने कहा, "मैं देखता हूँ।"

"अच्छा, तो देख लो।" कहकर काक ने देवड़ी की तरफ एक कदम बढ़ाया। देवड़ी खड़ी होने के लिए ज़रा सीधी हुई। महाराज ने छलाँग मारकर काक को कमर से पकड़ लिया। तलवार छिन जाने के बाद महाराज शारीरिक युद्ध आरम्भ कर देंगे, यह काक ने न सोचा था। वह एकदम पीछे हटा और पीछे हटते आड़ा हो गया। काक को क्रोध आ गया। उसने तलवार फेंक दी ओर पीछे चिपटे हुए महाराज को उल्टे

हाथों पकड़ा। कुछ क्षण दोनों प्रतिद्वन्द्वी जोर से अडिग खड़े रहे। महाराज ने दबाया तो काक नीचे झुक गया। ऐसा दिखा कि अब वह पृथ्वी पर लोटता ही है, परन्तु उसने एकदम पूरी ताकत से पिछले हाथों महाराज को पकड़ कर उलट दिया।

महाराज ने एकदम चीख मारी, किन्तु चीख मारते हुए उनका ध्यान जरा व्यग्र हुआ कि काक ने तिरछे झुककर अपने शरीर से छुड़ाकर उन्हें एक कोने में फेंक दिया। राजा सशब्द पृथ्वी पर जा पड़ा, और भग्न-मान होकर ज्यों-त्यों उठने का उपक्रम करने लगा।

काक ने राजा की चीख सुनी थी, इसलिए दरवाजे की ओर नजर रखके वह खड़ा रहा। एकाएक एक कालस्वरूप वहाँ कौन जाने कहाँ से कूद पड़ा।

''बाबरा, इसे पकड़।'' राजा ने हुक्म दिया।

बाबरा काक पर झपटने को फिरा, और काक ने कहा, ''खबरदार बाबरा, यदि मुझे छेड़ा तो एक बार तो जीता जाने दिया था परन्तु अब नहीं जाने दूँगा।''

बाबरा ने भौंहों के बड़े-बड़े बाल ऊँचे चढ़ाकर नजर डालकर अपने विजेता काक को पहचाना। उसकी डग जहाँ की तहाँ रह गयी। उसकी आँखें भय से सफेद हो गयीं, उसका काला मुख भी फीका होता दीखा।

''पकड़ इसे—'' जयसिंहदेव ने हुक्म दिया। जवाब में डरा हुआ कुत्ता जैसे घुरकता है वैसे ही बाबरा घुरका और पीछे हट गया। निचला होंठ लटकाए वह काक को एकटक देखता रहा। राजा यह फेरफार देखकर घबरा गया।

काक खिलखिलाकर हँस पड़ा, ''क्यों महाराज, जोर खत्म हो गया? और किसी को बुलाना है? चलो, उस कोने में बैठ जाओ।''

राजा ने ऐंठकर जवाब नहीं दिया और बाबरा की ओर तिरस्कार से देखा, ''तेरी मौत आई है!''

''महाराज, पर की आशा सदा निराशा।'' काक ने कहा।

राजा ने उसकी ओर देखे बिना दरवाजे की तरफ जाना शुरू किया। काक दरवाजे की बीच जा खड़ा हुआ।

''महाराज, यह सब घमंड इस समय रहने दो। बाहर का दरवाजा बन्द है और विजयधवल किलेदार को घायल करके मैंने एक कोठरी में बन्द कर दिया है। समझदार हो, तो चुपचाप एक कोने में बैठ जाओ।''

महाराज चुपचाप दरवाजे के बीच खड़े रहे।

''चलो, बैठ जाओ।''

''जयसिंहदेव ने देखा कि अधिक गड़बड़ करूँगा तो काक जोर-जबर्दस्ती से बिठा देगा। वे चुपचाप दूर जाकर खड़े रहे। बाबरा इधर-उधर देखता चला गया।

''ऐ लड़के, इधर आ।''

''क्यों, क्या है?'' भाव दूर एक कोने में खड़ा था, सामने आया।

"इधर आ।" काक ने चिल्लाकर हुक्म दिया। भाव पास आया।

"राजमहल का तहखाना कहाँ है?"

भाव ने जवाब नहीं दिया।

"क्यों, सुनता नहीं है?" काक ने पूछा।

"अन्दर की दूसरी कोठरी में से वहाँ जाते हैं।"

"तुझे रास्ता मालूम है?"

"हाँ।"

"चल, रास्ता बतला।" भाव ने महाराज की ओर देखा।

"सुना नहीं क्या?" भाव का कान पकड़कर काक ने कहा।

"हाँ।" कान सुहलाते हुए भाव ने कहा।

"तो चल।" काक महाराज के निकट गया, "अन्नदाता, आगे चलिए।"

"कहाँ?" ऐंठ से राजा ने पूछा।

"मैं कहता हूँ वहाँ। उस तहखाने में। महाराज ने चकित होकर काक के सामने देखा। उसका मुख भयंकर निश्चय से बन्द हो गया था। "चलिए।"

"क्यों?" राजा ने चारों और अपनी निराधारता के लक्षण देखते हुए पूछा।

"मन्त्री और रानी के बिना अकेला राजा शोभा नहीं देता। थोड़ी देर को अलग हुए तो देखिए आपने क्या कर डाला? अब आप इस तहखाने में एक-दो दिन मौज करें। मैं मुंजाल मेहता और लीलादेवी को सन्देश भेज आता हूँ। एक-दो दिन में वे रा' का मस्तक लेकर राणक देवी को चिता पर चढ़ाने के लिए आ पहुँचेंगे। फिर आप जो चाहे करें। इस समय तो मैं जो कहूँ वही आपको करना होगा। आइए, पधारिए।"

महाराजा ने काक को सामने से देखा। सामना करने का विचार हुआ, परन्तु तुरन्त अनुभव किया कि इस समय सामना करने में लाभ नहीं।

"क्यों महाराज, पैर नहीं उठते क्या? उठाऊँ?" जरा ऊँचा हाथ-करके काक ने कहा।

महाराज ने तिरस्कार की एक दृष्टि काक पर डाली, होंठ पर होंठ चढ़ाए और दिखाए हुए रास्ते पर धीरे-धीरे चलना शुरू किया।

"चलो भूदेव, रास्ता बताओ।" काक ने भाव से कहा। भाव पर इस विचित्र और दुर्जय योद्धा का आतंक छा गया था, उसने धीरे-धीरे रास्ता बताना शुरू किया।

"बहन, जरा ठहरना, मैं अभी आता हूँ।" काक ने राणक देवी से कहा।

आगे भाव, उसके पीछे महाराज और अन्त में काक, इस तरह तीनों आदमी एक दो कमरे पार करके अन्दर के भाग में गये। वहाँ वे एक आधे अँधेरे कमरे में आ पहुँचे।

"महाराज, यही है तहखाना।" भाव ने कहा।

"पत्थर हटाओ।" काक ने कहा।

"मुझे अकेले से कैसे हटेगा?"

"अन्नदाता, जरा नीचे झुकिए। इज्जत नहीं जाएगी।"

जयसिंहदेव ने गर्व से गर्दन हिलाई।

"अभी तक आपको अपनी स्थिति का भान नहीं हुआ, क्यों?" काक ने कठोर आवाज में पूछा। "मैं नीचे झुकूँ, इतने में आपको कुछ उपद्रव करने का अवसर मिल जाए, क्यों? चलिए।" कहकर काक ने महाराज की बाँह पकड़ी, आँखों में द्वेष और क्रोध की ज्वालाएँ थीं तो भी जयदेव नीचे झुके और काक को पत्थर हटाने में मदद दी। पत्थर हटते ही सीढ़ियाँ दीख पड़ीं।

"चलो, सीढ़ियों की खिड़की खोलो।" काक ने भाव को आज्ञा दी। भाव ने पैर से ठेलकर खिड़की खोली। उसके खुलते ही भीतर से हवा का झोंका आया।।

"चलो, तहखाना है तो अच्छा। पधारिए अन्नदाता।" काक ने महाराज से कहा और जयसिंहदेव ने अन्तिम बार काक की ओर देखा। "पता है इसके लिए तेरी क्या गति होगी?" द्वेषभरी आवाज़ में राजा ने कहा।

"मैं आपको अच्छी तरह पहचानता हूँ।" काक ने शान्ति के साथ उत्तर दिया; "मेरी फिक्र न कीजिए, चलिए।"

"तेरी फिक्र करने को अब क्या रह गया है?" तिरस्कार से राजा ने कहा। "तेरी स्त्री, और बच्चे भृगुकच्छ में भूखों मर रहे हैं, और तुझे मैं यहाँ पूरा करूँगा।"

"क्या?" आँखें फाड़कर काक ने पूछा।

राजा लापरवाही से तहखाने में उतरे। काक की भौहें भिड़ गयीं। उसने महाराज की गर्दन पर हाथ रखा। "बोलो, क्या कहा?"

"कुछ नहीं।" राजा ने जवाब दिया। काक ने राजा की गर्दन पकड़कर हिलाई। "बोलो, क्या कहा?"

"क्या, क्या? रेवापाल ने लाट में विद्रोह कर दिया है। तेरे स्त्री-बच्चे गढ़ में घिरे हुए हैं और वहाँ रसद कभी की खत्म हो चुकी है। अब तक तो वे पूरे हो चुके होंगे।"

"कैसे जाना?" काक ने गर्जना की।

"तेरा कोई सोमेश्वर था, वह कह गया है।"

"फिर तुमने क्या किया?" काक की आँखें फट गयीं। उसके स्वस्थ मस्तिष्क में ऐसा तूफान आ गया, जो बिल्कुल अपरिचित था।

"कुछ नहीं। तू जाने और तेरा लाट।"

"कृतघ्न, घातकी, अविचारी, दम्भी, तुमने सोलंकी के घर कहाँ से अवतार लिया?" सर्प के मुख की फुँकार की तरह काक ने कहा। "याद रखना, यदि मेरी स्त्री और बच्चों को कुछ हुआ, तो तुम्हारा नाम निशान न रहने दूँगा।" भयंकर तूफान में बिजली की कड़क के साथ घोर गर्जना हो, इस तरह का वातावरण हो गया। महाराज

की आँखों में डर समा गया और वे तहखाने में उतर पड़े। काक ने भाव को उतरने के लिए कहा।

"मैं?" भाव ने कहा, "परन्तु मुझे क्यों?"

"बाहर जाकर गप्प मारनी है? और फिर महाराज के पास कौन रहेगा? चल, उतर।"

"किन्तु मैं—और यह—"

"मैं भी ब्राह्मण हूँ। ब्राह्मण को ब्राह्मण का पाप नहीं। चल उतर।"

"आप जबर्दस्त आदमी हैं।" बड़बड़ाता हुआ भाव तहखाने में उतर गया।

"मैं थोड़ी ही देर में खाने-पीने को ले आता हूँ। तुम्हें भूखों नहीं मारूँगा।" काक ने राजा से कहा।

काक ने तहखाने की खिड़की बन्द कर दी, पत्थर ठीक से लगा दिया और वह राणकदेवी के पास गया।

राजा का छुटकारा

काक जब वहाँ से निकला तब उसका क्रोध शान्त होकर उसकी जगह चिन्ता हो गयी थी। जिस उत्साह से वह आया था और जो उन्माद उसे प्रेरित कर रहा था वह अदृष्ट हो गया और निराशा का शीत उसके हृदय में फैलने लगा।

क्या महाराज ने ठीक कहा? क्या भृगुकच्छ में सचमुच ही विद्रोह हो गया है? क्या मंजरी गढ़ में पड़ी हुई भूखों मर गयी? यह कैसे हुआ? क्या पट्टणी सेना कट मरी? क्या रेवापाल ने वचन का पालन नहीं किया? देवानायक नमकहराम निकला? और क्या गढ़ में से अनाज चोरी चला गया? ऐसी अनेक समता-विषमता की भयंकर प्रतिध्वनियों से उसका मस्तिष्क भन्ना गया। जिसका कभी अनुभव न हुआ था, ऐसा भय उसके मन पर बैठ गया। उसकी क्रोध से तपी हुई आँखें निस्तेज हो गयीं। वह धीरे-धीरे राणकदेवी के पास गया। उसने गला साफ करके कहा, "बहन, अब चिन्ता नहीं।"

"भाई, तुम्हारे इन दो-दो उपकारों को कौन से भव में चुका सकूँगी?"

"बहन, इसी भव में चुकाने का अवसर आ गया है।"

चकित होकर राणक ने सामने देखा। "कैसे?"

"मेरे अन्नदाता ने मुझसे अभी कहा कि भृगुकच्छ में विद्रोह खड़ा हो गया है और मेरी स्त्री और बच्चे गढ़ में भूखों मर रहे हैं। बहन, सती, आशीर्वाद दो। मुझे आशीर्वाद की बहुत जरूरत है। मेरे निराधार बालक—मेरी—मेरी—मंजरी भूखों मरती होगी। मैं

यहाँ और वे वहाँ।" काक ने कपाल पर से पसीना पोंछा। "भोलानाथ! तुमने मुझे ऐसे धनी की सेवा स्वीकार करने की बुद्धि क्यों दी?"

"मेरे भइया," राणकदेवी ने मृदु स्वर में आश्वासन दिया, "माता अम्बा तुम्हारा सब भला करेंगी। मेरी भीर पर दौड़नेवाले को माँ कभी दुखी नहीं करेंगी। तुम अब यहाँ से जाओ।"

"नहीं बहन," काक ने सिर हिलाकर कहा, "मेरा अन्नदाता जहरीला नाग है। मेरे पीठ फेरते ही वह कौन जाने क्या कर बैठे? जैसे इतने दिन गये वैसे दो और ज्यादा। रानी के आने पर उन्हें आपको सौंप दूँगा तब जाऊँगा। बहन, अब तुम शान्ति से बैठो। इतने में मैं बाहर जाकर सारी तजबीज कर आऊँ और कुछ खाने-पीने का भी बन्दोबस्त करूँ।" काक वहाँ से उठा और बाहर निकला।

बाहर की एक कोठरी में घायल किलेदार को बाँधकर डाल दिया था, पहले उसकी खबर ली। "किलेदार, अब तुम निश्चिन्त रहना। मैं क्या करूँ, महाराज के हुक्म के माफिक मुझे यह सब करना पड़ा। ज्यादा चोट तो नहीं आई? अभी अच्छे हो जाओगे। महाराज ने कहा है कि किसी से एक शब्द भी न कहना, नहीं तो जान पर आ बनेगी।"

किलेदार ने सिर पीट लिया। "मेरा ऐसा क्या अपराध—"

"किलेदार, यह पूछने में सार नहीं। तुम्हारा घर कहाँ है, यह मुझे बतलाओ, तो मैं आदमी ले आऊँ। तुमने मुझे पहचाना नहीं?"

"नहीं—"

"मेरा नाम भटराज काक।"

"भृगुकच्छवाले—?"

"हाँ। देखो, खेंगार की रानी को सती होना है, इसलिए महाराज उसे यहाँ ले आए हैं; किन्तु यह लोगों को जताना नहीं है, एक दो दिन में राजमाता मीनलदेवी, मुंजाल मेहता और रानियाँ आएँगी, तब राणकदेवी सती होंगी, परन्तु तब तक यह सब छुपाए रखना है।"

"अच्छी बात है।"

"अब तुम घर जाओ, और मुझे चार-पाँच विश्वासयोग्य आदमी दो।"

"भटराज, इतना ही था तो पहले कह देते। व्यर्थ ही मुझे घायल कर दिया?" किलेदार ने असन्तोष से कहा।

"कुछ हर्ज नहीं, कल अच्छा हो जाएगा।"

किलेदार ने काक को अपने घर का पता दिया और उसने वहाँ जाकर उसके आदमियों को सूचना दी। वे उसे डोली में डालकर घर ले गये और तब किलेदार ने कुछ आदमी काक को दिए।

काक ने पुजारी को बुलाकर भोजन बनवाया, स्वयं खाया और फिर राजा और

भाव को भी जाकर दिया। थोड़ी देर बाद एक दो गद्दे राजा को जाकर दिए और निश्चिन्तता से सोने के लिए कह दिया।

काक ने बाहर आकर जूनागढ़ के जीते जीने का ढिंढोरा पिटवाया और साथ ही साथ विजयी जयसिंहदेव आने वाले हैं, ऐसा कहकर उनका सत्कार करने के लिए उत्सव मनाने की आज्ञा दी कुछ सैनिकों को महाराज के स्वागत के लिए भी भेजा।

यह सब किया सही, किन्तु काक की स्वस्थता जैसी थी वैसी न रह गयी थी। उसके मस्तिष्क पर भार अधिक है, यह उसकी आँखें ही कह देती थीं। जो हमेशा शान्त रहता था वह इस समय दबाई हुई भावनाओं के जोर से अशान्त दीखता था। सन्ध्या को उसके हृदय की व्यथा बढ़ गयी। गढ़ पर चढ़कर वह भृगुकच्छ की दिशा में न जाने कब तक देखता रहा। शान्त सन्ध्या में उसे लगा की उसकी आर्त्त प्रियतमा का क्रन्दन सुनाई पड़ रहा है। उसके हृदय ने समय और स्थल का अन्तर भूलकर, अपनी देह को त्यागकर, मंजरी के पास पहुँचने के लिए प्रयाण आरम्भ कर दिया।

पहले अनेक बार वह मंजरी को छोड़कर युद्ध में गया था; किन्तु किसी भी समय उसे ऐसा भय न लगा था। इस समय कैसे लगा, यह उसकी समझ में न आया। यह अपरिचित भय मानो किसी भयंकर परिणाम की सूचना दे रहा है, ऐसा मालूम हुआ।

सन्ध्याकाल का मन्द पवन बहने लगा। ऐसा भास हुआ कि वह पवन मानो मंजरी के हस्तस्पर्श की मृदुता, उसके मुख की उच्छ्वास-गन्ध ले आया है, और उसके चुम्बन का स्पर्श मानो गतक्षण में ही हुआ है।

अब तक युद्ध-व्यवसाय में और राजनीति के फेर में पड़े रहने से सूक्ष्म भावों के अनुभव करने अथवा उनका पृथक्करण करने का उसे समय ही न मिला था, किन्तु अब उसके सम्पूर्ण जीवन के संचित संस्कारों ने भाव-परम्परा प्रकट की। मंजरी का उसके अन्तर में क्या स्थान है, इसका उसे इस समय स्पष्ट भान हुआ। यह पृथक् देहवाली स्त्री, उसकी भार्या अथवा उसके पुत्रों की माता न थीः वह उसकी प्राणेश्वरी के रूप में निराले सिंहासन पर भी न विराजती थी; वह उसका प्राण थी—उसके जीव की भी जीव थी। वह था केवल उसके ही आधार पर और जिस प्रकार जीव जब जाने की तैयारी करता है तब सारा शरीर उसके पीछे जाने को तैयार हो जाता है, उसी प्रकार मंजरी पर संकट आने पर वह भी उसके निकट दौड़ जाने को तैयार हो गया। उसका मस्तिष्क एक ही चिन्तन कर रहा था मंजरी से मिलने का, उसकी रगें एक ही कार्य के लिए—मंजरी से जाकर मिलने के लिए तरसती थीं। भीम द्वारा फाड़ी हुई जरासंध की जंघा के दो टुकड़े जिस प्रकार एक होने को आकर्षित होते थे, उसी प्रकार काक मंजरी से मिलने को अधीर हो गया।

कितनी ही बार उसे ऐसा लगा कि राणक को यहीं छोड़कर चले जाने में अब कोई भय नहीं है, किन्तु सती को इस प्रकार छोड़ जाने में उसे जोखिम दिखी। उसकी कर्तव्य-परायणता और मित्र-भक्ति यह जोखिम उठाने को तैयार न हुई।

दूसरा दिन भी ऐसे ही चला गया। तीसरे दिन उसकी अधीरता का पार न रहा। थककर उसने सामने जाने का निश्चय किया। अन्त में तीसरे दिन सन्ध्या को एक घुड़सवार मीनलदेवी आदि के आने की खबर लाया। काक घोड़े पर सवार होकर लेने को गया।

बढ़वाण से पाँच कोस दूर मीनलदेवी और मुंजाल मेहता सेना के साथ आ गये। वे सब डेरे में बैठे थे और घोड़ा दौड़ाते हुए काक जा पहुँचा।

सब काक को देखकर जरा चौंके। उसका मुख दृढ़ता से बन्द था। उसकी आँखें फटी हुई थीं, और उसमें उन्मादमिश्रित निस्तेज स्थिरता थी।

मुंजाल मेहता उठकर आगे आए। ''कहो, क्या है काक?'' महामात्य ने आयुवृद्धि के साथ वात्सल्य भाव को खूब विकसित कर लिया था।

''सब ठीक है।'' उसने खोखले कंठ से कहा, चारों तरफ देखा और दोनों रानियों को नमस्कार किया। मुंजाल की आँख के संकेत से अनुचर दूर हो गये।

''माताजी और मेहताजी, इस बार मैंने पाटण की कीर्ति बचाई है अन्तिम बार।'' काक ने निःश्वास छोड़ा। तीनों व्यक्ति जिज्ञासा से देखते रहे। ''क्या हुआ?'' मीनलदेवी ने पूछा।

''माताजी, मैं जब पहुँचा तब वे एक ब्राह्मण से विवाह करा रहे थे। दरवाजा तोड़कर मैं अन्दर दाखिल हुआ, महाराज को निःशस्त्र किया, उनके बाबरा भूत को धमकाया और बड़ी कठिनाई से उन्हें तहखाने में बन्द किया। नगर में ढिंढोरा पिटवा दिया है। आपके पहुँचने पर कल राणकदेवी सती होंगी। अब मैं मुक्त हुआ। रा' का शव लाई हैं?''

''हाँ, सिर लाए हैं।'' मुंजाल ने कहा। महाराज तहखाने में बन्द हैं, यह खबर सुनकर लीलादेवी के मुख पर अस्पष्ट हँसी आकर चली गयी।

''अच्छा किया माताजी।'' मीनलदेवी की ओर मुड़कर काक ने कहा, ''इस सती का आशीर्वाद माँगिये कि पाटण का राज्य अमर हो। उसे छेड़ने में सार नहीं है। अब मुझे छुट्टी दीजिए।''

''छुट्टी?'' मीनलदेवी ने पूछा।

''कहाँ जाते हो?'' लीलादेवी ने अचरज से आँखें फाड़ीं।

''मैं?'' दाँत पीसकर काक ने कहा, ''माताजी, आपके पुत्र की सेवा में कोई सार नहीं। मैंने उन्हें तहखाने में बन्द किया तब उन्होंने खबर सुनाई कि मेरी स्त्री और बच्चे भृगुकच्छ के गढ़ में भूखों मर रहे हैं। इतने वर्षों की सेवा का यह पुरस्कार! और आपमें से किसी को भी भृगुकच्छ के लिए लश्कर भेजने की फुर्सत नहीं मिली।'' क्रोध से वह मुंजाल की ओर देखता रहा।

''काक, शान्त होओ।'' मुंजाल ने कहा। ''मैंने तुम्हारे सोमेश्वर को और उदा मेहता के लड़के बाहड़ को लश्कर लेकर कभी का भेज दिया है और हम सब पीछे से

जाते हैं।'' काक थोड़ी देर घूरता रहा।–''मेहताजी, यह लाट जीतने की नहीं गढ़ में पहुँचने की बात है। लश्कर लेकर रेवापाल को हराने में कितना ही समय चला जाएगा। मुझे तो गढ़ में खाने को ले जाना है। मुझे अब आपकी हार-जीत से कुछ मतलब नहीं। मैं अपनी स्त्री को बचाऊँगा या मर जाऊँगा।''

मुंजाल ने जाकर काक की पीठ पर हाथ फेरा। ''भाई, घबराओ मत। तुम्हारी बात सच है। भले ही तुम जाओ। तुम्हें आदमी चाहिए। तुम बैठो। अब यों दो चार घड़ी में कुछ बिगड़ न जाएगा?''

काक निःश्वास छोड़कर बैठा।

''मुझे आदमियों की जरूरत नहीं। खेमा को लाए हैं?''

''नहीं, वह तो जूनागढ़ में रह गया।''

''ठीक, मैं अकेला ही बस हूँ। मैं दो साँड़नी खम्भात से ले जाता हूँ। मुझे सोमनाथ पाटण से आवश्यक सहायता मिले, ऐसा आज्ञापत्र लिख दीजिए।''

''अच्छा। और हम कुछ ही दिनों में आ रहे हैं।''

काक कठोरता से हँसा।

''राजमाता,'' मुंजाल ने मीनलदेवी से कहा, ''जरा अन्दर आइए, कुछ बात कहनी है।'' मुंजाल के साथ मीनलदेवी भीतर गयीं। लीलादेवी की स्नेहसिक्त आँखें काक पर ठहरीं।

''काक इस प्रकार घबराने से क्या होगा? भोलानाथ सब कुछ ठीक करेंगे।'' काक ने चुपचाप सिर हिलाया।

''तुमने यह सब मेरे लिए किया, इसका कैसे बदला चुकाऊँ?''

''काक ने ऊपर देखा ''बहन, मुझे कुछ सूझ नहीं पड़ता। मुझे कुछ हो जाए, तो अपने गरीब लाट को देखना। अब कोई रहा नहीं।''

काक ऐसी अपशकुन की बात क्यों कर रहे हो। तुम्हें कुछ होने का नहीं।''

''मुझे कुछ सूझ नहीं पड़ता।'' काक ने सिर हिलाया। रानी ने काक को इस प्रकार अस्थिर और निराश कभी नहीं देखा था। उसके हृदय में भी समझ में न आए, ऐसा भय बैठ गया।

काक ने थोड़ी देर में सिर ऊँचा किया। ''मेहताजी, आज्ञापत्र लिखा?''

''यह लो।'' कहकर मुंजाल मेहता ने वह काक को दिया।

''तहखाना अन्दर के कमरे में जहाँ राणकदेवी हैं वहाँ से तीसरे कमरे में है। ऊपर पत्थर है। राणकदेवी को मैंने बतला दिया है।''

''ठीक, तुम चिन्ता मत करो, जाओ।''

काक एक शब्द न बोला। वह बाहर जाकर साँड़नी पर सवार हो गया। मुंजाल मेहता और लीलादेवी देखते रहे और शान्त कौमुदी के क्रूर प्रकाश में दूर और दूर जाती हुई काक की साँड़नी विलुप्त हो गयी।

भोगावा के तीर पर

बहुत रात बीते मीनलदेवी की सवारी बढ़वाण पहुँची और गाजेबाजे के साथ राजगढ़ में दाखिल हुई।

साँड़नी से उतरकर मीनलदेवी तुरन्त राणकदेवी के पास गयीं। मीनलदेवी को रा' खेंगार से चाहे जितना बैर रहा हो, और उनके पुत्र को छोड़कर रा' को ब्याहने के कारण राणक से चाहे जितना द्वेष हो; परन्तु इस समय मृत शत्रु की विधवा का योग्य सम्मान करने के लिए वे तैयार हो गयीं। वे अपने पुत्र की स्त्री लालसा को अच्छी तरह पहचानती थीं। उन्हें उसके अयोग्य आचरण के कारण पश्चात्ताप होता था।

वे और लीलादेवी राणकदेवी के पास गयीं और 'जय अम्बे' गुनगुनाती सती के पैर छुए। राणक की आँखों में दैवी तटस्थता आ गयी थी।

''अम्बा भवानी तुम्हारा भला करें।'' सती ने शत्रु की माता और स्त्री को आशीर्वाद दिया। ''मीनलदेवी, मेरे रा' को लाई हो?'' उसकी आँखें सूख गयी थीं।

''हाँ, मस्तक लाई हैं।''

राणक ने निःश्वास छोड़ा, ''कल सवेरे मुझे सती होना है।''

''जैसी सती की आज्ञा।''

''मेरे रा' को यहाँ भिजवा दो।''

''माना, ला तो।'' मीनलदेवी ने अनुचर को आज्ञा दी।

अनुचर शाल में लिपटा हुआ रा' का मस्तक ले आया। राणक के मुख पर से क्षण भर के लिए फीकापन जाता रहा। वह एकदम उठ खड़ी हुई और आगे बढ़कर उसने अनुचर के हाथों से मस्तक ले लिया।

राणक ने मस्तक अपने हाथों में—मानो वस्त्र से लिपटा हुआ छोटा बालक हो, इस तरह ले लिया और धीरे से, अनिर्वाच्य मृदुता से उसके ऊपर का पल्ला अलग कर दिया।

''मेरे रा'—'' राणक की अश्रुपूर्ण आवाज निकली, किन्तु उसकी आँखों में आँसू न थे। वह थोड़ी देर तक घायल रा' के मुख की ओर देखती रही, और बहुत ही स्नेह से उसके लहू से लथपथ कपाल पर आई हुई जुल्फों को ऊँचा किया।

वह धीरे से हँसी—म्लान वदन से ''मेरे रा', मेरे सोरठ के धनी, मैं भी आई।'' कहकर उसने पति का मस्तक छाती से लगा लिया।

मीनलदेवी और लीलादेवी की आँखें सजल हो गयीं।

राणक ने रा' का मस्तक चौकी पर रखा, ''मुझे घी का दीया करना है।''

''हाँ, अभी भिजवाती हूँ।'' कहकर मीनलदेवी उठीं और दोनों पट्टणी रानियाँ वहाँ से चली गयीं।

थोड़ी देर में घी के दो दीए रा' के मस्तक के सामने रखकर राणक बैठ गयी और एकाग्रचित्त होकर देखती रही। उसकी आँखों में न जाने क्या-क्या भाव आए और गये। वह थोड़ी-थोड़ी देर में 'मेरे रा' के सिवाय दूसरा कोई शब्द उच्चारण नहीं करती थी। रात धीरे-धीरे जाने लगी।

पौ फटी तब भी राणक जहाँ की तहाँ बैठी थी।

मुंजाल मेहता आए। एक दो विश्वस्त आदमियों को लेकर सीधे अन्दर के कमरे में गये और तहखाना खोज निकाला। उसे स्वयं खोला और भीतर उतरे। दो गद्दों पर जयसिंहदेव शुष्क एवं निस्तेज होकर पड़े थे।

"कैसे आया?" जयसिंहदेव ने निर्बल स्वर में पूछा।

"यह तो मैं हूँ महाराज!" मुंजाल ने कहा।

राजा जैसे-तैसे हाथ टेककर उठ बैठे। "कौन मेहताजी? आप आ गये? कहाँ गया वह बदमाश? उसे पकड़ो, भाग न जाएँ"

"घबराइए नहीं, सब कुछ ठीक कर दिया है। चलिए।"

राजा चुपचाप उठे और मुंजाल के पास आए। "आपके साथ जो ब्राह्मण था, वह कहाँ है?"

"यह हूँ।" भाव कोने में से निकल आया।

"देख लड़के," मुंजाल ने कठोर स्वर में कहा, "तुझे चुप रहना आता है?"

"अरे, इसके लिए मुझे कहना नहीं पड़ेगा।" भाव ने ज़रा हँसकर कहा।

"मुझसे फिर मिलना।"

"जी हाँ, अवश्य।" भाव ने कहा।

मुंजाल मेहता महाराज को ऊपर ले गये। महाराज के शरीर पर धूल थी और पैर लड़खड़ाते थे। "महाराज, सीधे रनिवास में पधारिए और नहा-धोकर भोजन कर लीजिए।"

"दूसरा और कौन आया है?"

"मीनलदेवी और लाटी रानी।"

"सारे नगर को ही ले आना था न!" राजा ने झुँझलाकर कहा, "और काक कहाँ गया?"

"कहीं भी नहीं गया है। पहले आप स्वस्थ तो हो लें।"

"किन्तु वह है कहाँ?" राजा ने जिद की।

"जयसिंहदेव," मुंजाल ने जरा सख्ती से कहा, "हम श्रावकों का एक पाँचवाँ व्रत है। जो उसे पालता है उसे परस्त्री-विरमण का पुण्य लगता है और जो पालन कराता है उसे भी पुण्य होता है। मैं जो कहता हूँ वह तो अभी करो, फिर सब कुछ हो जाएगा।"

राजा का जवाब देने को मन हुआ किन्तु शक्ति न थी, इसलिए चुप रहना पड़ा।

रनिवास में लीलादेवी का शान्त तिरस्कार सहन करने के लिए जाना उसे प्राणलेवा लगा, किन्तु दूसरा रास्ता न होने से मुंजाल की सलाह स्वीकार करनी पड़ी।

प्रातःकाल होते ही सारा बढ़वाण घरों से बाहर निकल पड़ा। खेंगार की रानी सती हो रही है, उसे पूजने के लिए पुरुष और स्त्रियाँ कुंकुम और फूल लिये बाहर निकलीं। लोगों की भीड़ रास्तों में समाती न थी, सभी भोगावा के किनारे श्मशान की ओर जा रहे थे।

शहनाई और नक्कारे की आवाज़ गूँज रही थी। घुड़सवारों और पैदलों का, जुलूस निकला। सम्पूर्ण नगर में 'जय अम्बे' 'जय अम्बे' की घोषणा गूँजने लगी।

सूर्योदय होने पर राजगढ़ में से श्मशानयात्री निकले। अर्थी में पुष्पों के ढेर पर खेंगार का मस्तक रखा था और चारों तरफ जरी के कपड़े थे। श्मशानयात्रियों में दुखी से दिखते महाराजाधिराज जयसिंहदेव और महामात्य मुंजाल को लोग देखते रहे।

पीछे 'जय अम्बे' उच्चारण करती हुई सती राणक आई, उसके पीछे राजमाता रानी और अन्य स्त्रियाँ थी।

सती जहाँ जाती, वहाँ हजारों आदमी 'जय अंबे' कहते, कुंकुम उछालते और फूल बरसाते। 'जय माता की जय' की आवाजें सुन पड़ती। रास्ते में दोनों और खड़े स्त्री-पुरुष सती के पास आते, साष्टांग दंडवत् प्रणाम करते और आशीर्वाद की याचना करते। बढ़वाण का राजमार्ग सती के पैरों से कुचले गये पुष्पों से शोभित हो रहा।

सभी श्मशान-यात्री भोगावा के तीर पर आए। सैनिक चारों ओर खड़े रहे, बीच में अर्थी उठाने वाले और स्त्रियाँ खड़ी हुईं। सबकी आँखों से आँसू बहने लगे।

चिता रच दी गयी और धीरे से निडर होकर राणक उस पर चढ़ गयी। उसके मुख पर आनन्द छा रहा था, ब्राह्मणों ने उसके ललाट पर कुंकुम की बिन्दी लगाई, श्रीफल पास में रखा और रा' का मस्तक सौंप दिया।

'खम्मा मेरे रा' की' कहकर राणक ने पति के मस्तक को स्नेह से गोदी में ले लिया और 'जय अम्बे जय अम्बे, जय अम्बे' कहा।

जयसिंहदेव ने आग दी, और डंका, शहनाई, तुरही की आवाज़ से आकाश गूँज उठा। चारों ओर गुलाल और कुंकुम ने वातावरण लाल कर दिया।

'जय अम्बे', 'सती माता की जय' की आवाज़ गूँजती ही रही।

चिता के चारों ओर कुंकुम और गुलाल उछलती रही। अग्निदेव लकड़ी से लकड़ी पर कूदने लगे। एक महाज्वाला भभकी और राणक के बाल जल उठे।

चारों ओर तुमुल नाद हुआ, चारों ओर का वातावरणस कुंकुममय हो गया। एक 'जय अम्बे' की पुकार–एक चीख–इस शोर में से सुनने में आई न आई कि सती राणक देह त्यागकर रा' के साथ जा बसी।

भोगावा नदी इस सती की भक्ति की परम कसौटी देखती रही।

चौथा खंड

भृगुकच्छ के गढ़ में

भृगुकच्छ के गढ़ में किसी भी तरह दिन नहीं कटते थे। मंजरी का सारा उत्साह भंग हो गया था। थोड़ा-सा समय वह महादेव के मन्दिर में या बच्चों के पास बिताती, और बाकी के समय में कोट पर इस तरह फिरा करती जैसे नष्ट हुए राजा की राज्यलक्ष्मी निर्जन प्रसादों में फिरती है। वह मानिनी होने पर भी सुन्दर, निस्तेज होने पर भी मोहक लगती थी। बारम्बार वह नदी के मुख की ओर नज़र डालती। कितनी ही बार उसकी आँखों में अवर्णनीय भाव दीख पड़ते। आज रात को ही काक आ जाएँगे, ऐसा उसे लगता और प्रणयी की अधीरता से वह उनके आने की राह देखा करती।

प्रणयी की राह देखना, इससे बढ़कर हृदयभेदक अनुभव जीवन में एक भी नहीं। उसका ध्यान अन्यत्र कहीं नहीं जमता, कोई नहीं आया, ऐसा विश्वास होने पर भी आनेवाले को देखने की उत्सुकता बढ़ जाती। हजारों काम छोड़कर केवल नज़र टिकाकर देखते रहने में ही उसे जीवन का सार जान पड़ता। वहाँ से हटते ही आने वाला कहीं आने का विचार न बदल दे, ऐसा कुछ भय बना रहता। वहाँ खड़े-खड़े की जानेवाली तपस्या के बल से ही आनेवाला खिंचकर आ जाएगा, ऐसी भी कुछ श्रद्धा दीख पड़ती।

फिर भी आनेवाला न आता था। पत्ता पड़े, या कंकरी खिरे, तो उसका परिचित पद-शब्द उसे सुन पड़ता। क्षितिज पर सूर्यकिरण के पड़ते ही उसे पति की नाव आती दीखती। उड़ता पक्षी उसकी नाव का पाल हो ऐसे आशा उत्पन्न करता, पवन की सनसनाहट में, दूर से आई हुई किसी भी ध्वनि में काक की ही आवाज़ सुन पड़ती। ऐसा अनुभव होने पर क्षणभर हृदय धड़क उठता और वह आशा से भरकर चारों ओर देखती—आशा का रचा हुआ मृगजल परखती और दूसरे ही क्षण अकुलाती घुटती निराशा, चारों ओर फैलकर उसे डुबा देती।

इस प्रकार आनेवाले प्रणयी की बाट जोहने में मंजरी को चौरासी लाख जन्मों के दुःखों का अनुभव हो गया। उसे एक-एक क्षण में एक-एक युग के अनुभव हुए, एक-एक क्षण की उर्मि या वेदना में जीवन-भर की करुणा कथा आ गयी। फिर भी

उसने हिम्मत नहीं हारी। अपने पति की शक्ति में, साहस में, चातुर्य में उसे विश्वास था। उसके भाग्य पर उसे श्रद्धा थी, विश्वास था। वह आए बिना न रहेगा।

किन्तु जब बच्चे अधीरता दिखलाते तब उसे हिम्मत रखना कठिन हो जाता। महाश्वेता कभी-कभी दयनीय मुख से पूछती, "माँ, बापू कब आएँगी?" तब उसका उत्तर देने में मंजरी की आँखें सजल हो जातीं।

किन्तु ऐसी निर्बलता वह अधिक समय तक न रहने देती। वह मानती थी कि इस निर्बलता से उसके पति का गौरव खंडित होता है और उसकी महत्ता की मैं कीर्ति-ध्वजा हूँ, ऐसा मानकर वह हिम्मत रखती। उसका सुकुमार शरीर क्षीण होता जाता था और कोमल मुख निस्तेज। उसकी बड़ी-बड़ी आँखें और भी बड़ी दिखती थीं, किन्तु उसका गौरव जैसा था उससे भी ज्यादा अडिग होता जाता था। और कहीं निर्बलता न बढ़ जाए इसलिए वह अन्तर की भावनाओं को अन्तर में ही दबाए रखती।

उसे विश्वास होता जाता था कि मुझे शस्त्र-संचालन आने का नहीं, तो भी सीखने का क्रम उसने जारी रखा। इससे उसका समय कट जाता, रात को नींद आ जाती और इस विचार से उसके हृदय में कुछ सन्तोष भी होता कि मैं पति के योग्य होती जा रही हूँ।

इधर आँबड़ मेहता ने थोड़े दिनों से नया अवतार-सा ले लिया था। वे गम्भीर हो गये थे और उनका मोह बिल्कुल चला गया था। उन्हें लगा की पाटण की कीर्ति उनकी हिम्मत पर ही अवलम्बित है, इसलिए उनका लड़कपन और अविचार अदृष्ट हो गया। पाटण के सत्ताधीश के नाते उन्हें जो गर्व था उसने टेक और विस्तार का स्वरूप ले लिया। काक और त्रिभुवनपाल, परशुराम और मुंजाल, देवप्रसाद, विमल मन्त्री और परम बाणावली भीम के जवलन्त यश की स्मृतियाँ उसके चरित्र को गढ़ रही थीं। इन सबकी कीर्ति का उत्तराधिकार वह स्वयं उत्तराधिकारी की योग्यता प्राप्त करने के लिए प्रयत्नशील हो गया। वह सबको उत्साह देता, गढ़ के चारों तरफ़ नज़र रखता और भृगुकच्छ में क्या हो रहा है, इस पर ध्यान देता। गम्भीर और सत्ताशील वह, बालक मिटकर वीर हो गया।

मंजरी के प्रति भी उसकी दृष्टि बदल गयी। वह मंजरी को चाहता, किन्तु दूसरे ही भाव से। उसका सुभीता देखने में, उसे सिखाने में, और उसका उत्साह कायम रखने में वह सदा जुटा रहता—प्रणय के पागलपन से नहीं, किन्तु भक्ति से। उसकी समझ में मंजरी पार्थिव न थी, दूर उसके जीवन की अधिष्ठात्री—कोई दैवी, अस्पर्श्य शक्ति—वह हो, इस प्रकार वह उसे देखा करता। उसकी दृष्टि में से विकार निकल गया और भक्ति में से वासना चली गयी। विशुद्ध भावनाओं के अर्घ्य से ही पूजित होने योग्य मंजरी उसकी समझ में योगमाया थी। माता का निर्मल प्रेम और बहन का विशुद्ध स्नेह जो मंजरी उसके प्रति रखती वह उसके लिए पर्याप्त था। काक के स्मरण

से अब वह घबराता नहीं, किन्तु काक मानो उसका ही हो, उसके संस्मरण मानो उसके ही गौरव को बढ़ा रहे हों, ऐसा उसे लगने लगा।

महाश्वेता और वौसरी दोनों बालकों के मस्तिष्क पर भी अज्ञान बादल छाए हुए थे। सब उन्हें लाड़-प्यार करते थे, किन्तु उन्हें चैन नहीं मिलता था। गम्भीर बना हुआ मणिभद्र रसोई करता बच्चों को सम्भालता। नेरा की स्त्री गंगली तेलिन सारा काम करती। देवा कोट की रखवाली करता और नेरा काम में लगे होने का डौल।

एक दिन सवेरे देवा नायक आँबड़ मेहता को कोट पर बुलाकर ले गया। नीचे एक सैनिक दूसरे दस बारह सैनिकों को गढ़ से उतरने का रास्ता दिखला रहा था। यह देखकर आँबड़ को चिन्ता हुई।

''यहाँ क्या ये पहरा बिठा रहे हैं?''

''ऐसा ही लगता है।'' देवा ने कहा।

''क्या रेवापाल को अब फुरसत मिली?''

''जीत से छुट्टी मिल गयी होगी।'' देवा ने असन्तुष्ट होकर कहा, ''बहनजी कहाँ हैं?''

''पूजा करने गयी हैं, क्यों?''

''अन्नदाता,'' देवा ने धीमे स्वर में कहा ''बहन को, और बच्चों को यहाँ से भेज देना चाहिए।''

आम्रभट चकित हुआ, ''क्यों?''

''दस बारह दिन हो गये, पर कुछ खबर नहीं आई। भटराज–'' देवा का स्वर भंग हुआ। ''नहीं आने के।'' उसने सिर हिलाया। ''वे जब गये तब मेरी झोंपड़ी पर उल्लू बोलता था।'' मानो सारे भय को इस अपशकुन से पुष्टि मिल रही हो, इस प्रकार वृद्ध ने कहा।

''किन्तु हमारे पास अभी अन्न तो काफी है।''

''नहीं, वह तो आठ दिन भी न चलेगा।''

आँबड़ ने आँखें फाड़ी ''ऐं?''

''हाँ। आज से हम लोग एक बार ही खाना खाएँगे।''

थोड़ी देर आँबड़ मेहता ध्यान से देखते रहे। स्थिति गम्भीर होती हुई मालूम हुई।

''और यह देखो–'' देवा ने फिर से नीचे खड़े हुए मनुष्यों की हलचल की ओर आम्रभट का ध्यान खींचा।

आम्रभट चुपचाप देखता रहा।

''अब बाहर निकालने का रास्ता बन्द हो जाएगा।''

''तब?''

''बहनजी को और बच्चों को नगर में जाकर कहीं छिपा दो। हम लोग गढ़ को टिकाए रखेंगे।''

आँबड़ ने थोड़ी देर विचार किया और सिर हिलाया। देवा की बात उचित मालूम हुई। ''ठीक, मैं बहनजी से पूछ देखूँ।''

वह चल दिया। देवा थोड़ी देर देखता रहा और बड़बड़ाया, ''नहीं तो मेरे छप्पर पर उल्लू बोलता ही क्यों?''

आँबड़ वहाँ से महादेव के मन्दिर की ओर मुड़ा। इस समय हमेशा मंजरी पूजा करने जाती थी। आँबड़ ने जाकर देव को नमस्कार किया और वह मन्दिर के चबूतरे पर बैठ गया।

मंजरी पूजा करके बाहर आई। वह पहले श्वेत थी, किन्तु इस समय फीकी लग रही थी, उसके मुख पर चिन्ता थी।

''बहन!''

''क्यों भाई?'' उसके उत्तर में मृदुता थी।

''हमारे खाने का अन्न खत्म हो रहा है।'' आँबड़ ने कहा।

''हाँ। मुझे मणिभद्र ने बतलाया।'' मंजरी ने उत्तर दिया, ''क्या अभी तक वंथली खबर न पहुँची होगी?''

''बहन, ये तो अशान्ति के दिन है, खबर न भी पहुँची हो।''

''आज से ये सब एक बार ही खाकर रहेंगे।''

''हाँ। इससे पन्द्रह दिन तक कोई कठिनाई न पड़ेगी, किन्तु उसके बाद फिर क्या होगा?''

''मैं भी एक बार खाना शुरू करूँगी।''

आम्रभट चबूतरे पर से खड़ा हो गया। ''क्या पागल हो गयी हैं?''

''क्यों?''

''आप ही एकासन करेंगी तो गढ़ की रक्षा कैसे होगी?'' मंजरी की सुकुमार काया के कुम्हला जाने का डर आँबड़ को हुआ। ''आपको चाहिए उतना अन्न तो है।''

''किन्तु सब एक बार खाएँ और मैं दो बार खाऊँ?''

''नहीं, आप, बालक और मैं—दो बार खा लेंगे। अन्त तक गढ़ हमें ही तो टिकाए रखना है। पाँच दिन रास्ता और देंखे। फिर जरूरत हुई तो देख लेंगे। आप भूखी कैसे रह सकेंगी?''

''दूसरी स्त्रियाँ तो दिनों के दिन उपवास किया करती हैं।''

''वे तो भूखों मर-मरकर मजबूत हो जाती हैं। आप तो चलती बनेंगी।''

''ठीक, देखूँगी।'' मंजरी ने कहा, ''किन्तु आखिर यह किए बिना छुटकारा नहीं।'' मंजरी का हास्य अब भी वैसा ही मोहक था।

''बहन, ऐसा न करके एक काम करें तो कैसा? आपको और बच्चों को नगर में छुपा दें तो कैसा? हम लोग गढ़ की रक्षा करेंगे।''

मंजरी का हास्य अदृष्ट हो गया। उसकी बड़ी-बड़ी आँखें स्थिर हो गयीं। "आँबड़ मेहता, यह गढ़ तुम्हारे राजा का नहीं, मेरे दुर्गपाल का है। देह में प्राण हैं तब तक मैं तो यहीं रहूँगी।"

"किन्तु बहुत भुगतना पड़ेगा, बहन," आँबड़ ने गिड़गिड़ाते हुए कहा, "हम लोग गढ़ सँभाले रहेंगे।"

"आँबड़ मेहता," मंजरी ने गर्व से मस्तक ऊँचा करते हुए कहा, "गढ़ छोड़ना ही पड़ा तो जीते जी नहीं छोड़ूँगी। दुर्गपाल यहाँ आवें और मैं किसी जगह छिपकर बैठ रहूँ? नहीं। वे भी तो निश्चित कर बैठे होंगे कि वे नहीं हैं इसलिए अन्त तक मैं ही गढ़ की रक्षा करूँगी।"

आँबड़ मेहता ने देखा कि मंजरी नहीं मानेगी, इसलिए वह चुप हो रहा। इस स्त्री की सरल दृढ़ता से वह हमेशा मात खा जाता।

नेरा का अन्तिम पराक्रम

उसी दिन देवा, मणिभद्र और गंगली ने अन्न के हिस्से किए और यह निश्चय किया कि मंजरी, बच्चे तथा आँबड़ मेहता के सिवा दूसरे सब लोग एक ही बार खाएँगे।

इतने दिनों में सच्ची आफत तो नेरा भट पर ही आई थी। स्वच्छन्द फिरना, दिन में चार छह बार भरपेट खाना, दोपहर को चार छः घड़ी आराम करना, और सिका हुआ पापड़ भी जहाँ तक बने नहीं तोड़ना, ये उसके जीवन के अचल सिद्धान्त थे, और इनका उसने धार्मिक श्रद्धा से इतने वर्ष तक चुस्ती के साथ पालन किया था। इससे एक जगह कैद रहना, देवा की ताबेदारी करना, दिन में दो ही बार खाना और दोपहर को सोना नहीं—इस भयंकर आपत्ति-परम्परा का असर उस पर होने लगा था। उसकी आँखों में हमेशा ही दुःख दिखा करता। उसकी घुटकी का निचला भाग खाली थैली की तरह लटक गया। उसकी विशाल तोंद पचकने लगी और उसकी पतली टाँगें थर-थर काँपने लगीं। ज्यादा वक़्त तो वह एक कोने में हारकर पड़ा रहता और किसी को भी जाते देखता तो मरते हुए कुत्ते की जैसी दयनीय दृष्टि से देखा करता।

इतने-इतने दुःखों के पहाड़ों के पड़ने के कारण उस पर आँबड़ मेहता की धाक नहीं रही थी, मंजरी के प्रति मान नहीं रहा था और बच्चों के प्रति सहानुभूति नहीं रह गयी थी—उसे सभी दुश्मन दिखते थे। वे सब उसे न पूरी खुराक देते, न भर-नींद सोने देते और न नगर से भाग जाने देते। अपनी तेलिन से तो वह तंग आ गया था। उसकी भयंकर जीभ देवा के डंडे से भी जबर्दस्त थी, भूख और दुःखों से बचे-खुचे प्राणों को यह गंगली निकाले बिना नहीं रहती। जब वह बोलने लगती तब बेचारे नेरा को प्रेतलोक भी स्वागत के योग्य मालूम होता। जिस प्रकार भैंसासुर की समझ में कालिका

थी, उसी प्रकार उसकी दृष्टि में धर्मपत्नी। उससे वह त्रस्त होता और उसकी धाक के शिकंजे में तड़पती हुई मछली की मनोदशा का अनुभव करता।

वह एक दीवार के सहारे पड़ा-पड़ा, चौड़ा मुँह किए, पेट की भूख को हवा खाकर शान्त करने का निष्फल प्रयत्न कर रहा था। मानो यह सुख बहुत ज़्यादा है, ऐसा समझकर उसकी धर्मपत्नी ने यह फरमान निकाल दिया कि तुम्हें आज से एक ही बार खाना है। पहले तो नेरा साने सुनी-अनसुनी कर दी। परन्तु जब गंगली ने कहा कि "बहरे हो गये हो क्या? आज से एक ही बार खाने को मिलेगा। अन्न निपट गया है—अन्न," तब उसे कुछ बोध हुआ। जैसे-जैसे करके वह उठ बैठा। अकस्मात् अन्न कैसे निपट गया, यह उसकी समझ में नहीं आया।

"क...क...क...कैसे निपट गया?"

"तुम्हारा नसीब!"

"एक बार ख-ख-खाना होगा—" नेरा को होंठ टेढ़ा होकर लटक गया। यह नया दुःख ऐसा भारी लगा कि उसके विरुद्ध पुकार करने की भी उसे हिम्मत नहीं हुई। अब तक जो दो बार खाने को मिलता था, सो तो उसे केवल पानी पीकर उपवास करने जैसा लगता था।

"हाँ, एक बार—"

"च-च-च-चल न यहाँ से निकल चलें।" उसने गंगली से विनती की। उसकी आधी सूजी हुई आँखों से आँसू ढलकने लगे। भूख के दुःख से उसकी जीभ भी लड़खड़ाने लगी।

'कुछ लाज-शर्म भी है निर्लज्ज!" तेलिन ने आँखें निकालीं, "बहनजी को, बच्चों को और सबको छोड़कर चले जाएँ? जन्म लेकर पेट भरने के सिवा भी कुछ सीखा है? तुम्हें पाटण का भट किस बनिए ने बना दिया? तुम्हारी माँ के पेट में पत्थर ही पड़ा होता, तो अच्छा था, कपड़े धोने के काम तो आता।" गंगली ने अपना अभिमान प्रदर्शित किया, "बोला, इस समय खाना है कि दोपहर बाद?"

नेरा ने निराशा से गर्दन झुका ली। उसे मौत के सिवा दूसरा रास्ता न दीख पड़ा।

"अभी।" झागों वाले मुख से शब्द निकले। कल रात को खाने के बाद दूसरी ही घड़ी से उसे कड़ाके की भूख लग आई थी।

"फिर कल दोपहर तक कैसे रहा जाएगा?"

"र-र-रह लूँगा।" कहकर नेरा ने पत्थर फट जाए ऐसा निःश्वास डाला; किन्तु उसकी स्त्री के हृदय में कोई दरार न पड़ी। वह जाकर खाना ले आई और पत्नी-धर्म से प्रेरित होकर कुछ अपने भाग में से भी उसे दे दिया।

खाना आया, इसलिए नेरा भी बैठ गया और उसके सामने देखता रहा। उसकी आँखों में पागलपन का तेज आया, चेहरे पर लिप्सा का विकृत हास्य फैला और कंठ में से हर्ष की घरघराहट हुई। वह पागल-सा हो गया।

गंगली उसके सामने तिरस्कार से देखने लगी।

"चलो पेट भर लो। लो यह पानी, हाथ तो धो लो।"

किन्तु वह बोली, उससे पहले ही नेरा ने खाना शुरू कर दिया। डेढ़ रोटी, दो कड़छुली दाल, भात, प्याज और नमक–देखते-देखते बिला गये, अधिक की आशा में नेरा ने गंगली की ओर देखा।

"क-क-कुछ और–"

"और क्या तुम्हारा सिर! एक रोटी तुम्हारी थी और आधी मेरे हिस्से की, सो दे दी। अब कुछ नहीं है।"

"कल तो दो थीं।" नेरा ने आपत्ति की।

"आज से एक ही मिलेगी।" गंगली ने गुस्से से कहा।

"क-क-कल तक क-कुछ नहीं?" नेरा ने विस्मय से पूछा।

"ज्यादा चाहिए तो अंगार है।" कहकर थाली लेकर गंगली चली गयी। नेरा न जाने कब तक निराधार होकर देखता रहा; फिर दूर से जैसा गिरि-गह्वर में सुन पड़ता है ऐसा एक महा निःश्वास छोड़कर उसने मुँह धोया और पानी पिया।

कितने ही दिनों से उसकी क्षुधा सन्तुष्ट न हुई थी; आज तो वह केवल छेड़ी ही गयी और उस पर यह एक पूरे दिन निराहार रहने की विपत्ति आई। किसलिए ये मूर्ख लोग यहाँ पड़े हैं? किसलिए उसे यहाँ से जाने नहीं देते? वह इतना थक गया था कि अधिक विचार किए बिना ही झोंके खाने लगा।

उसे नींद में हलवाई की दुकानों, लड्डू और खीर के ज्योंनारों, मालपुओं और जलेबियों के ढेरों के स्वप्न पर स्वप्न आते रहते। हमेशा मुँह के सामने भरा हुआ थाल दीखता और पापिनी गंगली उसे छीन कर ले जाती–और वह जैसे का तैसा भूखा रह जाता। पेट में मानो होली जल रही हो, ऐसा कुछ होता ही रहता।

वह थोड़ी देर में जागा। दुःखमल स्वप्न भंग हुआ या नहीं, यह देखने के लिए वह ऊँचा हुआ-और परिस्थिति का भान हुआ। सुख तो केवल स्वप्न में ही था जब कि लड्डू और मालपुए देखकर मुँह में पानी आ जाता था; जागने पर तो निर्जन गढ़ और अनन्तकाल तक निराहार, यही दो थे। पीड़ाओं की परम्परा से कुचला गया हो, इस तरह उसे हिचकी आ गयी। डेढ़ रोटी दोपहर के पहले खाई थी या नहीं, यह भी याद न रहा। उसकी ऐसी दशा थी जैसे उसके पेट में कितने ही दिनों से अन्न का दाना भी न गया हो।

थोड़ी देर उसने होंठ चाटे और सूजी हुई आँखों से आकाश की ओर देखा। उसके मुख पर की रेखाओं से ऐसा दिखता था कि वह निराहार की वेदना की सृष्टि करने के कारण स्रष्टा के ही विरुद्ध पुकार कर रहा है। पेट दिया तो पेट भर खाने को क्यों नहीं देता? थोड़ी देर में उसने देवा नायक को उधर से जाते देखकर पुकारा–"न-न-न नायकजी!"

"क्यों?" देवा ने इस आलसी की ओर कठोरता से देखते हुए पूछा।

"आज द-द–दूसरी बार ख-ख-खाने को नहीं मिलेगा?"

"नहीं।" देवा ने कहा।

मानो सिर पर प्राणघातक प्रहार हुआ हो, इस प्रकार नेरा ने सिर जमीन पर डाल दिया। इस आलसी और भुक्कड़ की ओर देवा के मन में इतना तिरस्कार था कि एक शब्द भी बोले बिना वह वहाँ से चला गया। उसकी चलती तो वह नीचे जाकर इस पट्‌टणी सैनिक को रेवापाल की भेंट कर आता।

थोड़ी देर नेरा पड़ा रहा। उसे ऐसा लगा कि ये सब उसे जानबूझकर भूखों मार रहे हैं। उसे अपनी स्त्री पर क्रोध आया। 'शं–' कहकर वह गाली देने जा रहा था, किन्तु बहुत दुर्बलता मालूम हुई, इसलिए चुपचाप पड़ा रहा।

उसका मुख सूख गया और उसकी जीभ तालु से चिपक गयी। जैसे-तैसे वह बैठा और घसीटता-घसीटता कुएँ के पास आया। वहाँ एक घड़ा आधा भरा पड़ा था, उसमें मुँह लगाकर वह सारा पानी पी गया।

उसे जरा ठीक लगा। पैरों में ज़रा जोर आया-सा लगा। वह खड़ा होने लगा; तो लड़खड़ा गया, और बड़ी मेहनत से घुटनों का सहारा लेकर अन्त में खड़ा हो सका। सूर्य डूबने लगा था। सन्ध्याकाल होने पर खाने का वक्त आएगा, ऐसा उसे लगा, किन्तु इतने में ही उसे अपनी स्त्री के शब्द याद आ गये। 'एक ही बार खाना होगा'। किन्तु एक बार भी कहाँ खाया? वह ज्यों-त्यों करके भोजनशाला की ओर गया। वहाँ बिल्कुल शान्ति थी। रसोईघर का कुण्डी चढ़ाकर मणिभद्र चला गया था। वहाँ कुछ-न-कुछ होगा, यह जानकर वह अन्धकार होने की प्रतीक्षा से सिर पर हाथ रखकर दीवार से टिककर बैठ रहा। कहीं गंगली न देख ले, इस भय से वह कोने में दुबककर बैठा।

किसी भी तरह समय नहीं कट रहा था और पेट में आग बढ़ती जा रही थी। उसे चक्कर आ रहे थे, इसलिए उसने माथे पर हाथ रख लिए, किन्तु आराम नहीं मिला। एक-दो बार कोरी कै हुई। उसका जी घबराने लगा।

अँधेरा हुआ, इसलिए हिम्मत करके उठा और उसने रसोईघर की कुंडी खोली। अन्दर अन्धकार था। चोर की तरह वह सब तरफ ढूँढ़ाढाँढ़ी करने लगा, किन्तु कुछ न मिला। मणिभद्र ने नपा तुला ही राँधा था।

वह निःश्वास डालकर चबूतरे पर लुढ़क पड़ा। उसका जी आकुल-व्याकुल हो रहा था, इस समय उसे किसी की परवाह नहीं रही थी। उसकी भूख उसके प्राण लेने बैठी है, बस इतना ही उसे भान था।

नेरा ने अवतार लेकर हमेशा जितना चाहिए उससे अधिक ही खाया था, कभी कम न खाया था। भूख उसके खयाल में एक शब्द भर था। भूख का कितना प्रताप है, इस समय उसे इसका अनुभव हुआ और उसके होश गायब हो गये।

कल दोपहर तक कैसे रहा जाएगा? एकदम उसके उदर में उथल-पुथल होने लगी। मानो अनेक बिलाए पेट में नख चुभा रहे हैं, ऐसा कुछ होने लगा। उसने क़ै करने का प्रयत्न किया, पेट पर हाथ फेरा, किन्तु वेदना बढ़ती ही गयी।

उसे एकदम याद आया। कोठार की कोठरी पास ही थी। ओ-हो, कोठर की कोठरी! उसके सूखे हुए मुख में पानी भर आया, किन्तु उसे आँबड़ मेहता, देवा और गंगली का भय लगा। वे सब उसके प्राण ले लेंगे। वह बहुत देर बाट जोहता रहा। घड़ी दो घड़ी राह देखी, किन्तु वेदना बढ़ती ही गयी। उसकी नज़र कोठार के द्वार पर ही ठहरी हुई थी, वह वहाँ से किसी तरह भी न हटी।

उसने सोचा कि एक-दो फंकी मार लूँगा, तो कोई ज़ान न पाएगा। वह लड़खड़ाते पैरों उठा, गिरा, फिर उठा। धीरे-धीरे चारों पैरों से चबूतरे पर चढ़ा और कोठार के द्वार के सामने जा पहुँचा। उसने चारों तरफ देखा—सर्वत्र अन्धकार था। कान लगाए—सब तरफ सन्नाटा था। वह थोड़ी देर पड़ा रहा, स्वभाव से शिथिल और भूख से निराधार हुई अन्तःकरण की वृत्ति ने जरा डंक चुभाया। पर डंक इतना हल्का था कि उसकी वेदना भूख की पीड़ा के सामने जरा भी नहीं जान पड़ी।

वह एकदम उठा और दीवार से हाथ टेककर खड़ा हुआ। किसी तरह की आवाज नहीं आ रही थी। अधिक रात हो चली थी, इसलिए दूसरे सब भूख और श्रम से थके निश्चिंत होकर सो रहे थे। उसने धारे से कोठरी की कुंडी खोली और वह चौंककर खड़ा हो गया। वह थोड़ी देर सुनता रहा, किन्तु कोई आवाज न आई। उसने दरवाजा खोला और अन्दर प्रवेश किया।

वह क्या कर रहा था, इसका उसे स्पष्ट भान न था, किन्तु वह जो कुछ कर रहा था उससे उसकी भूख मिटेगी, ऐसा विश्वास था।

वह चारों पैरों से चलकर अनाज खोजने लगा। आखिर एक कोने में उसे चार मटकियाँ हाथ लगीं।

- उसके मुख में से लार टपकने लगी। अधीरता का पार न रहा। एक मटकी में उसने हाथ डालने का प्रयत्न किया, तो मुँह सँकरा होने के कारण न जा सका। अँधेरे में भी उसकी आँखें चमकने लगीं। उसने मटकी औंधी कर दी और अनाज की मुट्ठी भर ली। मटकी में से दाल निकली मालूम हुई तो मुट्ठी खोल दी और दूसरी मटकी से उलझ गया। बिना देखे ही उसने मटकी उलटकर चावल फैला दिए। तुरन्त ही तीसरी मटकी उड़ेल दी और आटा बिखेर दिया। उस समय पर पागलपन सवार था, अविचारी विनाशवृत्ति ही उसे प्रेरित कर रही थी। उसने चौथी मटकी भी उलट डाली। उसमें से भी आटा निकला। उसने अनाज और आटे का ढेर लगा दिया। क्षुधातुर नेरा की कल्पना-शक्ति को इस तरह सारे अनाज का ढेर लगाने में कुछ-कुछ वैसा ही आह्लाद हुआ जैसा कलाकर को सर्जनात्मक आह्लाद होता है।

पागल की तरह वह हँसा और इस ढेर में हाथ डालकर उसे लाड़ से बिखेरने

लगा। इतने में बाहर से किसी की आहट मिली। वह चौंका, काँप उठा। उसे ऐसे लगा कि कोई बिल्ली भागी है। यहाँ अधिक देर न ठहरना चाहिए, ऐसा भी कुछ खयाल आया।

भूख की आकुलता बढ़ी। राँधू? कैसे राँधा जाए? क्या कच्चा खाया जा सकता है? ऐसे कई प्रश्न उठे। उसका मस्तिष्क एकदम भड़क उठा। ऐसा लगा, मानो कोई तार टूट गया है। जानवरों जैसी लोलुपता से उसने उस ढेर में से मुट्ठी भर-भरकर खाना शुरू किया। वह खिलखिलाकर हँसा और खाता ही गया। कच्चा आटा, चावल और दाल आदि तेजी से खत्म होने लगे। आखिर वह थका, उसके गले में कुछ बेचैनी-सी होने लगी। एक बार खाँसी का ठसका आ जाने से मुँह में का सारा आटा फुर्र हो गया। उसने खाना शुरू किया किन्तु घबराहट हुई और गले में कुछ उतरा नहीं। उसके पेट में उथल-पुथल होने लगी। उठने की शक्ति रही नहीं और वह जहाँ का तहाँ अनाज पर पड़ गया। थोड़ी देर हुई और कच्चा अन्न अपना परिचय देने लगा। उसने पेट में और गले में तांडव नृत्य करना शुरू कर दिया। उसकी आँखें बावली हो गयीं। वह उठने लगा तो गिर पड़ा। पड़ते ही क़ै हो गयी। अनके बरसों से चुपचाप गुलामी सहन करनेवाले शरीर ने आखिर बलवा कर दिया और बलवे ने तत्काल ही महाविप्लव का स्वरूप ले लिया।

मणिभद्र पिछले चबूतरे पर सोता था, वह एकदम जाग उठा। कोठार में कोई बीमार पड़ा हो, इस तरह की आवाज उसे सुन पड़ी। वह उठा और दौड़ता हुआ आया। कोठार में कोई घबराकर मर रहा था। उसने मशाल जलाई और वह कोठार में गया।

अनाज और आटे के ढेर को बिखेरता, मानो नया तैराक समुद्र की तरंगों को तड़फड़ा रहा हो, इस तरह अकुलाता, घबराता, नेरा तड़फड़ा रहा था...कोठार सार जैसा बन गया, और सारा अनाज अभक्ष्य हो गया। मणिभद्र के हाथों में से महाल गिर पड़ी और वह देवा को जमाने के लिए दौड़ा।

माता या अर्धांगिनी

मंजरी अस्वस्थ निद्रा में से जागी। ऐसा लगता था कि बाहर कोलाहल हो रहा है। उसका हृदय धड़क उठा। उसने भी आज एक बार ही खाया था, इसलिए माथा दुख रहा था।

उसने बच्चों की ओर नजर की। महाश्वेता और वौसरी फूल की कलियों जैसे एक-दूसरे से लिपटे सो रहे थे। क्षणभर के लिए माँ का हृदय स्नेह से भर आया। साहस से उठकर उसने दीया जलाया। और पुकारा "गंगली!"

गंगली एकदम चौंक उठी। "क्या है बहन?"

"कुछ गड़बड़ सुन पड़ती है?"

गंगली एकदम दौड़ती हुई ऊपर गयी और खिड़की से नीचे झुककर देखने लगी। "रसोईघर के आगे कुछ गड़बड़ है। ठहरिए, मैं तलाश करके आती हूँ।"

"नहीं," मंजरी ने कहा, "तुम यहीं बच्चों के पास बैठो। मैं ही जाती हूँ।" कहकर और कन्धे पर एक वस्त्र डालकर तेजी के साथ रसोईघर की ओर चल दी।

वहाँ मणिभद्र और देवा तड़पड़ाते हुए नेरा को चबूतरे के नीचे लेटा रहे थे।

"मणिभद्र, क्या है?"

"अरी बहन, तुम कहाँ से आ गयीं? लौट जाओ। यहाँ आने जैसी जगह नहीं है।"

"क्यों, क्या है?"

देवा ने कहा, "कुछ नहीं, यह हरामखोर कोठार में घुस गया था।"

मंजरी ने तड़पते हुए नेरा की ओर देखा। वह कुछ-कुछ होश में था। कोठार में से दुर्गन्ध आ रही थी। मंजरी कुछ समझी, चबूतरे पर चढ़ी, कोठार में देखा। वहाँ का दृश्य ऐसा था कि चक्कर आ जाएँ मंजरी को ग्लानि हुई और वह एकदम पीछे हट गयी। उसका जी मिचलाने लगा।

"बहन, यहाँ तुम्हारा काम नहीं। तुम जाओ।" मणिभद्र ने कहा।

"कितना अन्न बिगड़ा?" मंजरी को डर लगा।

"जो बच जाए सो ठीक।" मणिभद्र ने खेद से कहा। उसकी आवाज में निराशा थी।

मंजरी समझी और वहाँ से चली गयी। उसे लगा कि विधि ने अन्तिम प्रहार किया है। वह कुछ विचार न कर सकी।

अपने डेरे पर जाकर उसने गंगली को भेजा। "जा, तेरा नेरा वहाँ तड़पड़ा रहा है। वह जाकर सारा कोठार बिगाड़ आया है।"

"मरे..." भृगुकच्छ के तेली मुहल्ले के शब्द-लालित्य का प्रदर्शन करती हुई गंगली उठकर गयी।

मंजरी हताश होकर बैठ गयी। खाने में कमी करके पन्द्रह दिन तक गढ़ को टिकाए रखने की योजना धूल में मिल गयी। नेरा ने जो विनाश किया था, उसे थोड़ा तो उसने देखा था, और बाकी की कल्पना कर ली थी। पन्द्रह दिन की जगह वह पाँच दिन भी टिकेगा या नहीं, यह सवाल था। "दैव ने यह क्या सोचा है?" उसने पूछा और सिर पर हाथ रख लिया। भूख और निराशा से उसका मस्तक फटा जा रहा था। "नाथ! जल्दी न लौटोगे?" उसने आकाश की ओर देखकर कातरता से पूछा।

उसने बच्चों के सामने देखा। कैसे लाड़ले रूपवान् बालक हैं! इस समय कैसे सुन्दर स्वप्न देख रहे होंगे। उनके छोटे से हृदय में माता-पिता के लिए श्रद्धा थी। उन्हें

विश्वास था कि प्रतापी पिता अवश्य आ पहुँचेंगे। इस समय उक्त श्रद्धा और विश्वास कितने गलत हैं?

उसके निर्दोष बालक, उसका वीर पति, उसकी भावना, उसका प्रेम—इस समय सबकी आ बनी थी। बच्चे तड़प रहे हैं, पति या तो कैद में सड़ रहा होगा या लड़ रहा होगा। उसकी भावना, उसका प्रेम, उसके सारे स्वप्न एक मूर्ख सैनिक ने धूल में मिला दिए। उसकी आँखों में आँसुओं की धारा बहने लगी।

क्या खाने का सब खत्म हो जाएगा? क्या ये सब भूखों मर जाएँगे? क्या उसका पति बचाने नहीं दौड़ेगा? सबका ऐसा अन्त होगा? उसने सिर पीट लिया, और न जाने कब तक रोती रही।

महाश्वेता के मुख पर हास्य छा रहा था। नीचे झुककर उसने चुम्बन ले लिया। वह काँप उठी। कोई आकस्मिक घटना ही बचा ले, तो बच जाएँ नहीं तो—'नाथ! नाथ! तुम्हें देख भी नहीं पाऊँगी।' उसके हृदय में से 'हाय' निकल पड़ी।

यह तो कसौटी का असली मौका है, इस समय झुका कैसे जाए? यदि वह बच्चों को लेकर बेनां के पास चली जाए तो अवश्य ही वह और बच्चे बच सकते हैं। उसकी नाक गर्व से फूल उठी। लाडले बच्चे दुश्मन के यहाँ बेचारे और अभागे बनकर रहें? और वह—काक की पत्नी—संरक्षण के लिए याचना करे? उसकी बड़ी-बड़ी आँखें गर्व से चमक उठीं।

मैं स्वयं तो कभी गढ़ छोड़ूँगी नहीं। उसके होंठ गर्व से बन्द हो गये। यह गढ़ काक की दुर्धर्षता का प्रतिनिधि है। यह जब तक खड़ा है, तब तक काक दुर्जय है। वह—काक की दुर्जयता की अधीश्वरी—इस समय इसका शरण छोड़कर चली जाए? नहीं, काक की निष्कलंक कीर्ति की अवतार के समान वह, जीते जी इसी गढ़ में रहेगी।

किन्तु इन बच्चों को तो यहाँ से ले ही जाना चाहिए। आँबड़ तो गढ़ छोड़कर शायद ही जाएँ। भृगुकच्छ में देवा या मणिभद्र छिपे रह सकें, यह सम्भव नहीं। तो क्या इन बच्चों को तेलिन के भरोसे छोड़ दूँ? उसका कलेजा काँप उठा। उसके लाड़ले बच्चे इस असंस्कृत तेलिन की शरण में?

उसने अनेक विचार किए, किन्तु इसके सिवा दूसरा रास्ता न था। उसका हृदय फटने लगा। उसे हिचकियों पर हिचकियाँ आईं। इन सुकोमल बालकों को त्यागना पड़ेगा? क्या इनके मीठे मनोहर मुखड़े फिर नहीं देख पाऊँगी? उत्तर मिलने के पहले ही वह रो पड़ी।

वह चुप रही। वह अपने पति की अर्धांगिनी थी। पति की कीर्ति के लिए मर जाना उसका कर्तव्य है, किन्तु इन बच्चों को क्यों न बचाया जाए?

"पतिदेव! भूल होती हो तो क्षमा करना," वह रोने लगी। "क्षमा माँगने के लिए मैं शायद ही जीती रहूँ।"

उसने निश्चय किया कि बालकों को तो भिजवा ही देना चाहिए। वह न जाने कब तक उनके सामने देखती रही। इतने वर्षों तक उनके मुख पर न देखी हुई रेखाएँ एकाग्रचित्त से उसने अपने हृदय में उतारीं। "मै कैसी माता हूँ? इन बच्चों को अपने गर्व के कारण अनाथ बना रही हूँ। इनका क्या होगा?" फिर से उसकी आँखों से टपाटप आँसू टपकने लगे। प्रश्न हुआ कि "मैं किसकी? अपने दुर्गपाल की या जिन्हें जन्म दिया उन बच्चों की?" न जाने कब तक वह चुपचाप बैठी रही। "जननी ही तुम्हारा रक्षण न करे, तो फिर कौन करेगा? नहीं-नहीं–मैं तुम्हारी नहीं, उनकी हूँ। वे प्यारे हैं, इसलिए तुम प्यारे हो। तुम्हारे बिना चल जाएगा, किन्तु उनके बिना नहीं चलने का...मेरे नाथ ने मुझे दोनों सौंपे हैं–अपनी कीर्ति और बच्चे। तो बच्चों को जाने दूँ? कीर्ति! कीर्ति! लोग आज याद करेंगे और कल भूल जाएँगे–लड़के भी आज हैं कल नहीं। हाय! हाय!" उसने आक्रन्दन किया, "मैं माँ नहीं, डाकिन हूँ।"

"मैं कुमाता हूँ? मुझे बच्चे अधिक लग रहे हैं, क्योंकि मैं माँ हूँ। मुझे कीर्ति प्यारी लगती है, क्योंकि मैं अर्धांगिनी हूँ। ओह! मैं माँ बनूँ या अर्धांगिनी? रेवा माता!" वह फिर से रो पड़ी, "कुछ तो रास्ता सुझाओ।"

"माँ–माँ–माँ–किसलिए माँ बनूँ? मैंने बाल्य-काल से काल्पनिक पति के सपने लिए। अपने मन से मैं जबसे जनमी तभी से अपने वीर की अर्धांगिनी हूँ। मेरा वीर–मेरा वीर आखिर आया, मुझे प्राण से भी प्यारी गिना, मेरा जीवन सफल हुआ। मेरे सपने सिद्ध हुए। वीर अंग की मैं अर्धांगिनी हुई। मैं उनकी अर्धांगिनी हूँ–और कुछ भी होना नहीं चाहती। बालकों, प्यारे बच्चों, मैं तुम्हारी माँ बाद में–अपने वीर की अर्धांगिनी पहले। मैं मंजरी–काक की पत्नी–और कुछ नहीं।" उसने आँसू पोंछ डाले। "मेरे नाथ! इस भव में और भव-भव में–और कुछ नहीं। हाँ, अपने नाथ की वीरांगना!" वह खड़ी हो गयी।

पूर्व दिशा में उषा का प्रकाश राजपीपला के पहाड़ों पर फैल रहा था।

माँ का हृदय

मंजरी उठी और नहा-धोकर मन्दिर में गयी। उसके अस्वस्थ चित्त को स्वस्थता की बहुत जरूरत थी।

न जाने कब तक उसने उमापति की आराधना की और स्तवन से, पुष्पों से, बड़ी आजिजी से उनकी मदद माँगी। धीरे-धीरे उसके अन्तर में शान्ति लौटने लगी। रात को जो भय निःसीम लग रहा था, वह इस समय शान्त मन्दिर में न-कुछ-सा लगा। जो हो सो हो–उसने अपना, अपने बच्चों का और पति का भविष्य भोलानाथ के हाथ सौंप दिया।

वह मन्दिर के बाहर आई, तब आँबड़ मेहता उसकी राह देख रहा था। उसका चेहरा निस्तेज और आँखें चिन्ताग्रस्त थीं।

"बहन, सुना?" उसने खिन्न स्वर में पूछा।

"हाँ भाई, मैंने सब देखा। मैं रात को ही उठकर देख आई। हमारा नसीब ही ओछा मालूम होता है।"

"अब क्या करें।" आँबड़ ने पूछा।

"कुछ खाने को बचा है?"

"बड़ी मेहनत से गंगली और मणिभद्र ने धो-धोकर थोड़ी-बहुत दाल और चावल अलग निकाले हैं और सूखने डाले हैं।"

"हाँ, उन्हें सेकने से काम चल जाएगा।" शौच की परम पुजारिणी ने हिम्मत के साथ कहा।

"चलो, देख आएँ।"

म्लान-वदन दोनों धीरे-धीरे रसोइघर में गये। वहाँ सारी रात मेहनत करके गंगली ने उस जगह को धो-धाकर लीप-पोत दिया है और चबूतरे पर थोड़े से दाल-चावल सुखाने डाले हैं।

"मणिभद्र," आँबड़ ने कहा, "यह इतना ही है?"

"हाँ बहन," निःश्वास डालकर मणिभद्र रसोईघर से बाहर आया।

गंगली बच्चों के लिए पानी गरम करने के लिए चूल्हा चेता रही थी। वह आई और दूर बैठा हुआ देवा भी सबको देखकर आ पहुँचा।

सबके मुँह पर निराशा थी। सबके चेहरों पर, आँखों पर और आवाज में यह चिन्ता स्पष्ट दीखती थी कि अब क्या होगा? बिना बोले ही सब समझ गये कि अब जीने-मरने का प्रसंग उपस्थित हो गया है।

मंजरी ने आखिर गला साफ करके "सब एक ही बार खाएँ, तो भी यह दो दिन से अधिक चलने का नहीं है।"

भयंकर शान्ति फैल गयी। इस शान्ति में दम घुटा जा रहा था। उसे दूर करने के लिए मणिभद्र ने निःश्वास छोड़कर कहा, "बहुत चलेगा तो तीन दिन...हर-हर भोलानाथ!"

"नेरा का क्या हाल है?" मंजरी ने पूछा।

"उसे छपरी में डाल दिया है। उसका जी ठिकाने नहीं है।" तेलिन ने जवाब दिया।

"अब क्या करें?" आँबड़ मेहता ने पूछा। सबके मगज में यही प्रश्न था; किन्तु कोई पूछ न सका था।

"भैया, तुमने मुझे नगर में जाकर छुपने की सलाह दी थी न?" मंजरी ने पूछा।

"हाँ।" मंजरी जिद छोड़कर बच जाए, इस आशा से आँबड़ का हृदय हर्षित हुआ। पर मनुष्य-हृदय विचित्र है। उसी क्षण मंजरी को ऐसा लगा कि वह गौरव-भ्रष्ट हो रही है। "तुम्हें–"

"नहीं।" मंजरी ने बीच में ही कहा।

"बच्चों को यह गंगली नगर में जाकर छुपा रखे तो?"

"–और तुम?" मणिभद्र ने पूछा।

"भैया, मेरी चिन्ता करना व्यर्थ है" मंजरी ने गर्व से कहा, "मैं तो यहीं तुम्हारे भटराज के दुर्ग में रहूँगी।" देवा की आँखों में अँधेरा आ गया। उसने छोटे बच्चे की तरह हाथ से आँसू पोंछ लिए।

"आँबड़ मेहता, क्या सोचते हो?"

"बहन," आँबड़ के हृदय में सम्मान की तरंगें उछलने लगीं। मेरी समझ में नहीं आता कि तुम मानवी हो या देवी। नाहक क्यों जिद कर रही हो? बच्चों को जुदा कर रही हो और जान जोखिम में डाल रही हो।"

"भैया," मृदुता से मंजरी ने कहा, "मैंने सारी रात विचार किया है। अभी यह कोई नहीं जानता कि मंजरी यहाँ आई है और तेलीबाड़े में मेरे बच्चों को खोजने कोई जाएगा नहीं। इसलिए सब निर्भय होकर रहेंगे। बाकी रहे हम लोग, सो कहीं भी छुपे रहेंगे।" कहकर उसने गर्व से अपने तेजस्वी शरीर पर नजर डाली। "हम जाएँगे, तो उल्टे बच्चे भी पकड़े जाएँगे।"

"मुझे तो जाना ही नहीं है। जब तक पाटण की ध्वजा यहाँ फरकती है, तब तक पाटण का यह सत्ताधीश यहाँ से हिलनेवाला नहीं।"

मंजरी ने भावना से काँपते स्वर में कहा, "भाई, तुम्हें दूसरे की टेक रखनी है, पर मुझे तो अपनी भी आन का खयाल है। मैं कैसे जा सकती हूँ?"

"परन्तु तब होगा क्या?" मणिभद्र ने पूछा।

"होना क्या है? कुछ दिन में आँबड़ मेहता इस कुक्कुट-ध्वज का ध्यान करते-करते देह छोड़ देंगे–और मैं दरिया से आती हुई–" मंजरी की आवाज रुक गयी। उसने खाँसकर गला साफ किया, "नाव की बाट देखते-देखते देह छोड़ दूँगी।" मंजरी के फीके मुख पर दृढ़ता थी। दुःख में, खेद में, निर्बलता में भी वह जैसी की तैसी लक्ष्मी के समान तेजस्विनी थी।

"बहन, जहाँ आप वहाँ मैं। हर-हर भोलानाथ! मैं तुम्हारे चरणों की रज सिर पर चढ़ाकर मर जाऊँगा।" मणिभद्र ने सूखी हँसी हँसकर कहा। आँबड़ मेहता से कुछ बोला न गया। सारी दुनिया उसकी नजर के आगे तैरने लगी।

"गंगली, तुझसे हो सकेगा?"

गंगली इस तेजस्विनी स्त्री की ओर देखने लगी। उसका असंस्कारी हृदय सम्मान और सेवाभाव से उमड़ आया।

"माँ, तुम जरा भी न घबराओ। जब तक मेरे जीव में जीव है, तब तक बच्चों को सँभाले रहूँगी, किन्तु नगर में जाऊँ कैसे?"

"चौकी से बचकर निकल जाना तो सहज है।" देवा ने कहा।

"तब कोई डर नहीं, रात को नगर में जाना भी सहज है।" गंगली ने कहा।

"और इतने में दुर्गपाल आ पहुँचे तब तो फिर कुछ नहीं–" अमर आशा व्यक्त करते हुए मंजरी का मुँह मलक उठा, "परन्तु गंगली, तेरे नेरा का क्या होगा?"

"माँ, उसकी जरा भी चिन्ता न करो," गंगली ने हँसकर कहा। "उसे कुछ भी न होगा। और हुआ तो नायक सब ठीक कर लेंगे।" मंजरी इस स्त्री की सेवा-वृत्ति और कठोर हृदय, दोनों की तुलना न कर सकी।

"चलो, मैं बच्चों को जगा दूँ।" कहकर मंजरी वहाँ से चल दी। आँबड़ चुपचाप उसके साथ हो लिया। थोड़ी देर में मंजरी ने म्लानमुख हँसते हुए कहा, "भैया, चिन्ता क्यों कर रहे हो? रेवा माता ने जो सोचा होगा वही तो होगा।"

"बहन, किन्तु तुम्हें–"

"मुझे कुछ न होगा। तुम पाटण के लिए रहोगे और मैं अपने पति के लिए मरते दम तक इस गढ़ में रहूँगी। जाओ, नहाओ-धोओ। इस प्रकार निराश क्यों होते हो?" कहकर मंजरी अपने डेरे पर गयी।

आँबड़ देखता रहा। "क्या रूप है और क्या गुण हैं!" उसके मुख पर भक्ति-भाव छा रहा, "सचमुच रेवा माता की अवतार है!" उसने नर्मदा पर नजर डाली और वहाँ से चल दिया।

मंजरी ऊपर गयी और सोते हुए बच्चों की तरफ थोड़ी देर देखती रही। उसके अन्तर में से वात्सल्य की सरिता पूरे जोर से बह रही थी।

वह दोनों बच्चों के बीच लेट गयी, धीरे से दोनों के सिरों के बीच अपना सिर डाल दिया और दोनों पर हाथ फेरा। दोनों बच्चों ने आँखें खोलीं और माँ का माथा देखकर वे हँस पड़े, मंजरी ने पड़े-पड़े ही दोनों के सिर दोनों हाथों में-लेकर छाती से चिपका लिए।

"चलो, सो क्या रहे हो?" उसने हँसते-हँसते कहा। उसका हास्य प्रयत्न साध्य था, किन्तु बच्चे परख न सके। उसके आलिंगन में मातृ-हृदय की उछलती हुई उर्मियाँ थीं।

आज इन बच्चों से अन्तिम बार मिल लेना है। आज से ये दयाहीन पराई शरण में चले जाएँगे, और माता की स्नेह-स्निग्ध दृष्टि इन पर कभी न पड़ेगी। अन्तर की वेदना अनुभव करती हुई वह बैठ गयी और दोनों से फिर लिपट गयी।

बालकों को दाँतुन कराई, फिर नहलाने के लिए उन्हें कुएँ पर ले गयी। गंगली ने गरम पानी दिया। उसने उन्हें बार-बार देखा। मसल-मसलकर नहलाया। नहा-धोकर स्वच्छ और तेजस्वी बने हुए बच्चों को फिर सगर्व देखा। अब नहलाने का अवसर फिर

नहीं मिलेगा, यह विचार आते ही उसका अन्तर चिरने लगा। बच्चे देख न लें। इस प्रकार मस्तक नीचा किए उसने अपने आँसू पोंछ डाले और उन्हें चूम लिया।

उन्हें वह महादेव के मन्दिर में ले गयी और स्तवन गवाए।

"महाश्वेता बिटिया," उसने बच्ची से कहा, "तुम्हें और वौसरी को आज गंगली के साथ नगर में जाना है।"

"और तुम?" महाश्वेता ने दयनीय-सा मुँह माँ की ओर किया। वौसरी पूरी तरह समझा नहीं, किन्तु उसने आँखें फाड़कर जिज्ञासा प्रकट की।

"मैं यहीं रहूँगी।" मंजरी ने कहा और कंठ में जो उफान-सा आ गया था। उसे किसी तरह दबाया, "और जब तुम्हारे बापू आ जाएँगे तब आ जाऊँगी, भला!"

बापू कब आएँगे?" वौसरी ने पूछा। मंजरी ने उसे छाती से लगा लिया।

"बेटा, कल आ जाएँगे।" मंजरी ने उसके सिर पर हाथ फेरा।

"तब हम कल ही जाएँ तो?"

"नहीं बेटा, आज ही जाना है। तू तो सयानी है? यह तो लड़ाई की बात है। गंगली तुम्हें सँभालकर रखेगी।"

"अपने घर?" वौसरी ने पूछा।

"नहीं, गंगली के घर। इसका घर ऐसा अच्छा है!"

मंजरी अधिक देर तक स्वस्थता न रख सकी। उसने किसी तरह आँसू रोके और बच्चों को लेकर अपने डेरे में आई। महाश्वेता माधुर्य का अवतार थी। क्या कहना चाहिए, यह उसे सूझा नहीं, किन्तु अश्रुपात से सूजी हुई माँ की आँखें देखकर उसका छोटा-सा हृदय आहत हो गया। चोटी गुँथवाते समय उसके मगज में न जाने कौन-कौन से विचार आए।

"माँ," उसने साहस से सिर ऊँचा करके पूछा, "बापू नहीं आए तो?–"

मंजरी का मुँह फीका पड़ गया। उसने होंठ दबाए। "नहीं, क्यों नहीं आएँगे?" उसने हिम्मत दिखलाई। "देख बिटिया, तू बड़ी है, भाई को सँभालना, इसे दुःख न देना।"

"माँ, मैं नहीं जाऊँगा।" वौसरी ने कहा।

"अरे, क्या पागल हो गया है? माँ जो कहे वह करना चाहिए न?"

"नहीं, मैं नहीं जाऊँगा।" बालक ने कहा।

मंजरी से न रहा गया। उसकी हिचकी बँध गयी।

"माँ, तू क्यों रोती है?" वौसरी ने एकदम पूछा।

"देख न बेटा, तू नहीं मानता इसलिए।" मंजरी रो पड़ी।

"माँ मानूँगा–मानूँगा। मैं जाऊँगा।" वौसरी ने मंजरी की गर्दन पकड़ कर उसका सिर हिलाया। वह हँस रहा था। उसकी समझ में यह जाने की बात कुछ खेल-सी लगी। माँ राजी हो और उसे मजा आए, ये दो बातें उसे बिल्कुल बुरी नहीं मालूम हुईं।

"बड़ा समझदार है मेरा बेटा। चलो, हम कोट पर घूमने चलें।"

मंजरी बच्चों को लेकर घूमने निकली। उसने बच्चों को दौड़ाया, खिलाया, हँसाया। प्रत्येक क्षण उसे लग रहा था कि आज मातृपद का अन्तिम दिन है। बच्चे थक गये और वह उन्हें डेरे पर ले आई।

मंजरी ने उन्हें सुला दिया। दोनों बच्चों के प्राण अस्वस्थ थे, इससे वे थोड़ी-थोड़ी देर में जाग पड़ते, और नींद में निःश्वास छोड़ते।

मध्याह्न हुआ और मंजरी ने भी कुछ खाया। हारी-थकी देह सीधी करने के लिए वह लेट गयी। आज सारे गढ़ में उदासी छा रही थी। कोई किसी से बोलता न था। सब मंजरी की अन्तर्व्यथा देखते और मौन से ही उसके लिए सहानुभूति प्रकट करते थे।

बच्चों को छोड़कर मरना, यह बड़ा दुख है, बच्चों को आँखों के आगे मरते देखना उससे भी बड़ा दुख है, किन्तु स्वेच्छा से बच्चों को दूर कर देने की व्यथा तो अकल्पनीय है। ज्यों-ज्यों उन्हें दूर करने का समय निकट आता गया, त्यों-त्यों मंजरी के हृदय के तार खिंच-खिंचकर टूटने की तैयारी करने लगे। उसके अन्तर में व्यथा एक न थी, हजारों थीं। दुख की घाणी पल-पल में उसके प्राणों को कुचल रही थी।

बच्चों को फिर नहीं देख पाना, उनका कलरव फिर नहीं सुनना, उसके हास्य में फिर नहीं हँसना, यह तो एक व्यथा है ही; किन्तु जान-बूझकर अपने हाथों उन्हें निराधार और दीन बनाकर स्नेहहीन जगत में भटकने के लिए छोड़ देना, यह दूसरी महान् व्यथा है। ये बच्चे किसके पास रोएँगे? किसके सामने हठ करेंगे? किसीकी गोदी में बैठेगें? और वह स्वयं बच्चों के रहते बाँझ से भी बदतर दशा में जा पड़ेगी। बच्चों के बिना वह जिएगी कैसे?

उसने पृथ्वी पर मस्तक रखकर कनपटियों को दबाया। "मुझे माँ कहकर कौन बुलाएगा? और कल तुम्हारा क्या होगा?" उसकी आँखों में आँसू भर आए। "मुझ जननी ने तुम्हें जन्म दिया और आज इस तरह भटकने को छोड़ दिया! मुझ जैसी अभागिनी कौन होगी?...कैसे सुन्दर हैं! ऐस बच्चों की माता कितनी भाग्यशालिनी है?—" वह गुनगुनाई—

"धन्यास्तदङ्गरजसा मलिनी भवन्ति।"

"हाँ, मैं इस समय धन्या हूँ, पर रात को हतभागिनी हो जाऊँगी। प्यारे बालकों, किसी दिन याद करोगे?"

"धीरे-धीरे सूर्य अस्त होने लगा। मंजरी रो-रोकर थक गयी। बच्चे उठे। उन्हें फिर से खिलाया, कपड़े पहनाए। वह उन्हें लेकर गढ़ पर गयी और पश्चिम दिशा कि ओर एकटक देखती रही। नदी के तट पर एक बगुला भी न था। उसे भय लगा।

"माँ, क्या देखती हो?"

"तुम्हारे बापू इसी रास्ते आने वाले हैं।" सुन पड़े ऐसी आवाज में मंजरी ने कहा।

"आए?" वौसरी ने पूछा।

"नहीं।"

वह बहुत देर तक नदी के सामने देखती खड़ी रही। बच्चों के साथ बोलने की शक्ति उसमें न थी। फिर वहाँ से जाकर मन्दिर के चबूतरे पर जा बैठी।

सन्ध्या होते ही आँबड़ मेहता, मणिभद्र और गंगली सब आए।

"समय हो गया?"

"नहीं, जरा देर है। देवाजी तैयार होने गये हैं।"

"माँ, इस समय जाना है?" महाश्वेता ने पूछा।

"हाँ बेटी। गंगली, तैयार हो गयी?"

आँबड़ ने कहा, "गंगली, ले यह कड़ा, तेरे काम आएगा। मेरा भाई बाहड़ मेहता है। खम्भात में तलाश करेगी तो मिल जाएगा। उसे यह पत्र दे देना। तुझे वह बहुत मदद देगा।" गंगली ने चुपचाप कड़ा ले लिया और कमर में बाँध लिया।

"जहाँ तक बने जल्दी ही पाटण जाकर त्रिभुवनपाल महाराज की रानी काश्मीरा देवी को ये बच्चे सौंप आना।"

"अच्छा माँ, आप जरा भी फिकर न करें। भोलानाथ की कृपा होगी तो सब ठीक हो जाएगा।" तेलिन की आँखों में आँसू आ गये।

वौसरी ने जम्हाई ली। "थोड़ी देर हो जाए, तो हर्ज नहीं, इसे सुला दूँ।" कहकर मंजरी पीछे लौटी और थोड़ी दूर जाकर वौसरी को थपथपाकर सुलाने लगी।

मंजरी को उस समय ऐसा लगा जैसे वह अपने बच्चों के गले पर छुरी फेर रही हो। थोड़ी देर में वौसरी सो गया।

"बेटी महाश्वेता," मंजरी ने लड़की से कहा, "जाते समय रोना नहीं। तू तो बहादुर है न?"

महाश्वेता रो पड़ी, "माँ, मुझे तुम्हारे बिना कैसे अच्छा लगेगा?"

"अरे, तेरे बापूजी आए कि मैं आई। देख, तू तो बड़ी समझदार है। अपने भैया को सँभालना और काश्मीरा देवी के यहाँ सयानी बनकर रहना। और तेरे बापू--" मंजरी बोल न सकी।

"देख, तेरे बापूजी आ जाएँ तो उनकी सेवा करना मेरी बिटिया।"

"और माँ तुम?" हिचकियाँ लेते हुए अधीरता से महाश्वेता ने पूछा।

"मैं न आऊँ तो...मुझे...याद करना।" मंजरी को हिचकी आई, परन्तु उसने हिम्मत करके रोना रोक दिया और होंठ दबाकर वौसरी को उठा लिया।

उसकी आँखों में स्थिर तेज आ गया। वह सिर ऊँचा रखकर दृढ़ता से दरवाजे के सामने गयी और गंगली को वौसरी सौंप दिया। "गंगली, मेरे ये लाड़ में

पले हुए फूल सँभालना।'' मंजरी ने निःश्वास छोड़ा। सबकी आँखें सजल हो गयीं।

''देवा,'' आँबड़ ने पूछा, ''रास्ते में अड़चन तो नहीं आएगी? नहीं तो मैं चलूँ।''

''अन्नदाता, जरा भी चिन्ता न करें। गंगली को बराबर पहुँचा दूँगा।'' कहकर उसने जोर से नाक साफ की।

देवा ने खिड़की खोली और बाहर गया और वौसरी को ले लिया। फिर महाश्वेता को लिया। उस बहादुर छोकरी ने एक शब्द बोले बिना ही केवल हाथ से ही माता से आज्ञा माँगी।

उसके छोटे अनजान अन्तर में इस समय न जाने क्या हो रहा था, कुछ समझ में नहीं आता था, केवल रोऊँ-रोऊँ हो रहा था।

''बेटी, सँभालना!'' मंजरी ने कहा। देवा ने खिड़की बन्द कर दी और आँबड़ ने अन्दर से ताला लगा दिया।

मंजरी अधिक देर खड़ी न रह सकी। वह तेजी से अकेली ही सिर ऊँचा किए गढ़ के कँगूरों पर चली गयी।

इस अपार शोक में उसे आश्वासन देने की किसी में हिम्मत न थी।

देवा और नेरा का सहवास

मंजरी कँगूरे पर चढ़ गयी। नदी का पाट चाँदनी ने रूपहले रंग से रंग दिया था। निर्मल आकाश में से शान्त चन्द्र मानव-पीड़ा की विडम्बना करता हुआ देख रहा था।

जिस प्रकार हिंसक की आँखें देखकर उसका शिकार उन पर से अपनी नजर नहीं हटा सकता, उसी प्रकार मंजरी नदी में पड़ती हुई चाँदनी की परछाईं पर से नजर न हटा सकी। यह चाँदनी और उसकी परछाईं तो उसकी पुरानी सहेली थी। भृगुकच्छ आने के पश्चात् कदाचित् ही कोई पूर्णिमा ऐसी गयी होगी जिसका आह्लाद उसने न चखा हो। इस समय वह असह्य लगती थी, फिर भी आकर्षित करती थी।

एक प्रकार की शून्यता उसके हृदय में बसी हुई थी। वह विचार नहीं कर सकती थी, और भावों का अनुभव भी न कर सकती थी। वह पत्थर की मूर्ति की तरह खड़ी रही और कब तक खड़ी रही, इसका उसे पता न चला। उसकी निस्तेज आँखें नदी के कौमुदीमय पाट पर ठहरी रहीं।

नेरा की हुई बरबादी में से जो दाल-चावल बचे थे, उन्हें सेंक, पीस कर जो राबड़ी बनाई गयी थी केवल वहीं उसने दोपहर को पी थी। सारा दिन उसने उद्वेग में काटा था। सन्ध्या को स्वस्थता प्राप्त करने के लिए उसने अपने पर अत्याचार किया था। इस समय उसे पेट और सिर में शारीरिक अशक्ति के चिह्न मालूम हो रहे थे। फिर

भी उनकी परवा करने जितना होश उसे न था। दुःख ने उसे मूढ़-सा बना दिया था।

एक रास्ता भूला हुआ पक्षी फड़फड़ करता हुआ, कोट से टकरा कर उड़ गया। उसकी फड़फड़ाहट सुनकर मंजरी जड़ता से जागी। उसने घबराकर चारों तरफ देखा, और धड़कता हुआ हृदय हाथ से दबाया। उसकी सभी भावनाएँ सचेत हो गयीं और भूख, अस्वस्थता, निराधारता, वत्सलता और पति-विरह की समग्र पीड़ाओं का उसे भान हुआ। कोट को पकड़कर वह खड़ी हो गयी। उसके दुख का किनारा न दिखाई दिया।

वह धीरे-धीरे महादेव के मन्दिर में गयी, किन्तु कुछ चैन न मिला। जिस देव ने उसकी यह दशा की उससे अधिक क्या कहा जाए, ऐसा कुछ विचार उसके मन में आया।

थोड़ी देर में मणिभद्र उसे खोजता हुआ आया। ''बहन, रात बहुत हो गयी, अब सो जाओ, नहीं तो तबीयत खराब हो जाएगी।''

''हाँ भाई।'' उसने बड़ी मुश्किल से जवाब दिया, ''आँबड़ मेहता सो गये?''

''नहीं, वे तो देवा की राह देख रहे हैं।''

''देवाजी, अभी तक नहीं आए?''

''नहीं।''

''क्यों, क्या हुआ?''

''नीचे सख्त पहरा है, इसलिए देर लगी होगी; परन्तु देवा चतुर है। सोचा हुआ बराबर करेगा।''

''और नेरा का क्या हाल है? मैंने तो उसे देखा ही नहीं।''

''बहन, उसकी चिन्ता करने की जरूरत नहीं।''

''क्यों?''

''उसे भयानक हैजा हो गया है। घड़ी दो घड़ी का पाहुना लगता है।''

''अरे-रे-रे! और बेचारी गंगली—''

''वह सुखी हुई। अब तुम डेरे पर चलो और जरा आराम करो।''

''चलो, मैं आँबड़ मेहता की खबर ले आऊँ।'' कहकर मंजरी होंठ दबाकर चलने लगी कि एकदम उसके पेट में ऐंठन हुई और वह बैठ गयी। मणिभद्र मदद करने दौड़ा।

''कुछ नहीं।'' हाँफती-हाँफती मंजरी बोली और मणिभद्र को धैर्य बँधाने के लिए फीका हँसकर बोली, ''सबने मुझे फूल जैसी सुकुमार बना रखा है, सो ऐसा तो होगा ही।'' मणिभद्र इस सुकुमार स्त्री के साहस पर न्यौछावर हो गया। थोड़ी देर में वह होंठ दबाकर सतर हुई, दीवार थामकर खड़ी हुई और मणिभद्र का हाथ पकड़कर दरवाजे की ओर चली।

दरवाजे के सामने ही पेट को हाथ से दबाए उदा मेहता के सुकुमार कुँवर पाटण की गौरव-रक्षा कर रहे थे। वे विचार कर रहे थे कि यदि मैंने पिता की सलाह मानकर छोटे भाई की तरह वार-त्योहार एकासन किए होते तो इस समय ऐसी दशा न होती। किन्तु सारी जिन्दगी चूँकि मौज से बिताई थी, इस कारण इस समय भूख की वेदना ज्यादा साल रही थी।

"भैया, कैसे हो?" मंजरी ने जैसे-तैसे सूखे हुए कंठ में से शब्द निकाले।

"ठीक हूँ।" पेट पर से हाथ हटाते हुए आँबड़ ने कहा, "अब तुम सो जाओ।"

"देवाजी लौट आएँ, तो सो जाऊँ।"

"उसे तो देर लगेगी। जरा लेट लो।" मंजरी ने देखा कि उससे यहाँ की मर्यादा की रक्षा करते हुए अधिक समय नहीं बैठा जाएगा, इसलिए उसने कहा, "ठीक है, जब देवाजी आ जाएँ तब कहलवा देना।"

"अच्छा बहन।"

चन्द्रमा के प्रकाश में मणिभद्र के हाथ पर हाथ रखें ज्यों-त्यों कर चली जाती हुई इस सुकुमार सुन्दरी की ओर आँबड़ स्नेह-स्निग्ध दृष्टि से देखता रहा। "बेचारी की क्या दशा है! भगवान इसके लायक भी शक्ति मुझे दे तो ठीक है।" इस दुःखी अवस्था में भी उसे हिम्मत आई। सारी दुनिया में यह और मैं, इस समय निराधारी में साथ हो गये हैं। यह निराधारता न होती तो हम कैसे मिलते?

मंजरी जाकर लेटी और उसे नींद का झोंका आया; किन्तु थोड़ी ही देर में वह फिर जाग गयी। दरवाजे के आगे कोई बातें करता मालूम हुआ। बच्चों का क्या हुआ? वह एकदम उठी, पल्ला सिर पर डाला और नीचे उतरकर फुर्ती से दरवाजे की तरफ गयी। देवा पृथ्वी पर पड़ा था और मशाल जलाकर आँबड़ उसे देख रहा था। मंजरी को धक्का-सा लगा। वह दौड़ी गयी।

"क्या है?"

"कुछ नहीं बहन," देवा गले में हाथ दिए बोल रहा था।

"बच्चे और गंगली सुख से पहुँच गये। चौकी पार कर ली। किन्तु मैंने कहा था न?" उससे साँस नहीं ली जाती थी और मुँह से फेन आ रहा था। उसके गले के पास एक तीर लगा हुआ था। उसकी नोक दीखती थी।

"किन्तु यह तुम्हें क्या लगा?"

"बहन, मैं वापस आ रहा था कि एक झाड़ी में जरा खड़खड़ाहट हुई और किसी चौकीदार ने तीर मार दिया। मैंने कहा था न—मेरे छप्पर पर नहीं तो उल्लू क्यों बोलता?" देवा ने सिर हिलाते हुए कहा। उससे स्पष्ट नहीं बोला जाता था, जीभ ऐंठ रही थी।

"देवाजी, तीर निकाल दूँ?" आँबड़ ने कहा।

"नहीं, अन्नदाता—नहीं।" गर्दन नीचे डालकर देवा ने कहा। "गहरा पैठ गया

है। इसे निकाला कि मेरी–आ बनी। अभी नहीं। ओ–बहन, भटराज भाई आएँ तो कहना कि देवा ने भूल की–कठोर का अनाज फेंक दिया। मेरे भाई! –भाई!'' वृद्ध की पुतलियाँ चकर-मकर घूमने लगीं। मंजरी पास जाकर बैठ गयी और पीठ पर हाथ फेरने लगी। थोड़ी देर में वृद्ध की मूर्च्छा कुछ कम हुई। उसने आँखें फाड़कर मंजरी के सामने देखा।

''बच्चे सुख में हैं। सो रहे थे। उन्हें किसी ने नहीं देखा। बहन! भाई! ओ भाई! –बहन,'' उसने गले पर हाथ रखा। ''पानी!'' उसकी पुतलियाँ फिरने लगीं। मणिभद्र दौड़कर पानी ले आया और अँगुलियों से देवा के मुख में डाला। ''बहन, भोलानाथ भला करें! जाओ–तु–म जा–ओ। तुमसे नहीं देखा जाएगा। हर–भोलानाथ।''

''तुम घबराओ मत।'' मंजरी ने कहा ''कोई दवा लाऊँ?''

''बहन, इसकी दवा...है नहीं...जाओ।'' वृद्ध ने चिढ़कर कहा। ''तुम जाओ। तुमसे नहीं देखा जाएगा।''

मंजरी वृद्ध को राजी करने के लिए उठी और उसे मणिभद्र को सौंप दिया। ''देवाजी, मैं जाती हूँ।''

''जाओ बहन, –ओ–ओ–ओ,'' कहकर उसने फिर अपना गला पकड़ा।

मंजरी तेजी से चली गयी। उसका मस्तिष्क काम नहीं कर रहा था। उसे चक्कर आने लगे थे।

मंजरी गयी कि देवा ने तीर खींच निकालने को कहा। आँबड़ ने उसे धीरे से निकाला कि घाव में से रक्त की धारा बह निकली। वृद्ध ने मणिभद्र के हाथ पर माथा रख दिया। उसके गले में थोड़ी देर घरघराहट हुआ और उसकी आँखें फट गयीं। वह शव होकर पड़ गया।

''हर-हर शंभो।'' मणिभद्र बोला और मुर्दे को पृथ्वी पर लिटाकर खड़ा हो गया।

''आँबड़ भाई, यमराज ने घर देख लिया।''

आबँड फीका पड़ गया। ऐसी विडम्बना, इतना दुख और इतने संकट आ-सकते हैं, उसने कभी कल्पना भी न कि थी, किन्तु आपत्ति में उसका आत्मबल मुरझाया नहीं।

''मणिभद्र, जो पार्श्वनाथ भगवान करें, सो ठीक। इसे ले जाकर इसी समय जला आना चाहिए।''

''भाई, वह भी तो घड़ियाँ गिन रहा था।''

''कौन, नेरा?''

''हाँ।'' दोनों चुपचाप जिस कोठरी में नेरा पड़ा था, वहाँ गये। नेरा को सख्त हैजा हुआ था और इस समय उसका श्वास दूर से भी सुन पड़ता था।

दोनों छपरी के द्वार के सामने जा खड़े हुए। अन्दर से आनेवाली दुर्गन्ध असह्य थी। नेरा का 'एकदंडी' श्वास चल रहा था। यम के सानिध्य में दोनों आदमी अपना

दुःख भूल गये और उनके हृदय त्रास से बैठ गये। एक ही दिन में उनका जीवन-स्रोत तेजी से अन्त की ओर बहा जा रहा था।

कोई आधी घड़ी में नेरा की साँस बन्द हो गयी। आँबड़ और मणिभद्र दोनों काँप गये।

"भाई," मणिभद्र ने कहा। "आप उस तरफ लकड़ियाँ ठीक कीजिए, इतने में मैं इसे नहला दूँ। फिर दोनों को चिता पर चढ़ा देंगे।"

आँबड़ मेहता चुपचाप काम करने चले गये। उनका जोश भी ठंडा हो गया। जीवन-भर में जो नहीं बीता था, वह एक दिन में उन पर बीत गया।

मणिभद्र कुएँ पर जाकर पानी ले आया और किसी तरह उसने नेरा के शव को साफ किया। आँबड़ मेहता आए तब दोनों ने उसके शव को चिता पर चढ़ाया और देवा का शव भी लाकर रख दिया।

मणिभद्र ने कुछ मन्त्र पढ़कर चिता में आग लगा दी और आँबड़ मेहता से कहा—"मुझे चक्कर आ रहे हैं। मैं जाता हूँ, मुझसे खड़े नहीं रहा जाता।"

"जाओ, सो जाओ। जरा लकड़ियाँ चेत जाएँ कि मैं भी आता हूँ।"

"मैं बहन के डेरे के निचले खंड में रहूँगा। मुझे बहन से दूर सोना ठीक नहीं लगता। उनकी तबीयत भी अच्छी नहीं हैं।" ज्यों-त्यों कर चलते हुए आँबड़ ने कहा।

"हाँ, यह ठीक है।"

मणिभद्र का शरीर मेहनत, व्रत और उपवासों से कसा हुआ था, इसलिए अशक्ति के सिवाय उसे कुछ न लगता था। किन्तु इस समय की मेहनत से तो वह भी थक गया था।

थोड़ी देर तक वह चिता की ओर देखता रहा और जब आग बराबर सुलग गयी, तब वह चल पड़ा। "चल रे जीव! अभी से इस तरह थक जाने से कैसे पूरा पड़ेगा! हर भोलानाथ! कौन जाने किस नक्षत्र में मैं भृगुकच्छ...आया। अरे हाँ, तब सामने जती मिला था। हर-हर-हर-फिर और क्या चाहिए?"

देवा के नसीब में नेरा का सहवास लिखा था, वह मिथ्या न हो सका।

नाथ की आज्ञा

मंजरी जब डेरे पर आई तब उसका हृदय अस्वस्थता की पराकाष्ठा अनुभव कर रहा था। उसने सब कुछ सहन किया था, किन्तु मृत्यु के इस भयंकर दर्शन से उसकी हिम्मत टूट गयी। इस समय उसे कोई वेदना या दुःख नहीं था; किन्तु त्रास उसके रोम-रोम में फैल गया था। सुख-साता और संरक्षण में पली हुई वह सुन्दरी आज की घटनाओं से मरने को हो गयी। उसके अंग-अंग में शीत व्याप गया। कहाँ जाऊँ?

किसकी शरण लूँ? उसे इन प्रश्नों के उत्तर खोजने का होश न था। वह विकराल निराशा से त्रस्त थी।

वह अपने डेरे पर आई और जब मणिभद्र का 'हर हर शंभो' सुना, तब काँप उठी। देवा मर गया और नेरा मरने को बैठा है, अब कल किसकी बारी है? मणिभद्र की, आँबड़ की या मेरी? वह बिस्तर पर लेट गयी और कानों पर हाथ दे लिए। "ओह!" इस जीवलेन त्रास में रोने का भी उसे होश न रहा। वह सो न सकी, उठ बैठी और खड़ी होकर खिड़की में से नदी की ओर देखने लगी।

"माँ! माँ! तुम क्यों नहीं सुनती? क्या कर रही हो? अब हमारा क्या होगा? मेरे दुर्गपाल कहाँ—मैं कहाँ—बच्चे कहाँ? —दुर्गपाल! नाथ! तुम भी निर्दय हो गये? तुम कहाँ चले गये? —तुम्हें क्या हुआ? जयसिंहदेव ने मरवा दिया?" उसके काँपते हुए हृदय में नया धक्का लगा। "नहीं-नहीं, किसकी मजाल है जो तुम्हारा बाल भी बाँका कर सके?"

"किन्तु मैं कहा जाऊँ? नाथ! नाथ! तुम मुझे क्यों छोड़ गये? तुम साथ होते तो मरना अच्छा लगता। तुम्हारी गोद में सिर रखकर तो मरती।"

"क्या काल आ पहुँचा? उन्हें फिर से न देख पाऊँगी? अपने बच्चों को न खिला पाऊँगी? अकेली ही इस निर्जन गढ़ में मर जाऊँगी? मेरे प्रियतम! तुम्हें देखे बिना मेरे प्राण कैसे जाएँगे?"

वह बोल न सकी। उसका गला भर आया, वह चिल्लाकर रो पड़ी। वह बैठ गयी और मुख ढँककर रोने लगी। "नाथ! मेरे स्वामी—" इनके सिवाय दूसरे शब्द उससे न बोले गये।

वह बहुत देर तक रोई और पागल की तरह बोलती रही। धीरे-धीरे रोने का आवेग कम हुआ और वह आक्रन्दन करके बोलने लगी—

"नाथ! नाथ! यह क्या कर रहे हो?
हा नाथ हा महाराज हा स्वामिन्कि जहासि माम्।
हा हतास्मि विनष्टास्मि भीतास्मि निर्जने वने॥
ननु नाम महाराज धर्मज्ञः सत्यवार्गासि।
कथं विधंस्त्वं हि तथा सुप्तामुत्सृज्य मां गतः॥
कथमुत्यृज्य गन्तासि वश्यां भार्यामनुव्रताम्।
विशेषतो नापकृतः परेणापकृतो हासि—[1]।"

उसकी आवाज टूट गयी और हिचकियाँ लेते-लेते उसे मूर्च्छा आ गयी।

---

1. हे नाथ! हे महाराज! हे स्वामी! तुम मेरा त्याग क्यों कर रहे हो? मैं मारी गयी, मैं नष्ट हुई—निर्जन वन में मैं डरी। हे महाराज! तुम धर्मज्ञ और सत्यवक्ता हो।

—महाभारत, धनपर्व, अध्याय 60

वह सारी रात अचेत अवस्था में पड़ी रही। प्रातःकाल का पवन जब नर्मदा के जल से शीतल होकर बहने लगा तब वह जागी और जैसे ही जागी कि उठकर बैठ गयी।

उसका बदन दुख रहा था, माथा फट रहा था, रंगो में रक्त ज्वर की तेजी से दौड़ रहा था। पिछले दिन कि घटनाओं को विचार आने पर उसके फीके होंठ मुँद गये और निस्तेज आँखों में तेज आ गया।

''मैं रोई, मैंने विलाप किया। बच्चों को भेजते हुए एक सामान्य स्त्री की तरह मेरी छाती फट गयी!'' उसने अपनी तरफ तिरस्कार से देखा। ''मैं दीन बनी, लाचार बनी। मैंने तुम्हें दोष दिया—अपने नाथ को दोष दिया। मुझे क्या हो गया? अपने नाथ को अविचारी और घातकी नल राजा की पंक्ति में रखा? मुझे क्या हो गया? मैंने दमयन्ती की तरह निराधार होकर आक्रन्दन किया?'' उसकी भौंहे मिल गयीं। ''मेरी निर्बलता—मेरी अधोगति का पार न रहा। मुझसे तो आबड़ और गरीब बेचारा मणिभद्र अच्छा। अब तक इनकी आँखों से एक बूँद भी आँसू नहीं गिरा। नाथ! तुमने मेरा कैसे विश्वास किया? तुम वीर हो, मुझे वीरांगना समझा, पर मैं तो यहाँ रोने बैठ गयी। मेरे वीर! क्षमा करो। मुझे खबर न थी कि कविकुलशिरोमणि की कन्या और तुम्हारी पत्नी इस प्रकार निर्बल हो जाएगी।''

''नाथ! क्षमा करो। अब मैं निर्बलता नहीं दिखाऊँगी। मेरा संसार से क्या सम्बन्ध? मुझे जीवन और मृत्यु से क्या मतलब? तुम और मैं—अमर वीरता की दो चिनगारियाँ। तुम जहाँ हो देव, वहीं विजयी होओ। जीवन में और मृत्यु में—और मैं तुम्हारी दासी—मैं भी विजयी होऊँगी। मुझे न तो दुश्मन का डर है और न यमराज का।''

उसने बाल सँवारे। साड़ी ठीक की। नीचे उतरने का काम सहज न था, क्योंकि उसके पैर जमते न थे, किन्तु वह किसी तरह नीचे उतरी।

बलजोरी से धीरे-धीरे, किन्तु मजबूत डगें रखती हुई वह रसोईघर की ओर गयी। वहाँ आँबड़ और मणिभद्र बैठे-बैठे बातें कर रहे थे। वे मंजरी को देखकर चौंके।

एक दिन-रात में ही वह सूख गयी थी। उसकी सफेद चमड़ी संगमरमर से भी सफेद हो गयी थी। केवल उसके मूख पर जरा-सी ज्वर की लाली दीखती थी। उसकी आँखों के आसपास काले वर्तुल पड़ गये थे। उसकी बावली जैसी आँखें अपार्थिव तेज से जल रही थीं। वह सावधानी से, किन्तु बड़ी मेहनत से डग रखती थी। वह पहले की तेजस्विनी सुन्दरी और मतवाली मंजरी की क्षीण परछाईं जैसी लगती थी।

आँबड़ ने आगे आकर पूछा, ''बहन, कैसी हो?''

''अच्छी ही तो हूँ भैया!'' उसके उच्चारण में आवाज को स्थिर करने का प्रयत्न जान पड़ता था।

"बैठो बहन।" कहकर मणिभद्र ने चौकी रख दी। मंजरी वस्त्र सँभालकर धीरे से बैठ गयी।

"नेरा का क्या हाल है?"

"वह भी गया।"

"दोनों का अग्नि-संस्कार कर दिया?"

"हाँ।"

मंजरी कृत्रिम हँसी से बोली, "हम आठ थे, अब तीन रह गये।"

"बहन, हम एक विचार कर रहे थे।" आँबड़ ने गला साफ करते हुए कहा।

"क्या?"

"दो दिन में अन्न बिल्कुल खत्म हो जाएगा और तब हम तीनों भी इसी रास्ते जाएँगे। उसके बाद गढ़ पड़ेगा।"

मंजरी देखती रही, किन्तु कुछ बोली नहीं।

"इसकी अपेक्षा हम यहाँ से भाग निकलने का कोई रास्ता पकड़ें तो कैसा?" आँबड़ ने पूछा।

मंजरी विस्मित हुई। उसकी बड़ी-बड़ी आँखों में तिरस्कार दिख पड़ा, उसके हाथ काँप उठे।

"भाई आँबड, मणिभद्र और तुम दोनों में से जिसे जाना हो वह जाएँ" उसने तिरस्कार से कहा। "इतना याद रखना कि मणिभद्र को तो भीख माँगकर जिन्दगी पूरी करनी है, किन्तु तुम्हारा क्या होगा? उदा मेहता के लड़के को तो सारी जिन्दगी शर्म में डूब कर मरना होगा।" बोलते-बोलते मंजरी की साँस फूल आई, इससे वह रुक गयी।

"किन्तु बहन, यहाँ रहने में कोई लाभ नहीं दीखता।" आँबड़ ने डरते-डरते कहा।

"लाभ!" मंजरी ने जरा खाँसकर बोलना शुरू किया। उसकी निर्बल आवाज में भी सच्चे प्रताप और संस्कार की प्रतिध्वनि सुन पड़ी। "भाग जाओगे तो लाभ होगा, स्त्री मिलेगी, बाप का धन मिलेगा, खुशामदी लोग बड़ा भी कहेंगे। किन्तु अकेले हाथों भृगुकच्छ का गढ़ टिकाए रखने का यश नहीं मिलेगा, और यदि कहीं दुश्मन के हाथों पड़ कर मरे, तो माँ की कोख लजाएगी और यहाँ"–मंजरी फिर खाँसी, "और यहाँ मर जाओगे तो...जब तक एक भी गुजराती रहेगा तब तक तुम्हारी कीर्ति अमर रहेगी।"

"बहन, किन्तु इस तरह जिन्दगी बरबाद कर देना–"

"भैया!" कठोरता से मंजरी ने कहा, "कायर के लिए जीवन और मृत्यु होती है, वीर के लिए तो एक कीर्ति ही है।"

"किन्तु बहन," आँबड़ ने कहा, "तुम्हारी तबीयत बिल्कुल गिर गयी है। गढ़ का

जो होना है वह हो किन्तु आपको कुछ हो जाए, तो दुर्गपाल और दुनिया के सामने हम क्या मुख दिखाएँगे?''

''मेहता,'' मंजरी ने कहा, ''कल तो मैं पागल थी। तुम्हें जान बचानी हो, तो खुशी से जाओ। किन्तु मैं–जब तक मेरे दुर्गपाल न आ जाएँ अथवा गढ़ न पड़ जाए तब, यहाँ से जीती नहीं जाऊँगी।'' वह थोड़ी देर मौन रही। उसकी कनपटी की शिराएँ जोर से धड़कती दिखती थीं। मेरे लिए जीवन क्या और मृत्यु क्या? –मैं–शेषनाग को भी मात देनेवाले महारथी की अर्धांगिनी हूँ।'' उसकी आँखें फट गयीं। ''मैं तो यहीं रहूँगी और अपने दुर्गपाल की बाट देखूँगी। यदि मर जाऊँगी तो मृत्यु में भी अपने प्रचंड वीर का वामांग–इस गढ़ पर...उसकी कीर्ति के समान ज्वलन्त और अडिग... '' वाक्य पूरा न हो सका और खाँसी का दौरा हो गया। किसी तरह जब खाँसी रुकी, तब मंजरी ने अपनी साड़ी के पल्ले से मुँह पोंछा, देखा कि उस पर रक्त आ गया है। उसके नथुने भी फटे जा रहे थे।

''बहन, यह मुँह से रक्त निकला!'' मणिभद्र ने कहा।

''मुझे जरा पानी दो।''

मणिभद्र ने पानी दिया।

''मैं डेरे पर जाऊँगी मेरा हाथ पकड़ो। मेरी आँखों में अँधेरी आ रही है।''

मणिभद्र मंजरी का हाथ पकड़ कर उसे डेरे पर ले गया और बिछौने पर लिटा दिया। वह और आँबड़ अपना दुख भूलकर मंजरी की शुश्रूषा में लग गये। दोनों के हृदय में अकथनीय चिन्ता उत्पन्न हो गयी। दोनों को लगा कि मणिभद्र ने जैसा कहा था सचमुच ही यमराज ने घर देख लिया है।

मंजरी को ज्वर चढ़ने लगा, और थोड़ी देर में सन्निपात जैसे लक्षण दिखने लगे। मणिभद्र और आँबड़ ने पारी-पारी से वहीं बैठने का निश्चय किया।

मंजरी थोड़ी देर चुप पड़ी रहती और फिर कुछ अस्पष्ट-सा बड़बड़ाती। उस बकवास में ज्यादातर काक के सम्बोधन रहते।

मणिभद्र नहाकर मंजरी के लिए राबड़ी बना लाया और किसी तरह थोड़ी-सी उसके गले में उतार दी, किन्तु थोड़ी ही देर में उसने क़ै कर दी।

''मणिभद्र, अपनी तो आ बनी।'' आँबड़ ने कहा।

''भाई, मैंने तो बहन को यहाँ से निकाल ले चलने की तजबीज की थी। पन्द्रह वर्ष हुए जब बहन को देखा, तभी मैंने इनकी सेवा में प्राण दे देने का निश्चय किया था। आज वह निश्चय सफल हुआ।''

''पन्द्रह वर्ष हुए?''

''हाँ, मेरे गुरु इनके नाना हैं। इतने वर्ष मैंने ज्यों-त्यों निकाले और आखिर मेरे नसीब में लिखा था, सो यहाँ आ गया। हर-हर महादेव!'' कहते-कहते मणिभद्र की छाती भर आई।

“ठीक कहते हो भैया!” आँबड़ ने मणिभद्र के पैर पर स्नेह से हाथ रखते हुए कहा। “ये क्या स्त्री हैं? देवी हैं।” मंजरी के विषय में उससे और कुछ कहते नहीं बनता था।

आँबड़ की आँखें सजल हो गयीं। मणिभद्र ने सहानुभूति से उसका हाथ दबाया। पाटण के धनाढ्य मन्त्री के बिगड़े हुए कुँवर ने और जूनागढ़ के भटकते हुए ब्राह्मण ने एक देवी की भक्ति में मातृभाव अनुभव किया। उस समय यह शक्ति की पात्री बेहोशी में अपने प्रोषित पति का नाम रट रही थी।

दोपहर के बाद थोड़ी देर तक मंजरी शान्त और निश्चेष्ट पड़ी रही। उसे थोड़ी-थोड़ी देर में खाँसी आती थी। इससे परिचर्या करनेवालों की चिन्ता बढ़ती थी।

सन्ध्या को ज्वर उतार पर आया और उसने आँखें खोलकर पूछा, “आ गये?”

मणिभद्र और आँबड़ दोनों ने एक-दूसरे को देखा। “अभी आएँगे।” मणिभद्र ने कहा।

मंजरी ने फिर आँखें बन्द कर लीं। मणिभद्र फिर से राबड़ी बनाकर लाया और उसे देने का प्रयत्न किया, परन्तु वह पेट में टिकी नहीं। दुस्सह ज्वर और उन्मत्त कल्पना के पंखों पर चढ़कर मंजरी सन्निपात की सृष्टि में विहार कर रही थी। वह एक ही नाम रटती थी, एक ही मूर्ति ढूँढ़ती थी। उसने तीनों भुवन खूँद डाले, किन्तु दुर्गपाल नहीं मिला। उसका उद्वेग बढ़ा, अधीरता भी बढ़ी, किन्तु उसके नाथ का पता न चला। “नाथ! नाथ!” बस इतना ही वह बोलती थी।

वह लाल ज्वाला से भयानक बने हुए अन्धकारमय प्रदेश में त्रस्त होकर लौटी। उसे कोई खींचे लिए जा रहा था। वह केवल “मेरे नाथ!” बोलती थी। न जाने कहाँ से एक प्रचंड स्वरूप उसकी लाल आँखों से दीख पड़ा, जो काला था। उसका मुख कुछ-कुछ देवा से मिलता था। आँखों में खून था, मुँह पर कठोरता थी। मंजरी को कँपकँपी आ गयी। उसने उड़ती हुई आवाज में कहा, “नाथ!”

आसपास ज्वालामय अन्धकार चकर-मकर घूमता रहा और बीच में विकराल से विकराल होता हुआ वह स्वरूप पास से पास आता गया। उसने मंजरी को आने का इशारा किया। आँखों से या हाथ से, यह समझ में नहीं आया।

मंजरी को क्रोध आया—ऐसा क्रोध कि उसकी साँस रुँधने लगी। “मेरे नाथ की आज्ञा के बिना तू बुलानेवाला कौन?” वह आकार ज्यादा भयानक हुआ। मंजरी गर्व से हँसी—वह तो शेषनाग और भैरव को पराजित करनेवाले काक की अर्धांगिनी थी। “मेरे नाथ की आज्ञा!” उसने गहराई में से घोषणा की। “नाथ की आज्ञा” की यह भयंकर ध्वनि तीनों भुवन में गूँज उठी और उस अन्धकार के त्रासदायक वातावरण में से—मानो विनष्ट होती हुई सृष्टि की कड़कड़ाहट सुन पड़ती हो, उसमें से—क्षण-क्षण में सर्वव्यापी होते हुए उस भयंकर स्वरूप के विशाल मुख में से, प्रचंड सर्वग्राही प्रतिशब्द हुआ “नाथ की आज्ञा!” और ब्राह्मण-श्रेष्ठ पूर्वजों के तपोबल के प्रभाव से

दुर्धर्ष और दुर्जय प्रतापी अपने वीर की अडिगता से और अपने गगनभेदी गर्व के गौरव से उछलते हुए हृदय और रंगों से उसने जवाब लौटाया "नाथ की आज्ञा!" और तांडव नृत्य का आरंभ करते हुए त्रिपुरारि के डमरू और धुंधरूओं की विनाशक गर्जना में से—उखड़ते हुए पर्वत, फटती हुई पृथ्वी और टकराते हुए ग्रहों के प्रलय तूफान के उठते हुए तुमुल नादों में से—नदी की शंख जैसी अपार्थिव और हृदयभेदक ध्वनि सुन पड़ी; "आज्ञा ले आओ।"

एकदम जोर लगाकर मंजरी उठ बैठी। "यह ले आई।" उसने चारों तरफ देखा और कहा—"नाथ! कहाँ हो?" उसकी आँखें फट गयीं। "नाथ!" कहकर उसने साड़ी सँभाली। वह उठी और सीढ़ियाँ उतरने लगी।

आँबड़ मेहता के पेट में दर्द था। उसे सोने भेजकर मणिभद्र कोने में बैठा था। थोड़ी ही देर हुई कि उसे नींद का झोंका आया था। मंजरी को सीढ़ियाँ उतरते देखकर वह चौंका "बहन! बहन!"

"आज्ञा ले आऊँ।" कहकर मंजरी तेजी से उतरकर बाहर निकली।

"किसकी?" मणिभद्र उसके पीछे हाँफता हुआ दौड़ा। उसका हृदय कहना नहीं मान रहा था।

"मेरे—नाथ—"

आगे-आगे मंजरी और पीछे-पीछे मणिभद्र, इस प्रकार दोनों चले। मंजरी शववत् किन्तु स्वस्थता से झपटकर चल रही थी। उसकी बावरी आँखें गढ़ के पश्चिमी कँगूरे पर ठहरी हुई थीं।

"बहन! बहन!" मणिभद्र ने कहा। उसे ऐसा लगा कि धरती काँप रही है। मंजरी ने उत्तर नहीं दिया। वह बड़बड़ाई— "नाथ! ओ नाथ!" वह ज्यों ही पश्चिम के कँगूरे पर पहुँची कि उसका पाँव डगमगाया, और मणिभद्र उसे सँभाले, इसके पहले ही वह पत्थर पर गिर पड़ी। मणिभद्र उसके पास जा बैठा। मंजरी बेहोश थी और उसके माथे से रुधिर बह रहा था।

मणिभद्र घबराया। उसने आँबड़ मेहता को आवाज देने के लिए सिर उठाया। थोड़ी दूर पर जमीन एकदम ऊँची हुई और धीरे से देवा नायक की प्रेतात्मा पृथ्वी में से मशाल लेकर ऊपर आती दीख पड़ी।

अज्ञानी ब्राह्मण के हाथ-पैर ढीले हो गये। वह मुट्ठी बाँधकर भागा। "अरे बाप रे!" की पुकार घिग्घी बँध जाने से उसके कंठ में ही रह गयी।

प्रेम-समाधि का अन्त

मीनलदेवी के रिसाले को छोड़कर काक ने यथाशक्य उतावली से लाट का रास्ता पकड़ा।

सोरठ की साँड़नियों ने भी जो एक घड़ी में एक योजन चलती थीं—ऐसा अधीर सवार कभी न देखा था। सूर्य के प्रखर ताप में, सन्ध्या की शान्ति में और चाँदनी रात में भी सवार बराबर बढ़ता जा रहा था। उसे थकावट न लगती थी। और दूसरे किसी को लगती होगी, इसका भान न था।

भूख लगने पर काक थोड़ी ही देर में खा लेता और चलती साँड़नी पर नींद ले लेता। उसकी अधीरता शान्त न होती।

आखिर वह लाटी जा पहुँचा। वहाँ दामा नायक, सामन्त, कावा मल्लाह और उसके अनेक खलासी राह देख रहे थे। उन्होंने एक जहाज़ भी देख रहा था। मुंजाल मेहता का आज्ञापत्र लेकर काक सोमनाथ पाटण के दुर्गपाल से मिला और उसने तुरन्त वह जहाज़ प्राप्त कर लिया।

काक काल के जैसा डरावना, चुप और गम्भीर था—एक शब्द से, आँख के एक पलक से हुक्म देता था। उसके आदमियों को यह गम्भीरता समझ में न आई; किन्तु उन पर उसका असर हुआ। मानो समुद्र के पानी से बैर निकाल रहे हों, ऐसी अधीरता और जोश से उन्होंने जहाज़ चलाना शुरू किया।

यह खयाल करके कि नदी के मुख के सामने लक्खी गाँव में रेवापाल का थाना होना चाहिए, काक ने जहाज़ को समुद्र में ही रहने दिया और आधी रात के बाद वह स्वयं, दामा और सामन्त नदी में आ गये। कावा मल्लाह तीन खलासियों के साथ एक नाव में बैठकर चुपचाप पीछे आया और उसने लक्खी गाँव को बरकाकर काक, दामा और सामन्त को साथ ले लिया। उन्होंने काक के कहे अनुसार नाव में पन्द्रह दिन का भोजन, गोह, कुदाली फावड़ा और सब्बल साथ में रख लिए।

लक्खी गाँव से भाड़भूत तक की मुसाफिरी बहुत कठिन निकली। इस किनारे पर तो उतरा नहीं जा सकता था, और सामने से आनेवाली नाव नजदीक आकर मिल न जाए इसका भी ध्यान रखना था। ज्वार और भाटे का समय भी देखना था। उजली रात थी, इसलिए कहीं कोई देख न ले, यह भी खयाल रखना पड़ता था। कितनी ही बार नजर चुराने के लिए सामने किनारे तक नाव ले जानी पड़ती थी। काक अधीर तो हो गया था, किन्तु उसकी सावधानता कम न हुई थी। रात और दिन बराबर गिनने पड़ते और ज्यों-ज्यों समय बीतता था चिन्ता बढ़ती जाती थी।

किसी तरह वे भाड़भूत पहुँचे। उसके और भड़ौच के बीच छोटे-छोटे गाँव थे, इसलिए किसी का ध्यान खींचे बिना ही वे किनारे-किनारे नाव ले जा सके।

कृष्ण पक्ष शुरू हो गया था, इसलिए सन्ध्याकाल के बाद के अँधेरे से फायदा

उठाकर वे कोट के नीचे जा पहुँचे। गढ़ के पश्चिम ओर के कँगूरे के नीचे पत्थर पर वह और दामा उतरे, और नाव आसपास घुमाकर जाँच पड़ताल कर आए। सब कुछ शान्त और निर्जन था। चन्द्रमा का उदय हो रहा था।

यह दुर्धर्ष कोट कैसे लाँघा जाए, किसी की समझ में न आया, किन्तु काक निश्चिन्त था। मौका आने पर गढ़ से निकल भागने के कितने ही चोर-रास्ते उसने बनाए थे। उनमें से एक रास्ता पश्चिमी कँगूरे के नीचे नदी पर निकलता था। इस रास्ते का पता उसे सोमेश्वर को और देवा को ही था। जिस रास्ते बाहर निकल सकते हैं उसी रास्ते अन्दर क्यों नहीं जा सकेंगे?

काक ने सबको यहाँ आने का उद्देश्य बतला दिया था। एक खलासी नाव में बैठा रहा, और बाकी सबने अपनी-अपनी कमर में अनाज बाँधकर हाथ में एक-एक औजार ले लिया।

काक ने ध्यान से देखा और काले पत्थरों में कुछ ऊँचाई पर चोर-रास्ते को पहचाना। तुरन्त ही उसने गोह को फेंका और वहाँ थमा दिया। फिर सब आदमियों से कुछ दूर हटकर खड़े रहने को कहा और गोह से बँधी हुई रस्सी पकड़कर वह ऊपर चढ़ गया और बड़े परिश्रम से एक मोखे में पैर टिकाकर दीवार में जमे हुए झाड़ को पकड़कर खड़ा रहा। मोखा छोटा दीख पड़े, इसलिए उसमें एक बड़ा पत्थर यों ही रख दिया गया था। पहले उसे ढीला किया और फिर सावधान रहने की हाँक मारकर ढकेल दिया। पत्थर पानी में जा गिरा और काक नीचे खड़े हुए आदमियों को ऊपर आने के लिए कहकर स्वयं उस चौड़ी हुई सुरंग में घुसा।

सुरंग में जाकर जब उसने मशाल जलाई तब सुरंगनिवासी जीव-जन्तु और पक्षियों ने चारों दिशाओं में भागना शुरू किया। डरावनी चीखें मारते हुए चमगादड़ों के दल-के-दल गोलाकार घूमने लगे। धीरे-धीरे सब आदमी ऊपर आए और जीव-जन्तु रौंधते हुए एक के पीछे एक चलने लगे। काक की दृष्टि अचूक थी, भौंहे मिली हुई थीं, और-कदम स्थिर थे। वह भूतनाथ भैरव जैसा दीखता था और वहाँ का वातावरण प्रेतलोक से भी अधिक भयानक लग रहा था। काक के अनुयायियों का भी जी घबराने लगा।

सुरंग में चलते-चलते सीढ़ियाँ आ गयीं। सीढ़ियों के ऊपर जीने की छोटी खिड़की पर एक पत्थर ढाँक रखा था, जो ऊपर से खुलता था। सब सब्बल और कुदाल की मदद से, पत्थर हटाने में जुट गये। थोड़ी ही देर में जब पत्थर ढीला हो गया तब छह आदमियों ने पूरा जोर लगाकर उसे उठाया। ऊपर जमी हुई जमीन की पतली पर्त खिसक गयी और पत्थर उखड़ गया।

काक हाथ में मशाल लिए ऊपर चढ़ा। पहले तो गढ़ का भाग निर्जन दीख पड़ा; परन्तु फिर उसे एक आदमी भागता हुआ नजर आया। वह उसके पीछे दौड़ा और थोड़ी ही छलाँगों में उसे पकड़ लिया।

"कौन है?" काक ने पूछा।

मणिभद्र के होश-हवास उड़े हुए थे। वह काक को पहचान न सका, परन्तु काक ने उसका मुँह ऊँचा किया और पहचान लिया।

"कौन, मणिभद्र! मुझे पहचाना नहीं? भाग क्यों रहा है? मैं काक हूँ।" मणिभद्र का होश ठिकाने न था।

"अरे मूरख, मैं तो काक हूँ, भूत नहीं।"

"कौन दुर्गपाल?" मणिभद्र काक से लिपट गया।

"हाँ भाई, हाँ। तुम्हारी बहन कहाँ है?"

"उस कँगूरे के पास बेहोश होकर पड़ी हैं। सन्निपात हो गया है।" काक को शान्ति मिली कि वह ठीक समय पर आ पहुँचा। "और बच्चे?" एकदम कँगूरे की ओर मुड़ते हुए उसने पुछा।

"अनाज नहीं रह गया था, इसलिए उन्हें नगर में भेजकर छिपा दिया है।" काक को सन्तोष हुआ। "और देवा का क्या हुआ?"

"कल देवलोक को गया।"

"और कौन है?"

"आँबड़ मेहता, उस तरफ भूख के मारे पड़े हैं।"

"और कौन है?"

"कोई नहीं।"

"दामा, इन सबकी खाने की व्यवस्था कर।" कहकर काक कँगूरे पर बैठ गया और मंजरी के मुँह पर हाथ फेरने लगा। उसका हृदय धड़कता था। फिर उसके माथ से बहता हुआ रक्त पोंछ कर उसने उसे उठा लिया।

"कहाँ पर रहते हो?"

"चलो बतलाऊँ।" मणिभद्र आगे हो गया।

काक मंजरी को उठाकर डेरे पर ले गया और बिस्तर पर लिटा कर उपचार करने लगा। और सब वहाँ से चले गये।

काक ने अपनी प्रियतमा को देखा। उसके हृदय में उमंगें समाई नहीं। कितने ही दिनों से उसकी चिन्ता का पार न था। मंजरी को देख पाने की आशा वह छोड़ बैठा था, किन्तु अन्त में वह मिली। उसने उसका मस्तक अपनी गोदी में ले लिया और वह उसके मुँदे हुए नेत्रों की ओर देखने लगा।

किन्तु ज्यों-ज्यों वह ध्यान से देखता गया त्यों-त्यों उसका हृदय बैठने लगा। मंजरी का शरीर गल गया था, और उसकी त्वचा पर कालिमा-सी आ गयी थी। उसके होंठ कुम्हलाकर जरा डरावने-से हो गये थे। उसकी आँखों के आसपास काले दाग दीखते थे। तो भी अनन्त आशा उसे हिम्मत बँधाने लगी।

उसने उसके माथे पर हाथ फेरा। वह अंगार की तरह जल रहा था। गले की एक नस फड़कती थी।

मंजरी ने एकदम आँखें खोल दीं। उसने काक को देखा—पहचाना।

"नाथ! नाथ! आ पहुँचे मेरे प्रियतम!" वह एकदम जोर लगाकर बैठ गयी। "सचमुच आ गये, मैं होश में हूँ? आ गये?" उसने काक पर हाथ फेरा।

"हाँ—मैं ही हूँ। तुम शान्त होओ। सो रहो। देखो, मैं आ पहुँचा।" काक ने उसे फिर सुलाने का प्रयत्न किया।

"आ गये? मैं जानती थी, कि तुमसे बिना मिले मैं मरनेवाली नहीं। मैंने यमराज से साफ कह दिया था कि अपने नाथ की आज्ञा के बिना नहीं जाऊँगी।"

वह काक से लिपट गयी और उन्मत्त की तरह बोलने लगी। "दुर्गपाल! स्वामी! मुझे अब आखिर तक न छोड़ना। मुझे यहीं अपनी गोदी में मरने देना।"

"परन्तु तुम्हें कुछ न होगा।"

मंजरी हँसी और जोर से काक से लिपट गयी। "मृत्यु राह देख रही है प्रियतम! एक घड़ी दो घड़ी के लिए शान्ति कैसी? नाथ, अपना हाथ दो। मुझे कैसा अच्छा लगता है! मुझे बाँहों में ले लो। मेरे पास आओ। अमृत बरसाती चाँदनी का वह सुख कब मिलेगा? अब समय थोड़ा है।"

"हाँ, मैं ले रहा हूँ।" काक ने उसे बाँहों में ले लिया। उसका हृदय धक-धक कर रहा था।

मंजरी ने कहा, "मैं तुम्हारी ही बाट देख रही थी।" और फिर काक के मुख पर हाथ फेरा। "मैंने यम को भी मना कर दिया। नाथ! ओ नाथ! बोलो न?"

"हाँ बोलता हूँ। देखो, तुम घबरा क्यों रही हो?"

"मैं घबराती नहीं।"

"सौभाग्यनाथ मम! बच्चे मजे में हैं। उन्हें भेज दिया है। देखना। मैं तो चली।" वह थोड़ी देर थकावट की मारी पड़ी रही।

"नाथ! नाथ!" वह फिर बोलने लगी, "मुझे जाना अच्छा नहीं लगता, जाते हुए मुझे कष्ट होता है। हमारे संसार का—मनोरथों का क्या होगा? तुम्हारी कीर्ति कौन गाएगा? और तुम थके माँदे कहाँ जाओगे?" मंजरी को खाँसी आई और खाँसी बन्द हुई कि रक्त-भरे झाग निकल आए।

काक ने घबराकर मणिभद्र को पुकारा।

"किसलिए बुलाते हो? हम अकेले ही रहें। मेरे प्राण! पास आओ, आओ न?" आवाज मन्द पड़ गयी और मंजरी को चेत न रहा।

मणिभद्र राबड़ी बनाकर लाया था। उसे वहीं रख देने को कहकर काक ने और सारा हाल पूछा। मणिभद्र ने सब इतिहास कह सुनाया।

"यह कैसी आवाज आ रही है?" काक ने पूछा। वह मंजरी का सिर बिस्तर पर रखकर खिड़की में से देखने लगा।

उत्तर की ओर क्षितिज पर कुछ गड़बड़ हो रही थी, उसी की आवाज थी। ऐसा लगता था कि वहाँ आग लगी है।

"जो कुछ भी हो–" कहकर वह फिर मंजरी के पास आ बैठा और उसके मुख में थोड़ा-सा पानी डाला। होंठ बन्द करके उसने विचार करना छोड़ दिया। उसको अपना आना न आना समान लगा। मंजरी एकदम चौंककर जागी।

"मैं वीर की अर्धांगिनी, शेष के विजेता की पत्नी, मैं गढ़ छोड़ दूँ?"

"मंजरी! मंजरी!" काक ने कहा और उसका सिर फिर अपनी गोद में ले लिया। राबड़ी मुख में डालनी चाही, किन्तु मंजरी ने सिर हटा लिया। उसकी आवाज मंजरी के कान में गयी। "मेरे नाथ!" उसने मन्द स्वर में कहा, "मैं अच्छी हूँ, मुझे आज्ञा दो, आज्ञा–आ...ज्ञा...स्वामी...मेरे कंत...आ...ज्ञा..." वह फिर बेहोश हो गयी और काक ने उसके मुँह में पानी डाला।

वह दो-तीन घड़ी इसी तरह बेहोश पड़ी रही और उसकी रगें धड़कती रही। वह फिर जागी और बहुत ही क्षीण स्वर में बोली, "कहाँ गये? जाती हूँ। तुम्हारी...हाँ... तुम्हारी..."

और उसकी ऊर्ध्व श्वास चल पड़ी। काक ने उसे आलिंगन दिया–चुम्बन दिया और मरती प्रियतमा को हृदय में चित्रित किया। उसका हृदय टूट गया।

उसके मस्तिष्क में भिन्न-भिन्न भावों के तूफान ने एक क्षण के लिए अन्धकार फैला दिया। वह तुरन्त ही प्रयत्न करके मन को ठिकाने लाया। भावों के तूफान को निरंकुश होने देना उसके स्वभाव में न था।

"मणिभद्र, नहलाने का पानी ला।" काक ने पुकारा, किन्तु मणिभद्र के आने से पहले ही मंजरी के शरीर ने अन्तिम प्रयत्न किया और उस नारी श्रेष्ठ का केवल शव ही काक के हाथों में रह गया।

स्वातन्त्र्य-यज्ञ की समाप्ति

काक ने उत्तर दिशा के क्षितिज पर जो हलचल देखी थी वह रेवापाल के लश्कर की थी।

लाट का थोड़ा बहुत भाग कब्जे में करके रेवापाल का लश्कर विश्वामित्री के किनारे पड़ाव डालकर पड़ा था। जिस तरह अनचीती आँधी आ जाती है, उसी तरह पाटण की सेना उस पर टूट पड़ी।

लाट के विद्रोह को खबर पाकर चाँपानेर, खम्भात, कर्णावती, और खेटकपुर के

पट्टणी लश्कर आगे बढ़ने और गोधरे के पास सब आ मिले। मुंजाल मेहता ने सोमेश्वर और वाग्भट को नया लश्कर भेजा था। उन्होंने पट्टणी सेना की सरदारी ली और वे मंजिल-दर-मंजिल चलते हुए विश्वामित्री पर आ पहुँचे जहाँ रेवापाल का पड़ाव था।

पाटण की सेना अनुभवी और व्यवस्थित थी, किन्तु रेवापाल की नयी और अव्यवस्थित। दोनों के बीच तुमुल युद्ध हुआ। आखिर रेवापाल की हार हुई। उसकी कितनी ही सेना तो बिखर गयी और कितनी ही भृगुकच्छ की ओर भागी। सोमेश्वर और बाहड़ का ध्येय भृगुकच्छ का गढ़ था, इसलिए उन्होंने रेवापाल का पीछा किया। बिखरते, मिलते, उलझते, कुटते, पिटते, मरते, गिरते, रेवापाल के अनुयायी आधी रात को भृगुकच्छ आ पहुँचे। सेना क्षीण हो गयी थी और पीछे चौगुनी पट्टणी सेना दबाती आ रही थी। रेवापाल नगर में आ पहुँचा। पराजित सेना और बस्ती के लोगों में घबराहट का पार न रहा।

रेवापाल को कुछ सूझा नहीं कि क्या करे। अब उसे पाटण की शक्ति का खयाल आने लगा। उसने पद्मविजय धनुष का फुँदना ब्रह्मानन्द स्वामी के पास भेजा। सेनापति ध्रुवसेन भगवा उतार दें, तभी लोगों में कुछ हिम्मत आने की आशा थी।

वचनबद्ध ध्रुवसेन ने निःश्वास डालकर भगवा उतार दिया और कवच धारण कर वे रेवापाल की सहायता के लिए आए। बस्ती के लोगों और हताश सेना में कुछ जान आई। तब ध्रुवसेन और रेवापाल ने मन्त्रणा की और सवेरे भृगुकच्छ के दुर्जय गढ़ पर कब्जा करके उसमें घुस जाने का निश्चय किया। जैसे ही पौ फटी कि रेवापाल और उसके आदमी गढ़ की ओर चल पड़े। वे खाई की तरफ गये, वहाँ से ऊपर नजर डाली और काँप उठे।

सामने गढ़ में से निकलकर दो आदमी अर्थी उठाए आ रहे थे। उनके कुछ पीछे चार-पाँच आदमी और थे। आगे के उठाने वाले ने केवल गीली धोती पहन रखी थी। सबने उसकी ओर देखा– पहचाना और मानो बिजली पड़ गयी हो इस प्रकार वे सब चौंक उठे। जिसे जूनागढ़ में मरा समझ लिया था, वही भृगुकच्छ का दुर्गपाल आग बरसाती हुई आँखों से सबको डराता हुआ, नीचे उतर रहा था।

सब घबरा गये और खड़े के खड़े रह गये। कोई कुछ न समझ सका। काक आगे बढ़ा और बिना पानी की खाई में से होकर इस किनारे पर आया। किसी ने रेवापाल को खबर दी, तो वह आगे आया और काक को देखकर मूढ़ हो गया। यह कहाँ से? रेवापाल के हृदय में निराशा और बैर की आग जलती थी। इस समय उस आग का भक्ष्य बन गया पाटण की सत्ता का यह स्तम्भी उसकी योजनाओं का विनाशक। उसने काक को कैद करने का निश्चय कर लिया।

"कहाँ जाता है?"

काक ने शव पृथ्वी पर रख दिया और कन्धे पर पड़ा हुआ कपड़ा धीरे से कमर

में बाँध लिया। "जहाँ तेरे और मेरे बाप-दादे जलकर भस्म हो गये वहाँ–दशाश्वमेध पर–जहाँ बलिराज को वामन ने दबोचा था वहाँ।"

उसकी भयंकर आवाज़ से सबके कलेजे काँप गये। उसकी आँखें ऐसी मालूम हुई कि बाहर निकल पड़ेंगी।

रेवापाल ने ओठ चबाए। उसके मुख का घाव लाल हो गया। "लाट के द्रोही! खबरदार एक डग भी आगे बढ़ाया तो! इसे पकड़ लो!" कहकर उसने अपने अनुयायियों को इशारा किया।

काक ने केवल सम्बोधन ही सुना। उसके हाथों में विनाश उछल रहा था और मस्तिष्क में प्रलय-मारुत की सनसनाहट हो रही थी। उसकी कुचली हुई भावनाएँ किसी भी तरह व्यक्त होने के लिए तड़पड़ा रही थी। उसने दाँत कटकटाए–पास खड़े हुए एक सैनिक के हाथ में से गठीला लट्ठ छीन लिया। और रेवापाल उसकी ओर मुड़े, उसके पहले ही–या उसके अनुयायी उसकी आज्ञा का पालन करें इसके पूर्व ही–उसके सिर पर जोर से खींच मारा। यह चोट कुल्हाड़ी की चोट के समान जोर से पड़ी, वृक्ष की डाल के टूटने जैसा कड़ाका हुआ, लाट की स्वतन्त्रता का पुजारी निर्जीव लकड़ी की तरह जमीन पर गिर पड़ा। लोगों में हाहाकार मच गया।

"चांडाल, तूने मेरी स्त्री को मरने दिया–वचन का पालन नहीं किया और अब उसका अग्नि-संस्कार भी नहीं करने देता?" काक ने चिल्लकार कहा। उसकी फटी हुई गर्जना भूखे शेर की तरह त्रासदायक थी।

लोग डारकर पीछे हट गये। काक उनकी ओर गुर्राया। "तुम्हारे भृगुकच्छ की शृंगार–मंजरी–गढ़ में भूख के मारे मर गयी है, उसका अग्नि-संस्कार कर लेने दो। फिर मेरा जो कुछ करना हो, कर लेना।" कहकर काक ने लट्ठा फेंक दिया।

मणिभद्र ने मंजरी का मुँह खोला, और वहाँ इकट्ठे हुए लोगों के अन्तर उद्वेग के मारे काँप उठे। किसी ने निकट से, किसी ने दूर से, देवीसदृश दैदीप्यपान, सरस्वती की अवतार, और सुसंस्कृत-इस दुर्गपाल की पत्नी को देखा था, और हर एक के हृदय में उसके लिए मान था। उसके तेज, उसके रूप, उसके यौवन और उसकी विद्या की स्मृतियों पर से उसे मृत समझना अशक्य था। उसके शव को पड़े देखकर लोग लाट के स्वातन्त्र्य का विग्रह भूल गये, मृत रेवापाल को भी भूल गये और खेद अनुभव करने लगे। कितनों ने आँसू पोंछना शुरू किया और कितने ही हिचकियाँ न रोक सके।

काक बेपरवाह था। खाड़ी में थोड़ी दूर पर पानी था, वहाँ जाकर उसने स्नान किया और गीले वस्त्रों फिर शव को दशाश्वमेध तीर्थ ले जाने के लिए आया। लोगों ने मार्ग दे दिया और शोक, भय तथा अनिश्चितता के बीच झोंके खाते हुए वे सब काक के पीछे-पीछे शमशान की ओर चले।

एक वृद्ध वणिक दूर से, आधी मिची हुई आँखों से, यह दृश्य देख रहा था। उसने काक को देखा, रेवापाल को गिरते देखा, मरी हुई मंजरी को देखा और लोगों की

भावनाएँ देखीं। उसने हृदय पर पड़े हुए आघात को दूर किया। वह समझ गया कि लाट का स्वातन्त्र्य पूरा हो गया। उसने विचार किया कि यह अवसर खोने जैसा नहीं है। पास खड़े हुए घोड़े पर वह सवार हुआ और भृगुकच्छ के गढ़ के दरवाजे की ओर गया। बन्द दरवाज़े के बाहर सोमेश्वर और बाहड़ की सेना आ पहुँची थी और घेरा डालने की तजबीज कर रही थी। वृद्ध ने दरबान से दरवाजा खोलने को कहा।

"क्यों?"

"मुझे पहचानते नहीं? मैं हूँ नगरसेठ तेजपाल। अरे पागल, मेरा पुत्र रेवापाल मारा गया। गढ़ में से आदमी लेकर काक आया है, बाहर पट्टणी सेना आ पहुँची है। क्या मरने के लिए दरवाजे बन्द रखते हो?" दरबान समझ गया। मुत्सद्दी तेजपाल को सब पहचानते थे। उसने दरवाजा खोल दिया।

तेजपाल नगरसेठ ने पट्टणी सेना के सेनापति को खोज निकाला और सोमेश्वर को देखकर रेवापाल और मंजरी की मौत की हकीकत सुना दी। शोकग्रस्त सोमेश्वर और वाग्भट लश्कर लेकर नगर में पैठे और कुछ आदमियों को नगर पर कब्जा करने का काम सौंपकर दशाश्वमेध गये।

चिता धकधक जल रही थी। और हाथ मे बाँस लिये चिता को कुरेदता हुआ भयंकर काक स्थिर दृष्टि से अग्नि की ज्वाला में अपना प्रियतमा का मुख देख रहा था।

सोमेश्वर ने हथियार फेंक दिए, पास गया और चिता की ओर आँसू भरी आँखों से देखने लगा।

वाग्भट ने वहाँ बैठे हुए एक श्मशान-यात्री से आँबड़ मेहता की खबर पूछी। मणिभद्र ने पृथ्वी पर एक ओर घुटनों में सिर डाले पड़े हुए मनुष्य की ओर अँगुली से इशारा किया। वाग्भट उधर गया। मैले वस्त्र और निस्तेज शरीर, हिचकियाँ लेते हुए, इस निराधार प्राणी को अपने मौजी भाई के रूप में पहचानने में उसे देर लगी।

"भैया," वाग्भट ने उसे बुलाया।

आँबड़ ने अपने रो-रोकर सूजे हुए मुख को ऊँचा किया और वह आँसू भरी आँखों से देखने लगा।

"कौन बाहड़?"

"भैया, यह क्या?"

"बाहड़ आखिर वे न जियीं।" आँबड़ ने निःश्वास छोड़कर कहा। वाग्भट सब समझ गया।

"कौन–"

"मेरी देवी–मेरी बहन।"

वाग्भट को लगा कि उसके भाई का मस्तक फिर गया है।

चिता जली, आग बुझी, अस्थियों का नर्मदा में विसर्जन हुआ और एक अक्षर बोले बिना काक सबके साथ श्मशान से वापस आया।

नगर में बात फैल गयी थी, इसलिए रास्ते में विलाप करती हुई स्त्रियाँ मिलीं। एक स्त्री दो बच्चे लेकर खड़ी थी। लड़की ने काक को देखकर पुकारा "बापू!"

काक ने नजर फेरी और महाश्वेता और वौसरी को देखा। वह उछला और एक छलाँग मारकर उसने बच्चों को लेकर छाती से चिपटा लिया। निर्दोष बच्चे पिता के मिलने से हँसने लगे।

उपसंहार

भृगुकच्छ पर कुक्कुट-ध्वज लहरा रहा था। चारों ओर 'जय सोमनाथ' की घोषणा गूँज रही थी।

संवत् 1169 की आषाढ़ सुदी प्रतिपदा की पुण्यतिथि थी। उस दिन राजबलि विराजित, वर्बरक-जिष्णु, परमभट्टारक, महाराजाधिराज जयसिंहदेव वर्मा निश्चित किए हुए महोत्सव के लिए भृगुकच्छ में पधारे थे। उस दिन सोरठ और लाट की जीत के उपलक्ष्य में महोत्सव किया जाने वाला था और नर्मदा के तटवर्ती सोमनाथ महादेव के मन्दिर पर कलश चढ़ाया जाने वाला था। उस दिन जयसिंहदेव वर्मा 'त्रिभुवन गंड' की प्रतापी पदवी धारण करनेवाले थे और इस महाप्रतापी नरपति के पराक्रमों की अमर कीर्ति विक्रमराजा की कीर्ति के बराबर हो जाने से उस दिन से 'सिंह' नाम का संवत्सर चालू किया जानेवाला था।

भृगुकच्छ में बड़ी धूमधाम थी। किसी ने कभी पट्टणी या लाटीय लश्कर का ऐसा ठाठ, पट्टणी और लाटीय धनिकों का ऐसा आडम्बर देखा-सुना नहीं था। स्त्री और पुरुष, सजधजकर हँसते-फूलते फिर रहे थे।

हर एक गाँव और शाखा के ज्योंतिषियों ने मध्याह्न के बाद तीन घड़ी, छत्तीस पल और बाहर विपल पर कलश चढ़ाने का, पदवी धारण करने का और संवत्सर स्थापित करने का शुभ मुहूर्त निश्चित किया था।

गाँव का एक भाग–सांबा बृहस्पति का बाड़ा–उजाड़ जैसा लगता था। वहाँ पर मनुष्य जाते-आते तो थे, परन्तु उत्साह के बिना और धीरे-धीरे।

वहाँ गत रात को पाटण की सफेद पगड़ीवाला ऊँचा और बूढ़ा राजपुरुष आया था। उसके साथ कीमती शाल में लिपटा हुआ एक दूसरा पुरुष भी चुपचाप आया था। उनमें से एक थे महाअमात्य मुंजाल और दूसरे स्वयं जयसिंहदेव महाराज। वे आए और इस एकान्त घर में रहने वाले काक से मिलकर चले गये। वे निराश होकर लौटनेवाले आदमियों जैसे लगे।

गाँव में खबर फैल रही थी कि काक संन्यास लेकर काशी की ओर जाने वाले हैं, इससे सबके मन ऊँचे-नीचे हो रहे थे।

ऐसी भी अफवाह थी कि राजमहल में सारी रात अनेक प्रकार के सलाह मशवरे होते रहे हैं और यह माना जाता है कि वे सब काक के सम्बन्ध में थे।

सुबह दो आदमी सांबा बृहस्पति के बाड़े में आए—एक वृद्ध संन्यासी और दूसरी एक स्त्री। बाड़ा निर्जन था। एक अनुचर ने इन दोनों को देखा और उसके आश्चर्य की सीमा न रही। वे ब्रह्मानन्द सरस्वती और रानी लीलादेवी थीं।

वे दोनों अनेक घड़ियों के बीत जाने पर बाहर निकले।

"गुरुदेव, आज आपने मुझे और पाटण को जीवन दान दिया।"

"बेटी, आज मैंने लाट को मरने से बचाया।" पद्मनाभ महाराज के वृद्ध सेनापति ने संन्यासी को शोभा दे ऐसी शान्ति से जवाब दिया।

थोड़ी देर में दो युवक कुछ घुड़सवारों की टुकड़ी और पालकी लेकर सांबा बृहस्पति के बाड़े में आए। दोनों रूपवान् थे।

एक आगे आया, "भटराज, मैं अन्दर आऊँ?

"कौन आँबड़?" काक ने कहा। इन दोनों में पिता-पुत्र जैसा सम्बन्ध हो गया था।

"हाँ।" आँबड़ ने कहा, "यह मेरा भाई वाग्भट है।"

"आओ।"

"भटराज, मेरा भाई एक याचना करने के लिए आया है।"

"क्या?"

शरमाते हुए वाग्भट को चुप रहने देकर आँबड़ मेहता ने धीरे से कुछ कहा। काक के मुँह पर जरा हँसी आ गयी।

"जो गाया करती थी वही न?—

बाहड़ मेहता खूब किया।
काक भट को बाँध लिया॥"

काक ने याद कराया।

"हाँ।"

"परन्तु यह बात—"

"भटराज परशुराम आपके सिवाय और किसी की बात नहीं मानते।" एक लाडले लड़के जैसी स्वतन्त्रता से आँबड़ ने कहा, "और मेरा भाई कवि है; कहीं पागल हो जाएगा तो—"

"अच्छा देखूँगा।"

"भटराज," वाग्भट बोला, "मैं भवभव में आपका उपकार नहीं भूलूँगा।"